大 东 路

【一部惨烈悲壮的平民抗战】

【一段生命尽头的旷世姻缘】

曾恒 著

团结出版社

图书在版编目（CIP）数据

大东路 / 曾恒著 . -- 北京 : 团结出版社 , 2023.5

ISBN 978-7-5234-0129-3

Ⅰ . ①大 … Ⅱ . ①曾 … Ⅲ . ①长篇小说 – 中国 – 当代

Ⅳ . ① I247.5

中国国家版本馆 CIP 数据核字 (2023) 第 072829 号

出　　版 : 团结出版社

　　　　　（北京市东城区东皇城根南街 84 号　邮编 : 100006）

电　　话 :（010）65228880　65244790

网　　址 : www.tjpress.com

E-mail : 65244790@163.com

经　　销 : 全国新华书店

印　　装 : 长沙市精宏印务有限公司

开　　本 : 170mm×240mm　16 开

印　　张 : 34

字　　数 : 500 千字

版　　次 : 2023 年 8 月第 1 版

印　　次 : 2023 年 8 月第 1 次印刷

书　　号 : 978-7-5234-0129-3

定　　价 : 98.00 元

目 录

第 001 章

背水一战

001

尖利的呼啸声撕裂头顶上的空气，炮弹雨点般地落下来，"固若金汤"的国防工事被炸得七零八落。304团奋死抵抗，击退日军一轮又一轮的进攻，阵地前沿尸积如山。陈天鹏弯着腰，沿着狭长的坑道向前跑动。一营长迎上前来报告敌情："日军攻势凶猛，我军伤亡惨重。"陈天鹏神情冷峻："304团誓与阵地共存亡，后退一步者就地枪决！"

入夜，一股日军悄无声息地钻过防线，摸到距离304团团部几十米的地方。团部设在一座地主老财的大宅院里，战斗还未打响，地主老财就带着一家子老小跑路了，空置的大宅院成了304团的指挥部。

敌人迅速逼近，留守团部的只有一个警卫连。团部作战室里，每一个人的汗毛都竖了起来。陈天鹏双目圆睁，一脚踢翻身边的凳子，操起大刀就往外冲。这个浓眉大眼的湘西汉子自幼习武，最爱玩大刀，每当发生白刃战，第一个挥刀冲杀的就是他。参谋长冯家驹急忙上前阻拦，虎着脸道："老陈，我可得提醒你，你是一个指挥员，你的作战位置在团部，不要动不动就耍大刀！"为了这档子事，哥俩曾经脸红脖子粗地吵过好几次。

陈天鹏绕不过去，却压不住热血冲顶："祁子午！""到！"警卫连长祁子午心领神会，一个箭步冲出大院："给我打！"早已严阵以待的警卫连一齐开火。几个月前，警卫连换装了清一色的美式冲锋枪，火力是"中正式"的好几倍。密集的子弹如同疾风暴雨，一下子将偷袭的日军打得晕头转向。原来，这股日军并不知道大宅院里驻扎着什么人，他们是误打误撞摸上来的。前面的日军纷纷中弹倒地，后面的日军一下子炸了窝，撒开丫子就往回跑。跑到山腰子上，碰巧发现一条环形壕沟，小鬼子在慌乱中来不及多想，一个个扑通扑通地跳了下去。环形壕沟是304团的预备阵地，预备队早已顶到前面去了，留下来的环形壕沟恰好成了这股日军苟延残喘、负隅顽抗的掩体。

缓过劲来之后，日军的几挺歪把子机枪立刻嚎叫起来，子弹在壕沟正面结成了一张密不透风的网。

小鬼子的数挺机枪全部集中在正面，这是一种顾头不顾腚的打法，说明这伙鬼子惊魂未定，背面定会留下空档次。陈天鹏观察片刻，果断下令："一排佯攻，从正面牵制敌人，二排三排准备大刀！"未等日军反应过来，几十把明晃晃的大刀已经从背面杀了上去。

月光之下，刀光闪烁，阵地上传来连续不断的惨叫声。在遭受一顿突击杀伤之后，日军指挥官嘶叫着跳出战壕，指挥余下的鬼子展开极为凶狠的反扑。

阵地上刀光剑影、吼声如雷，双方搅成一团，大刀与刺刀相互撞击，发出尖利和刺耳的声音。陈天鹏一把大刀上下翻飞，左劈右砍。一个老鬼子挺起刺刀向他猛刺，陈天鹏大刀抡圆，呼的一声磕向老鬼子的三八式，老鬼子虎口发麻，长枪几乎脱手而出。老鬼子欲待挥枪再刺，陈天鹏抢上前去，大刀往上一撩，老鬼子的半边脑袋就不见了。

小鬼子的刺杀技能强，不惧白刃战。但三八大盖的枪身长，一刺不中则须抽枪回头，所以最怕贴身砍杀。警卫连人手一把抗战大刀，这种大刀前锐后方，刀身宽厚，便于贴身砍杀。

其实，军中的老兵都知道小鬼子最难打。日本人崇尚武士道精神，他们从入学的第一天就接受军训，到了高中毕业，他们的枪法、刺杀和身体素质均可达到相当熟练的水准。入伍后，其单兵作战能力更进一步，二战战场上的苏军、美军都不敢和日军拼刺刀。不过，日本人忌讳掉脑袋。他们担心被砍掉脑袋就会变成无头的鬼，下辈子没法投胎。据说，关东军为了对付29军大刀队，专门打造了一种铁护圈，士兵在晚上睡觉的时候把铁护圈戴在脖子上，以防梦中被砍掉脑袋。

陈天鹏的刀法源自湘西苗刀，早先唤作春秋刀法。出刀之前不动如山，一旦发动则势若脱兔。连劈了两名鬼子之后，陈天鹏又磕飞了另一名老鬼子的长枪，老鬼子步步后退，欲待绕开这把最凶狠的大刀。陈天鹏追尾劈杀，老鬼子连忙回枪反刺，哪知慌乱中一枪刺在树干上，刺刀拔不出来。情急之下，老鬼子抬脚飞踹，肉腿对大刀，完全就是送菜。陈天鹏刀走弧线，"扑哧"一声，老鬼子的一条腿飞了出去。

十几分钟之后，这股日军再也支撑不住，开始择路溃逃，但已来不及了。一营长率领大队人马从背后包抄上来，前后夹击，将这股日军尽数歼灭在山腰上。

回到指挥部，陈天鹏满脸是血。

冯家驹急火攻心，大喊："卫生兵！"

陈天鹏随手在脸上一抹，将血水甩在地上："这不是老子的血！妈的，小鬼子居然钻到老子的眼皮底下来了，是谁他妈的放进来的！"

作战科长："这是一支日军敢死队，是从303团与我团一营阵地结合部钻进来的。"

陈天鹏大怒："钻进来的？他妈的怎么就钻进来了！命令一营立即堵住这个缺口，再出问题叫他提头来见！"

第二天，304团阵地成为敌我两军争夺的焦点，一连被打残了。此时，预备队全都顶上去了，警卫连也在往前顶，团部只剩下一个警卫排，其余的都是文职人员。

陈天鹏脸色铁青，一手叉腰，一手拿着望远镜察看前线战况。

忽然传来一道尖厉的破空声，"轰！"一发炮弹落在院子当中，泥土飞溅。一个黑影冲过来，猛地一下将陈天鹏扑倒在地。陈天鹏被摔得不轻，心里大为光火，爬起来就要骂娘，抬头一看，扑倒他的人是自己的亲弟弟陈中超。他抖了一把身上的泥土，到了嘴边的脏话咽下去，吼道："乱来，待会儿再和你算账！"被人这么狠狠地保护，他觉得太没面子。

陈中超没说话，转身跟着警卫排走了。

警卫排接防一连阵地，面对日军连续不断地猛攻，不到一天时间，警卫排只剩下了三个人：排长、豆子和陈中超。排长的腿被炮弹炸断了，绑在伤处的绷带已经变成黑色。排长靠着坑道坐下，摘下腰间的水壶喝了一口，然后递给陈中超。陈中超接过水壶，仰起头来喝了一口，又把水壶递给豆子。看着剩下的两个士兵，排长张了张嘴，没有发出声音。待了一会，排长忽然笑了："好小子，都干得不错！"但他很快又换了一副严肃的表情："你们都给我听着，团部已经没有预备队，没有人支援我们。但是，我们必须守住这块阵地，谁他妈的怂包，老子叫他吃枪子！"

"跟小鬼子拼了！"平时少言寡语，看上去有些腼腆的陈中超打牙缝里迸出几个字来。

陈中超二十出头，身材高挑，比兄长陈天鹏高半个头。两年前，陈中超要找兄长当兵，老爷子不同意。陈中超软磨硬泡，愣是把花木兰从军的故事搬了出来，老爷子胡子都气歪了："那是个娘们，你一个男人学什么花木兰！"无奈小儿子的主意已定，任那老爷子怎么骂都不管用。

陈天鹏去读黄埔军校的时候，中超只有五六岁的光景，对这个小弟，他没有太深的印象，只记得他爱哭，像个妹子家。不想十几年过去，"妹子家"居然长成了彪形大汉，而且一身武艺。兄长看他外形俊朗、身手敏捷，心里喜不自禁，寻思着将他放到团部警卫连去历练历练。没想到在警卫连两年，陈中超军事技能进步神速，更兼其从小练武，深厚的武术功底使其在军中格斗比武大出风头。

深夜，枪声渐渐停歇下来。陈中超抖掉一身泥土，将阵地上的手榴弹搜集到一起，两颗三颗地捆成扎。做好了这些，他就蜷缩在坑道里打盹。忽然听见一阵窸窸窣窣的声响传来，陈中超猛地一下睁开眼睛，只见无数的黑影向阵地扑来。"敌人！"陈中超抬手甩出两束手榴弹，先给对方送了一个见面礼，紧跟着一个驴打滚，拽过一挺轻机枪哒哒哒哒横扫过去。

排长那边的重机枪也响了，紧接着豆子的机关枪也响了起来，三挺机枪构成了一个三角形的封锁线，锁住了鬼子偷袭的线路。小鬼子死伤惨重，连滚带爬地退了下去。陈中超绷紧的神经松弛下来，回头看去，只见排长一动不动地趴着，依然保持着原来的射击姿势。他猫腰跑过去，叫道："排长，敌人被打退了！"排长没有回话，陈中超仔细一看，排长左胸中弹，已经不能动弹。豆子也顺着坑道跑过来，手忙脚乱地拿出绷带给排长止血。排长的嘴唇轻轻地动了一下："不用了……我不行了，你们一定要守住……"话音戛然而止，只见排长头一偏，人就没了。

豆子哇的一声哭了起来。看着豆子那张稚气的脸，陈中超对他说道："豆子，趁着鬼子打盹的机会，你立马赶回团部，向团长报告这里的情况。"

"……"豆子收起哭声，困惑地看着陈中超。豆子是个娃娃兵，这是他第一次参加战斗。刚刚进入阵地时，他吓得趴在坑道里不敢抬头，谁也拽他不动。排长在他脑袋上拍了一下，又给了他一个栗壳子："胆小鬼！趴好点，别抬头。"豆子嗯了一声，果真就在坑道里趴了一整天。直到战友们一个一个都牺牲了，他的胆气才爆发出来，抱起一挺机关枪不要命地扫射。

陈中超拿出老兵的资格向他下令："豆子，我命令你立即返回团部，请求支援!"其实,他非常清楚,团部已经派不出一兵一卒,但他希望这个娃娃兵能够活下去,给警卫排留下一颗种子。"嗯。"豆子似乎听明白了,抹了一把眼泪,转身跑去。哪知刚刚转过山脚,一颗流弹飞了过来,豆子一个筋斗栽倒在地。

陈中超的脑袋嗡的一声,几乎就要炸裂开来:"豆子!"

002

午夜过后,一个小队的日军摸了上来。陈中超死死地盯着那些鬼鬼祟祟的黑影,直到他们抵达眼皮底下,这才扣动重机枪的扳机。在大口径机枪子弹的撞击下,日军士兵的身体几乎腾空而起,眨眼间倒下一片,后面的日军魂飞丧胆,翻身而逃。

警卫排阵地枪声稀落,陈天鹏派了一名姓杨的文职参谋过去查看情况。杨参谋来到阵地,只见坑道里堆满士兵的尸体,整个阵地只有一个活着的士兵,一张脸被烟火熏得黑乎乎的,唯独两只眼珠子翻着白色。

杨参谋把他从土堆里扒拉出来:"你没事吧?"

土堆就是最好的掩体,窝在里面很安全。"报告杨参谋,我没事。"好好地被扒拉出来,陈中超没好气地回道:"你来这里干吗?"心想你一个文官,这时候到阵地上来,简直就是碍手碍脚。

"嘿,你说我来干吗?"杨参谋不高兴了。

"日军随时都会发动进攻,你赶紧走。"陈中超补了一句。

"你说什么呢?"杨参谋有点窝火:"我是来增援你的!"

"增援我,就你一个人?"陈中超哭笑不得。

"少废话,我们一起干!"杨参谋拿出上级的架子,狠狠地凶了一句,然后开始搜集阵地上的枪支弹药,一堆一堆地码放在一起。

陈中超愣了好一会才转过筋来,索性把那些零散的手榴弹三个五个捆成一扎,趁着夜色将手榴弹弄到阵地前方的峭壁之下,然后抽出工兵铲松土、挖坑，把成捆的手榴弹埋下去，再将引线抽出来连接到一根绳子上。做完这些，陈中超侧过身去打量那些变了样的土堆，脸上忽然现出了一丝久违的笑容。

东方泛白，杨参谋突然大喊："有敌人！"陈中超一个激灵弹了起来，狠狠地扣动手中的扳机，马克辛重机枪"突突突"地响了起来，偷袭的小鬼子压在峭壁之下。峭壁是阵地的前伸部分，若是顶着子弹翻越峭壁，势必成为对面的靶标。带队的老鬼子久经沙场，趴在峭壁底部不敢妄动，这是射击的死角，子弹不能转弯。老鬼子的战斗经验非常丰富，他侧耳细听，上面只有两挺机枪在扫射，老鬼子长出一口气，扫了一眼趴在身边的士兵，示意众人耐心等待机枪换弹夹的时刻。

这时候，陈中超拉动手中的绳子，几十枚手榴弹突然发生连环爆炸。老鬼子做梦都没想到肚皮下面会有炸弹，一通爆炸过后，峭壁之下一片哀号。老鬼子满脸是血，气急败坏地带着另外两名鬼子翻过峭壁，怪叫着扑向阵地。"来得好！"陈中超大喝一声，抄起一把长枪迎上前去。陈中超在狭窄的坑道里闪展腾挪，一把刺刀神出鬼没，不一会就将两名老鬼子放倒在地。

杨参谋被老鬼子指挥官逼得连连后退，身上连中数刺。就在这时，一股强风从背面杀来，老鬼子指挥官慌忙回身迎战。杨参谋奋起神威，看准机会一枪刺入老鬼子的背心。

"哈哈！"杨参谋发出一声长笑，忽然间"噗"地吐出一口黑血，仰面朝天倒在地上。

"杨参谋！"陈中超抱起杨参谋，脸上的表情瞬间凝固了。

这块阵地再次成了陈中超一个人的战场。

环形阵地是中国守军的一大发明，日军炮火覆盖过来的时候，环形阵地后半部可以成为守军最好的隐蔽场所。一阵猛烈地炮击过后，前沿阵地已经失去了生命的迹象，日军蜂拥而上。就在这时，峭壁下面的手榴弹开始爆炸，重机枪如同狂风卷地，将日军打得七零八落。

下午，所有的弹药箱都变成了空箱子，陈中超扒开浮土，找到了一把刺刀。看着倒在坑道里的战友，他拿过一把打光了子弹的长枪，默默地上好刺刀，准备最后一搏。他已经三天三夜没有合眼了，好想睡觉。他拍打自己的脑袋，拼命地驱赶瞌睡。他缓慢躺在牺牲的战友身边，感到自己的生命即将结束在杀敌的战场。他想起了家里的父母，想起了河滩上的二亩地。

一名通信兵跳进坑道，向他传达命令："放弃阵地，返回团部。"陈中超呆呆地看着通信兵，他发现自己还活着。

陈中超抱着一挺轻机枪回到团部，双腿一并，向陈天鹏行了个标准的军礼："报告团长，警卫连陈中超归队！"

整个警卫连都打没了，没想到自己的兄弟却能够活着回来，陈天鹏不可置信地看着他，激动得浑身发抖："中超，你是好样的，好样的！"

陈中超多处负伤，包扎在伤口上的纱布全是泥土，但他完全没有痛的感觉。站立片刻，他突然发出一声干号："排长死了，豆子死了，杨参谋也死了，他们都死了！"

陈天鹏抓住他的双肩："好男儿流血不流泪！日寇凶残，我们的战士每一天都在流血牺牲、为国捐躯，他们都是英雄，他们死得值！"

过了一会，陈天鹏接通师部电话，亲口向师长报告陈中超在最后时刻，孤身一人坚守阵地的战斗过程。师长听罢大加赞赏："这是一位了不起的英雄，是孤胆英雄，我要为他请功，要向全军通报他的英雄事迹！"过了一会，师长又把电话打回来，宣布提拔陈中超为警卫排少尉排长，奖赏法币500元。这个提拔，越过了上士、班长、副排长，连升四级。500元法币也是一大笔钱，当时的猪肉只有二毛钱一斤。

不过，刚刚放下电话，102师便接到了向河西撤退，增援岳麓山的命令。

日军数度进攻长沙，一共发动了四次长沙战役。前面三次战役，第九战区司令官薛岳创造了固守城市、外线策应"天炉战法"，打得日军落花流水。哪知第四次长沙会战，日军集中优势兵力前后夹击、各个击破，第九战区三十万大军措手不及，瞬间土崩瓦解。一夜之间，薛岳将军的"天炉战法"被打得粉碎，长沙成了一座孤城。

因为遭受长沙守军的顽强抵抗，日军决定绕过城区，西渡湘江攻击岳麓山。

岳麓山一旦失陷，长沙便将无险可守。第四军军长张德能急调102师抢渡湘江，增援岳麓山。哪知薛岳司令官自忖饱读兵书，要学那项羽"破釜沉舟"，湘江水域的船只早已载了辎重驶向后方，浩瀚的江面只有几艘可怜兮兮的小火轮。102师奉命撤出城区阵地，千军万马拥塞江岸。官兵争渡，大批士兵泅渡溺亡，江面浮尸数以千计。

张德能手忙脚乱，以数挺机枪开路，方才得以乘上小火轮先自过江。

几天几夜未曾合眼，抵达岳麓山后，张德能倒头大睡，炮弹在身边爆炸也听不见。大军群龙无首，不自觉地向南溃退。公路上人流滚滚，军民抢道，相互挤撞，日军战机闻风而至，贴着地面狂轰滥炸。

304团拖后掩护，一路激战来到江边，被同步赶来的兄弟部队冲得稀里哗啦。日军追尾攻击，架起重机枪交叉扫射，江边部队被打成了一锅粥，完全失去了控制。陈天鹏被裹挟在溃兵之中向南狂奔，这个时候，官找不到兵，兵找不到官，所有的人都在奔跑，只有跑得快的才有可能保住自己的性命。

兵败如山倒，岳麓山陷落，长沙陷落。

102师残部一路向南，退到邵阳地界时，这支相当能打的虎贲之师仅仅剩下700余人。

第 002 章
劫路相逢

001

浓密的树荫遮挡着头顶上的烈日，陈天鹏缓缓地睁开眼睛，空气中传来一股不知名的异味，令他感到窒息。抬眼望去，远方的民宅隐隐约约，大路两旁倒毙着无数的难民。他感到浑身燥热，欲待移动一下身体，四肢却不听使唤。

一个人影跑过来，大喊道："哥，你醒啦！"

陈天鹏眼神迷离，那个人影扶着他坐起来："哥，我是中超。"

大堤下面是浩瀚的湘江，汹涌的江水穿越大山，消失在无垠的原野之上。陈中超将灌满饮水的军用水壶递上去，陈天鹏开始大口大口地喝水，一下子喝了大半壶。陈中超又把余下的水浇到他的头上，陈天鹏这才从梦魇中挣了出来："怎么在这里，这是什么地方？"

陈中超转身看向四周看了一圈，无奈地说："哥，我也不知道这是什么地方。"

陈天鹏嘶哑着声音问道："冯家驹呢，祁子午呢，我的兵呢？"

"都被打散了……"过了好一会，陈中超的喉咙里才挤出几个字来："参谋长牺牲了。"

"你说什么，参谋长牺牲了？"转眼之间，生死与共的兄弟没了，陈天鹏大张着嘴巴，想要呼喊战友的名字，让他们马上滚回来，却吼不出声来。

陈中超："哥，我们一直在跑，日军飞机追尾扫射，投弹轰炸，参谋长就是那个时候牺牲的。"

陈天鹏的眼睛越瞪越大，眼珠子似乎要从眼眶里蹦出来一般。他突然喊道："你还愣着干吗，立即追赶部队！"

陈中超搀着他的胳膊，帮着他移动一下位置，让他坐得舒服一点："哥，昨天我们遭受日军三面合击，还有飞机在头顶上扔炸弹，很多人都被炸没了。你也就是那时候受的伤，到现在你已经昏迷一整天了。"大军乱糟糟地向南溃逃，只有陈中超一直追在大哥身后，炸弹落下来的时候，哥俩都被炸飞了，陈中超被强烈的气浪掀下河堤。不过，幸运之神总是眷顾中超，他爬起身来拍拍身上的泥土，什么事都没有。哪知道返回堤上的时候，大哥不见了，中超急出一身冷汗，拼了命地呼喊大哥，扒开一具一具的尸首翻找，最后在死人堆里把陈天鹏翻了出来。

陈天鹏浑身是血，鼻孔里尚有一丝气息。陈中超急忙把他搬到平缓的河滩上。入夜，陈中超在路旁的尸体上扒下一些衣服，铺在地面上垫实，哥俩就这样在河滩上睡了一夜。

陈天鹏想要站起来，无奈腿脚酥软没有一丝力气。这时候，他发现陈中超穿了一身便装，不免有点生气："你这衣服哪来的，你的军装呢？"

陈中超回道："军装太显眼，我们的衣服都是从倒毙的难民身上扒下来的。"

"哦？"陈天鹏低头打量自己，居然穿了一身高档丝绸料子，扮得像个店掌柜。他真的想骂人，却又提不起气。他的304团全是湘军子弟兵，能攻善守，什么样的硬仗、恶仗都打过，不想张德能的一道命令，转眼间就把好好的阵地战变成了一场大溃败。

一夜之间，每一个人都在和死神赛跑。

陈天鹏多处负伤，一块弹片嵌进了他的背部，却有半截尾巴露在外面，就像一个正在示威的小丑。剧烈的疼痛如同针扎一般一阵紧似一阵，他咬紧牙关，尽量不让自己哼出声来。

"哥，你饿了吧。"陈中超解开一个包袱，里面全是烧饼。

"哪来的？"陈天鹏露出诧异的眼神。

"河边捡的。"装烧饼的包袱是死人身上扒下来的，陈中超没敢说，怕哥吃不下去。

"不吃。"伤口疼得厉害，陈天鹏没有一点胃口。坐了一会，他最终强撑着站起来："我们必须离开这里，尽快收拢部队！"这时候，他的头脑变得非常清醒，他已经成了一个光杆司令。在兵匪为王的年代，没有士兵的长官就如同一条丧家之犬，不是被上峰拉出去枪毙，就是被士兵的乱枪打死。

陈中超嗯了一声，跑到路边找来一根杯口粗细的树枝，去掉枝叶，做了一根简易的拐杖给大哥撑着，兄弟二人这才沿着河堤往南走去。

002

江南水乡河流众多，峡谷险滩随处可见。

走了一程，两人口干舌燥。但是，河岸陡峭，水势湍急，找不到一个坡缓水浅的地方。又行一程，来到一处开阔的河段，河道中央有一道横亘两岸的滚水坝，因为水坝的作用，上游水面显得开阔而又平展。

两人顺着缓坡下行，来到滚水坝边上。陈天鹏弓起身子，捧起水就往脸上浇。陈中超索性挽起裤脚趟到坝上，把整个脑袋都扎进水里。清凉的河水驱走了酷烈的暑气，二人感到舒服多了。

这是一座古老的滚水坝，约有五六米高的落差，水坝上的青石柱子排列成行，上端伸出水面之上，如同建房子打基脚留下的桩子。河水越过水坝倾泻而下，如同烧开的水一般沸腾咆哮，震耳欲聋。

一具尸首从上游漂过来，尚未来得及细看，尸首已经越过水坝跌落下去，瞬间消失得无影无踪。

"小心暗流。"陈天鹏提醒道。

陈中超回头笑了笑，摊开双手表示什么事都没有。

陈天鹏离开水坝，挨着一棵大树坐下来，打算在树荫下歇口气，恢复一下体力。他侧过头去，忽然发现河边的草丛里露出一条光溜溜的人腿。陈天鹏一惊，使劲甩了一把脸上的水珠，起身走向前去，只见低矮的蒿草丛里露出一张苍白的面孔，一头黑发散乱地贴在地上，沾满泥沙。死者是一位女子，身着一件镶花旗袍，锦衣玉带，看上去像是富贵人家的小姐。

"覆巢之下，安有完卵。"陈天鹏暗叹一声，正待转身离开，忽见女子的眼皮颤了一下。陈天鹏蹲下去，把两根手指贴放到她的鼻孔下，感到有一股细细的风。

陈天鹏喊道："陈中超！"

陈中超应声而来，一看之下，连忙拽起女子双臂，把她从蒿草丛里拉了出来。

陈天鹏："给她喂点水，可能还有救。"

陈中超拧开水壶盖子，将水洒在女子的嘴上，神奇的一幕出现了，女子那两片干裂的嘴唇缓缓地动了起来。

清水冲去女子脸上的泥沙，露出白皙的皮肤，看上去很漂亮，陈天鹏感到不可思议。

陈中超打了个哈哈，笑道："哥，这是河神的女儿。"

陈天鹏以为兄弟看破了他的心思，赶紧说道："别胡说，再给她喂点水。"

一阵脚步声传来，河堤上走下来两个人。来者一老一小，小的四肢干瘦，一张稚气的小脸，不停地吸着鼻涕；老的蓬头垢面，背着一个鼓鼓囊囊的包袱，额头上的皱纹又粗又黑，眼眶四周泛着暗红色的肉，布满鱼鳞般的疤痕。老家伙的两只眼睛直勾勾地盯着地上的女子，好像一条发现了肉骨头的狗。

陈天鹏顺着老家伙的视线看去,原来,女子的脖子上戴着一条项链,手指上戴着钻戒,因为沾满泥沙,不仔细的话还真的看不出来。

陈中超喝道:"嗨,你们两个是干什么的?"

老家伙没有回话,只是瞟了一眼陈中超,又把眼光在陈天鹏身上转了一圈,似乎不想搭理他们。陈中超正在窝火,老家伙冷不丁地反问:"你们两个,是干什么的?"

"哟嗬,"陈中超拉长了声音:"老东西,你找抽啊?"

老家伙站在几米开外,脸上闪过一丝诡异的笑容:"死人身上的宝贝多的是,你也捡不完,这么凶干吗?"

听出来了,一老一小是出来捡破烂、扒死人财物的。陈中超觉得晦气,不由自主地骂道:"妈的,我凶了吗?"伸手往河堤上一指:"赶紧滚,别在老子面前现眼!"哪知道这么一使劲,猛地一下拉动了肩上的伤口,痛得他丝丝地倒吸凉气。

老家伙眼尖,发现两个人的身上都绑着脏兮兮的绷带,渗出来的血水已经变成了黑色。老家伙笑道:"你看,你们都挂彩了吧,都这样了还横。二位可知道,江湖上有句行话:死人钱财,见者有份。"

陈中超正待怼他,老家伙又说话了:"地上的小姐衣着华丽,应当是个富家女儿,可惜她的福寿太短,年纪轻轻就去了天国。你看这样如何,小姐身上的宝贝,我们二一添作五,平分了吧。"

陈中超的火苗噌地一下就窜了上来:"嗬嗬,好你个老东西,果然是个老贼,出来打劫还找人平分?"

听了这么挖苦的话,老家伙反而一笑:"她手上的戒指归我们,项链归你们。"

陈中超大怒,一脚踹了过去。老家伙猝不及防,身体横飞,吧唧一声摔出数米开外。

"妈的,你以为老子是吃素的!"未等对方起身,陈中超如影随形,再次起脚,要给老家伙加码。不料一脸鼻涕的小家伙斜刺里冲将过来,边喊边骂:"强盗,你敢打我爷爷!"话音未落,一头顶向陈中超的腹部。

"吆喝,小东西!"陈中超赶紧收腿回位,一个白鸽亮翅,拎起鼻涕鬼的衣领转了一圈,一扬手,鼻涕鬼便往江面上飞了出去。陈中超不怕别的,就怕小东西一脸黏糊糊的鼻涕。

"扑通!"河面上响起了鼻涕鬼落水的声音。陈中超回头瞟了一眼,只见鼻涕鬼在滚水坝上冒出了一个脑袋,双手紧紧抱着半截青石桩子。原来,陈中超的力气大,顺手一扔,鼻涕鬼便轻飘飘地飞出数丈开外。滚水坝上的水流看似平缓,水下的暗流却是极为凶猛,鼻涕鬼的身体被水流冲得横漂起来。

老家伙忽地一下从地上爬了起来,顾不得满头满脸的沙土,双膝跪下,连连给陈中超叩头:"好汉大哥,小老儿有眼不识泰山,你大人不记小人过,戒指、项链全归你们,小老儿不要了。"言罢双手乱舞,指着水中的鼻涕鬼喊道:"好汉救命,好汉救命啊!"

一出手便降伏了两个龌龊的家伙,陈中超觉得很解气,拍了拍手板:"慌什么,把鼻涕洗干净了再上来。"

陈天鹏看出来了,滚水坝上的小家伙非常危险,急忙唤道:"少废话,先把人弄上来!"他觉得这一老一小的,不像是什么大恶之人。

"是!"陈中超淌水上坝,伸手去拉鼻涕鬼的胳膊。滚水坝水声轰鸣,鼻涕鬼以为陈中超又来打他,龇牙咧嘴地挥动拳头还击。哪知刚一松手就被湍急的河水卷翻,一头向滚水坝下扎去。陈中超一手捞空,伸手扣住青石桩子,飞身向水面一扑,闪电般地抓住鼻涕鬼的脚踝。他原本是要将鼻涕鬼一把拉上来的,哪知四肢伸展过度,自己的身体也被那水流吸住,一时间居然使不上劲。好在他五根手指鹰爪般地扣紧石桩不放,任那水流把两个人的身体拉成一条直线,漂在水面上左摇右晃。

陈天鹏暗叫糟糕,大喊:"收臂,把他甩上来!"

陈中超如梦方醒,提一口气,奋力一甩将那鼻涕鬼扔向江岸,鼻涕鬼如同一只打湿了翅膀的水鸟,身体在江面上划了个弧,扑闪着飞出水面。哪知水流的吸力太大，鼻涕鬼并未飞出足够的距离，吧嗒一声落到水坝边上。暗流扑来，再次将他卷向坝底。

千钧一发之间，陈天鹏一个猛子扑入水中，双手摁住鼻涕鬼，生生将他拖上岸来。不一会，陈中超也喘着粗气淌水上岸，他二话不说，先将鼻涕鬼翻过身去，任其头下脚上，趴在自己的腿上吐出一大摊的清水来。

鼻涕鬼得救了，老家伙纳头便拜："谢谢好汉，谢谢好汉救命之恩！"

陈中超自忖那鼻涕鬼原是自己扔到水里去的，后来又把他抢了回来，一来一回，顶多只是扯了个平手，也算不上什么救命之恩。再说他怎么看那老家伙都不顺眼，不耐烦地把手一挥："好啦，不要拜了，赶快领着你的鼻涕鬼滚蛋。"

经过这么一番折腾，老家伙还真的有点舍不得滚蛋，他转过身去给陈天鹏鞠躬："长官，我都看出来了，你们和东洋人开战，全都是顶天立地的英雄。小老头如果不是年龄大了，也是要去扛枪打仗的。"

"你还能扛枪打仗？"陈天鹏打量了老家伙好一阵子，问道："你叫什么名字？"

老家伙回话："长官，我没有名字，我的祖上姓贾，村里人都叫我老贾，这是我的孙儿，叫小六子。"说话间，鼻涕鬼已经挨着老家伙站在一旁。

陈天鹏道："打劫是犯法的，你不知道？"

老家伙慌忙回话："长官误会了。这几天打仗，国军败了，小鬼子的飞机乌压压地在头顶上扔炸弹，官兵和城里人全都在跑，城里人逃难带着很多值钱的家当，有好多宝贝。我们爷俩出来，也就是在死人身上拣些浮财，不偷不抢，不敢伤人性命。"

陈天鹏道："大家都在跑，你还敢出来拣浮财，胆儿够大的啊。"

老家伙道："长官，你看我这一老一小的，就算是跟着跑也跑不了多远，再说也没地方跑，跑出去了也没有可以投靠的亲戚，没有落脚的地方。"

"嗯。"听老家伙这么一说，陈天鹏有点同情这个老家伙了。他想起了自家的父母，已经十几年没有回家了，不知道他们还好不好。

正在说话，远处忽然传来一阵低沉的马达声。陈中超喊道："日军来了！赶快伏到蒿草里去！"

老家伙连忙拽着小六子往蒿草丛里跑，一会又慌张地跑回来，与陈中超一道将躺在河滩上的女子抬进草丛里。直到这时，老家伙这才知道躺在地上的女子是个活人。

日军摩托车队沿着河堤公路风驰电掣，马达轰鸣声由远而近，在头顶上方响成一片，摩托车斗上架着机枪，突突突地四下里乱扫。

过了一阵，摩托车队走远了，路面上烟尘渐渐散去。

陈天鹏骂道："他妈的，小鬼子的机械化部队就是跑得快。"

老家伙拍打着身上的泥土，说道："长官，河堤上是公路，有日本人的摩托车。二位长官都受伤了，不嫌弃的话，不如先到小老头家里小住几日，把伤养好了再走，你看如何？"

003

"你家在哪里？"陈天鹏手搭凉棚，只见远处的山岭上隐隐约约现出几幢屋子。

"我家就在坡子村。这一阵走日本，村里人都跑了，现在只住着我们爷孙俩。"老贾说话音刚落，小六子忽然开口说话了："我家在那边。"小家伙在滚水坝里洗了个澡，去掉了满脸的黄鼻涕，那小模样看上去还是蛮乖巧的。

"是吗？"一阵热风呼啦啦地扑到脸上，陈天鹏拧开水壶盖子，将壶里的水浇到头上降温。透了口气，他伸手打中超背上的包袱里摸出两块烧饼，在小六子眼前晃了晃，故意问道："告诉我，你叫什么名字？"

小六子虽说喝了一肚子水，这会却很懂事："叔叔，我叫小六子。"

可能是营养跟不上，小六子特别显廋。

想起小六子和中超打架的样子，陈天鹏忍不住想笑，哪知自己身上有伤，刚要发笑就引来一阵剧痛。他捂住胸口，放平了声音说道："小嘴蛮甜的嘛，你饿吗？"

小六子使劲地点头："饿。"接过烧饼就往嘴里塞，又习惯性地擦了一把鼻涕。

老贾也接过一只烧饼，刚啃了一口，眼角上便淌出一行泪来。

因为沾了生水，伤口上的疼痛一阵紧似一阵。陈天鹏看了一眼四周，前不着村后不着店，他觉得老贾的话不错，得找个歇脚的地方。一阵大风袭来，蒿草在风中起伏，陈天鹏猛然想起草丛中的女子，急忙喊道："快，去看那个女的。"

陈中超奔向草丛，把那女子抱起来平放到江滩上。女子醒过来了，睁开眼睛看着众人不说话。过了一会，她伸手去扣地面的沙土，手指在沙地上不停地比画。

陈天鹏低头看去，女子在沙地上划出三个字来："带我走"。陈天鹏吃了一惊，细看女子面容，白森森地没有一丝血色，却有一种似曾相识的感觉，不免问道："你是哪里人？"

女子张了张嘴，泪水先自顺着脸颊淌了下来。陈中超扶着女子坐起身来，女子不言不语，一双眼睛定定地看着陈天鹏。

陈天鹏又问："你是谁？"

女子摇摇头，又点点头，嘴巴里发出"啊啊"的声音。原来她不会说话，是个哑巴。

一个哑巴长这么漂亮，真是天下之事无奇不有。陈天鹏心里纳闷，没有再问下去。

又歇了一阵，陈天鹏的体力有所恢复，对女子道："你听得懂我说话吗？"

女子点了点头，见她的反应这么快，陈天鹏反而一惊，过了好久方才说道:"我们都有伤在身,帮不了你太多。你要是能够自己走路,就跟着我们一起走,我们要找一个歇脚的地方。"这是实话,他们必须马上赶路,天黑之后,荒郊野外什么事情都有可能发生。

女子使劲点头。过了一会,她居然站了起来。

斜阳拖拽着行人的身影,长长地拉在地面上。女子踉踉跄跄跟在众人身后,老贾时不时地回过身去扶她一把,只有小六子一蹦一跳,远远地跑到前面去了。

第003章

坡子村迷雾

001

山里的路，看着近，走着远。在中超搀扶下，陈天鹏一路蹒跚来到坡子村。哪知刚刚跨进老贾的屋门，陈天鹏忽然眼前一黑，一头栽倒在地。众人大惊，手忙脚乱地将他抬到床上。

老贾急忙将手背贴在陈天鹏的额头上，惊叫出声："哎哟，滚烫！"说罢在床边坐下来，抬手给他把脉，那架势就像个大夫。过了一会，老贾的面色愈发沉重，他往墙角上望了一眼。那里立着一个黑乎乎的橱柜。老贾起身走过去拉开柜门，从橱柜里摸出一个纸包包来。纸包包里有一些粉末，老贾把粉末倒进碗里，加水调匀后交给陈中超："你把这个喂给陈长官吃。"

"这能吃吗？"看着碗里黑乎乎的，陈中超有点恶心。走这么远的山路来到这么个地方，四面荒山野岭，陈中超心里好不后悔。

"这是金枪药，先给他吃了，一会再给他伤口上洒一些。"老贾又招呼小六子端来一盆凉水，让他把毛巾放在冷水中浸透，然后拧干了给陈长官冷敷。

其实，小六子的个儿也不算矮，站着的时候跟老贾一样高，一双眼睛亮晶晶的，人也挺机灵的，就是两根黄鼻涕滋溜滋溜地在鼻孔下边出出进进，搞得陈中超很没胃口。小六子看看躺着的，又看看站着的，再看看坐着的，他对三个陌生人都很好奇。

无论是站着还是坐着，陈中超的腰板都挺得笔直，有股军人特有的气质。他特别讲究衣着，不管怎么穿，总是中规中矩，从不马虎。打滚水坝上来之后，小六子才知道陈中超为了救他差点把自己也搭了进去。小孩子的思想单纯，口里不说，心里对陈中超产生了一种亲近感，一有机会就凑上去，想和他搭话套近乎。哪知陈中超最怕鼻涕，看见小六子就走，不想搭理他。

　　趁着天还没黑，陈中超到村子里兜了一圈。
　　山里偶尔传来一两声怪异的叫声，很瘆人，分不清是什么动物在叫。村里的木板房东一间西一间地散落在山坡上，乍看上去，像是贴在山腰子上的几幅黑白素描画。村子中央有一小块平地，村后是一片阴森森的老林子。奇怪的是，村里的屋子都是空荡荡的，什么东西都没有，唯独在屋子中央堆着一个半米来高的土堆堆，看起来怪怪的。整个村庄都是木板房茅草顶，唯独老贾的房子是土坯屋，三间两层，位于进山的路上一处凹槽部位，好像是一个武林高手在此猛击一掌，故意把整幢屋子拍进这么一个凹槽里。屋前有一堆乱石，屋后是一堵人工削平的土墙，侧面有一个小水塘，一条小道绕着水塘转了半个圈，弯弯曲曲地往后山去了。

　　妹子恢复得很快，她也不说话，自个就把小六子的活接了下来，干活的手法很利索。看着妹子一脸的汗珠，老贾问道："闺女，你没事吧？"哑巴妹子点点头。
　　小六子道："爷爷，她是哑巴。"
　　老贾扬起巴掌喝道："胡说，乱讲话，我打你。"
　　小六子赶紧把嘴巴闭上。
　　老贾又道："闺女，你歇着吧，别累着。"妹子打手势说，自己不累。过了一会，老贾又关心地问她的家在哪里，家里还有什么人，这一问，妹子就流泪了。老贾连忙安慰她："不哭不哭，不想说话就不说。这年头兵荒马乱的，只要人没事就好。大家伙现在有伤在身，都不要急，只管安心在我这里静养，等到身体好了再作打算。"老贾心想，这闺女不愿意说话，心里一定藏着很深的隐痛。

陈天鹏躺在床上，这是屋里唯一的一张床。老贾另外弄了两块板子，在侧屋里给妹子搭铺，妹子不去，她就守着陈长官，困了就趴在床边上打盹。老贾见状，干脆就把两块板子铺到陈长官的床边上。

陈中超一步都不敢离开大哥，晚上困得不行，他就小心翼翼地挨着大哥躺下。山里的夜特别凉快，催人入梦，他很快就睡着了。陈中超做了个梦，梦见了排长、豆子和杨参谋过来找他，责怪他为什么不叫他们一起走，正在拉扯，忽然听到几声轻微的脚步声从身边走过。陈中超猛然惊醒，翻身一看，大哥仍然在床上昏睡，妹子蜷缩着睡在边铺上，屋里静悄悄的。正在疑惑，屋外又传来了几声细微的响动，夜深人静，声音十分清晰。陈中超踮着脚尖下床，透过窗格向外张望，只见一个黑影轻飘飘地向村里走去。陈中超一惊，欲待出去看个究竟，却又担心床上的大哥，脚下不敢移步。过了一会，脚步声又从远处传来，一道黑影在窗外晃过，好像老贾。陈中超暗自心惊，这老家伙深更半夜四处乱跑，尽在装神弄鬼，正待出去问个明白，陈天鹏忽然发出一阵剧烈地咳嗽，哇的一声吐出一口黑血来。

陈中超慌忙回到床前，连声呼叫大哥。正在束手无策，房门嘎吱一声开了，老贾推门而入："不要动他，让他偏过头去把瘀血吐尽。"说罢又摸出一个小纸包来，把一些白色的粉末抖入碗里调匀，端起碗来递给中超："陈长官一路奔走，引发内出血，伤势很重，赶紧喂他服下这碗药水。"

陈中超死死地瞪着老家伙，不知道他葫芦里卖的是什么药。

老贾见他眼神不对，便把调好的汤药先自喝了一口，再把药碗交到中超手上。陈中超也不接碗，只是瞪着老贾冷笑。本想要问他为何半夜行走，话到嘴边又咽了回来，心想打蛇要打七寸，如今两眼抓瞎，若是凭空问他反而打草惊蛇。转念又想，此处山庄十分诡异，现在不如装聋作哑，一切皆等大哥身体复原了再说。心下计议已定，这才接过碗来，先自尝了一口，然后缓缓喂给大哥。

自此之后，陈中超每日都在暗中提防老贾。

天色刚刚发亮，老贾又过来给陈天鹏把脉："今天好些了，你们在家里招呼病人，我去山里找几味草药，记住了，要用湿毛巾给陈长官降温。"说罢自顾自地上了阁楼，不一会就拎了个背篓下来。临走之前，唤小六子道："你去地窖里看一下还有没有红薯。"

小六子站着不动："地窖里没有红薯了。"

老贾："没有啦？"

小六子："嗯。"

陈中超心想这个老家伙又在演什么戏，揭开灶台上的锅盖一看，鼎锅里面空空如也，不免冷笑道："没事，饿不着大家。"伸手拎过包袱，摸出几块烧饼来，按照人头每人一个。这几天，神秘的老贾，不说话的妹子，每一个人都使他心存疑虑。他生怕昏迷不醒的大哥会出意外，因而不敢离开这间屋子半步。

小六子接过烧饼，跑过去送给爷爷。

陈中超心道，这鼻涕鬼又来作怪："小六子，你不吃烧饼？"

小六子擦一把鼻涕，不说话，一双眼睛只管盯着陈中超的烧饼袋子。

老贾不知从哪里拿出一块破布，在小六子的脸上擦过来擦过去，总算把两股鼻涕擦了个不干不净。说道："爷爷有一个烧饼够了，这个是你的。"老贾说罢，将小六子的烧饼塞了回去。

小六子："小六子在家里，不饿。"

爷爷："乱讲，拿去。"

"等一下！"陈中超听懂了，老家伙进山采药，小六子担心爷爷吃一个烧饼不够。心想这鼻涕鬼人小鬼大，倒还是有点孝心。陈中超索性又从包裹里抓了两块烧饼出来，连同灌满水的军用水壶，一并递给老贾。

老贾接过水壶，却把陈中超手上的烧饼推了回去："我有一个就够了，其余的留着。"说罢，背着篓子走啦。

陈中超愣了半晌，心里骂道：老东西，给你吃的还要摆谱。

002

傍黑的时候，老贾回来了，嘴里含着几片不知名的青叶，时不时地嚼动几下。"爷爷！"小六子接过爷爷的背篓，将草药倒在门前的平地上。在山里转了一天，老贾累得不行，软软地坐在门槛上喘气。妹子凑上前去帮忙，把地上的草药一株一株地理出来，然后到门前的池塘里清洗干净。照着老贾的指点，妹子又把草药分门别类，摊在石板上擂碎打浆。妹子非常聪明，一点就通，不一会的工夫，便将事情做得妥妥的。老贾坐歇了片刻，说道："陈长官的背后有一块二指多宽的弹片，必须拔出来。"

"拔弹片？"那块弹片连着皮肉，一头卡在骨头缝里，一头裸露在外面，看一眼都觉得痛。这也是陈中超最担心的事，要是有个大夫，弹片早该拔出来了。陈中超心道，这活再怎么着也是大夫干的事，一个糟老头子也敢拔弹片，那不是开玩笑嘛！

"对，必须把弹片取出来。"老贾扫了一眼躺在床上昏睡的陈天鹏，淡淡地道："我仔细看过了，弹片的位置浅，只要使点劲就可以拔出来，费不了多大的事。"

一件天大的事被老家伙说得这么简单，陈中超不干了，指着老贾的脑门子吼道："你说什么？你以为是在地里扒萝卜吗，那是卡在肉里的弹片！人命关天，劲大就管用吗？告诉你，我的劲比你大！"

老贾："劲大不管用，得使巧劲。"

"老……"这不是摆明了在和自己绕嘴吗，陈中超气得不行，他真想好好地教训一下这个老家伙。

大｜东｜路

"实话告诉你吧，我是一名大夫。"没等陈中超说话，老贾又说话了："你不信是吧，因为我根本就不像大夫，是不是？哈哈，小陈长官，你信不信没关系，如果要救你的长官，就必须取弹片！"

"你是大夫？"陈中超瞪圆了眼睛。心想这个头发枯槁，满面疤痕的老家伙，认得几株土药就说自己是大夫，真他妈的不知天高地厚，不由骂道："我看，你就是个瘪三！"

老贾也不生气，双手一摊："不识好心人是吧，那好，你就说弹片取不取吧，反正不是我的长官。不过，我可得告诉你，那块弹片卡在两根肋骨之间，位置靠近心脏，如果引发感染，神仙来了也没救！"说罢，站起身来就往屋外走去。

妹子上前拽住老贾的衣服，不让他走。又转过头来冲着陈中超使劲地点头，那意思是说，这老家伙确实是个大夫。

陈中超也知道，大哥身上的弹片一定得取出来，但他不敢相信老贾。心想这老家伙半夜三更乱跑，邪门得很，就算是个大夫，也得先镇一镇他的邪气。不想老家伙说走就走，撂挑子不干了。好在妹子拖住老家伙不放，陈中超只得骑驴下坡："好哇，不就是取弹片吗，取！不过，我可得把丑话说在前面，要是没把握就别乱来喔，我都看着呢！"

"你看着是吧，行，你尽管看着。"老贾转过身来，非常干脆地说道："告诉你，在我这个村，只要老贾出手，就没有治不好的病。"

陈中超一阵冷笑，心想这个村也就你们爷孙俩，此外没有一个多余的人，你个老家伙爱怎么说都行！本待反呛他几句，又想老家伙马上要为大哥取弹片，到了嘴边的话没说出来。

老贾一脸漠然，吩咐道："先为陈长官翻个身，让他趴着。另外，取弹片的时候，妹子做帮手，小陈长官、小六子都站到门外去，不准靠近屋子，不准说话，也不准弄出声响！"说罢，端起一碗熬制过的药水，缓缓地浇在陈天鹏的伤口上。

陈中超气得不行，却也不敢多嘴，只得退出屋子，透过窗格子一个劲地盯着里面看。手术刀就是一把短小的匕首，老贾用沸水煮过，耍刀的时候，老贾的手每动一下，陈中超的全身就会抖一下，那块弹片像是长在他身上似的，令他心惊肉跳。也不知道老家伙使出了什么妖法，或许是那碗水有麻醉的作用，陈天鹏一直在昏睡之中。一个时辰之后，弹片取出来了，陈中超的全身也都湿透了。

陈天鹏一直在做梦，他感到自己的背部痛得厉害，好像是被人在往里面扎刀子。

"哥！"陈中超一直守在床前，生怕大哥一睡不醒。

陈天鹏的眼皮非常沉重，睁开眼睛的时候，妹子正在擦拭自己身上的血迹，手上的动作极为细致，且又轻柔。妹子一直捏着他胳膊上鼓鼓囊囊的肌肉，似乎舍不得放手，陈天鹏的体魄强壮，全身上下都散发着一股浓烈的男人气息。

陈天鹏一动不动，静静地看着妹子一双细细长长的丹凤眼，他想起了河边上的一些片段。

几天过后，陈天鹏觉得伤口没有那么痛了，精神状态也好了很多。陈中超也放松下来，他在地面上铺了一层干草，四仰八叉地躺上去打算踏踏实实地睡个安稳觉。夜深人静，忽有一阵轻微的脚步声传来，由远而近。警卫出身的陈中超异常警觉，睁开眼睛一看，只见一道黑影从窗外一闪而过。陈中超翻身起来，拉开侧门跟了上去。黑影轻飘飘地往村里走，来到一间小木屋前，一闪身就不见了。

陈中超也不着急，闪到一棵大树后面，悄无声息地盯住黑影消失的地方。对他而言，跟踪、侦查技术都是警卫连的必修课。小木屋里传来了一阵窸窸窣窣的声响，不一会，黑影返身出门。陈中超是天生的夜光眼，夜间视物一清二楚，此时，他看得明明白白，黑影就是老贾。

待得老贾走远，陈中超这才一声不响地潜到小木屋前。他推了一下木门，竟然纹丝不动，伸手一摸，门上有一把方形挂锁。本想一把扭开锁头闯进屋去看个明白，忽然又想，那老家伙半夜三更地往这里跑，其中必有图谋，贸然扭开锁头定会打草惊蛇。想到此处，陈中超转到茅屋侧面，趴着窗格向屋内张望，屋里空空荡荡，什么都没有。

陈中超惊疑不已，忽然想起躺在床上的大哥，自己离开多时，万一中了敌人的调虎离山之计，后果将不堪设想……陈中超惊出一身冷汗，返身就往回跑，进屋一看，大哥仍然躺在床上熟睡，陈中超这才松了一口气。

003

第二天，老贾照例过来把脉，满是疤痕脸上露出了一丝喜色："好多了，应当抓紧调理，进补营养。"

"荷荷，"陈中超冷笑，扬手就把一只空袋子扔到老贾脚下："老贾，你不是在唱戏吧，一个烧饼都没有了，拿什么进补？是吃泥巴、啃石头，还是喝西北风？"

看着脚下的袋子，老贾一愣，沉默片刻，他转身上了阁楼。过了一会，老贾打阁楼上下来，手里多了一支长枪："这是在河边拣的，我也不会用，你拿去吧。"说罢随手一抛，将长枪扔给陈中超。

陈中超手快，抄过来一看，居然是一支汤姆逊冲锋枪，这是最新式的美式枪械，火力强悍，一扫一大片，304团警卫连就是在半年前换装了这种枪械。陈中超拉开枪栓，枪膛锃光发亮，足足有九成新。陈中超不敢相信自己的眼睛，这老家伙净玩阴招，怎么可能主动缴械？

"路边的好东西多的是，可惜我老了，扛不动。要是多一把子劲，兴许会多拣一些回来。"老贾说罢，又递过去一只木盒子。

木盒子沉甸甸的，陈中超打开一看，全是黄澄澄的子弹，还有一枚木柄手榴弹。盒子内侧另有一个小隔层，放着一个棕黄色的手枪皮套。枪套外面并排卡着五粒圆头子弹，枪套中插着一支瓦蓝铮亮的勃朗宁小手枪。

这么高级的把戏，陈中超也是头一次见。

老贾："要是你的枪法没有问题，山里的野味多的是，那些都是大补的食材。"原来，老贾要他进山打猎。

陈中超握着勃朗宁把玩了好一会，又去拨弄汤姆逊，然后抓起子弹一颗一颗地往弹夹里压，心想这老家伙把枪都交了，应当不会再有什么幺蛾子。又想这老家伙深更半夜地往小木屋里跑，跟个幽灵似的，一定是有夜游症！卡满了三个弹夹，陈中超抬起头来看向众人："看样子，是该到山里转一转了。"已经断粮了，与其眼睁睁地看着一大帮子人在屋里饿死，不如赌一把，进山去碰一碰运气，或许能够寻得一条生路。

陈中超话音刚落，小六子立马嚷道："要进山吗，我带你去。"

陈中超吓了一跳，满脸嫌弃地道："去去去，你小子净想好事，瞧你那鼻涕，待一边去吧！"

小六子扯起衣袖就往脸上抹，顿时变成了一张花脸。哪知忙中出错，扯过去擦鼻涕的居然是陈中超的衣袖。

陈中超全身起了一层鸡皮疙瘩，大叫："哎，鼻涕鬼，反了你啦！"三下五除二地将外套剥下来，狠狠地往地上一摔，回手就要去揍小六子。

小六子知道闯祸了，一急之下，鼻孔里居然吹出一个灯泡大的气球，未等旁人反应过来，气球"啪"的一声炸了，一汪鼻涕弹片似的四处飞溅。

"哇！"陈中超向后弹出一米开外。再去捉拿小六子时，鼻涕鬼早已泥鳅般地一滑，远远地跑了开去："你不带我去，我就抹鼻涕，我就反了，就反！就反！"一边喊一边舞动双手示威。

妹子忍不住偷偷发笑，赶紧把陈中超的外套拿到塘边去洗。估摸着陈中超逮不住自己了，小六子又远远地站着乱喊："山里有陷阱，你出去打猎，我得带路保护你。"

陈中超差点被他气昏："我要你个鼻涕鬼来保护？你给我滚远点，

滚得越远越好，别让我逮着你！"

到这端口，老贾替小六子说话了："小陈长官，你还真得带上小六子，他认路。这个村子原先的七八户人家都是猎户，他们在山里装了很多捕兽夹子，不知道的根本看不出来，还有陷阱、竹箭、吊索，你不能乱走，万一中了机关，那可不是好玩的。"

寻思了半晌，陈中超也没有别的法子，只好带着小六子进山。陈中超的枪法准得出奇，山里的野兽只要进入他的射程，几乎就没有逃得掉的。第一天的战果很丰富，野鸡、野兔打了七八只，第二天打了一头不大不小的麂子，过几天又碰上一头不知死活的野猪，那家伙仗着两颗巨大的獠牙和一身盔甲似的皮肤对准汤姆逊的枪口冲锋，陈中超一个连射，把一颗猪头打得稀烂。

小六子对陈中超的枪法佩服得五体投地，说："你的枪法比爷爷准多了。"

陈中超问道："你爷爷经常打枪吗？"

小六子摇头："爷爷不打枪。"

陈中超又道："那你怎么知道我的枪法比他准？"

小六子鬼精得很："我逗你玩的。"说罢，撒腿跑到草皮地上打滚去了。

每天出去打猎，小六子都跟在后面，枪声一响，他就吸着鼻涕跑过去，飞快地把中枪的野兽捡回来。小六子面相稚嫩，像个十来岁的小屁孩，其实他已经十二岁了。山里长大的孩子有一种天生的野性，光着脚板不怕磕脚，爬树比猴子还快。慢慢地，陈中超开始有点喜欢起这小子来了。不是冤家不聚头，一个多月过去，两人成了形影不离的好朋友。

打回来的野味越来越多，一时半会的也吃不完，妹子就把剩下的野猪肉切成条条块块，抹上盐粒做风干肉。山雀、斑鸠、野山鸡什么的，哑女就加上点山药、野菜什么的清炖，既美味又滋补。炖汤的营养成分高，陈天鹏的脸色比先前好多了，身体恢复得很快。

野兽都是有灵性的，遭遇了一番突击猎杀，附近的飞禽走兽全都没了踪影。近处找不到猎物，陈中超就带着小六子往远处走。两人翻山越岭，转到下午，拣了一处视野开阔的地方，倚着半截枯树坐下来歇气。

　　陈中超拧开水壶盖子，仰起头来喝了几口水，然后把水壶递给小六子。小六子也学着陈中超的样，壶嘴向下，仰起头来喝，却被呛了个半死。

　　陈中超："你就这熊样，连喝水都不会。"

　　"谁不会！"小六子不服输，将一壶水从头顶上浇了下来，把全身淋了个透。

　　陈中超："你这叫喝水吗？"

　　"我不想喝水。我要和你比，谁不怕口干。"说完，小六子在裤兜里掏出一把弹弓来，双手一拉，"啪！"的一声，一颗石子不偏不倚地射在对面的树干上。

　　陈中超："呵呵，你小子还有这一手，怪不得牛哄哄的。"

　　小六子："我就是牛哄哄的，看你怎的。我的弹弓可以百发百中！"

　　"是吗，哈哈。那好，今天不走啦，我们就在这里守株待兔，我倒要看看你的弹弓到底是能够打老虎还是能够打野猪。"

　　小六子不知道守株待兔是什么意思，正要打破砂锅问到底，身后忽然传来一道奇怪的声响。陈中超以为是来了猎物，嗖的一声弹了起来，提枪四顾，什么都没有看见。再竖起耳朵细听，"咕嘟咕嘟……"声音断断续续，好像是从枯树里面发出来的。

　　眼前的枯树约有二人合抱粗细，树干从中断裂，上半截倒栽在地，断裂处黑乎乎的像是被火烧过，估计是被雷劈的。山中多有千年树，世上难逢百岁人。陈中超心想，难不成今天碰上树精了？正待看个究竟，小六子已经嗖嗖几下就爬上枯树，叫道："树洞里面有东西。"说罢，摘了根枯枝就往树洞里面捅。

　　陈中超吓了一跳，连声喊道："你小子吃了豹子胆，快下来，小心有蛇。"小六子没把陈中超的话当回事，过了一会，居然从上面扔了三只狗崽子下来，原来，咕嘟咕嘟的声音是这三只小把戏发出来的。

"树洞里怎么会有狗崽子？"陈中超惊讶不已，心道莫不是前些天里小鬼子的飞机狂轰滥炸，吓得村里的母狗跑出来避难，顺便在这树洞里生出一窝崽崽来。陈中超拎起狗崽子，但见毛色淡黄，头宽短吻，圆圆的小鼻子，既小巧又好看。小崽子在陈中超的手掌心里扭来扭去，张开肉乎乎的小嘴啃住他的手指一个劲地吮吸，摆明了还未断奶。陈中超大喜，大大地表扬小六子："不错，居然弄了几条活的，带回去炖汤。"

小六子赶紧把小崽子抢了过去："就不炖汤，我要把这三只小狗养大，给爷爷看门子。"

可能是树洞太高了，三只小崽子被摔得有点狠。回到家里才发现一只狗崽子断了腿，另外两只也病恹恹的。小六子这回的耐心可好啦，先是给三个小家伙喂了一点稀汤，然后又给断了腿的小崽子绑上夹板，前前后后忙乎了大半个时辰。待得三只小崽子吃饱喝足了，小六子才把它们弄到一只破篓子里，任它们挤在一起呼呼大睡。

第 004 章

大战豺狗

001

山里的夜黑漆漆的，伸手不见五指。老贾划一根火柴，点燃一枝长满树疙瘩的松明。借着松明的火光，妹子把背篓中的草药倒在地上，一枝一枝地把药材分拣出来。她发现一根紫色的苗杆，叶子上开着橘黄色的花，花蕊四面展开，她觉得好看，拿起来向老贾打手势：这是什么花？

老贾笑了笑，将那朵花摘下来插在妹子的发际上，然后扬起苗杆说道："你看这上面的叶子，左三张右四张，一共七张，这种药材叫三七。把它的根兜捣碎，可以外敷内服，有散瘀止血，消肿祛痛的功效，主治各种创伤和血症。"

妹子嗯了一声，表示听明白了，又在草药堆里翻找起来。老贾知道她还在找三七，告诉她道："这种药材一般都长在悬崖上，非常稀少，今天碰上一株，也是运气好。"说罢，便将三七的根兜切了下来。妹子把擂钵清理干净，正待将那颗三七根兜擂浆，门口忽然传来"咚、咚、咚"的敲门声。

"谁在外面？"老贾半张着嘴，露出惊讶的表情。陈中超扫了一眼屋内，老贾、小六子、妹子都在堂屋里，大哥在里屋躺着，五个人都在，怎么会有人敲门？心里不免咯噔一下，这个小村表面风平浪静，暗中却隐藏着许多不可见人的秘密。

陈中超大喝一声："什么人？"一个箭步冲向门口。

"不要……"老贾话音未落，陈中超已经一把拉开房门。

一道黑影迎面扑来，陈中超猝不及防，急切间身形一矮，五指如钩，鹰爪般地扣住对方的头颅，定睛一看，却是一头毛色金黄的恶狗。那恶狗的头颅虽被扣住，表情却是十分狰狞，张开血盆大口乱咬。陈中超大怒，双手把住恶狗的上下颌，发力一扳，一张狗嘴顿时就被撕成了180度。陈中超又在下边飞起一脚，恶狗便如皮球一般地飞出门外。

"妈的！"陈中超拍了拍手板，狠狠地骂道。忽见前方红光闪过，又一道黑影扑了上来。陈中超急退一步，啪的一声将门关上，黑影来不及刹车，嘭的一声撞在门板上，发出一阵痛苦的哀鸣。

"怎么回事？"堂屋这边动静大，陈天鹏起身问道。在老贾家里将养了一个多月，他的伤势基本上痊愈了。

老贾的嘴唇动了一下，尚未来得及解释，先自冲进灶屋找了一根胳膊粗的木棍出来，二话不说顶在门板后面。顶好之后，生怕木棍不够结实，又让小六子去灶屋里去找更粗的木棍。就在这时，灶屋那边哗啦啦发出一声响，窗口上伸出一个毛发金黄的头颅来，两只幽红的眼睛闪着红光。原来，正门不通，几只狗子绕到灶屋外边的窗子下面叠罗汉，一个劲地往窗格子里钻。

却好妹子也在灶屋里帮着寻找木棍，顿时吓得花容失色，双脚便如中了魔咒似的，定在原地无法动弹。小六子虎地一声冲过去，操起菜刀就劈，狗子呜咽一声把头缩了回去，地上留下了一只毛茸茸的耳朵。

陈中超喊道："闪开，我来收拾它！"冲锋枪哒哒哒一个连射，窗子外一阵混乱，狗子们在哀叫声中四散逃走。陈中超骂道："妈的，四条腿的狗子就是跑得快，子弹都追不上，再敢来就把狗日的全都毙了。"

老贾大喊道："快把窗子堵上，这些不是狗子，是豺狗子！"

"放松点，不要紧张。"中超安慰道："别管它是菜狗子还是饭狗子，所有的狗子都一样，打死了炖汤吃肉！"

老贾一听，更是紧张得不行："不是菜狗子，也不是饭狗子，是豺狗子。豺狗子是最最惹不得的！"

陈中超笑了起来，拍了一把手上的冲锋枪："怎么惹不得，打不死吗？不要慌，只要有我在，来多少叫它死多少！"一个多月了，只因为不识老贾的庐山真面目，陈中超根本就不信他。

老贾面色苍白，说话直打哆嗦："你根本不晓得豺狗子有多狠，这种东西要么不来，来了就是一群，成群的豺狗子连老虫都不敢惹。"

陈天鹏也是暗自吃惊，说道："老贾说得没错，豺狗子像狗又像狼，它们善于群体作战，非常凶残。"他记得自己老家也闹豺狗，那时候他还小，豺狗群一下山，村里的狗都不敢叫。

听得大哥这么一说，陈中超才有了三分当真，他把绑在腿上的勃朗宁拔出来递给陈天鹏："哥，你用这个，里面有五颗子弹。"

002

众人一起动手，把所有的窗口全都堵了起来。陈天鹏吸了一口气，透过木门的缝隙向外窥探，但见月光朗照，山林里的红光星星点点，鬼火般地飘来飘去。

"咚！咚！咚！"拍门的声音再次响了起来，急促间带着凶狠和嗜血。众人的神经骤然绷紧，每一个人都嗅到了一股强烈的杀气，便如中了定身法似的地盯着门口。

带着仇恨的豺狗，比狼群更可怕。

拍门声越来越急，越来越狠，最后变成了愤怒的撞击。

老贾定了定心神，壮着胆子走向门后，双手压住顶门的木柱试了试劲道，觉得门柱很结实，这才回到原地，任那豺狗在门外乱撞。

民国年间，豺狗在湖湘一带泛滥成灾。地方军阀曾经会同零散猎户对豺狗群进行剿杀，豺狗子死的死、逃的逃，剩下的已是穷途末路，四处躲藏，再难成群结队。不想多年过去，豺狗子死灰复燃，悄悄地卷土重来。

陈天鹏转身回到里屋，细细检查侧门的状况，一双手从后面伸了过来，悄无声息地搭在他的肩上。

老贾站在堂屋里，恰好看到这一幕，顿时吓出一身冷汗，大喊："不要回头！"

原来，趁着众人集中防卫正门的当口，一只豺狗子挤掉里屋窗格上的砖块，径直打豁口处钻了进来。豺狗子人立而起，把一对毛茸茸的前掌搭在陈天鹏的肩上。陈天鹏情知不妙，突然原地下蹲，闪电般地拔出勃朗宁，反手向后连射数枪。豺狗"啊呜"一声，就地打了个滚，翻身跳上窗户豁口。陈中超冲进里屋追着屁股一个连射，豺狗子后腿拼力一蹬，吧唧一声摔出窗外。

"没事吧！"几个人全都冲进了过来。

陈天鹏感到脖子上热乎乎的，伸手一摸，手板上全是血。原来，脖子上被豺狗抓了一道口子。妹子惊叫一声，急忙撕下一截衣袖，上去给他包扎伤口。看到众人的样子，陈天鹏反而笑了起来："看来，我这脖子口味不怎么的，那家伙不感兴趣。"军旅生涯十几年，铸就了陈天鹏指挥若定，天塌下来也不动声色的气质。

众人惊魂稍定，却哪里笑得起来。老贾赶紧去堵侧面的窗格子，边堵边说："那家伙的屁股中了那么多枪，应该被打死了吧。"

估计是刚才的那一梭子的作用，门外的撞击声消失了，星星点点的红光远远地窜逃开去，在山林里乱转，似乎再也不敢靠近这间屋子。

众人的神经一旦松弛下来，浑身的劲道就像被抽空了似的，一个个软绵绵地坐在地上。小六子的眼皮子开始打架，靠着楼梯就睡着了。老贾也挨着墙根坐下来，正在眯着眼睛打个盹，阁楼上传来"呼"的一声巨响。

"不好！"老贾大叫一声。

正在睡觉的小六子挨了鞭子似地跳了起来，拎起菜刀就往阁楼上冲。原来，这幢屋子依山而建，后面的斜坡恰好与二楼平行，二者间距只有数米来宽，成年豺狗一个虎跃就可以顺着坡面从二楼窗户跳进阁楼。

　　小六子刚刚登上阁楼，一团黑影呼的一声扑了过来。小六子急忙挥动菜刀，一通王八刀法连攻带守，却被那豺狗轻灵闪过，飞身一撞，小六子的身体腾空而起，打楼梯口处摔落下来。"不要慌！"陈中超只把脚尖在楼梯上一点，人已到了阁楼口处，他一手托住小六子的腰身，顺势一沉卸去坠落的力道，将他轻飘飘地放落在地。"哒哒哒！"密集的冲锋枪子弹抵近射击，豺狗连中数弹，顿时一命呜呼。

　　老贾紧跟着上了阁楼："小陈长官，我来堵窗子，你下去招呼地面。"外面安静下来。老贾把阁楼上的窗户堵了又堵，直到堵得严严实实，这才下来。

　　山里的野兽最怕枪声，放在平时，一挂鞭炮就足以吓跑它们，今天的豺狗怎么这般没完没了，这使他感到困惑。忽听一阵叽叽咕咕的声响，抬头一看，一只挂在墙上的篓子在不停地颤动。拎下来一看，里面躺着三只毛茸茸的小狗子。老贾大惊："哪来的？"

　　陈中超道："那是小六子掏树洞掏来的狗崽子，说是养大了可以看门子。"

　　老贾跺脚道："我的天老爷，怪不得豺狗子来拍门，原来是捉了它的小崽子。"

　　"什么？"几个狗崽子居然惹来这么大的麻烦，陈中超抓过一只狗崽子，扬手就摔。

　　陈天鹏急忙喝阻："慢！豺狗子倾巢而来，为的就是这几个小崽子，把它们扔出去！"

　　哪知陈中超握力大，尚未使劲，那只小崽子就已经死翘翘了。

　　在这档口，老贾也不管那家伙的死活，赶紧在窗格上扒了一个小口，把三只豺狗崽子一只一只地往外扔。果不其然，屋外的呜咽声戛然而止。片刻过后，那头缺耳朵豺狗窜到窗下，对着豺狗崽子嗅了一阵，叼起一只就跑，几个来回就将三只崽子全部叼走了。

东边天际露出了一抹淡淡的鱼肚白，众多的豺狗子开始撤离村子，它们在坡面上坐成一排，呼朋唤友，如同凯旋的士兵。

陈天鹏一阵头皮发麻："这些家伙是在示威啊，必须杀掉它们的威风，给我打！"

"突突突！"陈中超卸掉窗格上的堵塞物，一梭子弹扫过去，山梁上的豺狗们被打得哭爹叫娘，一个个连滚带爬，翻着筋斗钻进林子里去了。

天色放亮，老贾又趴在门页子上听了一会，这才对陈中超道："扔个炮。"

陈中超："哪来的炮？"

老贾："木箱子里有！"

揭开木箱盖子，原来老贾说的炮，是手榴弹。陈中超一挥手，手榴弹从窗口飞出去，"轰！"的一声，两只埋伏在屋檐下的豺狗飞也似的窜了出去，撒开四足向林子里狂奔。

第 005 章
迷失的 304 团

001

大战过后，老贾看着满屋的碎石砖块，一副失魂落魄的模样。陈中超忽然想起小木屋里的土堆堆来，问道："那些屋子中间都有一个土堆，像坟堆一样，里面是不是埋着什么东西？"

老贾一听，脸色唰地一下就变了，瞪着眼睛道："你都看见什么啦？"

陈中超见状，心想老家伙果然心里有鬼，不动声色地道："那几个土堆下面，是不是有……"说到这里，突然打住话头，只把目光盯着老贾不动。

老贾的表情越发恐慌，就跟见了鬼似的看着陈中超。突然间，老贾拽住自己的头发，把脑袋往墙上撞。

陈中超似乎早有预料，伸手把他推了回去："你这是干什么，我可没有动过那些土堆子，都给你留着呢，本少爷没兴趣。"

"哦？"老贾恢复了原来的表情，抬起头来说道："我告诉你，村里死过很多人，到处都是孤魂野鬼。除了人的鬼魂，还有野兽的鬼魂，这些鬼魂不是藏在林子里，就是藏在小屋子里，你深更半夜的不要在村里乱走，一不小心就会鬼魂上身的。"

陈中超心道：这老家伙还在装神弄鬼，平日里估计没少吓唬别人。不过，他也不急于拆穿他，经历了这么多的事，他已经没把老家伙当坏人。不解的是，老家伙自个半夜三更出门游荡，却偏偏要别人不要乱跑。

陈天鹏听了半晌，只当二人在那边瞎扯淡，笑道："贾叔，天鹏此番受伤不轻，全靠你老出手相救，要不，我这条命恐怕就报销了。从今以后，你就是我的亲叔。贾叔，现在我的伤已经全好了，我们马上就要离开这里，你们也收拾一下，带上小六子，还有妹子一道，都跟我们走吧。"

"什么？"听说要做，老贾一下子发起呆来，怔怔地望着门外。

陈天鹏估摸着贾叔的心情，一定是因为年龄大了，怀念家里的一草一木，舍不得离开这里。耐心解释道："贾叔，我们这番和豺狗群恶斗一场，梁子结大了。豺狗子最记仇，轻易不会善罢甘休，说不定这会正在盯着我们呢。再说这个地方太偏僻，你们一老一小的根本待不了，万一有什么事，连个报信的人都没有。"折腾了一个通宵，陈天鹏感到自己的伤口有点隐隐作痛。

"走吧贾叔，以后，我们会好好照顾你的。"大哥把话都挑明了，陈中超自然要站出来表个态，得让贾叔放心。贾叔不回话，陈中超又把目光转向大哥："哥，你的伤全好了吧，伤口还疼吗？"

陈天鹏展开手臂："全好了，就是有点痛也不碍事。身为军人，这点痛算什么，现在的首要任务就是寻找部队。中超，你下山走一趟，打探一下部队退走的方向。"

小六子一直窝在草铺上补瞌睡，迷糊中听见"下山"二字，一个鲤鱼打挺跳了起来："我也去。"说罢，也不等别人回话，自个径直往门外走去。

陈中超叫道："你给我滚回来，没说要你去！"

小六子脚下反而走得更快："我都听见了，现在就去，越快越好。"

陈中超："你不是睡觉吗，你小子有一只耳朵没睡着啊？我告诉你，这回可不是去打猎，路上没有陷阱，不需要你保护。"与豺狗大战了一个通宵，陈中超也有点疲倦，生怕小六子又来添乱。

小六子："下山去藩镇，我带你抄近道。"

陈中超："谁说去藩镇啦，睡你的觉去吧。"

贾叔一直都在发愣，此时忽然清醒过来，说道："这里地方偏僻，方圆几十里就只有一个藩镇。让小六子一起去吧，他认路，山里有豺狗子，必须在天黑之前赶回来。"

"嘀！"陈中超看了一眼小六子："你小子属蚂蟥的啊，怪不得鼻涕多。"出发之前，陈中超把汤姆逊裹了一层布，然后放进布袋里，就像背山货一般把布袋背在肩上。

藩镇冷冷清清，只有一条石板道贯通南北，所有的铺面都关门闭户，没有一丝人气。偶尔遇到的几个行人，也是神色慌张，脚步匆匆。一路走去，街道路两旁的墙面和门板上写着很多大大小小的汉字，大多是用石灰水写的，也有用油漆写上去的，内容大抵都是某师某旅开往何处，某团在何处集结等等。由于缺少通讯手段，中国军队每逢溃退，都会沿途涂写部队退走的方位，为掉队追赶部队的官兵留下路标。

二人走到镇子尽头，终于在一堵矮墙上找到了一行不起眼的粉笔字："102 师开往邵阳"。陈中超暗自欣喜，但他反复回想街道上的大小字样，单单没有 304 团几个字，心里多少有点失落。二人跑了大半天的路，足下有点犯困，正打算找个地方歇一下，忽然发现距离镇口数十米处有一幢单独的楼房，门前插着一面土色的三角旗，上书一个"食"字，原来是一家食馆。二人大喜，快步走进门去，里面果然坐了不少食客，乱哄哄的。陈中超感到奇怪，整个镇子都冷冷清清，唯独这里热闹。看到一大一小两个人进来，食馆里一下子安静下来，所有的目光都落在二人身上。

小六子胆怯，站在门边就不动了。众目睽睽之下，陈中超有点尴尬，赶紧堆起笑脸，蹭到一个满身补丁的中年人跟前问道："请问老乡，这里能否讨口水喝？"

见他如此问话，中年人似乎很意外，上下打量了他一番之后，回道："当然可以，这里本来就是食馆，不但有水，还有上好的米酒。"

"我不喝酒，讨口水喝就行了。"陈中超小心翼翼地说。

"我看你也是一条汉子，坐下来说话，别这么拘束，我们都是流落此地的败兵，今朝有酒今朝醉，喝一杯！"

原来是败兵，真没想到会在这里会碰上这么一群人。也就是说，这些人都是战场上被打散的国军，是战友。陈中超放下心来，坐下来问道："敢问兄台，你们是哪一部分的？"

战友不高兴了："你怎么这么啰唆，要么喝酒，要么说事，要么就滚到一边去！"

大凡死里逃生的败兵，一个个都是拎着脑袋吃饭，无人约束、喜怒无常的亡命之徒，这些人搞内斗、杀长官，什么事都敢做。陈中超不想惹事，赶紧拉起笑脸赔不是："是我不该问，兄台别生气。"

战友："这还差不多。"

几杯酒下肚，陈中超忍不住又问："兄弟想打听一件事。"

战友："说！"

陈中超："你知道304团往哪边走了？"

战友的脸上闪过一丝惊疑，忽而一声长笑，凑近陈中超的耳朵边说了一通话，道出了一个令人震惊的消息。陈中超正在暗自吃惊，战友的口气突然变得阴沉沉的："你是304团的兵？"

陈中超觉得气氛不对，赔笑道："唉，304团的纪律太坏了，有几个混蛋掳走了我的老相好，我是一路追过来的。"

"老相好？是吗，哈哈哈哈……"战友突然放声狂笑。

陈中超生怕言多有失，急忙起身告辞。忽然感到一股寒气从身后袭来，陈中超本能地一闪，"唰！"的一声，一把刺刀穿过他的腋窝。陈中超急展双臂，一个反手擒拿制住对方关节，顺势一肘击在他的腰眼上，那家伙闷哼一声瘫软在地。

"出人命了！"食馆里顿时大乱。

陈中超夺过刺刀，这是一把日军军用刺刀，刀上沾满血迹，显然是刚刚杀过人。回头一看,战友霍地一声跳起身来:"穿帮了,你还不快走!"陈中超急忙向门口奔去,却不见了小六子。

"八格牙路!"门外闯进一名头戴搭耳朵军帽的日本兵,手里拎着一把大刀,一个力劈华山砍了过来。陈中超侧身闪过,刺刀反手一划,日本兵的脖子上现出一道殷红的血槽,顿时全身僵硬,木头人一般直挺挺地向后倒去。大刀到了陈中超的手里,这是一把中国大刀,可能是日本兵觉得中国大刀好玩,操了一把大刀出来乱砍,未想一招失手就送掉了自己的小命。

"啊……八嘎!"身后突然传来一声惨叫,陈中超急忙转身,只见那位"战友"一手握着军刀,一手捂住眼睛,一颗带血的眼珠子竟然打手指缝里掉了出来。"战友"状若疯狂,挥舞着军刀凶猛地向陈中超劈杀过来,陈中超看得亲切,抬腿一脚将那"战友"踹得飞过桌面,一屁股坐回原处。

这时,小六子从一张方桌下面钻了出来,手里拿着一把弹弓,"啪!"的一声,在那"战友"脸上又加了一弹。

满屋子的"食客"都向二人围了上来,陈中超反手将大刀插到背上,甩手抖开肩上的包袱,汤姆逊枪口朝上对空连射,所有的人都被镇在原地。

"走!"二人闯出食馆,沿着石板街道急奔。

"呼!呼!"身后传来几声急促的枪响,一颗子弹当地一声打在陈中超背后的大刀上,火星四溅。陈中超如同被人猛推了一把,向前一个趔趄。回头一看,只见那位失去了一颗眼珠子的"战友"尚且趴在门框上,手里的王八盒子正在向外冒烟。陈中超反手一个急射,一梭子弹过去,当场就把那位"战友"打得死翘翘。

小六子倒在几步远的地方,屁股上冒出一股股红的血。"小六子!"陈中超冲过去抄起小六子,不顾一切地往镇外狂奔。

小六子的屁股中了一枪，有一个拇指大的洞，血糊糊的。因为失血过多，小六子双目紧闭，面如金纸。"还好，没没没……有伤及要害！"老贾语无伦次，急急忙忙打橱柜里摸出一包金枪药来，颤抖着双手把药末铺洒到小六子的伤口上，接着又调了一碗药水给小六子喝下。

妹子打来一盆清水，为小六子擦洗身上的血污。

陈中超扳开小六子牙口，灌了一碗药下去，小六子哼哼了几声，活过来了，那张幼稚的鼻涕脸又恢复了顽皮的表情，好像刚刚从捉迷藏的地方钻出来，一点都没有服输的样子。

陈天鹏松了一口气："没事了，小六子福大命大。贾叔，赶紧收拾，我们马上就走。"

"马上就走？"老贾露出一种极不情愿的表情，摇手道："陈长官，你们走，我一个老家伙跟着你们也是个累赘。再说，小六子也伤得不是时候，走不了。"

"这点伤算什么，包扎好让中超背着走。"为了打消老贾的心结，陈天鹏又道："此次受伤，全凭贾叔出手相救。我陈天鹏是知恩图报之人，从今天起，我们兄弟认你做亲叔，你看如何？"

陈中超会意，上前鞠躬道："叔，感谢你救了我家大哥一命，中超这厢有礼了。贾叔如不嫌弃，我们兄弟俩从今以后就是您的亲侄子。"

老贾面无表情，忽然五指张开，似如掐算天地五行的大师，口中念念有词。片刻，老贾恢复原态，说道："不行，你们不能认叔。陈长官，你是国家的人，我不能坏了你的风水！"

陈中超道："叔，这和风水搭不上。"

老贾似笑非笑，眼窝射出一缕不易察觉的光芒，忽然间声音提高了八度，厉声道："不行！我说不行就是不行，我不走，你们也不走，谁都不许走！"

陈天鹏吓了一跳，心道小六子受伤过重，老贾受了刺激，精神有点失常了。赶紧摆手道："不走不走，贾叔也别生气，我们都听你的，不走。"

老贾："此话当真？"

陈天鹏："当真。"

老贾这么闹，大家伙搞不清他葫芦里卖的是什么药。陈中超估摸着一时半刻的走不了，干脆将大哥拉过一边，把那藩镇得来的情报细细相告，并转述了那位"战友"的话："304团溃散后，已被重庆陆军部取消了番号。"

"你说什么，304团被取消了番号？"这是一条致命的消息，如同一把利剑，直接插在陈天鹏的胸口上。尽管日军特工经常散布虚假消息，真真假假，以假乱真。但是，对他而言，这条消息如果是真的，他的304团就彻底玩完了！没有了304团，他这个团长也就变成一团空气，没有了存在的意义。

"哥，那家伙是日本人，他的话不足为信。"大哥的表情剧烈变化，陈中超赶紧转弯解释："我早就看出来了，那家伙是想从我口里套出点什么来，所以一直都在和我掰扯一些不着边的事。"事实明摆着，藩镇是中国军撤退的必经之路，镇里没有驻军，食馆里全都是日本便衣。他们扮作散兵游勇，目的就是窃取情报，顺带着诱杀零散的国军将士。

"是啊。"陈天鹏飞快地梳理乱作一团的头绪，总算是恢复了上校团长的心态："我们必须快刀斩乱麻，马上动身往南，一定要找到304团！"

贾叔坐在门槛上，眯着眼睛盯着远处的大山，如同一尊泥塑的菩萨。陈天鹏也在门槛上坐下来，他想，贾叔最担心的是小六子，因此，他打算和贾叔好好地谈一谈心，让他放下心里的顾虑。看着面容苍老、满脸疤痕的贾叔，陈天鹏真切地说："叔，我们真的要走。这里荒村野岭，既偏僻又危险，你和小六子住在这里不安全，我是真的不放心。"

"你叫我叔？"

"嗯。"

"不行，得叫我贾叔。"

"好，就叫贾叔。"

"我说过了，现在不能走。"贾叔的脸上忽然现出一种谜一般的笑容，黑乎乎的手掌在满是瘢痕的脸上抹了一把，然后缓缓地问道："你们兄弟两个，是不是真的把我当叔？"

"当然是真的！贾叔是我命中的贵人，认您做叔怎能有假？"

"那我问你们，贾叔要是说错了话、做错了事，你们会原谅我吗？"

"贾叔，无论你过去做错什么事，说错什么话，陈天鹏只当是大风吹过，什么都没发生过。贾叔，有什么话你尽管说。"

"那我就说啦？"

"你说，我洗耳恭听。"

"那好，这一回，你们都得听我的。今天夜里好好睡觉，明天一早，我带你们去一个地方。"

"去什么地方？"

"贾叔要带你们去干一件天大的大事，到时候自见分晓。"

003

秋天的林子，风景画一般绚丽。山风吹过，落叶满山，翠绿苍茫与红黄艳丽交相辉映。

贾叔在阁楼上摊了个铺，把小六子抱上去躺好，吩咐他躺好不要乱动，一天之后接他下来。一切安置妥当，贾叔撤去楼梯："我们走吧，阁楼上有吃有喝，小六子在上面待个一两天的没问题。"

走进大山，贾叔去掉了原有的老态，大步流星地走在前面。

陈天鹏带兵打仗半辈子，运筹帷幄决胜千里，从来不打无把握之仗。此番为了安抚贾叔的情绪，莫名其妙地跟着他进山，真有点鬼使神差地感觉。长途行军却不知道目的地在哪里，陈天鹏还从来没干过这么没头没脑的事。走了一程，他又想起了瑶镇的那则消息，两军对垒自有千军万马相互厮杀，小鬼子总不会单把一个304团拿出来瞎掰吧？他越想越慌，搞得爬山走路都使不上劲。妹子见他足下无力，生怕他旧伤复发，一个劲地挽着他往前走。

山里没有路，越往前越难走，陈中超满腹狐疑："贾叔，前面没路了。"

贾叔停下脚步，抬头一笑："山那边有个土匪窝子，我们去看一看。"

"土匪窝子？"陈天鹏大惊："贾叔，你是要让我们去落草为寇？"

贾叔："陈长官，304团已经没了，你也不必太过着急，不如先到山里看看。"

"不可以！"陈中超抢上前来："贾叔，304团的情况真假难辨，怎么可以当真？再说304团就算是没了，我们身为军人，也不可以去当土匪！"

贾叔："没说去当土匪，只是去看一看。"

陈中超："看一看？土匪窝子有什么好看的？"

贾叔："不看不知道，一看吓一跳哦。小陈长官，你是不是心里害怕？"

陈中超最不服气的就是别人怀疑自己的胆量，立刻把倒背着的汤姆逊往前一抖："贾叔，我怎么会害怕。山上就算是真有土匪又能怎样，还不是照样干掉他们！我只是不想耽误了去找部队的时间。"陈中超把冲锋枪啪得啪啪啪的响，布袋里还兜放着两个压满子弹的弹夹。

陈天鹏也觉得不是路数："贾叔，这个不是怕。如果真的进了土匪窝，到时候不管是入伙还是不入伙，一旦背上了土匪的名号，那可是跳进黄河也洗不清的。"

贾叔笑了起来："陈长官，你们都误会了。山里的土匪个个都是飞毛腿，钻山豹，就我们现在的模样，恐怕是想入伙也没人要哦。实话说吧，山里原来是有一股土匪，早几年就没人了。不过，他们留下了一些东西，我带你们上去看看，说不定会有用得着的。"

"哦？"陈天鹏一怔。贾叔话里有话，好像是在向他暗示着什么。

大山深处通常蛰伏着各种各样打家劫舍的强人，他们白天为农，晚上为匪，一旦下山就是混世魔王，随时随地都可以把地方搅得天翻地覆。作为一个本土军人，陈天鹏太了解大湘西的风土民情，他深深地吸了一口气，极目瞭望起伏的群山，林海莽莽云遮雾罩，他无法洞穿掩藏在大山之中的秘密。

陈中超："哥，你在想什么？"

陈天鹏恍然惊觉。回头一看，贾叔一头枯槁的乱发随风飘舞，浑浊的眼神里流露着一种真诚的期盼，不带丝毫做派。看着贾叔的眼神，陈天鹏一瞬间放下了所有的顾虑，拐棍在地上一顿："走，纵是龙潭虎穴，也要走上一遭！"

第 006 章
老贾的故事

001

林子遮天蔽日，枯枝败叶覆盖地面，散发出一股陈年腐败的气息。

"有人！"陈中超的视觉、听觉极其敏锐，突然喝了一声，单膝蹲下，冲锋枪平指前方。众人一惊，齐齐伏倒在杂乱的灌木丛中。良久，除了风吹树木的声音，四野并无动静。

"可能是山里的小动物，此处方圆几十里没有人烟，猎户也很少进来。"贾叔说罢，撩开交错缠绕的藤蔓，走在前面开路："应当没事。"

众人跟随贾叔向前行走，陈中超往四面看了一圈，神色非常紧张，小心翼翼地拎着冲锋枪断后保护。转过一片林子，前面出现了一个数米高的土丘，土丘呈半圆形，顶上光秃秃的。土丘四向空旷，百米开外大树环绕，把中间的空地团团围住。

"啊！"妹子伸手指向林子，忽然发出一声惊叫。

众人又是一惊。循声看去，林子里分明有个人影斜靠在树干上，衣衫褴褛，随风飘动。贾叔连连摆手，示意大家不必惊慌。原来，树干上的人早已死去，日晒雨淋，已经成了一副骷髅架子。只因身体被绳索绑在树干上，大风一吹，黏附在骨架上的布条左右扯动，发出呼呼啦啦的声响。

骷髅大张着嘴巴，仰面朝天，如同一个不甘就诛的囚徒，对天怒号。

贾叔说道："这是一个盗墓者，中超刚才看见的应该是他吧。"

以陈中超的反应速度，敌方只要人影一闪，他就会毫不犹豫地扣动扳机。战场上只要 0.1 秒的时间差，就能够决定对方的生和死，但在密集的丛林中，他却无法判断是敌是友。

这么一惊一乍，众人也是好一阵心跳。

山里恢复了原有的宁静，陈天鹏觉得不可思议："一个没有人烟的地方绑着一个盗墓贼，有点意思啊。"

贾叔解释道："这个盗墓贼自恃本领高强，多次违反山规。黑云寨的大当家一怒之下将他毙杀，绑在此地任凭日晒雨淋、蚊虫叮咬，以此向埋葬在此的兄弟谢罪。"

"谢罪？"陈中超问道："土丘下面埋着什么人？"

贾叔点头道："这个土丘就是一个大墓，有数十位兄弟合葬于此，都是在大当家半天云抢夺山寨的时候毙命的。"

陈天鹏环顾四周，丛林莽莽苍苍，灌木层层叠叠，根本就没有出进的路径。心想天下之大无奇不有，土匪也就是这么个德行，城里的荣华富贵他们受不了，偏要跑到这块鸟不拉屎的地方抢山头，当山大王。想到这里，不由哈哈一笑："看样子，这个大当家的也是一条汉子。"

言及大当家的，贾叔立马就来了精神，侃侃而谈如数家珍："半天云很会用兵，自打他做了大当家的，方圆数十里，黑云寨的号令莫敢不从。对付日本人，半天云也不手软。日本人几次对长沙开战，半天云趁着日军溃退的当口，带人截击零散的日军，获取了大批军需物资。黑云寨的前任大当家，原本是盗墓起家，半天云入主黑云寨后，重新立下山规：不许掘坟盗墓，不许交易文物古董，违令者一律处死。"说到最后，贾叔抑扬顿挫、铿锵有力，碟如一位宣读刑律的判官。

"七十二行，行行出状元啊。"陈天鹏越听越新鲜。什么是土匪强盗？明火执仗的烧杀抢掠就是土匪强盗！于今，一个土匪头子居然立下不准盗墓、不准交易文物古董的山规，真个是原始社会讲文明，野蛮世界讲规矩，土匪强盗的做派任你八辈子都看不懂。

贾叔越说越兴奋，布满疤痕的脸上现出一缕红光："这个绑在树上的人，就是前任寨主马大飞。别看他一年四季窝在山里，山外却有一帮子身份显赫的朋友，那都是赏玩和倒卖古董文物的大角色，有钱有势有权力。那些年，马大飞掘墓成瘾，到手的古董堆积如山。他在江湖上有'土行孙'的绰号，名头大得很。"

陈天鹏寻思，贾叔这么清楚土匪山寨典故，必有深厚的渊源。因见天色不早，便也无心细想，挥手道："说得也是，再怎么着，马大飞也算得上山寨里的一号人物。死者为大入土为安，把他的尸骨埋了吧。"

贾叔放下背上的背篓，从中抽出一把铁锹来。

"我来吧。"陈中超接过铁锹。挖坑刨土筑工事是陈中超的拿手戏，不一会工夫，一个三尺见方的小坑就挖成了。松开藤条的时候，绑在树上的骷髅呼的一声散了架子，哗啦啦掉了一地。贾叔赶紧俯下身去，小心翼翼地把枯骨收拢起来，又鞠了一躬，这才把骷髅放到坑里埋了。

002

道路越来越陡，众人四肢并用，前拉后拽步步上行。翻过一处断崖，前方出现一片开阔的原野，风吹草动，屋舍影影绰绰，池塘、道路、寨楼、哨卡，还有一长溜的营房，安静而又整齐地排列在林荫参天的丛松之下，如同一个隐身于尘世之外的街市。众人缓缓而行，恍惚来到另一个世界。走过一个倒伏的亭子，远远地看见崖壁上有黑黝黝的山洞。洞口周围杂草丛生，边上一连串地躺着几个与山体相连的地堡，阴森森的射孔如同一只只鬼魅的眼睛盯着前方。一条小道在地堡间穿行，隐没在一堆乱石之间。

贾叔说道："草丛里、乱石下都是地堡，不知道的根本看不出来。"

陈天鹏极为震撼："如此险要之地，千军万马也上不来啊。"

"半天云占山为王，正是看中此处天险。"说到此处，贾叔一声长叹:"唉,半天云屡次截击日军,尝到甜头之后,胆子越来越大,后来反而中了日本人的诱兵之计。最后一战,黑云寨的兄弟没有一个人活着回来。"

松涛阵阵,滚动着奔向远方。

陈中超问道:"贾叔,土匪的情况你怎么这么清楚?"

贾叔走到树荫下面,在一块长条形的方石上坐下来:"这里凉快,歇歇气吧。"午后的太阳暴晒着地面,唯有浓密的树荫下方可避开一阵阵的热浪,山风吹来,众人顿感神清气爽,一扫路途的疲惫。贾叔在地上抓了几张枯叶,握在手板心里揉碎,又找了一张半干的叶子,一层一层地卷起来,他卷起了一个喇叭筒。贾叔心中颇为得意,划一根火柴点燃喇叭筒,然后对准尖尖的喇叭屁股猛吸几口,吐出一团不知其味的烟雾。烟雾久久不散,似乎带着一段难以忘怀的记忆:"那天,我半夜出门,中超一路都在跟踪我。我想说,我不是梦游。你的怀疑是对的,我不是一个好人。"

陈中超嗖的一声弹了起来:"好……你个老……家伙,我早就看出来了,半夜三更装神弄鬼吓唬老子!"冲锋枪一甩,黑洞洞的枪口已经对准老贾的脑壳。

陈天鹏连声喝道:"陈中超,你给我坐下!"

"哥,他……不是好人!"陈中超一张脸涨得通红。妹子使劲地拽住他的衣袖,这才把他拽回原地。

贾叔淡淡一笑:"陈长官,你们兄弟叫我贾叔可以,认亲不行,我们八字不对。叫一声贾叔,说明你们看得起我这个糟老头子。"

陈天鹏笑道:"哈哈,怎么叫都行,反正您是叔。"他看出来了,贾叔确实不是一个普通的老头。

老贾抬起屁股挪了一下位置:"那天晚上,中超只要扭开锁头,进屋一看就明白了,你为什么不进去看看呢?"说到这里,贾叔又在喇叭筒屁股上吸一口："幸亏你没进去，屋里有机关，踩中机关就中彩了，如果被吊了起来的，任你本领再大也别想脱身。"

陈中超倒吸一口冷气："够阴险啊，你一直都在算计我们是吧？"

贾叔笑了，这一回，他笑得很真实："告诉你吧，小木屋看上去空荡荡的，其实，屋里有暗格，暗格里备着一些日常用品，还有食盐、肉干和应急的西药。陈长官病危，我几次去小木屋，就是为了拿一点救命的东西。"

陈中超哪里肯信："你哄鬼啊，白天不去，偏要半夜三更去。"

贾叔将喇叭筒扔到地上："陈长官命悬一线，能不能救得过来，我没有把握，更不敢说不吉利的话，只是独自琢磨施救的办法。再说，小木屋的秘密多着呢，你等初来乍到，如若匆忙告知其中的情况，只怕引来诸多恐慌，我这条老命不值钱，一旦乱了方寸，耽误了陈长官的伤病，必将悔之不及！故而等到你们熟睡之后，老朽方才暗中去取西药。不想，我的一举一动都躲不过中超的眼睛。"

听到此处，陈天鹏已经大致摸清其中路数。自个伤势沉重，原本气数已尽，幸亏贾叔是个大夫，这才救得自己一条性命，因对贾叔深信不疑："贾叔救命之恩，天鹏永记在心。"

贾叔连连摇手："老贾身为医家，救死扶伤原是分内之事，何足道哉？"

陈中超依然满腹疑惑，追问道："你这不是成心绕圈子吗，小木屋里明明藏有西药，为何还要进山去找草药？"

贾叔正色道："西药利于急救，中药重于疏导。陈长官伤在五脏六腑，即便救得性命，也得慢慢将养。若以草药加以调理，可以助其身体尽快复原。"

"……"

贾叔接着说道："只是可惜了我家小六子，这次受伤虽不致命，却也难免留下终身残疾，不然的话，来日里跟着陈长官做个小兵，再怎么不济也可以搏一个出身。"说到这里，不免长吁短叹。

多年以前，老贾开了一家医馆，家中小有资财。那一年湘西大旱，赤地千里饿殍遍地，饥民如同过境的蝗虫，见什么吃什么，一些恶徒趁乱洗劫医馆，一通打砸抢之后放了一把火，医馆被烧成白地。

老贾拼死与歹徒搏斗，被歹徒扔进大火之中，虽然逃得性命，却在脸上落下了大片的疤痕。医馆没了，吃的用的都被抢光了，夫妻俩拖儿带女走上逃荒之路。哪知湘北的旱情更严重，一连十几天，全家老小挖草根吃树皮，两个儿子和一个女儿全都饿死在逃荒路上。痛失儿女，夫妻俩哭得死去活来，第二天黎明，妻子解下三尺白绫，悄悄地吊死在一棵树下。老贾万念俱灰，闭着眼睛往那湘江一跳，欲待了却余生。哪知命不该绝，偏生碰上半天云的人马路过，几个小喽啰把他从水里捞了上来。半天云说道："跟我走吧，做我的兄弟，有怨报怨，有仇报仇，大秤分金，大块吃肉！"

好死不如赖活，从那一天，他跟定了半天云。老贾识文断字，精于医道，在土匪队伍里就是一个不可世出的人才。半天云格外看重他，视其为心腹亲信。日军进攻长沙，半天云看准机会，带领兄弟下山伏击小股日军，大获全胜，各种物资缴获甚丰。无论是打日本，还是抢大户，所有的缴获，半天云都会分成两份，一份由手下的弟兄平分，另一份藏进洞窟。是年，日军二度进犯长沙，半天云多次出击日军车队，夺得大批金银珠宝。原来，日本人劫了长沙银行，然后大车小车打包运走，哪知转手之间，抢来的财宝送给了半天云。

民国三十年，日军第三次进犯长沙。半天云率领黑云寨众兄弟倾巢而出，打算捞一票更大的。这一次，山寨里只留下了压寨夫人、老贾和几个扫地做饭的小喽啰。哪知天有不测风云，黑云寨大部队反而落入了日军的伏击圈，半天云当场殒命，数百名兄弟惨遭杀戮。

压寨夫人原是良家少女，是大当家抢上山来的。噩耗传来，她没有落下一滴眼泪。第二天，压寨夫人交代老贾：无论发生了什么事，都要看好她的儿子。说完，带领余下的喽啰前往坡子村祭祀半天云和死去的兄弟。老贾酒醒之后，余下的喽啰已经全部中毒身亡，压寨夫人不知去向，只有大当家的儿子趴在泥水里嘶哑着嗓门哭喊，大当家的儿子就是小六子，这一年，小六子刚好六岁。

半天云书名张子平，原是雪峰山下有名的悍匪，却又偏生一腔热血。民国二十一年，第一次淞沪抗战爆发，张子平自告奋勇，在那雪峰山下招募了600名湘西子弟奔赴淞沪前线，被编入第十九路军第763团序列。冬季的上海，天降大雪，因为行程匆忙，湘西子弟身着单衣，脚穿草鞋，在冰天雪地里与日军血战五天六夜，伤亡十之八九。噩耗传来，雪峰山下"家家挂白幡"。

血战过后，张子平退往江浙一带休整。哪知数月过后，所部损失未获一兵一卒的补充，反被上峰追查"巨匪"之名。张子平一怒之下拉走余下的湘西子弟，脱离部队远走高飞。至坡子山，张子平遭遇马大飞，双方大打出手，马大飞不是对手，被打得一败涂地。张子平趁机占了山寨，做了大当家的。自号半天云，成为独霸一方的草头天子。

说到这里，贾叔的心情格外沉重："坡子村是前往黑云寨的必经之路，原有的村民也都是黑云寨的喽啰，山下稍有风吹草动，坡子村的喽啰就会放出信鸽通知山上。大当家和众兄弟战死之后，坡子村暗流涌动。余下的喽啰暗中合谋，意欲对我暗施杀手，然后打开洞窟之门，夺取半天云积蓄的金银财宝。为了自保，我先下手为强，暗自在酒中下毒，十几个喽啰皆被毒死。坡子村的每一间屋子里都有一个土堆，实话告诉你，那些土堆就是他们的坟冢！"

陈中超惊道："不是压寨夫人下的毒吗？"

"当然不是。"贾叔的面色晦暗，说话的声音便如咽喉里卡着鱼刺一般，沙哑而又痛苦："压寨夫人下的是蒙汗药，致命的毒药是我下的。

如今，黑云寨的兄弟都上了天国，只有我和小六子相依为命，苟延残喘。我作孽太深，原也知道来日不多，只是放心不下小六子。这些年，我和小六子一直住在坡子村，哪里都不敢去。我每天都在等，希望能够在我入土之前，小六子的母亲能够来到这里，找他的亲生儿子。"

真没想到，这位满脸疤痕的贾叔曾经是一名大杀四方的土匪；更没想到，小六子居然是土匪大当家半天云的亲生儿子！

故事听完了，陈天鹏并无半分惊奇之感，站起身来说道："贾叔，过去的事就让他过去吧，无须自责。我只想说一句话，您救过我的命，您是我的恩人！"官军和土匪，原本是千年的对头，但在遭受外敌追杀、命悬一线之际，他们之间迸发出最真实的人性，成为生死之交。

就湖南地理而言，东起邵阳，西达吉首，南起怀化，北至张家界，就是人们通常所说的大湘西。湘西是云贵高原和湘中丘陵的结合部，台地高峰，裂谷沟壑相互交错，山重水复，密林溶洞数不胜数，向来是汉、苗、侗、瑶、土家以及数十个少数民族的居住地，民风彪悍，桀骜不驯。其中的邵阳，是大湘西最先走出大山，归化现代文明的地方。

第 007 章

石屋之谜

001

贾叔将手中的喇叭筒扔在地上，站起身来走向洞口："这个洞窟就是半天云的司令部，洞内岔道众多，进洞之后，各位须得紧随于我，不可随意走动。"言罢抬腿进洞。

众人沿着一条宽阔的石板道前行，百余米后道路斜线向上攀升，来到一条宽阔的石梯跟前。上了石梯，贾叔将燃烧的松明举过头顶，点燃崖壁上的油灯。但见呼的一声，一条火线绕着洞壁上的石槽往前奔去，将沿途的油灯一一点亮。

漆黑的洞窟瞬间灯火辉煌，空旷的大厅穹顶高耸，一根根的天然石柱自上而下垂落下来，上粗下细，如同倒立的罗马柱。大厅中央有一张数十米长的条形方桌，四周排列着几十张木纹交椅。大厅上首有道平整的台阶，上方赫然摆着一张威风凛凛的斑纹虎皮太师椅，两只虎爪按住扶手，咋地一看，似如一头咆哮的猛虎。太师椅右侧有一张楸木雕花交椅，左侧摆放着一排三角形的桩架，桩架上方竖插着一把关王大刀。

大厅边沿是一条裸露的地下阴河，淙淙流水如琵琶轻弹，十分悦耳。阴河一旁石壁突兀，刀削斧砍。借着石壁上的灯火俯视水面，流水清澈见底，带着彩色的光影缓缓消失在黑幕之中。

贾叔走上台阶，望着虎皮太师椅深鞠一躬，回头说道："这把虎皮太师椅，是大当家半天云的宝座。"接着又走向另一侧，双手落在楸木雕花交椅椅背上："这把交椅，是我的座位。"原来，贾叔就是半天云的师爷，坐的是黑云寨的第二把交椅。"都过去了，回不来了。"贾叔说罢，怆然一笑。

陈天鹏伸手一摸，桌子、椅子和所有的物件都积满尘垢。

岁月如梭，留下来的都是无言的见证。众人都没有说话，只是静静地等待着贾叔述说这个洞窟里曾经发生的故事。

贾叔转身走向洞窟深处，呼的一声掀开石壁下方一张深绿色的毡布："你们过来看看，有没有用得着的东西。"

毡布之下居然堆放着大量的军装、军毯、手套、钢盔，还有黄色的军大衣、大头皮鞋，因为地面铺垫着防潮油布，这些物资保存得很好。陈天鹏拿起一双大头皮鞋，这是日军的军用皮鞋，干燥耐穿，防水防寒。抗战初期，许多中国士兵匆匆奔赴战场，他们缺少应有的武器装备，一些士兵穿着草鞋，甚至赤手空拳上前线。那时候，如果能够搞到一双这样的大头皮鞋，就跟搞到一把枪一样，非常宝贵。看过大头皮鞋，陈天鹏又拿起一个钢盔，发现凹形的钢盔里有一个蓝色封面的小本本，翻开一看，是一本日本军官证。他将证件放在手上拍了几下，饶有兴趣地问道："这些都是打伏击得来的？"

贾叔回道："是的，都是打伏击得来的。"

陈天鹏一笑，将证件放进上衣兜里。

贾叔伸手指向前边："陈长官，你看那边。"随着贾叔的手势，陈天鹏看见洞壁的另一端整齐地码放着数排箱子，如不细看，还以为就是一堵矮墙。

陈中超找来一根撬棍，"嘎吱"几下撬开上面的一只箱子，全是三八大盖，撬开另一只箱子，是两挺歪把子机枪，枪械部分涂着黄油，十成新。再往下撬是成箱的子弹，陈中超拈住纸包轻轻一抖，黄澄澄的子弹便如流水一般地散落出来："哇！"

陈天鹏没有吱声。102 师原属贵系，后来调归粤系。粤系经济活跃，不差钱，枪械配置不输中央军。抗战爆发，102 师打了很多恶仗，贵州子弟兵伤亡殆尽，战士的鲜血洒遍战场。后来补充的兵员多是湖湘子弟，战斗作风更为强硬。1942 年，日军偷袭珍珠港，美军损失惨重，太平洋战争爆发。为了让中国军在亚洲战场拖住数百万日军，大量美援蜂拥而来，作风硬朗的 304 团率先更换了清一色的美式装备，包括最新式的汤姆逊冲锋枪。所以，眼前的这些日式枪械不足以让陈天鹏心动。

再往下撬，陈中超两眼放光，大喊："手雷！"

陈天鹏的兴头也提起来了："哟呵，昨天要是有几个这样的家伙，那些犲狗子也就不敢那么蹦跶了……"这种日式手雷的威力大，一个手雷足以炸毁一辆小型战车。

贾叔又掀开了另外一块篷布，地面上赫然摆放着两挺重机枪，四门迫击炮。

陈天鹏惊道："呵，这个半天云，轻重武器一应俱全啊！"

贾叔站立片刻，轻声道："你们跟我来。"言罢绕过石墙，往洞窟深处走去。渐渐走出壁灯照明的范围，贾叔点燃松明照看石壁上的纹路，扣住石缝一扳，几声沉闷的声响传来，石壁从中央分裂开来。原来，此处是一道石门，石门后面是一间暗室。贾叔将背篓交给中超："你和妹子在门口看着，我与陈长官进去即可。"

002

走进暗室，身后的石门徐徐合上。

所有的声音都消失了，一根针掉在地上都听得见。燃烧的松明被黑暗吞噬了原有的光芒，火光缩成一个发光的圆球，仅仅可以照出数步开外。

贾叔绕着暗室走了一圈，在石壁上轻轻敲打，照准方位奋力一推，石壁上方变魔术般地现出了一个黑乎乎的槽孔。贾叔探手入内摸索，拎出一个包裹来，甩手挎在肩上，伸手再探，又从槽孔中端出一个长方形的木匣子来。

在松明火光的映照下，贾叔揭开木匣子的顶盖，但见匣子中央赫然摆放着一支晶莹剔透的玉如意。

陈天鹏目瞪口呆。

贾叔缓缓言道："这是一个高僧的遗物。那一日，我带着余下的喽啰下山去给战死的兄弟收尸埋骨，按照山寨的规矩，战死的弟兄必须挖坑合葬。这位高僧坐在地上，双手合十，为死去的弟兄超度。我们忙乎了一天一夜，终于把大当家和几百名兄弟的尸首合葬归位。欲待离开之时，却见那位高僧仍然坐在原地。出于礼貌，我走向前去与高僧拱手告别，又给了他几个银圆。哪知高僧背靠土坎，已是奄奄一息。原来，他的双足已被日本人齐齐砍去，只因宽大的僧袍罩住了下盘，我等事先未能知晓。他在地上已经坐了三天三夜，血都流干了，全靠一口气撑着。我急忙查看高僧的伤势，欲待为其包扎。高僧开口说话了：'贫僧大限已至，施主不必再费心思。贫僧身后尚有一副匣子，施主但取无妨……'他的声音越来越弱，又对我附耳吩咐数句，突然把头一仰，圆寂了。"

话到此处，贾叔手抚匣子，长叹道："高僧授我匣子之时，口称此匣须归有缘之人，否则会有飞来横祸。陈长官天庭饱满，气宇不凡，贾叔第一眼见到你时就有一种预感，你就是高僧所说的有缘之人。"

有缘无缘，皆是佛家俚语。作为一名军人，陈天鹏不信神不信鬼不信佛，从来不知佛祖家住何方。只因不好驳了贾叔的面子，这才绕着圈子回道："谢谢贾叔抬爱，天鹏本是凡夫俗子，怎敢攀称有缘之人？"

贾叔脸上现出一种神秘的笑容："有些事，只可意会不可言传。贾叔阅人无数，陈长官眉宇之间有一股浩然之气，日后必成大器。今天，我将高僧留下的匣子转赠予你，但愿此物能够助你东山再起。"

一句"东山再起"，触到了陈天鹏的痛处。因为藩镇的消息，这两天令他如坐针毡。说句实话，如果没有了304团，自己凭什么"东山再起"？陈天鹏将匣子推了回去："贾叔，此物实为无价之宝，天鹏不敢妄自收受。"

贾叔按住匣子："佛家有云：缘分可遇而不可求，其中的深奥之处，你在日后慢慢揣摩。这个匣子共分两层，第二层有一个暗藏的机关，须得小心打开。匣子已经归你，万望好生收藏，余不多言。"

话已至此，陈天鹏心知多言无益。低头看时，但见匣子周边光亮细滑，紫里透红，外侧花纹红白相间，雕工精细。匣子顶盖之上描有八个工体小楷：盖世无双，文武全才。原来，贾叔千方百计将自己带到黑云寨来，不为别的，只是为了取出匣子相赠。

贾叔合上匣子："陈长官，你们兄弟心存大义，没把贾叔当外人。仅此一点，贾叔便已感激不尽！其实，我这把老骨头根本不值钱，因为面目丑陋，走在大路上也不会有人多看一眼。但是，黑云寨藏着一个天大的秘密，贾叔不想将它带进棺材。今天，老贾将你等引到此处，就是要将这个秘密告诉你。陈长官，你对天发誓，下山之后，万万不可忘记被日本人杀戮殆尽的黑云寨兄弟！"

陈天鹏双手捧住盒子，已是别无选择，只有一字一顿地发誓："陈天鹏身为军人，为国捐躯、战死沙场是我的本分。我发誓，下山之后一定要找回部队，不管身在何处，不管担当何职，只要一息尚存，定要为黑云寨的弟兄报仇！"

贾叔的眼眶淌出了两行老泪，向前深鞠一躬："陈长官，我代黑风山的弟兄谢谢你！"

陈天鹏扶起贾叔："苍天在上，天鹏绝不辜负贾叔的一片苦心！"

贾叔在脸上抹了一把，转身走到石屋的另一侧，以松明火把照住石壁："这个位置尚有另外一道暗门，从这里进去，便是传说中的藏宝洞窟。如若时机成熟，你可带了人马打开此门。记住，开门之时千万不可触发机关，否则将会尸骨无存。"在微微闪动的松明火光之下，贾叔脸上高低不平的疤痕隆显得格外粗犷，有一种愈老弥坚的刚强。

003

二人走出暗室，陈中超急忙抢上前去："哥，你们没事吧？"

"能有什么事，这不好好地嘛。"贾叔抢到头里说道："都饿了吧，吃点东西。"说罢摘下背篓，从中摸出一个大纸包来，打开一看，是一包野味肉干。

陈中超在外面等候了一个时辰，一直惴惴不安，这会放松下来，方知肚子早已饿了，见了肉干，陈中超拿过来就往嘴里塞。

"哈哈，"贾叔笑道："全是妹子手巧，把野猪肉切成条条，抹上盐粒和香草，挂在竹竿上风干了，这样的肉干吃起来特别香。以前，寨子里也做风干肉，就是没这个口味。"说着，贾叔又把一根肉条递给妹子："你自己做的，吃吧。"妹子莞尔一笑，接过肉干递给陈天鹏。

陈天鹏接过肉干，一口咬去，感到肉干略带咸味，细嚼之下又有一股香味。心想，妹子就是心善，自己伤重的时候，她 24 小时候都在床前看护自己，甚至比中超还要上心。他一边嚼一边抬头看向妹子，恰好妹子也在看他，四目相对，妹子脸上一红，赶紧把目光移向别处。

回到大厅，几个人绕着大厅转圈子。陈天鹏细细观赏周边石壁，说道："真是鬼斧神工啊，这么多年了，石壁上的油灯依然完好，不知道半天云是怎么做到的。"

贾叔："这些行当，在马大飞手上就有了。"

陈天鹏："马大飞原本也是聪明的主，怎么偏偏去惹半天云，这不是自讨苦吃吗。"

"一切皆是命中所定，凡夫俗子岂可预知前生后事。"贾叔说罢，抬手按动机关，把四面的油灯尽数灭了。

出了洞口已是三更，四下里漆黑一团，夜色苍茫，只有山风呼呼作响。妹子忽然一声惊叫，双手拽住陈天鹏的胳膊歇歇发抖。众人一齐站定，只见远处闪烁着几颗暗红色的星星，时隐时现。就在一愣神的时候，黑夜里传来了一声撕心裂肺的嗥叫，暗红色的星星忽然排成一列横队，迎面扑向众人。贾叔跌足道："不好，豺狗子寻仇来了！"

"哗哗啦啦！"陈中超急拉枪栓。这样的声音很熟悉，豺狗子刷地一声四下里分散开去，成了一个大大的扇形。

贾叔伸手压住陈中超的冲锋枪："子弹有限，我们先往洞里退，拿手雷轰，豺狗子最怕那个。"中超立刻意识到，大家身在洞口外面，四面皆无遮挡，豺狗子一旦蜂拥而上，光凭自己手中的一支枪很难对付。四个人也不敢转身，只是缓缓退向洞口。

山里的猎人一般不会招惹豺狗，一旦二者相遇，最好的办法就是持枪与之对峙。豺狗群如果发动攻击，第一枪必须打爆领头的豺狗子，否则的话，豺狗群就会从四面八方猛扑上来。

贾叔推了陈天鹏一把，让他和妹子抢先进洞。

就在这时，十几只豺狗钻出草丛，闪电般地扑了上来。"哒哒哒！"冲锋枪响了起来，一梭子弹过去，豺狗子落花流水，连滚带爬地退了回去。

"畜生！"陈中超骂道。就在陈中超换弹夹的当口，一只健硕的豺狗子打草丛里一跃而起，猛扑上来。贾叔挥动松明火把向前格挡，却被豺狗子一口咬住手臂，松明火把掉在地上。其余的豺狗子受到鼓舞，纷纷掉头反扑，陈中超手上的冲锋枪再次响了起来，子弹便如长了眼睛似的，打得又准又狠。

扑咬贾叔的豺狗缺了半边耳朵，正是小六子那一菜刀给它留下的纪念。估计是那些个小崽子一口气没挺住，全都死翘翘了，失去了崽子的母性最不要命，扑咬得特别凶狠。陈中超一梭子打完，将四周的豺狗子逼了回去。回头看时，只见贾叔倒在地上，双手死死地掐住缺耳朵豺狗的脖子。陈中超箭步上前，飞起一脚将缺耳朵踢出数丈开外，缺耳朵

"啊呜"一声惨叫，翻滚着消失在黑夜之中。

贾叔浑身是血，站不起来了。中超一手拎枪，一手抄起贾叔退入洞内。众人上了石梯，陈天鹏赶紧向下扔了两颗手雷，尾追而来的豺狗子被炸得人仰马翻，飞也似的逃走了。

贾叔的手臂断了，大腿上被撕去了一块肉，脖子上有四颗深深的牙印，距离咽喉不到一厘米。与豺狗子生死搏命，贾叔耗尽了全部体力。

妹子双手按住贾叔冒血的伤口，陈中超赶紧脱下外套，把两只衣袖撕成条子为贾叔包扎伤口。陈天鹏气得两眼冒火："他娘的，这些豺狗子没完没了啦。改日上山，非得将这些畜生斩尽杀绝不可！"

贾叔无力地躺着，过了好大一阵方才缓过气来。他看了众人一眼，抬手指向自己的肩上的包裹。妹子将包裹拿下来，打开一看，里面全是各种金银首饰，金手镯、金项链、金戒指、金耳环、金簪子应有尽有，还有几十根金条和一些零散的银圆。贾叔在包裹里细细摸索，拿起一个绣花荷包，从中摸出一串珍珠项链来："这副项链，原是半天云送给压寨夫人的定情之物。压寨夫人小名飞雪，是小六子的母亲，她下山的时候，把这副项链挂在小六子的脖子上。事后想来，飞雪意在小六子日后相见之时，以这副项链作为信物。小六子不谙世事，今天，老贾将这副项链交付你等三人，日后，如果找到小六子的母亲……"

陈天鹏紧紧握住贾叔的手："贾叔不必多虑，小六子的事，我等定当尽力而为。"

歇了一会，贾叔又道："飞雪说过，她的老家，在雪峰山下。"

陈天鹏低头细看手中的项链，但见中间是一颗拇指大小的珠子，两边各自坠着8颗精光闪烁的钻石，一根纯金项链从中穿过，把钻石和珠子连成一串。心想雪峰山纵横五百里，南接湘桂，北达常宁，西望武陵山脉，东抵猪婆大山，欲在莽莽苍苍的大山之中寻找一个未曾谋面之人，谈何容易？但又不想贾叔太过失望，故而安慰道："请贾叔放心，日后便是走遍千山万水也要为小六子寻得母亲，让其母子团圆。"

贾叔喘息了一阵，又在首饰中挑出一支金簪，抖抖索索地插到妹子头上："这是我的全部积蓄，原本是留给小六子的……"说到这里，贾叔突然发出一阵剧烈地咳嗽，哇的一声吐出一口黑血。

妹子惊叫出声，慌乱地扯起自己的衣袖擦拭贾叔脸上的血。

贾叔的呼吸急促起来："不要擦了，妹子。贾叔活了几十年，心已足矣。遗憾的是，身边虽有余财却是无儿无女，孤独终老。妹子，你做我的闺女，好吗？"

妹子连连点头，泪水止不住地往外淌。

贾叔伸出黑炭般的手掌，抹去她脸上的泪水："好闺女，干爹知道你的心思，你心里有陈长官。你的眼光就是好，陈长官靠得住，以后，你跟他走。"

妹子泣不成声。

贾叔又道："包裹里的珠宝首饰，干爹尽数送给闺女，做你出阁的嫁妆。"

闺女不停地流泪，不停地擦拭干爹脸上、脖子上的血。

贾叔的目光扫过众人，落到陈中超脸上："小陈长官，你是真正的英雄。包裹里的金条，都算你的。以后，你用得上。"

"不不，"陈中超急忙推道："贾叔，金条留给小六子！"

"小六子用不了这些，以后，只要能够跟着陈长官，跟着你，就是他的造化，我也就一千个放心了。"说罢，贾叔把头转向陈天鹏道："陈长官，贾叔命里犯冲，但凡男儿都不能认亲。不过，你可以做我的干女婿，我留给闺女的也是留给你的。小六子还在坡子村，贾叔现在动不了，你们走的时候一定得带上小六子……"贾叔的声音越来越小，气若游丝。

陈天鹏："贾叔，你不要胡思乱想，我们当然会带上小六子，还得带上你一起走。你动不了没关系，只要有我在，有中超在，扛也好，抬也好，无论如何都得带上你和我们一起下山。"

贾叔："不，我现在就是一个累赘，你们走，不要管我。"

陈天鹏："贾叔，你把我看成什么人了？陈天鹏带兵十几年，什么时候舍弃过自己的战友和亲人？再说，您虽多处受伤，却未伤及内腑，绝无性命之忧。"

"贾叔，你什么都别想，有我呢。"陈中超俯下身去，陈天鹏和妹子一起动手，将贾叔扶到中超背上。

第 008 章
血溅亭子山

001

回到坡子村，贾叔昏昏沉沉地说了几句话："小木屋的暗格里有西药，暗格就在门边，屋子中间不能去，土堆不能碰。"

陈中超拧掉小木屋的门锁，打开暗格一看，果然有一小瓶西药，还有几包盐巴和两本书。可惜的是，小瓶子里的白色药片也就 10 多粒。

妹子接过小瓶子，拧开瓶盖将里面的西药倒出来，让干爹和小六子各服一粒，又给贾叔和小六子敷上金枪药。一番忙乱之后，陈天鹏站起身来说道："走吧，立刻下山。"

陈中超照旧背着贾叔走，妹子要背小六子，陈天鹏道："这是体力活，你背不了，我来。"

妹子急得脸色通红，她担心陈天鹏的内伤未愈，说什么也不肯让他背。她打手势说小六子身体瘦小，轻飘飘的，自己能背。

中超回头说道："哥，妹子的体力好，让她背吧。"陈天鹏伤后无力，知道拗不过她，便也不再去争。

众人赶紧下山，一口气走出了二十里地，觅得一户农家住了下来。陈中超拿出两个银圆交给农户，说是几个人的食宿餐费。乡里人一年到头省吃俭用也攒不下几个银圆，这一下子就拿了两个，心道是碰上大财主了，一家人尽心侍候两位伤者，还把最好的土产拿出来招待客人。不出十天，小六子的伤势大为好转，贾叔也可以下地走动了。又过数日，众人告别农户启程南下。

离开部队快两个月了，陈天鹏早已归心似箭。哪知越往南走，日军的哨卡越多，木桩子、铁丝网比比皆是，大路上时不时地冒出几个碉堡、炮楼来。众人不敢冒险，舍了大路走小路，一路跋山涉水，抵达大东路时，方知邵阳也失陷了，102师不知去向。

放眼望去，村庄凋敝，田园荒芜，到处都是衣衫褴褛，骨瘦如柴的难民。陈天鹏仰天长叹："真是一败千里啊。日军占了长沙，又陷邵阳，比邻的衡阳、永州必定也是失守了。我们走了几百里地，想不到前后左右全都变成了日军的占领区。"

邵阳是湘西的门户，也是历代兵家的必争之地。占领了邵阳便可扼制湘西，打开通往重庆的门户。中日战争已经打了十多年，日军实已成为强弩之末，今个不惜代价攻占邵阳，难不成是要图取重庆？陈天鹏敏锐地意识到，湘西必将爆发一场空前绝后的大战。

金色的太阳照耀在蒸水河上，一只小船在河面上撒网，轻舟荡漾。

河边的小镇依水而建，青石板铺就的街道又细又长，一溜直地伸展开去。几个小贩推着木轱辘小轮车来回走动，沿街叫卖。小镇居民沿河打下桩基，将楼面阳台延伸到河面之上，夏日清凉，小孩子坐在阳台上，脚板可以拍打河面的清水。

离开家乡十几年，今个总算是回来了，听到满大街的乡音，陈天鹏感到格外亲切。他想象着自家门前的道路和池塘，还有院子里的大槐树，恨不得马上见到年迈的父母。

"啪！啪！"突然传来几声枪响，一队荷枪实弹的日本兵冲进小镇。街面上一下子就乱了套，街边的小贩来不及闪避，一个个都被撞得人仰马翻，针头线脑撒了一地。一个衣衫褴褛的乞丐吓得乱跑，当场就被日本兵射杀在街道上。

几名日本兵似乎发现了陈天鹏一行，吆喝着冲了过来。众人急欲躲避,但这边城小镇一条大路贯穿东西,根本没有可以藏人的地方。欲待返身奔走,却已经来不及了,几个人赶紧挤进一处弯道拐角。拐角一旁有两扇土漆大门,门楼上方横着一块黑色的牌匾,上书"千里飘香"四个大字,铁钩银画,入木三分。陈天鹏无心欣赏匾上的书法,急切间上前拍门,却是鸦雀无声。陈中超见状,使出暗力猛推大门,却是纹丝不动,正待翻墙进去,大门吱的一声开了,一个身材精瘦、神态清朗的小伙子探出头来,机警地看了众人一眼,把头一偏:"进来吧!"

众人连忙闪身入内,小伙子反手将门关上,这才问道:"各位客官,是投宿还是吃饭?"原来,这是一家客栈,开门的是这家客栈的店小二。

"吃饭!"陈天鹏扫了一眼客栈的厅堂,柜台后面坐着一位身宽体胖的店老板。众人天还没亮启程,一个上午粒米未沾,肚子早就饿得咕咕直叫了。再说小六子伤在腚上,走不得远路,全靠陈中超背着走,他也累得够呛。穿过庭院,陈天鹏寻着最靠边的一张餐桌坐了下来:"每人一份水煮豆腐。另外,有什么好吃的尽管上!"

众人刚刚坐定,大门吱嘎一声就被撞开了,几个日本兵挺着刺刀冲了进来:"八格牙路,良民证的有?"

气氛骤然紧张,陈天鹏使了个眼色,陈中超拦在过道当口坐下,一手按住长条形的椿凳,单等小鬼子靠近就操家伙动手。

"哎呀,是山口太君啊,快进来坐。"柜台里的店老板忽然打了个哈哈:"良民证的有,大大的有。太君辛苦了,要不要吃点什么?"店老板满面笑容地迎了上去,与那挎着指挥刀的鬼子军官叽里呱啦说了一通半文不白的日语,又在他的手板心里放了几个银圆。

"哟西。"山口把手一挥,带着几个小兵退了出去。

店老板会说日语,陈天鹏暗自想到,此店绝非寻常客栈。

不一会,店小二将水豆腐端了上来,青葱肉末,香气扑鼻。陈天鹏心道,如今已经置身于此,纵是进了黑店也吃过这碗豆腐再说。"吃!"陈天鹏说罢,拿起筷子大口大口地吃了起来。客栈里什么吃的没有,为何单点豆腐？原来，这蒸水河清澈见底，水质甘甜，当地人取蒸水河之水酿制的豆腐，格外地细嫩爽口。陈天鹏本来就是当地人，自然知道其中缘故。

贾叔夹了一块豆腐放进嘴里，正待细品其味，哪知入口即化，口中仅仅留下一缕清香，顿时大加赞赏："我行走江湖数十年，品尝过的山珍美味不计其数，却比不过今天的一碗水豆腐。能有这般口福，也不枉我老贾活了这把年纪。"

店小二过来上菜，正好听见客人夸赞店里的豆腐，不免笑道："我家的豆腐原是流传了五百年的美食，制作之时先将黄豆去皮，再取蒸河之水浸泡一天一夜，最后磨成豆浆。其间温度比例、时间火候皆有讲究，须得分毫不差，方可做出上好的豆腐。豆腐下锅后或煎或煮，加上小葱、辣椒、麻油，使之芳香扑鼻，多有南来北往的食客闻香而来，品尝过后念念不忘。"

贾叔叹道："'千里飘香'，果然名不虚传。"

002

店小二说得头头是道，勾起了陈天鹏的童年记忆。那时候，每次跟着父亲上街，他心心念念的就是要吃一碗水豆腐。不过，那家店铺不叫千里飘香，也不在这个位置。想到这里，陈天鹏故意拿话来试店小二："镇上原有一家叫作'云水间'的豆腐店，其间存有一道典故，只可惜已经无人知晓，失传了。"

店小二又是一笑："这位客官，你说的'云水间'，其实就是我家'千里飘香'。因为原来的店面太小，多年以前便已迁来现今的地方。"正在说话，大门外面闯入一个头戴黄色帽子、面如瘦猴一般的人来。这家伙的屁股上吊着一把盒子枪，进门就扯着一副公鸭嗓子乱喊："店家，给我弄只烧烤野鸭子。"

店小二迎上前去："原来是老烟队长呀，先来一碗豆腐？"

"别他妈的瞎掰，一碗豆腐还用说吗？快点弄，豆腐和烧烤野鸭子都要。"

店老板闻言，走出柜台笑道："老烟队长，现在皇军封山，村里的猎户都不准出门，山里的猎户也下不来，哪里还有野鸭子？"

"妈的，这也没有那也没有，小心我砸了你的店！"老烟队长嘴里不干不净地乱骂，眼睛滴溜溜地四处乱转，一眼瞄见餐桌边上坐着一个妹子，视线立即就粘在妹子脸上不动了，叫道："哎哟，这个妹子长得好，我怎么没见过，不是佘田桥的吧？"一边说话一边走近前去，伸手就往妹子的脸上摸。

妹子慌忙偏头躲开。

老烟一脸淫笑，口水四溅："哟，妹子家还不好意思呀。水豆腐有什么好吃的？要是跟着老烟哥哥，包你每天吃香的喝辣的！"心里却寻思着要是把这个漂亮妹子送给皇军，一定是大大的有赏。

陈天鹏筷子在桌上一拍，反手一巴掌抽在老烟的脸上。老烟就是一个大烟鬼，哪里扛得住这么狠的巴掌？哗啦一声连人带桌子摔了个四脚朝天，头上的黄帽子也飞了出去。

老烟吃了一摔，躺在地上破口大骂："妈那巴子的刁民，反了你啦！你敢扇我，也不打听一下这里是哪个的地盘！"爬起身来就要拔枪。陈中超身形一晃，鹰爪般的五指掐住老烟的喉咙："我晓得，这里是你的地盘，可惜的是，你马上就要变成死人了！"

老烟被制住要害，哪里还动弹得了？好在脑壳还灵光，知道是遇到狠人了，慌忙改口求饶："好汉饶命，小的下次不敢了。"

陈天鹏骂道："混账东西！你就是那个狗屁老烟吧？"

老烟好一阵咳嗽，一边咳一边回话："对，对。我就是……狗屁老烟。请问好汉，你们是……哪个山头的？"被陈中超一掐，他刚才差点翻了白眼。

"你真想知道？"看着老烟一副惊疑不定的样子，陈天鹏从衣袋里摸出一个蓝色的小本本，啪的一声摔在桌上："睁开你的狗眼，好好看。"这是打黑云寨捞来的，是正儿八经的日本军官证。

老烟拿起小本子，鼓起眼珠子左看右看，一副难以置信的表情。

陈中超喝道："看清楚了没有？"

老烟："没有。"

陈天鹏："嗯！"

老烟吓了一跳，急忙叫唤店老板："我不识字，你来帮我看看。"

店老板拿过小本子，一顺溜地念道："大日本皇军第109联队特高课，原田少佐。"这一念不打紧，老烟却吓得差点咽气。联队特高课，那是万万得罪不起的。

军官证上全是日文，陈天鹏也不认识。原想是拿出来吓唬一下老烟这个狗汉奸，不想半路杀出一个程咬金，张口便将证件上的日文念了出来，幸好证件上没有照片，要不就露馅了。老烟尚且站着发呆，陈天鹏在桌上猛拍一掌，喝道："怎么，你没听见？"

老烟又吓一跳，赶紧换了一副谄媚嘴脸："太君，小的有眼不识泰山，该打。"伸手在自己脸上拍了一掌，然后双手拿起证件，毕恭毕敬地还给太君。

陈天鹏把证件收了，煞有介事地斥道："混蛋，你的什么职务？"

老烟啪地一个立正："报告太君，我的保安队小队长的干活。"

陈天鹏："保安队？你为什么离开岗位，嗯？"

"报告太君，今天要枪毙抗日分子，保安队奉命为皇军清道，我们正在维护秩序。"老烟觉得自己聪明绝顶，一转眼就找了一个这么好的理由："对了，我们进来检查这家店铺，就是要看一看这里有没有漏网的抗日分子。"

陈天鹏："胡说，我怎么听见你刚才是要一只烧烤野鸭子。"

老烟满头大汗，结结巴巴地道："这个……那个，我混蛋！"连忙扬起手来，在自己的脸上重重地抽了两个嘴巴子。

就在这时，门口传来"噔——！噔——！噔——！"的铜锣声，几个伪军模样的家伙一拥而入，打头的一个拎着一面铜锣，冲着店老板大呼小叫："大家都出去看游街的，你怎么还在店里？娘的，打铜锣最费劲，快点给老子弄碗水豆腐！"

店老板不吭声，只把眼睛看向老烟这边。

老烟抬起头来骂道："细跛子，你又来吃白食是不是，等下子我给你吃枪子你信不信，给我滚！"

细跛子见是老烟队长，连忙歪着脑袋立正："报……报告队长，我们……马上就滚。"带着几个伪军撅着屁股跑了。

老烟这草包，在下属面前还挺厉害。陈天鹏看着这家伙就恶心，恨不得一脚把他踹到街上去，厉声呵斥道："你也给我滚，马上出去维持秩序，如有半点差错，死了死了的！"

老烟如获大赦："是！"捡起地上的黄帽子，一溜烟地跑了。

003

铜锣声又响了起来，声音越来越近。陈中超抢出门外一看，只见细跛子拎着铜锣从街头走向街尾，又打街尾走向街头，边走边敲，另有一个二狗子模样的人物站在一个土台上扯着嗓子喊话。土台下面，一队端着刺刀的日本兵押着七八个赤身裸体的汉子游街，所有的汉子皆是五花大绑，连成一串。

陈中超返身回屋，摸出一个银圆放到柜台上。店老板微微一笑："不必了，这一餐我请。"

陈中超好生意外。

陈天鹏道："店老板何故如此客气？"

店老板道："在家靠父母，出门靠朋友，我们都是乡里乡亲，来日自有相见之时。"言罢，瞟了一眼门外："日本人每天都在检查良民证，王中师那厮狐假虎威，没有证件的一律抓去当劳工。"

陈天鹏："王中师是何人？"

店老板："佘田桥镇维持会长。"

听得店老板一口地道的本土方言，陈天鹏定下心来："听口音，店家是大东路人，这口音外人学不来。敢问店家，你如此通晓日语，莫非是打日本留学归来？"

店老板一愣，继而笑道："你是说那本军官证的事吧，那个死鬼老烟根本就是个睁眼瞎子，瞎子面前读生字，怎么读都不会错嘛。"

陈天鹏恍然大悟，抱拳道："多谢！今日之事，多亏兄台巧为周旋！"

"举手之劳，何足挂齿。"店老板压低嗓门道："口头上的小把戏可应一时之急，只是不能太久，老烟不可留！"

陈天鹏："大恩不言谢，后会有期。"

铜锣声越响越远，渐渐往镇子外面去了。陈天鹏等人挨出店门，悄悄挤进围观的人群之中。

王中师上穿一身黄色军装，下着一条黑色裤子，留的是派头十足的西式头。围观者越来越多，王中师嫌铜锣声不够大，拿过铜锣狠狠地敲了几下，扯着嗓门喊道："大家注意了，这几个抗日分子胆大包天，胆敢袭击维持会。今天，日本皇军要将这几个人游街示众，统统枪毙。这就是和日本皇军作对的下场！"

被绑的好汉一共八人，全都是二十来岁的年轻仔，个个血气方刚。据说，这八条好汉武功高强，为了防止他们逃跑，日军用铁丝穿过好汉的手掌，将他们连成一串，好汉的鲜血洒了一路。被押在最前面的好汉名叫陈云岳，此人身材魁梧，一路叫骂不绝。小鬼子被骂得火起，枪托一轮又一轮地向他招呼，可那陈云岳一身童子功，枪托砸在身上就跟砸在石头上一样。小鬼子砸累了，也就不再管他，任他去骂。走在最后面的一条好汉更为剽悍，一张黑脸布满络腮胡子，便如猛张飞一般。游街的队伍出了佘田桥，一路来到亭子山下。成千上万的村民从四面八方涌过来，山冈、坡地、道路和田垄都挤满了围观的人，甚至把小鬼子的队形都挤乱了，小鬼子抡起枪托四面乱砸，不断地驱赶靠得太近的村民。

老烟打客栈里出来，脑壳里尽是那几个太君，总是觉得哪里不对劲。远远地看见王中师在前面打铜锣，他便一个劲地往前赶，边赶边喊。听得老烟在后面喊，王中师停下锣锤骂道："你喊死，没看见我在打铜锣呀。"老烟跑得足下发软，上气不接下气："王……会长，刚才，有几个太、太君……"正要把那么一桩"怪事"说出来，忽然看见陈中超就站在数米开外，一双眼睛狠狠地盯着自己。老烟吓了一跳，浑身筛糠般地抖了起来，一句话卡在喉咙里吐出不来。王中师不耐烦地吼道："你哑啦，么子鸟事快滴讲。"

黑脸大汉身后的小鬼子是个新兵，他学着老兵的样，时不时地抡起枪托往黑脸大汉身上砸。黑脸大汉瞪了新兵一眼，却好看见陈中超打人群里挤出来向他打眼色。黑脸大汉心领神会，抬腿一脚，将那新兵手中的长枪踢得飞了出去。这还得了，王中师一把推开还在发蠢的老烟，拔出王八盒子就往前抢，哪知下盘被人一绊，整个人就像一个没有完成起跳的蛤蟆，踉跄着摔了出去。

人群拥挤，王中师压根就不知道自己是中了陈中超的铁钩腿。

黑脸大汉也不打话，拖着铁丝迎上前去，对准踉跄而来的王中师就是一记无影脚，王中师腹部吃痛，大叫一声摔向地面。事起突然，老烟本能地张开双臂，似要接一把正在表演空中自由落体的王会长，哪知大烟鬼的力量有限，被那王中师下坠的力道一撞，两人叠在一起砸在地上。这边正在胡乱挣扎，陈中超火中取栗，抢上前来"帮忙"，手臂一托一送，王中师手中的王八盒子鬼使神差般地响了："呼！"一颗子弹不偏不倚，恰好穿过老烟的脑门。

一道黑血打老烟那颗干巴巴的脑门里冒了出来，他的双眼瞪着天

大|东|路

空，完全没有搞清楚自己是怎么死的。

王中师被摔得两眼发黑，一时之间竟然无法起身。

人群大乱，黑脸大汉虎吼一声挣断绑在身上的绳索，并将两只手掌从铁丝中撕裂出来。未等日本兵反应过来，黑脸大汉冲过人群，双足轻轻一点，打数十米高的斜坡纵身而下，飞也似的钻进林子里去了。日本兵被拥挤的人群顶在原地，一时间哪里追赶得上，只得追在屁股后面打了一阵乱枪了事。

一个反日分子居然在眼皮底下逃走了，山田少佐暴跳如雷，下令将陈云岳等七人倒吊于松树之下，就地搭建刑场，垒砌干柴点火焚烧。

熊熊的烈火吞噬着七名好汉的身体，火光映红了半边天。七位汉子挣扎着，在烈火中发出撕心裂肺的惨叫。

焦煳的气味冲向天空。大地在燃烧，空中的黑云也在燃烧。

004

大风吹过，秋天的黄叶纷纷扬扬。

母亲正在打扫院子，忽然走来几个蓬头垢面的乞丐。母亲心善，扔了扫帚要去伙房里给他们找吃的。一个身材高大的乞丐扑上来将她抱住，在她耳边唤道："妈！"

"哎哟！"母亲吓了一跳。定睛一看，扑过来的人是她的小儿子中超，呼唤声里透着挥之不去的撒娇。中超自幼失去双亲，幸亏伯父伯母将其拉扯成人，他从小就管伯母叫妈，管伯父叫爹。伯父伯母对他恩重如山，比亲生父母还要亲。

"儿子！"母亲捧着中超的脸看了又看，中超平时最爱整洁，今日里怎么弄得脏兮兮的。

小儿子耳语道："妈，我哥回来了！"

一个身材壮实的中年男子站在院子门口，母亲使劲地擦眼睛，不敢相信那是少小离家的大儿子。"妈！"陈天鹏喉头哽咽，张开双臂上前拥抱阔别了十几年的母亲。母亲在自己的胳膊上掐了一把，方知此时不是做梦，顿时泪崩如雨，紧紧地抱着儿子不肯撒手。

大儿子黑了，瘦了，但比以前更加壮实。

两个儿子突然回家，父亲木然地看着眼前的一切，手里的水烟壶掉在地上也是浑然不知。大儿子自幼聪明过人，读书过目不忘，私塾先生称之为天才。十六岁那年，父亲凑齐盘费将他送往广东求学，大儿子不负众望，一举考入黄埔军校。从那一天起，大儿子成了整个陈氏家族的骄傲。

大儿子："爹，儿子回家看您来啦。"

"回来啦？"父亲的嘴角蠕动着，风霜和岁月在他的额头上留下了刀刻般的皱纹。

大儿子："嗯。"

父亲："你们两个都回来了？不是打仗吗？"

大儿子："爹，儿子现在是第304团的上校团长，中超是警卫排长，他是第九战区的战斗英雄。"

看到父亲的目光转向自己，陈中超赶紧回话："爹，日军进攻长沙，我哥受了重伤，在老乡家里养了两个多月。爹，我们和部队失去了联系，哥和我，还有贾叔、妹子、小六子……我们是绕圈子走山路回来的。"陈中超平时畏惧父亲，不敢在父亲跟前多说一句话。

母亲这才看见院子外面还站着几个人，连忙上前招呼："哎呀，快点进屋。"母亲的目光停留在妹子脸上，上下打量，心想这个妹子好漂亮，一定是天鹏的媳妇。

老贾先做自我介绍："我是妹子的干爹。"接着拉过小六子："这是我的孙子，快叫爷爷奶奶。"

"爷爷，奶奶。"小六子的嘴巴原本是最甜的，只因枪伤未愈，屁股上疼得很，只是懒懒的唤了一声。

"是亲家啊。"这几年，因为两个儿子不在家，老两口虽说一天到晚忙里忙外的，屋里却是冷冷清清。这会好了，儿子回来了，还带来了一大家子人，母亲心里好高兴，说了几句客套话就赶紧赶忙跑到灶屋里淘米煮饭去了。

听说大儿子受了重伤，父亲的脸色唰的一下就变了："你受伤了？伤在哪里？"

陈天鹏把上衣脱了，父亲一看就呆住了。儿子身上的新伤老伤，大大小小有一二十处之多，父亲抚摸着儿子身上的伤疤，心疼得说不出话来。此时此刻，他真的后悔当初不应该把儿子送进军校，如果有机会重新选择，他会把两个儿子都留下来，让他们待在山沟沟里种田种地。

陈天鹏走进自己的房间，十几年了，自己曾经睡过的床、放衣服的橱柜和写字的书桌依然摆在原处，抽屉里的几本旧书积满尘垢。透过黑色的窗格，几只喜鹊站在老槐树上叽叽喳喳地叫。

这一整天，母亲都忙得不亦乐乎。漂亮"媳妇"也很勤快，跟在母亲后面扫地、铺床、清理房间。母亲非常喜欢这个"媳妇"，一边做事一边问这问那，但她不管怎么问，"媳妇"总是笑，不回话。母亲以为"媳妇"听不懂方言，又担心别累着了才刚进门的"媳妇"，要她去歇着。"媳妇"很顺从地坐下休息，母亲一走开，她又把窗叶上的隔挡取下来，打手势告诉陈天鹏这样可以让外面阳光照进来，驱散屋里的霉味。陈天鹏道："母亲叫你歇着，你就好好歇着。这些日子天天赶路，你也累了，好好歇几天吧。"妹子一笑，手下的活路一刻都没停。中超在大哥的屋子里加了一个边铺，那是给妹子准备的，就像先前在坡子村一样。妹子生怕陈天鹏不肯，目不转睛地望着他："这个边铺是我的，我和你住一间屋子。"妹子口不能言，却有一双会说话的眼睛。

村里的老少爷们都来了。

一位壮汉跨进院子，上前就给了陈天鹏一个熊抱："你一走十多年，在外面做大官，为什么不给屋里的兄弟来封信？"

壮汉的力气大，刚好压住了天鹏新近愈合的伤口，一阵疼痛袭来，陈天鹏好半天才说出话来："大师兄，这又不是摆擂台，你使这么大的劲干吗？"壮汉的名字叫陈子青，他打小和陈天鹏一起上学、一起练武，陈子青年长一岁，是他们这一拨练家子当中的大师兄。

"你回我的话，一个人在外面闷声发大财，干吗不带村里的兄弟一起干？"陈子青不依不饶。

"大师兄，我今个回来，正要带着兄弟们一起发财呢。"陈天鹏笑道。

一直闹到天黑，陈子青等人方才散去。

陈天鹏意犹未尽，问道："看到的大都是中老年人，年轻人呢？"

父亲挪开嘴里的水烟壶："日本人抽壮丁，三抽一、二抽一，青年后生都躲在山里不敢露面啊。"

儿子："大师兄怎么不躲？"

父亲："他不同啊，他给四太公当帮手，用不着躲。"

儿子："给四太公当帮手？"

父亲："唔，你们兄弟也不用担心。四太公是村里的维持会长，那边有爹去说话。"

儿子："什么事，村里还有维持会长？"

父亲："是啊，原先是一村一保，日本人来了就改成了维持会。你们兄弟在家待着，莫出去乱走就是。"

中超闲着没事，就在院子里举石锁、练气、打拳。小六子这一阵子好吃好睡，屁股上的伤也就没那么疼了，看见中超天天在院子里练把式，这才知道中超是个武功高手。小六子原本是最好动的，这一下就激发了他的少年雄心，非要跟着中超练武不可。

"练什么练，瞧你的屁股。"因见小六子伤势未愈，一下子也练不了什么，中超调侃道："你不是有鼻涕吗，紧要时刻鼻涕一甩，把小鬼子糊到墙上去。"说罢哈哈大笑。

其实，这阵子经过姑姑的一番打理，六子已经不流鼻涕了。因见中超调笑，他以为自己的鼻涕没洗干净，赶紧打来一盆清水，把一张小脸泡在水里洗了又洗。陈中超以为他又要玩花招，只是装作没看见。过了一会，小六子寻了三炷香来，往地上一插，死乞白赖地给陈中超磕了三个响头："师父在上，小六子拜师了。"

陈中超转身就走："你这算哪门子事？别乱拜，我可没答应！"

小六子拽住他的衣角不放："师父，我已经磕头了，从现在开始，我就是你的徒弟，快点教我武功。"

陈中超："我可没叫你磕头，是你自己磕的。"

小六子："我不管，已经磕过了，男子汉大丈夫磕了头就得算数。"

陈中超："还给你赖上了是不，拜师哪有这么容易，见面礼呢？"

小六子："见面礼先欠着，以后给你。"

陈中超："哎哟，你小子净想好事。一边去，不许叫师父。"

小六子："师父……我就叫。"

贾叔看着这边闹腾，笑呵呵地出来打圆场："哈哈，你就别逗他了。小六子是有点瘦，但这小子的骨架子大，敏捷、灵巧，说不定还真是块练武的料子。两三岁的时候，大当家的就把他放在一个抹满野猪油的大缸子里，让他光着身子往外爬，练的都是巧劲。可惜大当家的走得早，没来得及教他一点实在的。"

"是吗，"中超收起笑声，伸手在小六子肩胛骨上捏了一把，手感很结实。欲待加一把力，小六子把肩膀一缩，支溜一声滑了开去。

"吱喝，是有两把刷子。好吧，看在爷爷的份上，我暂时同意了，但得考察你一下。从今以后，我说什么你做什么，如果不听话，立马赶出师门！"陈中超清瘦的脸上有一道很明显的疤痕，那是和日本兵拼刺刀留下来的。但他那皮肤天生得好，细细白白地透着红光。因见小六子伤势未愈，陈中超先教他一些不着力的花架子，小六子鬼聪明，一教就会，一招一式的使得像模像样。看他洋洋自得的样子，陈中超把手臂上的肌肉亮出来："等你练出了这样的肌肉，才可以正式收你为徒。"

小六子有点傻眼，这么大块的肌肉得练到什么时候？

陈天鹏也在一旁看热闹，心想陈中超这副身板参加军中格斗比赛，拿个冠军亚军什么的一点都不奇怪。忽然想起一件事来，问道："前几天在亭子山逃走的那个黑脸大汉，叫什么来着？"

陈中超回道："黑脸大汉叫曾开山，他的书名没有几个人知道，村里人都管他叫二喇叭。"

陈天鹏："姓曾？是不是村西头老曾叔的儿子？"

陈中超："是呀，哥还记得老曾叔啊。"

陈天鹏："怎么不记得，小时候我和大师兄去铁匠铺里瞎闹，被老曾叔追了半里地。"言罢大笑，旋即吩咐道："你明天去邵阳走一趟，一定要探明 102 师的去向，顺便带一点日常用品回来。"

"好咧。"听得要他进城打探消息，陈中超立刻就兴奋起来："邵阳城里还有个开铺子的堂姑爷，我去找他。"

第 009 章

死里逃生

001

大战过后，邵阳城里遍地瓦砾，残垣断壁比比皆是。无家可归的人们在废墟里翻寻着，将一截半截的木料找出来，然后在路边上搭一个简单的窝子。

原来的巷子早已面目全非，哪里还找得到姑爷的铺面。眼看就要天黑，陈中超寻得一处空地，把带给姑爷的七八块风干野猪肉支挂起来。破烂不堪的街面上忽然有人卖肉，简直是天上掉馅饼，呼啦一声就围上来一大群人，买卖如同打抢一般，没有银圆就拿金银首饰直接对换。有了食物才有生命，七八块风干肉一下子就没了。最后剩下两块小的，陈中超不卖了，他寻思着万一碰上姑爷，怎么着也得有个见面礼吧。

人缝里忽然钻出一个满脸尘垢、衣服破烂的小妹子，拉住陈中超的衣角说道："哥哥，我买肉。"小妹子约莫十三四岁的样子，扎着两条麻花辫子，脸色蜡黄，身上穿了一件剪短了的旧袍子，脏兮兮的也不知多长时间没洗过了。

陈中超："小妹子，肉都卖完了，哥哥收摊了。"

小妹子："哥哥，你还有，我看见了。"

陈中超有点尴尬，小声说道："这个不卖了，是留给我家姑爷的。你怎么不早点来呢？"

"刚才人多，我挤不进来。哥哥，我妈妈生病了，她快不行了。"说到这里，小妹子的眼圈红了："妈妈说，她好想吃肉。"

陈中超："你爸爸呢？"

"打仗的时候，爸爸和弟弟都被日本人放火烧死了。"小妹子话未说完，两行泪水已经打腮边流下来，但她没有哭出声来，只是紧紧地攥着拳头。陈中超一听，立刻就在心里把日本人的祖宗十八代都操了一遍。看着小妹子瘦骨伶仃的胳膊，陈中超心里老大一阵子不忍，他把裹在麻布里的肉干拿出来，匀出一块递给小妹子。小妹子拿过肉干，这才松开拳头，原来，她的手板心里攥着一块铜板。

小妹子将铜板递过去，就好像做错了什么事一样，眼神里一副怯生生的样子。陈中超拿过铜板一看，是一枚民国铜币，正面刻有"开国纪念币铜圆"，背面双旗交叉，刻有"中华民国"字样。这种铜币很少在市面流通，也不知道小妹子是打哪里弄来的。陈中超把铜币放回小妹子的手板心里："这块铜板你留着吧，肉干哥哥送给你啦。"小妹子直摇头，非要将那枚铜板付给哥哥。小妹子这么固执，陈中超忽然想起此番进城的任务，他捏着铜板对小妹子说："这样吧，我向你打听一件事，你要是能够告诉我，这块铜板就算是我付给你的工钱，你看如何？"

"嗯。"小妹子点点头。

陈中超："前些日子国军在这里和日本人打仗，后来，国军都去了哪里，你知道吗？"

小妹子想了好大一会，抬起头来说道："是中央军吗，他们死了好多兵，后来都往雪峰山那边走了。"

陈中超："你有没有听说过 102 师，他们往哪边去了？"

小妹子摇摇头。

陈中超一笑："行啦行啦，不知道也没有关系，铜板和肉干都归你啦。"说罢又打口袋里摸了一个银圆出来，放在小妹子的手板心里："这是给你的消息费。快点回去，去给妈妈买药。"

小妹子使劲地点头，冲着陈中超鞠躬："谢谢哥哥。"言罢，拎起肉干飞快地跑了。

天色黑了下来，陈中超欲待找个落脚的地方，打算随便窝一夜。正在四下里乱转，小妹子打斜刺里冲了过来："好人哥哥，可找到你啦。你要问的事有个人知道，他是兵哥哥。"说罢，拉着陈中超就往巷子里跑，绕了好几道弯，最终来到一间破烂的屋子门前，小妹子指着屋子说："兵哥哥在屋里面。"

屋子非常矮小，没有门扇，屋前屋后全是垃圾。陈中超钻进去一看，里面乱糟糟的，角落里摊着一张草席，一个蓬头垢面、胡子拉碴的人背靠墙根坐在草席上。那人拧亮一盏没有灯罩的油灯，一双眼睛凶狠地盯着来人。

"胡子哥，这个是好人哥哥，他有事情问你。你们说话，我去外面看着。"小妹子说罢，转身跑出小屋。

"幸会！在下陈中超，不知兄弟如何称呼？"

胡子哥触电似地跳了一下，死死地盯着陈中超问道："304团陈中超？"

他乡遇故知，居然有人知道自己的大名，陈中超大喜过望："在下正是304团警卫排长陈中超。兄弟是哪一部分的？"

胡子哥投过钦佩的目光："孤胆英雄，久闻大名。"

陈中超双手抱拳："不敢，不敢。"

沉默过后，胡子哥开口说话："本人刘七，第171团老兵。"

陈中超忽然感到一丝丝的不安。十几年来，国军抗日可谓艰苦卓绝，无数的战友牺牲了，每一个活着的老兵都是真正的英雄。在一个老兵面前，自己完全就是一个新兵蛋子，刚才一开口就自报名号和职务，是否有点不知高低？原来，刘七在邵阳保卫战时重伤昏迷，醒来的时候，171团已经突围而走。刘七失去了一条腿，幸好被捡垃圾的小妹子在死人堆里扒拉出来，这才救了一命。

第二天，陈中超要带刘七出城。

刘七拒绝了："我这张脸已经贴上了死神的标签，带上我，谁也出不了这座城。你也不必勉强，我不过是一个废人而已。你出去之后，若是能够见到171团的杜团长，请你告诉他，刘七丢了一条腿，但没有给他丢脸。如果有来生，我还做他的兵！"

陈中超心知说服不了刘七，便将最后的一块肉干和卖肉所得的银圆留下来给他，这才自个离开。

出得城来，陈中超撩开双腿大步流星地往回赶，到了佘湖山下，忽然电闪雷鸣，狂风卷地，一团乌云从天边压了过来，天色一下子黑得吓人。不一会，蚕豆大的雨点劈头盖脸地砸了下来。

陈中超被雨水打得睁不开眼睛，放开双腿奔跑起来。转过山脚，忽然脚下一绊，身体一下子失去平衡，哧溜一声滑倒在湿漉漉的泥水里。

陈中超身手原是极为敏捷，身体刚刚着地就弹了起来。回头一看，只见一团黑色的物体正在水沟里蠕动，似乎要往路面上爬，奇怪的是，一道很浅的水沟，它居然爬不上去。

"妈的，什么鬼！"陈中超回身过去，只见浅水沟里趴着一个人。陈中超拽住那人的衣领，一较劲将其提了上来，居然是一条彪形大汉，一脸的络腮胡子，双眼直勾勾地瞪着自己。陈中超抹了一把脸上的雨水，定睛一看，此人正是在亭子山只身逃走的曾开山。

风助雨势，暴雨越下越大，闪电撕破夜空与大地纠缠在一起。陈中超大喊道："二喇叭！"

二喇叭站立不稳，浑身瑟瑟发抖。他像一个连续奔跑了一百公里的马拉松选手，体力完全透支了。

"别动。"陈中超双手一抄，呼啦一声将二喇叭扛到肩上。二喇叭块头大，原也不是一般人扛得动的，好在陈中超也是一个力气大的，一口气扛着二喇叭走了十几里地，一步一滑地把他弄了回来。

走进自家院子的时候，陈中超脚下一软，哗啦一声摔倒在泥水里。

屋里的人听到动静,一齐冲了出来,七手八脚地把二人弄进屋里。

"天啊,这是怎么了,去一趟邵阳就摔成这样,快让妈看看,都摔着哪里啦?"母亲拽着儿子左看右看,生怕他少了胳膊缺了腿。

陈中超瘫坐在躺椅上,过了好久方才缓过一口气来:"我没事,快去看二喇叭。"

二喇叭嘴唇青紫,双掌有撕裂伤,肩胛上有一处对穿的枪眼,膝盖和双肘血糊糊的。贾叔看过二喇叭的伤势,说道:"伤口有点发炎,先用盐水把伤口洗干净,再用金枪药外敷、内服。这厮很虚弱,是饿的,但他体质好,应当没事。"二喇叭肌肉虬结,身体特别壮实,要是放在平时,三五个小鬼子都不是对手。

听说二喇叭没事,父亲也放下心来:"估个乃几硬是命大,出事好多天了,鬼子兵一直都在搜山,也不晓得他是怎么躲过来的。"

002

妹子把中超掉落在泥水里的包裹捡回来,水滴滴地打开一看,里面早已湿透了。包裹里除了一些日用品,还有两块藏青色的洋布。妹子拿起洋布对着母亲上下比画,示意这是中超给父母买的。

母亲是典型的农村妇女,活了几十年,穿的是粗麻布料,干的是累活脏活,哪里见过这么细滑的洋布?心里那个高兴呀,但她又心疼:"你看我家中超,就是乱花钱,妈有衣服穿,你买这么好的料子做么子,这得花多少钱?"

中超憨笑:"妈,这是我哥的意思,他说这些年在外面,没有好好孝敬爹妈,嘱咐我带点洋布回来给你们做衣服,没想到下这么大的雨,全都淋湿了。"

母亲的鼻子酸酸的,赶紧招呼老头子:"你快过来看呀,儿子给我们买洋布啦。"话未说完,泪水就流下来了:"你身上的那件大褂子,缝缝补补了十几年,一直都没换过,这回给你做件新的。"

中超替母亲擦去眼泪："妈，我哥当了团长，早就发达了。改日我再套一辆大车，载了爹妈一块进城去玩，多扯几匹洋布回来，把你们里里外外的衣服都给做了新的。"

母亲："我家中超真是孝顺啊，妈从来没去过邵阳，那得走多远？"

中超："没多远，也就一天路程，天亮走，天黑就到。"

邵阳之行，陈中超带回了一个不好的消息：长沙作战失利，第九战区所属各部分别退往湘西、江西、广西、贵州，第4军军长张德能战场指挥失误，被军事法庭判处死刑，第102师师长陈伟光未能在岳麓山阵地组织有效抵抗，免去一切职务，削职为民；304团团长陈天鹏临阵脱逃，下落不明，陆军部下令取消第304团番号。

陈天鹏如遭五雷轰顶，揪住陈中超的领口："什么，我陈天鹏临阵脱逃？你再给我说一遍！"

"哥，不是我，是胡子哥……说的……"大哥瞬间变脸，凶神恶煞般地盯着自己，搞得陈中超有点莫名地紧张，说话也结巴起来。

陈天鹏双目圆睁，咆哮道："什么胡子哥，混账东西，胡说八道！我的304团到底在哪里？"一腔怒火如同火山爆发般地从胸腔里喷发出来，使他无法自制。长沙保卫战，304团殊死战斗，无数的战士血洒疆场，却给自己换来了一个临阵脱逃的罪名，简直就是奇耻大辱！

陈中超："哥……"

"哥什么哥，你还有理了是吧，芝麻点大的事都办不好，你还有脸叫哥，我撤了你的职！"陈天鹏怒气冲天，一拳砸在桌面上，整个拳头血肉模糊，他却浑然不知。陈中超一惊，正待替他包扎，陈天鹏突然大叫一声往后倒去。

"哥！"陈中超抢前一步扶住陈天鹏。

老爷子捧着水烟壶在堂屋吸烟，听着老大在屋里训斥老二，心想那是公家事，总是不好插嘴。忽听中超大声呼喊，急忙推门进去，只见大儿子双目紧闭，嘴角上挂着一缕血丝。老爷子抢上前去，合着中超一道将大儿子抄到床上，这才责道："你都说了些什么？"

中超："爹，我没说……我是说 304 团那事……是哥让我说的。"

老爷子："算啦，别说啦，赶紧去找大夫。"

中超："贾叔就是大夫。"

老爷子："那你还不快点去喊他！"

贾叔到后山去了，中超扯开了嗓门边跑边喊。自打被那豺狗子所伤，贾叔的身体大不如前。好在自己是个大夫，平日里自会用药调理，今个天气好，他便独自一人钻进后山寻找草药去了。

失去了 304 团，陈天鹏便如一个断了线的风筝，不知道自己将要飘向何方。戎马生涯十几年，打军阀、打土匪，打红军，原想在战场上建功立业，也好博个封妻荫子、衣锦还乡，直到最后与日本人开打，他才爆发了最原始的血性。不想时运乖蹇，一不小心竟然落了个临阵脱逃的恶名。

304 团就这么完了？陈天鹏心有不甘啊！他的脑海里不停地回放着长沙大战的每一个环节。304 团奉命坚守阵地，战至最后一刻，士兵的尸体填满战壕。然而，无数的生命没有换来对英雄的尊重，更没有换来应有的荣誉，反而给自己换来了一顶耻辱的帽子。转眼之间，一个能攻善守的英雄团被取消了番号，全团官兵都成了历史的罪人。这一刻，陈天鹏肝胆碎裂，五内俱焚。

刚刚还好好的，怎么一下子就变成这样？母亲急得眼泪直流，妹子以为天鹏旧伤复发，也是哭得稀里哗啦。

老爷子吼道："哭什么，女人家只晓得哭、哭、哭，莫哭了，死不了人！"这一嗓子还真管用，两个女人都闭上了嘴巴。

陈天鹏躺在床上，他闻到了一股浓烈的草药味，信手一挥，将一碗汤药尽数打泼在地。

妹子手足无措，哭了起来。

贾叔闻声进来："不哭，打泼了汤药是好事。"一边说话一边去给陈天鹏把脉。陈天鹏双目紧闭，脉象搏动起伏相互冲撞，贾叔知其是受了强烈的刺激，一时半晌难以平复。把脉过后，贾叔转过身去帮着闺女清理地上的药渣和瓦片，安慰她道："陈长官的身体没问题，是心病，只要想通了，吃不吃药都会好。"

陈天鹏双眼直勾勾地瞪着天花板，突然吼道："他娘的陆军部混蛋，304团大功不赏，反而撤销番号，天理何在！"

老爷子的定力好，一直坐在床边。眼看着大儿子有动静了，这才松了口气。他拿起水烟壶吹了几下，把切好的烟丝捏成团子，一下一下地塞进烟嘴里。又把一支长长的纸媒点燃了，再与烟嘴接火，连吸了数口之后，吐出一团一团白色的烟包来。过了烟瘾，老爷子不紧不慢地安慰儿子："我相信，304团的官兵个个都是好样的。这些年来，你一步一个脚印，由一个普通的战士一级一级升到团长，爹为你骄傲。"老爷子一生务农，替东家掌管五里牌一带的田庄，是一个称职的管家。与普通的农户相比，家里的经济是比较宽裕的。

"爹，我好后悔……儿子从军十几年，无数的战友和兄弟都倒在枪林弹雨之下，他们的血流成了河。"说到这里，陈天鹏一把撕开领口："这次长沙会战，先是中超在死人堆里把我扒拉出来，后来又有贾叔出手相救，要不是他们，我这条命早就没了。说我临阵脱逃，真是欲加之罪，何患无辞！"有道是三人成虎，这样的消息，他在坡子村已经听过一次，如今再次听到同样的消息，就等于证实了前面的消息。这使他愤怒，更使他绝望。

老爷子嗯了一声，口气反而变得从容不迫："儿子，男子汉大丈夫，要拿得起放得下。我估摸着，你受伤之后脱离队伍的时间太长，你的长官找不到你，错当你是临阵脱逃。这个黑锅当然不能背，但也不要急，到时候，你把这档子事说清楚就行了。"

陈天鹏："说清楚？陆军部的那些混蛋颠倒黑白，哪里还说得清楚。"

老爷子："为人不做亏心事，半夜不怕鬼敲门。今儿个你既然回来了，就先在家里待一阵子，不要尽想那档子事。"

陈天鹏："爹，我不想那档子事，那还能想哪档子事？"

老爷子："你应该想想我们五里牌的事。你都看见了，日本人在亭子山一下子就拿掉了五里牌七条人命，这是不共戴天之仇！"听老爷子的口气，日本人干过的事，他一桩桩一件件全都记在那里，只等秋后算账。陈天鹏有点惊讶，原以为老爷子一个乡下佬，除了代东家收粮收租，一年三百六十五天只会捧着水烟壶吞云吐雾，不想他竟然如此血性。

陈天鹏猛地一下坐起身来："我看见了又怎样，304团没了，我现在什么都干不了。"

听了这话，贾叔忍不住插言道："那都是小道消息，何必当真？"

"贾叔，304团被取消建制，我已经是第二次听到这样的消息了。"陈天鹏想起自己对贾叔的承诺，心里涌上一股歉意。

贾叔轻咳一声，回头看了一眼陈老爷子："亲家，我和天鹏单独聊聊。"

"好，你们聊。"陈老爷子端着水烟壶走了。

贾叔把门掩上，然后回身坐下："304团舍却性命与东洋人激战，你们是了不起的英雄。如果有人说你这样的英雄团长临阵脱逃，那是瞎了他的狗眼！"贾叔拍了一把胸脯："陈长官重伤之后生命垂危，有中超，还有老贾、妹子、小六子为你作证，你不必担心！"

陈天鹏张了张嘴，苦涩地道："贾叔，真的到了那一步，我的人头恐怕早就交代了。"

贾叔连连摇手："那也未必。如今日寇猖獗,已经占了大半个中国。老朽以为,要打日本人在哪里打都一样,不一定非要国军正规军才能打。陈长官,你想过没有,如果我们自己拉一支队伍,不受什么番号的约束,想怎么干就怎么干,自由自在岂不是更好?"

陈天鹏愕然:"自己拉一支队伍?"

贾叔张开五指,捋了一捋颌下的胡须:"我看,五里牌这地方民风彪悍,多有勇武之士,以你在此地的声望,只要振臂一呼,千军万马皆可得之,何必担心没有队伍?"

陈天鹏:"千军万马?哪有那么容易。拉队伍要人要枪,要粮要饷。再说,日军都是训练有素、装备精良的正规军,几百万国军都顶不住,平民百姓扛枪上阵,那不是鸡蛋碰石头,白白送命吗。"

贾叔:"陈长官,你忘了黑云寨?"

陈天鹏:"没忘,怎么可能忘记黑云寨?贾叔,乡里民众不懂军事,此时便是聚众前往拿了武器也没有什么战斗力,何况沿途的日军哨卡、碉堡炮楼比比皆是,一旦露了行藏,那还不是日军枪下的鬼。"

贾叔:"我说的是黑云寨的暗室,那扇暗门的位置你还记得吗?"

陈天鹏:"嗯,我记得。"

贾叔精神一振,眼里顿时放出光来:"只要打开了那扇暗门,就可以看到另外一个世界。"

陈天鹏:"另外一个世界?"

贾叔:"那是大顺皇帝的归隐之地。"

"你说什么?"陈天鹏不敢相信自己的耳朵,他瞪着贾叔看了好大一会,忽然发出一阵大笑:"贾叔,你这是往哪里扯,该不是老糊涂了吧?"

贾叔:"我很清醒。"

陈天鹏:"你说的大顺皇帝,是明末清初的李自成?"

贾叔:"正是。黑云寨的所在地唤作黑云谷,那是大顺皇帝的归隐之地,亦是闯王藏宝之地。"

陈天鹏:"贾叔,江湖传闻都是些子虚乌有的事,你还把它当真了。"数百年来,闯王宝藏传说纷纭,各种猜想层出不穷,没有任何史料可以参照认证。

贾叔摆了摆手,神色极为严肃:"知悉闯王宝藏的只有三个人,第一个人是马大飞,第二个人是半天云,第三个人就是我。马大飞、半天云皆已不在人世,现在,知道这个秘密的人只有我。"说到此处,贾叔长吁了一口气。此话在他心里隐藏已久,于今和盘托出,便如放下千斤重物。

陈天鹏笑了起来:"我想起来了,你说过,黑云寨藏着一个天大的秘密。"

"贾叔将你等引向黑云寨,就是要将这桩天大的秘密告诉你。"自打黑云寨兄弟被日军击杀之后,贾叔为了保护洞窟宝藏,设计毒杀了一干蠢蠢欲动的喽啰,却也留下了一道永久的心理枷锁,使得自己活在沉重的自责之中,难以自拔。其实,从那一天起,他一直都在盘算自己的后事,他担心自己死后,宝藏的秘密会永远埋在大山之中,再也无人知晓。

看着贾叔认真的神态,陈天鹏满腹狐疑,颓废的神情却是渐渐褪尽。

第010章
英雄卸甲穿新衣

001

清晨的阳光穿过云层，火辣辣的洒向地面。

陈天鹏精神抖擞，一头扎进自家的谷仓。大儿子从小就没干过农活，这会反倒勤快起来了，老爷子觉得挺新鲜的，索性托了个水烟壶站在仓外指指点点，一会让他填埋墙根下的老鼠洞，一会又让他打扫谷仓的隔层，准备存放秋收的粮食。

正在干得起劲，院子里忽然传来一阵喧哗，陈天鹏钻出谷仓一看，院子里站着一大群人，中间簇拥着四太公。四太公是陈氏家族的族长，虽已年过八十，仍然红光满面，神采奕奕。平日里不管收租放粮还是处理族里的事务，四太公总是拄着一根权威性的龙头拐杖。

陈天鹏迎上前去，以族孙的名分给四太公行礼。四太公很高兴，嘶哑着嗓门说道："好孙儿，你站近一点，让四太公好好看看你。嗯，丰额大脸，是大富大贵之相，好，好。我的孙儿，你出去这些年，外面还好吧？听说你回来了，四太公是特意过来看你的。"

八十多岁的四太公移步来看自己族孙，这面子给得够大的。陈天鹏在军中前呼后拥，当惯了老大，如今回家"当孙子"，仍然被乡亲们众星拱月般地拥着，心里也是蛮受用的。他忽然发现自己犯了一个错误，于是赶紧检讨："四太公，孙儿不孝，让您操心了。孙儿本来是要上门去看您的，因为现今的世道不太平，不敢随便走动，没想您老人家这么快就过来了，都是孙儿的错。"陈天鹏说罢，又向四太公鞠了一躬："孙儿祝四太公长命百岁，万事如意。"

陈中超也过来鞠躬行礼："祝四太公身体健康，长命百岁。"

四太公露出温馨的笑容："你们看，两个孙儿都这么懂事，都是我的好孙儿。天鹏从小聪明，记性好，会读书，中超也不错，练了一身武艺，兄弟俩一文一武，文武双全。天鹏出去好多年了，中超也出去了一两年，现在又都回来了。回来就好，回来就好啊，你们兄弟回来了，五里牌的事就好办啦……咳，咳，四太公老啦，你们还年轻。"四太公一时高兴，说话的速度快了一点，立刻引来了好一阵子咳嗽。

陈天鹏上前搀扶四太公："外面有风，您老要注意身体。以后有什么事情您老吩咐一声就是，不要走这么远的路。"

四太公那慈祥的目光看着孙儿，满脸笑容："后生可畏啊，我家天鹏是五里牌最有学问的。"说到这里，四太公又咳嗽起来，好一阵子才把嗓子眼清理好，这才慢悠悠地说："孙儿，这些年你走南闯北，在外面做大老板，见多识广，五里牌维持会的麻烦事多，你过来帮办吧。"

做帮办？陈天鹏一时没有回过味来。

人群散去，陈天鹏还在乱想，四太公明明知道自己在军营里，为什么说是做了大老板，难不成乡里人把做官的都称之为大老板？想了半天不得头绪，问老爷子道："四太公让我过去帮办，什么意思？"

老爷子道："帮办就是帮人家办事嘛。四太公干维持会长也是迫于无奈，是被日本人逼的。你想想，他这么大把的年纪，走路都要人扶，哪里还干得了会长？当然要有人替他帮办啦！"

陈天鹏一听，立马就吼了起来："你说什么，四太公是要让我去干维持会？这怎么可能，不干！"他想起佘田桥维持会长王中师，那个臭名昭著的汉奸，乡亲们都恨不得扒了他的皮。

老爷子放下水烟壶说道："你吼什么，这里是五里牌的维持会，又不是佘田桥。再说也就是让你帮帮手，又没叫你去干坏事。"

"帮帮手也不干，我堂堂一团之长，怎么可能去维持会里干帮手！"陈天鹏心里窜起一股莫名的邪火，要不是自己的亲爹，他只怕要扯开嗓门骂街。

"你往哪里扯，这和你想的不一样。我知道你是干大事的人，但你也得睁开眼睛看看，现在是日本人的天下，你得装哈子。"老爷子虽说是个乡巴佬，但其谙熟人情世故，善于平衡各种关系。

002

再怎么说，维持会的活都是遭万人骂的。自己天天在战场上奋死拼杀，早就与日本人结下了血海深仇。不想今天身陷敌占区，居然跌落到要做"帮办"的地步，陈大鹏坐在窗台上，越想越生气。妹子见他的眉头皱成了川字，知道他心里烦恼，悄悄地给他泡了一杯热茶，然后一声不响地候在一旁。蒸水河的水甘甜而又养颜，到了五里牌，妹子的面相就丰满起来，肤色也越发水嫩。母亲心疼"媳妇"，稍微累一点的活都不让她干。遗憾的是，这个"媳妇"不会说话，是个哑巴。

亲家母的顾虑，老贾都看得出来，为了打消亲家的顾虑，顺顺当当地把闺女嫁过去。老贾寻思了好些日子，索性打开天窗说亮话："亲家，我这闺女不是哑巴，她是因为受了惊吓，不愿意说话。我这闺女可聪明了，她的心里就跟明镜一般，什么都明白。相信我，以后她会说话的。"其实，老贾还担着一件天大的心事，小六子的腚部伤了坐骨神经，一个活蹦乱跳的小子变成了一个瘫子，这让他特别绝望。用脚趾头想想都知道，一个瘫子，再聪明又能有什么出息？幸好收了个闺女，总算能够从中拾得一丝丝的安慰。

老爷子不痛不痒地"唔"了一声，就不再回话。老贾以为他没听清楚，继续和他呱唧："易经有云：大音希声，大象无形。就是说最美的声音是无音之声，最美的形象是无形之相。你可别说，我这闺女就是一件无价之宝。"

老妈子也困惑，赶到一边去盘问中超："你哥是什么时候成的亲，这么大的事也没给家里来封信？"中超没办法回答，含糊道："我也不知道，你问他自己吧。"丢下一句话跑了。好在老妈子有一百个喜欢人家的理由，这个"媳妇"妹子不光是长得好看，而且性子温和，特别贤惠。有这么多的优点，说话不说话也都不太重要了。她想，只要儿子喜欢，只要能够为老陈家生儿育女、传宗接代就行。

老爷子一直不吭声，他的心思不在此处。为了"帮办"这档子事，老爷子又和天鹏说了一通大道理，比如明里为维持会办事，暗里为村里人保驾什么的。但他不管怎么说，陈天鹏就是不同意。老爷子实在没办法，索性把话挑明了："实话告诉你吧，去做'帮办'是我的主意。日本人到处抓壮丁，年轻一点的都躲出去了，你们兄弟一下子回来两个，弄不好明天就被日本人抓了。再说，要是让日本人知道你是国军的团长，那可不是抓壮丁那么简单了。"说得也是，搞不好两兄弟去当俘虏不说，全家人都得遭殃。陈天鹏无奈，总不能让一大家子跟着自己倒霉吧。心里虽然气呼呼的，嘴上已经服软了："爹，那可是当汉奸，要是传了出去，那还得了？"

当局者迷，旁观者清。贾叔听了半晌，忽然哈哈一笑："我看，老爷子走的是一步好棋，做帮办也就是缓兵之计，没有什么好担心的。关云长身在曹营心在汉，过五关斩六将，反而成了一世的英名。"

老爷子："就是。干大事者不拘小节，待到时机成熟，反上山去就是。"

看着两个老头一唱一和，陈天鹏心想姜还是老的辣，不服不行。

陈中超点拨了小六子几招，又在庭院里耍开了石锁。耍到酣处，"嗨"的一声将石锁往空中一扔，石锁向上飞出数米，"咚"的一声砸落下来，生生把地面砸出两个坑来。

"好呀，师父好厉害哟！"小六子鼓掌乱叫。

小六子的叫声把一大家子都引到院子里来了，搞得陈中超有点不好意思。他放下石锁道："哥，我天天练石锁，双手都练起老茧来啦。要不明天我进山去走一走，打几只野猪、山鸡什么的回来，也给肚子里添点油水。"

老爷子慌忙摆手："不可，你就在家里好好待着，不要出去招摇。"

天鹏明白老爷子的顾虑，叹道："可惜了中超这一身武功，只怪大哥没用，没能把你带出个样来。"

中超一听，反而咧开嘴来笑了："哥，你说哪里话，我这不是才当了战斗英雄吗。只是这一阵子窝在家里，觉得有点闷，所以才想出去走走。"

天鹏："中超，你想不想 304 团？"

中超："当然想。不过，也不怎么想，只要是跟着哥，我就不想别的。"

听他这么说，天鹏心里有点不爽，心想你也就这点出息，声音不免提高了八度："我可得提醒你，无论置身何处，你都不能忘记 304 团，你是 304 团的兵，永远都是！"

中超："哥，304 团的番号要是真的没了……那可怎么办？"

一句话戳中了陈天鹏的痛处，他很生气："不要胡思乱想！ 304 团是一个英雄团，是我们的根。304 团的兵都是好样的，决不能戴上逃兵的帽子。将军百战死，壮士十年归。我陈天鹏一个响当当的英雄团长，宁愿战死沙场，也不会临阵脱逃！"

说起这档子事，中超也是愤愤不平："陆军部不分青红皂白，随便撤销 304 团的番号，太不负责任了。"

提起陆军部，一下子惊醒了梦中人。天鹏把中超唤进里屋："你收拾一下，马上出门寻找 102 师。不管是广西广东，还是云南四川，走遍天涯海角也要找到 102 师，你必须向师长当面陈述 304 团参加长沙保卫战的全部过程，还有你我二人受伤离队的真实情况。记住了，一定要为 304 团讨一个公道。"

妹子走进屋里，拿出干爹送她的包裹，从中挑出二十根金条放在桌上。陈天鹏吃了一惊，这个妹子简直就是肚子里的蛔虫，可以猜透自己的心思。怪不得贾叔说她是一个正常人，绝不是哑巴。陈天鹏接过金条，在手中掂了掂，对中超说道："你收好这些金条，找到102师之后，可将十根金条送给新师长，就说是见面礼，另外十根金条作其他开支，你看着办就是。"

陈中超第一次单独出门办事，心里有点打鼓："我……能行吗？"

陈天鹏正色道："你是第九战区的战斗英雄，你的事迹人人皆知，没有人会为难一个英雄。记住了，一定要把金条花出去，一根都不留。"

003

陈天鹏躺在床上，翻来覆去无法入眠。原来只想一路往南追寻部队，顺道回家看一看年迈的父母，哪知战场情况瞬息万变，第九战区数十万大军退出原有的防地，102师去向不明，自己只得窝在家里。未想板凳还没坐热，老爷子便将自己弄成了维持会的"帮办"。虽说是缓兵之计，却也让他感到憋气。

74军撤离大东路时，为了快速摆脱追兵，炸断了沿途的公路桥梁，并且发动民众拿起锄头耙头把衡邵公路挖得支离破碎。

辎重粮草运不进来，日军就没法立足。每占领一个地方，日军的第一要务就是摊派劳务征发民工，修桥、修路、修碉堡、修炮楼。其中，修复白水桥的任务摊给了五里牌。白水桥的跨度小，水流量不大，照理说修复这么一座小桥没有什么技术含量，有把子力气就行。哪知天气变幻，连日以来秋雨连绵，严重阻碍了桥梁的施工进度。加上逃荒"走日本"，留在村里的人多是老弱病残，壮劳力很少，这就使得一个简单的工程变得复杂起来。

走进四太公府邸，陈天鹏先行施礼："四太公在上，孙儿有礼了。"

四太公非常高兴："是天鹏啊，快坐。"

大管家飞快地在一张红木方椅上加了一块软垫，这才招呼客人落座，未想四太公家中如此讲究，陈天鹏受宠若惊。品过一杯清茶，陈天鹏说起工地上发生的事："天降大雨，村民冒雨施工。可是，抬石头、筑桥墩，哪一件都是体力活，乡亲们食不果腹，哪来的力气。"

"这个鬼天气，雨下得很大呀。"四太公似乎有些迟钝，又像是谈天说地："现在是秋季，秋剥皮。下雨好啊，没那么热。"

"昨日出了一件大事，柳平九爷抬石头的时候不小心摔了一跤，日本监工不分青红皂白，扬起藤条就打，那么粗的藤条，柳平九爷哪里受得了，待到孙儿赶到，柳平九爷已经被那监工打死了。"其实，他在场也救不了人，日本人一发横，谁都救不了遭受惩罚的人。沉默片刻，陈天鹏又道："今个，孙儿特意过来向四太公讨教，后面的事该怎么办。"陈天鹏是维持会的人，工地上的体力活不要他动手，但他才上工地的第一天，柳平九爷就被打死了，他感到有一股无法消弭的怒火在胸腔里冲撞。

四太公靠在太师椅上，脸上的表情一点都没变，依然是笑眯眯的。沉默良久，四太公缓缓说道："国家还在打仗，死人的事还会发生，队伍上不也是这样吗？天鹏，凡事要往大处看，死一个人很平常，不必计较，将就点就过去了。"

"柳平九爷就这么白白死了？"陈天鹏有点不甘心，又问了一句。

"四太公老啦，脑筋不灵光了，以后，族里的事你说了算。"四太公答非所问。其实，外面发生的一切，四太公都在心里都有数。

"那哪成，族里的事当然是四太公说了算。孙儿只是觉得，柳平九爷死得惨，参加修桥的都是老弱病残，照这么下去，今天打死一个明天打死一个，总归不是个办法。"陈天鹏原本就没有心思去干什么"帮办"，真想找个由头把这档子事给推了。

"孙儿，现在不比从前，有些事当管则管，管不了就放一放。你这么聪明，怎么会看不出来呢？"四太公端起茶杯轻酌一口，细声说道："日本人强横啊，连中央军都打不过，五里牌又能怎样？"

陈天鹏似乎听出了弦外之音。

大管家弓着身子走上前来，将五块银圆放到陈天鹏的手板心里："天鹏，先把柳平九爷埋了吧，余事日后再做计较，你看如何？"大管家的鼻梁扁平，整张脸看上去就像木板上的一幅画。

听大管家的口气，陈天鹏知道柳平九爷的事就这么结了，也只能这么结。看着手上的银圆，陈天鹏哭笑不得。转念又想，指不定四太公另有打算，只是未到时候。军人出身的陈天鹏惯于直来直去，这时候，他觉得自己的脑筋有点不够用。

这一年，大东路的雨水特别多。

山洪暴发，蒸水河上浊流滚滚。一队全副武装的日本兵来到工地，打头的军官骑着高头大马，威风凛凛，他就是日军驻大东路的最高指挥官山田少佐。山田骗腿下马，挥手就给了监工几记耳光："八格牙路，桥梁在哪里？"

监工昂头挺胸，非常结实地承受少佐的耳光。每挨一巴掌，他就大喊一声："嗨依！"一张脸被抽得又红又紫。

抽累了，山田少佐走向河边，低头看去，小小的河道洪水翻滚，再看干活的民工，老的老小的小，一个个骨瘦如柴。就凭这些人，什么时候才能架得起一座桥？山田少佐勃然大怒，唰地一声拔出指挥刀："苦力的没有，统统的死啦死啦！"

哗啦啦啦，一片拉动枪栓的响声，所有的枪口对准工地上的劳工。一场飞来横祸就在眼前，劳工们一个个不知所措。秉性凶残的侵略者最易歇斯底里，一旦情绪失去了控制，什么事都干得出来。

陈天鹏见状，笑哈哈地走向山田少佐："太君要想加快施工进度，可以让我来指挥这个工地。"

"嗯，你的，什么的干活？"山田少佐知道他是维持会的，但他眼中的中国人多是王中师之类的汉奸，说话唯唯诺诺，点头哈腰。他从来没有见过这么大胆的中国人，更没有见过敢来向他要权的中国人。

陈天鹏回话："五里牌维持会陈鹏，在此恭候山田太君。"

"嗯？"山田少佐觉得眼前的这个中国人似乎没那么让他讨厌，他把举在空中的指挥刀放下来，以一种近乎嘲弄的口吻道："你的指挥？不，支那人大大的不行。"

陈天鹏不慌不忙："我的指挥，可以加快施工的速度。"

这时，正在低头挨训的监工抬起头来，惊讶地张大了嘴巴。

山田少佐原以为三言两语就可以让这个支那人乖乖地闭嘴，没想到这个支那人又把原来的话又调过头来说了一遍。山田少佐好像泡在温水里，有点烫，却发不了火："支那人，你的桥梁专家？土木系的干活？"他发现这个人不像平常的汉奸，没有令人肉麻的阿谀奉承。

陈天鹏道："我是土生土长的五里牌人，我亲自参加过这座桥梁的建设，熟悉它的结构。"白水桥始建于民国二十年，与衡邵公路同岁。那一年，陈天鹏已经出门求学，但是，许许多多的五里牌人都是这座桥梁的见证人。

山田少佐大为惊讶："你的熟悉桥梁的结构？哟西，大大的好。"他对这个中国人产生了兴趣，指挥刀对空挥了一圈："桥梁的马上修好，修不好的，统统的死啦死啦，你的明白？"

陈天鹏回道："明白，大大的明白。桥梁修不好，统统的死啦死啦。不过，这些劳工缺少吃的，他们为皇军修桥，须给他们提供足够的食物，这样才能保证足够的体力，保证桥梁的进度。另外，还要找一些工匠，他们因为害怕，都躲到山里去了。皇军如果能够提供食物，他们就会去掉害怕的心理。如果他们回到村里，就可以增加人手，修桥的速度也就加快了。"

山田少佐收起了嘲笑的表情："哟西，这个主意大大的好，皇军的面粉大大的，村民害怕的不要，通通的回来干活。"邵阳战役之后，中日两军集结重兵在邵阳西路对峙。前线急需给养，衡邵公路成了日军的生命线，这条公路如果不能通车，前线的二十万大军就没有弹药，没有饭吃。上司每天都在催促衡邵公路的进度，搞得山田少佐焦头烂额。

在山田少佐的办公室，陈天鹏受到少有的礼遇。

第二天，陈天鹏走马上任，他将木匠、石匠、砌匠、铁匠与杂工区分开来，指定有手艺的工匠各带一组民工，定额定量完成每天的活计，确实完不成的，调遣机动人员轮番帮忙。桥梁工地开始加速，山田少佐的脸上露出了久违的笑容。

这一天，陈天鹏安顿好各个环节的工作，先自离开工地。头顶上的太阳火辣辣的，晒得背上脱皮，陈天鹏回到家里，将撬棍往院子里一扔，打了一桶冰凉的井水从头顶淋到脚底，这才从高温天气里逃了出来。回头的瞬间，只见妹子倚在门口看着自己，眼神里似乎含有稍许不安。平时，他只要一出门，妹子总是站在院子外边往工地上看，直到大路上出现了陈天鹏的身影，她才会回到灶屋里，一声不响地烧火做饭。

"有事吗？"陈天鹏投过去一个问候的眼神。

妹子摇了摇头，向阁楼上做了个手势。

阁楼上住着二喇叭，陈天鹏转身上了阁楼，正好看见一个黑脸大汉和一个瘦小子坐在楼板上练气，却是二喇叭和小六子。二喇叭一身工夫，伤势好得很快，此番在楼上打坐，一来为了养伤，二来也是消磨时间。若是放在平时，让他在阁楼上多待一分钟都难。得知小六子腚部有伤，二喇叭便将黑虎教的疗伤功法传给他，这些日子，两人一直都在结伴练气。

"吆喝，"陈天鹏故作惊讶："这是唱的哪一曲？"

二喇叭坐在楼板上拱手作揖："天鹏哥，谢谢救命之恩。"

"嗨嗨，"陈天鹏连连摇手："救你的是中超。"

二喇叭："自然是要感谢中超，也感谢天鹏哥。那天我被绑赴亭子山，要不是你们搅乱刑场，二喇叭早被日本人烧成木炭了。"

"你就是命大，被铁丝穿过手掌，居然还可以逃出来。"想起在陈云岳等人被烈火焚烧的惨烈场面，陈天鹏道："那天是怎么回事，一窝子都被日本人拿了？"

二喇叭的眼圈忽地一下通红，牙槽咬得嘎嘎作响："自打狗日的王中师做了佘田桥的维持会长，天天带着小鬼子到乡里找花姑娘，前些日子，他们将陈云岳未过门的表妹掳到慰安所去了。"陈云岳原本是闯祸不怕天大的主，王中师居然掳走他的未婚妻，这口气他哪里咽得下！

顿了一会，二喇叭又说："为了营救表妹，云岳召集我们夜袭维持会。王中师猝不及防，被我们一举擒获。哪知王中师的嘴巴最滑，满嘴胡言乱语，说抓走表妹的是日本人，反而把他自个撇得干干净净。他还当着众人的面指天发誓，一定要把云岳表妹从慰安所里救出来，又说要争取让保安大队缴械投降，一起参加队伍共同抗日。云岳信以为真，当天晚上，我们就在王中师的屋里喝酒，等到酒醒的时候，我们全部都被绑了起来。"说到这里，二喇叭的拳头重重地砸在自己的手心里："我们太蠢了，居然相信王中师的鬼话！天鹏哥，王中师这个狗汉奸害了我们七条人命，你是国军的人，一定要为我们报仇啊！"这几天，二喇叭待在阁楼上没有动窝，但他对外面的风吹草动特别敏感，妹子每天上楼给他送饭，他也紧张得不行。

"云岳的武功是五里牌数一数二的，每年的龙灯大会，我舞龙头，他舞龙尾，与外乡的狮子班比武斗狠，我们从不输阵。这一趟阴沟里翻船，扎扎实实着了王中师的道，他们死得好惨啊。"说到这里，二喇叭抱着脑袋哭了起来。

陈天鹏长叹一声，恨恨地道："此仇一定要报！"待得二喇叭止住哭声，陈天鹏又道："现在得忍着点，不可以下楼，更不能随便走动，镇里贴着抓捕你的布告。"又交代了几句，这才转身离去。

日子一天一天过去，陈中超没有一丝音讯。

西边的落日，给天边的云朵涂上一层红霞。陈天鹏顺着小道缓缓而行，信步向后山走去。田垄上有几个很大的坑，那是日本人的炮弹炸出来的。一些稻子被翻卷过来的泥土埋在下面，已经发黑了。到了来年春天，这些埋在泥土下面的稻秆就会腐败成泥，变成秧苗的肥料。翻过山梁，俯瞰大地，但见阡陌纵横，一片苍凉。他静静地梳理纷乱的头绪，思忖着如何应对眼前的处境。

看着天鹏往后山去了，妹子匆匆放下手上的活计，挪开后院的篱笆门，远远地追着天鹏的背影而去。

妹子从天而降，陈天鹏发现她今天特别漂亮。妹子的头发梳得特别整齐，头顶上的发际线从中分开，在后脑勺上挽了个漂亮的发髻。陈天鹏双眼直勾勾地看着她，不相信天底下会有这么好看的哑巴。妹子被他看得不好意思，羞涩地笑着，露出一排整齐细白的牙齿。妹子笑起来的时候很好看，两道弯弯的睫毛，一双细长的丹凤眼，在不经意间弥散出一种令人怦然心动的气息。

大山寂静，陈天鹏心旌摇荡，有一种扑上去亲她一口的冲动。

一只受惊的山鸡忽然打草丛里钻出来，扑棱棱地飞走了，长长的尾巴拖在后面。妹子一怔，忽而变得忧郁起来。

陈天鹏注意到妹子的表情变化，问道："是不是想家啦？你的家在哪里，可以告诉我吗？"

妹子点点头，又摇摇头。

头顶上忽然响起一声炸雷，天边飘来一团乌云。

"要下大雨！"陈天鹏来不及细想，赶紧牵着妹子下山。山脚下的小路夹在水田中间，窄窄的田基刚好可以落下一只脚。来到一处被挖断的田基，他一只脚先跨过去，再回过身来拉她，妹子过于紧张，一下子扑进他的怀里。他的脚下一滑，身体失去平衡，四仰八叉地摔倒在水田里，妹子扑在他的身上，两个人在泥巴田里打了个360度的滚，全都变成了泥猴子。

暴雨拍打下来，两人又变成了落汤鸡。

雨后的月光透过窗口，静悄悄地洒落在屋子中央。沐浴过后，陈天鹏再也无法入睡。他侧身去看边铺上的妹子，只见她盖着一层单被，两只乳房向上挺起，显得格外饱满。她已经沉沉入睡，呼吸均匀而又细长。这个睡姿与她在坡子村的时候不同，那时候，她睡觉的时候总是双手扳着床框，好像是在担心什么，又好像是要保卫什么。

第011章

铁匠世家

001

山洪暴发，平地水深三尺，佘田桥沿河铺面尽数皆被洪水卷走。

五里牌地势高，洪水扑到脚下就上不来了。村里的房屋没事，陇上的稻田就惨了，全都淹没在一片汪洋大海之中。老爷子疼得心尖尖都在打战："这是百年不遇的山洪啊，一年的收成都没了，明年会饿死人的。"

洪水渐渐退去，陈天鹏忽然想起一件事来，赶紧唤了小六子出门。二人一前一后沿着滑溜溜的田基往前走，转过山脚，前面露出一间土砖屋子来，一个小男孩从屋门口探出头来，一双眼睛直溜溜地盯着小六子看："你去哪个屋里？"

小六子："叫哥哥。"

小男孩："哥哥。"

小六子："哎，这个乖。"

见这小家伙蛮可爱的，陈天鹏也忍不住逗他："叔叔和小哥哥迷路了，你知道铁匠铺在哪里吗？"陈天鹏离家十几年，村里的小孩子根本不认识他。

"叔叔，铁匠铺在那边，我给你们带路。"小男孩很高兴，一蹦一跳地往前面去了，走了几步又回过头来说："二喇叭叔叔不在家，他出去了，铁匠铺里只有曾爷爷。"

"是吗，我们去找曾爷爷。"看着远处的铁匠铺，陈天鹏拍了拍脑袋,打口袋里摸出几枚铜钱递给小六子:"村西头好像有人杀猪,你去看看,买几斤好肉过来。"

小六子应了一声,接过铜钱走了。

铁匠铺位于山脚下,是一间独屋,走在路上,老远就可以听到一阵叮叮当当的声音。

"曾爷爷,有人找你。"小男孩站在门口喊。铁匠铺四面墙壁乌黑,中央是一座冶铁炉,一根粗壮的烟筒指向空中。冶铁炉前站着一个面孔黝黑的老铁匠,手中的长钳在炉子里翻来翻去,不一会,便将一块通红的铁块夹出来放到铁砧上敲打起来。铁砧对面站着一个年轻的徒弟,老铁匠的铁锤敲到哪里,徒弟的大锤就砸到哪里。

火星四溅,吓得报信的小男孩跳到一边去了。

炉火不息,铁锤就不停,这是铁匠铺的规矩。一直等到手上的作品敲打成型,老铁匠的脸上方才露出一丝淡淡的笑意。

陈天鹏摘下头上的斗笠,轻声喊道:"老曾叔。"

老铁匠低着头,正在欣赏自己的作品,没听见。

徒弟转过身来,惊叫道:"天鹏哥,是你呀!"连忙把手中的大锤放下,打墙角下拖出一条黑不溜秋的长凳来:"天鹏哥,你坐。我叫陈上德,村里都叫我小德子。"

陈天鹏笑道:"是小德子呀,你不是猎户吗,什么时候改行了?"

小德子解释道:"也不是,铁匠铺缺人手,我过来帮帮忙。手太生,师父说我不是打铁的料。"说罢,放开嗓门喊道:"师父,天鹏哥看你来了。"

老铁匠有点耳背,转到一旁的废铁堆里翻找什么东西去了。

师父没听见,德子又喊了一嗓子。

老曾叔终于抬起头来:"我知道啦,喊那么大声,一里路都听见了。"老铁匠是村里少数几户曾姓人家,同村的陈姓后生都叫他老曾叔。老曾叔在废铁堆里挑来挑去,把一块未成形的铁块放进冶铁炉里,可能是觉得不合适，又把它夹了出来。

德子身材瘦长，一张脸白白净净，长长的像个马脸，怎么看都不像打铁的人。他打里屋拿了一个大海碗出来，筛了一碗水递给陈天鹏："天鹏哥，你喝水。上次我随四太公去过你家院子，那天人多，你可能没注意到我。"

陈天鹏一口气干了碗里的水："我出去的时候你还小，一晃眼就长成了大小伙，快得很啊。对了，听说你和二喇叭是师兄弟？"

德子猛然一怔："嗯。二喇叭和我打小就在一起玩，平日里我们整天都在山里钻，下套子做陷阱，打斑鸠打野猪，没正经打过铁，可是，就在前些日子，二喇叭突然就出事了……哎！"说到这里，德子一掌拍在长凳上。陈天鹏感到凳子一震，抓过德子的手掌细看，但见掌骨粗大，表层覆盖着一层厚厚的老茧。陈天鹏也是练家子出身，一看之下，就知道德子具有非常厚实的武术功底。

正在说话，小六子拎着一大块五花肉，一溜小跑进了铁匠铺子。未等他人发话，小六子便将五花肉拎到里屋去了。

老铁匠打废铁堆里抬起头来："你这是干什么，怕我没吃的啊？"

陈天鹏笑道："哪里，八叔家里杀猪，我让小六子称了一块猪肉过来孝敬您老。出门十几年了，老曾叔的身板还是这么硬朗，比年轻人还壮实。"

老曾叔道："老八杀猪了？真是奇了怪了，日本人都抢过多少趟了，剩下个小鸡小狗的就不错了，他还有猪杀？"

小六子道："八爷爷把肥猪赶到地窖里关着，小鬼子没找着。前几天发大水把地窖淹了，肥猪也淹死了。"

"荷，这个老八，别看他渗目瘸腿，人倒是蛮灵性的。"老铁匠看了小家伙一眼："你叫小六子？"

小六子："嗯。"

老铁匠："瘦了一点，多吃点东西，把身体长结实点，以后跟爷爷学打铁，怎样？"

小六子："不嘛，我要做中超叔叔那样的神枪手，上山打野猪，一枪一个。"

老铁匠大笑："打野猪？哈哈，我差点打忘记了，原来是中超带出来的！"

陈天鹏："见笑，中超平时也是闲得慌，净带着这小子瞎鼓捣。"

老铁匠："小家伙挺机灵的，是块好料。"

老铁匠不光会打铁，还是远近闻名的黑虎教高手。但他从不收徒，你可以在一边跟着比划，但你不准叫他师父，德子不声不响地跟着老铁匠练了多年，偶尔叫一声师父，那也是蹭了打铁的光。老铁匠嘴里说着话，手上仍然在废铁堆里翻来翻去："天鹏，难得你还记得老曾叔。唉，我家二喇叭出大事了。"

陈天鹏道："老曾叔，二喇叭不会有事的，你放心吧。"

"哐当！"老铁匠把手中的铁块一丢，噌地一声站起身来，双眼直勾勾地盯着陈天鹏看，突然松了一口气："天鹏，你回来得太及时了。二喇叭最爱惹事，以后，我就把他交给你啦，你可得把他看紧一点！"

陈天鹏道："嗯，我会的。"

老铁匠继续翻找，很快就挑出了一块上好的黑铁，问道："要打什么样的家伙？"

陈天鹏拿出一张图纸："老曾叔，您看这个。"老铁匠有个习惯，越是难做的活他的兴趣越大，人家做不了的他非做不可。做好了也不准别人品头论足，更不会待价而沽，真心喜欢你就拿去，不喜欢的话就扔到废铁堆里生锈。

老铁匠接过图纸一看，顿时神色大变："哪来的图纸？"以前的铁匠没有几个会看图纸的，唯独老铁匠是另类，什么样的图纸他都能看。

陈天鹏道："这张图纸是一位朋友的，据说是一位古代工匠所绘。朋友收存此图多年，但却无人能识，一日酒醉，便要当场撕毁此图。天鹏觉得可惜，将图纸留了下来。今日特请老曾叔过目，若是没有什么价值就把图纸扔进炉膛烧了，免得分心记挂。"

老铁匠条件反射似的把手一缩："蠢材，你们都是蠢材！这是明代工匠徐呆的手图，乃是传世之宝！"说罢将图纸一收，仰天大笑："此图流落民间已有数百年之久，不想今日落到我的手里，天意，天意啊。容我数天时间，定将图上的宝贝打造出来。"

陈天鹏大喜，双手奉上一叠银圆："一点小意思，不成敬意，尚请老曾叔笑纳。"

德子抓起银圆就往天鹏哥的荷包里塞："天鹏哥，你放下图纸就可以了，师父不会收你的银圆。"

陈天鹏笑道："老弟，你把我的荷包扯烂了。"

老铁匠皱起眉头："小德子，你攥着人家的口袋干吗，把银圆收下。"

德子脸都急红了，叫道："师父！"

老铁匠好像没听见，转身便将那块黑铁扔进炉膛："准备开炉！"

陈天鹏呵呵一笑，顺势把银圆塞进德子手里："拿着，替师父收好。"

002

冶铁炉连着一只黑色的风箱，风箱一拉，炉膛里的火苗儿就往上蹿。炉火越烧越旺，老铁匠把通红的铁块夹出来搁到铁砧上，随着转动的长钳，两把铁锤此起彼落，便如揉面一样，生生地把那铁块砸成团子，一会又拉成条子，再一会又拧成麻花。几百个回合之后，黑铁变成了四不像。

开始淬火。老铁匠数落德子道："落点还算准，就是欠了一点狠劲，比二喇叭差远啦。"

"嗯。"德子嘟起嘴巴，不情愿地应道。

老铁匠："怎么，不服气啊？行啦，今天就到这里吧。"

德子："师父，活还没干完呢。"

老铁匠："不必了，下面的活你也干不了。你出去走走，说不准就碰上二喇叭了。"

"什么？"德子一怔，撂下大锤就出了铁匠铺。为了寻找二喇叭，他和大师兄在山里转了几天几夜，哪知雨水太大，所有的猎犬都失去了嗅觉。后来日本人沿路封山，他们就进不去了。德子和二喇叭是好兄弟，平日里形影不离，两个人一起练武，一起打猎，一起惹是生非，没少在老曾叔跟前受罚，见到师父就跟老鼠见到猫一样。二喇叭出事后，德子担心师父受不了，嘴头上说是来帮个手，实际上是来陪陪师父，每日里和他老人家说几句话。

　　暮色沉沉，松涛阵阵。

　　德子闷闷不乐地走着，不知不觉来到了大师兄的家门口。

　　大师兄问道："怎么今天没去打铁？"

　　德子："师父让我出来走走，说是没准就碰上二喇叭了。"

　　大师兄吓了一跳，摸了摸他的额头："你没问题吧？"

　　德子把大师兄的手挪开："谁有问题呀，师父说的。"

　　老曾叔平时说话丁是丁卯是卯，从来不打妄语，不可能无缘无故就说出这般话来，大师兄又问："师父说的？是不是碰见什么人了？"

　　德子："没有啊，哦对了，碰见天鹏哥了。"

　　大师兄："天鹏去了铁匠铺？"

　　德子："是啊，天鹏哥给了师父一张图。"

　　大师兄："一张图？什么图？"

　　德子："不知道，我也看不懂。"

　　大师兄觉得事情蹊跷，不由得直挠脑门："要不，你找个时间去天鹏家里看看。"

　　那一年大饥荒，常有逃难要饭的人从门前经过。一天清晨，天色刚刚放亮，老铁匠起床开门，忽见门边多了一个篮子，篮子里放着一个半岁大小的男孩，男孩不哭也不闹，睁着一双眼睛看着老铁匠笑。老铁匠从未娶妻生子，抱起篮子里的小男孩，不禁如获至宝。从此以后他又当爹又当妈，一口水一口饭地把小男孩养大成人，这个小男孩就是二喇叭。

二喇叭打小就跟着父亲操黑虎教，长大以后虎背熊腰，力大无穷，一身横练工夫，经得起油锤撞击。几百斤重的石碾子，他扣住两头，一较劲就提着走。二喇叭交朋友讲义气，最爱打抱不平，隔三岔五地在外面打架生事，有一股邵阳人不服输的狠劲，特别犟。如今二十好几了，也没讨婆娘。日本人来了之后，老铁匠生怕二喇叭在外面惹祸，每日里都摁着他在家里打铁，哪知道他偷偷摸摸地溜出去大闹维持会，反而把祸闯得更大，差一粒米就丢了性命。

每年正月，大东路的龙灯狮子要从初一耍到十五。耍龙灯最关键是耍龙头，龙头必须耍得行云流水，方可带动整条长龙，且在爆竹声中来往穿梭而又不被炸伤。大东路的习惯，龙头被鞭炮炸得越狠越好，以示除旧迎新，兴旺发达。

那年春节，陈云岳、二喇叭等人做了一条百米长的"巨龙"，一路耍去锣鼓喧天，把十里八乡都搅动起来了，所到之处观者如云，家家户户散茶歇、发红包，点燃爆竹一个劲地猛炸。二喇叭耍得兴起，龙头一晃，带着长龙一直舞到东江地面，不巧遇上东江本土的一条强龙，二龙相争，当场就在大道中央摆下擂台。双方各出三员猛将捉对厮杀，五里牌这边推出陈云岳、大师兄、二喇叭上阵，哪知大师兄不愿出手比武，把擂争推辞了，结果是小德子顶了上去。一番厮杀下来，五里牌龙灯连胜三场。待得东江其他好手闻讯赶来，龙灯已被砸得稀烂。

得胜归来，二喇叭信心爆棚，一门心思地要和大师兄"扒一手"。大师兄的武功极高，号称五里牌第一，但他平时从不与人交手。二喇叭遣人去下战书，以激将法挑逗大师兄，说自己每天都在比武台上等候大师兄，如果大师兄认输就算了，只要举起白旗投降就行。

大师兄无法推脱，只得应战。

比武台设在四太公府邸门前，这里地势平整，视野开阔，可以容纳上千人在台下观看。"都都－－－"裁判一声哨响，二喇叭立即挥动双拳，长攻直入。二喇叭天生力大，一般武学后进难以扛得住他的一招半式。

面对疾风暴雨般的进攻，大师兄以静制动，见招拆招，每在千钧一发之间化解二喇叭的攻势。斗到分际，大师兄虎吼一声飞腿反袭，二喇叭强势相拒，两人在空中一个对脚，"呼！"的一声各自退开数步。这场比试，双方皆已拿出九成的功力，二人的武功内力实乃半斤八两。一场比赛不分胜负，四目相视哈哈大笑。

外行看热闹，内行看门道。陈子青是自然门高手曾长生的大徒弟，听说大徒弟要比武，师父特意带着一众弟子赶来现场观赛。散场之后，一名小徒弟追着师父问个不休："他们哪个更厉害？"师父笑道："一对黑白双雄。"曾长生早年师从南北大侠杜心五，武功高深莫测。三十年代初，他在长沙参加万国擂台大赛，连败湖广川陕和江浙福建等地武林高手，名震三山五岳。

比武过后，曾长生方知二喇叭是好友老铁匠的儿子。他唤过二喇叭，对其略加点拨，二喇叭顿觉受益匪浅。比武过后，大师兄与二喇叭惺惺相惜，反而成了最好的朋友。二喇叭除了力气大，嗓门也特别大，一开喊，几里路都听得见，因此得一外号："二喇叭"。

那日，二喇叭在亭子山只身逃脱，又在肩胛上中了一枪。也是他命不该绝，一场暴雨席卷而来，日本人的军犬失去了嗅觉。二喇叭钻进一个山洞，昏昏沉沉地睡了好多天，醒来之后又饥又渴，冒着大雨下山寻找食物，转来转去什么吃的都没找到。傍晚时分，他偷偷溜过日本人的哨卡，打算潜到村里去弄吃的，突然间电闪雷鸣，暴雨倾盆而至。这时候他又困又饿，身体极度虚弱，一个趔趄摔在沟里爬不起来。陈中超救下他时，这个顶天立地的硬汉几乎失去了人形。

003

秋日的阳光透过云层洒落在黑色的土地上，老天爷放晴了。

洪水过后，塘里的鱼跑了八九成。趁着退水的当口，大管家指挥府上的长工短工一齐出动，索性把塘干了。垄中的水塘多，一个连着一个，全是四太公府上的。每年干塘的时候，四太公府上只抓大鱼，小鱼小虾听凭村民自己去抓，谁抓到归谁。每逢干塘，塘基上就跟赶集一般，四面八方都站满了人，特别热闹。按照历年的惯例，干塘过后要洗塘泥，抓鱼的村民有一个算一个，挥动木拒排成横列，一次一次地打起号子把淤泥往塘边上赶，直到把塘里的淤泥清洗干净。洗出来的塘泥含有大量的鱼类粪便，是最好的农家肥。这种大合龙的场面非常火爆，陈天鹏童心大起，吆喝一声，撸起裤脚也要下去过一把瘾。

"天鹏哥，你别去，待会一身泥巴。"德子一溜烟地小跑过来，赶紧叫住他，不停地朝他眨眼睛。

陈天鹏问道："有事吗？"

"嗯。"德子应了一声，先自往天鹏哥家里走去。进了院子，德子将一个布包递过去："师父让我把这个送给你。"陈天鹏打开布包一看，但见两副非常精致的皮鞘，皮鞘里插着两把短刀，土黄色的刀柄露在鞘口外面。陈天鹏握住刀柄，嗖地一声将短刀拔了出来，顿感到寒气逼人，令其不由自主地向后退了一步。短刀的刀身宽厚，刃口锃光发亮，血槽上方刻有云月二字。一把刀背带有弯钩，另一把的刀背上附有一排锋利的锯齿。陈天鹏信手一挥，一株杯口粗的树干已被齐齐切断，再一扬手，短刀平行飞出，插入实木框架的门楣之上，直没入柄。陈天鹏大惊："黑铁短刀削铁如泥，绝非一般俗物可比！"

德子亦是目瞪口呆，半晌方道："师父一个人闭门敲打了七天七夜，不知道加了什么材料。"

收好短刀，陈天鹏道："进去吧，你的好朋友在里面等你。"

德子抬腿进屋，只见一个高大的身影站在堂屋中央。"二喇叭！"德子一个箭步抢上前去，合手便将二喇叭抱了起来："我知道你不会死！"没想德子这么瘦精精的，居然可以轻轻松松地抱起一个二百多斤重的大块头。

二喇叭："当然不会，我得留着这条命去报仇！"

德子："你伤在哪里？"

"这点伤算得了什么，肩胛上的伤我封住了穴道，断裂的掌骨我当天就捏合复位了。"二喇叭的骨骼特别粗壮，双掌张合之间关节嘎嘎作响。陈天鹏见过伤兵千千万，没见过像他这般身负重伤，却又恢复得这么快的。他想，除了贾叔的金枪药，或许是得益于黑虎教的硬气功，大凡练成黑虎硬气功的都特别抗打，如同少林寺的金钟罩，一般性的拳脚伤不了他。

德子："你和云岳去干那么大的事，怎么不叫上我？"

二喇叭："那天云岳突然过来找我，当时也是说走就走，没来得及和你说。"其实他也是心里没底，是故意瞒着德子的。

二人扯了一会袭击佘田桥维持会的事，都把王中师恨得不行，因见二喇叭没事，德子又高兴起来。双目四顾，他发现墙角边上有几只罾子，一时玩心大起，说等二喇叭的伤好熨帖了就去罾鱼。二喇叭待在阁楼上的日子长了，可谓百无聊赖，只因天鹏哥吩咐过不准出门，这才强自忍了下来。见了那几只罾子，他嘴上没说，心里早已痒痒的，待那德子一走，他迫不及待找了个斗笠戴在头上，再披一件蓑衣，如此装扮停当，一个人扛着罾子往蒸水河走去。

大雨断断续续地下了十几天，河水奔腾咆哮，以百米冲刺的速度穿越山间峡谷，轰鸣之声震耳欲聋。二喇叭找了一处僻静地回水湾猫下来。这种地方鱼群最喜逗留觅食，是放罾子的好地方。二喇叭原本是打猎罾渔的老手，小半天的工夫，大鱼小鱼就装了半篓子。

"哟西！"河边上突然钻出来两个日本兵，一路吆喝着向二喇叭跑来，边跑边喊："支那人害怕的不要，抓鱼大大的。"

二喇叭吃了一惊，心里骂道："娘卖麻皮，老子躲到这种地方你都寻得到，今天不弄死你这两个畜生，老子就不是二喇叭！"躲在阁楼上的时候，二喇叭已将满脸的络腮胡子刮得精光，成了一位青脸大汉，小鬼子看中国人都是一个模样，根本没把这个头戴斗笠、身披蓑衣的"逃犯"认出来。

原来，这两个小鬼子在兵营里待腻了，偷偷地溜出来透气，看到河边有人罾鱼，二人兴奋得手舞足蹈，赶到河边把两支三八式交叉架好，撸起裤脚就上去起罾子。

两个小鬼子来来回回地瞎折腾，罾子里的鱼反倒给弄跑了。二喇叭越看越生气，装作脚下打滑，"啪"的一声踢在鱼篓上，将那鱼篓兜底朝天打翻在地，一时间，大鱼小鱼在河滩上乱蹦乱跳。

小鬼子生怕鱼儿跳回河里，赶紧扑上去抓鱼，边抓边喊："支那人，抓鱼快快的。"二喇叭咧嘴一笑，装模作样地靠上去抓鱼，突然双手暴长，托住一个小鬼子的脑袋，猛地一招"苦海回头"，但听咔嚓一声，那颗脑袋已被生生扭反一向。另一个小鬼子大惊失色，怪叫一声扑过来放对，看那架势，是练空手道的。二喇叭也不客气，一个直拳重击，小鬼子顿时满脸开花，哇地一声吐出了三颗门牙。小鬼子欲待转身取枪，二喇叭出手如风，一记重拳击中小鬼子腹部，小鬼子吃痛，闷哼一声坐倒在地。二喇叭再出一脚，一个回旋踢踹在小鬼子心窝子上，小鬼子风筝般地飞出数米开外，吧唧一声四肢着地摔在河滩上，满头满脸的血水和泥巴。正待挣扎起身，二喇叭跳过去一屁股坐在他的脊椎骨上，挥动擂钵大小的拳头连续猛击。直打得小鬼子七窍流血，一命呜呼。眼看着小鬼子死翘翘了，二喇叭才站起身来："狗日的上次火烧我家七兄弟，老子今天弄死你两个还账，不够数的以后再补！"

闪电劈开云层，大雨转瞬而至，雨点猛烈地拍打着地面，发出一片哗啦啦的响声。二喇叭将小鬼子长枪上的刺刀取下来，飞快地在沙滩上挖了个坑，将两个小鬼子一并扔到坑里埋了，又在沙坑上压了几块大石。做完了这些，二喇叭这才收了"罾子"，带着两支长枪消失在大雨之中。

第012章

公路飞虎队

001

下午，几个半大小子光着膀子在院子里走梅花桩，浑身水淋淋的。

黑虎教源于邵州梅山，开派祖师张五郎，教众尊称黑虎公。南宋末年，为了抵抗暴元铁骑，黑虎公率领教众英勇战斗，留下了无数可歌可泣的故事。黑虎教桩矮步窄，内外兼修，见功快，易上手，拳法多用暗劲，以贴身短打见长，辅以长手大桩和中桩轻功。黑虎拳法变化多样，讲究上应天象，下合地时，进如暴风骤雨，退若惊鸿照影。轻功以梅花桩为最，练成之后身轻如燕，可飞檐走壁。

几个半大小子都是陈子青的徒弟，陈子青稍加指点，便躺在凉椅上去了，趁着闭目养神的当儿，他在脑海里神思遐想，回忆起前一阵子走日本的事来。

"小鬼子进村了！"一阵喊声传来，村里顿时炸了锅。老少爷们潮水般地涌向后山。八叔瘸腿渺目，爬山的速度慢，好在八婶手脚利索，背上背手里拎，怀里还揣着个猪宝宝，哪一件她都舍不得扔。正在往山里跑，八嫂又想起家里还有一只"抱鸡婆"，八叔说抱鸡婆不要了，她也不听，硬要回去抓鸡。两口子正在拉扯，陈子青赶回头吼道："不要命了是吧，还不快走！"好歹把八婶唬住，搀着她往后山走了。

也就耽误了这么一小会的工夫，日军已经穿过村子。小鬼子发现了陈子青，追在后面乱喊："支那人的不准跑，再跑死啦死啦的。"

看着黑洞洞的枪口，陈子青装出一副害怕的样子，磨磨蹭蹭地往回走。一个小鬼冲上山坡，一刺刀就捅了过来。陈子青看得明白，胳膊一抬，刺刀唰地一声打胳肢窝里穿了过去。小鬼子抽枪再刺，却被陈子青夹住枪身，一推一送，一个四两拨千斤，将那小鬼子摔了个嘴啃泥。小鬼子大怒，翻身就拉枪栓。陈子青岂能容他上手，一脚将那小鬼子踢了个跟斗，紧接着一把拽住他的腰带，呼的一下将他举过头顶。小鬼子吓得哇哇乱叫，陈子青也不打话，托着小鬼子在空中旋了一圈，大喝一声将其掼下山坡。这一举一掼，直把山下的小鬼子都看傻了眼，等到他们反应过来，陈子青往林子里一闪，跑得无影无踪。

盛唐初期，中国摔跤术传入东洋，后来演变成为日本国粹，唤作相扑。日本人膜拜大力士，至日本战国时代，各路军阀为了争抢地盘，炫耀武力，争相张挂大宋相扑名家浪子燕青的画像，尊其为日本相扑的开派祖师。

被掼下山坡的小鬼子经历了魂飞魄散的360度空中自由落体，胳膊腿都断了，还摔折了五根肋骨。这家伙总算命大，一路翻滚下山去，居然保住了一条小命。不过，从那一天开始他就一直噩梦不断，逢人就说，掼他下山的那个人手板有蒲扇那么大，胳膊有柱子那么粗，比相扑老祖燕青还厉害。

听那家伙说得如此传神，山田少佐也是暗自吃惊："浪子燕青，燕大侠啊！"从此之后，陈子青便有了一个"燕大侠"的绰号。小鬼子笃信武士道，对"燕大侠"既害怕又钦慕。后来，进山扫荡的小鬼子总是提心吊胆，既想抓住"燕大侠"，又生怕碰上了"燕大侠"。

想起这些事，陈子青就如喝了一壶陈年老酒，浑身上下醑畅无比。

一阵凉风穿过院子，门外传来一声高叫："踢场子的来啦！"

声音特别熟悉，一听就知道是陈天鹏。陈子青一个虎跃从凉椅上弹了起来，出手就是一招黑虎掏心，又快又狠。陈天鹏也不含糊，闪电般地还了一招二龙抢珠，连缠带打，把大师兄的狠招逼了回去。眨眼之间，两人已经调换了站位。

陈子青大叫："哎呀，你这是什么招法？"

陈天鹏笑道："厉害吧，叫你知道马王爷有几只眼！"

陈子青大笑，喊道："来客人了，上茶。"待得两人坐定，陈子青埋怨道："难得啊，做了大官还记得家里捉泥巴的兄弟。"

"别胡说！"陈天鹏道："捉泥巴不好吗？我这不就是把官罢了，和你一起捉泥巴来了。"

陈子青："你说的不是实话。"

陈天鹏："怎么不是，外面不好混啊。"

陈子青媳妇温了一壶水酒，又摆了一盘糖油糍粑，一盘风干了的麂子肉。糖油糍粑是五里牌特有的小吃，外焦内酥，油而不腻，陈天鹏在家的时候最喜欢吃的就是这个。

陈天鹏："哇，很久没有尝过这种味道了。"

陈子青："这是专门招待你的。"

陈天鹏："我的口福就是好嘛。"

陈子青："你回来了，我也跟着有口福了。那时候，我爹原本也是要我读书的，因为看不得我们瞎比画，这才一招一式地教我们练武。"原来，陈子青的父亲也是好把式。

陈天鹏："怎么不记得，我的武术功底就是那几年打下来的，在部队上有一身好工夫很实用。"陈天鹏的悟性好，学什么一点就通，比一般人上手快。子青爹不收徒，偏偏成了子青和天鹏的武术启蒙老师。

十多年过去，子青爹已经不在人世。

提起师父，两个人都伤感起来，陈子青赶紧把话题绕了开去："你刚才的招法，我从来没见过，是不是受过高人指点？"

陈天鹏把一块风干肉放进嘴里，边嚼边说："实话告诉你，我的警卫连个个都是武林高手。这些年，师父教的本领我一点都没丢。不过，与你比工夫，我还是差了那么一点点。"肉干硬邦邦的，开始很难嚼，后面却越嚼越有味。

陈子青："你看看，做官的人就是不同，说话这么谦虚。以前我们天天过招，你从来都不会服输。"

陈天鹏："不服输不行啊，你看看你这身肌肉，一条壮牯牛也不过如此！不过，话又说回来，我要是一直留在家里练武，这里的肌肉肯定比你的大。"

陈子青"嗤噗"一声，嘴里的肉干喷了出来："哈哈……我就知道，你准备了这么一程，就是要狠狠地夸一下自己。"

陈天鹏："我夸了吗？"

陈子青："说真的，我羡慕你。父亲过世之后，我想出门从军，去投奔你，只因为架不住四太公一而再，再而三地挽留，他老人家要我带领族人防范土匪、流寇。思前想后，我虽有一身工夫，却没有用武之地啊。"

陈天鹏："有你在村里可保一方平安，四太公做得对。好在你已成家立业，不像我，至今孑然一身……"说到这里，他忽然想起了家里的哑巴妹子，赶紧打住了话头。

陈子青听出了弦外之音："哦？你这话什么意思？那日里我也见过弟妹一眼，模样长得十分标致，这十里八乡的恐怕都找不出第二个……"

陈天鹏打断他道："算了不说了，那个是题外话。现在，五里牌成了日本人的天下，我们今后怎么办？"

陈子青："你是帮办，你说怎么办就怎么办！"

陈天鹏："什么帮办，你不是骂我吧？这个帮办还真不是我想干的。"

陈子青笑了起来："谁敢骂你啊，说实话，那帮办干不干都没关系，反正我们都听你的。"

陈天鹏正色道："别，你们不需要听我的。维持会是什么，那是汉奸走狗的地盘，挨着它的，不是臭名昭著就是身败名裂！"他自始至终都无法甩开心头的顾虑。

陈子青听出来了，陈天鹏焦虑的是，一旦挨上了维持会，很多事情都会说不清楚。陈子青收了笑声，认真说道："天鹏，你是国军的人，这我知道。这样吧，维持会那边，但有什么不好出面的事就交给我来收拾，你看如何？"

山里的新茶氤氲着一缕淡淡的清香，陈天鹏端起茶杯细细品咂，茶汤入口，甘香而不冽，啜之淡然，下咽之后，又有一种太和之气，弥沦于齿颊之间。陈天鹏如同卸下了千斤重担，展开双臂靠在躺椅上。有陈子青这样的好兄弟，自己还有什么值得顾虑的呢？

002

衡邵公路开通之后，五里牌就多出了一份职业："吃公路"。说白了，"吃公路"就是拦路打劫。看着来来往往的日本车队，众人早就憋足了劲。

夜幕降临，四道黑影悄无声息地沿着公路往东走。兔子不吃窝边草，有经验的人吃公路，总是走得远远的，绝不在自个家门口搞事。一个时辰后，他们来到一处弯急坡陡路段。小六子趴下身子，耳朵贴在路面上听声响，不大一会，小六子抬起头来："有汽车！"四个人飞快地蛰伏到路旁的灌木丛里去了。

一串白光远远地照射过来，几十辆汽车首尾相衔，像一条打着灯笼的长蛇，从山脚下转出来。

陈子青吩咐左右："趴低点，都不要动。这是大车队，前后都是武装押运的鬼子。"

车队过完了，众人方才抬起头来。二喇叭骂道："卖麻皮的，汽车这么多，一来就是一长队，明天我去弄几颗爆雷来，把狗日的全部炸掉。"

德子打地面扯起一把马根子草，扬手扔出去："莫着急罗，慢慢等，来了落单的汽车再动手。"

夏夜的凉风吹在身上，舒服极了。小六子有点犯困，他怕自己打瞌睡，躺在草皮上数星星。下半夜，公路上又响起了马达的轰鸣声，一道光柱在路面上照过来，颠簸着、晃荡着。

小六子的反应快："只有一辆车！"

凭着吃公路的经验，陈子青吩咐道："汽车过身之后，德子从副驾一边赶上去，我们在后面接应。"

小六子不解地问："干吗要从副驾那边赶？"

陈子青道："反光镜是给驾驶员看的，副驾看不到。"说话间汽车已经到了眼前，德子追着汽车紧赶几步，双手扣住后厢挡板，轻轻一纵，人已上了车厢。德子挥刀划开篷布，里面全都是一箱一箱，一袋一袋的军用品。上坡的时候，司机猛踩油门，马达震耳欲聋。德子拎起一件一件的物品往下扔，连扔了五六件。半夜三更开车上路，小鬼子只想快点跑，车上丢了东西司机丝毫没有察觉。

扔下来的东西掉在路边的草丛里，陈子青、二喇叭、小六子跟在后面追着捡。有一件货被德子扔到路边的沟槽里，小六子一瘸一拐的下不去，赶紧追上去告诉二喇叭。这次吃公路二喇叭原本是不让小六子来的，只因拗不过他的磨劲，这才把他带了出来。

扔下来的物品必须清场带走，不能留下任何痕迹，不然的话就会给当地村民招来杀身之祸。陈子青担心二喇叭的伤没好熨帖，让他在上面等着，自个下到沟底把那件货弄了上来。

估摸着差不多了，德子这才跳下车来，四个人合在一起，提着战利品飞快地往后山去了。后山有个山洞，洞口周边灌木遍布，非常隐蔽。这个山洞正是二喇叭逃亡的藏身之地，打河边夺得的两把三八大盖也藏在这里。德子将战利品一件一件弄开，有罐头、面粉，还有军装和大头皮鞋。

二喇叭拿起一双大头皮鞋就往脚上穿，陈子青道："不能穿，你穿了大头皮鞋，日本人马上就知道是你在吃公路！"二喇叭觉得晦气，把皮鞋扔了回去。陈子青又道："都听好啦，这里的东西谁都不可以动，也不准带回去，饿了的时候，就到这里来吃。"

"知道了。"二喇叭无精打采地回了一句。

小六子敞开了肚皮吃罐头，一直把肚皮吃得圆滚滚的。打了一串饱嗝，小六子问道："小鬼子的东西丢了，会不会找到这里来？"

陈子青道："这条公路长得很，有好几百里，只要没有东西落在路边，小鬼子就不知道车上的东西丢在哪里。"

第 013 章

与魔共舞

001

小六子踮着脚走进院子大门，看见姑姑正在低头打扫庭院。小六子咧嘴一笑，把一只包袱递给姑姑，又跑进堂屋里喊爷爷。姑姑不知道包袱里装着什么，走进屋里打开包袱，全是厅装的罐头。

爷爷脸色大变："这是日本人的罐头，哪里来的？"

"嗯……"小六子愣在原地。

"昨晚上你跟二喇叭出去啦？"看到小六子的神情，爷爷马上就明白了，顿足道："你们不要命啦，敢把这种东西往家里拿？赶紧拿走！"

小六子语塞，一时不敢吱声。

再说陈天鹏去了一趟佘田桥，完事之后坐在牛车上晃晃悠悠地往回赶，远远地看见小六子站在自家院子的大门外，好像是在和谁赌气。正要吆喝牛车加速，卷巴佬早已在牛屁股上抽了一鞭，老黄牛"嗅"的一声长叫，甩开四只蹄子奔跑起来，拖着一辆木轱辘大车嘎吱嘎吱一番乱响，直接冲到自家的院子门口。

未等大车停稳，陈天鹏已经跳了下来："小六子，你在门口干吗？"

见了陈长官，小六子便如见到了亲爹一般，赶紧说道："昨晚上吃公路，子青叔叔让我悄悄带几个罐头回来给家里人尝一口，说是等你们吃过了，我再把空罐头盒子收走就是。爷爷生气了，让我把罐头马上拿走。"

陈天鹏扫了一眼四周，眼见并无他人，当下松了一口气："小六子，爷爷是对的。这种罐头只有日本人有，决不能往家里拿，一不小心就会出大事。你马上过去告诉子青叔叔，日本人随时都会进村，不得留下任何吃公路的痕迹！"

"嗯。"小六子悻悻地拎起包袱走了。

贾叔迎出门来，忧心忡忡地道："小六子不谙世事，二喇叭也不懂事，吃公路很危险，如果被小鬼子发现一块罐头皮，五里牌就会人头落地。"

陈天鹏道："贾叔，吃公路的事我知道，让小六子出去走走，也是想让他跟着大家伙多历练。你放心吧，我已经吩咐过了，这事大师兄会处理好的。"

妹子也过来安慰干爹，做手势道：小六子已经把那些东西拿走了。

这一阵，贾叔一直在教妹子辨认各种不同的草药。妹子冰雪聪明，一学就会。看着闺女特别认真的样子，干爹心里反而多有不安，他把陈天鹏拉过一旁："陈长官，贾叔老了，身体也大不如前。如果贾叔不在了，你一定要善待我这闺女，不管走到哪里，你都要带着她。这闺女无依无靠，太可怜了。"

这样的话，贾叔已经说过很多遍了。

陈天鹏安慰他道："贾叔放心，我对天发誓，一定好好照看妹子，绝不会让她受半点委屈。"

贾叔是铁了心地要将闺女嫁给陈天鹏，但又有种难以言说的担忧："听说大东路的婚俗有很多名堂，要是你家老爷子不同意怎么办？"

"哦？"妹子是个好女孩，既温婉又漂亮，但是，陈天鹏只是把她当作自家的亲妹子，并未想到婚姻上去。贾叔捅破天窗，陈天鹏反而手足无措，一时之间不知道如何回答。

二人走进堂屋，刚刚落座，妹子已经拎着茶壶出来泡茶。陈天鹏心生感慨，故意拿话试她："你这么聪明，为什么不说话呢。我们都是一家人，有什么难处你说出来，大家都来帮你，不好吗？"妹子的眼眶忽地一下就红了。

老贾连忙摆手："不哭，不想说就不说，以后再说。"

老爷子挑着一担红薯回来，一直趴在窝里的老黑突然蹿了出来，摇着尾巴直往老爷子身上蹦高。老爷子斥道："一边去，没时间和你乱舞。"

陈天鹏接过老爷子的扁担，顺带着说起一档子事来："日本人又要派粮了，你看这个维持会，整天都是这些烂事。"

父亲喝了一瓢冰凉的井水，慢悠悠地道："那有么子紧，有些事，你让子青去做。"说罢走向屋里，过一会，手里拿着一叠账本出来："这里是五里牌大户的名册，四太公早就给你备着呢。你也不用多想，把名册交给子青，让他按照田亩土地的数量摊派。"

陈天鹏哭笑不得："摊派、摊派，里里外外都是陈氏宗亲，哪个去做这样的事都要讨骂。"

父亲提高了声音："哪个敢骂，这是日本人摊派的，又不是我家里要，不愿意的就叫他自个去找日本人说！天鹏，你是帮办，就算是有人骂，你也得做。日本人都是横着走路的，你不知道呀？现在没别的办法，就算是砸锅卖铁也得让这些个大户拿钱拿粮，如果凑不够数，日本人就会直接抢上门来，到时候再说什么都晚了。"说得也是，这些摊派地主大户不出，难道要让那些穷得叮当响的佃户来出不成。

002

雨过天晴，万里无云。

空中忽然传来一阵刺耳的轰鸣声，一架美军"泼妇"咆哮着冲出云层，转眼便与一架日军"鬼怪式"缠斗在一起。突如其来的空战吓得地面上的飞禽走兽四散而逃，正在挖田里做事的农民震惊不已，一个个放下手中的锄头，抬起头来观看这场突如其来的空中格斗。

两机在空中咬尾追逐，一会儿向下俯冲，一会儿又抬头爬升，空中动作如同杂耍一般，令人眼花缭乱。几个回合之后，"鬼怪式"一个急转弯，咬住了"泼妇"的尾巴，"泼妇"急速转向左下，做出一连串的翻滚动作，竭尽全力施展逃生技能。"鬼怪式"并未上当，两门航炮吐出毒蛇般的火舌，"泼妇"尾部中弹。

"天诺黑卡！"羊塘铺的日军据点爆发出一阵巨大的欢呼。

"泼妇"拖着长长的黑烟，翻滚着栽向地面。"鬼怪式"飞行员露出得意的笑容，机头一拉，呼地一声冲到"泼妇"的前面去了。

哪知"泼妇"并未失去动力，就在接近地面的时候，忽地一下子又拉了起来。到嘴的鸭子飞了，"鬼怪式"岂能善罢甘休，一个大转弯又逼了过来。便在此时，另一架美军"佩刀"借着刺眼的阳光钻出云层，迎面吐出一串长长的火舌。"鬼怪式"逆光追击，面对"佩刀"的突袭未能做出任何规避动作，一长串的炮弹钻进它的肚子，"轰"的一声，"鬼怪式"凌空爆炸，化作一团耀眼的火球。

"喔……"据点里的日军一片哀号。自打 1931 年日军发动"九一八事变"，屈指算来，中日战争已经打了十多年。战衅初启，日军依仗巨大的军事优势一路高歌，势如破竹，扬言三个月亡我中华。然而，随着战事升级，日军陷进了侵华战争的泥潭，势成骑虎难以自拔。1942 年，太平洋战争爆发，美军直接参战。中美战机一举夺取中国战场的制空权，B52 不间断地轰炸日军地面运输线，日军前线给养十分困难，很多士兵吃不上饭，连发霉变质的食物也不放过。

攻占邵阳后，山田大队奉命驻守大东路。为了树立亲民形象，山田龟生在各乡保维持会的成立大会上，从大东亚共荣到支那人民的未来，讲得有板有眼，头头是道。

山田龟生毕业于日本陆军大学，日军侵华总参谋长阿南惟几是他的老师。阿南惟几认为，要想治理人口众多、地大物博的支那，一定要有两把"刀子"：一把"硬刀子"，一把"软刀子"。只有这样，才能够从精神上征服这个历史悠久的大陆民族。山田龟生深得老师"真传"，他的办公室里裱挂着元世祖忽必烈的传世警句：

应天者惟以至诚，拯民者莫如实惠。

玩文字游戏，山田龟生较之老师毫不逊色。

为了修桥、修路，山田大队四处抓夫、派差，隔三岔五在山林里拉网搜索，但若抓到藏在林子里的村民，只要是本地人，他们不打也不骂，还给小孩子发糖果，并且非常"友好"地把人送回各自的家里。这一阵，山田的把戏确实起到了作用，乡亲们觉得危险过去了，纷纷走出山林，回到自个家里。

不过，强盗的各种作秀终归都是权宜之计。强盗不可能自己搞生产，更不可能饿着肚子去等候施舍。人是铁饭是钢，一天不吃饿得慌。没有饭吃，军队就没有战斗力。这使得山田龟生的表演无法继续，走下作秀的舞台就匆匆脱下"文明"的外衣，重新回归强盗的本色。山田龟生决定大动干戈，对周边乡镇发动地毯式大扫荡。

奔腾的蒸水河，在日寇的铁蹄之下，翻卷着无法尽数的国耻民恨。

003

扫荡队所到之处，便如放出了镇魔台的恶鬼，烧杀抢掠无恶不作。风声越来越紧，陈天鹏感到心神不宁。他有种不祥的预感，觉得日军扫荡队马上就会开到五里牌来。

"卷巴佬！"陈天鹏站在院子里喊了一声。卷把老是东家的长工，舌头说话打卷，做事倒是蛮利索的。

"来了，有事吗？"卷巴佬应了一声，不知打哪里钻了出来，一头的草楔子。

陈天鹏："快，套牛车送粮食。"

"好咧。"卷巴佬应了一声，把栏里的老黄牛牵了出来，手脚麻利地给它"上套"。老黄牛通晓人事，不等鞭子下来，拖起木轱辘牛车就往羊塘铺走。

站岗的伪军懒洋洋的，见了牛车也不去放吊桥。恰好日军翻译官打镇上喝酒回来，见是一辆粮车，醉醺醺地骂道："八格牙路，怎么这时才来送粮，哪个村的？"这家伙戴着一副宽边眼镜，两片嘴唇又大又厚，身体胖得像一头猪，别看他满口日本话，其实是留日回国的中国人。

"五里牌的。"陈天鹏跳下大车，笑嘻嘻地上前和胖翻译打招呼，顺手给他塞了三个银圆："一点小意思，请长官喝酒。"

猪头翻译见钱眼开："哎呀，原来是陈会长。白水桥的活，你干得漂亮，山田太君也夸你呢。"一边说话一边把银圆放进兜里。

陈天鹏："哪里，日后还望翻译官多多关照。"

"当然！"猪头翻译觉得陈会长大气，够朋友，凑上前去小声说道："我告诉你，山田太君明天要去五里牌打草谷，你可得小心点。"

"打草谷？"陈天鹏惊出一身冷汗，暗自想道：狗日的山田龟生要来真的了，今天要不是赶来送粮，明天就会出大事。打草谷是契丹皇帝发明的专用名词，五代时期，中原内乱，风驰电掣的契丹骑兵占领汴州，夺取中原政权。为了解决军粮，契丹皇帝纵容士兵烧杀掳掠，史称打草谷。如今，日军四处扫荡，山田龟生亦将此举戏称为打草谷。

陈天鹏让卷巴佬赶着粮车去卸货，自己仗着"面熟"，直接进了山田龟生的办公室。

山田龟生正在饶有兴致地观摩一件书画藏品，见了陈天鹏，不免有点意外，但他很快就摆出了一副居高临下的姿态，故作风雅地问道："是什么风把陈君吹来了？"

陈天鹏："那还有什么风，给太君送粮的风。"

山田龟生："哦？陈君替五里牌办事，辛苦大大的。"

陈天鹏："山田太君，我难道不是在给皇军办事吗？"

"哈哈，陈君很会说话。"山田笑了起来，他欣赏这个中国人的机智，忽然生出一股雅兴，指着一幅竖行书写、布局凌乱的书法作品道：
"这幅书法，你的看看。"

办公室的墙面上挂满了各种风格的书画墨宝，有山水云海，有花鸟人物。岁月沧桑，战火连天，古老的中国书画依然拥有强大的磁场效应，散发着不可估量的价值和魅力。一个日本人的办公室里充满了中国元素，真是令人大开眼界。看着那些歪歪扭扭，放荡不羁的字体，陈天鹏失声叹道："此乃扬州八怪郑板桥的手迹，稀世珍品！"

听得此说，山田龟生精神大振："据我所知，郑板桥出生进士，但他厌恶官场，辞官归隐专心书画。陈君，在下尚有一事不明，此处落款'六分半书'，何为'六分半'？"此时的山田龟生非常谦虚，完全像个小学生。这些年来，山田龟生巧取豪夺，收敛了财富，也增长了见识。虽说是半桶水，但他对中国古代的书画艺术情有独钟，几达神魂颠倒的程度。

百闻不如一见，如果不是机缘巧合，一个普通人也许一辈子也看不到如此这般笔法怪异、故作丑态的书画真迹。陈天鹏并非书法行家，但其十年寒窗，每日手不释卷，最通达的就是古文和书法。观摩良久，陈天鹏谓曰："板桥先生学识渊博，贯古通今。其书法布局以隶为主，间有楷书，一点一画挥洒自如，书法界对此推崇备至，言其'波折之中，往往有石文兰叶。'又因隶书俗称'八分书'，而板桥先生的怪体介于楷隶之间，是以戏称'六分半书'。在下识浅，只是妄自揣摩，不当之处尚请太君指教。"

山田龟生恍然大悟，伸出大拇指夸道："听君一席话，胜读十年书，陈君行家大大的。"

陈天鹏道："岂敢。陈某虽然上过几年私塾，熟悉之乎者也，然我中华文化博大精深，在下只是略知皮毛。今日班门弄斧，让太君见笑了。"

山田龟生喜好舞文弄墨，且对名家书画具有一定的鉴赏力，是个古董迷。可惜身在军营曲高和寡，多是独自一人欣赏自个收藏的宝贝。陈天鹏贯古通今，可把山田龟生高兴坏了，二人越聊越投机，山田龟生将侵华多年抢掠搜刮而来的藏品全都搬了出来，二人一道细细鉴赏。

夕阳西下，陈天鹏起身告辞："山田太君，五里牌的粮食已经全部摊派到位，我们将在明天之前全数送来。"

"哟西。"山田龟生露出了一个狡狯的微笑。

004

浩浩荡荡的扫荡队向五里牌扑来，山田龟生骑着东洋大马走在前面，左边是小林大尉，右边是胖猪头翻译官，中间是拖着炮车的日军大队，伪军保安大队拖尾断后。扫荡队阵容庞大，看样子，山田龟生铆足了劲，打算狠狠地抢一把。

东洋大马四只蹄子雄健有力，跑起来的时候，蹄子下面扬起一片烟尘。此时，山田龟生的心情特别好。衡宝公路通车之后，山田大队突袭万安乡游击队，铲除了一支闹得很凶的反日武装。山田龟生因此受到上级嘉奖，军衔升了一级，由原来的少佐变成了中佐。

山田龟生催动战马奔向村口，奇怪的是，村里的老少爷们并没有像以前那样四散逃走。"欢迎皇军！"村口人头攒动，老少爷们人手一面膏药旗，蜂拥着迎了上来。这个"欢迎仪式"是陈子青拍脑袋想出来的，陈天鹏觉得可以试试，兴许会对山田龟生这样的"斯文强盗"起作用。

出来"打草谷"居然这么受欢迎，山田龟生纵声狂笑。

这样的场面令他感到意外，而且特别兴奋。山田龟生下令随军记者上前拍照，他要借此机会大大地宣扬在他治下的大东亚共荣。

陈天鹏迎了出来，盛情邀请山田龟生进屋作客。"好朋友"来了，山田龟生没有下马，反而阴森森地问道："陈君，粮食的有？"

陈天鹏："有。所有的粮食都已经摊派到位，今天就给太君送去。"

龟田三生："问题的没有？"

陈天鹏："没有问题！"

山田龟生骗腿下马，盯着自己的"好朋友"看了半晌，突然把脸一黑："衡邵路的飞虎队大大的,你的明白?"

陈天鹏一怔,他回村不久,并不清楚飞虎队是为何物。但他本能地意识到,山田龟生的所说的飞虎队可能和"吃公路"有关。因为不能完全确定,故而反问道:"太君,飞虎队是什么的干活?"

从陈天鹏的表情上看,他确实对飞虎队一无所知。山田龟生举起右手,狠狠地做了一个砍头的动作:"飞虎队,游击队的干活,死啦死啦的!"

"游击队的干活?"陈天鹏反而松了一口气,心想山田大骂飞虎队,说明他并未掌握飞虎队的情况。陈天鹏一笑,顺着山田的腔板附和道:"太君英明,飞虎队统统的死啦死啦。"

"哟西。"山田龟生的眼神里放出一股杀气:"五里牌的,飞虎队的有?"这句话本身就是一个陷阱,如果说有,村里马上就会人头落地;说没有,你怎么知道的?一言不慎,就会引来杀身之祸。

"山田太君,五里牌的良民大大的!"陈天鹏神情自若,拍胸脯道:"飞虎队的没有!"

"没有?你的保证?"山田龟生往下追问。

王中师察颜观色,不失时机地凑上前来:"五里牌治安大大的不好,不久之前,皇军在亭子山处死了七个反日分子,那几个人都是五里牌的。现在有没有飞虎队,很难说。"这个铁杆汉奸诱杀了陈云岳等七条好汉,从那一天起,他就与五里牌结下了不共戴天之仇。此番出门扫荡,保安大倾巢而出,王中师恨不得一举杀光整个五里牌,以除心头之患。

陈天鹏暗暗骂道:"畜生,老子迟早弄死你!"他强行压制内心的愤怒,故作镇定地说:"王会长,那几个反日分子,不是都处死了吗。这是天大的好事,王会长对日本皇军的一片忠心,天地可鉴。现在的五里牌人心安定,什么飞虎队、游击队,就是吃了熊心豹子胆也不敢到这里来。"

"是吗?"王中师一脸奸笑:"你敢保证飞虎队没来过?"

随军记者拍了一通照,又建议山田龟生站到村民中间去拍几张合影。山田龟生不耐烦地把手一挥，记者赶紧退到一边去了。山田龟生的视线一直没有离开陈天鹏，他要听一听陈天鹏怎么回答王中师的问题。

看着阴阳怪气的王中师，陈天鹏正色道："有我陈天鹏在，五里牌绝无飞虎队的立足之地！王会长，我可是听说贯塘冲有一支暴动队，前不久，有几名皇军在贯塘冲遇害，暴动队是不是飞虎队？贯塘冲是王会长的老家，在下希望王会长秉公办事，不徇私情，立即剿灭暴动队，把杀害皇军的凶手抓获归案。"

"乱讲，"王中师满脸通红，急忙撇清自家后门："贯塘冲的暴动队早就被皇军消灭了，他们根本不是飞虎队。"

抓住了王中师的尾巴，陈天鹏不动声色："王会长，你们贯塘冲多是武术世家，一旦暴动就特别厉害。你能保证暴动队都被消灭干净了吗，到底有没有漏网之鱼？万一他们逃走了，加入了飞虎队怎么办？我看，此事还得早做防范，早点报告太君。"

几句话吓得王中师全身冒汗："陈会长，你别瞎说好不好，暴动队的事太君都知道……"

镇住了王中师的邪气，陈天鹏转过身去说道："报告太君，别的地方有没有飞虎队我不知道，五里牌绝对没有飞虎队，我用脑袋担保！"

看着两个支那人饶舌斗嘴，火药味很浓，山田龟生反而听得津津有味。不过，他并没有把两个支那人的"小心思"当回事。

堵在村口的人群忽然两边分开，打正中间让出一条道来。四太公在一个老仆的搀扶下走上前来，向山田龟生鞠了一躬："老朽不知山田太君大驾光临，请太君多多原谅。"

"唔，是陈老会长，粮食的有？"山田龟生厌恶地看着四太公颤颤巍巍的模样，知道这个老家伙已经不能处理事务，但他并没有直接点破。中国人尊老重孝，山田龟生要利用老家伙的号召力，为他维持大东路的治安鸣锣开道。

四太公唯唯诺诺，说了一番早就准备好的话："白水桥通车的时候，皇军给我们放粮食。现在秋收，五里牌的老少爷们勒紧裤带不吃不喝也得报效皇军，派给皇军的粮草都到位了。"

　　山田龟生点头道："哟西，老会长大大的好。"忽然大发善心，示意四太公不必站在外面晒太阳，可以回去休息。

　　王中师毕竟是佘田桥镇的维持会长，这个位置比村保维持会长高一级。陈天鹏怕他再出什么幺蛾子，趁着山田龟生与四太公说话的当口，把他拉过一旁说话："五里牌还请王会长多多关照，改日陈某备上厚礼，登门拜访。"

　　陈天鹏主动求和，王中师也就顺着台阶骑驴下坡："不客气，有空的话上我那边坐坐，我们兄弟再好好掰扯。"刚才的一番唇枪舌剑，王中师发现陈天鹏就不是省油的灯，再斗下去的结果很有可能是两败俱伤，谁也捞不到便宜。

　　陈天鹏："一定！"

　　吃了定心丸，王中师立马转过身去，点头哈腰地对山田说道："五里牌的良民大大的，飞虎队的没有。"

　　山田龟生皱起眉头，这家伙一会说有，一会又说没有，两面三刀，他最看不起这样的人。相反，他倒是颇为欣赏办事踏实，谈吐稳重的陈天鹏。他想，如果没有战争，他们说不定会成为真正的朋友。

　　山田龟生兴致勃勃地朝村里走去，似乎放弃了"打草谷"的想法。日军士兵和保安大队跟随其后，如同一场声势浩大的武装游行。转了一圈，山田龟生来到陈天鹏的家门前："陈君的院子，风水大大的好。"

　　这是典型的农家四合院，院子正中五大间正屋，侧面和后院各有一排小屋，前庭开阔，绿树成荫。四周是竹林和树藤围成的篱笆，院子不大，却打理得十分整洁。"原来，太君会看风水啊。"陈天鹏指着早已备好的酒菜，笑道："太君远道而来，辛苦了，不妨进屋坐一坐，吃一餐粗茶淡饭。"

看见桌上的米酒，山田毫不客气，一仰头便将一大碗米酒干了，连呼："好酒，好酒！"山田的酒量大，食量也大，尤其喜爱那道清蒸鱼，食之赞不绝口。

陈天鹏道："我们这里有句谚语：佘田桥的豆腐，五里牌的青鱼。不知太君听说过没有？"

山田龟生瞪圆了眼睛："谚语的什么意思，快快地说！"

陈天鹏放下酒碗："意思是这样的：佘田桥的美食是水豆腐；五里牌的美食是青鱼。诗曰：河上往来人，但爱青鱼美。"

山田龟生听罢，反复咂舌品味，更觉青鱼新鲜滑嫩，汁多味美，叫道："青鱼大大的好，大大的好！陈君，只有蒸水河才有这样的鱼？"

陈天鹏："蒸水河的青鱼以石螺为食，长年累月沉在水底，很难捕捞。桌上的青鱼，是水塘里钓的。"

山田龟生："水塘里的有？"

陈天鹏："塘里的青鱼稀少，钓青鱼只能凭运气。平时过年过节，想吃青鱼就得干塘。"

山田龟生："干塘？"

陈天鹏："就是把水塘抽干。"

山田龟生："哟西，干塘地干活，青鱼大大的！"未想山田龟生吃瘾大发，立马就要干塘。

陈天鹏笑道："太君，我这就安排他们去干塘。不过，我有个建议：我们来一场抓鱼比赛，太君做裁判，你看如何？"

山田龟生觉得这事很新鲜，放声大笑："我的做裁判，大大的好！"带兵这么多年，他每时每刻都在提防向他飞来的子弹，从来没有做过"裁判"。

垄中的水塘成片，都是四太公府上的。村民们在塘基上摆开水车阵，两架一组，使其首尾相连，十多名壮汉骑在水车上奋力蹬踏，塘里的水越过水车变成了水龙，哗啦啦地流向田里。未等塘水抽干，大群的日本兵已经争先恐后跳下齐膝深的水里。小鬼子平时在兵营里憋得慌，这回总算是逮着了一个玩水的机会，一个个在水塘里拼命扑腾。岸上观战的小鬼子也是大呼小叫，跳起双脚助阵。

不大一会，大鱼小鱼抓了半黄桶。"比赛"结束，小鬼子大获全胜，一个个高兴得又唱又跳。

返回据点，山田大队大摆全鱼宴。

第014章

拣来的月儿

"冲啊，杀！"陈天鹏大喝一声跳出战壕，哪知道胳膊却被参谋长拽住不放，他猛一甩手，恍然惊醒，却是妹子抓着他的胳膊使劲地摇晃："你又做噩梦。"

这几个月，陈天鹏一遍一遍地做同样的梦。他渴望回到最原始的战场，枪对枪炮对炮地和敌人对着干。在304团的时候，他只要逮着机会就拎着大刀冲锋，冯家驹批评他是个人英雄主义，哥俩经常为此吵嘴。转眼之间，朝夕相处的兄弟已经阴阳两隔，从此以后，这个世界少了一位生死与共，肝胆相照的战友。他洗了一把冷水脸，缓缓地走向老槐树，大树参天，浓荫密布。老槐树下并排摆放着一对石锁，这对石锁从老爷爷、爷爷、父亲传到自己这一代，已经有一百多岁的年轮，石锁的把手被一代一代的练家子打磨得挣光发亮。陈天鹏吸了一口气，把一只石锁提起来，顺带着耍了几把，几个回合下来便已大汗淋漓，整个人好像是从水里捞出来的一样。

妹子递了一条毛巾给他，又泡了一杯新茶，温顺的眼神一刻都没有离开他。她总是那么安静，安静得像一团空气。但是，在她安静的眼神里，似乎又有一缕淡淡的忧伤，挥之不去。

妹子把干爹送她的包裹递给陈天鹏。

他不明白妹子的意思："要我为你保管？"

妹子摇头，示意他打开包裹。陈天鹏低下头去喝茶，不再搭理她。妹子翻过他的手板心，要在上面写字。

陈天鹏抽回手掌，把包裹推了回去："算了吧，这些小孩子过家家的把戏，你要玩一辈子吗？你的眼睛告诉我，你会说话。要么开口讲话，要么就把包裹收起来。天天打哑谜，没什么意思！"

"唰"地一下，妹子的脸色就变了，如同被雷劈了一般定定地站着不动。过了一会，妹子的眼泪忽如决堤的水，顺着脸颊淌下来。母亲推门而入，看见自己的好"媳妇"受委屈了，赶紧过去哄她："不哭，不哭。"哪知妹子哭得越发厉害。母亲训斥儿子道："人家不会说话，你还欺负人家！"扬起手来，在儿子的手臂上拍了一下。

妹子扑进母亲怀里，抽抽搐搐地说道："妈……不是……他没有。"

母亲吓了一跳，继而又惊又喜："媳妇，你说话了……"

002

夜深人静，房间里只剩下天鹏和妹子两个人。做哑巴的时间太长，妹子说起话来有点生涩："包……裹里的首饰，用……得上。那个王会……长贪财，你……得去送，送了钱……就没有麻烦了。"

陈天鹏吃惊得不行，他这是第一次听到妹子开口说话，更让他吃惊的是她的口音，长沙腔里居然夹带着邵阳方言。陈天鹏呆呆地看着她，如同看着一个天外来客。不敢想象，这个妹子藏在阁楼上，怎么可以听得清他和别人在大路上的对话。

陈天鹏发出一连串的提问："你是哪里人，叫什么名字，你是干什么的？"

妹子："我叫秋月，家里人叫我月儿。"

月儿的老家坐落在连绵五百里，气势磅礴的雪峰山下，山峰险峻雄奇，山顶积雪终年不化。月儿的命运坎坷，刚刚出生不久，父亲就跟随一支过路的队伍走了。母亲无法忍受长夜孤独，将襁褓里的女儿丢给奶奶，从此离开家门,再也没有回来。奶奶那干瘪的乳房没有一滴奶水,每日里将淘米水澄出来,一勺一勺地喂她,总算是让一个小生命活了下来。

月儿慢慢长大,慢慢懂事。她缠着奶奶问:"别人都有爸爸和妈妈,为什么月儿没有?"奶奶告诉月儿,爸爸是革命党,跟着一个大人物闹革命去了。月儿又问:"什么是革命党,爸爸去了什么地方闹革命?"哭着闹着要去找爸爸。奶奶无奈,哄她道:"月儿听话,爸爸做了大官就回来接月儿。"

从那以后,月儿每天光着脚板往村口跑,痴痴地等着爸爸归来。她站在村口的大石板上眺望进山的路,她盼望着爸爸突然出现在道路的另一头。村口有家私塾,里面经常传出朗朗的读书声,等累了,站累了,月儿就坐在私塾的门槛上打盹。教书先生担心妹子家冲了学堂的书卷之气,屡次驱赶月儿。月儿偏生倔强,索性蹲在窗台下面偷听,饭也不吃,水也不喝。因为长时间偷听先生讲课,月儿练出了超常的听力。一日,先生将月儿逮住,拿着教尺要打手板。先生说道:"你在窗子外面偷听多时,别以为我不知道。我问你几个问题,如果答得上来,就不打你的手板。"哪知月儿一字不识,却对先生的提问对答如流,并且能够背诵整篇的课文,这些都是她在窗台下偷听来的。先生大惊,当即免去了一顿手板,还给月儿在学堂里添了个座位,不收一文钱的学费。

时间过得飞快,十六岁那年,年迈的奶奶撒手人寰。从这一天起,月儿成了一个地地道道的孤儿。

那年春节,远在长沙的表姑回家探亲,看着孤苦伶仃的月儿,表姑将她带往长沙。表姑开有一家小小的刺绣店,位于天心阁。这个时期的长沙,云集了苏州的绣品、上海的首饰、扬州的胭脂、北京的旗袍,各种奢侈品琳琅满目,天心阁是长沙最繁华的地段。著名的南华女中与表姑的刺绣店只有一墙之隔,门前经常有三三两两的女生走过,她们身着统一校服,显得非常灵秀。看着来来往往的女生,月儿满眼都是羡慕。表姑看出了月儿的心思，将她送进南华女中读书。

此时的长沙，新学思想风起云涌。

南华女中存在的时间不长，却培育了大量的女性人才。

人生的目的不光是为了自己活着，而是要用自己的智慧和能力帮助他人。这是南华女中的传世校训。在时代的潮流中，南华女中率先走向女权解放的前沿，成为青年女性破除封建思想，改变女性命运的先锋战场。月儿耳濡目染，备受熏陶。这一年，她以优异的成绩走出学校的大门，全身上下都散发着青春和时代女性的气息。

民国二十六年，日军挥师南下。中央军惊惶失措，一把大火将长沙烧成白地。"坚壁清野，不给日军留下一草一木。"放火者的理由正大堂皇，无懈可击。然而，千年古城灰飞烟灭，数万军民被大火烧成焦炭，烧伤、致残者不计其数。长沙古城亦因这场大火成为第二次世界大战受损最严重的城市之一，堪与斯大林格勒相提并论。

天心阁、南华女中皆被这场大火尽数烧光。万幸的是，月儿在大火之中侥幸逃生。

003

劫后余生，月儿回到天心阁，刺绣店已被烧成白地，表姑一家七口尽数葬身火海。一夜之间，月儿失去了所有的亲人。月儿悲伤呼号，一头栽倒在废墟里。醒来的时候，月儿发现自己躺在一张松软的大床上，咽喉火辣辣地痛。

"终于醒了，谢天谢地。"月儿耳边传来一个温暖的声音，很轻很轻。一个衣着得体，年龄比她稍大一点的女子坐在床头，见她醒了，女子赶紧拿着汤匙给她喂水："你昏睡好几天了，一直没醒。"

"姐姐，这是什么地方？"月儿头痛欲裂，喝了一口水，无力地问道。

姐姐："这是风景楼呀。"

月儿："风景楼？"

姐姐正待回话，门外飞来一道尖细的声音："女儿醒来了吗？"门帘一掀，进来一个身穿大红衣裳的半老徐娘，脸上涂着一层厚厚的粉脂，发髻上插着一朵妖艳的海棠花。

　　"妈妈。"姐姐怯生生地叫了一声，让到一旁去了。

　　妈妈走到床边："哟，一张好漂亮的脸蛋，怪不得那个摆子鬼硬要二十块钱。你可得感谢妈妈，摆子鬼见你晕倒在废墟里，想把你扛回去做老婆，你说他一个大烟鬼拿什么养活你？妈妈看你可怜，花了二十个银圆，这才救了你一条命。"月儿云里雾里，不知如何回话。妈妈只道是她怕生，嗲声嗲气地安慰她道："二十个银圆也没什么大不了的，女儿只要好生接客就行，把那些臭男人的魂都勾了过来，把他们荷包里的钱都掏了出来。"说罢，妈妈笑得花枝乱颤。

　　月儿听明白了，她是被人卖到青楼里来啦。她挣扎着想要起床，身上却软绵绵地没有一丝力气。妈妈走了，月儿想象着自己马上就要成为迎来送往、倚门卖笑的青楼女子，不免万念俱灰。姐姐送饭进来，月儿把头扭向一边，水也不喝，饭也不吃，静静地躺在床上等死。

　　听说月儿不吃不喝，妈妈骂了进来："你这么没良心啊，妈妈花那么大的价钱买你，你怎么可以绝食呢？这不是成心要拿妈妈的钱去打水漂吗？早知道是这样，我买你干什么，还不如让你去给摆子鬼做老婆！"回头又骂守在一旁的女儿："死麻皮，给她喂粥，不吃就灌！"说完把手一甩，气呼呼地走了。

　　姐姐心里害怕，一个劲地劝月儿："妹妹，吃点粥吧，饿的是你自己，何苦呢？"但她无论怎么劝，月儿就是不吃。

　　"蝼蚁尚且爱惜生命，妹妹怎么可以这么轻贱自己？没有人愿意做烟花女子，我们待在这里也是万不得已，说来说去，都只是苟且偷生罢了。"月儿睁开眼睛，姐姐的身边多了一位美人。

　　"醒了？"美人轻启朱唇，吐气如兰："妹妹，我告诉你，风景楼有好多姐妹，她们的命比你苦得多。"说罢，接过姐姐手上的米粥，一口一口地喂给月儿："你要是饿死了，妈妈不过是掉了二十块钱，你却失去了一条年轻的生命，想想看，划得来吗？听姐的话，来日方长，你得好好地活下去。"美人的话似乎有点道理，月儿最终把粥吃了。

月儿活下来了，但她始终不肯走出房门一步。还好，平时都是姐姐把饭菜给她送进屋里来。日子长了，妈妈终究还是忍不住脾气，又骂又打，最狠的时候用绣花针把月儿的十根手指头扎了个遍，痛得月儿死去活来。但她越发倔强起来，宁死不肯接客，气得妈妈摔盆子摔碗，天天骂街。

高墙大院挡不住青春如水，足不出户的月儿照样可以成为风景楼的头牌姑娘。就因为有了一个倾城倾国、闭月羞花的月儿，许多嫖客闻风而来，有的只是为了隔着窗帘看她一眼，就得扔下五个银圆。妈妈万万没有想到，这个女儿这么能赚钱，态度立马180度大转弯，吩咐原先的那位姐姐继续侍候月儿，又派了能说会道的美人过来陪她聊天解闷，寸步不离。

一位腰缠万贯的老板看上了月儿，要为她赎身。妈妈奇货可居，开了个天价。这边正在讨价还价，那边又杀出一个程咬金，警察局长金胖子更是财大气粗，拦腰一刀将月儿买走。

离开风景楼的时候，姐姐和美人流着泪为月儿梳妆打扮，最后将她送上一乘大红花轿。

金胖子原是洞庭湖的水匪，满脸麻子非常难看。他手下有几百条枪，几十条船，一年四季盘踞水上拦截过往的船只，杀人越货、绑架勒索，是赫赫有名的水上霸王。长沙战事初期，金胖子接受政府招安，在洞庭湖上骚扰日军水上舰船，哪知道金胖子只会欺负平民百姓，完全不是日军的对手，一交手就被打得稀里哗啦。

金胖子全军覆没。狼狈不堪地逃到长沙。失去了原有的价值，金胖子就成了一条丧家之犬，没有人再搭理他。金胖子不甘寂寞，托关系找路子，抬着大箱金条孝敬湘军带头大哥刘建绪，看在金条的份上，刘建绪为他弄了一个街区警察局长的头衔，金胖子总算得以"转正"。刘建绪原本是老蒋手下的得力干将，先是和红军死磕，后来又在淞沪会战立下战功。哪知道功高震主，刘建绪没有飞黄腾达，反被老蒋解除兵权，只给他挂了个第三战区副司令长官的虚衔。刘建绪愤愤不平："打红军时，老蒋对我们湘军很放手，让我们打个不停，现在抗战，我们反而清闲了。"刘建绪的不满日甚一日，索性扔了副司令的闲职跑回长沙过逍遥日子，第九战区司令官薛岳与他交情颇深，各方面为他开绿灯。凭着这层关系，刘建绪在长沙开银行、开当铺，自任董事长，一门心思地捞票子。

水匪出身的金胖子在洞庭湖上称霸数十年，身上背着无数的命案，做了警察局长之后更是胆大妄为，带领手下乔装打扮，频繁穿梭于两军之间走私军火、大烟，发国难财。短短数年，他将花出去的金条成倍地赚了回来。

转眼之间，月儿就做了局长太太，坐豪车，住豪宅，成为名动蓉城的贵妇人。月儿年轻貌美，气质超群，金胖子带着月儿出入各种应酬场所，赚足了眼球。然而，他们的"蜜月期"非常短暂，金胖子很快就露出了风流好色、奸淫成性的豺狼的本色。一日，金胖子在街上撞见一位长相姣好的女子，便以问案为由将女子带回警局，直到女子以身相许，满足了金胖子的兽欲之后方才得以脱身。此后，金胖子为了长期霸占女子，以共产党嫌犯之名将女子丈夫投入大牢。一位同僚实在看不下去，对他好言相劝，金胖子怒其多管闲事，以执行任务为由将同僚骗出城外，乱枪打死抛尸荒野。

同僚被害之后，家属得知真相喊冤告状。金胖子担心东窗事发，一天24小时心惊肉跳，借酒压惊，经常喝得醉醺醺的，稍有不顺就将月儿扒得一丝不挂，鞭打、针扎、拳打脚踢。月儿无法忍受，一次又一次寻机逃跑，却被金胖子一次又一次地抓回来。一日，金胖子再度对其施暴，月儿逃到一家茶楼求救，金胖子追过来时，一位公子将月儿藏于方几之下，四向蒙上桌布，使之躲过一劫。

对月儿出手相助的是风流倜傥的马公子。

得到外界援手，月儿的反抗心理更为强烈，她期待马公子帮助自己逃出生天。然而，她的一举一动都没能逃过金胖子的眼线。土匪局长暗中布局，一举将马公子缉拿下狱，万般折磨之后，将奄奄一息的马公子扔进湘江。

马公子人间蒸发，使得月儿寝食难安。金胖子阴阳怪气地问道："你的小情人不见了，你要为他殉情吗？"月儿这才知道，马公子已经中了金胖子的毒手。金胖子将月儿绑在立柱上，一根鞭子将她打得体无完肤。

多年以后，门外来了一位修理匠，一顶毡帽严严实实地遮住了整个面孔。月儿从他身边走过，被那顶毡帽蹭了一下，手心里多了一张纸条。

纸条上有一个酒店地址，落款只有三个字："马公子。"月儿吓得魂飞天外。

入夜，月儿带着一丝丝的侥幸和不安，按照纸条上的地址来到酒店，等候她的果然是马公子。马公子的脸上多出了几十道黑色的疤痕，眼神里多出了一道骇人的杀气。

马公子冷冷地道："我是来娶你的。"

不知道是激动还是害怕，月儿瑟瑟发抖，多时方才说出话来："月儿感谢马公子相救之恩……"眼里的泪水像断线的珍珠，滑落下来。

第 015 章

匪 患

001

陈子青平日里一门心思地练武，不近女色，媳妇进门五六年了，也没生育一男半女。他想，天鹏在外面做了那么大的官，不会无缘无故地回来，一定是要带上大伙好好地干一场。自己是大师兄，到时候最少也得干一个连长营长什么的。别看他长了一副老农民的模样，外貌显老，但他脑瓜子活，常有许多别人想不到的想法。

在凉椅上躺了一会，他又想起多年前与土匪开战的场景。

那一日，大管家忽然上门相请。

四太公府邸分前后两院，白墙黑瓦，飞檐翘角。府邸中央是宽敞的厅堂，整齐漂亮的厢房排列在大院两侧，周边游廊环伺，亭台楼阁、池塘假山一应俱全。府邸院墙有两人多高，四个角上耸立着坚实的炮楼。

见了子青，四太公十分高兴："好，好！我家孙儿彪悍魁梧，有股英雄之气，陈氏家族之福啊！"说罢，把手一招，让大管家托了一张盘子上来。四太公站起身来，从盘子里拿起一筒红纸滚扎的银圆放到子青手上："孙儿，这是四太公赏你的。"

子青接了银圆，心里却是颇为不安："四太公，孙儿什么事都没做，不知为何受赏？"

四太公示意子青坐下，然后摸了一把下巴上的胡须，慢悠悠地道："今天，村里来了几个陌生人，他们四下里打听四太公的府上有多少男丁，多少女眷，但他们并未亲自到府上来，只是绕着府邸转了几个圈就走了。四太公觉得很奇怪，因而把你叫来，想听听子青的想法。"

陈子青心里咯噔一下，暗道四太公府上可能要出事。又担心自己说错话，斟酌再三，方才小心翼翼地道："会不会是踩点的土匪？"

四太公一笑："子青果然心性机警，不愧是我家孙儿。你说得对，那就是踩点的土匪。孙儿啊，你说，他们要是冲着四太公府邸抢大户，那该怎么办？"

自打民国灭了大清，大大小小的军阀遍地皆是，有的在名义上归附中央，其实多是割据一方，各自为政。邵阳府也是如此，当官的老爷换了一波又一波，你方唱罢我登台，每一任官老爷都忙于搜刮民财，扩充地盘，以致盗匪四起杀人越货，一旦被他们盯上，那就很难逃得过去。陈子青深感事态严重："四太公，土匪占山为王，来无影去无踪。五里牌距离邵阳府有一百多里，天高皇帝远，即便是到邵阳府去告官，那也是远水救不了近渴。"

四太公急忙问道："孙儿有何对策？"

偌大的厅堂十分安静，众人的眼神全都落在陈子青身上。陈子青道："土匪为祸乡里时日已久，五里牌陈氏人人习武，世代与流寇盗匪相斗，早已结下不解之仇。孙儿愚见，四太公府邸须得立刻增加枪手，日夜戒备。若是土匪来袭，护院枪手坚决抵抗，只需顶住土匪的第一波冲击即可。枪响之后，孙儿率领本村猎户和各村民团从外围包抄，土匪两面受敌，必然溃逃。"

四太公大喜："子青所言，正合我意。大管家，速速增派人手守护大院！"

大管家："是！"

四太公："村里的猎户和周边的民团概由子青出面联络，做好迎战准备。"

陈子青:"四太公放心,孙儿这就去办。"

四太公:"慢着!子青此去即可通告众人,凡击毙土匪一人,奖赏银圆三个,活捉一人,奖赏银圆五个,我方如有中枪伤亡,一切抚恤费用概由四太公负责!"

三更时分,一伙土匪悄悄来到村口,发一声喊便一窝蜂地扑向四太公府邸。正以为得手,院墙上"呼"的响了一枪,紧接着就是一阵炒豆般的枪声,大抬铳也轰了过来。土匪猝不及防,一下子被撂倒了好几个,土匪攻势受阻,纷纷开枪还击,双方乒乒乓乓地打了起来。过了一会,土匪大当家的仗恃人多势众,号叫着指挥土匪冲锋。哪知四太公府邸火力猛烈,尤其是大抬铳,打出来的全是铁砂,受伤的土匪一片哀号。四太公府邸墙高壁厚,土匪攻了大半个时辰,硬是啃不下来。

手下的兄弟伤亡越来越多,土匪大当家站起身来对着府里喊话:"陈老太爷,我们兄弟今天手头紧,特来向你借支2000块银圆。这点小钱,也就是为了挣个腹中温饱,来日方长,自当奉还。"府邸中没有人回话,土匪大当家又喊:"陈老太爷,2000个银圆对你来说也就是九牛一毛,只要给钱我们立马就走人,以后各走各路,互不相干。不然的话,杀进院子,男女老少一个不留!"

家里的女眷趴着枪眼往外看,只见院墙外面黑影乱窜,吓得她们浑身直打哆嗦。

四太公走到院子中央,竭尽全力安抚众人:"土匪的话,一个字都信不得,给不给钱都一样,一旦被他们攻了进来,所有的人都会人头落地!大家也不要怕,我家孙儿子青正在带人抄袭土匪的后路,管教这帮土匪有来无回!"说罢,让大管家拿出一打银圆分赏众人。

众人定下心来,能动的全都上了院墙,拼死抵抗。

土匪数度冲锋均被击退,欲待埋填炸药轰炸外墙,又被滚石、开水击退。

正在对峙，村子外围忽然响起一阵枪声，原来，是陈子青率领民团杀了过来了。黑暗之中不知道村外来了多少人马，土匪阵脚大乱。大当家的见势不妙，大呼："风紧！"一马当先逃出村外。

五里牌有一百多户人家，家家户户墙垣比邻，后院隔墙相通。

兵败如山倒，各路土匪争先恐后，潮水般地向村外退去。村里的猎户趁乱开枪，痛打落水狗，此时的路口转角、屋前屋后都成了狙击土匪的堡垒，枪声此起彼落，土匪不断中枪，鬼哭狼嚎。

为了在众喽啰面前挣一点面子，大当家撂下一句狠话："五里牌，来年回来，一定血洗此地！"后来才知道，这伙土匪来自皇帝岭，大当家的叫作钻山狗。

此战，五里牌赢得了一场痛快淋漓的胜利，毙伤匪徒二十余人，活捉一人。被活捉的土匪，当场就点了天灯。

002

太阳西坠，家家户户的屋顶上都冒出了炊烟。

马路上远远地走来一个戴着搭耳朵帽，手持三八大盖的小鬼子。八叔吓得打了个哆嗦，赶紧回屋，反手把门关了。哪知这家伙就跟鬼精似的，径直就往八叔屋里奔去，哐当一声踢开房门，吓得八叔和八婶都往楼上躲。小鬼子在院子里转了一圈，一把刺刀乱捅乱翻，没有找到什么值钱的东西，又往里屋走。为了女眷的安全，八叔只好硬着头皮下楼。看见屋里有人，小鬼子大喜，一把拽住八叔："你的害怕的不要，花姑娘的有？"八叔睁着一只眼睛，又指耳朵又摇头，示意自己耳聋，听不见。

就在此时，那只"抱鸡婆"突然窜了出来，咯哒咯哒地叫个不停。"哟……西，米西米西的！"小鬼子的注意力转向了"抱鸡婆"，示意八叔抓鸡。八叔心里直犯嘀咕：连"抱鸡婆"也敢吃！他也不敢回话，张开手臂左扑右挡，逮住"抱鸡婆"杀了，接着就是烧水烫毛，将那"抱鸡婆"下锅翻炒。邵阳人是不吃"抱鸡婆"的，一来"抱鸡婆"瘦骨嶙峋没有肉，体质和病鸡一样，吃了翻老病；二来乡里人迷信吃"抱鸡婆"背时，会招霉运。小鬼子哪会在乎这些，一顿狼吞虎咽，将一只"抱鸡婆"连皮带肉吃得干干净净。吃饱了，小鬼子打了几个饱嗝，正待起身离去，忽听里屋传来声响，小鬼子端起枪就往里屋闯。原来，八婶在阁楼上窝了好半天，听到下面没什么动静，以为小鬼子走了，哪知刚下楼梯就与小鬼子撞了个正面。小鬼子狂喜："花姑娘大大的！"上前扯住八婶不放。八婶也是有两把力气的，当下便和小鬼子扭打起来，但一个女人终究扛不住小鬼子的蛮力，几个回合之后就被小鬼子按倒在地。八叔自忖不是小鬼子对手，连忙溜出门外，一瘸一拐地往陈子青家里跑去。

　　陈子青尚且沉浸在打土匪的回忆中，忽听八叔家里来了小鬼子，一个激灵跳起身来。又唤了正在睡觉的德子，二人从八叔后院翻墙进去，一看之下，那小鬼子早已脱得赤条条的，正将八婶按在地上行那快活之事。陈子青大喝一声，飞起一脚踢在小鬼子的裆下，小鬼子的身体腾空而起，飞出数米开外，德子抢上去摁住小鬼子的脑袋，咔嚓一声揪断了他的脖子。这个家伙"抱鸡婆"吃了，人也快活过了，死相倒是一点都不含糊，蹬了几下腿就上了西天。

　　八叔赶紧把一件衣服盖在八婶的身上，拉着女人哭哭啼啼地上楼去了。

　　"娘的，敢到五里牌来撒野！"陈子青骂了一声，又把几间屋子看了一遍，说道："赶紧收拾屋子，不要留下任何痕迹，利索点。"

　　黑夜降临，二人把小鬼子抬到塘边，又在尸体上绑了一块大石头，然后将其沉进老屋塘的淤泥里。

　　"这家伙吃'抱鸡婆'，不死才怪！"第一次干翻小鬼子，德子又兴奋又紧张，说话的时候有点打哆嗦。

　　陈子青道："你哆嗦什么，别这么没出息！"

　　回头一想，这小鬼子也是合当命绝。一支日军部队从衡阳方向开往邵阳，中途路过佘田桥扎营过夜。哪知这家伙的雄性激素暴发，脑袋受到裤裆指挥，一个人悄悄地蹚水过河，跑了好几里地，结果是花姑娘找到了，小命也交代了。他是悄悄溜出来的，日军指挥官也搞不清他去了哪里。第二天，部队拔营走了，羊塘铺驻军继续搜寻失踪的士兵，搜索队来到五里牌时，陈天鹏拍胸脯提脑袋担保：失踪的皇军绝对不在五里牌。

第 016 章

康熙玉如意

001

德子一头闯进院子，火急火燎地告知陈天鹏，卷巴佬被日本人抓了。

"哦，怎么回事？"陈天鹏非常惊讶，卷巴佬就是一个长工，日本人抓他干吗。

"卷巴佬从佘田桥回来，却好撞上日本人设卡封路，日本人盘问他的时候，卷巴佬舌子打转，当场就挨了一顿枪托。"德子说，开始还听得见卷巴佬拖着大舌头骂娘，不一会就被打得没声音了。

"这个卷巴佬，他那舌头还敢骂娘！"陈天鹏说了一句，忽然觉得事情并不那么简单："日本人封路抓人，说不定是为了寻找那个失踪的小鬼子。"卷巴佬平时最怕疼，手上脱一层皮也叽叽歪歪地哼半天，这下子落到日本人手里，万一漏出一星半点的口风，麻烦就大了。想到这里，陈天鹏吩咐德子道："你、大师兄、二喇叭，还有小六子几个人全部进山避风，卷巴佬的事交给我来处理。"

日军兵营人头攒动，操场上黑压压地蹲了一片，全都是抓来的人。卷巴佬赤身裸体的被吊在树上，一个小鬼子操起树藤往他身上抽打，粗糙的树藤抽在身上火辣辣的，挨一下就揭走一层皮，疼得卷巴佬扯起嗓门惨叫。

日军士兵连续不断地失踪，山田龟生在电话里受到上峰的严厉呵斥。放下电话，山田立刻设卡封路，不分青红皂白地抓人。在这当口，陈天鹏要为卷巴佬说保，山田龟生的火气反而更大："八格牙路，飞虎队的干活，死啦死啦的！"

陈天鹏笑道："太君息怒，就他那熊样，飞虎队怎么会要他？他不是飞虎队，他是维持会跑腿的干活。"

山田龟生不买账："跑腿的干活，不，他的说谎大大的，良心坏了坏了的，维持会的不要，死啦死啦的。"说罢将手掌在脖子上一划，做了个斩首的动作。卷巴佬也够倒霉的，就因为说话打转，想替人家卖命都没人要，还被吊起来打。

陈天鹏大笑："太君，你误会了，这个人是给皇军跑腿的。上次我们给皇军送粮食，就是他赶的大车。"

山田龟生："他赶大车？"

陈天鹏："对啦，他是车把式，维持会每次给皇军送粮都是他赶的大车。他是个结巴，舌头大大的，是个半声哑巴。"陈天鹏笑嘻嘻地把舌头伸出来，模仿卷巴佬的样子说了几句结结巴巴的话。

看着陈天鹏滑稽的表情，山田龟生再也拉不下脸子，也跟着笑了起来："哑巴的干活？喔 ———— 大大的不好。"

陈天鹏道："太君，他的为皇军跑腿大大的，他是自己人。"

"哟西！"山田龟生把手一挥，小鬼子立马就把卷巴佬放了下来。卷巴佬挨了一顿藤条，全身皮开肉绽，已经找不到一块好肉。无缘无故挨了一通打，卷巴佬一个劲地干号。

陈天鹏斥道："哭死，打得好，哪个要你舌子大，还不快滴子滚回去。"

卷巴佬扁起嘴巴，哭丧着脸一瘸一拐地往外走。不想山田龟生把头一摆，两个小鬼子又把卷巴佬架了回来。山田龟生说："陈君，这个人还要审问，现在不能放。"

未想这山田老鬼子翻手是云覆手为雨，玩了一招阴的。

回到家里，陈天鹏再也按捺不住火气，扯开嗓子大骂山田龟生。贾叔急忙过去劝他："你这么骂不管用，他也听不见。我想那小鬼子接二连三地失踪，山田也是着急上火，你空着一双手去找他要人，这个不行，得送点什么。"

陈天鹏没好气地道："送什么？老鬼子天天抓人，我还得送他一张奖状不成！"

贾叔思索了一会："栏里不是有一头老黄牛吗，送了吧。"

陈天鹏叫道："什么，你要把我家的老黄牛送人？"

"对。这头老黄牛可以把卷巴佬赎回来。"贾叔说罢，走到栏里把老黄牛牵了出来："这头老黄牛送过粮草，山田龟生一定见过它。"

陈天鹏劈手夺过牛绳甩在地上："贾叔，你是昏头了吧，山田见过我家的老黄牛你就要送了它？我告诉你，满大街的人都见过这头老黄牛，难不成要把老黄牛剁成肉酱，挨家挨户地送？"

贾叔看了一眼地上的牛绳，不紧不慢地说："陈长官，你想一想看，你马上就要拉人马上山，这头老黄牛能跟着你去吗？"

陈天鹏语塞，憋了半天，气鼓鼓地甩出一句话来："贾叔，你晓不晓得，老黄牛是我爹的命根子！非要送点什么的话，拣个一两件金银首饰送给他得了。"

贾叔摇头："财不露白，富不露相。如果为了车把式去送金银首饰，山田龟生会觉得卷巴佬是一个重要人物，到时候人没救出来，只怕是连你自己也搭了进去。"

陈天鹏细想贾叔的话，觉得甚为有理。卷巴佬也就是一个赶车的，他在山田眼里能值几个钱？

东家住在城里，乡里的百十亩地全都交在管家手里。几十年来，老爷子为东家打理着这些田产，也是不辞辛苦。今年遭遇战事，田里的收成减少了一大半，这样的光景是没办法向佃户收租子的。这些日子，老爷子有时间就往四太公家里走，与四太公商量解决来年春耕的稻种。

父亲前脚刚走，陈天鹏后脚就把老黄牛牵出来，心里虽是千般不舍，却也没有什么更好的办法，他摸着老黄牛的头说："你去吧，就算是当了一回抗日英雄。"老黄牛似乎听得懂人类的语言，眼里淌出了两行浑浊的泪水。

陈天鹏把老黄牛送到兵营里，山田龟生假惺惺地问道："陈君，你家里不耕田了？"

陈天鹏笑道："这头黄牛老了，已经拉不动犁了。养着它也是白费草料，还不如送给皇军当军粮。"

"是吗？"山田龟生纵声大笑。

卷巴佬放出来了。最后一个晚上，日本人没有对他用刑。看样子，山田龟生还真的是在等着那头老黄牛。

陈天鹏也笑了，一头黄牛换一条人命，值了。

卷巴佬满身伤痕，走进院子放声大哭："天鹏，是你救……救得我，卷巴佬……这一辈子作牛作马报……报答你。"

陈天鹏劝了好大一阵，卷巴佬这才把眼泪收了。又看见母亲坐在一旁掉眼泪，卷巴佬赶紧上去磕头："婶娘，我这条命是天……天鹏给……给的，没有天鹏就没……没我。以后牛……牛在田里的事，都……都让卷巴佬做。"卷巴佬舌头打结，心里却是通透的。

老黄牛没了，老爷子差一点就背过气去。那头老黄牛打生下来就在这个院子里，老爷子一把草一把料的把小牛犊养大，真个是把它当成自家的亲人。那一年冬天天降大雪，因为道路打滑，黄牛摔到了山沟沟里，伤得很重，那一阵急得老爷子又请大夫又熬汤药，直到黄牛活过来了，老爷子才松了一口气。日前，因为两个儿子突然回家，老爷子忍着割肉之痛将河滩上的二亩好地转给四太公，表面上是给大儿子谋取维持会的差事，其实是为了给两个儿子谋一个安身立命之地。今天，大儿子瞒着自己把老黄牛送了出去，待得自己知悉此事，老黄牛就成了日本人的盘中餐。

陈天鹏知道父亲对老黄牛有感情，耐心地向父亲解释眼前发生的一切。老爷子掬一捧老泪，仰天长叹："罢，罢，田都换出去了，留着一条老黄牛又有何用！"事已至此，他的心已痛到麻木，反而对卷巴佬说："侄儿，你也不要乱想，人没事就好，一头黄牛算得了什么？"

卷巴佬的眼泪流成了两条河，呜呜咽咽一个劲地哭。

那年头，一头黄牛可以顶得上好几个壮劳力。母亲心里明白，为了救人，儿子没错。可是，失去了相依为命的老黄牛，那就和割了她心尖尖上的肉一样。

秋月打包裹里挑了几件金器放到母亲手里："母亲，这几件首饰都是纯金的，天鹏说让你拿着。"

陈天鹏站在一旁，瞬间读懂了秋月的意思，连忙附和道："妈，等到来年春耕，儿子再给家里买一头牯牛，你看好不？"

"我不要。"提起老黄牛，母亲就想哭，转过身去不理他。过了一会，母亲低头去看秋月递给她的首饰，她嫁到陈家这么多年，从来没有见过这么贵重的金器，急忙问道："天鹏，这么值钱的首饰都是哪来的？你在外面，可不许做昧良心的事！再说啦，妈都这把年纪了，要这个干嘛，秋月，妈给你。"

秋月说道："母亲，这些你拿着，我还有。"

陈天鹏笑道："妈，你儿子好歹也是个军官，这些个小玩意算得了什么？你和爹爹辛苦操劳了一辈子，现在，你的两个儿子都出息了，你就放心过日子吧。"看着大儿子真诚的眼神，母亲安下心来。对啊，天塌下来还有儿子顶着，老娘有什么担心的。

夜幕降临，大山脚下的村庄进入了梦乡。

003

天色刚刚放亮，卷巴佬结结巴巴地站在院子里乱喊。

陈天鹏打开房门："又怎么啦？"

卷巴佬喉咙里好像卡着鱼刺，指着公路上说道："日……日本人，又来……来了！"

陈天鹏抬头一看，公路上果然来了一队日本兵，连忙叫醒屋里的人，并让秋月和母亲上楼回避，自个反手捞起门后的一杆膏药旗迎了出去。

山田龟生骑着高头大马，顺着公路一路小跑而来，胖猪头翻译官和大队鬼子跟在马屁股后面。

陈天鹏迎上前去，手里的膏药旗摇了几下："欢迎太君。"

山田龟生勒住马缰，训练有素的东洋大马打了个响鼻，昂起头颅立在原地。胖猪头翻译官气喘吁吁地抢到前面说话："陈兄，皇军征调壮丁，人数不能少于三十个，培训好了再送回来。"

"你说什么，要抽壮丁，还培训？"陈天鹏情知不妙，狗日的山田龟生又出幺蛾子了。

山田龟生骗腿下马，挥动马鞭在马靴上梆梆梆地敲了几下，迈着罗圈步走过来："壮丁培训大大的，你的大大的保密。陈会长老了，以后，五里牌的事统统的由你来办。"听那山田龟生的口气，似乎要对自己的好朋友委以重任。

陈天鹏暗骂："狗娘养的龟田，真个是把老子当哈子！"最近，每天都有日军大队向西开拔，路上到处抓夫，有的连七八十岁的老头都不放过。被抓了壮丁的话不死也脱层皮，十有八九都会死在外面。

山田龟生一再造访五里牌，看这情景是盯上这块地了。陈天鹏左思右想，也是无计可施，心想能拖就拖，走一步看一步吧："太君啊，实不相瞒，前几天皇军封路抓人，吓得村里的壮丁全都跑到山里去了，留下来的都是一些老弱病残。这个时候别说三十个壮丁，就是三个壮丁都找不出来。要不这样，让我去当壮丁吧，你看如何？"

"陈君，你的不去。"山田摇了摇手，露出一脸诡异的笑容。前几天，他以搜寻失踪的士兵为由抓了不少壮丁，每抓一个壮丁都可以榨出一分油水，榨不出来就把人送往前线去做劳工，干这样的事山田龟生内行得很。再说，一个卷巴佬让他赚了一头牛，他想五里牌应当是一个油水大大的地方，所以一大早的就带上胖猪头翻译官出来打秋风。不过，毕竟是刚刚吃了人家的牛肉，山田老鬼子嘴里的话还是挺客气的："陈君，你的聪明大大的。大日本皇军需要壮丁，培训大大的。"说罢哈哈大笑。

陈天鹏心头怒火中烧，绷着脸不回话。

胖猪头见他神色不对，赶紧把他拉过一旁："陈兄，壮丁的事你先答应再说，要不然，皇军立马就会进村抓人的。"说罢，又把食指和拇指搭在一起，做了个数钱的动作："每个壮丁交三十个银元，就可以免去这份差事。"

原来，山田老鬼子是来讹钱的，陈天鹏反而松了一口气。胖猪头翻译官以为陈天鹏心疼银圆，又道："陈君，破财消灾啊。"

三十个壮丁要九百块银圆，陈天鹏心头的邪火风吹云散，脸上恢复了无所谓的笑容："只要不抓壮丁，银圆我去想办法。"胖猪头没有动步，

大 东 路

仍然眼巴巴地看着陈天鹏，一副财迷迷的样子。陈天鹏上前耳语道："五里牌的事，还请翻译官先生多多担待，你个人的那一份，我单独给你送去。"

胖猪头眉开眼笑，立马扭动着肥猪屁股跑向山田龟生："报告太君，五里牌的银圆大大的。"

"哦？"山田龟生似笑非笑地看着陈天鹏。

五里牌紧挨衡邵公路，被来来往往的日军连续抢劫，早已十室九空。此时的五里牌，即便是算上四太公和所有的大户人家，恐怕也凑不出九百个银圆。情急之下，陈天鹏想起了贾叔送给自己的木匣子："山田太君，五里牌山清水秀，人杰地灵，历朝历代出过不少高官，也曾留下过一些值钱的宝贝。"

山田龟生立马就来了精神："宝贝的有？"

陈天鹏道："是的。不过，现在战火丛生，村民流离失所，欲待寻找真正的宝贝，尚需些许时日。如果太君信得过，容我花点时间暗中寻访，到时候一定会有意外的惊喜。"

"哟西！"山田龟生开怀大笑："宝贝的送来，壮丁的不要。开路！"

004

扬尘远去，山田龟生消失在公路尽头。陈天鹏骂道："他娘的，我看你还能蹦得了几下！"骂人的时候，他的嗓门特别大，秋月打阁楼上下来，拉着他往屋里走。

母亲也到院子里劝他："那个天杀的人都走了，你还骂么子。"

陈天鹏气呼呼地走到书桌前坐下，操起一本《古文观止》乱翻，这本书原是私塾的必修课，书中的故事他一字一句都背得烂熟。入学的第一天，先生让他和几个同学在孔老夫子的牌位前磕头行礼，之后又向先生鞠躬，这才取得入学的资格。乡里没有别的学校，要想出人头地就得进私塾、拜孔夫子，这是读书人唯一的出路。翻着手上的旧书，陈天鹏的记忆回到了从前的时光，翩翩少年满怀抱负出门求学，期待着有一天飞黄腾达。十几年一晃而过，昔日少年已经成为中年男人，虽说身经百战，不想却在长沙会战一败涂地，有幸的是，自己死里逃生捡回一条性命，回到老家脱下军装复为一介布衣。

重新回到人生的起点，实有一种返璞归真的感慨。

秋月给他泡了一杯浓茶。人生低谷的时候，最期望的就是有一个红颜知己伴随左右，不离不弃。陈天鹏回过头去，静静地看着这个人生坎坷、命运多舛的女子，打心底生出一股怜爱，叹道："只可惜遍地战火，要不然的话，我送你去燕京大学读书，将来，你可以做科学家。"

"秋月愚钝，哪里做得了科学家。"一只小鸟在树枝上跳来跳去，忽而一惊，扑打着翅膀飞走了。看着空空如也的树枝，秋月瞬间坠入回忆的空间。

那一夜，她拒绝了马公子最强烈的肉欲，两人隔着方几各坐一方，一直说话到天亮。挫折和境遇使她变得更加坚强，她必须逃出金胖子的魔爪，但是，她不会跟马公子走，她不愿嫁给这个人。

清晨，金胖子带着几十名警察包围了客栈。然而，此时的马公子已非彼时的马公子，一队全副武装的士兵随之而来，将所有的警察就地缴械。

士兵扒光了金胖子的衣服，吊死猪一般地将他倒吊起来。马公子骂道："猪猡，你这么胖，吸了多少民脂民膏？我得替你消消肿！"一根沾水的鞭子把金胖子打得皮开肉绽。打累了，马公子把鞭子一扔，士兵们又给了金胖子一顿野蛮枪托，生生砸断了他的两条胳膊。

看着金胖子的惨状，秋月吓得不行，拉着马公子道："放过他吧，别伤他性命。"

马公子面目狰狞，拿出一把剃刀在金胖子眼前晃动："这是你该还我的！"一顿刀子划过，金胖子脸上的肥肉血淋淋地翻转开来，如同一片片的红烧扣肉，杀猪般的惨叫传出了几条街。马公子伸出舌头，舔了一口刀刃上的血："看秋月的面子，今天留你一条狗命。我告诉你，我是来娶这个女人的，我们要举办一场最隆重的婚礼，到时候，局长大人可得多多赏脸，过来捧场哦！"

金胖子艰难地把头转向秋月，他真的不想放弃这个女人，无论是相貌还是灵性，全长沙都没有一个比得上的。他也曾想好好宠她，爱她。奈何自己一身匪气，本性难改，只把一个好端端的美人当做任人宰割的奴隶，每天都变着法子折磨她。现在，他后悔了，但是，一切都晚了。

"你……真的要跟他走？"金胖子艰难地问道。

"我要离开你，我要过正常人的生活！"秋月饱受蹂躏，再也不愿在毫无尊严和人性的地方多待一分钟。

城市上空响起了凄厉的警报，日军的飞机黑压压地扑了过来，成群的炸弹雨点般地往下落，大街上血肉横飞。马公子拉着秋月狂奔，秋月甩开马公子的手，跑回去给倒吊在门楼下的金胖子松绑，她不想看着他被日本人的飞机炸死。马公子跟着她着跑回来，叫来几个士兵把秋月拉走，自己亲手给他的对头松绑。

就在这时，一颗重磅炸弹落了下来。轰的一声，炸弹掀起的泥土遮盖了半边天，马公子和金胖子同时坐上了土飞机。

有诗为证：一对情场死敌，双双携手归西。

005

"这么赤裸裸地敲竹杠，摆明了是要大捞一把，随时准备走路的架势啊。看样子，小鬼子在大东路待不了多久。"贾叔并不心疼银圆，反而一脸的高兴："给他。"

"贾叔，你还看不出来吗，山田老鬼子的胃口越来越大，开口就要九百银圆，我拿怎么给，开一家造币工厂还差不多。"陈天鹏恨不得一下子掐死山田老鬼子。

贾叔在一张白木椅上坐下来："能够花钱办的事，那都不叫事。"

陈天鹏道："贾叔，我们对山田龟生不能抱有任何幻想。中超出门一个月了，到现在还没回来。没有 102 师的消息，我们就无法动身啊。"

贾叔笑道："中超一天没回来，你的戏就得一天天地演下去，而且要演得像模像样。你不是答应要给山田找宝贝吗，这是个好主意。"

"找宝贝是敷衍他的话，心想先拖他个十天八天的，只等中超回来，我们立马就可以走路。到时候，让那山田老鬼子到天边去找我们。"当时，木匣子里的宝贝在陈天鹏脑子里一闪而过，心想忽悠一下山田老鬼子再说。不过，话一出口他就后悔了，有道是走得了和尚走不了庙，自己可以一走了之，五里牌的众乡亲能往哪里走？

"不急，不急。小不忍则乱大谋，仓促岂能成大事？"贾叔知道陈天鹏心存顾忌，摇手道："再值钱的宝贝亦有作用之时，问题是用在什么地方！现在正是那件宝贝发挥作用的时候，何不设法打开匣子的第二层？"

陈天鹏没有动窝："贾叔，你真这么想？"

贾叔大声道："机不可失，请陈长官当机立断，速作决断。"

天黑之前，陈天鹏单单把老铁匠请了出来。

老铁匠仔细打量桌上的木匣子，发现匣子中央有一个拳头大小的圆柱，半截朝上，另外半截嵌在匣子下方，整个圆柱与匣子的上下两层严丝合缝地叠合在一起。老铁匠伸出双手来回转动，巧妙地避开机关，拆除卡在中间的一根导火线，又把拳头大小的圆柱拆分开来，使之变成了一堆大小不一的半圆板块。匣子的第二层打开了，隔挡里赫然摆放着一个去掉了导火线的爆炸装置。

老铁匠将手上的板块轻轻放下，冷笑道："这个叫作孔明锁，没什么大不了的，鲁班锁更难搞。不过，拆除导火线的时候须得格外小心，稍有不慎就会引爆下面的炸弹。"

去掉隔挡，匣子底部现出一道长条形的圆槽，槽内卡放着一个包裹着丝绸袋子的卷轴。陈天鹏正待将其取出，老铁匠道："匣子已经打开，余下的事，且等老朽离开之后再弄。"说罢拱手告辞。老铁匠处事泾渭分明，从不僭越分外之事。

陈天鹏连声感谢，追出门外奉上谢仪。老铁匠笑道："侄儿，你真的把老曾叔当成要钱的人啦？"

陈天鹏道："哪里。老曾叔为天鹏打造的一对云月短刀，切金断玉，锋利无比，乃是万里挑一的极品。此番又为天鹏解开匣子，岂有不谢之理？"

老曾叔摸了一把额上的胡须，现出自负的微笑："你的眼力不错，那对云月短刀，也是老曾叔这些年里最拿得出手的了，你须好生收藏，到了关键时刻，短刀可以救命。"说罢推回谢仪，伸手从荷包里摸出一打银圆出来："你回来了，定可带领大家干一番大事，这些银圆是我多年的积攒，一点心意，但愿能够助你一臂之力。"

陈天鹏："老曾叔……"

老曾叔："不必多言，你们兄弟救了我家二喇叭，再造之恩大过天。日后但有何事，尽管吩咐。"言罢，拱手告辞。

秋月小心翼翼地从圆槽里启出卷轴，翻滚开来一看，是一副撰诗并书、墨迹素笺的书法大作。审视良久，秋月轻声念出卷轴上的诗句：

自我来黄州，已过三寒食。年年欲惜春，春去不容惜。今年又苦雨，两月秋萧瑟。卧闻海棠花，泥污燕支雪……

"寒食帖！"陈天鹏脱口而出。

屋子里陷入死一般的沉寂。

良久，陈天鹏方才回过神来："寒食帖不是被八国联军焚毁了吗，怎么会在这里？"究竟是真品还是赝品？老贾也走向前来，三人一道俯身近看，细细比对，但见通篇书法极其流畅，或正锋，或侧锋，线条点划转换多变，浑然天成。字体或大或小，或疏或密，参差错落，笔酣墨饱。书写诗文的宣纸已经发黄，宣纸之上盖满大大小小的印章，或方或圆，或长或扁，密密麻麻布满前后左右。

"苏东坡亲笔！"陈天鹏反复比对，深信卷轴出自东坡亲笔。历朝历代的文人墨客对《寒食贴》推崇备至，将其与《兰亭序》、《祭侄稿》相提并论，合称天下三大行书。

记事珠、游仙枕、聚宝盆、和氏璧……这些都是传说中的宝贝。于今，人间消失了半个世纪的行书真迹从天而降，就这么明明白白摆在眼前，令人目瞪口呆。贾叔惊讶得说不出话，他在黑云寨做了多年师爷，伏击日寇、抢掠商贾，提着脑袋当土匪做强盗，身边常有飞来横财，也见过无数奇珍异宝，但与《寒食贴》相比，那些东西全然不值一提。

"这是国宝！"秋月小心翼翼地将卷轴卷起，重新装进丝绸套中。

贾叔清了清嗓子，好不容易说出一句话来："中超出去这么久，应当回来了。"

陈天鹏道："是啊，一个多月了，也该回来了。"

"中超回来之前，我们必须耐心等待。"贾叔的视线转向匣子上层，指着那款康熙玉如意说道："依我看，还是送这个吧，时间不可拖得太久，以防日久生变。"

山田大队的驻地，原本是一座财主大院。大院四向视野开阔，中间是一片宽敞的平地。日本人打过来时，财主闻风而逃，山田龟生不费吹灰之力便将一座偌大的宅院据为己有。这几个月，日本人在宅院四周大兴土木，拉电网挖壕沟，修建碉堡炮楼，经过大力扩充，财主大院变成了一个理想的兵营。

盯着桌上的宝贝，山田龟生有点难以置信。他拿出放大镜来回扫描，但见这件玉器通体纯白，状如羊脂，由里至外透出一抹柔光。玉器手柄正面镌铭"敬愿屡丰年，天下咸如意"，背面刻有"御制"二字。

"玉如意，珍品，稀世珍品！"山田龟生两眼放光。

陈天鹏补了一句："康熙玉如意，皇家御品。"

山田龟生兴奋得手舞足蹈："哦……康熙皇帝！"如果这时候有人告诉他说陈天鹏是国民党，或者是重庆军的上校团长，山田龟生准定只会一笑置之。说句实话，是敌人又怎么样？但当一个敌人的价值超过了朋友，难道不是朋友吗？

天色已经断黑，山田龟生派了一辆摩托车，专程将陈天鹏送回五里牌。

走进自家大门的时候，陈天鹏吓了一跳。偌大的院子里黑压压地站满了人，却又安静得出奇，院子里的人全都是村里的父老乡亲。老槐树下站着大管家、大师兄、二喇叭、德子，还有贾叔、小六子、秋月等人，中央放着一把白木椅，四太公佝偻的身躯坐在上面，父亲母亲候在一旁，神态毕恭毕敬。

陈天鹏走上前去向四太公施礼："孙儿不孝，给四太公行礼了。"

四太公颤悠悠地问道："天鹏，事情都办好了吗？"

看着四太公急切的眼神，陈天鹏一下子就明白了，赶紧回道："办好了，都办好了。"乡亲们躁动起来，所有的人都在等待着事情的结果，如果不能逃脱壮丁的厄运，一场大规模的暴走就有可能提前到来。

四太公老泪横流："孙儿，你救了五里牌，救了陈氏族人啊。"

"四太公言重了，孙儿谨遵四太公嘱咐，做的只是分内之事。"此言不假，所谓的"帮办"原本就是四太公所赐，在其位而谋其事，说来也是名正言顺。

"我家孙儿，果然不是一般人物。"四太公说罢，缓缓抬起手来，把一张写满了小字的黄色的折子递给天鹏："孙儿，这张地契，原是你家河滩上的二亩地，现今完璧归赵。另外，孙儿办事干净利落，不留后患，四太公赏你一百银圆。"话音刚落，大管家已经托了一个盖着大红绸布的圆盘走上前来。

　　土地是乡里人的财富，也是乡里人的性命。四太公年事已高，豪迈依然不减当年，这番已经给回地契，又要打赏银圆。陈天鹏连忙推却："孙儿何德何能，怎敢收受如此重礼？"

　　老爷子也是惴惴不安，上前推道："绝不敢收四太公的银圆。"

　　四太公道："呃也，现如今来了东洋人，我家孙儿能够保得一方平安，便是五里牌的福，你等不必推让。"言罢，颤悠悠地站起身来，走向院外。

第 017 章

英雄频繁天下计

001

母亲千算万算，唯独没有算到这个"媳妇"是捡来的。妹子孤苦伶仃，举目无亲，触发了母亲的恻隐之心，她想起了自己的身世。那年大旱，父母带着全家逃荒，一路风餐露宿，父母染病而亡，几个弟妹尽数饿死于要饭途中。自己全身长满脓疮，撑着一口气，一路要饭来到五里牌，直到进了陈家的门方才捡得一条性命。两个女人的命运何其相似，母亲流着眼泪对老爷子说："这个妹子太可怜了，既然是我家儿子救的，那她就是我家的人。我看得出来，天鹏的心里有她。儿子的面子薄，有话说不出口，我们和亲家商量一下，赶紧把两人的婚事办了，你看怎么样？"

老爷子："什么怎么样？"

"你怎么就听不明白，你看这秋月妹子，不光是模样周正，而且礼貌、孝顺、温柔、善良……我家儿子只要正儿八经地把她娶了，他们就可以睡一张床了。"老妈子在心下里想，妹子一直都没有和天鹏在一张床上睡觉，定是因为没有正式成婚的缘故。老妈子心里盘算着，老陈家到了天鹏这一代已是三代单传，这回迎娶秋月，一定要好好张罗一下，让她做老陈家的媳妇，为老陈家生儿育女，传宗接代。

哪知老爷子把着水烟壶"咕嘟咕嘟"地吸了半天，突然冒出一句话来："我看，不怎么样！"

老妈子："你说什么啊，这老头子！儿子要办喜事，你就不能说几句好听的话？"

老爷子："好听的话？你一个妇道人家懂什么，你也不想一想，这个妹子原先的男人是怎么死的，这是克夫的命。再说，她还进过窑子，我的儿子能娶这样的媳妇吗？"

老妈子争辩道："你别乱说好不好，进什么窑子，那是被坏人害的，人家不是出来了吗，你还要怎么的。"

老爷子把水烟壶往桌子上一搁："我家儿子是堂堂正正的上校团长，走到哪里都比别人高出一头！天下的女人多的是，干吗要娶一个半路捡来的妹子？要是乡亲们知道了，你让我的脸往哪里放？"

家里的事平时都是老爷子说了算，这一回，老妈子说什么都不肯让步："嗨，你这老头子安的什么心嘛，照这么说你当初就不应当娶我！我就是逃难要饭过来的，而且满身脓疮，连裤子都没得穿，那时候你为什么不怕人家笑话？"

老爷子："没穿裤子？你那时年龄小，不懂事嘛。"

"嫁给你的时候我都十五岁了，我怎么就不懂事，不懂事你还和我圆房？不管怎么说，你就是不可以耽误我儿子的婚事！"两口子恩恩爱爱过了几十年，从来没有红过脸，这一回，平日里百依百顺的老妈子一反常态，不顾一切地顶撞老爷子。

那边厢吵翻天了，陈天鹏赶紧过去灭火，这才知道父母二人争得脸红脖子粗，为的是自己的婚事。自己并没和他们提过秋月的事，两个老的居然吵得这么当真，一个生怕儿子娶了秋月，另一个生怕儿子不娶，谁也不肯让步，搞得陈天鹏哭笑不得。为了息事宁人，陈天鹏只得保持中立，暂且充当和事佬："都别吵啦，我的婚事我自己做主，不用你们操心。"

老爷子正在气头上，喝道："乱讲，婚姻大事当由父母做主，哪有自己乱来的？你在外面我管不了，进了家门就是我的儿子，凡事都得遵守祖宗的规矩！"老爷子最怕屋里人不把他当家长，动不动就搬祖训，讲家规，犟起来的时候九头牛都拉不回。

"好好好，你是老子，我是儿子，行了吧。"陈天鹏每日都在等中超的音讯，心里担着天大的压力，没有心思和老爷子顶嘴。心想老爷子就是个封建古董，脑筋还停留在大清朝，动不动就吹胡子瞪眼睛，摆老太爷架子。但他必须平息二老之间的争端："爹，妈，婚姻大事，终归是要顺理成章方可水到渠成。现在，山田龟生每一分钟都在盯着我，我就好像在刀尖上走路，一不小心，就要出事的。"

老两口安静下来。

第二天，母亲把儿子唤过一旁："妈晓得你的心思，你别怕，妈为你做主！你爹担心妹子的身世不好，说人家不干净，要去云霖寺问菩萨。去就去，菩萨会成全一桩好姻缘的。问过菩萨了，你和秋月的婚事就成了，到时候我们自家人悄悄地喜庆一下就可以了，也不惊动别人。"母亲吃了秤砣铁了心，非要把秋月娶进门来不可。

中超一直没有消息，陈天鹏很郁闷，甚至焦躁不安。听得二老要去佘湖山，心想自己正好出去透气，因而顺水推舟："去吧，去吧。云霖寺山高路远，我陪你们一起去。"他想，要怎么做秋月才不会在这场稀里糊涂的争吵中受伤。

002

佘湖山道路崎岖，山顶有座千年古寺，曾经是"大洛菩萨"炼丹的地方。陈天鹏陪同父母缓缓前行，一路上求神拜佛的善男信女络绎不绝，途中三步一拜九步一叩，极其虔诚。真个是不出门不知天下事，山下战火连天，山上香火鼎盛。看着陈天鹏不解的表情，老爷子拉着架子说道："明天是'大洛菩萨'的生日。每年的这个日子，佘湖山就跟赶场一样，山上山下都是香客。"老爷子是'大洛菩萨'的信徒，每年都要上山烧香拜佛。接下来，老爷子讲述了一个近乎传奇的故事。

日军占领大东路之时，一位军官听说山上寺庙的大洛菩萨是为金丝楠木化身，便在暗地里动了邪念，打算将大洛菩萨的雕像弄走。就在日军士兵要把大洛菩萨抬下莲花宝座之时，空中忽然响起一声霹雳，将一干小鬼子震倒在地。待得烟消云散，寺院住持上前劝道："霹雳响起之时，半空之中飞起一朵黑云，云中站着一尊金盔金甲的神仙。"日本兵以为触怒了天神，吓得齐齐跪下磕头谢罪，从此以后，日本兵再也不敢冒犯云霖寺。

抵达云霖寺时，已是正午时分。

寺庙大门两侧有一副对联：云拥湖山擎日月，霖流蒸水涤尘埃。笔酣墨饱、颜筋柳骨。门庭上方有块横匾，上书"云霖祠庭"四个鎏金大字，据传，这块横匾乃是大唐皇帝唐玄宗御笔亲书。

走进寺庙，木鱼声声不绝于耳，香客的祈祷声与小和尚低沉的诵唱声相互交合，令人思绪缥缈，如坠烟雨浮云。

两老口中念念有词，一并向前叩拜大洛菩萨。三拜过后，一对老夫妻互不相让，各自取出一支签来向那念经的法师问卦求解。法师瞟了一眼签号，便将签卦复入签筒。二老面面相觑，正在疑惑，法师缓缓诵出四句签语：

乱山深处水萦回，轻寒细雨情何限，
为君沉醉又何妨，暮霭沉沉楚天阔。

二老不解其中之意，急欲细问，法师也不抬头，复又诵道：

东边日出西边雨，道是无晴却有晴，

草色烟光残照里，无言谁会凭阑意？

二老更为迷惑，再三追问签词之意，法师轻声言道："顺其自然，何须勉强。"言罢应付其他香客去了。二老甚为失望，望着法师不肯移步。原来，那法师信口诵出的诗句，正是笺页上注解过后的原句，二老哪里能懂？陈天鹏听了，倒也觉得那是一首上佳的情诗，细细品之已是心有所悟，不免暗自欣喜。却又担心父母太过委屈，赶紧向前搀了二老转身退下。正待好言安慰二老，观内忽然走出一位鹤发童颜，满面红光的长老。长老径直走向陈天鹏，双手合十："这位施主，请留步。"

陈天鹏回礼："长老有何指教？"

长老转动手上的佛珠，口中言道："阿弥陀佛，施主头顶之上有两道云气，一道是紫气，一道是黑气。幸而紫气压迫黑气，施主前程方得无虞。"

陈天鹏并非信众，却被长老寥寥数语念得心神不宁。云林寺不比寻常寺庙，不光有道，而且有佛，实乃佛道一家。陈天鹏只道寺庙长老故弄玄虚，欲待讹人钱财。心下里已有些许不快，故而沉声问道："何以见得？"

长老看过陈天鹏面上纹路，缓缓言道："施主慧根睿智，面相正大。天门广阔紫气东来，地库饱满横财丰盈。既然来到云霖寺，何不去拜大洛菩萨？"乃引陈天鹏上前叩拜。陈天鹏心下里道，进了寺庙拜一拜菩萨也是天经地义，我且先拜了菩萨，再看这个长老又会有何说法。遂点燃了三炷香，三拜倒地，并将那长沙会战兵败，进山疗伤养病，听闻山洞藏宝等一系列故事在心里默默地诵了一遍。

长老手捻佛珠，粒粒数落："施主印堂之上有一缕深红，此主平生近贵，常获身外之财。又有一缕浅黑，红黑相互交合，此主行事多在风口浪尖之上，施主日后须得多加小心。"

父母站在一旁，听了长老之言，心里已是紧张万分。

陈天鹏细思长老之言，一字一句皆有弦外之音，不免满腹狐疑，先时的抵触心理早已烟消云散："长老所言高深莫测，尚请明示。"

长老沉吟片刻，说道："天机不可泄露，老衲赠你四句偈语：菩提本无根，无道坐神台；来时赤条条，去时手空空。"

天鹏欲待再问，长老又道："诸行无常，生生灭灭。汝细思之，定有所悟。"言罢，口宣佛号，飘然离去。

003

一路下山，陈天鹏一直都在思长老所赐的四句偈语，不知是何寓意，回到屋里又是一番苦思冥想，终是不得要领。过了一会，又想起那两句签语来，便把偈语撇在一旁，要将签语说与秋月。哪知满院子找了一圈，却不见秋月的身影，陈天鹏一脸茫然，心里空荡荡的，丢了魂似地站在院子里发呆。

贾叔猜他是在找秋月，告诉他说秋月往后山去了。

陈天鹏问道："她去后山？干什么去了？"

贾叔叹道："这闺女有心事啊，眼眶红红的，什么话都不说。"

陈天鹏隐隐感到一丝丝的不安，立刻挪开后院的篱笆门，径直往后山赶去。一路上行，来到上一次玩过的地方，林子里静悄悄的，没人。

佘湖山位于耶姜山脉中段，山势陡峭，林海茫茫。陈天鹏循着后山的道路向上走，翻过一道山梁，前方是一片悬崖，崖上有一株参天古松，一个孤独的身影站在古松之下，正是秋月。

昨天，秋月做了一个长长的梦。雨后的大地一片苍茫，她光着脚板在原野上奔跑，脚丫子里沾满了泥巴。大树参天，顶如华盖，地面绿草如茵，火红的杜鹃花开满山崖，彩蝶纷飞。忽然间狂风骤起，一弯月牙在夜空中穿云破雾，如同一叶扁舟。巨浪翻滚，恍然惊觉，竟是南柯一梦。

青山寂静，落日的余晖涂抹在西边天上，紫红、大红、粉红和金黄互相交织，构成一幅壮美的晚景残照。

望着连绵起伏的山势，秋月整理心情，唱起了雪峰山下的民谣。雪峰山下长大的女儿，有一副天生的歌喉，嗓子如同山里的甘泉，非常干净。

山顶上的风呀，那是女儿的歌
黄昏的云啊，那是女儿的衫
茫茫的原野，哪里是女儿的家

山顶上的风呀，吹散女儿的发
雨后的云啊，那是天边的画
茫茫的原野，哪里是女儿的家

我要化作一阵风啊
飘过山川
飘过原野
飘向故乡的老家

一阵强劲的山风掠过，黄叶纷纷扬扬，落满大地。

陈天鹏循着歌声奋力上行，喘息未定："秋月，你唱的湘西小调吗，这么好听。"这么陡的山路，他不知道秋月是怎么上来的。

歌声戛然而止，秋月回过身来，痴痴地看着陈天鹏，眼眶里淌出两行清澈的泪水。

这是一个外表坚强，内心脆弱的女子，她渴望这个男人的呵护，渴望来自生命的依托。他伸出手去，要替她拭去脸上的泪水。她将脸儿扭向一边，任凭脸上的泪水默默地滴落到草丛里。

陈天鹏想起了云霖寺的签语，轻声念道："乱山深处水萦回，轻寒细雨情何限，为君沉醉又何妨，暮霭沉沉楚天阔。"略顿片刻，继续念道："东边日出西边雨，道是无晴却有晴，草色烟光残照里，无言谁会凭阑意。哈哈，你看这两道签，是不是蛮有味道？"

秋月不语。其实，她知道两老吵架的原因，也知道两老要去云霖寺抽签。

山风掠过，松涛阵阵。为了打破沉寂，陈天鹏又道："父母在云霖寺抽了两支签，父亲抽了一支，母亲也抽了一支。法师并未详解签意，你拆一拆看，签词当中究竟有何深意？"

秋月缓缓抬起头来，脸上的泪痕未干，却已泛起一抹红晕，双眼犹如一泓清水，映出一片苦涩的纯真。

山排上的风非常劲道，吹起秋月的长发。女性的气味撩动着男人的心房，他捧着她的脸，两片厚实的嘴唇贴在她那好看的额头上亲了一口。她如同一头受惊的小鹿，赶紧让了开去："不可以。"

他紧紧地握住她那冰凉的手，希望把自己的热量传递过去，连同她的内心一同焐热："为什么不可以，母亲让我娶你！"

她的泪水再一次涌了出来。见到这个男人的第一眼，她的心就有不一样的感觉。无奈自己的人生太晦暗，走过的道路太坎坷，眼前的这个男人太优秀，她觉得自己配不上。她轻轻地推开他："我愿意做母亲的女儿，一辈子孝敬她。"

004

月光透过窗口洒进屋里，陈天鹏失眠了。

他翻身起床，不声不响地走向窗前，抬头瞭望深夜的星空。秋月也醒了，在坡子村也是如此，她与中超一道不分日夜地守护陈长官，身边的人稍有动静她就知道。午夜的凉风吹来，她抄起一件外套给他披在身上。

遥看夜空，云遮雾罩，星星和月亮时隐时现。秋月闭上眼睛，一缕思绪走入劫后余生的奔命之中。

日军飞机轰炸过后，城市一片狼藉。马公子的腹部被炸开了一个很大的豁口，花花肠子流了一地。

秋月惊得面无人色，她来不及哭号，被一群士兵将她拖着架着往城外跑。战场上的士兵奔跑能力特别强，如果参加马拉松，每一个人都会成为冠军的争夺者。然而，两条腿再怎么也跑不过天上的飞机，许多士兵被炸飞了，再也没有人顾及她。

她躲过了一波又一波的轰炸，最终被爆炸的气浪掀下河堤。

她不知道自己在河边躺了多久，醒过来的时候，她甚至不知道自己是不是还活着。到了这步田地，活着与死去已经失去了意义，她的心死了。睁开眼睛的时候，她看见了一张棱角分明的脸，这张脸有一种特别的气质，给她带来了生命的渴望。她看到了一只无形的手，把她游离躯壳之外的灵魂拽了回来。那一刻，她在瞬间下定决心，她这一生要跟这个男人走，不管他去哪里。

微风吹弄着窗棂，刚刚裱糊过的窗花散发出一股米浆的味道。

看着她时而惊悸，时而错愕的表情，陈天鹏知道她又在回想过去。他伸手揽住她的腰："不要再想那些事，把过去的事情忘掉。"

睁开眼睛回归现实，她小声地啜泣起来。

"不哭，这个家里都是你的亲人。"他搂紧她，两人的脸颊紧紧地挨在一起。一股男人气息扑面而来，她的全身便如触电般地哆嗦起来。他感到自己的心脏正在加速搏动，一时间血液贲张，他不自觉地转过脸去亲吻她。她的双唇紧闭，努力抵挡他的舌头进入，但他的舌头就像一柄长枪,稍作试探,一个冲刺便闯了进去。男人的舌头在她的口腔里横冲直撞,两人的舌头交相缠绕,相互吸吮,这种感觉既陌生又刺激,令她无法自制。

一个坐怀不乱的男人瞬间变成了一头发情的狮子,她在他的怀里微微颤抖,不知是兴奋还是害怕。

月光洒在床上,他贪婪地欣赏着她那丰腴而又白皙的胴体,宽大的手掌在她身上缓缓游走,停留在她那坚挺而又饱满的乳房上。她闭上眼睛,身体便如一团烈火一般熊熊燃烧起来。

一阵急促的敲门声传来,陈天鹏一惊:"谁?"

"哥,我是中超。"

"中超!"陈天鹏翻身而起,披衣开门。

家里人都起来了,老妈子拽着中超左看右看:"你都去了哪里,这么久才回来?你看你又黑又瘦,一定是没吃饭,饿瘦了。"老妈子心疼得不得了,唠唠叨叨数落了一大堆,这才到灶屋里热饭去了。这一个月,老妈子每天都问,中超上哪去了,哪天才能回来?

中超敷衍了几句,从怀里摸出一只信封来:"哥,你先看这个。"

陈天鹏拆开信封,从中抽出一张盖有朱红大印的委任状:

兹委任陈天鹏为东乡抗日纵队总司令,授少将军衔。见状即行组建东乡抗日纵队,并代行纵队一应人事、军事事宜。此令,国民革命军第四战区司令长官王耀武。

白纸黑字,委任状上的内容明明白白。陈天鹏意犹未尽,把一张委任状颠过来倒过去地看,似乎要想寻找一些看不见的东西。

日军发动豫湘桂会战,第九战区溃败,湖南战场划归第四战区,王耀武转任第四战区司令长官。以王耀武之名签发的委任状,可谓名正言顺。

抗战初期，中国军在正面战场丢城失地，连战连败。抗日统一战线形成后，国民革命军广泛开展敌后游击战，扰乱日军后方。其时，留守敌后的正规军很多，各种类型的游击队遍地开花，番号也是五花八门，没有固定的级别，也没有人数限制，只要你有队伍，就封你个将军、司令什么的头衔，各种吓人的帽子都有。当然，如果你有一定的战斗力，人马数量一旦膨胀起来，回头再当个师长、旅长什么的也不是没有可能。实际上，那些曾经的正规军多数没有游击经验，一旦形势不利就举手投降，就连赫赫有名的抗日战将孙良诚、庞炳勋也投了汪伪政权，成为叛国之将。

沉默良久，陈天鹏问道："在哪里找到部队的？"

陈中超飞快地扒饭，把一张嘴塞得满满当当，又喝了一口水，这才说道："我先到广西，然后绕道云南，最后在贵州遵义找到102师。开始的时候，新任师长对我很冷淡，幸好那些金条起了作用，师长向上峰做了详细汇报。"

005

陈中超在师部待了大半个月，心里急得团团转。好在102师的一些老兄弟还在，上上下下都为304团使劲。第四次长沙会战，102师损失惨重，一路撤往贵州补员整编。九月，司令官王耀武巡视各地守军，师长趁此机会向他陈述304团的真实情况，引起王耀武的重视。巧合的是，陈中超碰上了原304团的警卫连长祁子午，304团被撤销建制，祁子午做了王耀武警卫营的副营长。得知团长陈天鹏还在，祁子午激动得流泪，主动向王耀武讲述304团的战斗过程。王耀武善于带兵，敢打硬仗，是国民党军最能打的虎将之一。

得知事实真相之后，王耀武将304团的情况上报陆军部。经陆军部核实情况，认定304团陈天鹏在撤退期间重伤昏迷，并非"临阵脱逃"。在撤销陈天鹏"临阵脱逃"错误结论的同时，陆军部行文擢升陈天鹏为陆军少将。通知下达第四战区，王耀武立刻委派陈天鹏为东乡抗日纵队少将总司令，令其在邵阳地面组建队伍，游击与袭扰敌后运输线路。

蒙冤数月终得反正，陈天鹏如同在地狱里走了一遭，最终回到阳间。唏嘘过后，他问道："还有吗？"

陈中超踌躇片刻，从口袋里摸出一枚连带襟绶的奖章："王长官听了汇报之后，要我留下来当他的警卫连长，我没有答应，我坚决要求回乡抗日。王长官深感意外，但也没有勉强，这是返程的前一天，王长官补发给我的一枚奖章。另外，祁营副给了我一张报纸。"

"给你一张报纸？"陈天鹏本来是要看那枚奖章的，却先把那张报纸拿了过去。翻开一看，是一张版印的《新民报》副刊。

《新民报》大力宣传抗日，主张和平民主，是反内战反专制的舆论先锋。这一期《新民报》，在副刊《西方夜谈》的头版头条，刊登了一首轰动一时的辞章：

沁园春·雪·毛泽东

北国风光，千里冰封，万里雪飘。望长城内外，惟余莽莽；大河上下，顿失滔滔。山舞银蛇，原驰蜡象，欲与天公试比高。须晴日，看红装素裹，分外妖娆。

江山如此多娇，引无数英雄竞折腰。惜秦皇汉武，略输文采；唐宗宋祖，稍逊风骚。一代天骄，成吉思汗，只识弯弓射大雕。俱往矣，数风流人物，还看今朝。

这首词立刻吸引了陈天鹏的眼球，他连读数遍，爱不释手："太精彩了，结句'数风流人物，还看今朝。'果真是气吞千古！真没想到，毛先生戎马倥偬，日理万机，尚且忙里偷闲，挥笔写出如此豪迈的辞章！"

陈中超的精神随之显得亢奋起来："祁营副说，重庆所有的报刊都在争相转载毛先生的词，谓其'风调独绝，文情并茂，气魄之大乃不可及。'民国政府还由此引发了一场词争，蒋总裁号召各地词作高手登场献技，力图在文字上压倒毛先生，但是，无论意境还是文采，没有一首比得上毛先生的。"

陈天鹏："难得啊，毛先生的词居然上了《新民报》。"

陈中超："现在是统一战线，为了唤起民众，国共两党携手抗战，报纸上经常可以见到各种进步文章。"平时说话腼腆，从不抛头露面的小弟忽然说出这么一番话来，陈天鹏有点意外。

报纸的第四版中缝嵌着一首唐诗，诗句下面还有自来水笔画出来的蓝色线条。

清晨入古寺，初日照高林；
曲径通幽处，禅房花木深。
山光悦鸟性，潭影空人心；
万籁此俱寂，惟余钟磬音。

陈天鹏问道："下面这些线条是谁加上去的？"

陈中超咧嘴一笑，不好意思地说："是我加上去的，我的记性不好，总是记不住，所以加了线条。"

陈天鹏："怪事，你平时也不读书，什么时候爱上诗词了？"

"也不是。祁营副见我在军中闲得无聊，随手扔了一张报纸给我，说是可以消磨时间，后来，又让我把报纸带回来给哥看。报纸上有国内外的形势分析和战事报道。"说得也是，陈天鹏离开部队多时，对外面的情况两眼一抹黑。那个年代，报纸就是瞭望外界的窗口，可以从中获知很多信息。

陈天鹏心里一热："祁子午到底是我的老部下，没有忘记我这个落魄团长。"又把陈中超的奖章拿过来细看，但见奖章中央嵌着国徽，下面附以嘉禾图案，是一枚忠贞奖章。又看襟绶和表文，不禁喜色于形："此枚奖章表彰你作战英勇，轻伤不下火线。中超，这是你的荣誉，也是 304 团的光荣！"

陈中超满脸喜气："中超的荣誉，都是跟着大哥得来的。"

陈天鹏笑道："你也学会谦虚了。对了，王耀武长官有没有交代其他事项？"

"没有。"

"人员编制，经费装备呢？"

"没有……"

"304 团的建制呢，什么时候恢复？"

"不知道……"

"就一张委任状？"

"嗯……"

"这个抗日纵队，除了你我两人，此外没有一兵一卒？"

"嗯……"

陈天鹏呆了，半天说不出话。明眼人都看得出来，如此委任状，只不过是一纸空文。

陈中超踌躇半晌，鼓起勇气说道："哥，听说大东路的共产党游击队很活跃，我们如果遇到难处，可以与他们合作。"

"与共产党合作？他们有几条枪？"陈天鹏再度感到意外，陈中超平时也不接触外人，怎么会知道共产党的事。

陈中超道："王长官也就给了我们一张空头委任状，是人都会迷糊。现在国共合作，提倡全民抗战，我们应当把眼光放远一点。"

　　陈天鹏惊讶不已："士别三日，当刮目相看啊，我家小弟出门一个月，说起话来就变得一套一套的了。哥告诉你，搞统一战线不错，但是，上头一直在提防共产党，双方都在暗中较劲，面和心不和啊。以后你说话注意点，离共产党远一点。"他觉得中超变化很大，具体变在哪里，他又有点弄不明白。

第 018 章
长啸奋起击胡虏

001

陈氏祠堂人头攒动，四太公点燃香火，缓缓插在陈氏祖宗的神龛前，两个后生扶着四太公跪下，颤悠悠地给列祖列宗磕了三个响头。四太公的身后，陈氏族人齐刷刷地跪倒一大片。

三拜过后，四太公操着嘶哑的嗓音说话：“各位宗亲，我们陈氏祖先自打江西迁往邵阳，已历六百余年。如今，东洋人仗着长枪大炮，烧我房屋，杀我族人，奸淫妇女，无恶不作，是可忍孰不可忍！大东路陈氏世代高门大户，绝不可以任由东洋鬼子胡作非为。四太公老了，已经做不了什么。但是，我们五里牌陈氏世代习武，能人辈出，英雄儿男比比皆是。云岳不在了，我们还有天鹏、中超、子青、尚德，还有天不怕地不怕的曾氏后生曾开山，五里牌的后生都是响当当的好汉！从今天起，不管是姓陈的，还是姓曾的，能够拿枪的拿枪，能够拿刀的拿刀，都跟着天鹏走，一定要把东洋人从大东路赶出去！”

祠堂的大门又厚又重，关得铁紧，里面声浪喧天，外面也听不见动静。陈天鹏双手叉腰，目光扫过人群：“日本人狼子野心，以小欺大，亡我之心不死。在华夏民族生死存亡之际，中华儿女奋起抗战，绝无后退的余地。我奉第四战区司令长官王耀武之命组建东乡抗日纵队。我们将以游击战袭扰和打击日军后方，配合国军正面作战。”说罢，展开委任状以示以众人。

陈子青接过委任状，一字不落地读了一遍，喊道："这是第四战区司令官王耀武亲手签发的委任状，陈天鹏是为东乡抗日纵队少将总司令！"

"好！"众人哄然叫好。

陈中超一改往日的腼腆，犀利的眼神杀气腾腾："我们背靠耶姜山脉，进可以扼制和掐断日军运输通道，退则依仗高山深谷，在茫茫林海与敌周旋。只要有一支枪，一发子弹，我们就可以把小鬼子的后方搅个鸡犬不宁！"

二喇叭扒开人群，吼声如雷："操他东洋鬼子祖宗十八代！老子再也不要偷偷摸摸地吃公路，现在正式开打，小日本的军车只要敢从公路上过，老子把它一锅端了！"

村里人家多有猎户，一些小伙子平日里都不敢随便出门，怕抓壮丁。这会全都来了，很多人都是带着猎枪来的。四太公府上的护院也来了，要参加队伍。

陈天鹏道："四太公，您的护院的枪手都来了，府上的安全怎么办？"

四太公道："区区几个枪手也斗不了东洋人，趁早入了队伍才好。只要队伍在，无论是东洋人还是黑道土匪、三教九流都会存有三分顾忌。天鹏，这些人全都交给你啦，四太公不求别的，只求你带领大家杀鬼子，别给五里牌丢脸！"

"请四太公放心，天鹏誓与日本人战斗到底！"陈天鹏意气风发，挥毫泼墨，洋洋洒洒写下一首七律：

> 岳麓天炉斗日酋，长衡失守败星洲。
> 一门九族人逃散，万户千村血长流。
> 岛虏猖狂凌楚境，将军赫赫奋吴钩。
> 振臂一挥歼蛇豕，英雄万死不封侯。

山田龟生不停地把玩着那支晶莹剔透的玉如意，脑海里忽然闪过一个念头，这个陈天鹏究竟是什么来头，这么高级的宝贝说有就有？他打算把这个问题交给特高课，让木村少佐去摸一摸陈天鹏的路子。但他并不着急，整个大东路都在他的掌握之下，一个陈天鹏纵有天大的本事也跳不出自己的手掌心。想到这里，他张开干瘦的手掌看了一眼，发出一阵夜枭般的笑声。

操场上随之传来了士兵的纵情狂笑。

山田龟生以为士兵们受到了他的感染，走出门外一看，只见一个军曹正在手舞足蹈地浪叫。尚在慰安所门前排队的士兵也都跟着浪叫起来："嗯哈，我也要……干！哈哈……"更多的士兵加入队列，一个个嘻嘻哈哈地跟在军曹后面，跨腿蹲腚，前拱后翘，绕着操场转圈子。

慰安所是日本军营人气最旺的地方，每天都有士兵排队。看到这样的场景，山田龟生非常开心。他有一个荒谬的理论，认为只要满足了士兵的性欲就可以提高部队的战斗力。其实，随着时间推移，侵略者们眼睁睁地看着昔日的战友一个一个命丧战场，内心的绝望日甚一日。他们看不到明天的希望，内心里有一种穷途末路的感觉。这时候，暴力和发泄就成了为士兵最大的寄托。

这么火爆的场面提醒了山田龟生，一年一度的中秋节到了。他兴奋地叫喊起来，扭起屁股加入嬉闹的士兵当中。

日本人在中秋节吃"见月团子"，这和中国人吃月饼差不多。每年中秋，山田大队就会在军营里设置神社，摆上"见月团子"祭祀战友的亡魂。可是，现在战事吃紧，士兵们连饭都吃不上，哪里还有什么"见月团子"。操场上的士兵只不过是勒紧裤带，穷开心罢了。

正在闹哄哄地狂欢，兵营大门传来一声吆喝，原来是"好朋友"陈天鹏来了。一同前来的还有几个村民，他们抬着一坛子米酒和一大筐中国月饼。

喧嚣的声浪戛然而止，所有的目光都落在几个中国人身上。山田龟生觉得这个好朋友来得不是时候，扫了他的兴头，他皱着眉头地问道："陈君，你是来跳舞的吗？"

陈天鹏连连摇手："山田太君，我是来给皇军送月饼的。"

"月饼？"山田的目光投向装月饼的箩筐，他拿起一个月饼嗅了一下，闻到一股诱人的香味，立即送进嘴里啃了起来："哟西，米西米西大大的。"顷刻间便将刚才的不快抛到九霄云外。

陈天鹏祝福道："山田太君，中秋佳节月团圆。在中国，吃月饼代表合家团聚，幸福美满。"

这是一句最平常的话，却勾起了山田龟生的思乡之情，他抬头遥望北方："我已经离开札幌很多年了，我的妻子、孩子，还有父母都在那里，我真的想念他们啊。"说罢，举起月饼结结巴巴地绉出几句宋词来："明月几时有，把酒问青天，不知天上宫阙，今夕是何年？"

陈天鹏也拿起一只月饼，与他唱和："人有悲欢离合，月有阴晴圆缺；但愿人长久，千里共婵娟。山田太君，祝你早日回老家，阖家团圆！"

在大东路，但说叫人回老家，那是咒人的，意思是去见阎王。山田龟生哪里听得出来？这个杀人成性的家伙心里好生感动，眼角里竟然挤出几滴泪水来："但愿人长久，千里共婵娟。干杯！"一口气将手中的月饼啃了个精光。

区区一坛米酒，使得兵营里的中秋大会变得格外疯狂，许多士兵醉得东倒西歪，山田龟生更是酩酊大醉，几名士兵把他抬到营房里去了。

直到日头偏西，陈天鹏方才迈着"醉步"，歪歪扭扭地离开鬼子兵营。过吊桥的时候，值岗的正是将柳平九爷鞭挞至死的军曹，陈天鹏心生一计，借着三分酒劲，斜着身子向他撞去。军曹未能参加酒会，正值满腹牢骚没处发泄，忽然被人撞了一跤，不由破口大骂："八格牙路！"

陈天鹏连忙上去将其扶起，一边为他拍打身上的尘土，一边从怀里摸出几块月饼来，笑嘻嘻地说："太君辛苦大大的，这是中国月饼，米西米西。"军曹嚼了一口月饼，裂开嘴巴笑道："陈君，你的朋友大大的。"陈天鹏又将剩余的月饼分给另外两个岗哨："尝尝中国月饼。"站岗的士兵接过月饼，立即狼吞虎咽地吃了起来，一边吃一边伸出大拇指："米西米西，月饼大大的好。"陈天鹏依然笑嘻嘻地道："太君要是喜欢吃月饼，下岗之后可以悄悄地到我家去拿，我给你们多准备一些。"

军曹大喜："嗯，悄悄地！"

003

陈天鹏的酒量虽大，回到家里却也有了几分醉意，贾叔调了解酒的药给他服下。正在房里大睡，大路上传来了一阵喊声："陈君，月饼悄悄地！"

陈天鹏出门一看，三个小鬼子下了公路，飞快地朝着自家院子跑来。陈天鹏骂道："狗日的这么大喊大叫，还悄悄地。来吧，今天正好和你们算账！"三个小鬼子进门一看，桌上摆着一桌子大菜，还有一壶好酒，顿时口水都流出来了。

"太君请坐，先喝酒，月饼带回去吃。"陈天鹏在兵营里喝酒太多，酒劲未过，叫了贾叔和德子出来作陪。德子的脸形瘦长，小鬼子少见多怪，盯着他的脸看了又看。陈天鹏说："太君，我这兄弟的酒量特别大，要是把他灌醉了，他会唱歌的。"

军曹觉得很好玩："会唱歌的，哟西！"

"对呀，他的外号叫作大马脸，喝醉了就唱歌。"说罢，陈天鹏又到里屋去了。

"大马脸会唱歌，哈哈哈……"军曹乐不可支，一边逗趣一边去扯德子的耳朵："大马脸……唱歌大大的。"

德子哪里受得了这个，双眼一瞪便要发作。贾叔隔着桌子，在下面给了他一脚："大马脸，好好陪皇军喝酒，要是不听话，以后就不准你喝酒啦！"这次陪酒的活本来也是德子争来的，下面挨了一脚，他马上就清醒了。看着桌上的好酒好肉，心想先吃一顿再说，一会再和小鬼子算账。

兵营缺粮，小鬼子经常饿肚子，平时见什么抢什么，抢到什么吃什么。今个见到这么丰盛的大餐，三个小鬼子就跟饿捞鬼下山一般，双手齐上，吃得满嘴流油。趁此机会，德子一个劲地向小鬼子灌酒，小鬼子来酒不拒，不一会的工夫，三个小鬼子全被放倒在地。

贾叔轻咳一声，大师兄、二喇叭两条大汉立马抢进屋子，七手八脚地把三个已经倒地的小鬼子捆了起来，哪知军曹突然清醒过来，拼命反抗。二喇叭火了："妈那巴子，让你吃这么好的还不服是吧，连我都没得吃。"扬起拳头就往下砸："我叫你吃，叫你吃，你给老子吐出来！"你说那二喇叭的拳头，原本就像十六磅的重锤，没有几个扛得住的，几下子就把一个军曹活生生地砸断了气。

见那家伙一动不动，二喇叭又把他翻过来看，这一看不打紧，二喇叭立即叫了起来："这不是那军曹吗，他娘的打了柳平九爷几十藤条，我还没砸几拳你就怂了，狗日的占了大便宜。"二喇叭越骂越气愤，拳头又在另外两个醉酒的小鬼子的头上脸上一通乱砸。大师兄急忙喝阻："住手，留下活口！"却已晚了半步，就这么三两下的工夫，另外两个小鬼子也都没气了。

大师兄责道："嗨！天鹏说了要留活口，你没长耳朵啊？"

二喇叭一下子就蒙了："什么，要留活口吗？"转念一想，小鬼子已经死了，死了活该！干脆闭着眼睛编瞎话："大师兄，这个不怪我。你也看见啦，这几个小鬼子就是豆腐做的，我都没使劲，他们就自个死了。"

大师兄心想这家伙犯了错还想赖，非得治治他不可："是吗，他们自个会死吗？你没喝酒就这样了，幸亏今天没让你上桌。瞎搞，以后也不准你喝酒！"

正是因为没有捞到酒喝，二喇叭心里才气歪歪的，拳头也就特别重。听得以后也不准喝酒，他马上就蔫了，赶紧求饶："嗨，大师兄，你就饶了我吧，以后都听你的，这总行了吧。你看，我这口里都淡出鸟来啦！"说着便将那桌上的酒壶拎起来，摇一摇，听得里边晃荡晃荡响，便揭开盖子一口干了。又飞快地夹起一块鸡肉放进嘴里："大师兄，我好久都没赶上这么好吃的啦，下次有酒可得让我喝。"一边说话一边净挑好吃的往嘴里塞。过一会，二喇叭又把小鬼子身上的手雷、子弹袋给取了下来。

陈天鹏在床上歇了一小会，进屋一看，三个小鬼子全都死翘翘了，惊问道："怎么都没气啦？"

二喇叭怕挨骂，抢在头里说道："天鹏哥，这个不怪我，小鬼子喝酒太多，全都醉死了……"又把才刚弄下来的弹药、手雷堆到桌上表功，撇开话题打算把那事糊弄过去："天鹏哥，你看看，这小鬼子都挺富裕的。"

二喇叭此地无银三百两，陈天鹏心知那事准是这家伙干的，斥道："鲁莽！马上收拾屋子，准备上山。"

大师兄道："三个死鬼子怎么办？"

陈天鹏道："把尸体扛山里去埋了，不要连累村里的乡亲。另外，让乡亲们去给山田龟生报信，就说飞虎队把三个小鬼子捉去了，请山田太君派兵救人。"

004

全村老少爷们一齐涌向鬼子驻地，哭嚎着向皇军报信："飞虎队来了好多人，把陈会长全家都抓走啦，还抓了三个皇军。"

山田龟生尚未酒醒，小林大尉急令山口小队追击飞虎队。

亭子山脚下有一片狭长的开阔地，如同一道通向大山的走廊。走廊尽头有一条月牙形的沟壑，过了沟壑就是丛林茂密的大山。这条走廊就是日军火烧陈云岳七条好汉的地方，也是一个打伏击的好地方。

早在二喇叭挣脱铁丝逃跑之时，陈天鹏已将此处地形默记于心。今天，他要将这条走廊变成敌人的坟场，为七条好汉报仇。

进山的队伍惊动了林子里的主人，成群的麻雀刮风似地从一片林子飞向另一片林子。祥子惊恐地盯着飞走的麻雀，全身直冒冷汗，哆嗦着抖个不停。陈天鹏在他后脑勺上扇了一巴掌："不要紧张，放松点。"

山口小队长率领几十名士兵乘着卡车飞驰而来。别看这家伙一副猪头相，嗅觉却是十分灵敏。他举起望远镜看了一圈上山的路径，拔出指挥刀吼叫："杀个鸡鸡！"

日军士兵叫喊着，开始冲锋。

看着山脚下的日军，陈天鹏不慌不忙传令下去："注意隐蔽，没有我的命令不许开火。"哪知话音刚落，身边就"哃"地响了一铳，紧接着步枪、猎枪、火铳噼里啪啦地响成一片。正在冲锋的小鬼子哗啦一声全部趴倒在地，但他们很快就听了出来，对面的火力大多是些土枪土炮，枪声稀稀拉拉，射程也够不着他们。小鬼子顿时兴奋起来，一个个打了鸡血一般地往上冲。

这时候，山口发现他的士兵脚步虚浮，冲锋的时候跌跌撞撞挤成一团，多数士兵都在胡乱开枪。他忽然意识到，这是中午的酒精在发酵。"八格牙路！"山口气急败坏，大声吼叫起来，命令他的士兵停止前进。士兵们就地趴下，在沟壑下方架起机枪，呈大角度向山上胡乱扫射。看着这些半醉半醒的家伙，山口觉得这仗没法打，但又不能擅自撤退。思索片刻，山口对通信兵道："立即向小林大尉报告，前方地形险要，建议另派一支小队，从背后迂回攻击。"

"嗨！"通信兵支起天线呼叫大队指挥部。

小林大尉向来看不起山口，读罢来电不屑一顾："迂回？山口这家伙的胆子越来越小，对付几个拿猎枪的乡下佬用得着迂回？传我的命令，山口小队立即进攻！"

山口无奈，只好硬着头皮重新发动进攻，士兵们冲向走廊尽头，挤进一道沟壑之中。这时候的山口特别紧张，他的担心并非没有道理，沟壑上方的坡面很陡，有数十米的落差，士兵们只要出现在坡面上，就会毫无遮蔽地把自己暴露在对方的火力之下。

　　可惜的是，埋伏在上面的游击队除了几支三八大盖，也就陈中超手里的一支冲锋枪上得了台面，其余都是猎枪火铳。那些土制家伙射程短，且在铳响过后需要重新装填火药，要在几分钟之后才能打响第二枪。这时候，鬼子的机枪火力如同一张密不透风的雨帘，子弹泼水一般洒向山头阵地。不一会的工夫，陈天鹏身边已有数人受伤，冬子脑门中弹，尚未来得及吭声，人就没了。

　　小鬼子不顾死活地往坡面上冲，陈中超的汤姆逊响了起来，子弹刮风一般地扫过去，小鬼子猝不及防，慌乱间扔下几具尸体，连滚带爬地退了回去。

　　二喇叭操着一支三八大盖，一枪一枪追着小鬼子的屁股狂揍，只可惜准头不行，子弹不是打在土堆里就是打在石头上。不一会子弹打光了，二喇叭正在着急上火，突然发现有一个小鬼子倒毙在沟壑里，手里握着一把长枪。二喇叭飞身跃起，一个蜻蜓点水跳下斜坡。陈天鹏大惊，急令压制敌人火力，并向敌人阵地投掷手雷。

　　因为距离过远，几颗手雷都落在中间地带，强烈的爆炸腾起大团的烟雾。趁着烟雾的掩护，二喇叭着地十八滚，一下子就滚到了小鬼子身旁。哪知小鬼子并没死透，死死地抓着长枪不肯放手。二喇叭大怒，拳头狠狠地砸在小鬼子的脑袋上，这才把枪夺了过来，又摘了鬼子腰上的手雷和子弹盒。正打算回头，日军的机关枪横扫过来，将二喇叭压在沟底。陈中超大喊："不要抬头，扔手雷！"二喇叭身子趴着不动，一甩膀子将手雷扔了出去。你说这二喇叭天生神力，扔出去的手雷刚好落在小鬼子的机枪跟前，轰的一声，机枪哑啦。二喇叭翻身跃起，回身窜上山坡。

"手雷扔了那么远，真是个猛子。"陈天鹏暗自咋舌。

二喇叭安全脱险，陈天鹏大手一挥，下令撤出战斗。战士们穿山越岭，隐没在林海之中。

第 019 章

大洛菩萨

001

队伍在林海中穿行，直奔佘湖山深处。

陈天鹏脚下如风，一头扎进云霖寺。木鱼声骤然而起，低沉的梵音伴着浑厚的钟声，有如风卷浮云，又如一张宽厚的曲谱缓缓舒展开去。寺内众僧八音交合，似诵似唱，恍若天地和鸣。

二老、贾叔、秋月、小六子等人已经早早在此等候。二老本是云霖寺的香客，年年岁岁都要来此烧香，此番更是千般虔诚，顶礼膜拜。陈天鹏已经熟悉寺庙的套路，走到大洛菩萨台前三拜倒地。众人见了，便也一同上前焚香祷告。

陈中超第一次到云霖寺，心道拜菩萨也就是做做样子，走走过场，何必那么认真。三拜过后，他赶紧扶起二老："拜过了，可以了。"

老爷子责道："乱讲话。大洛菩萨是灵修真人的化身，越拜越灵，百求百应。"

陈中超撇嘴退到一旁。因见大哥神情庄重，一丝不苟，不免觉得好笑："哥，我们是和日本人打仗，跑到这里拜菩萨能管用吗？"

陈天鹏听了，一时间不知如何回答。

这么大逆不道的话都敢说，老爷子立刻过来数落中超："你看你，又说不恭敬的话。你连不晓得，大洛菩萨是天上的神仙，会显灵的。"

"是吗……"陈中超似笑非笑地回了一句。他长到这么大，要么吃饭睡觉，要么习武练拳，要么扛枪打仗，数不清的日本鬼子都是他的枪下之鬼。什么神仙鬼怪，他还真的没当一回事。

中超出门期间，陈天鹏计日以待，心头如同压着一座大山，有一种透不过气的感觉。那一日陪同二老进山抽签，因受大师的引导，破天荒地拜了菩萨，事后居然有种如释重负的感觉，究竟是怎么回事，他也搞不明白。思索片刻，陈天鹏斟词酌句，说出这么一段话来："乡里人家思想迷信，信奉神灵。千年古刹云霖寺香火鼎盛，大洛菩萨普度众生，救苦救难的形象深入人心。我等抗日战士自当不信鬼神，但若能够借得一方信仰平复大战之后的浮躁，去除心头的彷徨，何乐而不为？"

大殿沉寂下来，只有一声声单调的木鱼声。老爷子并未听懂大儿子的话外之音，只觉得小儿子没开窍，插话道："大洛菩萨在天庭位列玉皇大帝左右，与托塔天王平起平坐。"

陈天鹏涉猎群书，对历史人文了如指掌。因见众人缄口不言，知道大家多有困惑，索性从头至尾将那大洛菩萨的掌故说了一遍："大唐年间，上天坠落两颗星宿，一颗落在陕西华山，是为李隆基。另一颗落在邵州佘湖山，是为申泰芝。开元元年，李隆基在长安登基称帝，是为唐玄宗。再说申泰芝，此人通晓六经，长年累月素服长袍访贫问苦，行走于山水之间，扶危济困治病救人。开元七年，唐玄宗梦得邵州有申泰芝炼丹，修仙得道，遂将申泰芝召至长安，赐号大国师，加封灵修真人。岁至天宝，申真人辞归邵州，到佘湖山闭关清修，复出之后能够驾驭风云，隐显变化。如来闻之，封申真人为'大洛菩萨'。云霖寺自此道佛一家，佘湖山亦为天下道佛名山。"

众人大悟，原来，民间广为流传的'大洛菩萨'，就是灵修真人的化身。

002

抗日纵队在山林深处择得一块险地，搭棚结庐扎下营来。营地偏僻而又隐蔽，只在五六里外的地方有一个十来户人家的小村，村里多是猎户，极少与外界来往。

晚餐十分丰盛，众人把带上山来的米酒、月饼和各种干菜悉数摆开，大快朵颐。

陈天鹏原也是那酒中的豪杰，用他的话说，喝一口好酒，就没有不敢打的仗！此番举事酝酿已久，捕杀了三个小鬼子，又在亭子山打了一仗，总算是给陈云岳等七位好汉报了一箭之仇。几碗米酒下肚，陈天鹏飘飘欲仙，斜眼去看秋月，也是酒酣耳热，脸上抹了一层淡淡的红晕。陈天鹏心猿意马："我敢打赌，大上海的名媛也比不上我家妹子！"说罢便要与秋月碰碗，喝交杯酒。

"陈长官，"贾叔越席过去，按住陈天鹏的酒碗："亭子山一战，全凭众位兄弟舍命拼杀，你今身为司令，当先与兄弟们同饮一杯！"

陈天鹏幡然醒悟，转身敬谢众人："各位兄弟，从今以后，陈天鹏誓与各位兄弟有难同当，有福同享！"

二喇叭举起海碗一饮而尽，扯开嗓门大叫："山田老鬼子的死期到了，赶明日我们再杀下山去，把小鬼子的大营一锅端了！"

"好！"众人哄然叫好。

正在闹腾，一名游动哨飞跑过来："山下发现鬼子。"

众人纷纷跳起身来，乱糟糟地去操家伙。陈天鹏大吼："大家都不要慌，这里是耶姜山脉，是深山老林，是我们的天下！小鬼子地形不熟，他们胆敢上来，我们就一刀一枪地和他干，定叫他们死无葬身之地！"众人安静下来，陈天鹏下令："中超，你带几个人下山再探，其他人跟我上小山嘴，准备战斗！"

半个时辰之后，陈中超返回小山嘴报告："日本兵只是路过，已经走远了。"

陈子青从草坑里爬出来，拍了一把身上的草楔子，骂道："妈的，小鬼子哪里敢上来，跑到山边边转个圈就算他胆子大。"

陈中超道："就凭山田大队的那点兵力，想搜山也做不到。"

重新返回聚餐的地方，地上的酒坛子已经空空如也，陈天鹏骂道："可惜了昨天的好酒，便宜了狗娘养的山田龟生。"

小六子打人缝里钻了出来，笑道："报告司令，送给小鬼子的那坛酒，是爷爷下了蒙汗药的。"这一阵，小六子挂在脸上的鼻涕没了，可能是少了那点拖拽，个头眼见着往上蹿了一大截，变成了一个十分清爽的小伙子。前一阵子出门吃公路，那条腿还瘸得厉害，后来窝在家里一门心思地修炼黑虎教气功心法，打通了任督二脉，那条腿就利索多了。

二喇叭最喜欢小六子的机灵劲，要收他做徒弟。小六子却不干了，说他已经认了中超做师父，还把中超教给他的拳法一招一式地倒腾出来给二喇叭看。

"那都是花架子，我教你更厉害的。"二喇叭故意找不是。

"才不是！"小六子叫道。

"到底是不是，过来让我看看。"陈天鹏在小六子的胳膊上捏了一把，居然捏到了一股一股的腱子肉。不免有点惊讶："吆喝，这才多久啊，都长肌肉了啊。"

"嗯，嘿嘿……"小六子得意地笑了："那当然，以后，我武功会超过师父。"

"是吗？好好练啊，不许吹牛。"陈天鹏赏了他一个栗壳子。

003

看着一群武功高强、生龙活虎的小伙子，陈天鹏暗自庆幸自己好运气。他盘算着怎么把他们捏合成型，打造一支合格的战斗队伍。

伤兵棚里来不及搭床，多数伤员都躺在地铺上。伤口多是贯穿伤，子弹从前边进去，后背出来。贾叔一个人招呼不过来，让秋月带着几个男兵调配盐水，一个一个地给伤员清洗伤口，然后敷上草药。春伢子的胳膊上中了一枪，被盐水一泡，痛得龇牙咧嘴，哇哇大叫。陈天鹏领着陈子青、陈中超在伤兵棚里走了一圈，逐个地安抚受伤的队员。亭子山一战，要不是二喇叭撞大运，一颗手雷炸了日军的一挺机关枪，伤亡可能要大得多。

小六子泛困，躺在草地上睡着了。山风吹拂，队员们也都懒懒的聚在大树下面乘凉，躺的躺、坐的坐，一个个东倒西歪、无精打采。陈天鹏皱起眉头："这样子不行，得把大家招拢来呱几句，提振一下士气。"

陈子青拍了拍手掌，招呼大家坐起来，围成一个大圈。

"都打起精神来！"陈天鹏吆喝一声，开门见山直奔主题："在亭子山，我们以猎枪、火铳和小鬼子的机关枪、迫击炮干了一仗，表面上双方都有伤亡，其实，对我们而言，打成这样就是胜仗。当然，这一仗也暴露了不少问题。现在，我们总结一下这场战斗，大家都要呱一下体会，也可以提意见。"

战斗过后，众人的脑壳里一直都是嗡嗡的，都还没有清醒过来，一个个的全都不知道从何呱起。这么一群泥巴田里走出来的庄稼汉，上山打猎、下田插秧都是行家里手，但要他们讲话发言谈体会，还真的有点勉为其难。

"提意见是吧，我来呱。"众人都不吱声，二喇叭却是满肚子的话要说。他看了陈天鹏一眼，咧嘴一笑："我觉得亭子山一仗没打赢，才打了几枪就往山里撤退了，那怎么能叫打赢？我觉得，没打赢不说，这仗打得一点都不过瘾。依我说，小鬼子冲进沟底的时候，我们一个反冲锋，三下五除二就把那股小鬼子弄死了！"

"哪有那么容易，"陈子青打过土匪，有实战经验，反驳道："打仗又不是打群架，是要讲战术的。如果乱冲锋，小鬼子的歪把子机关枪突突一扫，再多的人都得埋在沟里！"

二喇叭不服气："大师兄，那道沟壑也就一点点宽，小鬼子在下面挤做一堆，我们的速度只要快一点就可以解决它。再说两边的人马搅在一起，小鬼子的机关枪一突突，他们也得死。我们撤得太快了嘛，小鬼子还以为我们怕他狗日的。"二喇叭身上有一股江湖侠客的狠劲，打架不要命，打仗也不要命。

二人各说各的理，待到他们安静下来，陈中超说道："这一仗确实没打好，就像二喇叭说的，打得不过瘾。照理说，我们事先占据了有利地形，可以把小鬼子放进来打，问题是小鬼子还没有进入射程，我们就有人开枪了。这一枪，把一场好好的伏击战搅黄了。"

德子一巴掌拍在草皮上，气呼呼地道："最先开枪的是祥子，距离那么远，猎枪根本就够不着，乱来。害得我们被机枪压着打，冬伢子当场就中枪死了，还有好多被机枪射伤的。"

陈中超道："祥子那一枪暴露了我方阵地，等于是在向敌人示警。"

二喇叭怒道："祥子你个怂货，你这不是害人吗！滚回去给你老婆洗尿布去吧，别在这里丢人现眼！"

哥哥牺牲了，自己也中了一枪，春伢子抱着受伤的胳膊号啕大哭，嚷嚷着非要把祥子毙了不可。场面一下子乱起来，祥子吓得面如土色。

陈子青吼道："不要吵！怎么处理祥子得听司令的，司令没发话，你们都给我闭嘴！"

祥子打小就是二喇叭的跟屁虫，二喇叭常把祥子当下手使唤，但也不许别人欺负祥子。这会，祥子出了这么大的乱子，二喇叭也不知道该怎么办，他担心祥子会被枪毙，便故意转移话题，装作很认真的样子问道："中超，你手上也有一挺机关枪嘛，火力突突的，小鬼子那边也是机关枪，我们的机关枪怎么就不能先把小鬼子突突掉？"

陈中超一笑，把汤姆逊冲锋枪摆放到草地上，这是他打坡子村带回来的。待得大家看够了，他才说话："这个是冲锋枪，它和机关枪不一样。机关枪的有效射程可以达到几百米，冲锋枪只能近距离扫射。这支枪有三个弹夹，那天先打掉了两个，最后一个弹夹为了掩护二喇叭，子弹全部打光了。"

二喇叭有点尴尬，一个劲地傻笑："中超，你可是二喇叭的保护神。"

平日里呆头呆脑的庄稼汉，一旦打开了话盒子，也是挺能说的。这个说他一枪撂倒了一个小鬼子，那个说自己的枪法准，只可惜猎枪的射程短，得想办法换一支三八大盖。庄稼汉说话不假思索，想到哪说到哪，最大的问题就是东一榔头西一棒子，爱跑题。一番闹腾下来，反把祥子的事撂到一边去了。看他们扯得太远，陈天鹏把话找了回来："都静一静，我来讲几句。总的来讲，我们的每一个战士都很勇敢。尤其是二喇叭，炸了敌人的机关枪，还夺了一支三八大盖。"

司令哥哥表扬自己，二喇叭笑得嘴巴都合不拢。

陈天鹏话锋一转："不过，这一仗，我们暴露的问题也很严重。祥子提前开枪暴露目标，导致整个战斗陷入被动。我命令，下了祥子的枪，关禁闭！"

祥子正在惶惶不安，听的是要关禁闭，心想这个要比挨枪毙强，赶紧把枪交了。

陈天鹏接着道："第二个要处罚的人是二喇叭。"

"嗨，司令哥哥，你刚才是在表扬我的。"二喇叭以为司令搞错了，赶紧提了个醒。

"刚才是表扬你，现在是处罚你。"陈天鹏的声音提高了八度："二喇叭不守纪律，未经准许私自脱离阵地，纯属个人英雄主义。我命令，下了二喇叭的枪！"

"嗨，这算哪门子事，英雄主义还要下枪？"二喇叭也没搞懂什么叫作个人英雄主义，受这样的处罚，反正是一百个不服，嚷嚷道："哼，交就交，司令哥哥就是让我交脑袋也没办法！哼哼，小鬼子的长枪被我缴了，机关枪也被我炸了，这样还受罚？改天我再把山田老鬼子的老窝端了，把他的大炮也抢过来，看你怎么罚我。"二喇叭长了这么大，除了他的铁匠老爹，还真的没有服过谁。

"二喇叭，你作战勇敢，不怕牺牲，这一点值得表扬。但是，你满脑子的个人英雄主义，不听指挥，最爱充狠！"陈天鹏收了二喇叭的枪，回手抛给陈子青，又道："哪个要你去抢山田鬼子的大炮了？我告诉你，一支枪再重要，也没有一条命重要。你应当知道，战场上的莽撞，随时都有可能送掉性命，而且会连累身边的战友！你跳下斜坡的那一刻很痛快、很过瘾，是吧？但你被日军机枪压在土坎下面，那一刻是何等凶险，你不知道吗！"

二喇叭心里有点发虚，嘴里仍然不服："司令哥哥，我不是回来了吗。"

陈天鹏心道，今天非得治一治这个爱尥蹶子的家伙不可，于是，放下脸子斥道："你还有脸说，回来了是你的运气好。告诉你，你现在不是一个小铁匠，你已经成为一名游击队的战士，你前面的敌人穷凶极恶，武装到了牙齿，一不小心你就有可能命丧战场！我们不怕牺牲，但是，绝对不作无谓的牺牲。人的生命只有一次，枪炮无眼，战场之上没有后悔药！这场战斗，如果不是身后的战友打光了子弹，扔光了手榴弹掩护你，你还回得来吗？"陈天鹏一发火，吼声便如雷霆一般，大家都觉得两只耳朵嗡嗡的。

二喇叭的大脑断片了，他压根就没想到司令哥哥会发这么大的火。过了好大一会，他慢慢地将挂在皮带上的两个子弹盒取下来："这都是缴获小鬼子的，我上交。"

"你想通啦？"陈天鹏接过子弹盒："从今天开始，你必须学会请示报告，学会服从命令。"

"嗯，请示报、报告，服、服从命令。"二喇叭蔫头耷脑，舌头从来没有这般不滑溜的。

一顿杀威棒收敛二喇叭的野性，也起到了杀鸡儆猴，整饬军纪的作用。二喇叭服软了，陈天鹏的口气也就缓了下来："我们五里牌，每一个人都有武功。但是，如果没有纪律约束，我们就是一群乌合之众，就是一盘散沙，个人武功再高也没用！"陈天鹏是一个善于带兵的人，只可惜，一不小心遇上了张德能那样的莽夫。一将无能，累死三军，那个莽夫自己丢了性命不说，还连累了大批下属，把一个能攻善守的304团搞得撤销了番号。

散会，大师兄宣布对二喇叭的处罚：晚上不准睡觉，禁闭室蹲马步。

第 020 章

力搏猛虎

001

大清早的，小六子睁开眼睛就拉着德子去找二喇叭。

"你吵个鬼，二喇叭在禁闭室呢。"德子早就醒了，正想去看二喇叭被关禁闭的熊样，便与小六子一道出了大棚屋。禁闭室搭在一棵大树下，原本是用来做厕所的，还没来得及挖坑，先做了禁闭室。禁闭室一共两间，祥子和二喇叭各占一间，静悄悄地没人看守。两人趴着小窗口往里看，我的乖乖，二喇叭四仰八叉地躺在草铺上，正在呼呼大睡。脸上的表情很滑稽，好像正在调侃什么人：小样的，罚我，我正舒服着呢！

"他在睡觉。"小六子回过头来说道。

"别出声。"德子连忙捂住他的嘴巴，他已经寻思好了，要和二喇叭开一个大大的玩笑。他知道二喇叭的习惯，要么不睡觉，要么睡个够，不然的话任谁都别想叫他起来。

天色已经完全放亮，几只大狗不知打哪钻了出来，见了德子就跟见了亲爹一般，吭哧吭哧地围着德子转圈子，屁股上的尾巴乱甩。"去去去！"德子挥手将狗子赶走。回头一看，一些战士已经陆续走出大棚，有的在弯腰踢腿，有的在拉伸筋骨，有的在草坪里走步，乡里人有早起劳作的习惯，不赖床。

德子轻轻推开禁闭室的木皮门，随后将门半开半掩地定住。又扯一把乱草，扎了个手臂大小的草垛子，颤悠悠地搁在门叶子上方。一切布置到位，德子一声呼哨，四条大狗又呼啦啦地跑了回来。大黄和二黄是德子喂的；老黑高大凶猛，是中超家的；白龙生性机敏，是大师兄的。平日里这几条大狗经常跟着德子，尤其是赶山，四条猎犬相互配合，勇猛异常，可以硬刚几百斤的野猪。德子驯狗有绝招，先给一块肉干，然后饿它几天，最后再往狗鼻子里灌些野兽的生血，灌过生血的狗子对野兽特别敏感，一碰面就不要命地撕咬。

德子拍了拍二黄的脑袋，伸手指向禁闭室。二黄心领神会，扭动身子从半开半掩的门缝里钻了进去，冲着二喇叭就是一通狂吠。二喇叭猛然惊醒，二黄赶紧钻出门外。"妈的！"二喇叭骂了一声，在草铺上翻个身又睡着了。哪知二黄又钻进去一通乱叫，还咬着他的裤脚往外拖，二喇叭跳起身来就打，二黄急忙逃之夭夭。二喇叭大怒，一拉门叶子就往外冲，哪知搁在顶上的草垛子"吧唧"一声掉了下来，把二喇叭砸了个灰头土脸。

"谁……谁干的！"二喇叭的瞌睡比天大，大清早的搅了他的好梦，还挨了一草垛子，顿时气得嗷嗷直叫。这时，那几条大狗全都跑得没了踪影，它们知道二喇叭发怒的后果，不想挨揍。

这边厢一闹，陈天鹏、陈子青等人也都打大棚屋里出来了，远远地朝这边看。当着这么多人的面，二喇叭还真的不好意思再去追狗子。小六子躲在德子身后，捂着嘴巴笑，二喇叭立马就明白了，又是德子在整蛊。他假装追打二黄，原也是想逮住德子好好地练一阵，德子早有防备，站得远远地就是不给二喇叭沾边。看看没机会了，二喇叭气哼哼地道："小德子吔，你跑那么远干吗，来来来，我们过几招。"

德子一脸坏笑："我才不上你的当，谁敢跟二铁匠比力气，那还不是找死？"

陈天鹏见状，远远地喊道："德子，你不是去打猎吗？这也不早了，要去快去，别瞎闹。"

"好咧，我正准备去呢。那边村里的猎户说，山里来了只老虫，咬死了好几头牲畜，肠子都给扒拉出来了，得找几个枪法好的赶山。"德子说罢钻进大棚屋里，拎了一把猎枪出来。

五里牌的猎户不在少数，平日里上山打猎，下山种地，打猎只是一门副业。唯有德子不同，他从小跟随父亲狩猎，一年到头在山里下套子、装陷阱，打猎卖皮，枪法百发百中，有百步穿杨的本领，五里牌的猎户，枪法没有一个赶得上他。

"打老虫啊？"二喇叭立马就来了精神，一溜烟地跑进大棚屋里，不一会就拎了一根棍子出来。

德子笑道："二喇叭，你这么大个，干吗净跟那二黄置气？再说了，这也犯不着动棍子吧？"

二喇叭："你胡说什么，我这不是去打猎吗。"

德子："得了吧你，司令哥可没说让你去打猎。去去去，回你的禁闭室去吧。"

二喇叭急了："我才不回禁闭室，昨天晚上已经罚过我了。"二喇叭的理由很充分，司令哥哥说的是蹲禁闭，可没说蹲多久，也没有说白天不可以出来。

德子："哈哈，算你会找理由。不过，我还真没见过天底下还有拿棍子打猎的。"

二喇叭："拿棍子又怎的，我还空手抓过野猪。"

德子："说得也是，原来那些野猪也都怕个大的，见了你就哭着求饶：'二哥哥，我服啦。'然后举手投降。"

二喇叭："你又胡说！"

陈天鹏远远地看着两个人斗嘴，对陈子青道："二喇叭要去打猎，那枪先给他。"

二喇叭大喜，接过三八大盖飞快地走了。

陈天鹏笑道："二喇叭人高马大，斗嘴皮子也有两下子。"

陈子青笑道："这两个人净搞笑，一天不见就满山找，见了面又抬杠。斗嘴皮子二喇叭不是对手，大嗓门没用。"

陈天鹏大笑："哈哈，这二喇叭也够傻的。"

陈子青又道："两个人也经常过招，嘴皮子解决不了的就武力解决。"

陈天鹏："过招呀，这个德子恐怕不行。"

陈子青："也不一定。德子轻功好，身法快，一般人没法挨边。有一年春节，村里后生伢子摆擂比武，一个外地高手跑来打擂，一连胜了几场。二喇叭上台与他比拼硬功，两人势均力敌。德子一直在擂台下看，把那高手的一招一式都琢磨个透。第二场由德子上，那高手没把德子放在眼里，哪知数招过后，高手眼睛一花就被德子点了穴位。"

陈天鹏："哦哟，德子这么厉害？"

陈子青："德子七岁就练轻功，走梅花桩如履平地，十几岁后，德子与二喇叭一道跟着老曾叔练黑虎教，其实都是老曾叔的弟子，但老曾叔有规矩，不准叫师父。后来，德子入了长生大师门下，工夫突飞猛进，九十度的悬崖峭壁可以徒手上下，飞檐走壁无人能出其右。"

陈天鹏："我们的五里牌还真是藏龙卧虎啊。"

002

几条猎犬特别兴奋，在林子里放开四蹄狂奔，一眨眼就蹿到前面去了。

德子挑了几个枪法好的战士一道进山，他们都是猎户出身。要想猎杀老虫之类的大型猛兽，首先要有猎犬在山里开道，其次是猎手的枪法、速度和耐力，这些都很重要。

"我也去。"小六子追在屁股后面，吭哧吭哧地撵了上来。

"你行不行啊？"德子担心他的脚，心里直犯嘀咕。

"我行，中超叔叔打猎还是我教的。"小六子拍着胸脯说道。

德子哪里肯信："哟呵，你还教中超打猎啊，那可是你师父。你就吹吧，牛皮大王。"

"嗯啊，你不信是吧，待会你自个去问他。"小六子平时就看二喇叭和德子斗法，时不时地还要帮上一嘴。这回也是活学活用，不失时机地把他和中超在坡子村打猎的辉煌事迹吹了一通。

眼看拦不住他，德子干脆做了个顺水人情："好好好。信你啦。不过，要是在山里走丢了你自己负责。"

枯枝败叶一层层地覆盖着地面，又密又厚。可能是进山的声势太大，众人转了半天，也就打了几只山鸡、野兔，这点小玩意打汤都不够，也不是今天的目标。日头渐渐偏西，德子撩开大步往前面赶，一双眼睛在密林深处逡巡。冲在前面的猎犬传来几声吠叫，后面的猎犬便如听到冲锋号一般，刮风似地冲了上去，猎手们也跟在后面跑动起来。

狗多势众，追得野兽在林子里乱窜，一下子就窜到山那边去了。犬吠的声音忽远忽近，众人跟在后面紧紧追赶，呼啦啦一下子就赶出去十几里地。

"走这边！"小六子跑不快，急唤二喇叭走捷径。二喇叭本来就不放心小六子，一直跟在他后面，生怕这小子在山里玩失踪。"好！"二喇叭稍作判断，觉得小六子的方向感不错，两人撇开大队，走直线往山谷中央奔去，意欲抄近道兜到前面迎头拦击。

山谷间沟壑纵横，根本没有路，小六子抓住树枝轻轻一荡，人已到了沟壑的另一边。

二喇叭跟在后面，灌木丛里突然闪过一道绿光，二喇叭一个激灵，照着绿光连放数枪，一声低沉的吼声传来，一头野兽窜向林子深处。"是个大家伙！"小六子兴奋地大叫，二人紧紧追赶，奋力翻过山梁，却被一道断崖拦住去路。断崖下面有一个小水潭，水势清澈见底。水潭边上有一串梅花状的足印，这样的足印小六子从来没有见过，不知道是什么野兽留下来的。正待细看，突然在头顶上传来一声咆哮，一只斑斓猛虎腾空而起，飞身扑了下来。小六子急忙后退，不料遍地藤蔓，脚下一绊，身子闪了个趔趄。小六子急忙滚向一侧，又被两边的灌木缠住，将其裹在中间。

在大东路，人们管猛虎叫老虫。

老虫本是威震四方的山中之王，不想被人紧紧追赶，早已令其怒火万丈。电石火光之间，猛虎怒吼一声扑了下来，要将小六子撕成碎片。二喇叭身体壮硕，山里跑动不够灵活，一直落在后面。待其紧赶慢赶赶将了过来，却好那老虎咆哮一声扑将下来。仓促间二喇叭将长枪一扔，迎上前去就是一掌。这一掌不偏不倚拍在老虎的脑门上，老虎吃痛，人立而起，身体在半空中翻了个滚子。未等老虎四肢落地，二喇叭疾步上前拽住老虎的尾巴，抡圆双臂，将那老虎掼出数米开外。

老虎大怒，翻身扑向二喇叭。"来得好！"二喇叭气沉丹田，使出一招黑虎掏心："嗨！"的一拳将那老虎打了一个后滚翻。老虎连遭重击，这才知道遇上了对头。急欲翻身逃走，却好德子赶来，抬手一枪，老虎大吼一声，摔倒在地再也爬不起来。

二喇叭生怕小六子受伤，急忙将他从灌木里拽出来："你没事吧？"

小六子拍了拍身上的尘土："没事，我身负黑虎教硬气功，区区老虫，岂奈我何？"

二喇叭笑了："耶耶，算了吧，你小子吓死我了，还好，你没尿裤子。"

击毙了一头猛虎，众人欢声雷动。一个个砍树枝搭担架，准备把老虎抬回去。

就在这时，山谷里传来一阵雷鸣般的声音。德子抬头看天，天高云淡，不像有雨的样子。雷声越来越大，接着就是一片犬吠。原来，这一阵子几头猎犬全都在追逐另外一头野兽。

德子笑了起来："好财路呀，这边才打了老虫，那边又赶来一头野猪。"

话音刚落，只见一头牛犊般的野猪打山梁上冲了下来，两旁的小树被它撞得东倒西歪。野猪身上披着一层厚厚的皮甲，一般的猎枪子弹伤不了它。野猪不断地反击追逐它的猎犬，动作异常凶狠，与野猪相比，猎犬的块头完全不在一个量级。不过，四只大狗特别勇猛，老黑和大黄分居两边，二黄和白龙带领群犬专咬野猪屁股。犬群有目的地把野猪往山谷里撵，山谷当中有一片凹地，覆盖着厚厚的一层落叶，野猪的体重大，脚下软绵绵地不受力，只把地面上的叶子搅得漫天飞舞。老黑扑上去咬住野猪的一只耳朵，野猪大怒，一个甩头老黑就飞了出去，发出一阵刺耳的哀号。眨眼之间，野猪杀开一条血路扬长而去。

群犬不依不饶，狂吠着要往下追。

德子将手指撮进嘴里，鼓起两腮打一声呼哨，群犬转头回来，停止追赶。老黑的前腿骨折了，尾巴依然摇得呼呼作响。德子拍了一下老黑的脑袋，递给它一块肉干："天快黑了，改天再找那头野猪算账。"

二喇叭心里高兴，欲待伸手去摸一摸大黄的脑袋，顺便表扬它几句，没想大黄身子一扭，摇头摆尾地跑到德子身边去了，德子给它扔了一块腊肉骨头，大黄的鼻子被野猪开了一道血槽，一边啃骨头一边不停地打喷嚏。德子见状，又给大黄的鼻子上撒了一些黑色的药粉。

第021章

投 奔

001

众人围着死去的老虎看稀奇，贾叔估了一下，老虎的毛重不下四百斤。

陈天鹏在老虎头上摸了一把，毛茸茸的头皮下面砢砢碜碜，惊道："好家伙，这老虫可算是死得完全彻底，头骨都被拍碎了。百兽之王也经不起黑厮一掌。黑虎教果然厉害！"二喇叭听得明白，站在一旁一个劲地傻笑。瞧他得意的样子，陈天鹏在他脑门上敲了一个栗壳子："我问你，老虫为什么是百兽之王？"

二喇叭："它的力气大呗！"

陈天鹏："还有别的吗？"

二喇叭："嗯……它的吼声大！"

陈天鹏一笑："哈哈，说的没错。除了这些，最重要的是，老虫既善于进攻也善于隐蔽，猎食其他动物往往出其不意，一击致命，与一般的野兽相比，老虫是最有灵性的。"

二喇叭："那是的。"

陈天鹏："我再问你，老虫既然是最灵性的，为什么会被毙杀？"

二喇叭："……"

陈天鹏："我告诉你，本领高强是好事，但是，过分的自信就会误判对手的实力。老虫自持勇猛无敌，居高临下扑击小六子，原以为一击成功,哪知道一不小心就吃了你的黑虎拳,最终付出了生命的代价。"

二喇叭似懂非懂:"嗯……"

"没听懂吗?好好想想吧!"陈天鹏又在二喇叭的脑门上敲了一下,故作严肃地道:"在禁闭室偷偷睡觉,别以为我不知道。今天算你将功补过,你给我记好了,以后再也不准犯纪律,嗯?还有,这张五郎皮留给我,别弄坏了!"

二喇叭这才咧开嘴笑了:"好咧。"好歹也算是个猎人,他当然知道虎皮的用处。南方的气候四季分明,冬季湿冷,虎皮垫在床上可以驱寒保暖,整个冬天都暖烘烘的。

贾叔来到伙房,交代掌锅的厨师道:"把虎骨剔出来留着,还有虎皮、虎鞭、虎须、虎脑、虎尾、虎肝、虎胆都给我。"

厨师笑道:"贾叔,好在虎肉没什么大用,要不你就全拿去算了。"

贾叔道:"谁说虎肉没用?风干的虎肉壮筋骨,消食积,化骨鲠,主治脾胃虚弱,老虎肉的作用大得很。"

听得贾叔说得头头是道,厨师逗笑道:"原来虎肉有这么大的用处,干脆全部制了肉干,让那群叫喳喳的小子们今晚干瞪眼,没得虎肉吃!"

贾叔一听,认真道:"你又乱讲。晚上要开宴席,不吃虎肉难道喝西北风呀。我告诉你,老虎全身都是宝,一件东西都不能扔。"说罢,又吩咐几个帮厨的小子,把老虎下水一件件地分拣开来清洗干净。

你说这老虎肉,以前有几个人吃过?所有的人都围坐在长桌席上,敞开了肚皮饱餐一顿。

入夜,大家仍然闹哄哄地没有睡意,一个个地躺在排铺上扯淡。陈天鹏精神亢奋,乘着一股酒兴亮开了嗓门唱军歌:

我们都是神枪手,

每一颗子弹消灭一个敌人。

我们都是飞行军，

哪怕那山高水又深。

在那密密的树林里，

到处都安排同志们的宿营地，

在那高高的山冈上，

有我们无数的好兄弟。

没有吃，没有穿，

自有那敌人送上前，

没有枪，没有炮，

敌人给我们造。

我们生长在这里，

每一寸土地都是我们自己的，

无论谁要强占去，

我们就和他拼到底！

　　歌声铿锵有力，激情四射，把一帮子乡巴佬听得傻傻呆呆的。听到后面，乡巴佬们也跟在后面嗯嗯啊啊地哼了起来，大棚屋里飞出了混搭不清的大合唱。

　　第一次长沙会战之后，祁子午屁颠屁颠地不知道从哪里弄来了一台唱机，另外还有十几张唱片，有了这样的洋把戏，团部每天歌声飞扬。唱片中有一首歌叫作《游击队歌》，曲调铿锵有力，百听不厌，陈天鹏没事就跟着唱机哼哼哼。《游击队歌》的作者贺绿汀，是喝资江水长大的邵阳人，有道是同饮一江水，同唱一首歌，贺绿汀笔下的战歌激昂奔放，振奋人心，极具感染力。师长听说陈天鹏有一台洋把戏，赶到304团一看，二话不说就把唱机弄走了。有道是英雄所见略同，师长也喜欢《游击队歌》，自个学会了不算，又在全师推广。后来，这首《游击队歌》居然成了102师的军歌。

贾叔忙活了大半夜，好不容易才将那些虎骨、虎鞭什么的摆弄到位。忽听大棚里传来一阵阵的歌声，进去一看，众人站的站、坐的坐，一个个地跟在陈天鹏后面搞大合唱，特别来劲。贾叔赶紧上去劝大家睡觉："不早啦，歌可以明天唱，别搞得明天打不起精神。"

陈天鹏正在兴头上，一把拉住贾叔："贾叔快来一起唱，这是102师的军歌，是贺绿汀先生写的。"

贾叔："唱什么唱，再有一个时辰就天亮了，明天再唱。"

陈天鹏："天亮有什么紧，贾叔，您算一算日子，我们再找个日子下山，非得好好地教训一下山田老鬼子不可，让他知道我陈天鹏是什么人！"

贾叔见他酒劲未过，耐着性子道："真正的高手总是后发制人，绝不会随便亮招子。两军对垒也是如此，用兵者善于藏兵，方可出其不意、以弱胜强。再说亭子山一仗，我们占了天时地利，却因仓促御敌，反将自身置于险地，此乃经验教训。如今，我们转战深山老林，目的就是养精蓄锐。你身为司令长官，凡事皆当深思熟虑，万万不可鲁莽出击。"

陈子青亦有七分醉意，抢话头道："贾叔已经老了，你以后就在山上待着，哪都别去，打仗的事有我们呢。"

二喇叭叫道："我们明天就下山，非把那山田老鬼子弄死不可！"

"哈哈！"德子觉得有趣，也待要来插科打诨。贾叔大喝一声："都给我闭嘴！"众人从没见过贾叔发火，一时都被镇住了。贾叔叫人打来一盆清水，请陈长官洗冷水脸，陈天鹏捧起一把冷水浇在脸上，顿时就清醒多了。看见贾叔虎着脸站在一旁，赶紧笑道："贾叔，胜败乃是兵家常事，我们现在士气旺盛，正可趁热打铁和那山田老鬼子再干一场！"

贾叔："再干一场，行啊。今天早点睡，赶明儿早点起来数一数山

大丨东丨路
209

上一共有几条枪、几发子弹，等你数清了，我再给你算日子！"

002

贾叔动了真火，众人这才上床睡觉。哪知刚把灯熄了，山下就传来几声枪响。夜深人静，枪声格外刺耳。

枪声就是命令，陈中超一个鲤鱼打挺，跳下床就往外冲。操场上乱哄哄的，人影驳杂。陈中超大喊："大家不要乱，都操家伙跟我来！"军旅生涯可以打造一身钢筋铁骨，亦可打造一个彪悍的灵魂。陈中超一马当先，以百米跑的速度冲向小山嘴。

小山嘴有一处暗哨，设在一处岩石下面，非常隐蔽，值哨的两名士兵趴在掩体里，摆着瞄准射击的姿势，一动不动地盯着山下。月光朗照，上山的小路依稀可见，路面上的任何风吹草动都逃不过哨兵的眼睛。

"为什么打枪？"陈天鹏赶到小山嘴。

暗哨报告："报告司令，刚才有几个人影顺着小路往山上走，我喝了一声，人影就不见了。"

陈天鹏仔细观察山下的小路，并未发现什么异常，觉得不像是敌人偷袭。回头看向身后，队员们已经全部进入战斗状态，他用胳膊肘捅了二喇叭一下："你向下面喊话，问他们是什么人。"

二喇叭扯开嗓门大喊："下面是什么人，马上给老子滚出来！"下面没有回应，二喇叭又喊："我再喊一遍，再不出来老子就开枪了！"

山野静寂，不时地掠过一阵清凉的风。山下突然传来一个浑厚的男中音："喊话的是二喇叭吗，不要开枪，我是贯塘冲的曾长生。"

这声音太熟悉了，德子立马回话："是师父吗？"

"德子，我是你师父。"男中音从灌木丛里现身出来，喊道："我们一共八个人，是来投奔陈天鹏将军的。"

二喇叭道："真的是师父。"

陈天鹏道："怎么又是你的师父？"

陈子青道："没错，也是我的师父。"

陈天鹏笑道："哦……哈哈，原来都是一家人啊，那就上来吧。"

二喇叭刚才喊话乱爆粗口，正不知道怎么和师父解释，此时急欲将功补过，大喊道："师父，我是二喇叭，司令说了，让你们上来。"

众人簇拥着曾长生一行来到营地，德子先往伙房里跑，让厨师把剩下的老虎肉弄到大棚里来。

陈天鹏道："原来是长江师父，久仰。"

曾长生衣衫褴褛，面容憔悴："陈司令，总算是找到你们啦。"众人坐定，曾长生缓缓说起一行人的遭遇。一个月前，几个小鬼子窜到贯塘冲找花姑娘，吓得村里人一窝蜂地往后山跑。小鬼子也不追赶，只是挨家挨户地翻箱倒柜，没找到什么值钱的，他们就在村里杀鸡打狗，自己动手弄了一顿丰盛的午餐。酒醉饭饱之后，几个小鬼子脱得赤条条地躺在地板上午睡。曾长生见状，立即带了陈能寰、陈永华、曾德光和舒家兄弟等人杀下山来。

陈永华挑着一担箩筐，假装上前说话，一脚将那门口放哨的小鬼子踢进臭水坑里，曾德光、舒大、舒二冲进堂屋夺取枪支，小鬼子吓得赤身裸体朝外跑，被曾长生、陈能寰两人截住道口，一顿棍棒下去，将几名小鬼子尽数送上西天。掉进臭水坑的小鬼子也被村民拖了上来，一顿乱拳打死。

二喇叭叫道："痛快！"

曾长生苦笑："杀了那几个鬼子后，因为担心日本人报复，全村男女各自逃散。我们原来是往西走，打算去投国军，哪知国军封锁防线，过不去。我们被堵在山里，渴了饮一口山泉，饿了就挖野菜充饥。后来碰上周三疤子招兵买马，我们饥不择食，仓促间上了皇帝岭。哪知周三疤子抗日是假，投降是真，我等上山后，差点就被那厮打包卖给日本人。为了保住性命，我们连夜逃走。已经半个月了，我们一直在山里躲躲藏藏，没有一个落脚之地。后来，听说飞虎队在亭子山与小鬼子打仗，领头的是陈天鹏将军，这支队伍就在山里扎营。其实，我们也不知道你们的具体位置，只因此处地势险要，所以一路寻找过来。"

二喇叭急得不行："师父，你们白天怎么不来，这大半夜的，差点伤了你们。"

曾长生道："你不知道，现在到处都有拉山头占地盘的，各路人马纷纷乱乱。我们也不知哪里是兵，哪里是匪。心想摸上山来看一看，万一不对路就趁黑溜走。不想我们一现身就被发现了，后来二喇叭敞着大嗓门乱喊'滚出来'，我们一下子就听出声音来了。"

二喇叭有点不好意思："嘿嘿，不知道是师父，乱喊的……"

德子笑道："这回好啦，师父也上山了，这一场叫作师徒相会佘湖山。天鹏哥，师父是全中国的第一条好汉，我还没出生的时候，师父就随了师祖爷去长沙武馆踢场子，打遍天下无敌手。"

"不要乱说。"曾长生纠正道："武学一行学无止境，山外有山，人外有人，决不能自诩天下第一，更不能吹嘘打遍天下无敌手，切记。"

德子扮了个鬼脸："弟子记住了。"

跟随曾长生一道上山的，还有一个十八九岁的小伙子。曾长生指着小伙子道："她叫孙小兰，是南昌护士学校的学生。南昌沦陷的时候，她一家五口全部死于日军炮火，她只身一人逃到大东路，被我收在门下做了关门弟子。别看她一个妹子，跟着我练武，不怕摔打，也肯吃苦。"

大家这才注意到，这个"小伙子"的头发剪得很短，你不仔细看，还真的看不出来是个妹子家。

二喇叭嚷道："师父，你这可偏心了，我还没有正式入门呐，你怎么又收了别人，难不成要我叫她师姐不成？"

曾长生正色道："二喇叭，你打入行学武的第一天，便已注定了要做黑虎教的传人，以你的身份，要与老夫切磋武功尚可，岂敢收你为徒？"

"和我切磋武功？"二喇叭有点蒙，自个在脑袋上拍了一掌："我的武功有这么高？"

德子大笑："别臭美了，这是我的小师妹，跟你没关系，一边去吧。"

二喇叭："嗨，小德子！"

"都给我闭嘴！"陈天鹏知道二人又要打嘴仗，连忙喝止。转头笑道："小师妹这一头短发很精神，像个帅小伙子！是护士学校毕业的吧，那就是大夫了，山上现在有一个老大夫，刚好还少一个小大夫，你来得正好。"

孙小兰急忙否认，非常认真地道："我学的是护士专业，不是大夫。我们学校被日本人炸了，我还没有毕业。"

"学校被炸了呀，这个账以后再和日本人算！这样吧，我们这里也不是什么大医院，护士和大夫没有区别。你明天就上岗，去当大夫。"

003

第二天，陈天鹏、贾叔、曾长生、陈子青、陈中超、曾开山、陈上德等人在营房前面的大樟树下喝茶。陈天鹏问道："长江师父昨日提起，在皇帝岭差点被周三疤子卖给日本人，那是怎么回事？"

曾长生放下茶碗："周三疤子有个外号，叫作钻山狗。这是一个人面兽心的家伙，嘴巴里说抗日，背后做日本人的走狗。他得知我们在贯塘冲杀过日本人，就与几个匪首密谋策划，准备将我等八人扣押起来，作为投降日本人的见面礼。幸亏我们发现苗头不对，这才逃了出来。"

陈子青嚯的一声跳了起来："原来钻山狗就是周三疤子啊，那一年，他带了一帮子匪徒到五里牌吃大户，被我们十几个村的民团打得落花流水。这几年，因为担心钻山狗寻机报复，我们日夜提防，没有睡过一天安稳觉。"

陈天鹏拍案道："这个可恶的东西，这些年打家劫舍荼毒乡邻，抢劫绑票杀人越货,现在又勾结投降日本人,必须端了这个匪窝!"

曾长生一听,摇头道:"龙山太子庙,虎冲皇帝岭,说的是皇帝岭地处祁邵交界之地,地势极为险要,且与龙山太子庙遥相呼应。钻山狗盘踞皇帝岭数十年,遍地都是明碉暗堡,地方军阀数次进剿皇帝岭,便如老虫咬刺猬,无从下口。如果要对皇帝岭下手,尚需仔细斟酌。"

"长生大师言之有理,以我们现在的实力,尚且不能与之硬扛。"贾叔在黑云寨作过师爷,深知土匪狡兔三窟,山寨周边布满机关陷阱,防不胜防。

曾长生又道:"皇帝岭山高林密,荆棘遍地,可谓寸步难行,若是不识路径,走进去也出不来。钻山狗手下有一百多条人枪,这些匪徒的枪法好,个个都是拎着脑袋玩命的角色。即便是风向不对,他们只需往山林里一钻,便如泥牛入海,无影无踪。"

卧榻之上,岂容他人鼾睡。钻山狗的存在,使得陈天鹏有如芒刺在背。思虑再三,不由得拍案而起:"钻山狗熟知本土地理,这股势力一旦投降日寇,必将成为大东路的心腹大患,必须坚决剿灭这伙匪徒!"

贾叔摸了一把枯槁的胡须,不慌不忙地道:"兵法云:出其不意,攻其无备。皇帝岭只可智取,不可强攻。"

陈天鹏问道:"贾叔有何妙计?"

贾叔目视长生大师,笑而不语。

曾长生沉思片刻,说道:"我在山上期间,得知皇帝岭明哨暗哨极多,山顶上还有一个哨棚,每日都有匪徒上去换岗。老夫闲得无聊,欲待上去走一走,却被一个岗哨拦了下来,幸好那个岗哨曾经是我的一个门下弟子,他说后山有一条密道,任何人不准靠近。我想,如果能够探知这条密道的位置,定可出其不意拿下皇帝岭。"

陈天鹏拊掌大笑:"天助我也。"

孙小兰听得要打皇帝岭，忽然说起一件事来："皇帝岭上有一间偏僻的小屋，里面关押着两个男子，这两个人不像山上的土匪。那几天，有一个男子生病了，钻山狗叫我去给他看病。那人不愿吃药，但他非常和善，给人的感觉很亲切。"

陈天鹏感到奇怪："哦，你都和他们说了些什么？"

孙小兰道："那人就和我说了几句家常话，他似乎很警觉，我多问几句，他反而不说啦。"

"哦？"陈天鹏陷入沉思，第六感告诉他，这两个人不简单。

第 022 章

闪击皇帝岭

001

陈中超、华子、小六子，三人各自背着一个篓子，扮成药农的模样，循着一条小路慢慢地往山里走。林子越来越密，几乎没有下脚的地方。华子挥动茅灵左劈右砍，把拦路的荆棘和灌木伐去，硬生生地开出一条路来。

"什么人！"林子里突然传来一声暴喝。

三人都吓了一跳。陈中超定了定神，连忙装出一副害怕的样子："老乡，我们是采药的，走错路了，你那边有路吗？"

"妈的，我路你个脑壳，滚！"

是暗哨！陈中超倒吸了一口冷气，若不是一口地道的本土口音，子弹可能就飞过来了。

前路不通，三人赶紧退了回来。

转来转去，三人来到一面断壁之下。断壁表层覆盖着一层厚厚的植被，下不见土，上不见天。林子里的气温降得快，凉风吹过，几个人的背上有种冷飕飕的感觉，小六子不安地道："这里好阴啊。"

"阴什么，你不是很能吗，叫你别来，现在怕啦？"陈中超怼他。

"我才不怕。"小六子立马挺直了腰板，回怼道："师父，我都和你一样高了，你不怕，我就不怕。"

陈中超："啧啧，这和高矮有关系吗，别套近乎，以后不许叫师父。"

小六子："师父，那我以后怎么叫？"

陈中超不理他，转身察看周围的环境，灌木太密集了，这样的地方容易遭受毒蛇猛兽的袭击，晚上不能过夜。三个人继续往前走，转到一处开阔地面，陈中超道："就这里吧，生火。"要想在山里过夜就必须生火，火堆既可以取暖，又可以驱赶蚊虫蚁兽。

华子的手脚麻利，一会工夫就拢了一大堆干柴过来，火堆燃起来了。

陈中超靠着一株小树坐下，交代道："你们两个注意，晚上不准离开篝火，不准大声说话，不准躺着睡觉。"

小六子反对："什么啊，睡觉不躺着，难不成要站着睡觉呀？"

陈中超："可以坐着睡。再说一遍，这里是深山老林，你要是躺下睡觉，五分钟之内，我敢保证各种爬虫蚁兽都会过来找你。"

"骗人，我才不怕……"小六子嘀咕道。说归说做归做，小六子却也不敢任性，学着中超的样，找了一棵树靠着坐下来，不一会就睡着了。

跑了一整天没吃饭，肚子里面早已饿得咕咕叫。小六子发现地里有一个红薯，急忙扒开泥土猛掏，不一会，竟然掏出一个蟒锤大的红薯来。小六子从来没见过这么大的红薯，高兴地喊出声来："师父，大红薯！"猛地一挣，天色已经蒙蒙发亮，眼前只有一堆冒烟的柴兜。

华子笑了笑，打火堆里翻了一个煨熟的小红薯出来，递给小六子，这是昨天的晚餐，小六子未来得及吃就睡了。

"什么大红薯，你小子尽做好梦。有个小红薯就不错了，快点吃吧。"陈中超奚落了小六子一顿，自个打火堆里扒了个大红薯出来，拍了拍土灰："还好，这个红薯刚刚熟。"

"嗨！"小六子叫道："师父，我刚才做梦，那个大红薯是我先看见的。"

刚出火堆的红薯有点烫，陈中超拿在手里抛来抛去，一边剥皮一边吃："你又来了，做梦还当真啊？我都说啦，不许叫师父！"

小六子急眼了："陈中超，大红薯是我的！"扑上来就抢，那红薯被他一撞，顿时就飞了出去，"吧唧"一声不偏不倚重新掉回到火堆里。

小六子一看糟糕，都没得吃了。连忙找了个理由："师父，大红薯还没熟，再煨一下。"

"敢在师父手里抢红薯，你小子翅膀硬了。"陈中超假装无奈，却打背篓里摸了一根肉干出来："算了，红薯归你啦。"

小六子傻眼了："我不抢了，师父，我改正错误，我要吃肉干！"

陈中超："算你嘴甜，饶了你小子这一次。"

嚼了一阵肉干，三人又趴到泉眼边上咕嘟咕嘟地喝泉水，山里的泉水清澈见底，甘甜润喉。喝罢，三人继续转山，哪知转来转去又转到了原来的地方。华子脚下发软，心里也有点打鼓："中超，我们又回到原先的地方了。"陈中超也奇怪，他们都是山里长大的，平时闭着眼睛在山里乱钻也不会迷路，今天怎么就像是进了迷魂阵一样搞不清方向。

"有烟子！"小六子忽然叫道。

"小点声。"陈中超抬头看去，对面山坳里果然冒出一股淡淡的青烟，山风一吹，烟消云散。陈中超二话不说，带着两人往烟子那边赶去。山里的路，看着近，走起来远。三人紧赶慢赶，好不容易赶到近前，只见山腰上立着三棵参天大树，大树呈三角形，中间数米高的地方搭着一个窝棚，大树边上生着一堆篝火。

陈中超命令华子原地看风，自个和小六子靠上去一探究竟。四周静悄悄的，死一般的沉寂，只有燃烧的篝火发出噼噼啪啪的响声。篝火上面立着一个三角形的支架，支架上挂着一只热气腾腾的吊锅。

小六子如同一只敏捷的山猫，支溜一下爬上树干，哪知道窝棚里面空无一人。

陈中超揭开吊锅的盖子，不由得笑了起来："这人够小气的，煮了一锅清水。"

哪知话音刚落，林子里噌噌噌地跑出一个中年汉子："嗨，你们干什么，想吃白食啊？"中年汉子身材高大，赤裸着上身，一头蓬乱的长发披在肩上，手里握着一把长柄大砍刀。

果然有人，陈中超心里一喜，装着不经意的样子说道："老哥，你这话说得，一锅清水能饱肚子吗？"

"谁说是清水！"中年汉子肩膀一抖，"啪嗒"一声，将一头小野猪扔到地上。小野猪的一条腿断了，另一条腿上还带着夹子。

陈中超打了个哈哈："吆喝，一头小野猪啊，算我走眼。我说老哥，你这小日子过得蛮不错呀。"汉子把眼皮子翻了一下，转身往火堆里添柴去了，似乎不想搭理他。陈中超见状，撸起袖子亲自动手，替那汉子把小野猪杀了，然后将吊锅里的开水倒进一只小木盆里烫毛。

汉子也不说话，操起大砍刀刮毛、切肉，那么大的砍刀在他手上就像一把水果刀，玩起来得心应手。不一会的工夫，小野猪已被大卸八块。汉子将几块洗净的野猪肉扔到吊锅里，又把其余的野猪肉切成块挂到另一个三角支架上。做完这些，汉子慢吞吞地打衣兜里掏出一个木头烟斗，坐在地上"吧嗒吧嗒"地抽起旱烟来。

看着他吞云吐雾的模样，陈中超觉得嗓子眼痒痒的，忍不住到那汉子的烟袋里撮了一把烟丝，捡一片半干的树叶卷了一个炮筒子。陈中超本就不会吸烟，一口烟吸下去，结果被呛得不行，眼泪都咳起来了。

汉子将烟斗在地上敲了几下，清理一下残余的烟灰再重新填上烟丝，然后说道："这是生烟，劲大，你哪里抽得了。"说罢，又漫不经心地道："你们在山里找什么来着？"

陈中超笑道："老哥，你可是火眼金睛啊。"

汉子道："你们转悠两天了，我能不知道吗？要不是我这里燃了一道烟火，说不定你们还在满山转。"

原来，这人是故意弄出一道烟火把他们引过来的，陈中超暗自一惊，试探着回道："不瞒老哥，我们是上山采药来的，有一种伤药叫作血藤，很难找，听说那边山顶上有。"

汉子："什么血藤，没听说过。不过，那东西若是长在山顶上，有与没有都是一样。"

陈中超："这话怎么说？"

汉子："太高了，你采不到。"

陈中超："老哥，再高的山，我们采药人都上得去。其实，我听说有条小路可以直达山顶，不知道是真是假。"

汉子："干吗要走小路？你们可以走大路。"

陈中超："大路不行，都有人守着呢。"

汉子："得了吧，你就别跟我灌迷药了，你自家的山头，山上的兄弟谁敢不让你走。"

陈中超一听，这汉子是把他们当作山上的强人了。连忙分辩道："老哥，我就是采药的，哪里敢跟山头上的人攀兄弟？不瞒你说，我是一个土郎中，村里有位产妇难产，急需血藤救命啊。"

"是吗，你们不是山头上的？"汉子面带冷笑。其实，他以烟火将人引来，原是为了出其不意地将人砍掉，却又发现还一人在远处放风，这使他没法动手。

小六子蹲在一旁添柴加火，听得汉子把自个当成了山上的土匪，连忙说道："实话告诉你吧，我们不是土匪，我们是来打土匪的。"

汉子一惊，以为自己的想法被人识破了，一双眼睛死死地盯着二人。

小六子的话来得这么快，陈中超赶紧扔掉手里的喇叭筒，犀利的眼光盯着汉子身边的砍刀。汉子的手一旦伸向那把砍刀，陈中超就会先发制人，毫不犹豫地将其制服。实际上，皇帝岭方圆数十里都在钻山狗的眼皮下，一般人是不敢乱说话的。陈中超的大脑急速地旋转着，既然小六子已经把话挑明，不如直接亮明身份，万一这个中年汉子是土匪的线人，干掉他也只是举手之劳。想到这里，陈中超索性敞开天窗说亮话："老哥，我这兄弟说得没错，我们是抗日的队伍。山上的土匪为祸已久，人人得而诛之，我们是来消灭这伙土匪的！"

汉子猛地一下站起身来，眼睛瞪得比铜铃还大："你们是来消灭土匪的？"

陈中超："对，我们是来消灭土匪的！"

汉子再一次追问："你们果真是来消灭土匪的？"山上的土匪满口黑话，而且忌讳极多，一字一句都要讨个吉利，绝不会张口闭口说出要消灭土匪之类的话。

陈中超："对！"

汉子："就你们？"

陈中超："大部队在后面呢！"

汉子："当真？"

陈中超："当真！"

汉子突然转过身去，双手拾起砍刀举过头顶，扑通一声双膝跪地："苍天啊，大地啊，老天开眼啦，我大猛子的深仇大恨可以得报了！"原来，这个中年汉子本是山下的农户，上有父母，下有妻儿，一家老小男耕女织，过着自给自足的小日子。哪知好景不长在，灾祸年年有，大猛子的妻子略有姿色，早就被钻山狗惦记上了。一天深夜，钻山狗突然带人闯进他家，对其妻子实施暴力占有，一家人奋力反抗，惨遭灭门之祸。大猛子挥动砍刀砍翻数名匪徒，在乱枪之中越窗逃走。从那天起，他在老林子里过起了野人一般的生活，他不愿离开这片林子，就是为了等待报仇的机会。陈中超三人在山里绕圈，他以为是下来巡山的土匪，于是弄出一道烟火将三人引过来，寻思着用砍刀将三个人劈了。

陈中超："你叫大猛子？"

"是的，我叫大猛子。我告诉你，后山的山崖下有一条暗道，这条暗道可以直达山顶，我给你们带路！"大猛子饱含仇恨："但是，我有一个条件，抓到钻山狗后，这个人必须交给我处置，我要亲手剐了他！"

"行，没问题！"陈中超的回答非常干脆："一句话，你的仇，我们为你报！我看，你也是一条有血性的汉子，待你报了大仇，就跟我们一起干吧。"

大猛子："只要能够杀得了钻山狗，上刀山下火海我都跟着你们走！"这时，野猪肉在水中翻滚，吊锅里飘出一股浓烈的肉香。

002

陈天鹏折一根树枝，先在地面上画了一幅简易的进攻线路图，然后开始调兵遣将："陈中超，我把所有的快枪调给你，你组织突击队走暗道上山。注意，都得打起十二分精神，必须神不知鬼不觉。"

陈中超："是！"

陈天鹏："抵达山顶之后，须在黎明时分发动攻击，那个时候，正是土匪睡得最踏实的时候。突击队要以雷霆万钧之势猛打猛冲，把所有的土匪都往山下赶，不要给钻山狗留下任何喘息的机会。"

陈中超："是！"

陈天鹏："陈子青、陈上德各带一队人马，分别守住下山的岔口，要将土匪放近了打，一定要发挥猎枪、抬铳的威力，决不能放跑了钻山狗！"

陈子青、陈上德："是！"

灌木丛中夹杂着数不清的羊古老刺，这种植物向外面翻卷着成片的尖刺，如同刺刀一般，非常锋利，一不留神它就会狠狠地扎进你的肉里。战士们摸黑前进，抵达山崖下时，胳膊、大腿被羊古老刺划得鲜血淋漓、皮开肉绽。

大猛子停下脚步，伸手指向山崖下的一堆乱石。突击队员屏住呼吸，将乱石一块一块地挪开，山崖下现出了一个黑黢黢的洞口来，这里就是后山暗道。

暗道是一个垂直向上的天然溶洞，大猛子点燃松明，双手扣住洞壁四周的缝隙向上爬去，战士们追着头上的一线光亮，紧随其后，整个队伍就像一条长长的壁虎，首尾相衔。

出了暗道，月色稀松。灌木和藤蔓相互缠绕，迟滞了突击队的速度，也成了突击队最好的掩护。山崖上影影绰绰，忽然传来一阵骂骂咧咧的声音，间杂着几句倒娘日比的牢骚，原来是土匪设在山顶的岗哨。

时间一分一秒地过去，二喇叭紧紧贴在岩壁上，不敢弄出半点响声。偷袭战的目的是出其不意，攻其无备，以最小的代价换取最大的战果，一旦偷袭得手，将免去强攻带来的巨大伤亡。但是，偷袭战的风险极大，一旦被敌发现，整个突击行动便将面临灭顶之灾。

天色蒙蒙发亮，突击队缓缓靠近崖顶。崖顶有一间小屋子，一名哨兵抱着一杆长枪，脚边扔了个酒瓶子，哨兵睡得很死，身体斜靠在屋前的矮墙下打盹，鼾声断断续续，时不时地发出一两声的梦呓。陈中超悄无声息地贴了上去，猛地一下跃身而起，扳住哨兵的脖子一拧，咔嚓一声，那家伙一声不响地见了阎王。

黎明的雾霭格外浓重，皇帝岭上的房舍时隐时现。此时，这个令人闻之色变的土匪巢穴尚在梦乡之中。

在大东路，皇帝岭的名气之大，可谓如雷贯耳。明朝末年，盗匪四起兵连祸结，当地百姓为了躲避战乱，成群结队地逃上皇帝岭，并在山上修筑寨墙和防御工事，有些富裕大户在山上修建房舍长期居住。时间长了，皇帝岭就成了一片天不管地不管的地方。至清朝末年，突然打外地窜来一股土匪，他们抢了皇帝岭占山为王，从此之后，皇帝岭变成了一个有名的土匪窝。这些年来，土匪们相互攻杀，成王败寇，大当家的换了一个又一个，最后被钻山狗捡了个漏，坐了皇帝岭第一把交椅。

钻山狗上位之后，皇帝岭方圆数十里地都成了他的势力范围，钻山狗好色，山下的女子只要被他看上的，都逃不出他的魔掌。吃饱了喝足了，钻山狗就下山逛窑子。前几日，也不知是从哪里掳来一个妓女，回山之后，钻山狗高兴得不行。那妓女原本也是风月场上的高手，会玩各种花样，碰上了钻山狗可算是遇上了知音，不分白天黑夜颠鸾倒凤，把一个钻山狗弄得欲仙欲死。这天晚上，两人一直玩到下半夜，直到精疲力竭，方才沉沉睡去。

忽然传来几声枪响，钻山狗以为是哪个混蛋的枪走火了，闭着眼睛乱骂："娘卖麻皮个，等我明天再收拾你！"话音刚落，外面的枪声已经炒豆般地响成一片，还有连续不断的爆炸声。钻山狗推开吓得瑟瑟发抖的婊子，冲出门外一看，山上已经乱成一团，土匪们一窝蜂地往山下跑，有的光着膀子，有的连裤衩都没穿，一个个慌不择路。"呼呼呼！"钻山狗气急败坏，盒子枪朝天连开数枪："都他妈的给我站住，不许跑，谁跑我他妈的毙了谁！"有道是兵败如山倒，土匪们都恨不得爹娘多生两条腿，哪里还有人听他钻山狗的。

钻山狗抬头看向山顶，只见一群彪形大汉，便如山洪暴发似的猛扑下来。为首的两条大汉，一个白脸一个黑脸，白脸大汉一把手提机枪突突突突，子弹便如长了眼睛一般，指哪打哪；黑脸大汉吼声如雷，手榴弹一个接一个地甩得漫天飞舞，落点又远又准。负隅顽抗的匪兵要么被子弹撂倒在地，要么被手榴弹炸得四脚朝天。钻山狗胡乱地打了几枪，立即引来了飞蝗般的子弹和手榴弹，眼看不是路数，钻山狗拔腿就往山下跑，一路上都被子弹追着屁股打，完全没有还手的余地。

这些土匪平常全靠欺负老百姓过日子，打顺风仗可以，碰上硬茬子就只会扯起两条腿跑路。逃到山脚下的土匪还没来得及喘气，陈子青、陈上德两路人马一起开火，猎枪、抬铳左右夹击，无数的铁砂火药飞了过来，打的土匪哭爹叫娘，拼了老命地往灌木里钻。

陈天鹏拿着一个土制的铁皮喇叭，站在一道土台上向土匪喊话："下面的土匪听着，我们是东乡抗日纵队，你们被包围了。放下武器，缴械投降者免死，如果负隅顽抗，格杀勿论！"土匪们已经被打成了一群无头苍蝇，上天无路，入地无门，哪里还敢顽抗，一个个爬出来举手投降。

钻山狗无路可逃，只得做了俘虏，被几名战士押了过来："报告司令，钻山狗押到。"

高高的土台上站着一位拿着铁皮喇叭的军人，不怒自威，下首站着他的老熟人曾长生。钻山狗打了个寒战，但他好歹也是个大当家的，做了俘虏也不怯场。钻山豹双手一拱，拉开了架子说道："司令在上，钻山狗这厢有礼了。小弟身居大山深处，打富济贫，行侠仗义。不知何事得罪了司令，一大早的发兵抢了兄弟的山头？"

陈天鹏冷笑一声："好一个打富济贫，行侠仗义。钻山狗，你砸大户、抢民女，杀人放火作恶多端，你不知罪吗！"

钻山狗大呼："兄弟冤枉！钻山狗一向紧守自家门前一亩三分地，何罪之有？莫非是有人从中挑拨，让司令产生了误会？"

"误会？"陈天鹏厉声喝道："钻山狗，你奸淫妇女，杀害大猛子一家七口，这是误会？你劫道、绑票、打闷棍，卖国求荣当汉奸，这是行侠仗义？你这个狗东西，死到临头还敢狡辩！"

钻山狗双腿歇歇发抖，一屁股坐在地上干嚎起来："司令，误会啊，这些全都是误会啊！"

陈子青大怒，揪住钻山狗的衣领把他拎了起来："睁开你的狗眼看看我是谁，不认识是吧？那一年，你带人去五里牌砸大户，就是我抄了你的后路！"

多年以来，钻山狗仗恃皇帝岭山高路险，杀人越货恣意作恶，连官军都没放在眼里。未想恶人终有恶报，今日里遇到的全是生死对头。钻山狗连忙跪下，磕头便如捣蒜一般："钻山狗有眼不识泰山，自不量力冒犯虎威。还请各位英雄好汉高抬贵手，钻山狗以后再也不敢了。"

曾长生喝道："钻山狗，你还想有以后？做梦去吧！"

钻山狗自知死到临头，却又无法压制内心那道本能的求生欲，哀求道："桥庭兄，都怪我一时糊涂，从今以后，钻山狗洗心革面，重新做人！还请桥庭兄念在你我兄弟一场的份上，在司令面前美言几句，饶了我这个小人吧。"

"欲知今日，何必当初。现在后悔，迟了！"曾长生把头转向一边。

钻山狗自知死期已到，浑身筛糠般地乱颤。但他仍然抱着一线求生的希望，爬上前去向陈天鹏磕头："钻山狗愿为司令牵马坠镫，做牛做马！"

陈天鹏抬腿一脚，将钻山狗踢了个跟头："天作孽犹可恕，自作孽不可活！你在皇帝岭为祸多年，丧尽天良。我可以饶你，苍天饶不了你！大猛子，这个人交给你了。"

大猛子拽住钻山狗的衣领，拖死狗一般地把他拖到小溪边上。砍刀一挥，钻山狗的头颅咕噜噜地滚到地上，一股黑血喷涌而出。

回到营地，陈天鹏唤过孙小兰："你去看一下，把那两个关押在石屋里的人找出来。"

孙小兰道："我都看过了，俘虏里没有那两个人。"

"哦？"陈天鹏看着孙小兰，脸上闪过一缕疑惑的表情。

第 023 章

谍 影

001

华子一遍一遍地清点缴获的枪支，一共有十七支中正式，十九支汉阳造，其余的多是土铳、猎枪，真正过得眼的只有两把二十响的盒子枪。钻山狗声名在外，其实也就这点本事，怪不得连四太公的府邸都拿不下来。看着一屋子乱七八糟的战利品，陈天鹏非常不解，这么一群乌合之众，政府军怎么就奈不何他。不过，这些缴获的家伙虽然破破烂烂，却也可以应急，很多拿着大刀长矛的战士围在边上不肯走，希望换一支称手的快枪。

人多枪少，陈天鹏思忖着，只要往黑云寨去走一趟，就可以把战士们手中的长矛大刀全都换了。转念又想，山里新增了一百多号投降反正的土匪，得先给这些家伙洗脑，便将去黑云寨的想法推了。

陈中超把两支盒子枪挑出来，扳开枪机看了看，觉得不错。又把玩了一会，这才交给华子："你把棚屋那头隔出一段，做一间仓库，这些战利品都搬到仓库里去。"正在交代具体事情，一名游动哨上来报告：山下来了几个乡里人，指名要见陈中超。

"什么人要见我？"陈中超很奇怪，赶到山下一看，却是五六个衣着朴素，皮肤黝黑的挑夫，没有一个认识的。陈中超上前问道："各位远道而来，不知有何见教？"

为首的一位挑夫赶紧回话："我等受人之托，特将几担干柴送到山下，并向陈中超长官传话：感谢陈中超长官仗义相救，来日方长，后会有期。"说罢，便将数担干柴就地交割。

莽莽大山，最不缺的就是柴草。偏偏有人跋山涉水往山里送柴，这不是吃饱了撑得慌嘛。看着挑夫远去的背影，陈中超令人将成捆的干柴担子松开，那柴担子中间居然夹着一把长枪，再拆其余的柴担子，每捆干柴中间都夹带着武器，一共十二支步枪、五百发子弹、三箱木柄手榴弹，还有一挺捷克式轻机枪。天上掉馅饼，在场的人都惊呆了。

这年头有枪就是王，陈天鹏也是万分惊奇："这些家伙全都是吃饭的家当，哪路朋友这么大方？"

"我估摸着，一定是那两个人送的。"陈中超很快明白过来了，说道："攻打皇帝岭的时候，我们一路追着钻山狗穷追猛打，突然发现一间小屋子里待着两个人，我冲进去喝令他们缴枪投降，他们并不慌张，反而冲着我笑。定睛一看，却是千里飘香的店老板和店小二，在皇帝岭碰上他们两人，你说怪不怪？当时，山上的土匪尚在负隅顽抗，子弹横飞，到处都是枪声和爆炸声。为了他们的安全，我立即派人保护他们从另外的一条小路下山。未想他们如此仗义，转身就送了这么一批武器过来。"

"千里飘香的店老板？"陈天鹏惊讶得合不拢嘴："我早就看出来了，果然不是一般人。奇怪呀，他们也上了皇帝岭，莫非……他们是军统的人？"

陈中超道："这个……不像。"

陈天鹏："不像？"

陈中超："我也没来得及问。"

陈天鹏："没问你就把人放了？"

陈中超："嗯，山上那时正在乱战，说话都听不见。再说，那可是救过我们的人，我怎么问。"

陈天鹏怒道："陈中超，这就把人放了，你的眼里还有没有我这个司令？"

陈中超："哥……"

"别叫我哥！"陈天鹏很生气，在没有搞清对方的真实身份的情况下把人放了，这是十分危险的。陈天鹏倒背着双手，绕着一堆武器转圈子。那些个汉阳造、中正式倒也稀松平常，唯独这挺捷克式机关枪，那可是抢手货，这是一份大礼。心想那两个人也不像军统…… 如果是军统派送装备，何必这么遮遮掩掩？想到此处，陈天鹏沉声问道："陈中超，你到底放走了什么人，是不是共产党？"

陈中超："哥，是千里飘香的店老板……"

陈天鹏："说实话！"

陈中超："那个…… 真的是店老板嘛。人家救过我们，我能不放吗？"

陈天鹏脸都气歪了："你跟我打哑谜是不是，这么重要的人物，你说放就放，我告诉你，不说实话休想蒙混过关！"

陈中超："哥…… 我哪知道人家是什么样的人物，以后都听你的，不放了。"

"住嘴，别以为我不知道你那点歪歪肠子！"陈天鹏明显地感觉到陈中超在隐瞒什么，这使他更加怀疑那两个人的身份。

"放就放了呗，多大点事啊，兄弟俩这么较真干嘛？"贾叔带着一股子中药味走过来："依我看，中超没错，糊涂人做糊涂事嘛，说不准，好事还在后头呢。"

陈天鹏："贾叔，你这不是和稀泥吗，我们的营地才刚建立，万一有个闪失，那就麻烦了。"

贾叔道："陈长官，那两个人救过我们一大家子，要害人的话早就害了，不会等到现在。贾叔在江湖上行走了大半辈子，此事不会有万一。你看这挺捷克式机关枪，如果不是朋友，怎么会把压箱底的家伙拿出来送人？"

陈天鹏不再说话。他知道，此时追究责任为时尚早，尤其重要的是不可追究一个战斗英雄的责任。事到如今，只有先将此事放下："陈中超，你是有功之人，这一次，算你功过两抵。以后再敢先斩后奏，我饶不了你。"佘田桥乃是连接衡邵两地咽喉要地，千里飘香，很有可能就是一个间谍情报站。被放走的两个人，是军统、日谍，还是共产党，三者皆有可能。

002

陈中超双手滑动，哗啦啦几下子就将一挺机关枪拆卸开来，手法之快，看得众人眼花缭乱。枪械零件摆满了一张板桌，他一件一件地擦拭拆开的零件，边擦边说："这是捷克式轻机枪，如果有足够的子弹，它的火力就可以顶一个步兵班。"

第一次见到这么高级的家伙，战士们把一张板桌子围得严严实实。

陈子青笑道："哈哈，原来中超也会耍宝。"

"吆喝，"陈天鹏见状，也凑了过来："都看上瘾了吧，愿意当机枪手的可以现场报名。"

人群骚动起来，一个个都踮着脚尖往前挤。

二喇叭和德子在林子里转悠，打了几只山鸡回来。忽然看见营房前面人头攒动，心道一定是有好玩的事，把那山鸡往伙房里一扔就往人群里跑："这么多人干吗呢，都挤在一起？"

待得所有的零件都擦了一遍，陈中超将机枪组装复原，支起脚架放到木板桌上："使用机枪的人必须熟悉机枪性能，还得枪法好，耐力好，扛着机枪行军打仗不掉队。"

二喇叭扒开人群叫道："我的耐力好,我来当机枪手!"说罢,伸出双手就要去抱木板桌上的机关枪。

陈天鹏一把按住枪身："二喇叭,机枪手的责任重大,必须立军令状,你得想清楚。"

二喇叭拽住机关枪把手不放,摆出一副拔河的架势："没问题,我立军令状,人在枪在,绝无戏言!"

德子也挤了进来："二喇叭,就你那枪法,那不是浪费子弹吗?肥水不流外人田,这活让给我吧。"

有人来抢生意,二喇叭扯起嗓门嚷道："你别起哄好不好,凡事都得讲个先来后到吧,去去去,你后面排队去,排最后面!"二喇叭一急,大嗓门震得众人的耳朵嗡嗡响。

眼看二喇叭摆出一副拼老命的架势,德子笑道："我说二哥哥,虽说你打枪不怎么的……,你扔手榴弹还是蛮厉害的,都说你在打钻山狗的时候,手榴弹扔出了半里地。还有你的大嗓门,我的乖乖,一开吼就把那帮子土匪吓死了一小半。"

众人哄堂大笑。

二喇叭瞪圆了眼珠子嚷道："你别胡说八道,吓死土匪怎么啦,有本事你去吓死几个!"

德子："你都有那绝活,机枪手就让给我吧,总不能把好事全占了吧?"

二喇叭："我就当机枪手,怎么的!"

陈天鹏笑道："行啦,都别吵。二喇叭,你当机枪手可以,不过,扛机枪的先得学会使用机枪,尤其是练好枪法,你做得到吗?"

二喇叭："做得到!"

陈天鹏："好,既然你的决心大,机枪手就归你啦。你可得记住,一定要练好枪法,当好这个机枪手!"其实,机枪手人选,他和中超、子青早已通过气,认为二喇叭是最合适的。

"是!"二喇叭狂喜。

陈天鹏:"陈中超,给二喇叭配两个副手。"

"什么?"二喇叭不明白为什么要给他配副手,他以为司令哥哥要反悔,抱起机枪就跑。

陈中超追着喊:"你跑什么,机关枪你还不会用,我来教你。"

人群散去,陈天鹏笑道:"你看那黑厮,抱着机关枪死活都不肯放手,就跟抱着他家媳妇似的。"

陈子青道:"那家伙只要不喝酒,干什么事都是一把好手。"

正在说道,操场那边又传来一阵喧哗。二人走出棚子一看,只见一大群人围在库房门面大声争执,一个胡子拉碴的瘦条子拽着卷巴佬推推搡搡,逼得他步步后退。

陈天鹏觉得不对劲,赶上前去喝道:"住手,怎么回事?"

瘦条子松开卷巴佬的衣领,大拇指向后一指,愤愤不平地道:"大哥,你来得正好,这个哑巴扣着我们的东西不还,我正想替大哥教训他!"

卷巴佬脸色铁青,说道:"报……报告司令,这几个土……土匪胚……胚子,反正过来也……也不老实。那些缴……缴获的武器……器都还在……在仓里,他……他们就说要拿回去……去,还跟我要横……动手。"

瘦条子又抢上来说话:"报告大哥!"

陈子青见他太过张狂,先自有了三分火气,喝道:"谁是你大哥,叫司令!"

瘦条子吃了一瘪,心里却是不肯服气,捆起脑壳扳理:"报告司令,我们以前跟错了钻山狗,早就后悔了,现在投了司令,也是诚心诚意的想在一个山头上做弟兄,跟着司令打天下。这个哑巴不识相,扣着我们的家伙不给。"

陈天鹏听得不顺耳，黑着脸斥道："国有国法，山有山规，所有的缴获必须统一处理。"

瘦条子却叫起屈来："司令，这就是你的不对了。兄弟我虽说是打皇帝岭过来的，却也是奔着司令的威名，为司令卖命来的，再怎么着也是一条响当当的汉子！司令如果不相信兄弟，兄弟我这就卷铺盖下山。"这家伙是皇帝岭投降反正的，摇身一变做了游击队的战士。但他一身匪气不知收敛，一天不找事就不自在。仓库这边本来是华子主事，今个一大早的华子下山去了，瘦条子捡了个软柿子捏，找卷巴佬耍横，非要拿回"自己的东西"不可。

这家伙癞蛤蟆打哈欠，口气大得很。陈子青强压着火气问道："你都有哪些东西在这里，说出来给我听。"

瘦条子摆出一副死猪不怕开水烫的架势，嚷嚷道："二当家的，你问得正好。我有一把二十响的盒子枪，德国造的，还有……"

站在边上的一个小个子补充道："还有一件短皮袄。"

"对，还有一件短皮袄。另外，他们也有一些东西，二当家的，你就说句公道话吧，千万别冷了弟兄们的心。"

陈子青冷笑道："是吗，看样子你们的东西还真不少。要是我说不给，你打算怎么办？"

瘦条子嚷了起来："二当家的，你这是要我们赤手空拳上阵卖命呀，这不是明摆着让我们送死吗？早知道是这样，兄弟们还不如自个去和日本人干，大不了捅个三刀六洞，也要好过在这里受这等鸟气！"

003

二喇叭拼了老命地跑，陈中超好不容易才追上他，再三保证机枪手这活不给别人，又说机枪手必须随时保持战斗状态，行军打仗不光要扛机枪，还得拎着百十斤的子弹箱，所以要配副手，二喇叭恍然大悟，咧开大嘴笑了。让谁来做副手呢，正在没头绪时，却好碰上大猛子在林子里装野猪夹子，中超急忙将他叫住，当场敲定了大猛子做机枪副手的位置。

三人走出林子，忽然看见人群都在往草坪里跑，三个人以为出了什么事，便也跟着跑。

大猛子吭哧吭哧跑在最前面，却好听见那瘦条子对陈子青出言不逊，顿时勃然大怒，上去就是一拳。大猛子虽说砍了钻山狗得报大仇，但其一家皆是土匪所害，死去的亲人再也活不回来，是以对皇帝岭土匪总是恨之入骨，管他是反正的还是投降的，恨不得将其全部杀光。哪知道瘦条子腰身异常灵活，闪身晃过大猛子的拳头，脚下一滑，一个趔趄撞在大猛子的腰眼上。这一撞偏偏含有暗劲，大猛子猝不及防，拳头没打着瘦条子，反而被他撞了一跤。

大猛子起身大骂："杀不尽的土匪！"反手拔出背上的砍刀。大猛子不会武功，但他一身蛮力，打起架来特别狠，一把大砍刀如同程咬金的三板斧，全是不要命的招法。

"慢！"陈子青已经看出其中古怪，伸手按住大猛子的砍刀。

瘦条子撞了大猛子，反而摊开双手，装出一副无辜的样子。陈子青冷笑一声，反手一巴掌向瘦条子掴去，瘦条子"哎哟"一声扑跌在地。"脓包！"陈子青骂道，正待一脚把他踹开，那家伙忽然就地一滚，以手支地腾空起势，双腿自下而上翻踢上来。陈子青略显意外，虚腿变实，二人出脚对攻，连续七八回合，居然打成平手。陈子青收腿变招，哪知瘦条子腰身柔灵，四肢便如装了弹簧一般，蹬、踹、绞、缠、扑地蹦、头顶转、腾空反剪，腿法异常奇妙。看似已然落败，却又在千钧一发之间化险为夷。两人越打越快，陈子青大惊，没想这瘦条子居然是一名地躺拳高手。五里牌人人都会拳脚，地躺拳的套路却是极为罕见。众人驻足围观高手对搏，偌大的草坪鸦雀无声。

地躺拳源于山东，与醉拳同根。身法多用滚、跌，善以地面支撑身体攻击对手。经过数百年的演变，近代地躺拳吸收了"李半天之腿，鹰爪王之拿，千跌张之跌"，较之醉拳更具实战性。陈子青不敢怠慢，当即展开身形，气行六脉，使出一路少林金刚掌来。有道是"大智若愚，无巧不拙"。金刚掌原是南少林的入门工夫，但若练到一定的境界，最普通的掌法亦是最厉害的武功。陈子青窥得破绽，左掌竖起，祭出一招如来神掌，欲待一举废了瘦条子的武功。

"子青且慢！"曾长生急忙喝阻。

陈子青硬生生地定住掌形，抱拳收势。

瘦条子弹身而起，面向长生大师一拜倒地："小的实已落败，谢谢师父相救。"

曾长生缓缓言道："恕我眼拙，小师父刚才一路地躺十八跌，虽说尚有破绽，却含有山东李家燕子门遗风。"

经此一战，瘦条子有种死里逃生的感觉，说话也规矩多了："在下正是李家燕子门第三代传人李晓武。"

曾长生："这就对了。二十年前，我随师父杜心五游历京城，曾经见过燕子李三。"

李晓武道："晚辈失礼，燕子李三就是我家开派师祖。"

曾长生大喜："燕子李三与我师有八拜之交，论辈分，你当叫我一声师叔。"

李晓武翻身就拜："见过师叔！"

众人目瞪口呆，未想这个瘦得像块腊肉一般的家伙，转眼成了众人的师兄弟。

陈天鹏笑道："原来是小师弟啊，这年月，真是一家人不识一家人了。"因见卷巴佬站在一旁发愣，陈天鹏又道："你去看看，小师弟都有哪些物件存在库里。"卷巴佬撇了撇嘴，极不情愿地走了。

众人来到大棚之中坐下，曾长生道："燕子李三原名李芬，此人身轻如燕，可飞檐走壁，穿房入户如履平地，京城人称燕子李三。其时，大刀王五、燕子李三和南北大侠杜心五皆是清末民初叱咤风云的人物，并称京城三剑客。燕子李三侠肝义胆，杀富济贫，被捕后被刑部判处斩监候。其时，我师杜心五千方百计营救燕子李三，直至搬出光绪皇妃，方才免其死罪。哪知一年之后，燕子李三因被狱官加害，不幸死于监狱之中。"

李晓武涕泪长流，哽咽出声："确如师叔所言，我家师祖突然暴毙，乃是狱官加害之故。"

曾长生爱屋及乌，十分怜惜这个小师侄，因问道："师侄是何原因来到此地？"

李晓武道："七七事变之后，日军进犯华北，我与师弟被迫离开京城，辗转郑州、开封，流落武汉，后来听说杜心五师祖在长沙开馆，我们一路风餐露宿，辗转来到长沙，但是，我们走遍大街小巷，也没有找到杜心五师祖的武馆。我与师弟二人只好在长沙街头演武卖艺为生。不想战事再起，日军攻陷长沙，我与师弟在炮火中走散。两个月前，晓武孤身一人逃到大东路，正好碰上钻山狗招兵买马，晓武病急乱投医，便与诸多难民一道上了皇帝岭。哪知不出一月，却当了师兄的俘虏。"

"无妨，无妨。"曾长生道："我也在皇帝岭待了几天，一切皆是天意！当年，我师杜心五在京城开馆授徒，原来也是风生水起，不想突发战事，北平沦陷。我师身居京城数十年，文韬武略声名在外，侵华日军急于建立华北伪政权，特务机关长土肥原亲自登门拜访我师，企图胁迫我师出任'华北自治政府主席'。为了表达'诚意'，土肥原亲自送上日本正金银行二百万的日元支票。土肥原前脚刚走，师父便将支票撕得粉碎，奋笔疾书：

祖国沉沦堪痛哭，同胞应起拯危亡！

次月，我师摆脱日特监视，乔装打扮潜出京城。抵达长沙后，我师在小吴门开设国术俱乐部，挂牌'武公馆'，意在弘扬国粹，重拾民心。长沙高手刘孙唐心有不服，要与我师比试工夫，结果走不过三招，刘孙唐被我师一个过肩摔，摔在地上爬不起来。民国二十七年，日军重兵压境，国军放火焚烧长沙，民众死伤不计其数，'武公馆'在大火之中被烧成白地。民国政府草菅人命，我师深感痛心，遣散一众弟子返还湘西老家，自此闭门谢客。我就是在那个时候离开师父的。"

李晓武眼睛一亮，唏嘘道："原来师祖回了湘西，终于有他的音讯了。"

陈天鹏道："小师弟也不必着急，大湘西纵横五百里，中日两军在雪峰山下剑拔弩张，马上就要打大仗。若要寻找我家师祖，且等战事过后亦不为迟。"

李晓武："师兄此言甚是。"

004

军训开始了，陈中超每天领着大伙摸爬滚打，搞得一个个都跟泥猴子似的。乡里人原本不怕累，练得挺来劲的，哪知到了站军姿、走队列的时候，大家伙反而泄气了。二喇叭一屁股坐在地上，嚷嚷道："就这么站着没意思，莫不是下山打仗还得排着队？"

二喇叭块头大，体能消耗也快，陈中超知道他就是找借口要赖，想要歇一会。队列走了一圈回来，陈中超这才喝令："曾开山，入列！"二喇叭歇了一会，反而感到全身都在痛，连腿都抬不起来了。又不好意思说自己不行，只是找理由推搪："有这闲工夫还不如把胳膊腿练粗些，把手榴弹扔远一点。"

"喝喝，扔手榴弹是吧，那可是你的绝活。"陈天鹏一直注视着操场上的训练情况，新兵训练的第一个星期最难，腰酸背疼是常事，有的连床都起不来。见那二喇叭坐在地上，陈天鹏也没像平时那么认真，反而走过来调笑道："不过，光练投弹恐怕也不行吧，小鬼子也不傻，每天就净等着你扔手榴弹去炸他？"

二喇叭歪着脑袋道："嗯啊，我就炸他啦，小鬼子又能怎的？"

"行，你先歇着。"看他又开始钻牛角尖，陈大鹏一笑，转身走到队列前面："立正，稍息，齐步走！"陈天鹏是黄埔军校毕业的，正步踢得非常标准，带队操练很有一套。几个回合下来，陈天鹏心不跳气不喘，挺拔的身躯如同一位钢铁战士，浑身上下散发着一股浩然正气。陈天鹏开始训话："走队列站军姿，可以培养我们服从纪律、步调一致的作风，这是军人的基本素质。一个战士，如果连队列都走不好，军姿站不直，那他就不是一个真正的军人，这样的战士，只配回去给老婆洗尿布！"

最后一句话，摆明是说给二喇叭听的。

二喇叭噌地一下站起身来："报告司令，我是一名军人，我不洗尿布！"众人大笑。你还别说，二喇叭的狠劲一旦提了上来，不管是走队列还是站军姿，就算是累得两条腿都提不起来，他也会憋着一口气坚持，而且在负重跑步的时候，他总是跑在最前面。

第一阶段训练即将收尾，士兵的体能输出也到了临界点。陈天鹏打算做一个简短的总结，然后放假休息。排队点名的时候，单单二喇叭不在。陈中超跑进大棚找人，只见二喇叭躺在床上大睡，鼾声如雷，怎么喊都喊不醒。德子见状，笑道："二喇叭的瞌睡向来就重，没睡够喊不醒。这一阵集中训练，估计是把他累趴了。"

"这家伙！"听德子这么一说，陈中超反而松了一口气："没事就好。让他睡吧，叫伙房里把饭给他留着。"

一直睡到下午，二喇叭才睁开眼睛。只见他一个鲤鱼打挺，抱起机枪就往外跑，哪知出门的时候，刚好与陈天鹏撞了个对面。陈天鹏已经往这边棚屋走了好几趟，生怕黑厮出什么问题，看到他活蹦乱跳的样子，悬着的心立马放了下来，故意虎着脸道："站住，你去哪里？"二喇叭胸膛一挺，行了个标准的军礼："报告司令，我去做早操。"棚屋里的队员都在瞪着眼睛看他，顿时发出一阵爆笑。

"吆喝，你原来是去做早操啊，有进步。"陈天鹏给了他一个栗壳子。

"嘿嘿嘿。"二喇叭摸了摸脑门，一个劲地傻笑。

陈天鹏："稍息，今天的早操免了，你睡够了没有？"

二喇叭："报告司令，我睡够了。"

"睡够了就好，今天放假，没有睡够就继续睡！"陈天鹏说罢，转身走了。

"是！"可以继续睡觉，二喇叭大喜。忽然发现肚子里咕嘟咕嘟地叫，他拔腿就往伙房里跑，待得填饱了肚子，这才慢悠悠地回到棚屋，鞋子一甩又躺到铺位上去了。德子叫了起来："看见了吧，力气大就是好呀，睡大觉不做早操，还到伙房里吃好的。"

二喇叭听他话里有话，接嘴道："得了吧你个小德子！司令说了，今天放假休息，别以为我不晓得。"

德子大笑："我的二哥哥呀，你比别人多睡了一天，现在都下午了，你不知道吗？"

门板"嘎吱"一声，孙小兰推门进来："二喇叭，你哪里不舒服？跟我去医务室检查一下。"

二喇叭莫名其妙："我没有啊……"闹了半天，二喇叭才知道自己今早睡觉喊不醒。那不成了笑话？他最怕别人笑话自己，连忙对孙小兰说："我很舒服，舒服得不得了，我不用检查。"

德子唯恐天下不乱，扯着怪腔说道："那怎么行？大夫说要检查，就得检查！"

"嗯，"孙小兰立刻把脸子放了下来："二喇叭，我是大夫，你去检查身体。"

德子巴不得二喇叭出洋相，一个劲地煽风点火："二喇叭，小兰大夫的话你听见没有，快点去检查！"

二喇叭急得跳脚："小德子，我不检查，要检查你自个去。"

"嗨，你到底去不去？"孙小兰道："我告诉你啊，让你去检查是陈司令的命令。"

一听是司令的命令，二喇叭不嚷嚷了，连忙与孙小兰套近乎："小师妹，我是真的很舒服，全身上下都特别舒服，不信你问他们。"

德子又咋呼起来："叫谁小师妹啊，别乱叫好不好？让你去检查是司令的命令，你要违抗军令吗？"

孙小兰一听，立刻瞪着二喇叭："不许叫我小师妹，叫大夫。还有，不许违抗军令，马上检查身体。"孙小兰是"科班出身"，说话做事都特别认真，用贾叔的话说，医务室里有了一个女大夫，比一帮子男兵不知道强到哪里去了。

005

医务室与伤兵棚子之间隔着一床箥簟子，角落里放了一张小床，小床是贾叔临时休息的地方。听说二喇叭早晨起不来，贾叔估计是训练强度太大的原因，又担心他别练出什么内伤来，所以让小兰把他叫来看一看。

刚刚走到医务室的门口就闻到了一股刺鼻的中药味，二喇叭死活都不肯进去。他勒起衣袖，指着一鼓一鼓的肌肉说："小兰大夫，你看看，这么大的肌肉像不像有病？"

孙小兰很认真地看他胳膊上的肌肉，又打量一番他那张黑脸，说道："不像。"

二喇叭顺着杆子就爬："这就对了嘛,我走了,再见。"

"嗨!"孙小兰叫道："不许走!"

小师妹一旦厉害起来,二喇叭还真的不敢走,只好装出一副可怜的样子："小兰大夫,算我求你啦,我要是进了小医馆,那还不被人家笑死?"

小师妹软硬不吃："笑死就笑死,反正不能走。"

二喇叭抓耳挠腮,忽然心生一计："小兰大夫,你知道我为什么要睡觉吗,那是因为小德子对我吹了一口气,他有睡眠药,他整蛊我,故意让大家笑话我。"外面的对话,贾叔和秋月在棚子里都听得清楚。二喇叭中气充沛,贾叔心知他的身体并无大碍,只对秋月说了一声："随他去吧。"转头忙别的去了。

不想秋月听了整蛊二字,掀开帘子出来问道："二喇叭,你说谁整蛊你?"秋月是地道的湘西妹子,在湘西,她从小就听说过各种坑人下蛊的事。一旦中蛊,不管你的身体有多么强壮,顶多只会剩下半条命,绝非传说中的那般,"解药"一到,蛊毒立马化于无形。

两个月前,二喇叭在佘田桥维持会陷入敌手,获救之后,有好一阵子待在阁楼上不敢动弹,一日三餐都是秋月送饭。见了秋月,二喇叭有一种见到亲人的感觉,说话也变得规规矩矩："秋月姐,我今天也就多睡了一会,就是太累了,身体没毛病。小德子跟我闹着玩,整蛊我,他会耍宝,跌打损伤什么的,他喷一口水就好,变魔法一样。"

秋月："喷一口水就好?那他怎么不来给这些伤员喷一口?"

二喇叭："我向菩萨保证,小德子真的是水师。"

"真的啊?"水师的一碗水可以治病,秋月早有耳闻,只是没有亲眼所见。正待细问,贾叔走了出来："小兰,你去把德子叫来,就说是我请他。"

德子会耍宝,孙小兰听得一愣一愣的,她打娘胎里出来就没听过这些。孙小兰一走，二喇叭立马就开溜了。

湘西地形沟壑纵横，高山险阻，山民难以与外界来往，生老病死请医用药多是自行解决，江湖水师因而大行其道。大凡给人治病，水师事先画符念咒，然后喷一口水，治病就跟变戏法一样，弄得神乎其神。其实，德子的那碗水究竟是怎么回事，二喇叭也弄不明白。为寻尽快脱身，二喇叭脚底抹油溜之大吉，德子的事就留给他自己去解释吧。

贾叔非常客气地给德子让座，然后问道："听说，你是水师？"

德子连忙回道："贾叔，我那点小把戏，其实就是走江湖的套路，是耍宝的。"

贾叔一笑。说到江湖套路，自己才是真正的祖师爷，那些个雕虫小技在他眼里根本就不值一提。问题是营地里伤兵一大堆，草药的效果不好，多数伤员都有感染，这使他感到头疼。一般习武之人，练武的同时都会捎带着学一点三教九流的医术，贾叔就想知道德子对付枪伤感染有没有什么办法。

孙小兰没听明白，叫道："你真的会耍宝啊？"

"是的……也不是。"德子伶牙俐齿，此时还真的说不清楚："那个吹一口气……也就一个小把戏，哎呀，反正不是真的……"大凡祖传绝技都有非常严格的规定：不可外传。这些事不管是真是假，德子都是说不清楚的。

孙小兰："是不是呀？二喇叭说你吹了一口气，他就睡着了。"

德子真的蒙了："什么，我吹一口气跟他有什么关系……"

孙小兰："你有没有给他吹气？"

德子回过神来："我没有，我压根就没吹，我怎么会吹……那都是二喇叭瞎编的。"他总算明白了，自己被请到这里来，都是二喇叭在使坏。他平时尽和二喇叭斗嘴，觉得那家伙四肢发达头脑简单，傻乎乎的笨得可笑。今个他突然发现二喇叭一点都不傻，搞得自己有话说不清。

贾叔笑道："水师的一碗水治病，扯淡的成分多。不过，中草药对枪伤的效果不好，那些反正过来的兄弟都是枪伤，多数感染了脓血症。德子，你有没有对付脓血症的办法？"

听到感染的都是反正过来的，德子有点幸灾乐祸："那些家伙死了活该，谁叫他当土匪。"

贾叔正色道："你这就不对了，反正过来的都是兄弟，以后说话注意点。"

"哦。"德子觉得没趣，但也不敢顶撞贾叔。低头想了一阵，方才说道："我那几下，对一些跌打损伤有点用，但对枪伤很难说，人命关天，不敢乱来。"他讲的是实话。若是被铁砂所伤，伤口小位置浅，拿把刀子挑出来就是了。但若是子弹留在体内就很麻烦，还有被子弹贯穿的，伤口就像被人挖了个坑，连皮带肉去掉一大块，看着都吓死人。凭着走江湖的一碗强盗水，德子不敢逞能。

医疗室特别简陋，木板架子上全是草药。贾叔指挥大家锤药、制药，秋月负责调配盐水、熬制汤药，与孙小兰一道为伤员清洗伤口，从天亮到天黑都没停过，累得直不起腰，幸好小六子跑前跑后，一直在帮忙。

枪伤和刀伤不同，光凭草药无法控制感染。看着架子上的草药，孙小兰感到泄气，她觉得自己什么都干不了。

由于连续熬夜，贾叔明显地苍老了许多。皇帝岭一战，皇帝岭土匪伤亡惨重，许多投降反正的土匪也都是挂了彩。大凡落草为寇的人多都是穷苦出身，也就是为了一口吃的上山为匪，或者是躲避战乱，或者是被地方恶霸欺负，为了报仇上山当土匪。贾叔在黑云寨待过，最清楚这些人内心的想法。有几个男兵在医务室帮忙，他们不愿给投降反正的土匪上药。贾叔训导他们说："只要能够改邪归正，能够扛枪打日本人，就是我们的兄弟。"这才把他们的想法纠正过来。

夜色降临，小兰回房休息去了，小六子也蹭到爷爷的床上睡了。秋月没法走，她必须熬好最后一罐汤药。汤药须得细火慢炖，不能离人。秋月往灶膛里添了一根干柴，顺手拿出干爹的医书，借着一闪一闪的松明翻看起来。这几个月，干爹教她识别草药，教她望闻问切，希望闺女能够继承他的衣钵，将他的毕生所学传承下去。

黑漆漆的林子里忽然传来一阵奇怪的声音，像是两只受惊的大鸟。秋月吃了一惊，呼的一声，一道黑影从窗外闪过，正要起身看个究竟，又有一道黑影闪过。转头一看，刚刚还躺在床上的干爹不见了。外面伸手不见五指，秋月急忙举起松明出外照看，哪里还有干爹的影子？

"干爹，干爹……"黑漆漆的夜格外宁静，秋月急促地呼喊着，远处传来一阵阵的回音。

陈中超正在查哨，急匆匆地跑过来问道："什么情况？"

秋月急得连连跺脚："干爹不见了，好像是追什么人去了。"

营地一阵纷乱，人们从棚屋里涌了出来，陈中超命人点起了数十支火把四面寻找。天色蒙蒙发亮，战士们在一处山坳里发现了浑身是血的贾叔。此处远离营地，现场也没有打斗的痕迹，贾叔看似从山崖上失足摔死的。众人将贾叔抬回营地时，他的身体已经僵硬了。

秋天将尽，落叶满山。

贾叔为什么会在漆黑的夜里往山林里跑？秋月说，干爹看见一道黑影，这才追出门外。难道，这座山里有什么见不得人的脏东西？贾叔安静地躺在地上，满是疤痕的老脸如同剥了皮的树干，白得像一张纸。小六子趴在爷爷身上，一声一声地呼喊着，哭嚎着，声嘶力竭。秋月也哭成了泪人。干爹是这个世界上最疼爱她的人，在生命最后的日子里，他的每一分钟都在看护这个命运坎坷的闺女。她一遍一遍地擦洗干爹脸上的污血，一遍一遍地梳理干爹散乱而枯槁的头发，修整干爹的手指甲。

贾叔的死来得如此突然，如此神秘。好似一只突然打碎的陶罐，愈老弥坚的贾叔瞬间结束了风雨坎坷、颠沛流离的一生。站在贾叔的遗体跟前，陈天鹏悲痛欲绝。在与贾叔相处的岁月里，他们已经成为忘年之交，贾叔的人品和智慧在他的心上打下了深深的烙印。

　　离开湘西老家的路上，贾叔失去了所有的亲人，从那一天起，他也就成了这个世界最孤独的人。岁月飘零，之所以能够坚强地活着，那是因为在他心中有一道生命的牵挂，那就是小六子。小六子一天一天长大，他的忧虑反而日甚一日，自己一旦离开人世，小六子怎么办？遇见陈长官的一瞬间，他的心头豁然开朗，所有的顾虑瞬间烟消云散。

　　纸钱飞舞，送葬的队伍排成了长龙。清理遗物的时候，秋月在干爹身上找到了另外一本医书，在发黄的书页里，夹着一包黑色的金枪药。

第 024 章

樟树坳大捷

001

鹅毛大雪飘飘洒洒，给地面铺上了一层洁白的毯子。一夜之间，蒸水岸边结满了冰凌，这一年的夏季特别热，冬季又来得特别早。

下雪了，气温骤然下降。华子耷拉着脑袋，带着一队吃公路的战士返回营地，他们白白蹲了一夜，冻得嘴唇发紫。

陈子青问道："又跑空了？"

华子哭丧着脸道："小鬼子太鬼了，公路上来来回回的都是车队，没有一辆落单的汽车。"华子负责后勤，隔三岔五地带人下山吃公路，开始还有一点收获，后来小鬼子就学精了，大都选择白天出车，而且一出动就是一条龙的车队，并且配备战斗部队武装押运。这么一来，吃公路这一招就不灵了。

"哈哈，"陈子青笑道："小鬼子嘛，本来就鬼，要不怎么叫小鬼子？吃不了就不吃，别那么垂头丧气。"

上山后，中超在距离营地几里地的小村里找了一幢空置的土坯屋给父母住。这种屋子的墙壁是黏土夯筑的，俗称"冲墙"。土坯屋虽然简陋，比起大棚屋就好多了，夏天凉快，冬天抗冻，二老住着感觉挺好的。下雪了，兄弟俩都过来陪父母说话。中超打村子里转了一圈，居然弄来了一大筐木炭。天鹏也没闲着，他在屋子里四处翻找，寻了个缺嘴巴盆子出来，赶紧生火取暖。

这一来，屋子里就暖和多了。老妈子说道："今年的雪下得早，这么快就冷起来了，不晓得这间屋子的主人会不会回来。"

"他们哪里还敢回来，早就跑了。"聊了一阵，中超要去查哨，先走了。

陈天鹏安慰母亲道："你们只管安心住着，不要多想。"

这幢土坯屋一共有五大间，父母住了两间，秋月和小兰住一间，另外一间住了长生大师，还有一间原本是给贾叔住的，现在小六子住，后来又让卷巴佬过来住，附带着招呼二老。

秋月正在翻看干爹留给她的医书，听见陈天鹏在隔壁说话，握着书就过来了。天气骤冷，秋月给自己加了一件旧棉袍。干爹出事之后，伤兵棚里的事交给了她和孙小兰。为了工作方便，她把一头长发剪短了，又在脑后扎了个马尾巴，显得特别精神。"快坐。"陈天鹏把秋月让到火盆边坐下，捏了一把秋月身上的棉袍，手上硬邦邦的，说道："旧棉袍不保暖，你穿我的大衣吧。"说罢，将自己身上的大衣披到秋月身上。

"你的大衣太长了，我穿不了。"秋月拢了一把前面的刘海，把大衣还给陈天鹏："听说快要断粮了？"

"嗯。"山上的粮食消耗得很快，这是最头疼的事。以前，304团的军饷、粮食、药品都有上面统一划拨调配，不必自己操心。未想现在上山打游击，武器弹药、粮食被服和药品等等问题全都冒了出来。为了对付游击队，山田大队全面封锁进山的道路，并且成立了一个什么"饭桶会"，每一粒粮食买卖都必须持有"饭桶会"的批条，擅自交易者就地处死。

秋月知趣地打住话头，低下头去翻书。书上密密麻麻写满小字，都是与草药有关的内容。陈天鹏偏过头去看书上的字，忽然一笑。秋月以为他在笑话自己，索性把书递给他："给你看。"陈天鹏把书推了回去："还是你看吧，你看懂了可以当大夫。"秋月把书合上："这本书是干爹留下来的，好多地方看不懂，尤其是方剂配伍，数量增减变化不定，知其然而不知其所以然。"

木炭火越烧越旺，蓝色的火苗从缝隙里窜出头来，陈天鹏忙唤父母过来烤火。老爷子看见秋月坐在火边，走到间门又退了回去，低头摆弄他的水烟壶去了。老爷子的水烟壶是铜制的，已经跟随他几十年了，这种水烟壶的外观很时髦，底部有一个装水的圆筒，吸烟时可通过清水进行过滤，把发黄的焦油吸附在水中，以此去除烟草中的有害成分。母亲坐了一会，觉得身上暖和多了，赶紧起身往灶屋里走："你们好久没在家吃饭了，今天一起在家吃饭。"

秋月抬起头来："妈，我就要去医务室，好多伤员都在等着换药呢。"

母亲："去哪里都要吃饭，吃了饭再去。"

秋月牵挂着医务室的事，心里多有不安，但又不好违拗母亲的意思，只好坐着不动。

陈天鹏最喜欢秋月这种温顺的性格，拉着她的手说："伤员那么多，换药也不靠你一个人，歇一天吧。"

"歇不了的，好多事情。"秋月要把手抽回来，却被陈天鹏的两只大手焐得铁紧，抽不动。秋月的脸一下子就红了，慌乱中看了一眼灶屋，幸好里面烟雾缭绕，就像在间门上遮了一层帘子一般，秋月急促地说："你快点放开，都看见了。"

陈天鹏装作没听见，只管捂住她的手不放："不要累坏了自己，待会多找几个男兵帮忙。"

"那哪行呀，那些男兵只会打仗，医务室里的事他们做不来。"秋月担心老爷子会突然走出来，她一边说话一边把自己的手往外挣，心里突突突地跳，连说话的声音都变了。陈天鹏越发不肯松手，附到她耳边说道："我喜欢你。"话音很小，两人的额头几乎撞到了一起。

雪越下越大，秋月不由自主地打了个寒战，她拢了一把身上的旧棉袍，把自个包裹得更紧一些。陈天鹏忽然感到一种发自内心的愧疚，觉得自己无能，没有呵护好身边的人。

呼啸的冷风打门缝里钻进来，大棚屋发出一阵呜呜的声响。许多战士和衣躺在床上。除了手中的枪，一身衣服加上一双草鞋就是一个战士的全部家当，有的战士甚至打赤脚，连一双草鞋都没有。下雪了，气温一下子降到零度，没有过冬的衣服，大家伙都挤在通铺上，几个人扯着一床被子盖。

临时搭建的棚屋十分简陋，里面是清一色的通铺，这种通铺很实用，几十条汉子都可以挤上去。陈中超找了一根齐眉棍，就着大棚里的空档走起棍法来。陈中超身法灵敏，棍法里演化出一连串的突刺、侧击和劈杀的招式，一路棍法走完，引来了好一阵喝彩。陈中超意犹未尽，唤道："小六子起来，我教你几招。"

"我不。"小六子缩在被窝里不肯动。

陈中超以为自己听错了："教你一路刺杀棍法，快点起来。"

小六子："不嘛，好冷。"

陈中超："怕冷是吧，你还要不要做我徒弟？"

二喇叭打趣道："哈哈，棍法有什么好学的。小六子，你拜我为师，我教你扔手榴弹。"

小六子："笨死了，我才不学。"

二喇叭："好你个小六子，你的胳膊腿那么细，还想不想长壮？"

小六子生怕被人从被窝里拖出去，双腿夹住德子不放。德子哭笑不得，说道："人家小六子要学正宗的黑虎教硬气功，以后要当掌门人。二喇叭，你的宝座不稳喽。"

小六子打被窝里伸出头来："才不当掌门人，我要当神枪手。"

"是吗，"德子故作惊讶："怪不得被你这么蟒蛇缠身，叫师父，我收你。"

小六子："不叫。"

二喇叭天生神力，投手榴弹特别厉害，就是枪法差一点火候。要命的是，二喇叭一瞄准德子就笑，不是说他姿势丑就是说他屁股翘得高，把二喇叭气得不行。这会德子要收小六子为徒，这不是摆明了要抢生意嘛，二喇叭扯开嗓门叫："小德子，我不是吹的，中超教我的枪法，我已经全盘掌握了。我现在就是一个真正的神枪手，机关枪百发百中，不信是吧，你在脑袋上摆几个鸡蛋，我保证一枪一个！"

德子吓了一跳："去你的。我长个脑袋容易吗，那是用来给你摆鸡蛋的吗？"

"都给我住嘴！"陈中超在棚屋里耍棍，主要是想做个示范，让大家都起来活动活动筋骨，促进血液流通。见他们吵吵个没完，陈中超凶道："小六子，你到底学还是不学？"

小六子："师父，我不学棍法。"

陈中超："跟我讲条件是不？"

小六子："师父，我要学枪法，棍法没用，我有弹弓。"

陈中超："你有弹弓是吧，好，到时候别来求我……"

小六子："师父，我学枪法……"

陈中超："别叫我师父！"

小六子："师父，我就叫。"

陈天鹏打门外进来，脱下外套抖去身上的雪花。

陈子青迎上前去："今年的冬天来得快，现在还不是最冷的时候，我们得提前想办法。"

陈天鹏的目光在大棚里扫了一圈，落到华子脸上："公路那边什么情况？"

华子："报告司令，吃不了公路了，现在没有落单的车辆，小鬼子出来的都是车队，押车的小鬼子把机枪架在车顶上，两边乱扫。"

陈中超将齐眉棍一扔，吼道："没有落单的更好，我们就打他的车队！"战场形势瞬息万变，陈中超是名副其实的兵王，他的战斗神经异常敏感，善于窥其弱点，捕捉对敌予以一击致命的战机。

"说得对！"陈天鹏抬腿踢开一条长凳："就打他的车队。天降大雪，衡邵公路覆盖了厚厚的白雪，此时正是伏击日军车队的好机会。这一回，我们要把过冬的军用物资一次性搞齐，把押车的小鬼子一网打尽！"

二喇叭叫道："好呀，搞他娘的！"

陈子青道："我建议，伏击地点可以设在樟树坳，那个位置弯急坡陡，可攻可守，公路两边的林子可以埋伏大队人马，是个打伏击的好地方。"

"养兵千日，用兵一时！"陈天鹏抬腿踢开一条长凳："弟兄们，都给我打起精神来，下山搞他娘的！"

战士们精神大振，一个个掀开被子跳下床来。用不着说狠话，经过前一段的军训，战士们刺杀格斗、投弹射击等方面的军事技能均有大幅度提升，每一个人都憋足了劲。

003

朔风怒号，一支车队在滑溜溜的路面上扭来扭去，喘着粗气向前移动。车顶上架着歪把子机枪，为了躲避寒风扑打，押车的鬼子把脸埋到大衣里，只露出两只黑溜溜的眼睛。地面积雪足足有半尺深，汽车加大马力爬坡，最前面的一辆汽车费了九牛二虎之力，好不容易爬上坡顶，哪知司机刚一换挡，两只前轮子扑通一声陷进了雪坑。这是一道见面礼，队伍抵达樟树坳的第一分钟，陈中超就指挥战士挖坑，茫茫大雪覆盖在陷坑表面，路面上毫无破绽，什么都看不出来。

鬼子小队长从汽车上跳下来，看了一眼陷入雪坑里的车轮子，嘴里不干不净地嘟囔着。后面的车都停了下来，陆陆续续下来十几个小鬼子，小队长叽里呱啦地说了一通话，小鬼子很快就附到汽车后面，要把陷坑里汽车推出来。司机猛踩油门，飞转的车轮扬起无数的泥巴和积雪，溅得推车的小鬼子满头满脸。一个小鬼子被泥水糊住了眼睛，跑到一边哇哇乱叫。

"八格!"小队长一把拎住他的衣领,噼啪噼啪地扇了五六个耳光,这才使他安静下来。

小鬼子再次发力推车,汽车咆哮着猛地一下窜出陷坑。哪知司机加油过猛,车身腾空而起,接着又来了个三级跳,呼地一声冲出路基,一头栽到山洼里去了,车上的物资洒了一地。

推车的小鬼子吓得不知所措,他们来不及清理脸上的泥巴,乱纷纷地跑向路边,探头去看翻在山洼里的汽车。

陈天鹏冷静地注视着公路上的情况,一声怒吼:"打!"雨点般的子弹立刻倾泻而下。

小队长大惊,一脚踢开那个还在擦眼睛的家伙,拔出指挥刀狂叫:"杀个鸡鸡!"路边的小鬼子惊惶失措,便如炸了锅的狼群一般四散开去,纷纷寻找掩体开枪还击,一挺歪把子机枪在车轮子下面探出头,狼嚎般地狂叫起来。

听到了歪把子机枪的吼声,二喇叭特别兴奋,根据陈中超的战术安排,没让他抢先开枪,他等的就是歪把子。"娘的!"二喇叭扣动扳机,捷克式机枪也响了起来,子弹哗啦啦地向下扫去,歪把子机枪当场哑火。捷克式的准头好,性能稳定且易于操作,一梭子弹打完,大猛子赶紧往卡槽里换弹夹。他这是第一次上战场,双手抖个不停,那弹夹怎么卡都卡不进去。歪把子得到了喘息的机会,立即锁住捷克式的位置,子弹泼水般的扫射上来,打得山上积雪飞溅,一下子就有好几个战士倒在坑道里。大猛子七窍生烟,猛拍一掌,终将弹夹卡了进去。二喇叭眼看没法抬头,抱着机枪一个驴打滚,贴着地面滚到一块巨石后面,这才扣动扳机。捷克式再次响了起来,子弹狠狠地砸向歪把子。经过陈中超的调教,二喇叭的准头已经大有进步,一番对射之后,车轮下的歪把子再也没有回声。

后面的卡车加大油门往坡上冲，车顶上的几挺歪把子一齐嚎叫起来。陈中超趴在地上对德子说："车轮下的歪把子有二喇叭压着，我们对付车顶上的歪把子。我打前面这挺，你打后面那挺，中间的我们都打。记住，只打机枪手，不要管那些散兵。"说罢，陈中超贴着壕沟跑向另一个掩体，探出头来突突突地打了一个连射，鬼子机枪手连中数弹，一头栽向地面。副射手大声叫唤着，冲上去端起歪把子乱扫，陈中超又给了他一梭子，副射手当场毙命。德子握着一把三八式，他是天生的好枪法，一枪就把后面的一挺歪把子打成了哑巴。几分钟后，小鬼子的几挺歪把子全哑了。失去了机枪的支援，公路上的小鬼子全都缩到汽车背面去了。

捷克式的威力大，弹夹里的子弹也打得快，大猛子压子弹的速度跟不上，二喇叭索性把机枪一撂，甩开膀子扔手榴弹。这是二喇叭的成名绝技，为此，陈中超给他配了三名副手，其中一名背了个大号的手榴弹挂兜，专门为二喇提供手榴弹。手榴弹接二连三地飞向地面，一辆卡车在爆炸声中燃起冲天大火。

小鬼子抵抗越来越弱，"冲啊！"陈天鹏振臂高呼，战士们跳出战壕，发出山呼海啸般的吼声。

一个小鬼子斜刺里冲出来，挺起刺刀反扑，陈天鹏当地一枪在他的脑门上开了个天窗，直接将他送进了阎王殿。枪声停了下来，战士们开始打扫战场。汽车地盘下面忽然钻出来三个小鬼子，他们挺起刺刀，摆了个背靠背的刺杀阵。几名战士挺枪上前围攻，哪知几个回合不到，全都败下阵来，两个轻伤，一个重伤。

"都让开！"陈中超大喝一声，上前磕开对方刺刀，紧接着一个突刺，当场放倒一个。接下来的动作快如闪电，拨打、撞击、突刺，又一个鬼子兵成了他的枪下之鬼。刺杀阵被击碎了。剩下一个手握指挥刀的小队长，陈中超欲待逼其就范，哪知几个回合下来，这个家伙骁勇异常，一把指挥刀舞得密不透风。

小队长拼死顽抗，这边厢早已惹怒了二喇叭。只听得一声怒吼："让我来！"话音未落，手中的机枪就抢了过去。当地一声，小队长的指挥刀差点脱手飞走。这个人的力气这么大，小队长吃了一惊，心知已是死路一条，只得鼓起眼珠子迎战。

　　没见过拿机关枪拼刺刀的，德子生怕二喇叭失手，喊道："你费那个劲干嘛，一枪干掉他得啦。"

　　二喇叭血脉贲张，一张黑脸挣得通红："我跟他单挑，谁都不许帮我！"众人闪身后退，中间让出一块空地来。二喇叭好武，最爱找人过招。平时有力没处使，走在路上两只拳头不是锤树就是擂墙，村里的老人生怕他一锤把自家的屋子擂倒了，看见他过路就赶紧出来招呼："二喇叭，你要是敢擂我家的墙，我就找你家老铁匠！"

　　陈中超熟知二喇叭的秉性，索性送他个顺水人情，说一声："交给你啦！"双手一错，将手中的三八式与二喇叭的机关枪对换过来。

　　二喇叭跨马沉腰，旋即展开黑虎枪法。小队长不敢与二喇叭硬碰，但他非常灵活，刀法专走下三路，快如闪电。双方你来我往，转眼拆出十七八招，看上去，二人的工夫似在伯仲之间。再战数合，二喇叭刺刀下行，小队长挥刀格住，忽地刀锋一滑，反撩对方小腹。二喇叭也不含糊，刺刀压住刀锋一旋，自下而上直挑小队长裆部。小队长急忙收刀封裆，命可以不要，断子绝孙可不行。二喇叭得势不饶人，下刺上挑，杀得小队长手忙脚乱，步步后退。战到酣处，二喇叭挽了个枪花，刺刀逼向小队长的胸口。小队长挥刀格挡，哪知未等枪势走老，刺刀斜向疾走，正中小队长的大腿根部。未等小队长反应过来，刺刀向上一挑，小队长惨叫一声，偌大的身躯腾空而起摔出数米开外。二喇叭抢上前去，再补一枪，彻底结果了这个侵略者的小命。

　　完胜，战士们发出雷鸣般的欢呼。

　　时间紧迫，陈天鹏连声喝呼："打扫战场，准备撤退。"

　　小六子发现车底下有一团黑影，贴着地面一看，还是一个活的。华子赶来，两人拽住那家伙的双脚，拖死狗一般把他拖了出来。众人冲上前来，不由分说地给了他一顿枪托。

好不容易抓了个活的，陈天鹏眼前一亮，喝道："举手投降，可以饶你一死！"

小鬼子听不懂中国话，可怜兮兮地耷拉着脑袋，活像一只斗败的公鸡。

陈中超把汽车上的膏药旗扯下来，扔到小鬼子脚下，示意他捡起来表示投降。

"投降！"二喇叭爆雷般地吼道。

小鬼子吓了一跳，一步一挪地捡起地上的膏药旗，突然"啊！"的一声尖叫，将膏药旗揉成一团，劈手扔向二喇叭。"畜生！"二喇叭枪托一挥，小鬼子的脑袋瞬间凹陷，变成了一只半圆形的水瓢。

坡上坡下都是散乱的物资，有服装、棉布、皮鞋、面粉、大米、罐头。还有一箱一箱的三八式步枪。

风雪越来越大，陈天鹏吼道："尽量多弄些回去，弄不走的全部分给附近的老乡！"

第 025 章

狙击枪

001

大雪飞舞，将地面的脚印盖得严严实实。

公路上横七竖八地躺着十多具日本兵的尸体，各种姿势都有。一辆卡车被烧成了骨头架子，另一辆卡车翻在沟里，四脚朝天。剩下的卡车弹痕累累，基本上都被打成了废铁。

路边的村庄空无一人，为了避祸，所有的村民都跑得一干二净。

"八格牙路！"山田龟生气急败坏，却找不到发泄的对象。

衡邵公路通车以来，日军车队接二连三地遭遇袭击，一直都没有停止的迹象，为此，山田龟生多次遭受上司的训斥。返回驻军兵营，山田龟生依然哧呼哧呼地喘粗气，突然发出一串爆炸般地吼声："游击队的，通通的死啦死啦！"

站岗的卫兵吓了一跳，探头一看，只见山田中佐面墙而立，双眼死死地盯着墙上的地图，两只拳头狠狠地砸向空中。太君正在发脾气，吓得卫兵悄悄地退了出去。

"报告！"木村少佐在门外等候片刻，推门闯了进来。他是联队特高课的老牌特务，一同进来的还有小林大尉。皇军车队在樟树坳遭受伏击，损失了大批前线急需的军用物资，山田龟生非常愤怒，他正在聚精会神地思考如何对付山里的游击队，木村少佐突然来到身后，把他吓了一跳。木村的鲁莽行为，令其大为不快。

小林大尉解释道:"报告太君,木村君在门外等候很久了。"

"哦?"山田的脸色缓和下来,问道:"木村君,有事吗?"

木村并没有注意山田的脸色,说话的口气仍然像平常一样,显得有点傲慢:"山田君,冬季来临,天降大雪,山里变得十分寒冷。这样的天气会逼着游击队下山抢劫皇军的军用物资,他们需要棉衣和棉被,需要粮食和给养,如果没有足够的物资,他们就会冻死、饿死。"

山田:"这么说,木村君已经预料到游击队会袭击我们的车队?"

木村:"正是。"

山田去掉了不快的心情,开始对眼前的这个老牌特工刮目相看:"那么,请问木村君,这次袭击事件是哪支游击队干的?"

木村略作思考:"这个还不能肯定。樟树坳隶属东江地界,此处山高林密,地形复杂。在这个区域活动的有东乡抗日纵队、东江纵队,还有湘中第二支队等多支游击队。几个月前,川岛大队从湘乡方向对太一乡进行扫荡,连续两次遭到湘中第二支队的伏击,伤亡惨重;撤退途中,他们又遭东江纵队侧击,被打得一败涂地。照理说,这几支游击队都有很强的实力。另外,据我所知,飞虎队与陈天鹏有关。"

山田龟生露出吃惊的表情:"飞虎队?"

木村说话的时候腰板挺得笔直,这样的姿势,从他进入军队的第一天就形成了。他说话用词简单明了,吐字清晰,从来不会多出一个单词:"情报显示,东乡抗日纵队的前身就是飞虎队,这支队伍的司令官叫作陈天鹏。"

"八格牙路!"山田龟生脸色铁青,一把攥起办公桌上的玉如意。小林以为他要摔碎那块玉如意,下意识地退了一步。可是,山田龟生并没有摔。过了一会,山田龟生轻轻地把那件宝贝放回桌上,嘴里吐出了一长串的冷气:"陈天鹏的,大大的狡猾。"

小林大尉:"山田太君,现在到了给他一点厉害瞧瞧的时候了。"

"说嘎！"山田龟生转过身去，看着墙上的地图说道："山林里隐藏着数不清的游击队，对我们威胁最大的就是陈天鹏，他袭击我们的运输补给线，祸害大大的！"

"山田君，下一步你打算怎么办？"木村瞟了一眼桌上的玉如意，对那玩意，他似乎不感兴趣。

耶姜山脉东走衡山，西连邵阳，原始森林重重叠叠，七十二峰连绵三百里，峰峰相连。从兵法上讲，这是一块进可以攻、退可以守的活地。这样的环境非常适合游击队的生存，尤其是东乡抗日纵队，他们土生土长，对这里的山川河流和沟坎道路了如指掌，他们来无影去无踪，日军要想拉网围剿，有如大海捞针。看着墙上的军用地图，山田流露出一种少有的无奈："大山里的游击队就像泥鳅一样，一转眼就不见了。木村君，你们的情报应当更准确一些，只有找到了游击队确切的位置，我们才能集中兵力捣毁他们的营地，一举消灭他们。"

002

战利品堆积如山，二喇叭东摸摸西摸摸，不停地咂嘴巴："啧啧啧，发财啦，发大财啦！"德子撇了撇嘴，模仿着司令的口气调笑道："你看你，这点东西就能把你高兴成这样，没出息。"

二喇叭叫道："这么多，你还嫌少吗？"

陈中超挑了一大堆的罐头食品给父母亲送过去，走到土坯屋前，忽听身后传来一声"哎哟"，转身看去，一个衣衫褴褛的老人摔倒在雪地里。中超走向前去一看，原来是村里的孤寡老人。家里没吃的了，他想出门找点吃的，哪知大雪茫茫，一跤摔在地里爬不起来。陈中超扶起老人，拿了半袋面粉和几个罐头给他，老人千恩万谢地走了。

回到营地，陈中超心里还在惦记着那个倒在雪地里的老人，村里有十几户人家，虽说他们是以打猎为生，其实每一户人家都很穷，一年四季，他们也就是卖山货的时候下山走一遭，平时不出门，极少与外界接触。陈中超寻思着应当送点什么，帮助他们过冬。陈中超把自己的想法和陈天鹏说了，得到了陈天鹏的肯定。陈中超立刻带了小六子和几个战士前去慰问村民，送去面粉、棉布和罐头。平日里一潭死水的小村被激活了，一些堂客拿到棉布也舍不得用，要给战士们做棉袄、做鞋子。返回营地的时候，小六子的兜里装满了熟鸡蛋，他跑进大棚屋，把所有的鸡蛋都放到陈天鹏的铺盖上。

陈天鹏："哟呵，哪来的鸡蛋，你自己不吃？"

小六子："我还有，这是留给司令和姑姑的。"

陈天鹏："呵呵，还有你姑姑的一份，你怎么不直接送给姑姑？"

小六子："司令喜欢姑姑，得让司令自己去送。"

陈天鹏一愣，笑道："这你都知道啊，我说小六子，谁教你的？"

小六子："我看出来的。"

陈中超走进来笑道："没人教他。人家小六子聪明得很，半年时间长高了一个头，能有他不知道的吗？还有，你看他这手臂，肌肉疙瘩也练出来了。要不，干脆就让小六子留在司令身边，做个警卫员吧。"

小六子把胸膛一挺："报告司令，警卫员小六子前来报到。"

陈天鹏哈哈大笑："你小子可会借坡下驴，那一把小鼻涕呢，怎么都没啦？"

小六子习惯性地在鼻子上擦了一把，响亮地回道："报告司令，没有鼻涕，我是小六子警卫员。"

"哈哈，好，小六子当警卫员，果然不赖！"陈天鹏打心眼里喜欢这小子，在他心里，小六子就是自己的亲人。他摸着小六子的脑袋说道："不错，真的不错，人聪明，个也长得快，都跟我一样高了。不过，要当警卫员还得多有两下子，要把一身筋骨练得更强壮一点，要学点真工夫。"他寻思着，一定要把小六子带成一个合格的兵。

小六子："嗯，我要当神枪手，师父不教我。"

陈中超："万丈高楼平地起，要学工夫就得先练基本功，练棍法。"

小六子："不嘛，我要练枪法。"

"哈哈，"陈天鹏笑道："听说小六子的弹弓打得准，练枪法应当没问题。不过，要当警卫员，基本功很重要。我建议：一边练枪法，一边练棍法，同时进行，怎么样？"

小六子得意地笑了："嗯，我都练。"

"那好啊。"陈中超在小六子额头上点了一下："到时候你别哭。"

一位大娘来了，正是那位摔倒在雪地上的孤寡老人。大娘一眼看见站在棚屋门口的小六子，拉着他的手就不肯放，眼泪汪汪地说："陈司令的队伍就是好，有这么乖的小兵，我家孙儿还在的话，也有这么大了。"大娘一边说一边把手里的包裹塞给小六子，原来是一件棉袄和几个米粑粑。

小六子眼睛看向司令，不知道该不该接大娘的东西。

陈天鹏笑道："我们的小六子就是有福气啊，又有吃的又有穿的，还不快点谢谢奶奶。"

"谢谢奶奶。"小六子这才接了包裹。

说起自个的孙儿大娘就流泪，这会，她把小六子当成自己的孙儿，说了好长一阵子话才走。奶奶走远了，小六子又要把米粑粑留给陈司令。

陈天鹏笑道："小六子不吃鸡蛋，又不吃米粑粑？"说着，他把米粑粑和铺盖上的鸡蛋一个个地塞回小六子的口袋里："我命令你把这些鸡蛋和米粑粑都拿回去，慢慢吃，把身体长壮一点，再长高一点。"

小六子："是。"飞快地往土坯屋去了，把鸡蛋和米粑粑分作两份，给爷爷奶奶送一份，姑姑送一份。

看着小六子的背影，陈天鹏道："这小子是块好料，中超，你一定要把他带出来，带好了再交给我。"

003

操场上黑压压地站满了人,陈天鹏目光灼灼,扫视全场:我宣布:东乡抗日纵队今天正式成立,纵队下设两个大队、两个分队。纵队司令由陈天鹏担任,现在,我任命:

陈中超担任东乡抗日纵队军事总教官;

曾长生担任东乡抗日纵队武术总教官;

陈中超兼任东乡抗日纵队第一大队大队长;

陈子青担任东乡抗日纵队第二大队大队长;

曾开山担任东乡抗日纵队机枪分队分队长;

陈上德担任东乡抗日纵队特勤分队分队长;

……

二喇叭压根就没想到自己当了分队长,不免心花怒放,但当听了队员人数时,他又不乐意了。嚷道:"报告司令,人家一个大队都有一百多人,机枪分队怎么只有十几个?"

陈天鹏知道他又要钻牛角尖,绕着弯子问道:"我问你,机枪手是不是体力最好、战斗力最强的?"

二喇叭胸脯一挺:"那当然啦。"

陈天鹏又问:"我再问你,机枪火力是步枪火力的多少倍?"

二喇叭:"……"

陈天鹏:"你不知道是吧,我告诉你吧,十倍!"

二喇叭更得意了:"那是啦,要不然我扛机枪干吗?机枪这么厉害,应当分给我们一百个人。"

陈天鹏:"什么,你要多少人?"

二喇叭摸了摸脑袋:"最少也得一百个!"

"蠢材，机枪分队战斗力强，以一敌十嘛，你再算算，到底该要多少人？"二喇叭愣在当场，陈天鹏把脸一虎："一定要带好手下的人，机枪手都是精兵，必须做到指哪打哪，不许浪费一颗子弹！"

二喇叭："是！"

过了好多天，二喇叭还在扳着指头做算术题。

"算清了吗？"德子问他。

"没有。"二喇叭直挠头。

"那你继续算。"德子一脸坏笑。

二喇叭一拍脑袋："我才不上你的当，我早就算清了。"说罢，他也学着中超的样，把一挺新缴获的歪把子摆到营房外的木板桌上，拉开嗓门喊："我宣布：机枪分队掰手腕比赛开始，获胜者可当机枪手。"樟树坳伏击战缴获了好几挺歪把子，可惜都被炸坏了，只有一挺是能用的。其实这挺机枪早就归了大猛子，二喇叭爱闹，可劲地拉架子争场面。

这一下可热闹了，一个个都撸起袖子上来挑战，哪知几个回合下来，比赛结果一边倒，二喇叭自编自导，准备宣布自己获得掰手腕比赛总冠军。

"吆喝，"陈子青查哨回来，连忙问道："这么热闹？"

德子打趣道："那黑厮多了一挺歪把子，正在坐庄扳手劲，招兵买马呢。"

"我去看看。"陈子青挤进人群，挽起袖子坐到二喇叭对面。

二喇叭笑道："别呀，我这不是和大伙寻开心嘛。再说啦，你一个大队长也干不了机枪手的活。"二喇叭与陈子青师承不同，但都受过长生大师的点拨，扯吧扯吧也算得上师兄弟。

陈子青："我怎么就干不了，你怕我的枪法比你准，抢了你的饭碗？"

二喇叭："哈哈，大师兄要是觉得当大队长不过瘾，这分队长的活你拿去就是。"

陈子青就是不肯走："别那么认真，玩玩嘛。"

大师兄要玩玩，二喇叭立马就来劲了："好呀，那就玩玩！"

一场重量级的较量拉开序幕，喧闹的现场突然变得鸦雀无声。两位大力士手腕交扣，木板桌发出一阵吱吱嘎嘎的响声，围观的战士连忙四向稳住桌子，以防桌子突然垮塌。二喇叭咬牙鼓腮，额头青筋直暴，尽管他连连加码运劲，大师兄的手腕却是铁棒似的扎在台上。稳住阵势之后，大师兄发力反攻，两只粗壮的手腕来回晃动，剧烈地抖动起来。相持良久，两只手腕不约而同地把劲道松了。两人曾经比武过招打成平手，此番两强相争，又弄了一个平局，四目相视，哈哈大笑。

大师兄调侃道："二喇叭的力气是真的大，再扳下去，我怕是要输了。不过，就你这么个扳法，恐怕是找不到机枪手哦。"

004

伤兵棚里人满为患。

贾叔不在了，幸亏有长生大师过来帮忙，要不然的话，秋月、小兰都不知道该怎么办。连续熬了几个通宵，秋月已经困得不行。小兰把她推出门外，非要她回屋去躺一会不可。出了伤兵棚，秋月也没像平时那样先去父亲母亲那边问安，而是径直走向自个的屋子，她太困了。

推开屋门，只见陈天鹏一本正经地坐在屋里的小方桌前，桌子下面生着一盆炭火。

"快来暖和一下。"陈天鹏招呼道："等你好一会了。"

"你怎么在这呀，有事吗？"秋月连忙问道。

"你不是找我吗？"陈天鹏的话里带着一丝丝的神秘。

"是呀，"秋月拢了一把头上的短发，焦急地道："缴获了那么多的战利品，就是没有西药，幸好长生大师调制了一些金枪药，但也不够用，伤员太多了。"

陈天鹏："慌什么，天塌不了。"

秋月："可是，很多伤口发生了大面积感染，长生大师很着急，说要西药才能解决问题。"

正在说话，门外人影一闪，德子晃了进来，兴致勃勃地叫道："司令，我发现了一支带望远镜的枪！"

"你可真行啊，我到哪里你都寻得到。"陈天鹏心道，什么好枪我没见过？接过德子手里的枪一看，竟然是一把九七式狙击步枪，不免有点意外："吆喝，确实是把好枪！"

德子得意地说："这支枪是我发现的，应该归我。"清理战利品的时候，他第一眼就看中了这支枪，拿着就没放手。

陈天鹏拉开枪膛，但见里面一尘不染，保养得特别好。这种类型的击狙步枪非常高级，在中国战场很少见。哗啦一声，陈天鹏把枪膛合上："不错呀，九七式狙击步枪，日系枪械。我告诉你，上面这个东西叫作瞄准镜。通过这个瞄准镜，可以精确狙杀 600 米以内的目标。"

德子一听，原先的高兴劲顿时去了一大半，沮丧地说："捷克式机枪可以射杀 800 米，这个九七式只有 600 米，那不是还差一档吗？"

陈天鹏听出来了，小德子是在和二喇叭较劲，不由笑道："两件家伙各有所长，都是好东西。捷克式的 800 米讲的是有效射程，狙击步枪的 600 米讲的是精确射距，有区别。机关枪适合对敌军进行密集扫射或者火力压制，狙击步枪则适合对敌方机枪手、高级军官实施精确狙杀。我告诉你，九七式的威力很大，不管是日军还是国军，这么高配的狙击步枪很少见。这支枪可以归你，但要用好这支枪，光有一手好枪法还不行，必须全面提高战术技能和战场反应能力，有很多东西要学。不懂的地方你去找中超，他是战斗英雄，临敌经验非常丰富。"

德子心里通透，说一声："好咧"，一道烟地走啦。

秋月一声不吭，满脑子都是伤兵棚里的事。陈天鹏知道她着急，安慰道："西药是什么，那可不是说有就有的，日本人也缺西药。依我看呀，有金枪药就不错了，金枪药也可以救人，我那时候的伤势很重，不就是金枪药治好的吗。"

"你知道的，干爹在暗地里给你用了西药。"秋月平时说话轻言细语，这回却是越说越急："枪伤需要西药，干爹和长生大师都是这么说的。"

陈天鹏："是吗？"

秋月："就是啦。山里的盐也快用完了，华子几次下山都是跑空回来的，佘田桥的买卖全都被日本人控制了，买不到粮，买不到药，也买不到盐。"

咣当一声，木门又被撞开了，一个人影挟着冷风闯了进来。陈天鹏正在低头撩火，冷不丁地被灌了一脖子冷风，脱口骂道："混账东西，都不会敲门了！"却听秋月喊道："是小兰啊，快点过来暖暖，外边冷。"

陈天鹏抬起头来一看，连忙换了笑脸："是小兰大夫啊，我以为又是小德子，那厮特别鲁莽。"孙小兰是个妹子家，当然不能随便开骂。

孙小兰不肯落座，哇的一声哭了起来："司令，给我一支枪，我要去打仗！"

陈天鹏吓了一跳："怎么啦，是哪个兔崽子欺负你了？"

秋月拉着小兰坐下来："小兰，我知道你要说什么。别着急，慢慢说。"

孙小兰呜呜地哭道："不嘛，我对司令有意见！"

陈天鹏心道，小姑娘就爱撒娇，只好拿话哄她："小兰大夫，有什么意见尽管提，本司令洗耳恭听，坚决改正。"

孙小兰跺脚道："春伢子死了……呜呜呜，没有药，我不当大夫了！"

陈天鹏一惊，春伢子和冬伢子两兄弟，都是八叔的儿子。这次伏击战大获全胜，伤亡却也不小。孙小兰说，春伢子的伤势本来不重，但他感染了败血症，人一下子就没了。陈天鹏震惊不已，两兄弟都没了，八叔八嫂瞬间成了孤寡老人，说句实话，他真不知道日后该怎么向八叔八婶交代。沉默良久，陈天鹏说道："小兰啊，大夫是一份非常崇高的职业，因为有了大夫，伤员才有活下去的希望。现在，春伢子、冬伢子没了，许多朝夕相处的兄弟也没了，他们都是我们的兄弟，是值得我们怀念的英雄，我们应当继承英雄的遗志，尽力抢救其他的伤员。日本人搞经济封锁，山上的条件非常艰苦，但是我们绝不屈服。樟树坳一战，我们缴获很多，解决了过冬的粮食和棉衣，遗憾的是没有找到西药。请你相信，我们很快就会找到西药的。"

孙小兰抹了一把眼泪，说话跟打机关枪似的："我就是不相信嘛。等你找到西药，伤员都死了……呜呜呜，没有西药，有没有我这个大夫都是一样的。还有那些草药，原来都是贾叔在弄，我一点都不懂。"

秋月拿出小手帕擦去小兰脸上的泪水，说道："我也不懂草药。听姐的话，你是真正的大夫，你哪都别去，就跟着姐在医务室，以后你给伤员做手术，姐给你当助手。"

孙小兰说："不好嘛，没有西药，没有盐水，草药也没了，呜呜呜……"

陈天鹏惊道："每天都有人进山采药，草药怎么会没了？"

秋月说："大雪封山，现在采药非常困难。受伤的战士每天都在煎熬中度日，熬不过去的，眼睛一闭就走了。"

陈天鹏回到大棚屋，唤了陈子青、陈中超、曾开山、陈上德等人一道走进伤兵棚。秋月揭开一名伤员的被子，但见他的胸口上有个拇指大小的枪眼，子弹从背后穿出，连皮带骨揭走了一块肉，伤口像一个开口的喇叭，这是机枪子弹贯穿身体造成的。

孙小兰流着眼泪说："你看嘛，这么重的伤，脓血都是从里面灌出来的。如果没有西药，做什么手术都没用……"

秋月叹道："这个伤员很坚强，这么重的伤他从未哼过一声。他不想死，说要等西药，直到现在还撑着一口气。"

陈天鹏的心脏如同被人打了一油锤，瞬间沉了下去。他突然转身走向门外，大喊："陈上德！"

"到！"陈上德一直在他身后。

陈天鹏吼道："西药，我们要西药！西大路是74军与100军的防地，按照惯例。他们应当在敌占区派遣一定编制的敌后游击队。特勤队立即安排人手，下山寻找他们，问他们要西药！"

"是！"陈上德转身离去。

第 026 章

悬 崖

001

大雪覆盖着群山，一片银装素裹，山里路径完全被雪埋没了。陈天鹏与秋月顺着雪地上的脚印往前走，陈天鹏脚下一滑，身体闪了个趔趄，秋月赶紧上前拉住他。陈天鹏吐出一串白色的气雾，笑道："没事。"转手为她系紧脖子上的围巾。

秋月担心道："雪下得太厚了，根本看不到地面上的东西。"

陈天鹏敞开大衣领口："慌什么，我们往山崖上走，必须把药采回去，这一趟绝不能走空。"

秋月拽住他的衣袖。发现他穿得有点薄，惊道："这么冷的天，你怎么没穿棉衣？"

陈天鹏一笑："里面穿了夹袄，不冷。"四目相望，他突然感到一阵心跳，身上也燥热起来，上山以后，他们就没有这样在一起走过路。

秋月道："不行吧，要不我们回去加一件棉袄，山里风大，会冷的。"

"不用，我属火的，要不是进山采药，我都不穿大衣。"陈天鹏加快步伐："那班小子走得飞快，我们得追上去。"前面的队员早已消失在林子里。

两人往林子深处走去，忽然有道影子打身后一蹿，飞快地窜到灌木里去了。有趣的是，那家伙蹦蹦跳跳地跑了一程，忽地一下在前面停了下来，露出好奇的眼神回头观望，原来是一头小麂子。陈天鹏大喜，轻手轻脚地靠上去，欲待一举将它擒住，正在步步靠近，小麂子屁股一撅又跑了。四只蹄子甩起一片雪花。"唉，差点就抓到它了。"正在遗憾，小麂子又在前面停了下来，瞪着两只圆鼓鼓的眼睛，似乎在和他们捉迷藏。陈天鹏童心大起，深一脚浅一脚地赶了过去，眼看伸手可及，小家伙又撒开蹄子跑了。

"算了吧，捉不到的。"秋月跟在后面，跑得气喘吁吁。

林子里有些看不见的雪坑，一蹦一跳的小麂子脚下一沉，陷入雪里不动了。陈天鹏大喜过望，一个箭步冲了上去。山里的灌木盘根错节，陈天鹏脚下一绊，扑通一声摔倒在雪地上。秋月上前拉他，哪知道一使劲，两人同时滚倒在网筛般的灌木丛里。

灌木弹性十足，两人的身体被裹在一起，嘴对着嘴，脸贴着脸。秋月急欲起身，但在松软的灌木丛里找不到能够着力的地方。他闻到了一股特有的女人气味，这股气味瞬间点燃了男人的野性，所有的矜持化作了原始的冲动，陈天鹏一个猛子翻过身来，张嘴咬住她的嘴唇。

她奋力挣扎，欲待把他推开，然而，一切都无济于事。她慌乱地闭上眼睛，张开嘴唇迎接他那柔韧而又霸道的长吻。

男人的激情如同一团燃烧的烈火，瞬间把她熔化了。陈天鹏将大衣平贴在一片平整的雪地上，然后躬下身去，打灌木丛里把她抱起来轻轻地放在大衣上。纯爷们的冲动往往会使爱情来得更加刺激，她全身的毛细孔都扩张开来，身子轻得像一片飘落的黄叶。她剧烈地喘息着，本能地搂住男人的脖子，任凭他在上面翻云覆雨。

云开雾散，一抹淡淡的阳光洒落在一对恋人身上。

雪山上的腊梅花
如同天边的那一抹彩霞

一泓山泉流过

浸润它的根茎和柔软的谷地
火红的花瓣落英缤纷

强劲的山风撕扯着天空
在与天相连之处
大雪飞舞，携带着冬天的记忆

千年古松拥抱着大山的灵魂
滔滔蒸水，流淌着母亲的乳汁

苍鹰在云海之间盘旋
以决战的气势俯冲而下
快如闪电

白雪茫茫，青山依旧
佘湖山下，留下了冬天的故事

她把脸儿埋在他的臂窝里，羞涩得不敢抬头："好多人在山里采药，人家都看见了。"

陈天鹏在她那好看的额头上亲了一口："看见又怎样？你是我的女人！"

秋月转过脸来："你平时那么一本正经，其实都是装的，是吗？"

"哈哈，也许是吧。"陈天鹏笑道。转头看去，那只陷进坑里的小麂子已经无影无踪，他拾起地上的背篓，放声大笑："看样子，那只小麂子在为我们传播爱情的种子，它是故意把我们引到这里来的。走吧，高山有好药，说不准，我们今天就会碰上一支千年老山参。"

秋月："最好的药材都在悬崖上。"

陈天鹏:"是吗?"

<h2 style="text-align:center">002</h2>

湘西大山人烟稀少,地形雄奇。一缕阳光穿透云层,轻轻地洒在白雪皑皑的山脊上,寒风冷冽,一束伞状的绿叶在寒风中起伏,叶片之间托着一朵七色花蕾。如果没有看错,那是一株珍贵的野生三七。秋月按不住激动的心情,撒腿向前跑去,哪知脚下一滑,支溜一声连人带雪滑了下去。

陈天鹏落在后面,他看见了一株破雪而出的青苗,凭直觉,这株青苗应当是一种珍贵药材。正待看个究竟,头顶上忽然传来一声惊叫,陈天鹏打了个寒战,赶紧往山脊上跑,白雪茫茫,却不见秋月的人影,只有一株丛松孤零零地立在山脊上,随风摇晃。

"秋月————!"陈天鹏扯开嗓门大喊,空旷的山谷传来阵阵回声。

"天鹏,我在下面。"忽然,山脊背面传来了一个微弱的声音。

背面是百丈悬崖,陈天鹏的脑袋"嗡"地一声,差点就要爆裂开来。陈天鹏爬到悬崖边上,探头向下看去,只见悬崖下方二三米的地方有一棵不知名的小树,秋月双腿分开,正好骑在小树之上。

"你不要动,我拉你上来。"陈天鹏惊出一身冷汗,拔出勃朗宁朝天连开数枪。

华子、祥子正在近处采药,听到枪声,二人连忙往山脊上跑。得知秋月遇险,华子趴下身体查看秋月的位置,不免吓了一跳,急忙爬起身来:"司令,秋月姐距离崖顶不足一丈,我和祥子下去砍藤条,织绳子,把秋月姐拉上来。"

陈天鹏:"好,你们快去,我在这里看着。"

冷风拍打着山崖,有幸的是,那棵小树的根茎牢牢地扎在石缝之中,纹丝不动。秋月下滑的时候,扯松了脖子上的围巾,掉落的积雪从她的衣领里灌进去,冻得她直打哆嗦。不一会,抓紧树枝的手指冻僵了,双腿也麻木了，她想变换一下身位，哪知小树枝干"叭"的一声断了，万幸的是，小树的主干没有断，秋月晃了一下，本能地挪动身体坐到小树的根部。

华子和祥子二人拖着几股藤条飞快地跑了回来，他们将藤条缠绕在一起，织成藤条绳子。这种绳子很实用，山里人常用这种藤条绳子捆东西。陈天鹏急忙把藤条放下去，喊道："秋月，你抓住藤条，我们拉你上来。"秋月一动不动，也不回话。她的一只手连同那株七色花蕾的三七一道冻在树枝上，掰不开了。

陈天鹏把藤条拽了上来，在自己腰上绕了一圈，捆绑牢固："华子，你们把我放下去，等我抱住秋月，你们再往上拉。"

华子慌忙道："司令，这样太危险了，让我下去。"

陈天鹏不容置辞："服从命令，拉紧藤条放我下去。"

华子不敢多言，与祥子一道拉住藤条将陈天鹏往崖壁下放，哪知祥子过度紧张，一不留神，脚下蹬翻了一块石头，扑哧一声滑倒在地。华子大惊，急忙将藤条往松树上一绕，双脚蹬住树干："别松手，往回退！"

陈天伸出双手，正待搂住秋月，腰间的藤条突然一松，身体猛然下坠，顿时三魂去了二魂。待得听到华子在上面喊话，方知已经稳住。这才压住狂跳的心脏，再次靠近秋月："你别动，我抱你上去。"

秋月嘴唇乌紫，已经说不出话。陈天鹏缓缓扳开她握在树枝上的手，伸手将其抱住，就在这时，那棵救命的小树"啪"地一声齐根断裂，飘飘悠悠落下悬崖。

祥子有个毛病，每当关键时刻最爱犯紧张。此时脚下一滑，差点就害了陈天鹏，自己也吓得三魂出窍，好不容易退回原来的位置，这才颤抖着双手抓紧藤条一步一步往上拉。两人使出了洪荒之力，终将陈天鹏和秋月拉上崖顶。此时，又有几名战士跑上山脊，但见几个人都摊在地上喘气，唯有华子的双手仍然死死扣住藤条，两只手板血肉模糊。

秋月的手脚冰凉，已经失去了知觉，但她的手板心里依然紧紧地握着那颗七色花蕾的三叶草。战士们砍伐树木制作了一个简易担架，将秋月抬回营地。

见了姑姑这般模样，小六子以为姑姑死了，大哭起来。长生大师告诉他姑姑没死，还有救，他这才止住哭声，跑到爷爷的房间里翻箱倒柜，把那张五郎皮找出来给姑姑垫上。母亲闻讯赶来，哭道："这是怎么啦，苦命的女儿啊，你可千万不要有事啊……"根据多年的经验，母亲招呼医务室用温水给秋月泡脚，小六子立刻就往伙房跑，端了一盆温水上来。母亲脱下秋月的鞋子，只见她的十个脚趾头鼓鼓囊囊长满紫色的冻疮，有的已经发黑溃烂。母亲更加心痛，一连声地责备天鹏："你安的什么心嘛，怎么让一个女儿家去那么危险的地方采药，要是有个三长两短，怎么对得起人家！"

陈天鹏拭去母亲脸上的泪水："妈，你去休息，秋月不会有事的。"

母亲把儿子的手甩开，她知道女儿心里的苦，她是真的心疼这个女儿。

003

许多战士通宵达旦候在医疗室门前，一直不肯散去。

天色蒙蒙发亮，长生大师面色凝重，将陈天鹏拉过一旁说道："伤员腓骨骨折，肋骨骨折，背部肌肉撕裂伤，外加内出血，情况非常危险。"昨天晚上，长生大师先把金枪药给秋月服了，又以草药熬汤。秋月牙关紧闭，孙小兰给她扳开牙口，硬生生地把汤药灌服下去。

陈天鹏惊出一身冷汗："怎么办？"

沉思片刻，长生大师道："山里缺医少药，必须立即送往邵阳。"

看着长生大师的脸色，陈天鹏愈发心惊，莫非秋月的生命已经到了最后关头？陈天鹏猛地一下冲出棚子，大声喊道："各大队长、分队长碰头议事。"其实，陈中超、陈子青、曾开山、陈上德、华子、光子、大猛子、小六子等人早已候在门外，司令话音未落，众人便已围拢上来，根本用不着召集。

陈天鹏开门见山："秋月的伤势严重，舒大舒二准备担架，随我一道护送秋月前往邵阳抢救。山里的行政事务由陈子青代行掌管，陈中超负责军事。"

陈子青连忙发表意见："这点小事，哪里用得着司令亲自出马去邵阳，我带人去就可以了。"

陈天鹏道："这一趟去邵阳，一个是抢救秋月，另外还有一个重要任务：搞西药。"

陈子青道："搞西药没问题，我去搞。你是司令，如果什么事都要司令出马，那还要我们这些人干吗？"他更担心的是，司令一旦离开营地，几百号人就失去了主心骨，人心一散就不好收拾。

陈中超主动请缨："哥，还是让我去吧。"事关重大，他也觉得这个时候司令离开营地不妥。

看着大家焦虑的眼神，陈天鹏知道众人心里的顾虑，解释道："大家都知道，送秋月去邵阳，绝不是为了秋月一个人，我们还有几十名伤员，每一个伤员都需要西药。但是，现在的邵阳城汉奸、日特众多，任何一名游击队员想到日本人的眼皮底下治疗枪伤都不可能，搞西药也不可能。怎么办？邵阳西路是国军王牌第74军、100军防地，如果能够穿越防线抵达国军防地，就可以解决西药问题。第74军军长施忠诚是我在黄埔军校的学兄，找到他多少会给陈天鹏一点薄面。因此，这一趟你们谁去都不行，必须我去。"

长生大师听罢，虽然觉得有理，亦有些许放心不下："据我所知，日军和中央军在邵阳西路剑拔弩张，随时都可能开战，如要穿越防线，一定要事先打探清楚，万无一失方可行动。"

陈天鹏点了点头，说道："请各位放心，天鹏自会小心行事。"为了安全起见，陈天鹏吩咐德子随他一起进城。

见有德子同去，众人稍感心安。

孙小兰挤上前来："我也去。"

"嗨！"德子打住孙小兰的话头："你一个小丫头片子，别起哄好不好。"

"谁起哄啊，"孙小兰打机关枪一般地回击过去："我要是不去，你们几个男人怎么招呼秋月姐？再说啦，西药瓶子上面写的都是洋字码，人家把药摆在面前你也认不出来。"

德子无言以对，陈天鹏手一挥："好，小兰大夫一起去。"

陈子青见状，悄悄在二喇叭腰眼上戳了一下。二喇叭打了个激灵，急忙挤上前去："报告司令，我也去一个。我挑一担干柴进城，暗中保护司令安全。"

"算了吧，你最好待着别动。"舒大舒二早已准备停当，马上就要出发。陈天鹏生怕二喇叭钻牛角尖耽误时间，又补了一句："这回进城不是打擂台，也不是扔手榴弹，没你的事，你在山里专心练枪法。"

二喇叭哪有这么好打发，他既担心秋月姐的伤势，又担心司令的安全，正在和司令哥哥扳理，陈子青道："我看，二喇叭可以去。他和德子一左一右保护司令的安全，正好有个呼应。"

陈中超也站出来表态："城里的情况复杂，二喇叭看着笨，其实很灵活，他去一个我觉得很合适。"

"我也同意。"长生大师说道："二喇叭外表粗鲁，内心细腻，是个好帮手。"

第 027 章

救　美

001

二喇叭有这么多的支持者，陈天鹏感到意外。

其实，有二喇叭这般猛将护在一侧，自然是一件好事。但这家伙作风散漫，有一股子江湖气，陈天鹏最怕他捅娄子。思虑再三，陈天鹏说道："二喇叭要去也行，但得约法三章：第一，不准随便说话，不准自作主张；第二，不准好酒贪杯，不准四处乱走；第三，不准瞎凑热闹，不准打抱不平。这三条有六不准，你要是做得到就跟我一起进城，做不到就给我老老实实地在山里待着！"

"做得到，做得到。"这当口便是约法三十章，二喇叭也做得到。很多年以前，二喇叭曾经与德子一道去过邵阳姑爷家，乡里人进城，两人把城里的每一个犄角旮旯儿都逛了个遍。这一回不同了，秋月姐的伤势沉重，医务棚里忙成了一锅粥，但他帮不上手。其实，他心里比谁都急，站在棚子外面候了一个晚上。再说啦，小德子可以进城，他二喇叭为什么不可以？就凭这一点，二喇叭也是非要去城里走一趟不可的。得到了司令的首肯，二喇叭这才定下心来。

计议已定，舒家兄弟将一张躺椅两侧扎上滑竿，抬了秋月大步流星地赶往邵阳。

太阳落山了，几个伪军合拢哨位一旁的三角木架，准备关闭城门。忽见大路上走来一行人，后面跟着一乘滑竿。打头的伪军喝道："站住，干什么的？"

"报告长官，我们是乡下人，我家女人得了急病，已经快不行了，是到城里来求医救命的。"陈天鹏疾步上前，向喊话的伪军打了个拱手。离开304团不到半年，陈天鹏那一张白净的面孔已经晒得黑不溜秋，加上一脸胡子拉碴，咋的一看，像一个乡里的土财主。

"去去去，关门了，要想进城明天再来。"伪军不耐烦地道。

"老总，行个方便吧。"陈天鹏摸出几块银圆塞到伪军手里。

这家伙也不含糊，把银圆在手上一抛，吹一口气放在耳边听响声，觉得是真货，这才放进口袋。又去揭开抬椅上的被子，只见上面躺着一个女人，一张脸白森森的没有半点血色。伪军吓得倒退了一步，急忙把头一歪："要进去就快点，马上关城门了。"

古城邵阳，坐落在雪峰山脉东麓，资江与邵水两相交汇，穿城而过，是为湘中毗连湘西腹地的商旅要道，素有"滇黔门户，湘西咽喉"之称，亦为历代兵家必争之地。古城依山傍水，城墙又高又厚。其时东南西北中分设五道城门，西南与东南方向分别筑有瓮城，三者互为犄角之势。1859年，石达开亲率三十万大军围攻邵阳，原以为唾手可得，哪知石达开一代雄杰，偏偏碰上旷世名将左宗棠。左宗棠利用邵水、资江天然屏障从容调度，指挥守军坚守邵阳六个月之久，太平军连续猛攻无法克城。各路湘军从四面赶来，对太平军形成内外夹击之势，太平军大败而走，石达开仰天长叹："真是铁打的宝庆！"

民国三十三（公元1944）年秋，日军的铁蹄逼向邵阳。张灵甫率第58师坚守邵阳外城，与敌激战十天十夜，重创日军之后撤出阵地。日军第37师团挥动主力攻城，又遭第57师171团顽强抗击。面对日军猛攻，171团官兵将大街上的条石撬出来垒成壕堑阻敌推进。日军伤亡惨重，对守军使用燃烧弹和毒气弹，全城火光冲天，毒气弥漫。171团死战不退，他们凿通民房的墙壁，与敌展开火力扫射、手榴弹对轰，逐屋逐垒拉锯争夺。最后时刻，171团奉命放弃邵阳。这是一道迟来的命令，此时的171团已被数倍之敌重重包围，团长杜铁鼎率兵绝地反扑，突围而出的一刻，全团仅剩150多人。

171团打得英勇，荣获国民革命军英雄团"荣誉旗"一面，团长杜铁鼎荣获五等云麾勋章。为了重建171团，74军将该团暂列军直后备团，并将三个连的新式美械装备先行补充给该团，命其潜入大东路休整待命，伺机补充兵员，袭扰日军后方。

002

时近黄昏，街面上的店铺开始打烊，偶尔有几家开门的，也是冷冷清清，门可罗雀。来到一条小巷子，陈天鹏让舒大舒二放下抬椅，揭开被子一看，但见秋月双目紧闭、气若游丝。孙小兰将手贴到秋月的额头上试体温，顿时吓了一跳："滚烫，赶紧去找医馆。"

举目四望，战后的城市破败不堪，偶尔有人擦肩而过，也是行色匆匆。陈天鹏原想找人打听一下医馆的位置，忽然想起陈中超和小六子在藩镇的遭遇，赶紧打消了这个念头："找到姑爷再说。"在家的时候，他记得中超说过，姑爷的店铺在下河街，具体位置德子最清楚。

孙小兰四面张望，焦急地道："这个德子，哪里去了呀。"

话音刚落，巷道口外人影一闪，正是德子。德子身着灰布长衫，鼻梁上架着一副墨镜，右手握着签筒，左后举着幡子，活像一个算命先生。瞧他这副扮相，可是大大地费了一番工夫。

陈天鹏心急如焚："走这么慢，二喇叭呢？"

德子回道："我一直跟在你们后面呢，二喇叭知道姑爷的地方，不用管他。"

姑爷的店铺坐落在下河街的一条小巷子里，门头非常简陋。"来客了。"见了德子等人，姑爷先是吃了一惊，随即招呼老伴关了店门。

"姑爷，"陈天鹏来不及落座，先自说道："我家妹子伤势严重，要找医馆救命。"乡里人出门，皆按宗亲班辈称呼对方。

姑爷进城已经很多年了，很少回乡，村里的侄子辈，姑爷也就认识德子、中超、二喇叭几个人。因见天鹏问话，姑爷回道："医馆现在去不了，晚上宵禁。"这会，姑爷点亮灯盏照着天鹏看了又看，愣是没有认出来。

陈天鹏："姑爷，我是村口庄房管家陈老嘎的儿子，我叫天鹏。"

"哦，是天鹏啊。"姑爷似乎找到了一点点记忆："你家老爷子可好？"

陈天鹏："劳你挂念，家父身体很好。"

"好，好。那就好，你坐。"姑爷说罢，自个也寻了凳子坐下："现在是日本人的天下，晚上军事管制，任何人不准出门，医馆只能明天去哦。"

陈天鹏心急如焚："那怎么办，我怕妹子拖不到明天啊。"

众人把秋月移到床上，皆是忐忑不安。孙小兰好歹也是护士学校出来的，她仔细察看秋月的状况，说道："秋月姐现在的呼吸平稳，比较先前似有好转。只要能够保持正常体温，明天再送也不怕。"这句话很管用，陈天鹏的心情安定下来。

德子拿出几个银圆交给姑爷，说是大家的伙食费。姑爷哪里肯收，将银圆推了回去："快收起来，你要姑爷做什么尽管说。"

陈天鹏道："我们人多，可能要在姑爷家里打扰几日。几个银圆聊当饭费，姑爷切莫嫌少。另外，可能还有很多地方要麻烦姑爷。"

姑爷不知道侄儿们要住多久，紧张地问道："贤侄，你们还有别的事？"

陈天鹏也不隐瞒，直截了当地说："我们这次进城，首先是要救人，其次是要搞点西药，姑爷有没有这方面的路子？"

"搞西药啊？"姑爷呆了半晌才说出话来："这个太难了。前一阵子打仗，中央军、日军都死了很多人。后来，日本人占了邵阳，那阵子满大街的都是日军伤兵，他们看见药铺就抢。后来，日本人开了一家医院，收纳了很多伤兵，他们张贴公告查抄药铺，不准中国人经营西药。有人把没被抄走的西药拿到黑市上倒腾，那也是天价。现在连黑市也没了，日本人抓住倒药的一律枪毙。就在前不久，有两个人摸进日军医院偷药，结果被日本宪兵抓了，为首的好像是叫刘七，瘸了一条腿，那个人死得好惨。与他一起偷药的还有一个十几岁的小妹子，也被处死了，二人的尸体在城门上挂了好几天。"

陈天鹏："刘七？那个171团的老兵？"

姑爷："好像是的，那人是条汉子。临刑前，他扯着嗓子喊：老子生是171团的人，死是171团的鬼！老子早死早投胎，下辈子还要干他娘的小日本……还有好多骂人的话，我都记不住了。"

"唉，又折了一条好汉！"陈天鹏唏嘘不已："这个刘七，中超曾经与他有过一面之缘……一路上我还寻思着怎么把他带出去，唉，我来晚了。"过了一会，陈天鹏重新回到原来的话题："西药不好搞，这个我知道。这也没关系，这边搞不到我们就想办法到那边去。"

姑爷："你是说到国军的地盘去？"

陈天鹏："对。"

姑爷连连摇头："哪里过得去？西大路到处都是兵，小鬼子见人就开枪。再说国军那边也不让过，可能是担心日本间谍、特务什么的，反正过不去。"

听到此处，陈天鹏方才知道，雪峰山战事已经迫在眉睫，远比想象的紧张。

正在说话，门外传来了敲门声，姑爷开门一看，是二喇叭。

德子责道："你怎么才到，城里已经宵禁了，幸好没被日本人逮着。"

二喇叭把一担干柴放到墙边，反手把门关了。这才急匆匆地道："秋月姐还好吧？"

孙小兰发现二喇叭手臂上扎了一根布条，布条下面渗出一层殷红的血渍，惊讶地问道："这是怎么回事？"

二喇叭若无其事地笑道："没事，路上遇到几个街痞子。"

"别动！"孙小兰不容分说，解开布条一看："你受伤了？司令快来看呀，二喇叭又打架了。"孙小兰捏着二喇叭的手臂不放，对姑爷说道："姑爷，麻烦你弄点盐水过来，我给他清洗一下伤口。"二喇叭个高，被孙小兰生拉硬拽着坐下来。二喇叭看了孙小兰一眼，微微一笑，乖乖地坐着不动。

二喇叭受伤了，陈天鹏吃了一惊，问道："你这厮又打架啦？"但见他那手臂上的伤口足足有十几厘米长，好在创口不深。

003

二喇叭挑着一担干柴走在前面，进城之后本想抄近道走下河街，哪知转错了巷子，正要找人问路，忽然听到前方传来一阵激烈的打斗声。

二喇叭是一个武痴，对他而言，再没有比拳脚场上的打斗声更能刺激神经的了。他放下担子赶上前去一看，只见十来个不三不四的家伙正在围着一个青年女子动手动脚，要把她往一个院子里推。女子奋力反抗，为首的男子甩手给了她一巴掌，女子一个趔趄摔倒在地，顿时云鬓散乱，花容失色。

二喇叭怒不可遏，抢上前去大喝："混账东西，光天化日之下欺负良家妇女，还有没有王法！"

原来，这是一群街痞子。为首的痞子脑袋四周刮得溜光，头顶上方织了一根弯弯的小辫子，像马桶盖的提手，这个发型正是当时最流行的宝盖头。忽然传来炸雷般的吼声，宝盖头冷不丁地吓了一跳，回头一看，只见身后站着一个铁塔般的黑大汉。

宝盖头也是吃油饭的老手，他转头打量四周，发现黑大汉只是孤身一人，身后放着一担干柴。宝盖头心里的火苗立马就蹿了起来，眼珠子一翻，张口骂道："卖麻皮的乡巴佬，你少管闲事，再乱叫就搞死你。"

一听要搞死他，二喇叭反而笑了："哎哟，看样子，你们这帮痞子做了坏事还想杀人灭口呀，来来来，要搞死我是吧，放马过来试一试。"

　　碰上这么个不识相的，宝盖头当下把脸一沉，两眼放出一股杀气："搞他！"身边的小痞子二话不说，扬起铁棒就打。二喇叭冷笑一声，抬手便将铁棒夺了过去，回手一抢，小痞子"哎哟"一声，脑门上当场溅出血来。

　　这还得了，街痞子们发一声喊，十几根铁棒不分先来后到，劈头盖脸地打将过去。"来得好！"二喇叭大吼一声，拳打肘击，一转眼便撂倒了五六个。二喇叭一年四季抡圆了膀子甩大锤，解决几个街痞子，简直不费吹灰之力。

　　眼看一众手下被一个乡巴佬打得七零八落，宝盖头怒从心头起，恶向胆边生，双手起势握拳，十指关节发出一片"叭叭叭"的响声。二喇叭心想这家伙可能有两下子，正想问他练的是哪门子功法，宝盖头的拳头已经直奔面门而来。二喇叭身形向后一挫，扣住宝盖头的拳头反手一拧："咔嚓！"宝盖头一声惨叫，手腕断了。

　　二喇叭原以为这家伙有点真工夫，没想他这么菜："不是练家子吗，骨头怎么这么脆？"其实，宝盖头就是个痞子头，整天带着一帮子混混打架斗殴玩女人，一个好好的身子早就掏空了。二喇叭见他不是对手，抓住他的衣襟往外一挥，宝盖头便如腾云驾雾一般飞出数米开外，吧唧一声摔在巷道里，四肢着地，如同一个翻边的蛤蟆。

　　黑脸大汉如此神力，那几个没挨打的早已吓得腿脚抽筋，连话都说不出来。

　　"还不快滚！"二喇叭一声低吼，宝盖头连忙爬起来，带着十多个街痞子一溜烟地跑了。

　　地上的女子站起身来，颤抖着双手向二喇叭道了个万福："谢谢大侠相救。"女子大约二十八九的年龄，只因刚才与街痞子奋力厮打，脸上沾满尘土，口角和鼻孔都流出血来。她背着一个小巧的木箱子，虽被一群街痞摔打在地，但她一直护着，从头至尾不肯松手。

二喇叭心道，木箱子里想必是装了很多值钱的行当，这才拼命护着。眼看天色已晚，赶紧吩咐那女子道："外面这么乱，你一个女子不要随便乱走，赶快回去。"

女子连连点头，再三谢过，方才转身离去。

二喇叭目送那女子出了巷子，回头一看，自己的一担干柴不见了。正在四处张望，身后忽然袭来一道寒气，光影一闪，手臂已被快刀划过。二喇叭大怒，侧身蹬腿逆袭来人。那人不慌不忙，只在二喇叭的脚踝上轻轻一按，身子借力腾空，如同一只张开翅膀的大鸟，一下子飘到数米开外。落地之时，双足钉在地上便如生了根似的纹丝不动。

二喇叭一惊，但见此人红脸宽额，双目如电，似笑非笑地看着自己，在他身后站着一群面无表情的壮汉。说起来，二喇叭就是一个没见过世面的乡巴佬，平时多在乡里游荡，完全不知道城里的路数。"你是什么鸟人，敢偷袭老子！"有道是无知者无畏，二喇叭高声喝骂。岂知话音未落，一股大力隔空传来，红脸汉身形一晃，双掌已经拍到胸前。

二喇叭连退数步，急忙挥动双拳守住门户。二喇叭浸淫黑虎教二十年，气机一旦发动，内力就会变得源源不断。两人拳掌交加，转眼间已经拆出数十招外，招数之快，看得一群汉子眼花缭乱。红脸汉子越打越快，步步相逼，感到对方内力异常浑厚，自己发力越猛，对方反弹的力道越强。斗到酣处，红脸汉清啸一声，使出一招连环抢珠式，双拳直奔二喇叭的太阳穴。学武之人，无论你的工夫有多高，太阳穴一旦被人拿住，绝无活命之理。

红脸汉居然会使黑虎教的招法，二喇叭大为吃惊，当即变拳为爪，反袭红脸汉的风府穴。

二喇叭的铁匠父亲，原是大东路黑虎教密宗门的正宗传人，二喇叭是得到父亲真传的唯一弟子，武功修为已是炉火纯青，所欠的只是实战经验略显不足。

对方毫不退让，反而强势逆袭，瞬间破解红脸汉的招法。红脸汉应变极快，而双手画圆，使出一路"游身八卦掌"来。这套掌法原是武当山董海川所创，起势缓慢，大巧若拙，一掌拍出后劲绵绵不绝，势如排山倒海。二喇叭心知遇到劲敌，当下使出平生所学，把黑虎教的看家本领"五雷掌"从头至尾施展开来。红脸汉从未见过如此精妙的拳法，一时手忙脚乱。二喇叭占得先机，足踏罡位，一招猛虎下山直捣中宫。

嘭！二人拳掌相交。红脸汉身体腾空而起，落地之后满脸惊讶，有点不可置信地看着对方。

二喇叭定住身形，双手一拱："承让。"

一位站在场外的壮汉突然发出一声暴喝："哪里蹦出来的野人，敢到宝庆来撒野！"言罢冲撞而出。

红脸汉将手一抬，壮汉立马退回原处。红脸汉向二喇叭抱拳道："谢谢兄弟手下留情，敢问高姓大名？"二喇叭好斗，但他平时与人过招均是点到为止，从来没有出过十成力道。因见红脸汉子虽然偷袭自己，却也并无相害之意，因而一拳轰出立马收劲，把对方震退的同时，自己亦是借力后退数步。表面上看，二人刚好打成平手，双方均未有失颜面。高手过招，胜负只在毫厘之间，这样的结局，对败者而言，是最体面的。

二喇叭朗声回道："在下行不改名，坐不改姓，世居大东路，大名曾开山，外号二喇叭。"

红脸汉低头沉思，自己在江湖上混了几十年，从未听说过二喇叭的名头。

原来，红脸汉是梅山武馆的总教头，今日携带一众弟子外出，恰好看见一群街痞子欺凌妇女，正待出手干预，却好黑厮冲进战团，把一群街痞子打得落花流水。红脸汉武艺高强，纵横江湖罕逢敌手，因见二喇叭武艺出众，引得自己心头技痒，也不打话，上前便是一刀。不想黑厮临战经验不足，未能防范身后的偷袭，顿被短刀所伤。好在黑厮功力深厚，中刀之时顺势一转，已将来势卸去大半。

二喇叭快言快语，性格豪爽，红脸汉惺惺相惜，当下言道："在下红老虎，如不嫌弃，可到梅山武馆一坐，当以一杯薄酒招待兄弟。"

　　二喇叭一门心思要往姑爷家里赶，哪里还敢去喝酒。连忙推却："抱歉，此番进城尚有要事，实在不敢耽误。改日有空，一定登门拜访。"

　　眼看天已擦黑，红老虎也不勉强，只把身上的一块腰牌摘了下来："也好。兄弟若是想起在下，再来找我就是。这块腰牌权且给你行个方便。城里已经宵禁，如果遇到麻烦，尽可出示此牌。"

　　二喇叭接过腰牌揣进怀里，道声："谢了！"转身欲走，早有一个身着短打的少年，把他那担干柴送了过来。

第 028 章
曹氏医家

001

"哎哟，英雄救美啊。"二喇叭这么出风头，德子心里酸溜溜的，咂巴着嘴巴道："你看，这厮进城就是想打架。"

二喇叭辩道："谁想打架呀，你才想打架。我那不是走错巷子了吗，红老虎请我喝酒我都没去，我心里净想着秋月姐的伤势，都快急死了。"

陈天鹏就知道二喇叭好管闲事，所以对他约法三章。但这一时半会也没工夫追究他，只是板着脸道："红老虎给了你一块腰牌？"

二喇叭赶紧把腰牌掏出来："在这。"

陈天鹏接过来一看，是一块长方形的纯金腰牌，正面是一个浮雕式的虎头，中央书有一个大大的"虎"字，龙飞凤舞。翻过背面，又有四个中规中矩的隶书大字："梅山武馆"。陈天鹏掂了掂，手感很沉："这块腰牌，价值不菲啊，姑爷可曾见过？"

姑爷把那腰牌翻来覆去地看了一遍："没见过。不过，在邵阳地面，那红老虎可是有头有脸的人物，衙门里的老爷也得给他三分面子。"

陈天鹏："哦，红老虎的面子这么大？"

姑爷："是啊，听说红老虎的武功特别高，日军攻占邵阳那阵，满大街的日本兵到处乱抢，就是没抢梅山武馆。后来，一个叫作小笠原的日本武士在塔北广场摆擂台，擂台两侧挂上对联：拳打东南西北，脚踢东亚病夫。小笠原不知天高地厚，扬言踏平邵阳武林。擂台摆了三天，没人上台应战。小笠原越发猖狂，自以为天下无敌，带着一群日本浪人在城里乱窜，看见武馆就砸，一连砸了七八家，却在梅山武馆被红老虎打得爬不起来。那小笠原被打之后，跑去驻军司令部调兵，发誓要将梅山武馆夷为平地。说来也怪，驻军司令加藤大佐没有答应小笠原的要求，小笠原报仇不成，转身又往梅山武馆，死皮赖脸地要拜红老虎为师。那红老虎也是一条好汉，吃软不吃硬，见那小笠原怂了，便将其收为记名弟子。后来才知小笠原的叔父是日军47师团的中将师团长，加藤大佐不敢动兵，也是奉了师团长之意，认为邵阳已经拿下，城里'须以治安为重。'红老虎收了小笠之后，佐藤大佐力请红老虎出任邵阳保安团团长。"

"红老虎是邵阳保安团长？"陈天鹏有一种头皮炸裂的感觉，转向二喇叭道："你这黑厮净惹麻烦，刚才有没有人跟踪你？"

二喇叭："没有，我都看过的，街面上一个人都没有。"

"宵禁了，街上肯定没人。"姑爷说道："红老虎这人做事光明正大，不会跟踪别人，这个倒是不用担心。其实，红老虎当时说什么也不愿出任那个保安团长，只因大汉奸王国英多次登门，对红老虎软硬兼施，最后劝他挂个虚职敷衍一下，红老虎这才点头出山。"

陈天鹏："这个王国英，那不是国民党邵阳县党部主任吗？"

姑爷："正是。这个人投降了日本人，带着一大群特务汉奸挨家挨户敲门，强拉硬拽把一些头面人物找出来担任各种伪职。"

陈天鹏："王国英这个狗当汉奸，先不讲他。那些强抢民女的街痞子，跟红老虎是什么关系？"

姑爷："这个不清楚，红老虎应当不会干那种事。那些街痞子，倒像是花栗子的人。"

陈天鹏："谁是花栗子？"

姑爷吐了一口唾沫："花栗子原先是南岳县的行政长官，书名岳持雄。南岳沦陷后，岳持雄投了日本人，也不知道怎么就跑到邵阳来了，还当了维持会的副会长。这个家伙特别坏，他借口搞什么'中日亲善，军民联欢'，把一些女人哄骗到日本兵营里去。那一阵子，稍有姿色的女人都不敢出门。"

陈天鹏："这么看来，街痞子可能是与花栗子有关，那红老虎为什么找二喇叭打架？"

姑爷："这个嘛……不太清楚。我就知道红老虎是新化梅山黑虎教的掌门弟子，最好与人比武，他和二喇叭打架，兴许是想跟他比武？"

"梅山黑虎教？"陈天鹏笑了："这一回，黑厮可真是撞了大运，说不准那红老虎跟你是一家人哦。"

"嘿！"二喇叭双手击掌，笑道："果然是黑虎教，我早看出来了。"

城里是日本人的天下，一着不慎就会人头落地。陈天鹏细细问过事件的来龙去脉，这才放下心来。他知道二喇叭的老毛病改不了，把眼一瞪："你这黑厮，还记得约法三章吗？"

二喇叭张口结舌："记……记得。"

陈天鹏斥道："记得还打架？回去再和你算账。"

在这当口，陈天鹏没有心思去修理黑厮。二喇叭透了一口气，这才跟着大家走进里屋，只见秋月双目紧闭，气若游丝。孙小兰怕大家着急，装得很放松的样子："秋月姐的情况还算稳定，伤情没有加重的迹象。"

陈天鹏稍感心宽，转头看向姑爷："姑爷，你看哪家医馆最好？"

姑爷不假思索地道："曹氏医馆！曹老太医的医术高明，他是全邵阳最好的大夫。"

陈天鹏："曹老太医？"

"嗯。"姑爷见了秋月的脸色，生怕她一口气提不上来死在自己家里，心下里一个劲地祈祷菩萨保佑，希望这个女子能够熬到明天。这时，他发现火盆的木炭依然如故，根本没有燃烧起来。姑爷心里吃惊，赶紧打灶屋里铲了一大铲红色透亮的火石过来，然后重新架好火盆里的木炭，随着几声清脆的爆响，火盆里飞出一串红色的火星，姑爷的脸色这才回复过来："日本人打过来之前，城里原来也有十多家药铺，现在都被日本人砸了，只剩下了南门口一家'大祥药铺'，还有青龙桥一家'曹氏医馆'。曹氏医馆是曹老太医坐堂，以前中西兼营，现在只有中药。"

陈天鹏又问："曹老太医是个什么样的人？"

姑爷说道："曹老太医是大清朝的御医，他不光是医术高明，且有一副热血心肠，坐诊看病从不谈钱，给不给钱都行，若是穷苦人家看病，分文不取。"

陈天鹏眼睛一亮："好，好！明天去曹婆井医馆。"

小城的夜特别安静，陈天鹏让所有的人都去睡觉，自己留下来守候秋月。看着那张惨白的面孔，他担心这个外表温顺，内心坚强，为人处世毫无名利之争的女人会突然离他而去。掐指算来，他们相处的时间不长，但是，爱情的种子已经在他们心里生根发芽。他默默地回忆在河边邂逅的情景，泪水悄悄地流下来。

他俯下身去，把火盆里的火拨得更旺，然后默默地祈祷，希望自己的女人能够跨越生死，挺过生命的难关。

002

天色刚刚发亮，众人不约而同地聚到秋月床前，准备把她往医馆里抬。孙小兰翻看秋月的眼睑，她对外界似以没有任何反应，孙小兰暗自心惊，急忙抓过秋月手腕，幸而尚有微弱的脉搏。孙小兰拦住众人："秋月姐内出血太严重，任何移动和颠簸都有生命危险。"

所有的人都傻眼了，人不能动，怎么送到医馆里去。

陈天鹏心里一沉："那怎么办？"

要说大夫这一行，孙小兰就是赶鸭子上架，被逼着干的。但她好歹上过一年护士学校，通晓一些最基本的医学常识。她将秋月的手放回被窝，抬起头来说道："下山的时候，秋月姐服用了长生大师配制的金枪药，内出血应当不会加重，但她一直处在昏迷状态，生命体征非常虚弱，就像一张薄纸，一不小心就会捅破。她现在绝对不能移动，要不这样，把曹老太医请到家里来吧。"

姑爷道："请家里啊？恐怕有点难哦。曹氏医馆每日里都有人排队就诊，曹老太医忙得很。再说曹老太医年事已高，不知道请不请得动。"

二喇叭道："我去，扛也好背也好，反正把他弄过来就是。"

陈天鹏道："你给我闭嘴，哪都别去。"

"嗨，我不说话就是了。"二喇叭悻悻地站到一边去了。

二喇叭和德子以前来过邵阳，两人在姑爷家里住了好些日子。姑爷知道二喇叭爱惹祸，但他喜欢这小子实诚。姑爷拉了一把二喇叭，看了一眼他手臂上的伤口，不由心生一计："二喇叭手臂有伤，不如以此为由，我们先让二喇叭去看诊，顺便再与曹老太医细说详情，争取把他请过来，你看如何？"

事到如今，陈天鹏心想死马当作活马医，先找到曹氏医馆再说。当下吩咐德子、小兰、舒大舒二兄弟在家看护秋月，自己与二喇叭、姑爷三人一道前往曹氏医馆。

几个人转出巷道口，刚刚走到街面上，忽然碰上一队巡逻兵，一个二鬼子叫道："站住，良民证！"

陈天鹏心里咯噔一下，暗骂："真他妈的碰鬼，出门撞上巡逻队。"

姑爷赶紧掏出良民证迎上前去："有有，有良民证。"二鬼子看过姑爷的良民证，又盯着其他人问："你们的呢？"姑爷抢着说道："长官，他们是打乡下来的，都是我侄子。"

"嗯？"二鬼子的眼神突然凶狠起来。

二喇叭见势不妙，拉开架势就要开打。

陈天鹏拉了一把二喇叭，走上前去扬声大笑："看良民证是吧，有，拿去看吧。"伸手掏出红老虎的腰牌递了过去。

二鬼子接过腰牌，立马换了一副笑脸："失敬，原来是红老板的人，有什么要帮忙的吗？"

"不必了。"陈天鹏拿回腰牌。

众人虚惊一场，赶紧离开巷道口，折往曹氏医馆去了。医馆是一个四合小院，大门临街。时间尚早，医馆大堂非常安静，只有几个候诊的病人依次坐在长凳上。大堂中间有一张条桌，一位头发花白的大夫正在低头书写处方，此人正是曹老太医。曹老太医背面立着一排组合型药柜，中药抽屉方方正正，井井有条。

进了医馆，姑爷拉着二喇叭去和曹老太医打招呼："老太医，这是我家侄儿，手臂划伤了，请曹老太医看看。"

曹老太医并未应声，待得把手上的一张处方写好了，方才摘下眼镜。他看了一眼姑爷，再看二喇叭时，脸上现出惊异的表情："你这张脸，锅底黑呀？"

二喇叭不敢回话，只是一个劲地讪笑。

曹老太医定了定神，忽然微微一笑："你们先坐，我把几个先来的看完。"言罢，转头吩咐护理："你把切好的黄芪晾到楼上去，叫三妹过来问诊。"

护理正在整理药柜，背对着老太爷回话："太爷，三妹身体欠佳，她说今天不过来啦。"

"哦，不能起床就歇几天吧。先把大门关了，今天看几个可以了。"曹老太医年岁已高，每日看诊的时间不固定，只能根据身体状况而定。护理是一位中年女子，应了一声，放下手上的活计先把两扇大门关了。曹老太医看诊的速度很快，两根手指略一搭脉便可开出方子，书写处方的速度也很快，不一会，前面的几个病人就拿药走了。曹老太医这才唤过二喇叭："手臂上是刀伤吧，打架啦？"

二喇叭支支吾吾："不是……"

"哦？"曹老太医把眼镜摘下来，仔细看过二喇叭的伤口，非常肯定地说:"应当是刀伤。小伙子,看病要说实话。"

二喇叭好不尴尬:"不瞒老太医,确是刀口划伤的。"

"嗯,这就对了。创口不深,还好。"曹老太医点一点头,又唤护理:"给他清洗一下伤口,上点白药。"

趁二喇叭去上药的空隙,姑爷上前说道:"曹老太医,我这侄儿是乡下人,来一趟城里不容易,曹老太医可否给他开点西药。"

"开西药啊,你知道西药的价格吗?不要担心,云南白药是最好的伤药,他这点皮外伤,有云南白药就行了。"曹老太医说罢,把老花眼镜摘了下来。

二喇叭正在由那护理清洗伤口,以为曹老太医说他没钱买药,赶紧道:"老太医,我知道西药贵,你尽管开价,钱不是问题。"

曹老太医很惊讶,扭过头去把二喇叭上上下下地打量了一遍:"看不出来啊,蛮有钱的……嗯,有钱是吧,有钱也要找对地方才花得掉。西药只有日本人的医院有,中国人不准经营西药,那是要杀头的。"

"……"二喇叭满脸失望。

曹老太医又问:"小伙子,你是哪里人?"

二喇叭没精打采地回道:"大东路。"

曹老太医慢悠悠地道:"嗯,坐着的那位也是大东路的吧?"

"正是。"陈天鹏赶紧起身施礼:"我是陪兄弟来看伤的,麻烦老太医了。"

曹老太医道:"不必客气,老朽的祖籍也在大东路,大东路的口音我一听便知。"

原来,曹老太医是同乡,众人立刻多了几分亲切感,陈天鹏说道:"实不相瞒,我那家中还有一个危重病人,前天不慎摔下悬崖,全身多处骨折,还有内出血,病人命悬一线,万望老太医移步救命。"

曹老太医一惊:"哦,病人现在何处?"

姑爷赶紧道:"就在小老儿家里。"

曹老太医伸手按住桌面,颤悠悠地站起身来:"护理,你再去看看三妹,身体如无大碍就过来一趟。"

话音刚落,里屋门帘一掀,走出来一位长发素装的女子,手里捧着一个小巧精致的木箱子。女子先与曹老太医打个照面,唤了一声:"父亲。"然后径直走向二喇叭,打开木箱子,从中拿出一个小盒子来:"这是一大盒云南白药,小女子愿意送给恩人。"

这一幕突如其来,在场的人全都愣住了。

二喇叭定睛一看,这女子正是他昨日在巷道口出手相救之人,大惊道:"原来是你?"

女子回道:"小女子曹三妹,昨天傍晚在出诊回家的时候遇上歹徒,幸亏恩人出手相救。"此时的曹三妹,一头长发扎在脑后,刘海偏分,五官端庄秀气,眼角虽有部分瘀青,皮肤色泽却如水一般的温润,与昨日蓬头垢面的女子相比,实有天壤之别。原来,曹三妹已在里屋等候多时,逐影寻声,早已听出在大堂里说话的就是昨日对自己出手相救的恩人。得知恩人手臂受伤,她寻思着定是昨天与一干街痞子打斗所致,心里甚是不安。听得父亲招呼自己,便将现存的云南白药全部拿了出来,这是医馆里最后一盒云南白药。

曹老太医起身施礼:"原来是恩人,只怪老夫有眼不识泰山,怠慢了。"

二喇叭手足无措,陈天鹏急忙拉着黑厮上前回礼:"老太医客气了,路见不平拔刀相助,乃是东乡男儿的本分。"

曹老太医再三言谢,又道:"老朽腿脚不便,一般也不出门看诊。昨天下午一位老友忽告患病,只得吩咐小女前去。不想路上遇见恶徒,若非恩人出手,后果不堪设想啊。"其实,二喇叭走进医馆的时候,曹老太医就注意到了,心想这黑厮的脸这么黑,八成就是昨日救了三妹的好汉,当即唤那护理把门关了。

二喇叭不懂客套,翻来覆去只是一句:"不敢,不敢。"

曹老太医道:"三妹,恩人家中尚有重症病人,你去走一趟吧。"三妹嗯了一声,背起木箱子就往姑爷家里走。原来,那只小巧精致的木箱子,里面装的全是药品。

003

一个时辰之后,陈天鹏、二喇叭、孙小兰护送曹三妹回到医馆,曹三妹一五一十地向父亲陈述病人的状况:"伤者脉象洪沉,内出血、腓骨骨折、肋骨骨折,背部撕裂伤、脚趾头冻伤,高烧寒战,心率加快,内出血严重,必须使用大剂量……否则难以控制伤情恶化。"

曹老太医问道:"脉象所属左右?"

曹三妹:"左手。"

曹老太医拿过三妹所拟处方,将其中两味药引略作添减交给护理:"速按此方拣药。"转头又道:"病人左手脉象洪沉,乃是伤及肝肾之象,但也不必过于着急,只需每日按时给药,卧床静养即可。"曹老太医三言两语便将秋月的伤情解剖得一清二楚,便如亲眼所见。

陈天鹏长吁一口气,一颗悬着的心终是放了下来。

曹老太医离家数十年,如今已经年逾古稀,见了乡里乡亲,心里十分高兴,执意要留大家多坐一会。因见陈天鹏气度不凡,故而说道:"我观你精神饱满,英气勃勃,但又略显憔悴,心里似乎藏有为难之事?"

一句话触及了陈天鹏的心事,不由叹道:"确如老太医所言,只是……"

"有何难处,但说无妨。"亲不亲,故乡人,曹老太医的话语字字句句都点在陈天鹏的心思上。

沉默片刻,陈天鹏诚恳地道:"不瞒老太医,大东路沦陷之后,天鹏率领东乡弟子揭竿而起,连月以来与那倭寇恶战不止,伤亡甚众。其实,山里也有治疗跌打损伤的大夫，无奈缺医少药，枪伤感染严重，每日都有伤员不治而亡。我等久闻曹老太医侠肝义胆，救死扶伤，故而不惜以身犯险，斗胆前来求助，但若能够得到一星半点救命的药品，没齿不忘老太医的恩德！"

曹老太医惊道："原来都是抗日英雄，失敬失敬。我这药铺原来也是中西兼营，如今西药已被日本人尽数搜去，好在我是中医世家，照样可以行医治病。你等冒险入城，老朽理当鼎力相助，小女先前拿出来的云南白药，就是现今最好的伤药。"

孙小兰道："谢谢老太医，我们的伤员特别多，一点云南白药解决不了问题。"

曹老太医听罢，多时说不出话来。良久，长叹一声："西药太难了。"

话已至此，陈天鹏心知多说无益，因而起身告辞："今日之事，我家妹子有幸得到老太医出手施救，已是感激不尽。余事不敢过多奢求，先行告辞。"

陈天鹏、二喇叭、孙小兰一行出了正门，正待往巷子里走，身后突然传来喊声："各位且慢，老太医还有话说。"却是那位中年护理追了出来，正在门外向他们招手。

众人回到医馆，曹老太医仍然坐在原处，曹三妹站在父亲身后，一言不发。

陈天鹏问道："不知老太医有何吩咐？"

曹老太医："请问后生尊姓大名？"

陈天鹏："在下陈天鹏，来此多有叨扰，还望老太医原谅。"

曹老太医："老朽有一事请教，前些日子日军车队在樟树坳遭人伏击，你可知道是何人所为？"

陈天鹏："不瞒老太医，伏击日军车队的正是东乡抗日纵队，晚辈不才，现任东乡抗日纵队总司令。"

曹老太医甚为震惊："请随我来。"一语说罢，三妹挽了父亲径直往里屋走去。陈天鹏、二喇叭、孙小兰不明就里，只是静静地尾随其后。众人走过一条光线暗淡的走廊，三妹又点起一盏油灯，这才顺着一条木梯下行，来到一个黑乎乎的地下室。

地下室里堆放着大堆垃圾，三妹扒了几下，似乎有点力不从心。二喇叭上前帮手，很快就把一大堆的垃圾扒拉开去，露出几个木箱子来。

曹老太医："把木箱打开。"

木箱盖子都是钉死的，二喇叭五指一扣便将上面的钉子拔了出来，箱盖打开了。曹三妹将油灯举到近前，但见箱子里全是大大小小的瓶子盒子，一样样、一件件码放得整整齐齐。

曹老太医："这些都是医馆先前存留下来的，应当没有过期，你们拿去吧。"

孙小兰拿起一只瓶子细看上面的文字，又飞快地拆开另外几只盒子，说话的声音变得颤抖起来："西药，抗生素！我们都要，我们全部都要！数钱，快点数钱！"

二喇叭将背上的包裹拿下来，解开绳扣摊在地上，全部都是金银首饰，还有十根金条。

陈天鹏道："这是药款，请老太医过目。"

曹老太医惊讶不已："真是大手笔啊，果然出手不凡。"

陈天鹏道："老太医，您看这些金银首饰够不够数。"为了西药，他把秋月的包裹整个的带了过来。

"谢啦。"曹老太医摸了一把颌下的胡子："老朽已经年过七十，身边只有一女，衣食用度尚能自给，用不着这么多的金银珠宝。"

陈天鹏将包裹扎上，亲手放到曹老太医手上："老太医，这批西药都是您担着身家性命保存下来的，价值连城。我们没有现银，暂以这些金银首饰和金条作为药款，如果不够，我们再想办法，一定让您满意。"

油灯之下，曹老太医一袭长衫，面色凝重："老朽保全这批西药，原也不为别的，只是为了恪守医道，治病救人。如今天寒地冻，我东乡子弟尚且抛头颅洒热血，与倭寇性命相拼，老朽把这份西药送给东乡子弟兵，就算是尽一份绵薄之力支援抗日救国，怎敢收取一分一厘的药款？"

无论曹老太医如何推辞，陈天鹏就是不肯，定要曹老太医收下药款。曹老太医见其执拗，因而言道："这样吧，老朽留下十根金条，权当买卖成交的见证。"

陈天鹏这才不再坚持。

曹老太医又道："现在的邵阳，日本宪兵每天都在搜查违禁药品，轻者抄家关门，重者当场枪毙。这些西药放在老朽这里，早就成了烫手的山芋，你们将其带走，正好帮了大忙，以免老朽日夜担心。你等不知，原先的曹家虽非名门望族，却也是一大家子人口。数年以前，曹家上下突遭横祸，多人死于倭寇之手，于今，只剩下我们父女二人。"说到此处，曹老太医老泪横流。三妹也陪着流泪："父亲，有女儿在呢，女儿为您养老送终。"

听到此处，二喇叭把牙齿咬得咯咯作响："可恶的小日本，到时候老子非把他们碎尸万段！"

三妹摘下父亲的眼镜，替他拭去眼泪。曹老太医缓了一口气，说道："东乡子弟都是好样的。你们在前方杀敌，就是在给我们曹家报仇雪恨！邵阳并非久留之地，你们尽可先行回山，你那受伤的家人，可由小女每日看诊，及时添减汤药，你等尽管放心。"说罢将那包裹重新放回陈天鹏手上。

曹三妹突然伸手拿过包裹："父亲，我想看一看。"说罢解开包裹，一件一件地将首饰分拣开来细看，表情十分怪异。

二喇叭心想妹子家哪有不喜欢首饰的，直通通地道："三妹大夫，这些金银珠宝原本就当归你，你留下来吧。"

"不啦，这不是我该拿的。"曹三妹的神情瞬间变得异常冷漠。

第 029 章

梅山武馆

001

秋月的脸上渐渐有了血色，如同一株不死的野草，这个命运坎坷的女子显出一种顽强的生命力。秋月活过来了，陈天鹏那颗濒临崩溃的心也活了过来。

入夜，众人围在秋月床前，迟迟不肯散去。二喇叭站在一旁，前几天打了一架，这一阵他表现得中规中矩，再也没出什么幺蛾子。看着那张黑脸，陈天鹏心想这厮平时最能惹祸，不想这次打架反倒打出功劳来了，上演一场英雄救美的大戏，连带着换来两大箱子西药，真个是瞎猫撞上死老鼠，运气来了想跑都跑不掉。"看不出来啊，你这厮长得黑咕隆咚的，居然是个福将。"

"嘿嘿，这个……那个，那当然……啦！"这两天，黑厮自知犯了禁条，因而老老实实窝在屋里，再也不敢到街上乱走。听得司令夸他，黑厮立马就咧开大嘴笑了起来。自打黑厮在亭子山下单骑脱逃，就给陈天鹏留下特别深刻的印象，觉得这家伙有点神。如果在部队，这么勇猛彪悍的战士一般都很能打，而且升迁快。转念一想，不能让黑厮的尾巴翘得太高，还得适当敲打他："你这黑厮，一天不打架就吃不下饭，这一次看在你救了三妹大夫的份上，算你功过两抵，如果再犯绝不轻饶。"

犯禁的事总算过去了，二喇叭心头大喜。

屋子里安静下来，陈天鹏心里生出一丝莫名的忐忑，事情是不是太顺利了？他回忆进城后的每一个环节，前前后后都没有漏洞，唯独曹三妹见到首饰时的表情令人费解。思索了一个晚上不得要领，第二天，陈天鹏召集众人商议道："我们这次进城很及时，救了秋月的性命，而且搞到了非常珍贵的西药，两个目的都达到了。现在，我们必须尽快动身把这批西药带回去，山里的伤员都在等着西药救命。问题是秋月不能动，她必须留下来养伤，大家说说，这该怎么办。"

德子："这次下山太及时了，几件事都办好了，邵阳是我们的福地啊。我想，药品必须马上弄回去，我们可以先走，秋月姐住在姑爷家里不动，有姑父姑母招呼，慢慢养伤。"

姑母："秋月住在我这里，你们放一千颗心。"

孙小兰："这么麻烦姑母，怎么好意思。"

姑母："都是自家人，这么客气干吗。放心吧，等她的伤好熨帖了，我们送她回去。"

安顿好了秋月，陈天鹏话锋一转："另外，大家想想办法，怎么才能够把两个大箱子带出城去。"

二喇叭挠头道："是啊，两大箱子药品要是弄不出去，那不是白忙活了吗。"

孙小兰推了二喇叭一把："你不是有红老虎的腰牌吗，出城的时候把腰牌拿出来一亮，看看谁敢拦路？"

陈天鹏笑道："牌子一亮就走，那当然好。不过，城门口都是日本兵守着，红老虎的腰牌对付二鬼子没问题，不知道对付日本兵行不行，万一不行怎么办？在日本人的眼皮底下搬运西药，必须格外小心，一旦败露就会引来杀身之祸。凡事须得计划周全，绝不可有侥幸之心。"

这是一桩天大的事。德子思前想后，忽然张口说道："把守城门的大多是些二鬼子，都是红老虎的手下。我想起来了，那红老虎不是要请二喇叭喝酒吗，你看，二喇叭该去梅山武馆走一趟？"

一句话提醒了梦中人，陈天鹏一掌拍在桌上："说得对！二喇叭，你去梅山武馆走一趟，就当是去拜个码头。"

德子赶紧请战："我陪二喇叭一起去，也好有个照应。"进城之后，为了安全保卫，德子候在姑爷家里没出门。表面上什么事都没有，其实他连睡觉都竖着耳朵，不敢放过这条巷子里的任何动静。

"好，你们就以黑虎教弟子的身份去。机灵点，风向不对就转弯，万万不可逞强。"说罢，陈天鹏解开包裹，在一堆首饰当中挑出一枚白玉扳指来。他拈着扳指在灯光下照了一圈："这枚扳指唤做一级白玉，可算正儿八经的古玩，你们把它送给红老虎，就说是见面礼。"

"古玩都是值钱的宝贝，这就送给红老虎了？"二喇叭有 股子江湖豪气，但他很少出门，骨子里仍然是一个乡巴佬，他心疼这件宝贝。

陈天鹏笑道："亏你还是个分队长，红老虎是什么人，一般的货色他看得上吗？就送这个，你放心，不会白送的。"

清朝末年，西方列强横行霸道，中华民族为求强国之道，纷纷建立国术武馆，梅山武馆亦是应运而生。这个时期的中华武术，包含了体格和人格的双重追求，蕴含着极其浓厚的爱国情结。

红老虎坐在一张雕花盘龙太师椅上，手板心里握着两只挣光溜滑的小铁球。二喇叭待那守门的弟子报过姓名，方才穿过演武大厅上前行礼："小弟日前不知天高地厚，多有冒犯，今日特与同门师弟一道前来致歉，还望大师多多原谅。"

"言重了，比武过招自当各逞所能，何来致歉之说。"红老虎倒也颇具气度，并未纠结过往的事。招呼二人坐定，红老虎问道："不知兄弟师从何人？"那日交手，起先，红老虎并未将二喇叭放在眼里，招招进攻，意在一举拿下对手。哪知二喇叭内力浑厚，红老虎的攻势或遭强势回击，或如泥牛入海。数合之后，红老虎发现对方既有黑虎门的柔劲，亦有南少林的刚猛，一招一式环环相扣，并无半分破绽。

二喇叭回道："不怕大师见笑，小弟从小跟随父亲练武，父亲实乃梅山黑虎教密宗门下第十五代传人。"其实，与红老虎交手之际，二喇叭已经觉察到对方的工夫与自己同宗同门，故而亮出本门绝技五雷掌法，意在表明身份，以免两败俱伤。

红老虎惊道："果然师出同门。怪道本人在五雷掌下处处受制，无法觅得先机。"更让他意外的是，这位憨头憨脑的黑脸大汉，居然是黑虎教密宗门的传人。

二喇叭谦虚道："哪里，只是师兄有意相让而已。"

红老虎正色道："非也，你我既是同门，无论胜败均未有损师门颜面。梅山武术源远流长，其时赵公元帅在梦中授予开派祖师张五郎黑虎技击之法，祖师爷恍然惊觉，把梦中的一招一式重新施展一遍，乃创黑虎教。推演至今已去七百余年，弟子代代相传，何止千千万万。如今战火四起，天下大乱，未想大东路尚存我教嫡系传人，实乃黑虎教之大幸！前日在那巷道之中交手，兄弟手下居然走出一套五雷掌来，红老虎纵横江湖几十年，原以为五雷掌早已失传，不想又亲眼得见，真是三生有幸啊。"

002

南宋末年，山河破碎。张五郎率领十万黑虎教子弟兵抵抗暴元，英雄的鲜血洒遍大江南北。风云激荡，历史如烟，转眼已经过去七百余年。黑虎教有两大神功：五雷掌、子午功，二者皆是黑虎教秘不外传的绝世功法，须是嫡系传人方可得以传承。据说，若将五雷掌与子午功同时修炼，可以达到天下武学的最高境界。红老虎习练黑虎教数十年，武功修为极高，只因不是嫡系传人，本教的子午功和五雷掌，他是只闻其名而不见其实。

二喇叭六岁练武，只因未能收敛他那自由散漫、放荡不羁的野性，老铁匠只传了他一路五雷掌，一直未将子午功传给他。二喇叭生性憨厚，但又特别操蛋，要不是长生大师点醒他，他并不知道自身的功力究竟练到了哪一层，更不知道自己就是黑虎教的传人。因见红老虎夸奖自己的五雷掌法，二喇叭有点不好意思："见笑，我也就是这点本事，此外一无所长。"

红老虎意犹未尽，又问："本门工夫之外，兄弟可曾涉猎其他门派？"

二喇叭道："开山生性愚钝，平时练武不肯用功，多被父亲责罚。后来有幸得到自然门长生大师点拨一二，受益匪浅。"

长生大师大名鼎鼎，武林中人没有不知道的。红老虎听罢更为吃惊，深感人不可貌相，海水不可斗量，叹曰："长生大师乃是当今武林泰山北斗，其师杜心五绰号南北大侠，纵横武林三十余年，我等武功若与前辈相比，不及十分之一。不是红某有意抬举，兄弟自幼浸淫黑虎教，又涉自然门，原是当今武林的顶尖高手。由此看来，本人比武落败尽在情理之中！"

"不敢，不敢。开山也就是三板斧，那日能够走成平手已是万幸。"说到此处，二喇叭将白玉扳指取出来，双手呈上："这是开山送给师兄的见面礼，不成敬意。"

红老虎一看，却是一枚温润坚结，柔光内敛的白玉扳指。历代的扳指，既是最时髦的佩饰，亦是一种身份的象征。细看之下，扳指当中刻有"一级白玉"四个小字，中规中矩。红老虎自忖：如此珍品，当为皇室御品。乃将扳指戴在自个拇指上，不大不小，刚好合适，如同量身打造的一般。红老虎大喜："兄弟何须如此重礼，莫非还有别的事情？"

二喇叭："瞒不过师兄的眼睛，确有一事相求。"

红老虎："但有何事，尽管说来。"

二喇叭："师兄屏退众人，为弟方敢说话。"

红老虎将手一挥，一众弟子纷纷退出门外。

二喇叭这才说道："开山有一批紧俏物品急需出城，务请求师兄帮忙。"

红老虎问道："是何物品，请师弟明示。"

二喇叭："西药。"

"西药？"红老虎差点跳了起来："你好大的胆，这是要杀头的！"

大事临头，二喇叭反而镇定自若："事关重大，师兄但若能够成全此事，从今以后，上刀山下火海，只要师兄一句话，全都是开山的事！"

红老虎："你究竟是什么人？"

二喇叭："不瞒师兄，自从小鬼子占了大东路，开山就加入了东乡抗日纵队。"

红老虎倒吸一口凉气："东乡抗日纵队？你知道吗，我是邵阳保安团团长！你就不怕我把你交给日本人？"

"师兄侠肝义胆，一身正气，虽说是做了日本人的保安团长，但在骨子里流淌着中国人的血。在邵阳，没有人把红老虎与小鬼子连在一起。"二喇叭平时不善言辞，到了生死攸关之际，反而说出一番入情入理，慷慨激昂的话来："与师兄相比，开山虽说也有一身武功，其实却是一个浑人。平日里游荡乡间无所事事，经常被父亲责骂，直到加入了抗日的队伍，开山方才走上正途。如今，开山既然前来拜见师兄，自知有进无退，已将生死置之度外。师兄就算是把我绑了送给日本人，那也无妨，如果能够给师兄做一块升官发财的垫脚石，开山也不后悔。"

"哈哈哈！"红老虎忽然发出一阵大笑："不怕死，是一条好汉。不过，就你们这么一群乡巴佬去和日本人斗，那不是鸡蛋碰石头吗。你不怕死，难道其他人也都不怕死？"

红老虎那话，似乎是在掂量着什么。德子知其心存疑虑，索性拿话激他："师兄说得不错，我们就是一群乡巴佬。为了父母妻儿，也为了自己能够活下去，成千上万的乡巴佬拿起武器参加游击队。樟树坳一战，我们焚毁日军辎重，夺取枪支弹药和军需物资，打死数十名日本兵，打得东乡日军胆战心惊，龟缩在据点里不敢出门。所不该的是，师兄虽说是做了保安团长，表面上威风的，实际上却背了个汉奸走狗的黑锅。"

不想在一个毫不起眼的小师弟嘴里，居然说出这么一番浩然正气的话来，红老虎深感震撼。这样的话，身边的人是万万不敢说的，是以又使红老虎感到愤怒："什么汉奸走狗？告诉你，我不是汉奸！我不怕死，只是不想无端地作死！"樟树坳一战日军损失惨重，震动整个战区，红老虎岂有不知道的？

德子又添一把火："师兄当然不是汉奸走狗，只不过是背了口黑锅而已。以师兄在江湖上名声尽人皆知，当然不会与汉奸走狗同流合污。正因为敬重师兄的人品，所以担心，师兄这保安团长的活干得越久，外面的闲话就会越多。"

二喇叭担心红老虎下不来台，急忙打圆场道："我这师弟口无遮拦，红师兄切勿在意。"

听到后面，红老虎心情反而舒坦起来，连说："无妨，师弟说的也有在理之处，继续说！"

德子见状，诚恳地说："如今日本人占了衡邵线，修了数不清的碉堡、炮楼，但是，广阔的村庄和山地仍然是我们的天下。日本人来势汹汹，其实他们连一条几百华里的公路都守不住。他们明眼人都知道，他们蹦跶不了几天，国军很快就会收复邵阳，到时候还望师兄做个内应，顺便摘掉戴在头上的汉奸帽子。"

"哈哈哈……"红老虎仰天大笑："这位兄弟伶牙俐齿，果然是个厉害角色。不过，光有嘴皮上的工夫不算，若是能够将那五雷掌在此演示一遍，方可令我心服口服。"红老虎也是一名武痴，这几日满脑子都在琢磨五雷掌的一招一式，恨不得在一天之内悟出其中奥妙。

原来，红老虎最在乎的是黑虎教的五雷掌法。那可是老铁匠关起门来传给二喇叭的独门绝技，德子哪里见过一招半式？

"这有何难！"二喇叭应声道："请借师兄的宝剑一用，待我将五雷剑法在此演示一遍！"五雷剑源自五雷掌，是黑虎教的精髓所在，老铁匠曾以这套剑法击败过无数的成名高手。五雷剑总共有十三式，最后一招杀气太重，老铁匠只传了二喇叭十二式。

世间万物相生相克，演化了数千年的拳经剑道总是暗藏玄机，一朝揭开它的真实面目，便是无数的武林人士翘首以待的时刻。

红老虎大喜过望，大呼："拿剑来！"

黑虎教深藏玄机，拳法与剑招兼容并蓄，合而为一。二喇叭剑指前方，指东打西，指南打北，一招一式似拙实巧，蕴含着无穷无尽的变化。一套剑法走完，二喇叭又将五雷剑法再走一遍，一招一式缓缓走动：叩拜雷神，浑然如一，亢阳为虐，鼓震乾坤……看似即兴表演，其实是将一套五雷剑法毫无保留地授予红老虎。

连看两遍，红老虎已将其中招式变化尽数记在心中。过了多时，红老虎方才回过神来，击掌道："看了五雷剑，方才知道我红老虎行走江湖几十年，一身武功只是徒有虚名！"转身大呼："拿酒来，给祖师爷上香！"众弟子一拥而入。红老虎大步走向祖师爷神龛前，寒光闪过，尖刀划过手腕，随手一掷，尖刀"嗖"的一声扎入桌面，直没入柄。殷红的鲜血溅入酒里，红老虎举起血酒："祖师爷在上，今有黑虎教同门曾开山、陈上德与红老虎志同道合、结为兄弟，从今以后，梅山黑虎教与大东路黑虎教，皆是一家人！"

二喇叭随后拔出桌上的尖刀，也在手腕上一划，复将尖刀插入桌面。德子也不打话，往那桌上轻拍一掌，尖刀随之弹出，一挥手便已端起殷红的血酒。武馆众弟子近在咫尺，没人看得清楚他是怎么割破手腕的。

红老虎叹道："大东路黑虎教，果真是藏龙卧虎！"三人一同跪倒在黑虎教祖师爷的神像之前，结为八拜之交："红老虎、曾开山、陈上德三人，今日结为生死兄弟，从此以后有福同享，有难同当。不求同年同月同日生，但求同年同月同日死。皇天在上，后土为证，如有违背，天诛地灭！"

曹老太医不放心，让曹三妹雇了一顶轿子，亲自过去问诊。

给秋月把脉过后，曹老太医道："幸而山里大夫经验丰富，停了一夜方才下山，否则一路颠簸，内脏出血加重，便是神仙来了也无力回天。妹子现在的脉象趋于平稳，性命已无大碍，只需按时服药，卧床静养即可。"

阳光透过窗棂，暖暖地照进屋里。秋月的睫毛颤动了几下，缓缓地睁开了眼睛。

众人围在床前，没有人出声，似乎是担心惊扰了刚刚醒过来的人儿。秋月的视线在众人脸上转了一圈，她想起了山崖上的片段，又想起了营地里的伤员。她发现自己躺在一个陌生的地方，嘴唇动了一下，声音细如蚊蝇："这是什么地方？"孙小兰俯下身去听她说话，耳朵贴到了秋月的脸上。秋月一个字一个字地说，孙小兰就一个字一个字地复述，说给大家听。

陈天鹏知道秋月最担心的是什么，安慰她道："你放心，营地的伤员有长生大师看着。你受伤了，现在住在姑爷家里，为你治伤的是城里最好的大夫。"

秋月听罢，愈发觉得心里不安："这里是邵阳吗，你们都来了，营地怎么办？你们回去吧，这里有大夫，大家不要为我担心。"

曹老太医连连点头："妹子说得对，有老夫在此，你等尽可放心回去。"

陈天鹏点头称是。众人合计多时，留下了一些银圆给姑母做生活开支，又把舒大舒二兄弟留下来看护秋月。一切安排妥当，带着两个箱子连夜遁出城外。

冬日的冷风掠过原野，打在脸上生疼。

众人走了一程，一辆黑色的敞篷骡马大车打后面跟了上来。陈天鹏一惊，示意众人加快脚步，哪知大车也随之加快速度，任你怎么走都甩不掉两个轮子的大车。

二喇叭心里憋火："你们先走，我去弄死那狗日的。"

陈天鹏担心二喇叭下手不知轻重，阻止道："二喇叭保护药品，德子上去看看，见机行事。"

到了急转弯处，众人紧赶几步转到几棵大树后面，大车果然加速追了上来，德子身形一晃，飞身跃上大车。"叭！"车夫手上的长鞭甩向德子，德子单脚在车辕上一点，一手拽住长鞭，一手拎起车夫，暴喝一声："下去吧！"车夫的身体飞了起来。

二喇叭正在郁闷，不想那车夫被德子一扔，变作黑乎乎的一团向他飞来。二喇叭立马一个箭步抢上前去接住飞来之物，也要往空中一扔，好好地过一把手瘾。陈天鹏急忙喊道："留下活口！"二喇叭定住双臂，将那车夫往地上一掷，喝道："你是什么鸟人，竟敢跟踪我们！"

这一掷不打紧，车夫头上的毡帽飞了出去，落下一头瀑布般的长发来，原来是个女人。

孙小兰发出一声惊叫："曹三妹！"

二喇叭也蒙了："怎么是你！"

孙小兰连忙上前扶起曹三妹，回头嗔道："你们两个就是鲁莽，不看清楚就扔人家。"

二喇叭不知所措，像个小学生般地直搓手，一脸的尴尬。事情搞砸了，德子赶紧脚下抹油，远远地跑到前面去了。

陈天鹏没想到赶车的人居然是曹三妹，连忙上前道歉："真的不好意思，没伤着你吧？"看见德子跑了，陈天鹏只拿二喇叭出气："还戳在那里不动，还不快点把人扶到车上去。"

曹三妹缓过气来："不用，我自己能走。"

陈天鹏问道："你怎么赶一辆大车出来，是来追我们吗？"

曹三妹扶着孙小兰走了几步，没有发现身体骨折，这才透了口气：

"昨天晚上，家父担心你们出城受阻，花了十根金条买通城门的便衣队。把守城门的原来只有保安队和日本人。最近，便衣队的活动很频繁，他们24小时派人蹲守城门盘查行人，看见不顺眼的就带走。便衣队长花栗子受过枪伤，是家父为他做的手术，还好，那家伙收了金条便拉着几个日本人喝酒去了。后来，保安队又增加了一个小队的值夜人员，父亲以为情况有变，让我驾车在城门口处等候，万一有事就策应你等往城外冲。"

原来，红老虎百密一疏，搞定了自家手下和城门值班的日本兵，却没注意花栗子的便衣队。幸好曹老太医思想周全，及时搞定了便衣队。陈天鹏叹道："真是人算不如天算，若不是曹老太医暗中相助，我们能不能出城都难说。"

曹三妹道："赶紧走，以免夜长梦多。"

二喇叭咧开大嘴："只要出了城门，就没有人能够阻挡我们。三妹大夫先回吧，城里还有我家受伤的秋月姐姐，劳你多多费心。"

"城里有家父在，秋月那边尽可放心。"曹三妹道："我不回去了，我跟你们进山，去你们的营地。"

陈天鹏以为自己听错了："你说什么，你要去我们的营地？"

曹三妹："嗯。"

陈天鹏慌忙道："三妹大夫，营地生活条件差，连睡觉的地方都没有，你受不了的。"

"没事，你们吃什么我就吃什么。睡觉么，有一张床就行，也可以跟小兰挤一挤。"曹三妹有备而来，根本没把陈天鹏的话当回事。

陈天鹏连连摇头："不不不，你一个城市小姐，哪里吃得了那个苦？"

曹三妹一笑，转身从大车上抱了她的小箱子出来："陈长官，我是邵阳城最好的外科大夫，这个小箱子里装着我的手术器械。我去你们营地，可以拯救很多伤员的性命。"

孙小兰一听，高兴得跳了起来："太好啦，三姐姐是真正的大夫。我现在和秋月姐住在一间房屋，以后我们三个人一起住。"

陈天鹏仍然心存顾虑："三妹大夫匆匆前往佘湖山营地，曹老太医可曾知道？"

曹三妹回道："正是家父的意思。"

第 030 章

老牌特务木村

001

山田龟生盯着墙上的地图，手里的棍子在地图上点点戳戳，嘴里时不时地发出一阵叽叽咕咕的声音。这种五万分之一的军用地图非常粗糙，没有里程比例，也没有地形高低数据，丘陵河流、沟坎峡谷和大大小小的山峰都偏离了原来的维度。差之毫厘，失之千里，光凭这样的地图，日军无法确定任何一支游击队的位置。但是，山田龟生没得选，这是唯一可为他提供参考的地图。

耶姜山脉七十二峰高低错落，丘陵山地此起彼伏，与雪峰山脉走势平行。两大山脉如同两匹奔腾的骏马，驰骋在湖湘大地之上。在茫茫林海之中，纵有千军万马潜伏其中，大山之外也无从知晓。山田龟生充其量就是一个临时插队的外来户，一时半会又怎么搞得清那么复杂的地理状况。

"报告！"门外传来卫兵的声音："木村少佐来访。"这一次，木村很耐心，没有像上一次那么匆匆往里闯。

山田龟生："进来。"

"山田君！"木村直挺挺地行了个军礼，然后打公文包里拿出一根小指粗细的竹筒，不慌不忙地从竹筒中抠出一张纸团来："你看看这个。"

山田龟生缓缓剥开纸团，只见上面写着一行细小的日文：

"シャシャホー山、独立縦隊陳コン鵬、坑下。"

山田龟生猛地一惊，盯着木村问道："哟西，陈天鹏的抗日纵队驻扎在佘湖山？"

木村重重地点了点头："是的。这是井下一郎传出来的情报，如果我估计得没错，他已经打入了陈天鹏的东乡抗日纵队。"

"是吗？"看着纸片上的字符，山田龟生兴奋起来："井下这家伙，干得不错！"

井下是木村手下的一名高级特务，遗憾的是，木村现在并不清楚这家伙的确切位置。情报这一行，不可控的因素太多，木村不敢拍胸脯保证它的真实性。得到山田龟生的肯定，木村现出一副宠辱不惊的表情："根据可靠情报，陈天鹏是重庆军304团上校团长，长沙会战期间，304团被我军击溃，陈天鹏临阵脱逃，304团番号被重庆陆军部取消。"

"临阵脱逃？哈哈！"山田龟生突然发出一阵狂笑。对陈天鹏的身份，他早就有所怀疑，但他并不急于捅破那层纸，就是想把游戏多玩一会。意想不到的是，这个中国人居然是一个临阵脱逃的团长，换而言之，这是一个变节者。在他眼里，陈天鹏的才华和能力都是顶级的。他想，这么优秀的人都会成为变节者，重庆政府实在是无能，怪不得会在军事上一败涂地。前些日子，他曾经想过要给一个什么样的职务给这个中国人，让他好好地为皇军效力，不过，他还未来得及实施自己的计划，这个人就被飞虎队"掳走了"。令他意外的是，一个"被掳走"的人摇身一变做了游击队的司令，这使他感到恼怒。

木村问道："山田君，下一步我们该怎么办？"

山田把那张小纸条重新读了一遍，兴奋和傲慢重新回到脸上："木村君，你认为一个逃兵会做多长时间的抵抗？"未等木村回话，他已经得出了结论："我看，陈天鹏这个人不到穷途末路，是不会投降的，一个逃兵……"他的"老朋友"不光是个逃兵，而且还是个秀才。中国有句俗话：秀才造反，三年不成。他再一次张口大笑。他并不急于和他刀枪相见，他要活捉他，降服他。他想，如果让陈天鹏代替那个饭桶王中师，辖区内的治安一定会好得多。

木村并不认可山田的想法，凭他的直觉，陈天鹏这个人很狡猾，就算是被活捉了也不会为皇军效力。他觉得山田中佐太乐观了，毫不犹豫地给他泼了一盆冷水："山田太君，对付陈天鹏这样的人，最好的办法就是彻底将其消灭，没有必要在他身上花费太多的精力。"

"不。"山田龟生绕着办公桌转了一圈，自信满满地道："木村君，你只知其一不知其二。孙子兵法云：兵无长势，水无长形，能因敌变化而取胜者，谓之神。现在，敌情有了新的变化，我们也要因敌制变，先变于敌。东乡抗日纵队躲在深山老林，看起来很隐蔽，但他们缺少武器，缺少粮食和药品，这使他们无法长期坚持。"

木村不住地摇头："大东路的治安混乱，盗匪成群，局面很不稳定。在我们的辖区内，不光有东乡抗日纵队，还有东江纵队、湘中第二支队等十几支游击队，这些游击队一旦联合起来，将对衡邵路造成很大的威胁。"

"你说得很对，我们必须消灭这些游击队。用不了太长的时间，陈天鹏就会举起白旗投降的。"说到这里，山田龟生又看了一眼手上的纸条："井下的情报太简单了，木村君，耶姜山脉与雪峰山脉首尾相连，原始森林无边无际，地形非常复杂，你必须设法弄清抗日纵队的确切位置。"

木村略微皱了一下眉头，脸上露出不自然的表情："请相信，井下是一个有经验的情报员，我估计，他的下一份情报一定会准确报告游击队的位置。"客观地讲，木村是一个合格的情报官，他的情报向来准确无误，从来不会无的放矢。他想，井下送出来的纸条太简单，估计是遇到了巨大的麻烦。

随着战线拉长，日军兵力严重不足，他们只能依靠简陋的交通线控制沿途城镇，要想进入莽莽苍苍的原始丛林寻找和围剿一支游击队，犹如大海捞针。

"报告，山口小队长求见！"与山口一同进来的还有胖猪头翻译官。

山口啪的一个立正："报告，四郎和大冢已经为天皇尽忠，他们的尸体是在河滩上发现的。"四郎是山口的亲弟弟。发现四郎的时候，尸体已经高度腐烂，且因遭受野兽撕咬，面孔已经完全无法辨认，经过翻找死者军装的上衣口袋，查看缝在布片上的姓名，这才确定了他们的身份。

山田吃惊地问："怎么死的？"

山口回道："一定是可恶的支那人杀死的，请太君下令，为四郎和大冢报仇！"他瞪着通红的眼珠子，只等山田一声令下，他就会像一头狂怒的狮子，冲向田野和村庄，把他能够见到的支那人全部杀掉。

胖猪头翻译官也在河边勘探现场，原想是要找几个当地人问一问情况，那片河滩前不着村后不着店，根本没人可问。事实上问也白问，那两个家伙是被二喇叭弄死的，没有人知道当时的情况。山口开口闭口要杀光所有的支那人，胖猪头有点不高兴，因为他也是支那人。待得山口把话说得差不多了，胖猪头说道："太君，我觉得四郎和大冢的死没有那么简单。两个人的尸体是在河边发现的，这个位置没有村庄，他们的死因或许存在其他的可能性。"

山田龟生偏过头去看胖猪头，他觉得这个家伙没有平时那么蠢，不禁问道："其他的可能性？"

胖猪头在兵营里待久了，基本上摸准了山田的个性。听见山田向自己发问，顿时激发了他的聪明才智："从两名士兵失踪的时间上分析，那个时候正是天气炎热的夏天，我认为，他们是在下河游泳的时候淹死的。"

"八格牙路！"山口对胖猪头怒目而视。

胖猪头不怕山口，他不过是一个小队长。胖猪头继续说："据我所知，四郎和大冢曾经偷偷溜到河边游泳，这样的情况，他们有过好几次。"

未经上司准许离开兵营都是严重的违纪行为，山口小队长也要受罚。

山田的视线投向山口："你的士兵擅自离开兵营，有没有？"

胖猪头和山口不对脾气，两人经常唱对台戏。看见山口挨训，胖猪头幸灾乐祸，他巴不得把山口弄到禁闭室去，杀一杀他的哈气。胖猪头继续发挥想象力，画蛇添足地扯出另外一档子事来："太君，这条河叫作蒸水河，河里有水鬼，每年都有人在河里溺亡。"

山田脸上变色："什么水鬼？"

翻译官双手比画："水鬼，就是水猴子，当地人都知道。"

数千年来，水中有看不见的怪物，因而就有了水鬼、水猴子的说法。在日本，水猴子被称为"河童"。日本人认为，被溺死的小孩都有一股怨气憋在体内，怨气出不来，死后就会变成"河童"。"河童"一般都会潜伏在岸边或者水里，专找小孩或者下河洗澡的年轻人吸血。因此，只要是有池塘、河流和湖泊的地方，家长都会告诉小孩有关"河童"的故事。

"八格牙路。"山田龟生呵斥道："山口君，你的部下……纪律大大的坏了！"

"哈衣！"山口面如土色。

不过，山田龟生不是小孩子。斥过山口，又指着胖猪头道："水鬼的没有，游击队的干活！"

胖猪头吓了一跳，赶紧见风使舵："太君高明，游击队的干活！"

前方战事吃紧，山田大队有半数以上的老兵被调往作战前线，虽有新兵补充，战斗力早已大不如前，加上分兵驻守沿途的炮楼、据点，大队部的常驻兵力不足两个中队，尽管另有一个伪军保安大队，但那些家伙都是纸糊的相公，打不了硬仗。这使得山田龟生面对一支小小的游击队，不敢轻易调兵遣将。

王中师来了。这家伙自打挨了二喇叭一记窝心脚之后，基本上就成了一个废人，一天到晚全靠鸦片撑着，一副痨病鬼样子。

山田龟生问道："皇帝岭的钻山狗呢，怎么突然消失了？"

王中师哈着腰上前回话："报告太君，有马路消息说，钻山狗和另外一支人马发生火并，被灭掉了。"他怀疑灭掉钻山狗的就是飞虎队，但他不敢说。他拿过陈天鹏的金条，还拍着胸脯担保过五里牌。

王中师似乎在隐瞒着什么，山田龟生狠狠地盯着他，阴森森地问道："另外一伙人？什么人得干活？"

山田的眼神使得王中师毛骨悚然，冷汗直冒："报告太君，听说有一支很厉害的游击队，他们就在佘湖山一带活动，我曾经多次派人侦查，但是一直没有得到确切的消息。"

直觉告诉山田龟生，消灭钻山狗的人就是陈天鹏。他对王中师的表现大大地不满："八格牙路！保安大队饭桶大大的。游击队的人数和番号，你统统的搞清楚。"

"是！"王中师屁滚尿流地走啦。

山田龟生根本不敢相信王中师。他对木村说道："井下的情报定位不够准确，你的出马，尽快找到陈天鹏的营地，嗯！"

003

木村的身材矮小，一张坑坑洼洼的麻子脸，看上去像是一个营养不良的病人。其实，他受过非常严格的军事训练，体力特别好。他能讲一口流利的中国话，对中国军队的游击战术颇有研究，东江纵队就因被他挖坑设套，吃过一次大亏。木村的脑子转得相当快，他决定亲自往佘湖山走一趟。木村找来王中师，两人商量了很久，先是找了一名向导，然后各自换了一身破破烂烂的衣服，扮成要饭的乞丐进山。另有一个十来人的便衣小队，远远地跟在后面保护。

大山深处野兽出没，原始森林遮天蔽日。进山的第二天，向导趁着他们打盹的当口溜走了。

"八格！"木村没有放弃，他和王中师二人继续往前走，他们在丛林里发现一条若隐若现的小路，小路一直通往山林深处。在人迹罕至的山林怎么会有一条小路？木村扯了王中师一把："站住。"直觉告诉他，附近很可能驻扎着一支人马，再往前走就可能吃枪子。

王中师的精神高度紧张，他以为木村发现了什么情况，吓了一大跳。

"不能再往前走。"木村拿出指南针测试方位，决定从另外一个方向靠近这座大山。望山跑死马，转到第三天，他们在后山发现一条水流不大的山涧。木村一阵窃喜，顺着水流向上望去："这里可以到达山顶。"涧水宗宗流淌，清亮见底。木村对自己的判断深信不疑，决定顺着山涧爬上去看个究竟。

涧水两侧湿滑，树枝和灌木密密匝匝，木村挥动短刀劈开拦路的荆棘，扯着树藤和灌木往上爬。王中师是个鸦片鬼，这么高强度的攀登，他哪里受得了，没爬几步就摔了好几跤，把一只手板和两只膝盖都摔烂了。来到一面陡坡之下，涧水打头顶飞落下来，形成一道瀑布，两边都找不到落脚的地方，他们顶着瀑布逆势而上，几次尝试都被水流冲了下来，木村也摔破了胳膊。两人坐下来吃了一点干粮，打算补充一下体力。王中师喘息不止，他已经筋疲力尽。

木村不再理会王中师，独自一人往上攀爬。一个小时后，他拉扯着一簇一簇的灌木，一步一步地爬上陡峭的山崖。往下一看，木村几乎不相信自己的眼睛，虽说受过高强度的山地训练，爬上这么险要的地方还是第一次。木村匍匐前进，非常小心地趴在一道土坡后面，喘息片刻，取出望远镜向山里瞭望。透过低矮的灌木，他看到了数里开外一排排土色的小屋，小屋前面有一大片平整的草地，草地上站着许多移动的小黑点，像是正在操练的士兵。木村不断地转动望远镜，把望远镜的视距调到了极限。

他没法看得更清楚，但他相信自己找到了游击队的营地。他感到一阵难以遏制的兴奋，迅速拿出笔和纸，将这个营地的位置描了下来。做完这些，他长长地出了一口气，从怀里摸出一个压扁了的烟盒，里面还有一支香烟。运气不错，木村无声地笑了。他顺手便将那只空烟盒扔了出去，然后非常舒展地躺在草坡上，点燃了最后一支香烟。尼古丁刺激着他的神经，他的四肢百骸都舒畅起来。

004

陈中超捏着皱巴巴的烟盒左看右看，在 304 团的时候，他见过这种香烟，那是战场上缴获的战利品。烟盒正面印着几行歪歪扭扭的日本文字，他没法认，背面有"长寿烟"三个大字，边上附有一行小字："天天爱自由"。陈中超越看越吃惊："这是日本香烟盒，哪里来的？"

小六子道："采药的时候，在后山捡的。"

陈中超的脸色唰地一下变了："后山捡的？走，去看看！"

一泓山泉绕着后山的土坡转了半个圈，越过崖壁扑下山去，水流在空中形成一道飘洒的水雾。在山泉流过的地方，陈中超发现了橡胶鞋底留下的纹印。顺着岩壁向下俯视，岩壁上的灌木高低不齐，中间现出一道凹痕，一直延伸到山下。陈中超倒吸了一口凉气："如果有人从这里攀爬上来，可以避开大山嘴和小山嘴所有的明哨、暗哨，从背后偷袭我们的营地。"

陈子青也来了，见此情况，脸色变得铁青："娘的，山田老鬼子挺会挑时间的啊，司令才刚下山，他们就找到这里来了。"

陈中超冷笑道："此处断崖天险，我们不妨将计就计，在此布置一个中队的兵力，单等山田老鬼子上来送死。"

众人返回营地，匆匆召集会议。

陈子青打了个开场白："小鬼子已经发现我们的营地。"

会场一片哗然。

"我们也不必慌张。"陈子青接着说："陈司令去了邵阳，但是，他早已预料到可能发生的情况，提前做了部署，安排陈中超负责军事。陈中超是全军有名的战斗英雄，实战经验丰富，有陈中超在，这个仗怎么打都不怕。从现在开始，一切行动听从陈中超指挥！"

大棚里安静下来，一根针掉在地上都听得见。陈中超的目光扫向众人："日军的意图很明显，他们企图攀登后山绝壁偷袭我们的营地。这是一件好事，我们正好可以利用后山天险消灭敌人。我命令：曾长生代理特勤分队长职务，大猛子代理机枪分队长职务，其他人职务不变。"

陈子青："后山是敌人发动偷袭的主战场，建议将后山防守任务交给我去指挥。"

陈中超："同意，四中队立即前往后山修筑阵地，拦腰截断涧口的水流，设置檑木滚石，准备迎敌。另外，增调机枪分队第三小队、特勤队一部协同防守后山。大师兄，后山阵地至关重要，交给你了。"

陈子青："人在阵地在，陈子青誓与阵地共存亡，绝对不让偷袭之敌前进一步！"

"好！"陈中超继续发布命令；"日军偷袭不成，必将转为大规模的正面进攻。一、二、三、五、六中队、机枪分队一、二小队协同防守营地正面，特勤分队一部机动。我命令，各部立即构筑工事，封锁了大山嘴、小山嘴。"大小山嘴是一个连环套式的天险关隘，是上山的必经之路。

陈中超是长沙会战打出来的战斗英雄，排兵布阵，因地制宜构筑工事都是他的绝活。他胸有成竹，佘湖山地形险峻，敌人如果没有重武器，光凭步兵是攻不上来的。

第 031 章

偷 袭

001

山田龟生精神焕发，军刀在地图上指点江山。一旦进入临战状况，这个平时惯于作秀的老鬼子就会变得色厉内荏、咄咄逼人，从骨子里迸发出日本武士的疯狂和嗜血。他的思路清晰，战斗部署干脆利落，寥寥数语已将部队的攻击和偷袭的目标，后续任务详细分解到位，没有任何拖泥带水。

东边天际露出了一抹鱼肚白，日军士兵悄悄抵达后山涧道之下。山田一声令下，敢死队立刻拽着山体上的灌木往上爬。一个老鬼子率先登顶，但见云雾茫茫，大山仍然沉睡在成片的雾霭之中。老鬼子掏出信号枪，发射了一枚橘黄色的信号弹。

看着冉冉升起的信号弹，山田龟生露出了一丝阴鸷的笑容。

老鬼子收了信号枪，突然看见前方有一排黑洞洞的枪口。他急忙拉动枪栓，但已来不及了。一阵密集的子弹迎面射来，老鬼子身中数十弹，瞬间就被撂倒在地。尚在岩壁上的小鬼子听到枪声，加快速度往上攀爬，哪知上来一个死一个，全被击毙在崖顶之上。偷袭战最忌讳的就是被敌人反伏击，一旦遇到这样的情况，极易造成士兵心理的瞬间崩溃。

敢死队在崖顶遇上守军，战斗意图已经暴露，山田龟生下令炮击。迫击炮弹飞向崖顶，爆炸声响成一片。

猛烈的炮击刺激着士兵的神经，数十名敢死队奋勇而上。

这是一场没有退路的战斗，此处如果失守，东乡抗日纵队就有全军覆灭的危险。陈子青端起机枪猛烈扫射，小鬼子惨叫着，一个一个地摔下山崖。

经过数轮校射，炮弹一波一波地落到阵地上，四中队伤亡惨重。一阵尖利的啸声过后，又一颗炮弹砸落下来，烟尘弥漫，陈子青的身体在爆炸声中飞了出去。

"大队长！"几个战士扑了上去。

陈子青躺在战士的怀里，艰难地抬起头来："不要管我，赶快去放檑木，一定要把小鬼子砸下去！"几名战士解开绳扣，涧水伴着檑木轰然而下，正在攀爬途中的小鬼子吓得连声惨叫，被檑木击中的小鬼子如同断了线的风筝，接二连三地从崖壁上飘落下来。

偷袭战宣告破产，山田龟生气急败坏，拔出指挥刀狂叫："王中师的，死了死了的！"

王中师扑通一声倒跪在地，捧着脑袋大喊饶命："太君，此处山间小道，是木村少佐攀上山顶发现的，与我无关啊！"

"八格牙路！"山田龟生的战刀在头顶上足足举了三分钟，呼的一声砍向一边，转身对木村少佐吼道："混蛋，你的应当切腹！"

好好的偷袭战怎么就中了游击队的埋伏，木村早就开始冒汗了，这个老奸巨猾的特务，一时间也没弄清楚是什么地方出了问题。他扶了一下架在鼻梁上的眼镜，嘴巴张得很大，却没有发出声来。这时候，他确实有切腹的打算。

偷袭不成，山田龟生一不做二不休，指挥大队主力正面进攻佘湖山。为了活命，王中师打起精神，率领伪军大队向大山嘴逼来。

大山嘴是上山的必经之路。陈中超趴在掩体里看着伪军的一举一动。他目测了一下伪军的距离，把手往后一伸。小六子心领神会，将九七式狙击枪递了过去。德子进城的时候，这支枪就让小六子背着。

"呼！"地一声枪响，王中师头顶上的帽子呼地一声飞了出去，吓得他大叫一声趴在地上，其他的伪军发一声喊，就跟见了鬼似的掉头狂奔。过了一会，日本兵上来了，一顿枪托砸过去，又把这些吓得魂飞魄散的伪军揍了回来。日本兵架起歪把子机枪向山上猛扫，子弹打在树林里，落叶纷飞。伪军们这才壮起胆子，学着日本兵的样，一边打枪一边猫着腰爬山。

这些伪军没打过仗，打枪根本就不瞄准，只是为了壮胆。陈中超传令："所有的人注意，节约子弹，等敌人靠近了再打。"

那一枪早已把王中师吓得半死，但他不敢后退，因为屁股后面是日军督战队。伪军渐渐逼近大山嘴，前方反而没有任何动静，王中师一下子就雄了起来，亮开嗓子喊道："弟兄们，游击队已经跑了，给我冲啊！"伪军们信以为真，果然放开了胆子向上冲。

"手榴弹！"陈中超一声低吼，成群的手榴弹飞了下去，正在冲锋的伪军被炸得一塌糊涂，一个个拼命地往灌木丛里钻。

王中师的腿肚子开始抽筋，他既担心游击队的子弹，又担心山田龟生的指挥刀，只是趴在灌木丛里乱喊："弟兄们，开枪呀，都给我往死里打，打死一个游击队奖赏五个银圆。"伪军也都不傻，性命攸关的当口，谁还稀罕他的银圆？一个个趴在地上不敢露头，胆大的朝天打上几枪，就当是交差。王中师的一举一动，山田龟生在望远镜里看得一清二楚。保安大队都是一群脓包饭桶，他本来也没指望这些家伙能够打仗，只不过是让他们在前面探个虚实，充当炮灰罢了。山田龟生放下望远镜，指挥刀向前一指："杀个鸡鸡！"日军数挺重机枪一齐开火，打得大山嘴上土石飞溅，大队鬼子趁势发动进攻。

鬼子兵冲向大山嘴阵地，动作非常迅速。陈中超大喊："打！"阵地上的长短武器一齐开火。阵地前方的坡面很陡，小鬼子找不到合适的掩体，密集的子弹逼得小鬼子往两边的灌木丛里闪，与先前躲在里面的伪军滚成一堆。陈中超看准时机："手榴弹！"密集的手榴弹再一次飞了下去，炸得灌木丛里鬼哭狼嚎。

002

日伪军潮水般地退了下去，大山嘴沉寂下来。陈中超忽然觉得哪里不对，立即下令撤出阵地，正在这时，密集炮弹呼啸而来。

战士们撒开丫子和炮弹赛跑，跑在前面的躲过一劫，跑在后面的都炸没了。一块弹片削去了陈永华的半只耳朵，他血糊糊地坐在地上骂娘："妈的，小鬼子的本钱就是大，炮弹多，幸亏老子跑得快，要不就全部交代了。"

山下的日军重新集结，准备发动新一轮的进攻。可以预知，后面的战事将会更加惨烈，陈中超对陈永华道："你带一小队隐到林子里去，记住：山上不管打成什么样，你都不要管。天黑之前你们设法靠近鬼子的炮兵阵地，不惜一切代价摧毁它！"

陈永华胸脯一挺："是！"

日军再次冲锋，一举攻上大山嘴，哪知守军已经尽数撤走，他们占领了一个空无一人的山头。为了一个大山嘴，又送掉了十几名士兵的性命，山田龟生再一次领教到了这支游击队的厉。他恼羞成怒，狂暴地咆哮起来，决心一举荡平余湖山。

在数公里外，一群日军士兵前拉后推，用了九牛二虎之力将一门大口径重炮推入阵地。"轰！"一发炮弹落在小山嘴上，巨大的爆炸震耳欲聋，阵地土石横飞。炮兵校准诸元，逐个轰击小山嘴上的火力阵地，许多工事和战士都炮弹炸得飞上空中。有了重炮助阵，日军的掷弹筒、迫击炮一齐开火，小山嘴一片火海。

炮击过后，小山嘴一片死寂。小鬼子开始冲锋，陈中超甩掉满头的泥土，大声怒吼："打！"机枪、步枪子弹从各个意想不到的角度射出来，手榴弹也接二连三地飞了下去。

小山嘴地势更为险峻，这样的阵地，哪怕只有一名守军，敌军也难以拿得下来。日军士兵不要命地冲锋，但也扛不住生吃子弹，再次败退下去。一个小小的山头都啃不下来，山田龟生这才意识到自己低估了游击队的战斗力。吃惊之余，他反而欣赏起他的"老朋友"来：毕竟是当过正规军的团长，带出来的兵也不同。这时候，他对木村的怨气减消了三分。

一小队蜷缩在灌木丛里，几个小时后，他们蜗牛般地接近日军炮兵阵地。

看着山头上腾起巨大的烟柱，炮兵中队长不屑一顾地笑道："重炮打游击队，这不是大炮打麻雀嘛！"长沙战役期间，这门重炮曾经被当作直瞄炮使用，摧毁过许多"固若金汤"的国军工事，威力特别大。这也是山田大队唯一的一门重炮，一般不会轻易出战。余湖山地形复杂，为了出动这门重炮，炮兵中队的士兵悉数上阵，前拉后推使出了吃奶的力气，大炮进入阵地之后，所有的士兵全都瘫坐在地。狂傲的中队长也没有按照正常的战术要求布置警戒，他压根就没想会有一支游击小队神兵天降。

陈永华把手一挥，成群的手榴弹飞了出去，接着又是第二波、第三波，"轰！轰！轰！"手榴弹引爆了成堆的炮弹，猛烈的爆炸惊天动地。紧接着一阵弹雨过来，日军炮兵被打得晕头转向，四处乱窜。

炮兵中队唯一的一门重炮被炸成了废铁。

巨大的爆炸声传来，炮兵阵地浓烟滚滚，山田龟生惊得目瞪口呆。

"报告太君，重炮阵地遭到游击队袭击！"炮兵中队长死里逃生，跌跌撞撞地逃了回来。

"八格牙路！"山田龟生气急败坏，将手中的望远镜狠狠摔在地上。望远镜反弹起来，恰好弹到木村脚边，木村捡起望远镜，有点不知所措。山田龟生的视线落在木村的脸上，看见木村他又来气，要不是这个可恶的家伙，仗怎么会打成这样。他非常努力地克制着心头的怒气，把头一摆："木村君，小山嘴地势险要，我希望你带一个小队，悄悄地从侧翼向上迂回，出其不意将其拿下，不知道你有没有这个胆量？"

"哈衣！"木村毫不犹豫地接受了这个任务。

看着木村和山口小队消失在山林里，山田龟生心里燃起了最后的希望，他期待着木村一击成功，带来一个意外的惊喜。

003

171团摇身一变，成了74军敌后纵队。人数虽比原来差了一大截，但因换装了清一色的美式装备，战斗力也还过得去。为了呵护这个曾经的英雄团，军长施忠诚煞费苦心，命令杜铁鼎率敌后纵队潜入大东路休整待命，伺机补充兵员。好几个月了，敌后纵队除了练兵就是吃饭睡觉，三点成一线，日子过得倒也悠闲。明眼人都看得出，施忠诚的目的就是要让这支部队休养生息，恢复元气。

1942年，太平洋战争爆发，大批美式装备源源不断运抵中国。最具代表性的常规武器是汤姆逊冲锋枪，这种武器火力凶猛，可以连续扫射。中国士兵用惯了中正式，换装冲锋枪就等于鸟枪换炮。

一阵沉闷的爆炸声传来，营房四周都震得颤抖起来，杜铁鼎拎了冲锋枪跑出门外。已经闲了几个月，他一直都在心痒痒地寻仗打。

过了一会，侦察排长前来报告："佘湖山方向传来强烈爆炸，估计是发生了大规模战事。"

杜铁鼎迅速判断周边情况：在大东路，除了自己这支部队之外，实力较强的有东乡抗日纵队、100军东江纵队，另外，还有共产党领导的湘中第二支队。佘湖山那边爆发了枪声，估计是东乡抗日纵队与日军干上了。"好呀！"杜铁鼎决定出其不意地靠上去，给日军的屁股上来一下。

兵贵神速，杜铁鼎下令抄近道走小路，直奔佘湖山。

几个小时之后，部队抵达佘田桥附近。杜铁鼎命令侦察排长向前侦查情况，部队原地休息。山脚下突然传来一阵突突突的马达声，低头看去，只见七拐十八弯的公路上，远远地驶来一支车队，在前面开路的是三辆摩托车，后面跟着两辆敞篷卡车，车厢两侧密密麻麻地坐满士兵。

一营长疾步跑上前来："估计有一个日军小队，打不打？"

杜铁鼎两眼放光："妈的，送到嘴里的肥肉，先给我吃掉再说！"

摩托车卷起一串浮尘，当先闯进射程之内。

"突突突！"杜铁鼎手中的冲锋枪怒吼起来，坐在斗里的小鬼子一个筋斗栽了出来。紧接着几百支冲锋枪、步枪、机枪一齐怒吼，打得前面的两辆摩托车撞在一起，双双栽进沟里，第三辆摩托车左转右拐，一头撞在树上，冒出一团烈火。敞篷卡车上的小鬼子拼死还击，三八大盖哪里是汤姆逊冲锋枪的对手，不到十分钟，公路上扔下了几十具尸体，余下的小鬼子不要命地往山里窜去，逃到林子里去了。

第 032 章

绝地反击

001

大车沿着坎坷不平的公路一路疾驶，过了高崇山，远远地现出一座土黄色的楼房，德子眼尖，看见楼房顶上站着两个端枪的鬼子，楼下忙活着很多人影，像是一个工地。

"吁！"德子定住大车："前面有小鬼子，好像是在修炮楼。"

前路不通，陈天鹏当机立断："我们走山路。"德子翘起车辕解下骡子，又把两个箱子拉上绳索驮到骡子背上。不想这骡子特别犟，宁肯拉车也不愿驮箱子。德子在攥紧笼头拉它，越使劲它越往后退，二喇叭在后面猛抽了几鞭子，骡子屁股吃痛，这才噌噌噌地往前走。

没走多远，孙小兰一瘸一拐地落到了后面，二喇叭停下来等她："小兰大夫，你怎么了？"原来，孙小兰打大车上往下跳的时候把脚崴了。她没敢吭声，咬牙坚持了几里地，哪知踝关节越走越痛，不一会就肿成了包子。二喇叭惊道："脚踝肿这么大，你怎么不出声呢。"

曹三妹过来看了，给她脚踝抹了一层消炎去痛的药膏，说道："这只脚现在不能沾地。"此处山林小径，距离佘湖山还有上百里的路程，脚不沾地怎么回去？

德子："我弄树枝给你做副拐杖。"

二喇叭道："做什么拐杖，这不是有骡子吗。"

孙小兰连连摇手："不行，我不骑骡子，给我弄根拐棍就行，我自己走。"

"嗨，你要是撑着拐棍走路，三天三夜也到不了家。"二喇叭说罢，抄起孙小兰就往骡背上放："不要乱动啊，掉下来就不管你啦。"孙小兰没骑过骡子，吓得脸色都变了。二喇叭也不管她，一鞭子下去，骡子屁股吃痛，便如上了发条的小马达一溜小跑而去。

众人一路紧赶慢赶，挨近佘田桥镇时，太阳已经偏西了。乡里人走个百八十里路根本就不算一回事，城里人不行。下了大车，曹三妹一路都在咬牙坚持，但她的步伐明显跟不上，一行人的速度都放慢了。陈天鹏担心别把这个宝贝大夫累坏了，停下来道："德子到前面去探路，其他人歇歇，吃点东西。"

二喇叭打衣兜里摸出几块红薯干来，递一块给曹三妹："饿了吧？吃点这个填肚子，到了营地再让人给你弄好吃的。"

"我不饿。"曹三妹推开红薯干，将挽在肩上的小包裹拿下来："我这里有糖油煎饼，你们吃。"二喇叭闻到了一股葱香味，大喜："嗨嗨，还有这个啊，有三妹大夫在，我们的口福就是好呀。"拿起糖油煎饼就往嘴里塞，先分了一个给骡子背上的孙小兰，这才把其余的分给大家。这种糖油煎饼是邵阳的特色小吃，外黄内酥，又香又脆。

二喇叭的食量大，小小的糖油煎饼到了嘴里，便如猪八戒吃人参果，两口就没了，正在吧唧着嘴巴，山下边突然传来一阵剧烈的爆炸声。

骡子发出一声长长的嘶鸣，甩开蹄子掉头狂奔。吓得孙小兰一声惊叫，双手胡乱地抓住骡鬃，紧紧地伏倒在骡子背上。只听得耳边的风声呼呼作响，两旁的大树闪电般地向后退去。一个急转弯，骡子两侧的箱子被树枝挂了一下，哗啦一声，两只箱子掉落在地，各种瓶子盒子散落出来，满地都是。

"骡子受惊了！"二喇叭叫道。也就一愣神的工夫，骡子已经跑远了。二喇叭发力急追，那骡子反而越跑越快，就好像要跟他比赛似的，一口气跑出了好几里地，前边没路了，骡子一转弯冲进一道山槽里，二喇叭这才撵了上来，勒住骡子缰绳。

喘息了好一阵子，二喇叭才把孙小兰抱下骡背："你没事吧？"

孙小兰吓得面无人色，一只脚点在地上，嘴唇颤抖着说不出话。没想到，她第一次坐骡子，骡子就惊了。二喇叭低头去看孙小兰的脚踝，一团瘀青比先前更大，像个黑色的拳头。

歇了一会，二喇叭扶着骡子说道："好啦，我们还得赶路。小兰大夫，你的脚不能落地，上来吧，我牵着骡子慢慢走。"

孙小兰一张脸憋得通红，任那二喇叭说好说歹，怎么着都不肯再坐到骡子背上去。

002

衡邵公路穿行在山林之中，九曲十八弯。

德子伸长脖子瞭望山下的公路，一阵爆炸声传来，把他吓了一跳。他本能地俯下身体，藏进一片灌木里。过了好大一会，一支全副武装的队伍从公路上走过来，士兵的胸前挎着清一色的冲锋枪。透过灌木，德子发现他们的冲锋枪和陈中超的汤姆逊一模一样，心想日本人扛的都是三八式，这支队伍该不会是国军吧。德子展开轻功，滋溜一声滑到山下。他假装摔了一跤，坐在路边哼哼起来。

几个士兵冲上前来，喝道："什么人，举起手来！"德子举起双手，战战兢兢地回话："长官，你们别开枪。"士兵们不管三七二十一，先是把他全身上下搜了个遍，这才把他一瘸一拐地架到长官跟前。

听他一口本地方言，长官问道："你是哪个村的，在这里干什么？"

德子道："回长官的话，我是佘田桥人，刚在山里捞柴，不小心摔了一跤，伤了脚。"

长官上上下下打量了德子一番，忽然一声冷笑："伤了脚吗，装的吧？不老实可没好处！我问你，去佘湖山怎么走？"

德子："报告长官，山里有条近道，直接插过去就是。"

长官："起来吧，前面带路。"

德子心想，司令他们都在后面，千万别碰上了。故意哎哟哎哟地大声哀求道："长官呀，你就可怜可怜我吧，我的脚伤了，走不了路啊。再说，刚才那边还在打炮，吓死人了。"

长官喝道："少废话，我们是国军，好好带路，赏你一个银圆。"

果然是国军。德子又大着胆子问道："原来是国军啊，那太好了，长官，您知道东乡抗日纵队吗？"

"怎么不知道！"长官觉得这个人不简单，喝道："我看你小子就是个奸细，给老子拿下！"士兵们呼的一声围了上来，正要动粗，山坡上传来一声喊："那不是铁鼎兄吗？"

有人直呼其名，杜铁鼎不免一怔。只见山坡上走下来一个身材壮实，皮肤黝黑的中年人，仔细一看，居然是黄埔军校的同窗好友陈天鹏。杜铁鼎大惊："陈天鹏！你小子怎么在这里？"

原来，陈天鹏正在张罗着收拾地上散落的药品，忽听山下传来一阵暴喝。他担心德子出事，只把地面上的活交给曹三妹，自个赶紧往这边跑。

杜铁鼎唏嘘不已："黄埔军校同窗两载，出了校门就下连队，一别十多年啊，不想会在这里碰上了。山不转水转，这整个世界真他妈的阴差阳错。对了，前不久我听说你的304团出了状况，那算个逑！这不，兄弟你一转眼又弄了个抗日纵队，还不是照样混得风生水起，哈哈。"

"什么风生水起，兄弟我可是有苦说不出啊。"陈天鹏满肚子苦水，不知道从何说起。

"我就知道你会唱苦，行行行，以后再说。"言罢，杜铁鼎指着德子道："这是你的人？"

"是我堂弟。"陈天鹏道："一个乡下人，铁鼎兄见笑了！"

德子拍了拍身上尘土，双腿一并敬了个军礼："在下陈上德，没见过世面，请杜长官见谅。"

杜铁鼎哈哈大笑："这小兔崽子装得倒是挺像的，老子差点就上了他的当！"

陈天鹏知道德子最能演戏，忍不住笑道："我这不是才去了一趟邵阳吗，正在心急火燎地往回赶，却没想到在这里碰上你。铁鼎兄，你这么心急火燎的，是要往哪里去？"

杜铁鼎道："佘湖山那边打了一整天了，我正要过去凑个热闹，哪知道天上掉馅饼，路上来了一支日军小队，老子给了他们一顿花生米炒油爆蛋，把那几辆摩托车和汽车炸了！"

"你说什么，佘湖山打一整天了？"听了前面一句，陈天鹏惊得面如土色，杜铁鼎后面讲的什么他全都没听见。

"是啊，我估摸着，日本人是不是和你的抗日纵队杠上了。"说到这里，杜铁鼎反而不着急了，他不慌不忙地递了一支烟给陈天鹏，掏出打火机来咔嚓一声，要给老同学点火："骆驼牌的美国香烟，先来一支。"

陈天鹏脸色发黑，推开打火机道："不啦，我家里正在打仗呢！"说罢掉头就走。

杜铁鼎一把将他拽住："别急啊，都打一天了，也不争这一时半刻。再说，这不是有我吗，74军敌后纵队，新换装的全副美械，火力强悍，与日军一对一单挑指定要占上风。怎么样，陈司令，能不能请我帮你一个忙？"

陈天鹏张大了嘴巴："不是171团吗，什么时候成了敌后纵队？我这番去邵阳，原也是要去找施军长的，哪知道防线过不去。"

"我们都一样，防线那边我现在也过不去。"杜铁鼎嘴里这么说，脸上却是一副很享受的样子："这边不好吗，咱们吃了睡，睡了吃，顺带着在日军的眼皮底下玩游戏，只要我喜欢，随时都可以给他妈的来一顿。你说吧，要我干什么？"

陈天鹏："山田大队正在攻击抗日纵队,救兵如救火,请铁鼎兄立刻增援佘湖山!"

杜铁鼎:"这个当然。不过,我有一点不明白,你的大本营在和日本人开战,你怎么就跑到邵阳去了?"

"嗨!前一阵子我们和小鬼子连续恶战,伤亡很大。很多伤员伤口感染,流血流脓,我带人潜入邵阳,就是为了进城搞药。哪知我前脚刚走,佘湖山后脚就打起来了。"陈天鹏指着山上的小路:"刚才的爆炸声惊了骡子,费了九牛二虎之力搞到手的西药散了一地,那都是救命的药啊,正不知道怎么弄回去呢。"

"搞了西药?真的假的?"杜铁鼎朝着副官把手一挥:"你带几个人过去,替陈长官把地上的西药收拾一下。"

"是!"一名青年军官应了一声,带着几个士兵往山上跑去。

看着老同学一脸的沧桑,杜铁鼎老大不忍:"说句实话,304团的事我早就听说了,多数黄埔同学都在为你抱不平。但也只是发发牢骚,说几句闲话罢了,权力在陆军部,我们又能怎样?"

"唉,"陈天鹏长叹一声,强打笑容道:"上峰的一纸委任状,给了我一个纵队司令的头衔,其实就是个光杆司令。这也没什么,陈某与日寇打了这么多年,早已结下血海深仇,国家兴亡,匹夫有责,于今为国为民,便是赴汤蹈火,陈天鹏也是在所不辞!"

不一会,几个士兵抬着收拾好的药品回来了,后面跟着曹三妹。杜铁鼎瞄了一眼曹三妹,不由眼前一亮:"大东路果然是山清水秀,净出美人啊。"

曹三妹把脸扭过一边,装作没听见。

陈天鹏道:"铁鼎兄,你就别开玩笑了,这是我在邵阳请来的外科大夫。"忽然又想起孙小兰和二喇叭,急令德子回头去找。

"慢!"杜铁鼎把嘴里的香烟猛吸一口,扔掉最后一丁点烟蒂:"佘湖山情况不明,你当立即回去掌握部队。那边跑散的人,我替你派人接应。"

　　木村带领一支数十人的日军小队在林子里潜行，他们兜了一个很大的圈子，寻得一处挂满藤条的斜坡往上爬。山里的冬天，冷风一吹，身上的棉衣都冻得硬邦邦的，士兵的手和脚都冻麻木了。但是，这股日军特别顽强，他们抓紧藤条，悄无声息地爬上坡面。

　　小鬼子悄悄地伏在一片林子里，林子前方有一块空地，穿过空地就是小山嘴。天空阴沉沉的，木村把手一挥："冲过去！"小鬼子飞快地冲向另外一片林子。陈中超忽然看见一串奔跑的影子，哗啦一声拉动枪栓："呼"地一枪，一个影子被撂翻在地。

　　枪声一响，日军小队哗啦一声全部趴倒在地，架起歪把子机枪疯狂扫射。

　　这股日军的人数不多。陈中超环视左右，曾长生、大猛子、曾德光都在一旁，陈中超当机立断，决心全歼这股敌人："一大队坚守阵地，特勤队向左，六中队向右，两翼迂回消灭敌人。"

　　作为预备队，六中队一整天都没捞着仗打，早就憋不住了。战士们借助灌木的掩护靠近敌人，突然打林子里杀了出来。陈中超一马当先，冲锋枪一个火力急袭，正在盲目扫射的日军机枪哑火了。

　　短兵相接，双方展开激烈的白刃战。"杀个鸡鸡！"木村满脸杀气，指挥刀指向前方，歇斯底里地吼叫起来。

　　人数处于劣势的日军小队很快组成以少打多的刺杀阵型，三人一组、五人一队滚动攻击。参加偷袭的都是经过挑选的老鬼子，单兵战斗力特别强。

　　六中队气势如虹，杀声震天，却无法撼动日军的刺杀阵型。眼看着战士们一个一个倒下，陈中超扔下打光了子弹的冲锋枪，操起一把长枪向前猛刺，放倒一个和他正面对刺的老鬼子。几个回合之后，陈中超又将另一个老鬼子扎了个透心凉，老鬼子垂死挣扎，双手拽住刺进胸膛的刺刀不肯放手，陈中超一脚蹬在老鬼子身上，欲把刺刀拔出来。就在这时，另外两把刺刀从左右两侧向他刺来，陈中超只得弃枪跳开。两个老鬼子如影随形，一左一右追身猛刺，陈中超左支右绌，一时之间险象环生。正在此时，大猛子挥动砍刀杀了上来，"扑哧"一声钝响，一个老鬼子的脑袋飞了出去。

陈中超伺机操起地上的一支步枪，当地一枪打掉了另一个老鬼子。

木村吼叫着，驱动余下的鬼子展开更为凶猛的反扑。

大猛子虎吼一声，迎头上去一顿乱砍。大猛子不讲招法，但其扫荡式的砍杀异常凶猛，吓得老鬼子纷纷避让。老鬼子不怕死，就怕砍脑壳，所以一个个都绕着砍刀走，日军阵形大乱。眼看着砍刀从头顶劈落下来，木村举刀架住砍刀，下面飞起一脚踹在大猛子的小腹上。大猛子腹部负痛，大叫一声后退数步，却不想那柄砍刀失去控制，信手走出一道意想不到的弧线，一刀斩落另外一名鬼子的头颅。木村吃了一惊，心想这家伙的刀法这么厉害。

一个老鬼子从背后冲杀上来，大猛子反身一个贴地砍，大砍刀刮风般地划了个360度的圈，老鬼子一声惨叫，双腿已被齐齐削断。"曹尼玛！"大猛子吐了一口唾沫，挥刀又向前面杀去。

断腿的老鬼子哀号着倒在地上，挣扎着向大猛子扔了一枚手雷。

"轰！"的一声巨响，大猛子倒下了。

惨烈的白刃战整整持续了二十分钟，双方死伤惨重。木村不敢恋战，率领残余的鬼子仓皇逃走。

天色完全黑了下来，日军在山脚下筑起一个个的圆圈阵地，阵地中央燃起无数的篝火。大大小小的圆圈相互呼应，轻重机枪交叉错落，将佘湖山口封锁起来。

杜铁鼎不断地旋转望远镜，远远地注视着日军的圆圈阵地："日军把辎重都集中在圆圈阵地中间，看样子，山田龟生没有夜战的打算。"

陈天鹏接过望远镜："圆圈中央有一个特别大帐篷，应当是山田龟生的指挥部，今天晚上是突袭山田老鬼子的好机会。"山田大队铁了心地要剿灭抗日纵队，并没有察觉到即将来临的危险。

杜铁鼎将手上的冲锋枪递给陈天鹏："你带一连、二连从西南面突击，我指挥三连、四连压制敌军的机枪阵地，掩护你的侧翼。如果能够在第一时间解决他的重机枪阵地，山田龟生的小命就差不多了。"

月亮爬上了树梢，向地面洒下一片银辉。陈天鹏接过冲锋枪，国字形的脸上顿时涌上一股杀气。

副官杜雷深一脚浅一脚地赶回来，他的胳膊上中了一枪，一身的血污。

杜铁鼎惊问："怎么啦，你挂彩啦？"

"报告司令，没找到他们的人。"杜雷一屁股坐在地上，哭丧着脸道："我们在林子里和小鬼子发生乱战，打死了好几个小鬼子。我们牺牲了两个兄弟，还有两个受伤的。司令，我没完成任务，你枪毙我吧！"杜雷名为副官，其实是杜铁鼎的堂弟。

杜铁鼎骂道："没用的东西，这点事都办不好，给我滚一边去，到时候再和你算账！"因见陈天鹏站在一旁，赶紧安慰他道："天鹏兄，你的人，我另外派人去找。"

堂堂大日本皇军居然拿不下一支小小的游击队，这个要是传出去那还得了？山田龟生坐在帐篷中央，召集部下商讨第二天的军事行动，这个狂妄自大的家伙，做梦都没有想到，另一支游击队已经埋伏在他的鼻子底下。战事进展不利，山田龟生必须寻找一个借口："因为木村君的情报失误，导致了此次偷袭战失败。奇怪的是，对方似乎能够提前预知我军的动向，我们的作战行动受到了非常激烈的抵抗。我想，木村君应当对此有所解释。"毫无疑问，木村少佐就是战事不利最合适的替罪羊。

木村少佐满脸血污，带着数处刀伤逃回大本营。听了山田的发言，他木然地站在原地，低头不语。

军官们窃窃私语，忐忑不安。为了防止恐慌情绪蔓延，山田龟生话锋一转："实际上，佘湖山驻扎着一支训练有素、实力强劲的中国正规军，他们破坏公路，袭击大日本皇军的车队，拦截我们送往前线的辎重给养。现在，我们已经包围了中国军营地，必须坚决消灭他们。今天的战况，我已经向联队做出详细汇报，正在请求增援，各位不必担心，等到明天天亮，我们就会结束这场战斗。"山田毫不吝啬地夸大对方的实力，掩饰自己的指挥失误。

小林大尉附和道："佘湖山地形险要，易守难攻，游击队因而据险顽抗。我们只要增加一门重炮，就可以迅速解决战斗。"

提起炮兵就戳中了山田的痛处，一不小心就被游击队摧毁了自己的炮兵阵地，这使他感到一种前所未有的耻辱。他打断小林的话："我们不必为此担心，联队的炮兵大队将会增援我们。今天晚上，各位务必紧守各个隘口，防止山上的游击队逃走。"

开饭了，士兵们争先恐后地挤向前去，现场一片混乱。晚饭只有两个馒头，领到馒头的士兵围着篝火坐下，一些老兵把私存的牛肉罐头拿出来享用，这样的待遇新兵是没有的。就在这时，圆圈外围响起了密集的枪声，路边的草丛里一下子站起来很多持枪的人，他们手中的冲锋枪一齐怒吼，子弹泼水一般洒向日军士兵。

圆圈阵地乱成一团，刚刚出笼的馒头打翻在地。正在帐篷里开会的军官们如同受惊的兔子，一个个惊惶失措地往外跑，小林大尉冲出去又冲进来，大喊："外面全是支那兵！"山田龟生惊得面如土色。

成群的手榴弹飞向篝火，将圆圈阵地炸成一片火海。木村少佐冲向前方的机枪阵地，一脚踢翻尚在发呆的士兵。今天的偷袭战一败涂地，这个随时准备切腹的老牌特务无法想象明天的战事，他大声吼叫着，端起歪把子机枪向圆圈外围猛烈扫射，身边的重机枪也响了起来。木村这种不要命的打法激活了重机枪阵地，也招来了雨点般的子弹。

木村的胸口连中数弹，闷哼一声倒在地上。这个双手沾满中国人民鲜血的老牌特务，终于结束了罪恶的一生。但是，这个老特务脸上表情却是何等不甘，他有太多的疑问，明明是一场偷袭战，为什么中了游击队的埋伏？

陈天鹏率领一连、二连边打边冲，以迅雷不及掩耳之势解决了外围伪军阵地。

短暂的混乱过后，日军稳住了阵脚。数挺九二式重机枪一齐咆哮起来，进攻的中国军被重机枪火力压得抬不起头。他们利用田基和草垛子做掩护，或蹲或趴，与日军展开对射，很多士兵倒在漆黑的田垄上。

山下枪声大作，陈中超大吼："援兵来了，大家跟我冲！"战士们不顾一切地扑下山来，手榴弹漫天飞舞，炸得圆圈阵地火光冲天。

三面受敌，山田大队一路丢盔弃甲，狼狈不堪地逃回羊塘铺驻地。

山田大队惨败佘湖山，日军大本营深感震惊，将此战称之为日军在大东路最丢脸的一战。确实如此，侵华以来，山田龟生转战南北，从未吃过这么大的亏。这个日本陆军大学毕业的高才生，在大东路遭受了一场终生难忘的大败，却又不得不佩服他的对手，他在报告中写道："这支游击队英勇善战，其战术素养完全不下于中国正规军。"

第 033 章

生死丛林

001

冷风贴地而来，扬起一片落叶，天色一下子就阴了下来。二喇叭心里着急，催促孙小兰赶紧动身。哪知孙小兰受了惊吓，抵死也不肯骑骡子。

二喇叭吓唬她道："马上就要天黑了，要不我先走，你在后头慢慢来吧。"

孙小兰叫道："不可以，你不可以走！"

二喇叭回头看了她一眼，继续吓唬她："我真的要先走了，待会老虫来了我怕跑不赢。"

"不可以，就是不可以！"孙小兰拽住二喇叭的衣服不肯放手，快要哭了："我求你啦，别把我一个人丢在山里，山里有老虫，我怕。"

孙小兰越害怕，二喇叭就表演得更来劲："老虫算什么，山里还有毒蛇，有吸血鬼。我最怕吸血鬼，天一黑它们就跑出来了，伸出长长的舌头吸活人的血。你别拉着我，我要走了，要是被吸血鬼捉住那就不得了。"

孙小兰哭了起来："呜呜……二喇叭你别走。呜呜……我不骑骡子，你背我走吧，呜呜……"

二喇叭原本就是要吓一下孙小兰，因为表演太过逼真，连自个也紧张起来了。听得孙小兰要背，二喇叭就不在吓唬她了，说道："这就对了，来吧，我背你。"

二喇叭身高马大，背着孙小兰就跟背小孩一样，一点都不费劲。二人转出林子，但见山洼里有一股泉水淙淙流淌，清澈见底。二喇叭正感口干舌燥，立马就笑了："佛祖保佑，山神也知道我二喇叭口渴了。这么清的水，下来喝几口吧。"

孙小兰："我不喝，你自个去喝吧。"

二喇叭把孙小兰放到一块光滑的石板上，自个走到山泉边上，俯下身去咕嘟咕嘟地一通畅饮。

甘洌的泉水沁人心脾，二喇叭精神大振。再看那孙小兰的脚踝，已经肿得不成样子，二喇叭啧啧道："妹子家的脚就是金贵，崴一下就肿成这样。"孙小兰怼道："都是你害的，是你要我骑骡子。"

二喇叭笑了笑，心想你走不得路，不骑骡子骑什么。抬眼四顾，周边林木参天，灌木密密麻麻，二喇叭正在辨识方位，山坳里猛地传来几声枪响，林子里忽地一下窜出几个小鬼子来，一边打枪一边沿着山泉方向奔跑过来。二喇叭大惊，心想小鬼子怎么追到这里来了。二喇叭下意识地摸了一下后腰，腰上插着一把黑铁短刀，此外没有任何武器，凭着一把短刀对抗全副武装的小鬼子，就等于是玩空手道。原来，陈天鹏虽对二喇叭有约法三章，终究还是放心不下，下山的时候又将黑铁短刀一分为二，自己留一把，另一把给了二喇叭。

二喇叭并不知道，这几个小鬼子就是刚刚在公路上被杜铁鼎打散了的，是漏网之鱼。冤家路窄，这几个漏网之鱼偏偏又和杜雷撞了个面对面，双方拔枪对射，自然是一场乱战。

子弹嗖嗖地在头顶上飞，二喇叭抄起孙小兰就往林子里跑。饶是二喇叭力大无穷，终是抄着个百十斤重的孙小兰，一个上坡冲刺已是气喘吁吁。正准备一鼓作气翻过山梁，忽然一脚踩偏，二喇叭吧唧一声摔了个四脚朝天，呼啦啦地向山槽里滚落下去。

　　这一摔，把二喇叭摔了个七荤八素。过了好一阵才清醒过来，睁眼一看，四周黑漆漆的什么都看不见。二喇叭一惊，扯起嗓门乱喊："小师妹，你在哪里？"

　　连喊几声不见回音，二喇叭更加慌乱，正在挣扎着起身，身边"哇"地传来一道哭声："不准喊我小师妹！"

　　二喇叭吓了一跳："不喊不喊，吓死我了，小兰大夫，你伤哪里了，让我看看。"

　　"不要你看。"滚落下来的时候，孙小兰也摔蒙了。幸亏她整个人都被二喇叭下意识地托着，也就在皮肤上多了几处刮伤，没什么大事。二喇叭躺在地上一动不动，她以为二喇叭死了，伸手探了一下鼻息，发现他还有呼吸，这才松了一口气。山槽里黑咕隆咚的，她吓得要死，紧紧地挨着二喇叭坐在一旁。

　　二喇叭又活了，孙小兰高兴得想哭："你怎么才活呀，二喇叭……我好害怕，呜呜……我以为你死了……"

　　二喇叭的后脑硕撞了个鸡蛋大的包，额头上划了一道口子，流了很多血，脸上的血痂都凝固了。他也没觉得痛，只管一个劲地安抚孙小兰："小兰大夫，只要你没事就好，我的皮糙骨头硬，摔不死。"一缕月光照射下来，他看见孙小兰的脸蛋泥糊糊的，像是唱戏的花旦，忍不住笑了起来。

　　孙小兰生气地推了他一把："你还笑，都是你害的。"

"我不笑。"二喇叭收了笑声，试探着活动一下四肢，感觉一身骨骼尚好，没出什么问题。二喇叭自幼习练黑虎教，一身硬功内壮外强，最能扛打。其实，黑虎教也有轻功，只因二喇叭的骨架子太过生猛，不是练轻功的料。

孙小兰问道："我们还上得去吗？"

二喇叭细看他们所处的地方，其实是一个长条形山槽，中间宽两头窄，约有五六米高。心想自己当然可以上去，问题是孙小兰怎么上。坑底空间小，两个人紧紧地挨在一起。月光下，二喇叭发现孙小兰的小脸十分秀气，每一个细胞都透支着美少女的韵味。

逃跑的时候，二喇叭把孙小兰又背又扛，完全忘记了她的性别。现在想起来，她的胸脯应当是最有弹性的地方，有一种说不出的舒服感。

"小兰大夫……"二喇叭的心脏怦怦怦地跳起来，他搜索枯肠，想找几个优美词语表达一下自己的心情。就在这时，他看见孙小兰的棉裤裂开了一道口子，半边屁股都露出来了。二喇叭伸出手去，扯住她的棉裤裂口一抖，欲把两块布片拉扯拢来盖上走光的地方，不料鬼使神差，一只手板竟然贴到了她光溜溜的屁股上。

"你干什么！"孙小兰惊叫起来，扬手给了二喇叭一拳。

二喇叭触电般地把手缩了回来。

002

孙小兰拽紧裤子裂口，但她觉得二喇叭那热辣辣的眼神一直在她背后。她有点心慌，又给了他一拳："嗨，嗨，不准看我！"

二喇叭回过神来，一张黑脸憋得青筋直跳，暗骂自己不要脸，摸人家的那个地方……身体不由自主地往外挪，哪知这一使劲就牵动了伤处，忍不住"哎哟"一声叫了起来。

"打疼你啦？"孙小兰刚才闭着眼睛挥拳，也不知道打在什么地方。她以为自己下手太重，赶紧把拳头收了回去："你说话呀，打你哪里了？"一股暖暖的气流扑到二喇叭的脖子上，他有一种从头到脚都酥麻了的感觉。过了半晌，二喇叭憋出了一句大实话来："不是你打的，是身上疼……哎哟，我全身都疼……"

孙小兰想看一下他受伤的地方，哪知坑里太过狭窄，两人并排坐着无法转身，她好生无奈："大东路真是个鬼地方，地无三尺平，出门就爬山，一不小心就会掉进山槽里，亏你们一辈子住在这里，怎么受得了。"

二喇叭一愣，心想不能让一个妹子家这么嫌弃我们大东路，须得和她好好说道一番。他想起了镇里的说书先生，那可是口若悬河，出口成章，自己经常混在书馆里听段子，说书先生从来都不会撵他。这会他也顾不得别的，扯起腔调说道："这你就不晓得啦，说书先生说，两千年前汉朝皇帝刘邦把这块宝地赐给他的孙子，封昭阳侯。后来，孙子走了几千里路，来到这里建立国家，你知道吗？"

孙小兰："不知道，没听说过。"

二喇叭："你肯定不知道，告诉你吧，这个孙子差一点就做了皇帝。"

孙小兰没好气地道："这不是还差一点嘛，还是个孙子。你连这个也当真啊，你读过书吗？"

二喇叭一本正经地说："当然没有……读过，我听书。先生教我写名字，我一天就学会了，不信我现在就写给你看。"

"呵呵……"孙小兰忍不住笑起来，笑得整个人都趴到了二喇叭身上。

平时，孙小兰小嘴嘟嘟地很少笑，爱生气。看见她笑，二喇叭也笑了："是真的，我会写名字。"二喇叭原本笨嘴笨舌的，只因整天和德子掰嘴皮抬杠子，慢慢地就练出来啦。这会一高兴，二喇叭就把说书先生的那些道道全都搬了出来："我们大东路，天上飞的，地上跑的，水里游的，什么山珍野味都有，外地的妹子家家都羡慕这个地方，想嫁过来。"

孙小兰："吹牛，不要脸。"

二喇叭："是真的，先生念过一首打油诗：'棍打麂子手抓鱼，山鸡飞进晒谷坪；野猪野兔满山跑，天上都是野鸭子。'这首诗说的就是大东路。要不是来了日本人，我们这里要多好有多好。"

孙小兰："我才不信，山里的麂子跑得飞快，你打得着吗。"

二喇叭挠了一阵头皮，决心把吹牛皮进行到底："麂子满山都是，一棍子打过去，不是打中这头就是打中那头，河里的鱼也多，一伸手就抓好几条……"

"你瞎编……"孙小兰忽然瞪直了眼睛，嘴巴卷成一个圆圈，脸上的肌肉瞬间就像僵硬了一般，定住不动了。

"你怎么啦？"二喇叭伸出手指在她眼前晃了几下，居然没有反应。正待去戳她的额头，孙小兰的喉咙里挤出两个字来："后面……"

003

一股腥臭直扑后颈，二喇叭猛地一个激灵，反手一拳砸去，只听"啊呜"一声，来者被砸了个正着，转身就往坑槽上方蹿去，但这家伙吃了二喇叭的重拳，连续几下都没能蹿得上去。

"豺狗子！"二喇叭嗖的一声弹了起来，上去就是一脚。

豺狗子原本极为敏捷，却在狭小的坑槽里无处躲闪。二喇叭一脚将它踢了个筋斗，这一脚有千斤之力，踢得豺狗子瘫在地上成了一堆烂泥。二喇叭从来没有遇到过豺狗子，但他听说过豺狗子的习性，这是一种非常凶残的猎食动物，善于群体攻击。

突如其来的变故，吓得孙小兰说不出话。

二喇叭心头掠过一道不祥的阴影："不好，我们必须离开这里。"坑槽尽头挂着几根手指粗细的藤蔓，二喇叭把几根藤蔓绞在一起，试了试力道，觉得没问题，回头说道："我驮你上去。"这一回孙小兰很听话，她趴到二喇叭背上，双手抱紧他的脖子。二喇叭抓紧藤蔓，脚下一蹬，便如一只游动的壁虎，三步并作两步登上沟槽。

一弯月亮在云层里穿行，如同波涛中的一艘小船。二喇叭大致判断了一下所在的方位，甩开大步疾走而去。

突然有几颗闪亮的红光，飘飘忽忽地向二人逼了过来。孙小兰尖叫："二喇叭，有吸血鬼！"

"不要怕，我来解决它们！"二喇叭反向握住孙小兰的胳膊，将她往上一提，直接让她骑到自己的肩上："抓住我的头发，不要蒙我的眼睛！"孙小兰全身发抖，双手偏偏捂在二喇叭的眼睛上，怎么掰都掰不开。

飘忽的红光呼地一声扑了上来，二喇叭听声辨位，飞起一脚，将迎面扑来的豺狗踢了个后滚翻。紧接着跨前一步，反身又是一脚，动作快如闪电。一声闷哼，从身后扑击而来的豺狗腾空而起。孙小兰身形晃动，抓住二喇叭的头发。二喇叭抽出手来，黑铁短刀"嗖"的一声飞了过去，生生穿过豺狗的脑袋，将它钉在一根粗壮的树干之上。

豺狗群被二喇叭的神勇震慑，仓皇退开，远远地围成一个大圈。二喇叭心知豺狗子绝难善罢甘休，对孙小兰道："你捂住耳朵！"说罢气沉丹田，毕其全身功力纵声长啸。二喇叭是天生的大嗓门，这一招狮吼功不用学也不用教，是他的独门绝学。正待发动进攻的豺狗哪里听过这等穿心裂肺的啸叫，眨眼之间跑得无影无踪。

"畜生！"趁着豺狗退去，赶紧驮起孙小兰飞奔而去。走了一程，二喇叭的脚步渐渐慢了下来，转到一片林子跟前，已经气喘吁吁，只好将孙小兰放了下来。正待歇息片刻，忽见前面的树干上爬着一头豺狗，二喇叭一惊，慌忙跳起身来迎战。但那豺狗并未向他扑来，只是直挺挺地趴在树干上不动。细看之下，那豺狗的脑袋却被一把短刀穿过，牢牢地钉在树干上，已经死去多时。又觉得短刀眼熟，拔出来一看，却是自己的黑铁短刀。

　　二喇叭大惊，定睛一看，此处正是先前击杀豺狗的地方。原来二人慌不择路，急切间不辨方向，转了一圈又回到了原地。二喇叭吓出一身冷汗，急欲离开此地，忽见四面皆是乱坟残碑，遍地荒草，古木参天，盘根虬结高耸入云。二喇叭倒吸一口冷气，背上顿时凉飕飕的。

第 034 章

老猎户

001

一番奔走之后，二喇叭有一种脱力的感觉。但他心里明白，此时必须坚持，万万不能大意。因而强打精神吩咐孙小兰："你坐着别动，野兽怕火，我去弄一些干柴过来烧火。"话音未落，幽灵般的红光又出现了。孙小兰吓得直打哆嗦，两排牙齿打摆子一般磕得"咯咯"作响。

二喇叭大惊，欲待发力长啸，却因浑身瘫软，丹田之气无法凝聚，再也喊不出来。情急之下，二喇叭就近抓了几把干柴，掏出火柴点火。刚刚划燃火柴，偏巧卷来一阵阴风，卟的一声把火柴吹灭了。二喇叭手忙脚乱，赶紧换了一根火柴，好不容易才把火柴划燃，又有一股阴风将火柴吹熄。怪哉！二喇叭猛一回头，只见一团幽红的鬼火在身后一闪，飞快地飘走开去，继而发出一阵阴森森的笑声，令人毛骨悚然。

"畜生，你敢跟老子作怪！"二喇叭大喝一声，呼的一声拔出黑铁短刀，化刀为剑，"刷刷刷"摆了个五雷剑的招式，月光之下一片寒光，星星点点的红光鬼火一下子就不见了。二喇叭将短刀交给孙小兰："拿着，短刀可以自卫！"

孙小兰伸手接过短刀，呆呆地看着鬼火消失的地方。

二喇叭："别怕，我再去点火。"他很清楚，要想熬过长夜，就必须将火堆点燃。

"嘻嘻！"前方传来一声娇笑，走来一个身姿婀娜，着装妖艳的妇人。妇人头上扎了一个高高的发髻，手里挽着一只蓝色的腰揽筛。二喇叭以为自己眼花了，急忙擦拭眼睛，却见那妇人微微一笑，款款走来。二喇叭急欲喝问来者何人，忽有一种魂飞魄散的感觉，咽喉里如同堵着一团棉花，发不出声音。

　　孙小兰坐在树下，忽见一头豺狗人立而行，不紧不慢地走向二喇叭，二喇叭不说话，坐在地上呆呆地瞪着豺狗子笑，神情异常诡异。孙小兰惊恐万分，拼命挥舞黑铁短刀，尖声叫道："二喇叭，豺狗子————"那豺狗一惊，慌忙退了回去。

　　二喇叭猛然回过神来，自个咬破舌头，"噗！"地喷出一口血来，扬声骂道："我操你豺狗子祖宗！"乡里有许多关于豺狗子的传说，言及成精的豺狗子能够蛊惑人心，二喇叭万万没有想到，这样的事居然会轮到自己头上。

　　孙小兰的尖叫破了幻境之法，豺狗子便如触电般地弹射开去。二喇叭心知此地不可久留，赶紧站起身来，哪知浑身轻飘飘的使不上劲，双腿一软复又坐在地上。便在此时，林子里又有两团硕大的红光飘飘忽忽向着二人而来，二喇叭大惊失色，心想此番休矣：豺狗子并不急着往上硬扑，原来是在等待援兵。

　　"轰"的一声，红光来处传来一声巨响，原有的那些星星点点的红光猛地一闪，一下全都不见了。"轰！"又是一声巨响，但听一人高声吟诵："天地有正气，杂然赋流形，下则为河岳，上则为日星……"字字句句正气凛然，震慑邪魔。定睛一看，遥遥而来的两团红光却是两只晃动的火把，二喇叭大叫："有救了！"

　　村里人家早已歇息，只有村口的一幢小屋尚且亮着光。夜色宁静，只有几个人的脚步声和二喇叭那急促而又粗犷的呼吸声。

进屋之后，二喇叭才知道救命恩人是一对老年夫妻。

二喇叭倒地就拜："若非大爷大娘上山相救，我等二人的小命休矣。"

大爷扶起二喇叭："这几年山里闹豺狗子，每到天黑，人都不敢在山里走动。大爷大娘瞌睡少，睡得迟。适才听见后山传来长声啸叫，就估摸着是有人遭遇豺狗子了。"老夫妻俩都是猎人，每当上山救人，就打着火把鸣枪放炮，以此驱赶成群的豺狗子，他们用同样的办法救过好几拨遭遇豺狗的人。

其实，山下的村庄距离二人被困的地方不远，奈何二人慌不择路，擦肩而过却浑然不知。

大爷又道："进山的猎人一般不会招惹豺狗，豺狗子狡猾、凶残，还会'倒路'，会摆迷魂阵，惹上豺狗子特别麻烦。"

"豺狗子真会'倒路'啊，难怪我们在山里转圈子。"二喇叭坐了好久，依然心有余悸。

大娘连连拍打自己的胸口，反复为自己压惊："菩萨保佑你们逃过一劫，下回要记得，天黑以后千万莫往山里走。今天你们在大娘家里歇一宿吧，家只有我们两老，屋里不恭敬，你们莫嫌弃。"

二喇叭道："谢谢大娘，打扰你们啦。"

大爷接着往下说："山里的野兽，最狠的就数豺狗子。去年，村里有家猎户打死了一头豺狗子，那可不得了，天一黑就有豺狗子来拍门，吓得家家户户都在门板后面加杠子，把门顶得铁紧。还有，成精的豺狗子可以摄人心魄，定力差的人会跟着它走，如果没有人及时喝破，那就有大麻烦。"

二喇叭的脊背一阵阵的发凉："我划了几次火柴都被风吹熄了，后来又看见一个拿着腰揽筛的女人，幸亏被我妹子叫破，我才回过神来。"

大爷原本是讲过去的故事，意在给年轻人敲警钟，听罢眼前发生的故事，大爷也是相当惊讶。不一会，大爷的目光落到孙小兰手中的短刀上："这把短刀有古怪。"

孙小兰依然没有回过神来，呆呆地不说话。二喇叭从她手上拿过黑铁短刀，递给大爷过目。

大爷接过短刀，但觉寒光一闪，不由自主地向后退了一步："这就对了，此刀杀气极重，豺狗子阴狠，定是被这把短刀的罡气镇住了。"

二喇叭心里诧异："真是一件救命宝贝啊，我家老爹打造黑铁短刀之时，莫非早已料到会有今天一劫？"

大爷问道："你家老爹是铁匠？"

二喇叭回道："嗯。"

"天意啊，合当你俩命不该绝。"大爷唏嘘道："豺狗子的身法极为快捷，瞬间即可遁于无形。山里传言豺狗精可以释放一种致幻的气味，令人产生幻觉。猛虎不敌群豺，人的体力再强终也有个极限，不可能长时间保持亢奋。如果没有外援，与豺狗子周旋的时间长了就难以全身而退。"

002

大娘端了一大碗熟红薯出来："大娘家里没什么好吃的，只有几个红薯，你们将就着吃点。"

二喇叭也不客气，抓起红薯就往嘴里送，边吃边问："大娘，你老人家的儿女都出门了？"

这一问，大娘的脸色唰一下子就变了，过了半晌方才说话："大娘的命苦啊，前面几个都没带大，只有最小的儿子活到了二十岁，哪个晓得正要讨婆娘的时候，天杀的日本鬼子来了。"说到这里，大娘的眼泪就掉了下来。

"你看你，说一次哭一次。"大爷长叹一声，接着说道："国军顶着日本人打了几天，后来突然撤退。因为担心日本人追击，国军在撤退的时候通知村民去破路。小儿子去了，哪知道日本人的摩托车队一下子就冲过来了，机关枪见人就扫，许多人被打死在公路上，小儿子就是那时候死的。"

二喇叭恨恨地骂道："天杀的日本鬼子，总有一天，我抽他的筋，剥他的皮！"

在大爷家里住了两天，孙小兰的气色好多了。

养足了精神，二喇叭的心情也好多了："小师妹，你的脚好得蛮快的啊，嘿嘿，看样子，明天就不用我背着走啦……"

孙小兰怼道："你又叫我小师妹……谁让你背，后悔也没用。"

"也不是……"二喇叭神秘一笑："我是想，怎么才能把小师妹背……背过去，让我家老铁匠看一看他未来的儿媳妇……"

孙小兰叫道："你说什么啊，不害臊！我才不去，你不许叫我小师妹！"

告别二老的时候，二喇叭想起身上有一个银圆，那是下山之前在华子那领的，说是可以应急。哪知摸了半天也没摸着，原来那天他被堵在城门口，银圆被二鬼子讹去了。

孙小兰明白二喇叭的意思，从自己口袋里摸出一个银圆来，放到大娘手里。

大娘说什么也不要，孙小兰说道："大娘，你就收下吧。我们住在佘湖山那边，离这里不远，以后，我们有空就来看你，好吗？"

大娘听了，高兴得说话的声音都变了："好，好，真的是扎好闺女。"

大爷道："你的脚还没好熨帖，不可以下地走路。最好再住几天，我进山去打只山鸡给你们补补身子。"

二人回山心切，哪里还住得下去？二喇叭道："大爷，我们必须马上回去，前天因为惊了骡子，我们和大哥走散了，估计我大哥正在满地方找呢。以后有空了，我们再回来看你们俩老。"

大爷知道留不住，便也不再勉强。

告别了大娘大爷，孙小兰又嚷着要自己走路，二喇叭不管三七二十一，一把将她抄到背上。看到这一幕，两位老人都笑了。

积雪融化了，田野里露出一层绿色的苔子，如同一张宽阔的地毯，铺满大地。

第 035 章

无法舍弃的番号

001

日军集结二十万大军，准备发动雪峰山会战。山田大队一共有五个中队，其中的三个中队被调往前线，兵力不足成为山田大队的硬伤，使之非但无法围剿一支装备简陋的游击队，反而被追着屁股撵回羊塘铺。

战士们追了一程，直到天色蒙蒙发亮才返回大山嘴，两支游击队在生与死的战场会师了，战士们见到了手里拎着冲锋枪的陈司令。过去的一天，他们失去了半数以上的战友和兄弟，胜利的喜悦和失去亲人的痛苦交织在一起，见面的一刻，没有人欢呼，没人有说话，一张张布满血污的脸上露出了劫后余生的笑容。陈中超默默地走向大哥，与战士们一道簇拥着陈天鹏和杜铁鼎往山上走。

杜铁鼎抬眼四顾，但见雄关漫道峰回路转，山势巍峨飞云荡雾，惊道："如此美景，岂可任那山田染指？"不免诗兴大发，信口吟出一首打油诗来：

> 磅礴势若飞，飞云走惊雷；
> 雷霆决胜处，处处是天险。

然而，此时的陈天鹏却没有赏诗、赏景的心情。

一路上行，但见山头阵地支离破碎，烧焦、倒伏的树木随处可见，显然是经历了一场难以想象的恶战。

晨风冷冽，战后的大山异常宁静。

几个值哨的战士满脸烟尘，只有两只眼珠子是白的。忽见陈司令上了小山嘴，战士们一下子张开嘴巴，惊讶得说不出话。走进大棚屋，通铺上横七竖八地躺着熟睡的战士，大战过后，睡眠是一剂最好的补药。

陈中超长长地舒了一口气，开始汇报战斗情况："前几天，日军发现了后山涧道，我们将计就计在后山打了一个反伏击。日军偷袭不成，山田大队发动正面强攻，日军的炮火特别厉害，山上的工事都被炸毁了，我军伤亡过半。后来，华子炸了他们的炮兵阵地，日军失去了炮兵，也失去了攻取小山嘴的能力。我们一共打退了他们五次冲锋，又和偷袭的老鬼子拼刺刀，硬生生地把他们赶了下去。"

"打得好，打得好！这一战，你临危不惧，指挥若定，给山田龟生上了一堂生动的军事课。"陈天鹏毫不吝啬褒奖之词，连连夸奖自己的亲兄弟，这是从未有过的事。

陈中超呆呆地望着大哥，语音反而异常沉重："一大队伤亡大半，机枪分队大猛子没了，大师兄伤势很重。"

陈天鹏的心里一沉，没有说出话来。

陈中超尚待往下细说，因见杜铁鼎等人站在一旁，到了嘴边的话又咽了回去。

陈天鹏见状，介绍道："这位是 74 军敌后纵队杜司令，是我在黄埔军校的同窗好友。昨天晚上，杜司令率部突袭山田大队，一举解除佘湖山之围。"

陈中超立正敬礼："谢谢杜司令！"

陈天鹏又道："这是原 304 团警卫排长陈中超，现任东乡抗日纵队军事总教官。"

杜铁鼎惊问："陈中超？ 102 师的战斗英雄？"

陈天鹏点头道："正是。"

"向英雄敬礼！"杜铁鼎回敬了一个军礼，握着陈中超的手不放，赞美之词溢于言表："浑身是胆的孤胆英雄，真是百闻不如一见。长沙会战，你一个人坚守阵地一天一夜，堵住了日军的一个中队！"

陈中超："报告杜长官，警卫排的战友全都牺牲了，他们才是真正的英雄。"

杜铁鼎感叹不已："生而何欢，死亦何惧。真正的英雄从来不会称赞自己，让我们把英雄的壮举交给历史，交给后人去传颂。"

"报告司令，西药往哪里放？"杜雷一瘸一拐地跟了上来了，身后的战士抬着几个鼓鼓囊囊的包袱。

"是西药？"陈中超连忙上前接住。又见杜雷的胳膊上的伤口尚在流血，赶紧领着他往医疗室走。

74军敌后纵队每人一支冲锋枪，这般装备使得东乡抗日纵队的战士好不羡慕。看着杜雷一瘸一拐的背影，陈天鹏想起了刘七："一个月前，陈中超在邵阳城里碰见一个叫刘七的，听说是你的兵？"

"刘七？他是我的警卫连长，那小子还没死啊，他娘的怎么不来见我？"

"这个人很坚强，他全身多处负伤，还失去了一条腿。因为没有药，他的伤口感染很严重。几个月前，他在躲在城里养伤，陈中超要带他出城，被他拒绝了。他说：'我这个样子是出不了城的，别连累了大家。以后，如果你见到了杜长官，请替我带一句话，刘七今生是他的兵，来世还做他的兵！'"

杜铁鼎的眼眶一下子就红了："娘的，这小子还是那么倔！"

陈天鹏叹了一口气："这一次，我潜入邵阳城，原也是想要说服他，把他带出来的，遗憾的是我去晚了。城里人说，因为伤口感染，刘七冒死前往日军医院盗药，被日本宪兵发现，刘七拒不投降，最后壮烈牺牲。与他一块被打死的，还有一个十几岁的小姑娘。"

两行眼泪顺着杜铁鼎的腮帮子上滚落下来，他伸出手掌在脸上狠狠地抹了一把："刘七，我的好兄弟啊！"

304 团与 171 团皆以善守著称，二者惺惺相惜。陈天鹏道："邵阳保卫战 171 团打得英勇，日军损失惨重。时至今日，日军只要提起 171 团就头皮发麻。"

杜铁鼎："邵阳保卫战，日军的伤亡三倍于我。攻城不动，日军就施放燃烧弹、毒气弹。皇天有眼，此番在佘湖山下合击山田大队，打得他们丢盔弃甲，总算是报了一箭之仇。"

陈天鹏："佘湖山一战全凭铁鼎兄出手相助，大恩不言谢，日后若有用得着的地方，陈某赴汤蹈火在所不辞。"

"天鹏兄，"杜铁鼎沉默片刻，突然说道："此战击败山田大队的主力不是我，是你的东乡抗日纵队！"

陈天鹏道："兄弟乃是肺腑之言，铁鼎兄何必客套？"

杜铁鼎回顾左右："报务员，向军部发报：东乡抗日纵队与山田大队发生战斗，战况激烈，东乡抗日纵队坚守营地一天一夜，伤亡惨重。74 军敌后纵队日夜驰援，两军形成夹击之势，消灭日伪军 100 余人，击溃山田大队。"说罢，脱下军帽："让我们为在这次战斗中牺牲的弟兄致哀！"

全体战士摘下帽子，静立默哀。

默哀过后，杜铁鼎道："佘湖山反击战，东乡抗日纵队当记头功，这场战事必须表文上报。"

陈天鹏："此战全靠杜兄及时来援，否则后果不堪设想。"

杜铁鼎："话是这么说，表文又是另外一回事。你想想看，日军围攻你的营地，你却不在山上，万一有人诘难，你说得清楚吗？"

陈天鹏大悟："生我者父母，知我者铁鼎也！"

002

两人边说边走，来到医疗棚门前，恰逢曹三妹掀帘出来。

陈天鹏问道："伤员的情况怎么样？"

"你自己去看，新伤老伤都要做手术，必须取出体内的弹片和子弹，还有，原来的伤员普遍都有感染。"曹三妹到了营地就忙个不停，连一口水都没喝，看她的脸色就知道伤员的情况不妙。

伤员棚里人满为患，有躺在铺上的，也有坐在地上的，还有更多的伤员站着等大夫给他上药。陈子青身上盖着一条带血的军毯，神志昏迷。陈天鹏走上前去揭开军毯，但见他双腿血肉模糊，其中的一条腿基本上被炸没了，只连着一层皮。陈天鹏顿时就急眼了："三妹大夫，你先给他把这腿缝上去！"

"哎哟，司令官下命令了。告诉你，这个命令本大夫没法执行，这腿必须锯掉。"曹三妹正在准备另外一台手术，说话的时候连头也没抬。

"开什么玩笑，人家的腿怎么可以随便锯掉？三妹大夫，到了这个营地你就是我的兵，你必须服从命令，一定要保住这个人的这条腿。"陈天鹏着急上火，说话的声音一下子就大了起来。

"谁开玩笑，腿都那样了还怎么保，你以为是捏个泥菩萨啊？"三妹大夫说罢，伸手推了一把前面的手术台，她担心这个临时拼凑的木板台子会在手术中途散架。

长生大师上前道："司令，子青的伤势，三妹大夫已经看过了。她说子青的手术要等人清醒之后才能做，还说这条腿已经炸坏了，神仙来了也接不上。"

陈天鹏："可是……那条腿就是他的命啊，三妹大夫，你是名医，你就想想办法吧，算我求你啦。"

曹三妹戴上口罩，示意小兰再检查一次手术器械，准备开始给下一台手术："知道我是名医还你啰唆，必须锯掉。还有边上的那个，五脏六腑都炸碎了，你的那些兵还拼了命地抬进来，你看怎么救。"

陈天鹏揭开被单一看，是大猛子。人已经僵硬了，一双眼睛仍然瞪得大大的，似乎是在等着什么人见他最后一面。陈天鹏的眼泪涌了出来，伸手在他脸上捂了好一阵子，这才将他的眼皮抹下来："大猛子，你安心去吧，从今以后，每一年的今天，战友们都会去上坟看你……"

战况如此惨烈，完全出乎意料。

杜铁鼎想起了 171 团血战邵阳的情景，牺牲的战士尸体枕藉，残肢断臂遍地皆是。他看着伤兵棚里的一切，默默地在棚子里走了一圈，视线停留在层层叠叠的草药架子上。

小六子搬了一张凳子过来："杜长官，您坐。"

杜铁鼎没有坐，回头问道："小伙子，你们平时就靠这些草药？"

小六子回道："我们还有盐水。"

"盐水？"杜铁鼎欲待再问，却好长生大师进来，顺口回道："杜长官，我们这里深山老林，有盐水就不错了。"

杜铁鼎无言以对，站了一会，他走出棚子道："天鹏兄，伤员这么多，你的那点西药只是杯水车薪啊。不行，我去找施军长！"

陈天鹏的心情越发沉重，过了好一阵才说出话来："铁鼎兄，你都看见了，我难啊。长沙会战惨败，304 团被取消建制，其实是做了替罪的羔羊。那一刻，兄弟我成了一名被抛弃的浪子，有家难归、有国难投啊。于今虽说是挂了抗日纵队司令之名，但是，上头没有给我一兵一卒、一枪一弹。冬季来临，大雪封山，战士们穿着草鞋，拿着猎枪，以血肉之躯硬刚日本人的机枪大炮，前赴后继，视死如归。天鹏原也是想把那日本人杀一个算一个，以死报国，不想却在冥冥之中得遇铁鼎兄，真个是天无绝人之路啊。铁鼎兄如果能将东乡抗日纵队今日之处境禀告上峰，天鹏感激不尽！"

杜铁鼎道："天鹏兄，你我昔日同窗同学，今日为了国家民族抵御外侮，自当同心协力，携手共存。你放心，你的事就是我的事，待我回到军部，定将你等不畏牺牲、英勇抗战的事迹层层上表，为东乡抗日纵队求取一个应有的待遇。"

下山之前，杜铁鼎给陈天鹏留下四支美式冲锋枪，三百发子弹。

陈天鹏道："铁鼎兄，我还有一句话要说。"杜铁鼎以为陈天鹏还要开口要枪，连忙说道："天鹏兄，我身后有四名赤手空拳的士兵，送给你的四支冲锋枪是从他们手上拿下来的。不怕你笑话，那四支冲锋枪也是刚刚到手的，还没焐热就送给你了。我最担心的是，该怎么和施军长去说，我必须找理由，否则他就不会再给我一粒子弹。真的，四支冲锋枪已经是极限，一支都不能多给了。"

陈天鹏道："让你为难了。"

杜铁鼎道："只要你不要枪，我就不为难。天鹏兄，我知道你缺武器，缺弹药，缺西药。我向你保证，等我过了防线，第一时间就去找施军长。"任何一支武装力量要想在战争之中得以生存，武器弹药和粮食药品都是必不可少的。杜铁鼎就是一个小小的纵队司令，刚刚拿到的新枪，确实不敢随便乱送。

陈天鹏道："铁鼎兄，我不要枪。"

杜铁鼎一听，大大地松了一口气："嗨，你怎么不早说呀。"

陈天鹏道："我心里有一桩事，一直放不下来。长沙战役304团坚守阵地三天三夜，最后一刻几乎伤亡殆尽。哪知弟兄们的尸骨未寒，陆军部却把304团的番号撤销了。这几个月，我只要一闭上眼睛就做梦，梦见那些生死相随的弟兄，梦见他们泣血的面孔。他们问我：团长，我们的连番号怎么没啦，我们以后往哪里去？我哑口无言。现在，我带着几百号人马打游击，他们都是大东路子弟，是平头百姓。我们蜗居在山里，外面发生了什么都不知道，我是两眼一抹黑啊。"

杜铁鼎震惊不已，半晌方道："天鹏兄，这个世界，官场腐败和权力争斗无所不在，他们表面上冠冕堂皇，暗地里相互勾结。你也别太较真，退一步海阔天空，要想讨回公道，自己先得好好活着。对陆军部而言，番号就是一个简单的阿拉伯数字，他们可以任意添加，也可以随手抹去。为了自身利益，他们指鹿为马，颠倒黑白。我的级别太低，这样的事说不上话。只有把304团的事一并去与施军长说，让他去找王耀武！"

陈天鹏："铁鼎兄，有你这样的兄弟，天鹏死亦无憾！"

看着老战友那张沧桑的脸，杜铁鼎突然扯开嗓门吼道："杜雷，再给陈司令三百发子弹！"

杜雷："报告司令，那个……"

杜铁鼎猛地一挥手："什么这个那个，要杀要剐由我负责！"

杜雷："是！"

"铁鼎兄，请稍等。"陈天鹏把手一招，德子捧着一只匣子走上前来。陈天鹏说道："这是一位游方高僧的遗物，分上下两层，上层原有一只康熙玉如意，被龟田老鬼子讹走了。有幸的是，下层藏有一支卷轴，请铁鼎兄过目。"

杜铁鼎展开卷轴，乃是苏东坡的《寒食帖》，惊道："此乃国宝，价值连城。天鹏兄意欲何为？"

陈天鹏："好眼力。陈天鹏不敢将国宝据为己有，还望铁鼎兄在方便的时候将卷抽转交施军长，权当天鹏觐见之礼。"

杜铁鼎："……"

陈天鹏："此外奉上金条二十根，请铁鼎兄收下。"

杜铁鼎再次张大了嘴巴："天鹏兄，你这又是何苦？"

看着昔日的同窗，陈天鹏道："山上所缺的是枪支和药品，金条当不了饭也买不到药，无异于一堆废铜烂铁。不如放在杜兄手上，可以上下打点，疏通关节，有百利而无一害。"

004

送走杜铁鼎，陈天鹏将山前山后的战场都走了一遍。后山天然绝壁，只要摆一个中队的兵力，再加檑木滚石，偷袭之敌就没有机会。小山嘴、大山嘴地形条件异常复杂，陈中超因地制宜，指挥各个中队构建了纵横交错、上下互补的梯级防御，日军在完全暴露的状况下发起攻击，伤亡惨重。陈中超入伍虽然只有两年，但其临场指挥冷静、果敢，捕捉战机的能力极强。有这么一个智勇双全的兄弟，陈天鹏感到暗自庆幸。

陈中超："要不是小六子发现了一只烟盒，小鬼子的偷袭差点就要得手。"

陈天鹏："我才下山，山田就来偷袭，这也太巧了。"

德子忽然想起一件事来："小六子爱玩弹弓，那天他用弹弓打了一只大鸟，二黄叼回来一看，却是一只鸽子。奇怪的是，那只鸽子的腿上还绑着一支小竹管。"

"小竹管？"陈天鹏嗅到了一股诡异的气味。

德子："一支空心竹管，里面什么都没有。贾叔见了，立马就把那只鸽子扔到伙房里炖了。"

陈天鹏："哦？村里有人养鸽子？"

德子："好像没有。"

陈中超："难不成山上有奸细？"此言一出，几个人都吓了一跳。

"此事不可声张。"一阵山风刮来，陈天鹏抬头看向天边，眼神里浮起一股看不见的杀气："山田龟生对佘湖山这么感兴趣，我们就挪一挪，把这里让给他吧。"

林子里多了几十座新坟，最前面的一座坟墓埋葬着砍刀英雄大猛子。陈中超一锹一锹地往大猛子的坟上培土，汗水与泪水在脸上混搭在一起，分不清哪里是汗，哪里是泪。战士们将松枝编制的花圈放在坟头，陈天鹏、曾长生、陈上德等人一并上前，向这位善使大砍刀的英雄致哀。

礼毕，陈天鹏面向致哀的人群说道："脚下的墓地，掩埋着我们的战友，面对穷凶极恶的日本强盗，他们视死如归，献出了宝贵的生命。

他们牺牲了，但是，他们永远活在我们心中。兄弟们，每一个人都是父母所生，每一个人想好好地活着。日本强盗闯进了我们的家园，他们烧杀抢掠，淫人妻女，犯下的罪行罄竹难书！我们只奋起反抗，让日本强盗血债血还！"

"血债血还！"战士们的怒火犹如山呼海啸。

林海茫茫、松涛阵阵。

"谁敢动我的腿，老子跟他拼了！"伤兵棚里传来一阵雷鸣般的咆哮声。所有的伤兵都瞪大了眼睛看着大师兄发飙，那些痛得打滚的伤员也忘记了叫喊。

陈天鹏急匆匆地赶来，曹三妹一脸的不屑："司令官先生，你来得正好，我再跟你说一遍：你们那个大队长的腿，肉都炸没了，只剩下一层皮，必须马上切掉！"

见了天鹏，大师兄的声音一下子哽咽起来："天鹏，这个娘们太狠了，她要锯我的腿！"

曹三妹立刻反呛："什么娘们不娘们的，别说得那么难听。还大队长呢，这点事都受不了。要腿还是要命，二选一，你自己决定。"

陈子青的拳头擂在铺板上，吼道："老子就是不要命，我看你怎么的！老子一身武艺，打土匪打鬼子从不含糊，要是没有这条腿，留着一条命又有什么鸟用！"

德子上前劝道："三妹大夫说，你的腿要是能够接得上，她一定会接的。"

陈子青火气更大了："你知道什么，站一边去！"

陈天鹏走向前去，揭开大师兄的被子，只见一条血淋淋的腿耷拉在铺板上，整个膝盖部分都没了，空着的地方填满了纱布。上午的时候，他已经看过陈子青的伤势，那时候陈子青尚在昏迷状态，不省人事。一种锥心的疼痛掠过心头，但他装得若无其事一般，尽量放平了语气说话："大师兄，这点伤痛难不倒我们。三妹大夫是全邵阳最好的大夫，她说要锯掉，那一定是为了你好，听大夫的。"

陈子青大张着嘴巴，心里涌出一种从未有过的难受："天鹏，你也帮那个娘们说话？"

陈天鹏挨着病床坐下来："大师兄，你还记得吧，那一年，我们拿着树枝在学堂里打架，你在前面冲，我在后面挡，把一帮小把戏的打得落花流水！"

陈子青一手扣住床沿，眼珠子瞪得滚圆："亏你还记得这么清楚！那时候，我们总是以少打多，每天回家都得挨几下鞭子。看我们玩得太野，父亲索性将我们规在家里练武。你的悟性好，学什么都比我快，为了追得上你，我这些年把大红拳、小红拳、罗汉拳、梅花拳，还有刀枪剑戟十八般兵器都练了个遍。"

陈天鹏道："自打有了师父的约束，我们就没敢再和别人打架。有道是勤能补拙，你总是偷偷加练，所以武艺比我好。"

陈子青连连摇头："好什么好，你在出门之前，工夫已经很强了。"

曹三妹听得不耐烦，打断二人道："你们这么相互吹捧，到底要吹到什么时候，我可没时间等。"

陈子青又要发作，只见门帘一掀，曾长生快步走近前来："报告司令，日军增兵佘田桥，准备再度进攻佘湖山。"

草坪上，战士们早已黑压压地站了一片。

"不就是一条腿吗，"陈天鹏站起身来说道："国民革命军中的独臂将军、独眼将军、瘸腿将军多的是。陈子青，我命令你立即手术，把那条没用的腿锯掉！"

陈子青绝望了："腿没了，我以后怎么办……"

陈天鹏："什么怎么办，只要还有一口气，我们就要和狗日的山田老鬼子干！从今天起，我任命你担任东乡抗日纵队参谋长。"

泪水顺着腮边淌了下来，陈子青猛一甩手，吼道："臭娘们，这条腿我不要了，你拿去吧！"

细雨夹着冷风，刀子般地刮在脸上。

经过一天一夜的跋涉，这支衣衫褴褛的队伍抬着伤员离开佘湖山，往数十里外的耳驷岭转移。耳驷岭下有一座村庄，经过村庄的时候，家家户户正在准备晚餐，屋顶上冒出一缕缕的炊烟。十几条家养的土狗窜了出来，见了生人狂吠不止，老黑一个猛子冲了上去，所有的土狗立马撒开丫子跑了，再也不敢发出叫声。

德子问道："司令，我们就在这里扎营？"

陈天鹏道："不，我们还要再往里走。这里的原始森林就是一道天然屏障，借给山田龟生十个胆子，他也不敢进来！"

第 036 章

东江血案

001

数日之后，在渡边中队的支援下，山田龟生再度挥兵佘湖山。

山田龟生铆足了劲杀上小山嘴，佘湖山人去山空，只留下了一个空荡荡的营地。"老朋友"不知所踪，山田龟生失去了掰手腕的对手。

营地中央有一个凸起的土包，土包四周以石头垒成的矮墙，像一座刚刚培土的新坟。土包中央插着一块棕色的木牌，上面写着八个大字："山田太君别来无恙？"

把自己的名字写在木牌上，山田龟生觉得不是好事，问道："王，木牌的什么意思？"

木牌上的字王中师早就看见了，但他不敢吭声。因见山田发问，这才硬着头皮说道："报告太君，游击队把太君的名字插在坟头上，大大的不好，是诅咒太君……去死的意思。"

"八格！"山田龟生非常愤怒："木牌的拔掉！"

几名士兵冲上前去，狠狠地将木牌拔了出来。"轰！"地一声，坟包爆炸了，拔木牌的士兵全都坐了土飞机。

山田龟生赶紧趴倒在地，过了好大一会方才灰头土脸地爬起身来，气急败坏地抖掉一身的黄土，骂道："八格牙路，通通烧掉！"

营地的棚屋都是松木结构，见火就燃，一时烈火冲天。山田龟生余怒未消，下令杀向樟树坳。半个月前，日军在樟树坳吃了大亏，为了避祸，樟树坳村民一天之内跑得一干二净，过了一段时间，村民们估摸着已经风平浪静，这才陆陆续续返还家中。

雪后初晴，申晚保架起梯子爬上屋顶，打算翻晒一下已经发霉的红薯干。忽然看见一大群鬼子打村口来，吓得他连声大喊自己的婆娘，哪知在这当口，婆娘却不知道哪里去了。申晚保急忙走下梯子，进屋一看，奶奶抱着孙子坐在床上，女儿独自待在一边玩耍。"快跑！"申晚保大叫一声，打奶奶手里抱过儿子就往外跑，但是已经迟了一步，村外的几个方向都出现了鬼子，一眨眼的工夫，整个村庄就被日本人围了。

日本鬼子挨家挨户地砸门，把所有的村民都往外赶，枪声、哭声和叫喊声汇成一片。被赶到村口的人越来越多，一个十五六岁的小伙子穿着一件黄色的军大衣，正是"捡洋落"得来的。"八格牙路，游击队的干活！"山田龟生手起一刀，小伙子的头颅骨碌碌地滚到地上，所有的小孩都止住了哭声。申晚保吓得面无血色，他担心日本人祸害自己的女儿，叫英子趁乱逃走。英子心里害怕，回身就跑，哪知没有跑出几步就摔了一跤。一个小鬼子撵过来，战刀划出一道弧线，将这个小女孩活生生地劈做两段。

"我的英子！"奶奶大喊一声扑了上去。"八格！"小鬼子回身一刀，刀锋从奶奶的后背捅进去，打胸前穿透出来，"哎哟……"奶奶抽搐着倒在地上。

几十名年轻妇女被小鬼子赶进一座地主大宅院，不一会，大宅院里传来了女人撕心裂肺的尖叫。申晚保婆娘奋力挣扎，在一个小鬼子的手背上咬了一口，小鬼子大怒，将一把刺刀刺进她的腹部。

人群躁动起来，十几名赤手空拳的汉子怒吼着，不顾一切地冲向大宅院。但是，他们很快就被迎面而来的刺刀捅倒在地。山田龟生指挥挥刀狂叫："突击！"歪把子机关枪响了起来，伴随着手雷的爆炸声，村民们惨叫着、哀号着四面逃散。申晚保抱着小儿子往田里跑，混乱中看见婆娘从大宅院里跑了出来，身后拖着一根肠子。申晚保急忙上前，双手捧起地上的肠子哭叫："何得了咯，肠子出来了……"妻子低头一看，惨叫道："我活不了啦，你带儿子跑！"说罢一头栽倒在地，气绝身亡。申晚保抱起儿子又跑，一阵乱枪打来，父子两个双双死在田基上。

002

得知樟树坳惨遭屠村的消息，陈天鹏带了特勤分队和一中队下山，欲待探个究竟，刚刚钻出林子，就被眼前的惨象惊呆了。

山脚下躺着一具浑身赤裸的女尸，腹部被拉开了一道很长的口子，一个襁褓中的胎儿露出头来，脑浆流了一地。女尸一手攀着沟坎，一手深深地抓进土里，表情异常恐怖。

越往前走尸体越多，有的身首分离，有的被子弹打成了血人。绕着村庄走了一圈，陈天鹏低声吼道："一中队就地警戒，特勤队清理现场！"

村里的房屋冒着丝丝缕缕的黑烟，冷风掠过，一股焦臭的气味迎面扑来。特勤队打残垣断壁之下找到锄头，就在山脚下挖坑，打算掩埋村民的尸体。

陈天鹏、陈中超、二喇叭、小德子等人越过公路，登上对面的山排，居高临下俯瞰现场，只见村庄、道路、田垄和大宅院里到处都是横七竖八的尸体，惨不忍睹。

"嗨，你们是什么人！"山排上突然传来一声断喝。

众人回身一看，只见一个身着灰布棉袄，头戴瓜皮帽的壮汉站在山排上，手里端着一把长枪。陈天鹏吃了一惊，日军屠村已有数日，莫非又在山上设下了埋伏？

二喇叭抢到前面，冲着壮汉吼道："关你鸟事，想打架啊？"

壮汉愣了一下，喝道："谁想打架，你们到底是什么人，不说老子开枪了！"

听那瓜皮帽满口东江口音，陈天鹏回道："我们是五里牌的，请问你是何人？"

"五里牌的？我看你们不像好人！"瓜皮帽打一声呼哨，山排背面呼啦一下涌出一大群持枪的汉子来，把一个偌大的山排挤得密密麻麻。哗啦啦一阵拉动枪栓的声音，枪口齐齐指向陈天鹏等人。

陈永华正在村口执行警戒，忽然发现山上情况不对，打了声呼哨，招呼一中队、特勤分队呈两翼包抄之势，迅速往山排上逼去。

陈天鹏打了一辈子的仗，突然被这么多枪近距离地指着脑袋，这可是第一次。环顾四周，山排背面群山起伏，似乎藏着千军万马。陈天鹏放声喊道："明人不做暗事，这么偷偷摸摸地算计他人算什么好汉？"

"哈哈哈哈！"上面传来一声长笑，山排上的人墙之中走出一个方头大脸，身着黄呢军装的彪形大汉："下面可是陈将军？"中气浑厚，声如洪钟。

陈天鹏应道："在下陈天鹏，请问阁下是谁？"

"果然是陈将军。"彪形大汉也是一口东江口音："在下 100 军游击纵队司令曾文丹，已经在此恭候多时，特请陈将军上山一叙。"把手一挥，山排上的人齐刷刷地把枪收了。

陈天鹏："久仰。文丹司令有什么用得着陈某的地方，招呼一声便是，哪里用得了这么大的阵仗？"

曾文丹："我是担心请不动陈将军啊。"

"哈哈，难得文丹司令如此看得起在下，恭敬不如从命，稍等片刻，马上就到。"言罢，陈天鹏唤过德子、华子如此如此吩咐一番，这才带领众人走上山排。山排背面一溜直地排列着几十间土砖屋子，虽说屋舍陈旧，屋前屋后却打扫得一干二净。空地中央摆了一张八仙桌，桌面上放着一把青瓷茶壶，四个白瓷茶杯。

曾文丹："请！"

"不客气。"陈天鹏坐下来，端起刚刚泡好的新茶吹了一口，待得茶雾飘散，这才小口品咂："好茶！"

曾文丹笑道："佘湖山一战，东乡抗日纵队死战不退，颇有 304 团之风啊。"

陈天鹏放下茶杯："过奖了。彼时生死攸关，我等破釜沉舟，纯属绝地求生而已。"忽听身后传来一阵骚动，原来，特勤队和一中队被阻隔在警戒线以外，双方推推搡搡，互不相让。陈天鹏大声道："特勤队继续清理现场，一中队退回原地！"

吵声戛然而止，特勤队和一中队徐徐退向两侧。

"陈将军不愧是黄埔出身，带兵很有一套嘛。"曾文丹赞道。忽见陈中超、二喇叭站在陈天鹏身后，不免打趣道："两员虎将一黑一白，可是云长、翼德？"

陈天鹏笑道："见笑，两个种田出身的乡下人，没见过世面。"回头责道："还不快给文丹长官行礼，平时都怎么教你们来着？"

陈中超、二喇叭拱手行礼。

文丹司令大喜："二位何必站着，快快请坐。"

二人再三谢座，执意站在陈天鹏身后，曾文丹一笑，也就不再勉强。

003

曾文丹祖籍东江，原是第 100 军 436 团上校参谋长。日军进攻邵阳，100 军主力在廉桥、界岭一带与日军激战、消耗日军有生力量，之后往西退走。为了扰敌后方，100 军派遣本土军人曾文丹组建东江纵队，同时留下来的还有一个建制完整的警卫连。为了站稳脚跟，曾文丹大肆招兵买马，吸附和收编各种武装力量，当地青壮和武林人士纷纷前来加盟，东江纵队实力急速膨胀。

陈天鹏道："文丹司令如此客气，不知有何见教？"

曾文丹缓缓言道："山田大队攻陷佘湖山之后，挥兵屠杀樟树坳，扫荡东江腹地，将几十个村庄洗劫一空。明眼人都看得出来，山田大队下一步的目标就是东江纵队。"

陈天鹏亟待摸清对方的真实意图："东江纵队数度与日军激战，听闻文丹司令身先士卒，亲自端着机枪横扫日军，若是国军将领皆是这般英勇无敌，小日本岂敢如此猖狂？"

曾文丹听罢，心情果然痛快："这个打法叫作运动战中的伏击战，适合小部队作战，快打快撤，占了便宜便跑。这也是我们100军的传统，打硬仗不怕，打游击也不怕！东江纵队装备精良，战斗素养好，是山田大队的对手。"说到这里，文丹忽然话锋一转："樟树坳遭遇飞来横祸，陈将军可知是何原因？"

陈天鹏道："杀人放火、屠杀百姓是日寇本性，山田龟生也是如此。"

曾文丹沉下脸来："陈将军何必闪烁其词，你我不妨面对面打开天窗说亮话，东乡抗日纵队选择樟树坳埋伏日军，实乃明修栈道，暗度陈仓，这与嫁祸于人并无大异。"樟树坳隶属东江地界，忽然飞来屠村之祸，曾文丹震惊之余，认定此祸的根源在于陈天鹏。

听得此话，陈天鹏知其实有为难之意，正色道："天鹏征战多年，与日寇浴血厮杀奋不顾身，从未有过些许胆怯。如今，日寇侵华犯下的罪行罄竹难书，樟树坳大屠杀只不过是日寇行凶作恶之万一而已。文丹兄，这一切还真不是你我之力能够左右得了的。恕我直言，你我肩负党国重任，理当携手共进，何必相互倾轧诘难？"

曾文丹冷笑："陈将军，你的304团已经没了，我用得着诘难你吗？时至今日，你我摇身一变，都成了游击队的带头大哥。游击，游击，看起来是四处游走，打一枪换一个位置，实际上一着不慎便将死无葬身之地。到了这步田地，你又何必去唱高调，谈什么党国的重任？你们劫了日军的辎重，自己发了洋财，却给樟树坳引来一场滔天大祸，几百条活生生的人命就这样没了，如此惨案，东乡抗日纵队脱不了干系！"他认为，陈天鹏跑到樟树坳来打埋伏，就是为了把山田大队这股祸水引到东江来。

陈天鹏反驳道："文丹司令，日本人漂洋过海犯我中华，已经占了大半个中国，你不会说是陈某把它招来的吧？"

曾文丹："衡邵公路这么长，你为什么偏偏选中樟树坳？"

陈天鹏："换一个地方打伏击，又焉能保证日本人不会报复？要不这样，以后但若打伏击，由文丹司令为我们选地方，你看如何？"

曾文丹："事实胜于雄辩，樟树坳惨案你脱不了关系。"

陈天鹏："照此看来，文丹司令要向陈某问罪？"

曾文丹："杀敌一千，自损八百，东乡抗日纵队虽然英勇，但已伤了元气。依我之见，两支纵队合二为一，既可增强抗日力量，亦可保全抗日纵队残存的一点骨血。"

陈天鹏："愿闻其详。"

曾文丹："合并之后统称 100 军东江纵队，本人担任总司令，你任副总司令，所有的装备用度皆由东江纵队统一供给。"

说什么合并，其实就是为了吞并。陈天鹏冷笑道："国难当头，你我尚且能够在此品茶论道，比起那些九泉之下的将士，实属万幸。存者且偷生，死者长已矣。也许是明天，也许是后天，一颗流弹飞过来，你我或将血染沙场，命归黄泉。我想，文丹兄不如趁此机会多思杀敌报国之良策，何必在这些不着边际的事情上花费精力？"

曾文丹大为不悦："佘湖山一战，东乡抗日纵队三停折了二停，已经丧失作战能力，事到如今，你还有什么放不下的？"

陈天鹏觉得多言无益，起身言道："人各有志，何必勉强？如果文丹兄没有别的事，在下恕不奉陪，告辞！"

曾文丹陡然变色，"啪"的一声将手中的茶杯捏得粉碎。这是动手的信号，大群壮汉呼啦啦地从屋子里涌将出来，将一张八仙桌围得水泄不通。

看到如此阵势，陈天鹏忽然扬声大笑："看样子，文丹兄还真是不想让我走啊！"

曾文丹冷笑道："你觉得呢？"

陈天鹏收起笑声："本人的委任状上明明白白写着：东乡抗日纵队少将司令。如果文丹兄觉陈某不堪重任，尽可以去向王耀武长官当面陈情，一旦卸了陈某的军职，本人甘心回乡种地。说白了，我的军衔、职务都是上峰任命的，你没有权力变更。再说一句不应该的话，即便是两家合并，也当是本将军出任总司令。堂堂国军少将，岂可听命于一个上校参谋长！"

74军和100军都是王耀武的嫡系，曾文丹投鼠忌器，不敢随便动粗。不过，在曾文丹眼里，今天的陈天鹏已经成了跛脚的鸭子，话里话外自是多有不屑："你醒醒吧，这里是敌后战场，如果没有实力，司令也好，少将也好，那都是一个空架子。"

二喇叭一直都在竖着耳朵听着这场争论，但他听来听去没有听出个所以然，只道是曾文丹在与陈天鹏争吵谁的官大，忍不住嚷道："什么空架子不空架子的，我家司令有王长官的委任状，官就是比你大！文丹司令要是眼红，可以自己去找王长官，让他封你一个大将军的头衔便是，何必要和我家哥哥来争这口鸟气？"

第 037 章
相煎何太急

001

二喇叭是天生的大嗓门，张口便如打雷一般。

这厮如此无礼，曾文丹很是不爽。陈天鹏见状，大声喝止二喇叭："你给我闭嘴，这里没你说话的份！"心里反而感到痛快，黑厮这么乱插杠子，便如半路杀出了一个程咬金，看起来不着调，但那三板斧却是弄得对方难以招架。

二喇叭喏喏而退，只是极不情愿。

便在这时，一个身着长袍，长着一介书生模样的人闪到曾文丹身后，手里的折扇朝二喇叭一指："你这黑人，那佘湖山老窝都被倭寇占了，还在这里说什么大话？我家司令留下陈将军本是一片好意，两家合兵一处是要拉你们一把，省得你们像土匪流寇一般四处乱窜。"

"你说什么，谁是土匪，谁是流寇？"二喇叭的火气噌地一下又上来了，一掌拍在八仙桌上："你小子的嘴巴放干净一点！"众人看时，数寸厚的大理石桌面已经裂成数块。土匪流寇臭名昭著，五里牌世世代代皆与土匪争斗，有着不共戴天之仇。

书生面露惊奇，上前抓起一块拍碎了的大理石片，两指发功轻轻一捏，将那石片捏成粉末。书生瘦骨伶仃，却有如此功力，众人不免吃了一惊。书生发出一声长笑："黑人的力气就是大啊，石板都拍碎了。在下空空秀才，曾在武当山上跟一个臭道士学过几招，黑人如不嫌弃，可否就手头上的工夫赐教一二？"空空秀才左一句黑人，右一句黑人，意在撩拨二喇叭的火气。便在这时，人群里又走出一位身材不高，口里含着一根狗尾巴草的壮汉："空空秀才，人家黑人长得这么高，你最好不要惹他，万一恼了黑人，我怕你会变成石头秀才。"哧溜一声，口里的狗尾巴草飞了出来，噗的一声插入石板之中，便如一株土壤里长出来的野草。陈天鹏见状，心里暗道此人不可小窥。

见那壮汉揶揄自己，空空秀才怼道："我说山炮子，你好像没刷牙，说话怎么带有臭气！我用得着你来提醒吗，一边去。"

二喇叭原本长得黑，村里有叫他黑厮的，也有叫他黑人的，怎么叫法他不在乎。听那空空秀才是武当山弟子，二喇叭就连骨头缝里都痒了起来，正待找地方拉场子，空空秀才忽然叫声："看招！"话音未落，双掌已到二喇叭胸前。

真是想什么来什么，二喇叭立马挥掌迎击："嘭"的一声，双掌相交，空空秀才如同撞在一道铜墙铁壁之上，身形一晃，轻飘飘地荡了开去。

二喇叭的劲道打在空处，心里一惊。空空秀才旋即走出一套内家拳来，恍如一片飘忽的树叶，一招一式如同蜻蜓点水，刚柔相济，神出鬼没。一路拳法打完，二喇叭方知这人是一位顶尖的内家高手。当下跨马沉腰，把一套五雷掌施展开来，势如疾风暴雨。空空秀才被掌风所逼，连忙运气封住罩门，后发而先至，展开金刚缠绕功克制势如奔雷的五雷掌。

斗到分际，空空秀才全身腾空而起，鹰爪般的五指扣住二喇叭的胳膊。二者体形差异甚远，一个身材瘦小，一个生猛高大，乍一看就如同大人打小孩，似乎没有半点悬念。哪知空空秀才的五指便如铁钩一般，死死地锁在二喇叭肌肉盘虬的胳膊上，二喇叭发力摔打，竟然未能将其甩开。二人近在咫尺，四条胳膊如同胶水粘住了一样绞在一起。二喇叭大怒，虎吼一声，一记铁头迎面撞击过去。

空空秀才发一声笑，忽然松开五指向外翻滚，避开雷霆一击的同时，顺势在二喇叭胸口一拂，五指洞穿棉褂，一团黑色的胸毛洒向空中。

哪知二喇叭的一记铁头只是虚晃一招，便在那空空秀才身体腾空之时，二喇叭手臂暴长，五雷掌在他背心上一按，空空秀才一个趔趄向前抢出数步，顿时面如死灰。

二喇叭内力一吐即收，双手一拱："承让。"

空空秀才急忙打坐运气，全身气血依然通畅无阻，知是二喇叭手下留情，顿时心悦诚服："黑虎教五雷掌，果然名不虚传！"

平时目中无人，不可一世的空空秀才，这么快就败下阵来，曾文丹有点不相信自己的眼睛。

陈天鹏上前打了个圆场："我这兄弟下手不知轻重，文丹兄切勿在意。"

二喇叭旗开得胜，满脸堆笑。忽见山炮子双目瞪圆，虬须箕张，暴喝道："山炮子向黑人领教！"二喇叭也不说话，拉开架子准备迎战，却有陈中超抢上前去："二喇叭稍歇，我来接他几招。"

山炮子大叫："山人手下不斩无名之将，来人报上姓名。"

陈中超双手一拱："东乡抗日纵队陈中超！"

"且慢！"曾文丹突然拦住二人，问道："可是304团陈中超？"

陈中超道："正是。"

曾文丹走近前来，但见陈中超的面颊上有数道细长的疤痕，却又偏生脸形素白，秀外慧中，显得英气勃勃，有一股从容坦荡、赴汤蹈火的气势。见了这般少年英雄，曾文丹爱才之心油然而生："但闻长沙会战，你以一人之力据守阵地一天一夜，堪称孤胆英雄。可惜304团已经不复存在，一个名扬全军的战斗英雄屈身于此，太可惜了。"

陈中超朗声笑道："文丹司令有所不知，陈中超虽是304团的兵，却是大东路子弟！于今回乡抗日，正是杀敌立功的好时候，何来可惜之有？"

曾文丹击掌叫好："好一个大东路子弟！不过，这山炮子乃是蔡李佛门下高徒，此人仗着一身武功行走江湖，终是一介莽夫。中超兄弟是闻名全军的战斗英雄，何必与他角斗蛮力？"大东路武林素以少林、黑虎为主，极少有那蔡李佛门派入境行走。曾文丹担心格斗场上拳脚无情，但有闪失，有损一个战斗英雄的名声，故而旁敲侧击，希望陈中超知难而退。

002

"谢谢文长官的好意。"陈中超抱拳道："中超不才，先前也跟师父练过几年工夫，今日幸会各位武林大师，怎敢错失大好的学习机会？待我先与山大师印证一下自身所学，如果能够侥幸从中胜得一招半式，便是中超的造化。东江与五里牌山水相连，两地人口世代姻亲，凡事不可太过较真。在下有个不情之请，双方各出三人比试拳脚工夫，点到即止，三局两胜。前面我方已经胜了一局，如果中超能够再胜一局，便为我方获胜。文丹司令，您看可否？"陈中超此举，意在防止对方仗恃人多势众发动车轮战，同时也是提醒对方，不可违背江湖道义。

曾文丹暗自摇头，心想任你在军中怎么能打，又怎能与那武林豪杰去拼拳脚？初生牛犊不怕虎，纯属自取其辱！心中虽有诸多惋惜，却也只有应承下来："那就依你，三局两胜。"

陈中超自幼习武，功底相当扎实。入伍之后吸收各派之长，格斗技巧进境神速，实已跻身一流高手之列。听得陈中超划出三局两胜的道道，陈天鹏已明其意，当下附和道："以武会友，点到即止。"

人群中发出一阵稀稀落落的嘲笑："点到即止，到时候恐怕是止不了罗。怕死就早点认输，别来逞英雄就是。"空空秀才在自家门前意外落败，东江群雄皆是觉得有失颜面。武林之中最重面子，但有丁点吃亏的地方都是要找回来的。再说那山炮子正值当打之年，素以广东第一高手自居，正想借此机会一显身手，三言两语怎能使他善罢甘休？

陈中超淡然一笑。初入警卫连时，祁子午对他这样的"关系户"不屑一顾，哪知几场搏击比赛下来，警卫连的几位顶尖高手——一败在他的手下，祁子午立马对他刮目相看，并推荐他参加全军比武大会。陈中超一发不可收拾，经过激烈角逐，居然拿了个搏击冠军。如此战绩，连陈天鹏也感到意外。陈中超悟性极高，与高手交流切磋，一点就通，尤以擒拿格斗无人能出其右。

山炮子听了半天，早已不胜其烦。心想什么三局两胜，这小子纯粹就是他妈的醉吹箫！当下也不说话，右爪急出，闪电般地往陈中超头顶抓落下来。

陈中超身形急闪，让开山炮子的雷霆一击。山炮子一招落空，当即双爪飞舞，使出一路"龙行虎豹拳"来，一拳一掌虎虎生风。陈中超见招拆招，步步为营，先自守住自家门户。十几个回合之后，山炮子双拳虚晃，右脚飞起，一招"骑龙扛掌"飞踢对方膻中穴。正所谓艺高人胆大，陈中超看得亲切，闪电般地拿住来脚，一个太极摔碑式将山炮子贯出一丈开外。

山炮子在空中翻了个360度的筋斗，幸好下盘稳固，并未当场摔倒，但也感到一阵气血翻涌。山炮子调整内息，以丹田混元之气贯通全身，继而展开"十行拳法"，长桥大马展开猛攻。

陈中超随机应变，使出一套少林三十六路擒拿伏虎手来，忽左忽右，忽进忽退，身形快如闪电。这套拳法是嵩山少林的独门绝技，俗家弟子祁子午将这套拳法毫无保留地传给了陈中超。此番施展出来，却好成了蔡李佛的克星。

山炮子越打越吃惊，出道以来，自己可谓纵横江湖罕逢敌手，从来没有今天这般力不从心。二人拳来脚往，数十招后，陈中超欺身直进，直接抢向山炮子下盘。山炮子急拍双掌，奋力抵挡，便在此时，陈中超的指尖已经按在山炮子的神阙穴上。

神阙穴是山炮子的罩门。顷刻之间，山炮子万念俱灰。只要陈中超稍微发力，他的性命就将不复存在。什么武林第一，江湖恩怨，转眼都将成为南柯一梦。

围观者多是内行，见此情景无不目瞪口呆。哪知陈中超手指在山炮子神阙穴上一滑而过，抱拳而退："晚辈不敬，尚请山大师见谅。"

山炮子脸色煞白，半晌过后方才确定性命无恙，上前一步抱拳谢道："少林擒拿手在一个后生手中竟有如此威力，老夫口服心服。"

003

眼看着连败两场，曾文丹的脸上确实有点挂不住，一连声地冷笑道："嗬哟，五里牌果然是藏龙卧虎。只可惜现在是飞机大炮的时代，几位英雄光凭拳脚工夫，恐怕很难走得出去。"

陈天鹏笑道："莫非文丹司令太缺钱花，要把我等绑为人质？"

"你说对了。"曾文丹说罢，信手一挥，手中的茶杯脱手飞向地面。

眼看茶杯向脚下飞来，陈天鹏伸腿一垫，脚面刚好托住即将落地的茶杯。这一垫一托，看似不经意，却含有一层深厚的功力。曾文丹尚未反应过来，陈天鹏脚背向上一抛，已把茶杯抄在手里。"文丹兄，这种摔杯游戏太老套，要玩就玩点刺激的。"说罢大喝一声，将那茶杯抛高高向空中。"呼"的一声，远处飞来一枪，空中的杯子顿时化成碎片。

众人大惊。举头四顾，却不知道打枪的人位于何处。

陈天鹏连忙上前挽住曾文丹的胳膊，轻声耳语道："文丹兄，千万不可冲动，狙击手已经瞄准了你的脑袋。为了安全起见，你我兄弟必须精诚团结，手挽着手，以免铸成千古大错。"

曾文丹手臂一扬，欲待甩开陈天鹏的胳膊。陈天鹏反手抄起另外一只茶杯抛向空中："呼！"又从空中射来一枪，杯子如同散开的花瓣，纷纷扬扬落了一地。

曾文丹好一阵愤怒："你想干什么？我可得提醒你，这是我的地头！"

陈天鹏道："文丹兄，今日之势敌强我弱，东江、太一与佘湖山一衣带水，若逢日军来袭，三处地方武装当可互为犄角之势，外有74军敌后纵队声援牵制，内有湘中第二支队从中策应，不管日军从哪一路进攻，我方几路人马闻风而动，或者腰斩，或者尾击，使其首尾不能相顾……如此这般，日寇的衡邵路运输线休矣！"曾文丹的脸色缓和下来："佘湖山已被攻破，你的根据地都没了，还谈什么互为犄角之势？"

陈天鹏正色道："文丹兄差矣，有道是兵行诡道，虚虚实实。山田占领的只是一个空无一人的山头，何破之有？正如你所说的，打硬仗不怕，打游击也不怕。既然如此，又何必去争那一城一地的得失？"

曾文丹："对，是我说的。"

陈天鹏："文丹兄，日军攻占佘湖山、扫荡东江都不是目的，他们的目的是衡邵线，这条公路担负着七成以上的军需供给，是日军的生命线。若是我们为了抢山头占地盘扩张势力，或因相互吞并而产生内讧，那不正是山田龟生高兴的吗？"

曾文丹无可置辩："此言甚是。"

陈天鹏又道："论实力，文丹兄当在天鹏之上，论才华，天鹏更当甘拜下风。于今国难当头，你我抱着必死之心回乡抗战，肩负着共同的使命。本是同根生，相煎何太急！"

曾文丹大笑："你这张嘴果然厉害，网罗了一等一的武林高手，还有超一流的狙击手，算你赢了。"话到此处，他已经完全打消了"合并"的念头。

陈天鹏笑道："过奖。山田龟生极其狡猾，文丹兄若不嫌弃，在下愿与江东纵队联手御敌。今番来得仓促，如有唐突之处，尚请文丹兄宽宏大量，多多海涵。"说罢，与曾文丹携手同行，在陈中超、二喇叭、空空秀才、山炮子等人簇拥下，一并走下山排。

第 038 章

缘分天注定

手术一台连着一台。

没有麻药的手术很残酷，小刀子切开皮肉，再以一把钳子在伤口中翻找、夹出弹头或者弹片，但凡神志清醒的人都会痛得大声叫喊，关云长刮骨疗毒谈笑风生，那是说书先生嘴里的事。

孙小兰做手术助理，每天都得站十几个小时，白天累得不行，晚上倒头就睡。第二天一觉醒来，操场上传来了齐刷刷的脚步声。透过小小的窗格，孙小兰的目光停留在一张黑黝黝的脸上。不知道是遗传变异，还是长年累月烟熏火燎的缘故，那张脸比一般的脸要黑得多。自从那天滚山槽、斗豺狗，死里逃生之后，她对那张黑脸产生了不一般的感觉。尤其是那一身壮鼓鼓的肌肉，趴在他背上的时候感觉特别踏实。

二喇叭披着一件黄色的呢子军大衣，脚穿大头皮鞋，跑起来的时候特别威武。趴在小窗格上看了好久，孙小兰觉得腿脚有点酸。她觉得二喇叭并没有想象的那么黑，五官也蛮帅气的。

假小子的眼神里忽然多了一份羞涩。

一竿抬椅打小山嘴上来，上面坐着一位短发齐肩，五官清秀的女子，正是秋月。战士们涌了上去，把一张抬椅围得水泄不通。

小六子一头冲进陈天鹏的小棚屋："秋月姑姑回来了！"

"什么？"陈天鹏扔下茶杯，一个箭步冲出门外。见了司令，战士们自觉让出一条道来。

陈天鹏上前拽住滑竿："都好利索了吗，回来怎么也不说一声，让我派人去接你。"

秋月的脸明显瘦了一圈，但她那双细细的双丹凤眼，仍然跟画里的美人一样，总是那么好看。见到陈天鹏，她的脸忽地一下就红了："嗯，好得差不多了。"她想起了那只远去的小麂子，还有发生在雪地上的故事。临走的时候，姑母一个劲地留她，要她再住些日子，但她心里惦记着山里的人，早已归心似箭。

"报告司令，"舒大擦了一把脸上的汗水："曹老太医吩咐，秋月要多休息，不可以干体力活。"

二喇叭嚷道："山里都是大老爷们，哪里用得着秋月姐去干体力活？"

陈天鹏点点头，向舒家兄弟投去一道感激的眼神："你们辛苦了，先去伙房吃点东西，不要饿着肚子。"

"嗯。"舒家兄弟放下抬椅走了。兄弟俩平时话语不多，特别踏实。

陈天鹏牵着秋月走下抬椅："回来就好，就在山里慢慢调养吧。"这一刻，陈天鹏有很多话想说，但又不知道从何说起。

秋月说道："老太医每天都会过来给我把脉，该吃什么，不该吃什么，每一个细节他都吩咐得很清楚。"她卧床一个多月，屋里有姑母姑父照顾，屋外有舒大舒二鞍前马后的跑腿，什么事都不用担心，身体恢复得很快。但她在床上躺着，时间长了心里总是笼罩着一层孤独，一种思念……终于回来了，见到了朝夕相处的战友，见到了日思夜想的男人，她的眼眶里不知不觉地蒙上了一层泪花。

孙小兰把她接到自个的小屋里，这间屋子是她和曹三妹住的，现在再加一个秋月姐，三个人更热闹。曹三妹给秋月做了一个全面检查，吩咐她多休息，又叫小六子到仓库里去多找一些日用品过来。母亲也过来看秋月，说什么都不让她再到医务室去。秋月不忍拂了母亲的好意，答应她先住一阵再说。

秋月足不出户，白天有母亲陪着，晚上有孙小兰、曹三妹一起说话，心里就踏实多了。没事的时候，秋月就依偎在窗台下，静静地聆听候鸟的叫声，沐浴冬天的阳光。过了一些日子，秋月的身体好多了，脸颊也渐渐丰满起来。

秋月说服了母亲，重新来到医务室。

走进医务室的时候，她第一眼就看见了二喇叭。秋月有点奇怪："二喇叭，你怎么在这里……"二喇叭的脸忽地一下子红到了脖子根上，结结巴巴地道："我……嘿嘿，就走就走，就走啦。"

"就走？"秋月回头一看，孙小兰的一张脸也是通红的。她顿时就明白了："你走什么，哪个讲要你走啊？快来帮忙，我的腿还没好利索呢。"

"好咧。"这一阵子，二喇叭一个劲地往医疗室跑，就为了能够跟孙小兰多说几句话。秋月姐能够读懂人心，找了一个堂堂正正的理由要他帮忙做事，这可让他攒足了面子。

听说二喇叭老是泡在医疗室里，德子有点不相信，原想是偷偷地溜过去开个玩笑，哪知进门就和孙小兰撞了个对面，他顿时就愣住了，心道一个假小子怎么就长成一个小美人了，怪不得把二喇叭的魂儿都勾走了。

孙小兰问道："嗨，有事吗？"

"啊哈，小师妹，我没事。"德子回过神来，一转眼看见二喇叭蹲在墙角边上，好像是在鼓捣什么。这可把德子乐坏了："二喇叭，你真在这里啊，害得我好找。哎哟，你那么大块头躲在角落里干什么？"

二喇叭知道躲不过去，索性站起来说道："小德子你瞎咋呼什么啊，我在替秋月姐捣药呢。"

德子："哎哟，你还替秋月姐做捣药？我还以为你在这里当大夫呢。"

医务室里人来人往，二喇叭最怕德子胡说八道，一个劲地把他往外轰："去去去，别说话，你没看见啊，伤员都在休息呢。"

"哎哟……我走。不说我还真不知道，原来你改行了，我看，秋月姐那里一点都不忙，你还是替人家小师妹去干点什么吧。"德子扯着怪腔走了。

002

快熄灯了，二喇叭慢悠悠地回到大棚屋，正待上床，却发现自己的铺位被德子占了。"嗨，这个位是我的，你那边去。"德子呼呼大睡，喊不醒来。二喇叭连人带被把他卷了起来，打算把他挪过去。

"哎哟哟，你抱我干吗，我又不是小师妹……"德子忽然醒了，嚷了起来。

二喇叭吓了一跳，赶紧把他往铺上一扔："嗨，谁抱你？你给我闭嘴！"

德子闭着眼睛嚷嚷："哎哟，骨头都被你摔断了。真是的，有了小师妹就不认兄弟了。"

二喇叭："你再胡咧咧，我把你扔到山里喂狼。"

德子露出一脸的坏笑："别呀，你不是改行了吗，拜托你帮个忙，把这个铺位让给我，这里风水好啊，出门走桃花运。"

二喇叭："你才改行，你是水师。"

德子把被子一掀："对啊，我是水师，这可是你说的啊。水师就是大夫，我这就去医疗室打地铺，捎带着照顾一下小师妹。"

二喇叭跳了起来："你敢，来来来，我们单挑！"

"哟嗬，你看，原形毕露了！"德子故作生气，高声道："这么多年兄弟，一点感情都不讲啊，好，我们绝交！"

二喇叭多少有点心虚，赶紧换了一副笑脸："谁不讲感情啦，是你整蛊我。"

两人这么一闹，大棚里几十号人全都瞪着眼睛看把戏，德子和二喇叭经常斗法，他们都习惯了。德子重新躺下："那天惊了骡子，杜副官带人去接应你们，他没找着人，胳膊上还挨了一枪。我问你，你和小师妹都干嘛去了，是不是……嗯？"

二喇叭又急眼了："你不要乱说啊，我们什么都没干！那天小兰大夫的脚崴了，三妹医生说她不能走路，我只好背着她走。后来我们遇到豹狗子，幸亏老猎人上山救了我们，他说是碰上豹狗子精了。"

德子心里酸溜溜的："你一直都背着小师妹吗？你是存心的吧，不碰上豹狗子精才怪！"

二喇叭："你不信拉倒！"

德子："好吧，暂且信你一次。不过，我倒是有点奇怪，你们在山上待了好几天，就没有发生点别的什么事？"

二喇叭叫了起来："你怎么就不安好心呢，你想我们出事啊！"

德子："我不是那个意思。"

二喇叭："那你是什么意思？"

德子觉得有句话不太好说，绕到另一头说道："我觉得，你和小师妹不般配，你这张脸太黑，晚上起床会吓着人家。"

"嗨，你又来。"二喇叭气呼呼地道："别以为我看不出来，你就是嫉妒，你要是喜欢人家就明说！"

德子："好啊，那我就明说了啊，小师妹可是个小美人喔，我喜欢……"

二喇叭立马就发飙了："嗨！你这个忘恩负义小德子，从小到大什么都和我抢，以前都是我让着你，这回不让你了。告诉你，那个……小师妹就是我的，哪个都别想动！我可得提醒你，你还记得彩妹子的事吧，你让我把人家诓出来约会，我没抢你的吧？现在你不帮我也就算了，还要和我抢人是不？你是什么好兄弟？我呸！"

"耶耶耶，"德子把被子扯回来盖好："扯那么远干吗，实话告诉你，我不抢人也不是不可以，不过你怎么就不看看你自己，脸上黑咕隆咚的，鼻子眼睛放在一起都对不上号，就是配不上人家嘛。"

二喇叭：“你胡说！我鼻子是鼻子、眼睛是眼睛，怎么就不对号？我不配，你配？”

德子：“我嘛，还算凑合吧。人家小师妹是什么，那就是小仙女。”

二喇叭：“你还凑合？你个厚脸皮，小仙女也得归我！王母娘娘家里七仙女下凡，还不是得嫁人！哼哼，我不配？上次去邵阳，司令还夸我是福将，什么是福将，你知道不？”

“哎呀呀，你配。”德子想睡了，闭着眼睛说道：“不和你争了，贾叔留下来的虎骨酒还有吗，你给我弄一口，好久没闻到酒味了。”

二喇叭：“你想得美。以后不准惦记小师妹，要不然那虎骨酒你就别想喝。”

两个人平时抬杠，二喇叭输多赢少，这一次，二喇叭要当真了，这才扳回一局。

第 039 章

除 奸

001

早晨的空气特别清新，陈子青长长地吸一口气，一个人拄着拐杖缓缓地朝营地边上的林子走去。少了一条腿，多了一根拐杖，他成了名副其实的瘸腿将军。腿上的伤口好了，心上的伤口一直没有愈合，多数时候，他总是独自一人郁郁寡欢。

忽有一股暗力传来，树上的枯叶哗啦啦落了一地。陈子青定睛一看，是陈天鹏在林子里打拳。但见他身形舒展、劲道十足，形如捉兔之鹘，势如猎狐之虎。一路拳法走完，陈天鹏头顶上生气一团白色的雾气。

原以为陈天鹏离开武林这么多年，拳脚工夫顶多也就剩下一个花架子，没想他一拳一脚虎虎生风，不减当年。

正在暗地里窥视，忽听陈天鹏喝道："何方高人，何不现身一见？"

陈子青手中的拐杖在地面上一点，身子轻飘飘地窜了过去，但见树干之上伤痕累累，劲道所至，留下了一道道深浅不一的凹痕，轻轻一碰，成块的树皮便剥落下来。不由笑道："果然不是花架子。"

陈天鹏大笑："大师兄，你这是夸我还是损我？说句实话，自打入了武行的门，一天不练就浑身发痒，总是忘不了这三拳两脚。"

陈子青："握拳似卷饼，沾身硬如铁。看得出来，你的拳路力道不输当年。"

往事如风，陈天鹏感慨道："不敢，一转眼就过了而立之年，好汉不提当年勇啊。"走出黄埔军校，陈天鹏由排长、连长、营长，一步一步升到团长，可谓身经百战。

"是啊。"陈子青看着自己空荡荡的裤管，顿时涌上些许感慨："世事难料，像大猛子这般善使砍刀英雄转眼就没了。"只因一家七口的性命全部坏在土匪手里，大猛子心里一直担着天大的仇恨。是以每逢打仗，不管是打土匪还是打鬼子，他总是冲在最前面，一出手就是不要命的招式。

陈天鹏叹道："天公不作美，大猛子走得太快了！"

操场上传来一阵整齐的号子声，一队新入伍的战士正在练刀法，横扫、直劈、斜削、突斩，一招一式有板有眼。小山嘴白刃战之后，长生大师发现小鬼子比想象的厉害，无论是个人刺杀还是团队协作都很难对付。经过反复琢磨，他归纳出一套简单易学、极具实战性的刀法。

陈天鹏的刀法走的是苗刀的路数，每当白刃战，他多是一声大吼，当先挥动大刀加入战团。这时候，祁子午专门带人掩护他的两翼，使他能够毫无顾忌地向前冲杀，在"万军之中取上将之首"。这些年，他大刀不离身，而且越玩越痛快。但有一点，他就是想不明白："论冷兵器，中国人是日本人的老祖宗。但若发生白刃战，中国军却很难占取上风，正规军如此，小山嘴白刃战更是如此，我们以多打少，伤亡反而比小鬼子大。"

长生大师陷入沉思，半晌方道："白刃战是面对面的生死相搏，也是血性和胆量的决斗，既要体能，亦须气势，二者缺一不可。"

陈子青道："首先是体力，如果体力不足，对方一枪刺来你就挡不开。"

长生大师："说得对，其次是胆量。狭路相逢勇者胜，我们有陈中超、二喇叭这样的刺杀高手，还有大猛子这样的拼命三郎，我们不缺胆量和气势。但是，一般战士体能不足，所以在白刃战中吃亏。"

陈天鹏释然："是啊，大猛子天生蛮力，大砍刀乱砍乱有理，小鬼子不敢和他作对。一般战士按套路走反而不行，关键是我们输在体力上。"

陈子青道："就是。白刃战之后中超的教学风格也变了，这一阵，他端起刺刀就是突刺，大声吼叫。"

陈天鹏道："我有个建议，长生大师、陈中超、二喇叭各带一队新兵分开操练，一段时间之后我们再搞军事比武，层层选拔，将最优秀的战士挑选出来担任班长、排长，再由他们去带新兵。"

曾长生道："这是个好办法！"

002

特勤队撒开大网，利用亲属关系在伪军中搜集情报，终将山田大队偷袭佘湖山的幕后情况弄清楚了。

"王中师，你的死期到了！"陈天鹏一拳砸在桌上。

二喇叭最恨王中师，非要亲手宰了这个狗汉奸不可。陈天鹏怕他鲁莽，不准他下山。二喇叭急得团团转，嚷嚷道："为什么不让我去，王中师是我的仇人！"陈天鹏斥道："你喊什么，就你一个人跟他有仇？他的仇人多的是，我们都是他的仇人！"

二喇叭："这就对了嘛，我现在就下山，保证弄死这个狗汉奸！"

陈天鹏："你给我站住，这事你去不合适。"

二喇叭："我怎么就不合适，如果不能完成任务我甘当军法！"

陈天鹏："听好了，我说你不合适就不合适。就你这张黑脸，一里路远就被认出来了，你怎么干掉他？"

二喇叭："我可以把脸蒙住……"

"少废话！"陈天鹏驳了二喇叭，指派陈中超、小六子下山执行锄奸任务。

佘田桥位于衡邵交界之地，是一个繁华的边陲小镇，三天一小集，七日一大集，南来北往的商贾、挑夫多在此处打尖住店。每逢赶集，小贩把各种土产堆在大街上叫卖，行人熙熙攘攘，饭馆酒肆坐满三教九流。趁着赶集的日子，陈中超、小六子等人乔装打扮，直奔"千里飘香"。原想是先去会一会老朋友，顺带着了解维持会的情况，哪知道客栈早已物是人非，换了主人。陈中超不动声色，先在客栈里住了下来。

维持会坐落在一座大宅院里，墙高院深，前门有卫兵站岗。小六子装作无所事事的样子，绕着维持会的外墙转了个圈，不声不响地来到维持会后院。正待攀墙入内，忽听嘎吱一声，后院的小门开了，一个中年女子挑着一担水桶往河边走去。

待那女子走远，小六子闪身进入院内。院子里面非常安静，靠近院墙的地方有一排低矮的厢房。推门一看，厢房当中有一张大床，床头柜上放着两支烟枪，空气中散发着一股淡淡的香味。小六子退出门外，沿着走廊往前走，忽见院子里站着两个背枪的伪军，一边跺脚一边骂娘，一个说："他娘的，冷死了。"另一个说："他们要到下午才回得来，我们去屋里烤火。"说罢，二人进屋去了。

根据小六子的消息，陈中超做了一个大胆推断：后院厢房就是王中师吸食鸦片的地方。

第二天，陈中超、小六子、曾德光等人穿过集市，沿着河边小路摸到维持会的后门，哪知道后门闩上了。小六子也不打话，踩着曾德光的肩膀翻上墙头，然后跳下去打开小门，众人鱼贯而入。陈中超命令舒家兄弟看守后门，曾德光带人对付前院的卫兵，自己带了小六子等人直奔后厢房。侧耳一听，后厢房里果然传来了"吧嗒吧嗒"的声音，有人正在里面吞云吐雾。陈中超飞起一脚踢开房门，正在吸食鸦片的人突然受惊，一下子从床上坐了起来。此人一身肥膘，却是王村的土财主王大拐子。

陈中超喝道："王中师在哪里？"

王大拐子打摆子似的哆嗦道："在客，客厅……"

陈中超转身就走，那王大拐子也是合当命绝，突然扯起嗓门大喊："来人啊，有刺客！"陈中超大怒："你找死！"甩手就是一枪，王大拐子一命呜呼。

　　原来，这天一早王中师提前过足了烟瘾，此时正在客厅里打麻将。枪声一响，王中师呼的一声跳了起来："卫兵！"

　　几名卫兵冲向后院，打头的正是细跛子。陈中超盒子枪一挥，当当当一枪一个，当场就将细跛子和几个人撂倒在地。大厅里一下子炸了锅，打麻将的和看麻将的全都一窝蜂地往前院跑，可还没跑几步，迎头一阵乱枪，又把他们赶了回来。原来，曾德光解决了前院的卫兵，已经把大门关了起来。

　　陈中超大喝："我们是东乡抗日纵队，投降者免死，顽抗者格杀勿论！"几个汉奸赶紧把手上的家伙扔到地上，举手投降。

　　人群中并无王中师，陈中超厉声喝问："王中师何在？"

　　一个戴眼镜的矮胖子蹲在几个人后面，伸手指向侧面的房间。陈中超一脚端开房门，"呼！"房里飞出一枪。陈中超一个急闪，回手连射数枪。小六子紧靠房门外侧，扬手向屋里扔了一颗手榴弹，"轰！"地一声，屋里浓烟滚滚。冲进去一看，王中师浑身冒血，四脚朝天死在地上。

　　返回大厅，几个汉奸仍然蹲在地上。再看戴眼镜的矮胖子，居然是胖猪头翻译官。陈中超枪口一挥，指着那颗肥硕的脑袋喝道："哟呵，真个是山不转水转，怎么就把你这狗汉奸送来了，真是他妈的老天有眼啊！"

　　胖猪头慌忙磕头："好汉饶命，我有话说。"

　　小六子喝道："胖猪头，你已经死到临头，还有什么话说？"

　　胖猪头看了小六子一眼，见是一个小孩，反而不再慌张："好汉须得饶我不死，小的可到中间厢房告知你们一件大事。"

　　小六子凶道："你讲价钱是不，信不信我现在就蹦了你！"

"慢着！"陈中超觉得胖猪头有点名堂，让小六子把他带到中间厢房去。

中间厢房是一间大办公室，桌面上堆放着一摞账本，桌子下边有几个笼子，胖猪头走向那几个笼子，把盖子揭开："你们看吧。"原来，笼子里面装满了银圆，还有一些金银首饰，都是王中师搜刮民财，敲诈勒索得来的。陈中超喝道："你说的就是这个？你以为我们找不到吗？"

胖猪头满头大汗："小的还有非常重要的情报，可容小的和长官一人说道。"

陈中超盯了胖猪头足足有一分钟之久，把头一摆："小六子，你去客厅盯着，我看这家伙到底有什么话说。"

小六子伸手在胖猪头的脑门上戳了一下："你要是敢耍花招，我就给你吃弹子！"

屋子里只剩下两个人，翻译官这才说道："敢问长官，东乡抗日纵队可是佘湖山上的那支游击队？"

陈中超："嗯？这是你该问的吗！"

胖猪头："不不不，是这样……"

走出厢房，陈中超赦免了胖猪头和另外几个汉奸的死罪。离开维持会之时，陈中超以东乡抗日纵队的名义留下一道公告，历数王中师所犯的各项罪状，宣称已将王中师就地正法。

等到日军宪兵赶来，陈中超等人早已走远了。

003

小六子眉飞色舞，绘声绘色地把击毙王中师的过程演了一遍，众人听得心花怒放，觉得特别解气，唯独二喇叭不吭声，像是掉了钱似的。

德子笑道："二哥哥，大仇已报，你怎么就不谢一声小六子？"

二喇叭没好气地回道："小六子是我徒弟，徒弟代师傅报仇，用得着谢吗？就你嘚瑟，真是。"

大 东 路

389

德子故作糊涂:"嗨,小六子什么时候成你徒弟了?"

"小六子就是我徒弟,咋的啦!"二喇叭甩手走了。

众人散了之后,陈中超把胖猪头翻译官的事说了一遍。

"果然有奸细!"尽管早有思想准备,陈天鹏仍然出了一身冷汗:"差点上了山田老鬼子的当。"思索良久,又把德子、小六子叫来,吩咐三人如此如此。

击毙了王中师,东乡抗日纵队声名大噪,许多村民寻上山来,队伍人数猛增,陈中超忙不过来,索性把射击教练的活全都交给德子。德子没干过教练,看着一大堆的新兵蛋子有点手足无措。陈中超道:"打枪就是练准头,你挑枪法好的教,其余的让他们自己练。"德子一头雾水:"他们自己怎么练啊?"陈中超道:"你还看不出来吗,两军开战,其实就是枪法好的在阵前厮杀。准头差的打不中敌人还会暴露自己,最容易被击毙。尤其是新兵蛋子,打一枪浪费一颗子弹,让他们在一边摇旗呐喊,帮个人场就行了。"

德子:"这样啊……"

按照中超的思路,德子这个射击教官还是做下来了。每天军训,德子都会背着那支九七式狙击枪在营地里晃悠,特别拉风。新兵蛋子没见过这么酷的枪,一个个跟着他后面跑,这边喊德哥,那边喊教官,坐下来还有人替他松骨捶背。但是,不管你是谁,九七式狙击枪谁都不准碰。

德子教导新兵:"想当神枪手不难,练瞄准的时候在枪口上吊一块石头,屏住呼吸,心无杂念就可以做到。光拍马屁没用,明天实弹打靶,能够打中靶心的奖赏五发子弹,如果打中天上的飞鸟,这支九七式给他专门练一个小时。"

新兵们初来乍到,没枪又没子弹。

德子说道:"这个好办,你们去找小六子,每人领一发子弹。记住了,每人一发。"

上山之前，很多人连枪都没有摸过，打什么飞鸟，纯粹就是为了看一眼九七式，摸一摸也行。一个个吵吵嚷嚷地把子弹领了，又来找德子理论，非要多领几发不可。

德子发火了："我的话你们都当放屁是吧？要想多领子弹，先打一枪给我看。"

一个胆大的新兵说："我没枪。"

陈上德："没有枪的可以试试我这把，不过我得亲眼看着，打过之后马上交还。"

004

操场上闹哄哄的，一帮子新兵蛋子围着九七式不肯走。李晓武扒开人群，凑上前来说道："德子师兄，让我试试。"

德子攥紧九七式，下意识地往回一缩："是小师弟啊，你就免了吧。这些新兵蛋子，我逗逗他们玩呢。"

李晓武打了个哈哈："师兄啊，我上山也有好些日子了，每天不是操练就是睡觉，好无聊的。你这里这么热闹，带我一起玩呗。"

德子笑道："别闹，我在教他们打枪呢。你是老兵，你手里有枪，自个玩去吧。"

李晓武就是不走："和你的枪比，我那支枪就是一根烧火棍。我要是有一把这么高级的枪，可以打中天上的飞鸟。"

"吆喝，我说小师弟，你还挺能吹的啊。"若不是师父宠着小师弟，德子平时都不搭理他。

"我没吹，不信你让我试试。"其实，李晓武一直站在远处看热闹，特想玩一把九七式狙击枪，只是不好意思说。

"不是吧？"德子根本不信他的牛皮，但又不好拒绝他："我这支枪是高级货，你要真想玩的话就得立个规矩：你用我的九七式打一枪，如果真的打中飞鸟，这枪归你玩一个小时。"

"行。"李晓武两眼放光，伸手就要拿枪。

"慢，没打中怎么办？"德子不肯松手。

"怎么办你说。"李晓武非常干脆。

德子盯着他全身上下打量了一番："打不中你身上的皮袄归我，怎么样？"

李晓武颇感意外："这个……"

"哈哈，你这件皮袄挺高级的，我就不诈你的啦。"德子笑了起来，手掌在九七式的枪身上拍了拍："宝贝，你就安心待着吧，哪都不去！"

这边正在闹，二喇叭也跑过来凑份子："我说你个小德子，不就打一枪么，哪有这么多规矩，让我试试。"

"那可不行，玩你的机枪去吧。"德子把九七式攥得紧紧的。

二喇叭："别那么小气，待会儿捷克式换给你玩，突突突，那多过瘾。"

德子眼睛一亮，顿时就来劲了："是不是真的，你说话算数？"

"嗨！"有人抢生意，李晓武一着急，不服输的劲儿一下子就上来了："我怎么舍不得，那皮袄就照你说的办。"

二喇叭不乐意了："小师弟，没看见你二哥哥在这里吗，你待会再玩。"却好陈中超追了过来，拽着二喇叭就走："你在这干嘛，那边正等着你练枪呢。"二喇叭极不情愿地走了。

天上飞来一只苍鹰，德子伸手指向空中："就打这个，一枪为准。"

"好！"李晓武抬手就是一枪："叭！"老鹰应声落地。

一群新兵蛋子欢呼雀跃，发出雷鸣般的呼声。大黄二黄飞快地扑了过去，不一会就将一只尚在扑打着翅膀的老鹰叼了回来。

李晓武竟有如此枪法，德子大惊失色。想想自己的枪要给他玩一个小时，心里不免有点发慌，支支吾吾地找借口："这个能算吗？打中个大腿或者翅膀什么的不算，须得一枪打死。"

李晓武不依了："师兄，你可不兴耍赖哦，你只说打中飞鸟，没说要打哪个部位，也没说要一枪打死，应该算我赢。"

德子："是这样吗？"

李晓武："大家可以作证。"

"打中了，打中了！"小六子带头起哄。

实在糊弄不过去，德子只好把九七式交了出来："行行行，说好了一个小时，就一个小时啊。"

李晓武将九七式抱在怀里，无限深情地献上一吻："我的宝贝！"

德子一惊，厉声喝道："你说什么？"

李晓武慌忙解释道："我是说，这支枪太宝贝了，我要是有一支就好了。"

德子满腹狐疑，很不放心地道："知道这枪宝贝就好，别把口水弄上去，嘴巴不许挨得太近。"

"嗯。"李晓武笑了，笑得很尴尬。

"说好的一个小时哦。"德子重复了一遍，还是觉得不放心，又附在李晓武耳边说道："小师弟，明天有一个日本人的大官到佘田桥来，我要下山执行狙击任务。你可得小心点，千万别把这枪的准星整偏了。"

李晓武："德子师兄，你就放心吧。"不管他怎么保证，德子一直跟着李晓武，掐着时间把枪拿了回来。

东边天际露出了一抹鱼肚白，营地的战士尚未起床。林子里忽然飞起一只灰色的大鸟，大鸟绕着营地转了两圈，正待展翅高飞，德子"叭"的一枪，大鸟应声落地。几只大狗冲进灌木丛里，将中枪的大鸟叼了回来，原来是一只信鸽。信鸽有个特点，每到一个新的地方，起飞之后都要绕上几圈，这是认路。

信鸽的腿上绑着一个很小的竹筒，德子从竹筒中扣出一个纸卷交给陈天鹏。陈天鹏展开一看，纸卷上书有一行日文字码：

"狙撃兵は山を下り、日本人将校の一郎を狙って任務を遂行する。"

文中的汉字清晰可辨，大致内容可以猜个八九不离十。陈天鹏冷笑："狐狸尾巴终于露出来了，这个一郎，应当就是井下一郎。日本人就是混，好端端的汉字写成这样。立即收网，抓捕李晓武！"

陈中超、二喇叭、德子冲向李晓武宿住的大棚屋，进去一看，李晓武的铺上空荡荡的，人不见了。

"李晓武呢？"德子喝问。

"不知道啊，刚才还在。"其余的战士全都坐了起来，不知道出了什么事。

陈中超吼道："全体注意，立即封锁下山路口，全力搜捕李晓武！"

战士都跳下通铺，拿起武器冲向各个路口。

"在这里！"林子里传来小六子的喊声。

众人一惊，冲过去一看，只见李晓武一手捂着流血的眼睛，转身就往林子深处跑去。

德子抬手就是一枪："叭！"李晓武腿部中弹，双膝跪在地上。

李晓武原有两只信鸽，小六子的弹弓打掉一只，被贾叔拿去炖汤喝了。那一次把他吓得不轻，蛰伏了很久不敢动弹。几个月过去了，李晓武自忖已经逃过一劫，这才放肆起来。今个早上天色刚刚放亮，人们还在梦乡之中，李晓武悄悄地溜到林子里放信鸽，这是他的第二只信鸽。哪知一声枪响，信鸽又被打掉了。他心里一惊，立即意识到自己已经暴露，赶紧收拾家当跑路，哪知自己的皮袄不见了。这还得了，皮袄里藏着一张他精心绘制的游击队营地图，有了这张图，他就可以立功受奖，官升三级。

有道是螳螂捕蝉，黄雀在后。李晓武的一举一动全都被小六子看在眼里，这一阵，小六子和他厮混得很熟，而且和他睡到一个大棚屋里，其实是在暗中盯着他。李晓武前脚出门去放信鸽，小六子后脚拿走了他的皮袄。

李晓武找不到皮袄，正在心里乱骂，忽见门外人影一闪，是小六子。"八嘎！"李晓武暗骂一声，飞身追了出去。小六子担心他往林子里跑，故意拿着皮袄往树上爬，嬉皮笑脸地坐在树枝上翻找皮袄里的东西，还把那张地图翻出来晾在树枝上。李晓武气急败坏，仗着一身轻功上树抢夺，小六子拉开弹弓，一颗石弹射来，啪的一声把他的眼珠子打了出来。

井下一郎是一名高级特务。1937 年，华北沦陷。日寇入侵，山河破碎，杜心五坚决不作汉奸。1938 年，杜心五在爱国将领张自忠的帮助下，混在平民之中逃出京城，并带走了一份日军三个月灭华的绝密文件。日军司令部暴跳如雷，下令诛杀杜心五。

李晓武亦在此时逃出北平，却在途中被抓了壮丁。得知李晓武是燕子李三的门徒，木村对其进行策反，软硬兼施要他暗杀杜心五。李晓武不愿意暗害师祖，最终被木村杀害。为了继续上峰下达的任务，木村指示与李晓武相貌相似的井下一郎冒名顶替李晓武，在湖湘一带寻找杜心五的踪迹，伺机刺杀这位名震天下的武林宗师，夺回绝密文件。

然而，数年时间井下一郎的任务毫无进展。1944 年，日军占领邵阳。木村召回井下一郎，令其前往皇帝岭招安钻山狗。井下一郎不负众望，通过各种封官许愿，成功地收服了钻山狗，并使之囚禁与之同时上山策动抗日的共产党地下工作者。哪知道钻山狗是一堵扶不起的烂泥墙，一眨眼就被抗日纵队攻破了巢穴，井下一郎也做了俘虏。

钻山狗大势已去，李晓武亲手击毙了数名土匪，临阵倒戈，此举成了李晓武"投降反正"的资本。当时，李晓武盒子枪和皮袄均被缴获，他担心泄露皮袄里面的秘密，故意找茬闹事，且不惜与陈子青交手暴露"身份"，以此博来一个"小师弟"的名分，他的反常行为引起了陈天鹏的注意。其实，卷巴佬早已发现了破袄夹缝中的纸和笔，因为不知可作何用，便将那些东西交给陈天鹏。陈天鹏不动声色，吩咐卷巴佬将纸和笔放回原处，暗中盯住李晓武即可。

井下平时话少，特别守规矩。拿回皮袄之后，井下开始向山外发送情报。收到井下的第一份情报后，木村自以为得计，指使井下继续潜伏。

有了井下一郎这块王牌，山田龟生挥动大军猛攻佘湖山，欲图生擒活捉陈天鹏。其实，第一只信鸽被打下来后，贾叔就发现了绑在鸽腿上的竹筒。他非常熟悉信鸽，这种飞禽智商很高，主人可以把它藏在布袋或者衣袖里，几天几夜不吃不喝，放出来之后照样可以远走高飞。贾叔断定这是一只间谍信鸽，明里指使伙房把鸽子熬汤吃了，暗中将此事报知陈天鹏。那天晚上月黑风高，所有的人都睡了，贾叔看见李晓武闪身而过，立即尾随上去，不幸的是，当天晚上，贾叔未能逃过李晓武的毒手。

杀害贾叔之后，李晓武沉寂了很长一段时间。

木村发现了佘湖山的秘密，哪知弄巧成拙，山田大队反被打得丢盔弃甲，大败而逃。

日军进攻大山嘴时，井下一郎打算趁着两军混战的间隙悄悄潜逃。他发现小六子背着一把九七式狙击枪非常眼熟，仔细一看，心态几乎当场崩溃，这支枪竟然是他的专用狙击步枪，是他从日本带过来的。他不知道这支枪为什么会出现在这里。心爱的狙击枪落到了支那人手里，井下一郎感到一种极大的侮辱，他决心夺回自己的枪。

爷爷出事后，小六子看似什么都不懂，但他在脑子里一个一个地梳理值得怀疑的人，他觉得嫌疑最大的就是李晓武。为了接近李晓武，他故意在地上打滚卖萌，让李晓武教他地躺拳，李晓武倒也没有提防他，还时不时地教他几招。直到小六子偷了他的皮袄，他才醒悟过来，但已迟了。

再说陈中超拿下胖猪头翻译官之后，为了保命，胖猪头提供了一个极为重要的情报：佘湖山有一名日本奸细，并且是一个出色的狙击手。

另外，这个间谍的九七式狙击步枪在运输途中遭遇截击，很可能落到了抗日纵队手里。为慎重起见，陈天鹏安排陈中超、德子、小六子等人唱了一台戏，引出李晓武，并故意对其放言下山执行狙杀任务，诱使李晓武放出第二只信鸽，从而确定了这个日本奸细的身份。

真相大白，抗日纵队连夜公审井下一郎，将其枪决于耳驷岭。

第040章

踏破大排山

001

大路尽头传来一阵急促的马蹄声，一位矫健的汉子一手挽缰，一手甩鞭，风驰电掣策马而来。刚刚来到山下，林子里突然转出几个端着长枪的人来，喝道："站住，什么人？"为首一人又高又瘦，一双黑色的眼睛精光四射。

骑马的汉子勒住马缰，朗声一笑："在下尹如圭。"

拦路的人立刻换了一副笑脸，上前打了个拱手："原来是尹支队长，久仰久仰。我是东乡抗日纵队陈上德，奉陈司令之命，已经在此恭候多时，有请。"

大雪过后，山林，灌木，溪流，沟壑，全都盖上一层白色的棉絮，唯有满山的丛松，一个个昂首挺胸，迎风傲雪。耳驷岭海拔1100多米，四面环山，中央是一块平缓的谷地，峻峭的山峰犹如一把指向天空的长剑，异常雄伟。尹如圭下马步行，随同众人上山。谷底绿草青青，踩上去软塌塌的，像是铺了一层厚厚的地毯。山外寒风冷冽，山谷里却如暖春二月，尹如圭惊讶不已。

"有朋自远方来，不亦乐乎。"陈天鹏远远地迎了上去，走到跟前方才认出来人："是你！"万万没有想到，尹支队长竟然是千里飘香的"店小二"。

尹如圭拱手笑道："山水有相逢，飞雪遇故交。能够在此见到大名鼎鼎的陈司令,如圭深感荣幸!"

"惭愧!"陈天鹏把尹如圭让进屋里,拱手言道:"尹支队长坐镇一隅叱咤风云,日军数度闯入太一地界,皆被打得头破血流。佩服!"

尹如圭道:"过奖,抗日纵队佘湖山一战,打得山田大队狼狈逃窜,如圭是来向陈司令求经取道的。"

陈天鹏道:"岂敢岂敢。记得那日上午,恰逢日军在镇里抓人,我等前无去路后有追兵,情况异常凶险。幸好尹兄开门相纳,我等一行方才得以脱身。时至今日,在下心里依然在犯嘀咕,一个店小二竟然如此从容不迫,总是有点违反常理,哪知道是高人不露相啊。"

尹如圭畅然一笑:"当时情况突变,陈司令处变不惊,如圭一见之下便知来者不是一般的人。"

陈天鹏道:"哪里哪里,多谢尹兄相救!"

"举手之劳,何足挂齿。"正在客套,陈中超打门外进来。尹如圭疾步上前,两双大手紧紧握在一起:"皇帝岭一战,你们一举拿下钻山狗,也让如圭看到了一场教科书一般的突袭战。"

陈中超:"尹兄情深义重,关键时候给我们送来大批武器,感谢!"

尹如圭:"那日,如圭身陷囹圄,若非中超兄弟出手相救,后果不堪设想。千言万语,尽在不言中!"

陈中超道:"滴水之恩当涌泉相报,那日在千里飘香多亏了尹兄!"

尹如圭道:"那天,中超单手按住椿凳的瞬间我就看出来了,若非武功高手绝对没有那般刚猛的杀气。但若突然出手,那几个小鬼子定将死无葬身之地。"

一番嘘寒过后,陈天鹏笑道:"尹兄,我向你介绍一个人:74军敌后纵队司令员杜铁鼎。"

杜铁鼎爽朗地笑道:"有朋自远方来,不亦乐乎。欢迎尹支队长,我们喝酒去！"他当了半天观众，一直没有吱声。

四位好汉说说笑笑，转到一张八仙桌前坐下，桌上早已摆上大盆的野猪肉和虎骨酒。

一碗酒下肚，杜铁鼎连连叫好："好酒，有劲！我说这一阵子怎么老是觉得腹中空空，原来是惦记着这一口子。这么好的酒，可惜文丹没有赶上，只怪他没口福。"

尹如圭干了碗里的酒，但觉入腹的酒浆便如烈火一般翻滚燃烧，搅得全身热血奔涌："这么烈的酒，你们是怎么酿出来的？"

陈天鹏介绍这款酒的品性："这坛酒唤作虎骨米酒，还是贾叔在的时候酿的。酿制此酒须得先以米谷打底，再添虎骨、虎胆酿制而成。此酒性如烈火，有强筋健骨、壮腰补肾的功效，饮上一口可以抵御飞雪严寒，一个冬天都不怕冷。"

陈中超叹道："贾叔手上出来的活，都是精品。只可惜贾叔不在了，这般烈酒再也无人酿得出来。"

酒过三巡，陈天鹏再敬尹如圭："感谢尹兄雪中送炭，当时你们自己尚且缺少装备，却把武器送给我们。"

尹如圭笑道："那日，我和王委员被囚在一个小石屋里，正好看到你们突袭皇帝岭的全过程。王委员说你们缺少快枪，能够拿下皇帝岭凭的就是一股气势。下山之后，我们收编了太一乡的民团，这是一支装备精良的地主武装，有数百支长短武器。我们以这支武装为基础，大力吸收当地青壮年加入队伍，成立湘中第二支队。也就是当天，王委员命人挑选了十二支快枪，一挺捷克式机关枪送给你们。"

002

不守人道，上天谴之。话说那钻山狗正在划拉着日子，准备下山当汉奸，不想一夜之间被攻破了山寨。陈中超一路追杀残敌，突然发现一间很小的石屋里待着两个人，外面打得昏天黑地，他们却跟没事一样。

陈中超冲进去喝令他们举手投降，那人反而冲他一笑："有缘千里来相会嘛，感谢陈将军相救！"陈中超定睛一看，说话的人方头大脸，正是千里飘香的店老板。另外一人面带微笑、正襟危坐，却是那日开门相纳的店小二。

陈中超大惊："二位恩人缘何在此？"

店老板道："钻山狗那厮招兵买马扩充实力，口口声声是要抗日。我们信以为真，因而上山与之联络，欲待争取这股力量。不想此人朝三暮四，经不住日特引诱，反将我等二人囚禁于此。"

听他这么说话，陈中超暗想此人的身份不简单。不禁问道："请恕在下冒昧，二位可是重庆的人？"

店老板一怔，转而笑道："钻山狗这个民族败类卖国求荣，人人得而诛之！"

陈中超心有不甘，又问："莫非，你们是共产党那边的？"

"同在一片蓝天下，我们都是炎黄子孙。"店老板一声长笑，忽然自吟自唱："曲径通幽处，禅房花木深。"

这首唐诗，恰好就在祁子午送的那张《新民晚刊》上有，陈中超每天都要翻看一遍，早已倒背如流。忽然听得店老板诵读出来，陈中超以为自己听错了。祁子午是中国共产党地下党员，也是陈中超的入党介绍人。二人在102师不期而遇，祁子午让陈中超把报纸中缝里的唐诗背下来，叮嘱他回到大东路可以据此寻找自己的同志。

陈中超毫无反应，店老板略感失望："听天由命吧，不知陈将军要如何处置我等二人？"言罢，拍一拍衣袖上的粉尘，昂首走出小石屋。

"万籁此皆寂，惟闻钟磬音。"陈中超不知不觉念出了下一句。店老板停下脚步，万般惊喜地回过身来。原来，所谓的店老板就是中国共产党湖南省委王委员。这些年，王委员和尹如圭在邵阳境内开展地下工作，他们利用千里飘香这家老字号客栈做掩护，建立地下党组织。下山之后，二人加紧收编各地民团武装，组建湖南人民解放总队湘中第一支队、第二支队，并由尹如圭出任湘中第二支队支队长。尹如圭天赋异禀，拥有卓越的军事指挥才能，他率领湘中第二支队转战于邵阳、湘乡、衡阳三角地带，数次击退来犯的日军。1944 年，邵阳全境沦陷，唯独太一乡和太二乡，因为湘中第二支队的顽强抗击，日本军队无法涉足。这块地面，成了邵阳县唯一的一块未被日军占领的中国土地。

原来，孙小兰所说的"两个人"，就是王委员和尹如圭。至此，陈天鹏心头的疑团终被解开。

"好口味。"杜铁鼎笑道："山田龟生就好比盆子里的野猪肉，我们三家风卷残云，已将它们消灭干净！"

尹如圭大笑："说得没错，日本鬼子也没有三头六臂。"

陈天鹏道："这一仗怎么打，我们须得合计合计。"

杜铁鼎道："这有何难？尹支队长是有名的游击战高手，日本人不敢直撄其锋；陈司令由正规军转游击战，打土匪、打鬼子黑白通吃；我杜铁鼎嘛，率领一支响当当的正规军敌后纵队，战力强悍！此外，我们还有一个共同的战斗英雄陈中超，这一回，够那山田龟生喝一壶的！"

"铁鼎兄，这个不可大意。日军一旦遭受伏击，定会发动拼死反击。"陈天鹏将四只空碗倒扣过来，摆成四个堡垒："如果我的判断不错，日军扫荡过后，回程必走大排山。大排山位于太一乡和卫东乡之间，四向山高林密，中间是一片宽敞的田垄，两头小肚子大，呈葫芦形。我们可以在此分头埋伏、前后策应，一举吃掉这支扫荡队！"

众人商讨多时，最终定下伏击方案。杜铁鼎、尹如圭连夜下山，各自准备去了。

003

夜幕落下，陈天鹏站在小棚屋窗口前，深邃的目光投向窗外："今天我才明白，你在皇帝岭放走了两个什么样的人。我觉得，你是不是应该向我说点什么？"

陈中超定定地站在屋子中央："哥，那事我已经跟你说了，以后凡事先报告，不得自作主张。"

陈天鹏："哦，你要说的就只有这两句？"

陈中超："当时正在乱战，幸亏我没向他们开枪，要不就出大事了。后来我担心他们被误伤，赶紧安排人手保护他们先走。"

陈天鹏："还有吗？"

夜色吞没了漫天的星星，月亮也隐身到云层中去了。陈中超是天生的夜光眼；他看得见大哥微微皱起的眉头，显然是在努力压制心里的不满。为了解开大哥的疑虑，陈中超说："哥，我知道你一开始就有怀疑，但是，那时候有些话我不能说。你想，我们刚刚拉队伍上山，要什么没什么，可以说没人疼也没人管，能够拿下皇帝岭，完全是战士们拿性命拼来的，胜了纯属侥幸，败了就永远地埋在山里，化作泥土。再过若干年，没有人会知道我们是谁，没有人知道我们在这片土地上干过什么。没错，上峰是给了哥一张委任状，但那也就是一纸空函，说白了，就是任由我们自生自灭！这时候，是王委员毫不犹豫地向我们伸出援手，给我们送来了枪支弹药。哥，就算他们是共产党，那又怎样？多个朋友多条路，这不好吗？"

陈中超的话句句在理，却越发使得陈天鹏发现兄弟的身上藏着很多猜不透的东西。看着操场上整齐的队列，陈天鹏的神色严峻："尹支队长胸怀坦荡，坦言湘中第二支队是共产党领导下的一支武装力量。你是我的亲弟弟，有些事情，你好像不应当瞒着我。"

一闪一闪的火光照过来，陈中超脸上的两道刀疤格外显眼。伫立良久，陈中超开口说道："哥，你是我最亲的人，也是我最仰慕的人。为了能够追随你出门当兵，每年春节，我都和父亲软磨硬泡，一直到了二十岁，父亲才答应我。哥，我是你带出来的兵，你怎么说我怎么做，我没必要隐瞒你。"

"是吗？"陈天鹏似乎舒了一口气："我问你，你是不是加入了共产党？"

房间里陷入死一般的沉寂，陈中超知道，大哥从不参与党争，也不是一个思想激进的人，但他的眼睛里掺不得沙子。沉默片刻，陈中超坦然道："哥，我正在向党组织靠拢，但我还未来得及入党，我还不够格。"

陈天鹏诧异的表情恍如见到天外来客："照这么说，对你而言，加入共产党只是迟早的事？"

陈中超："我想，今后我或许会成为一名共产党员。"

陈天鹏："凭什么？"

"共产党是中华民族的希望，实现共产主义是每一个党员的终身理想。"这几句话，陈中超很久就背下来了。

"终身埋想？"陈天鹏背着双手在屋内转圈子，过了一会，他情绪激昂地说道："你知道最先提出'终身理想'的人是谁吗？是孙中山先生！我是一个革命者，受三民主义思想熏陶，自始至终追随孙中山先生。告诉你，只有三民主义才能救中国。"

从小到大，大哥在他心中都是神一般的存在，直到现在，大哥仍然是一言九鼎，说一不二的人物。看着大哥坚实的背影，陈中超忽然感到一股激流在胸腔里冲撞："哥，中山先生的理想与共产主义多有相通之处，但是，共产主义理想更能够激起国人救亡图存的斗志，前景更光明。"

陈天鹏不敢相信此话出自中超之口，他担心中超越陷越深，不能自拔。他转过身来问道："陈中超，你被洗脑了。告诉我，你在军中都跟哪些人在一起？"

陈中超平静地道："我每天都在警卫连。哥，我是真的相信，共产主义可以建立一个消灭地主老财，让穷人翻身做主的社会。"

操场上，战士们早已集结完毕，整装待发，手里的火把照亮了夜空。

"闭嘴！"陈天鹏感到自己的脉动开始加速，心脏似乎要从胸腔里跳出来。他想，一个狗屁不通的乡下人，原本就是一张白纸，怎么一下子就成了共产主义的崇拜者。

陈中超已经不是一个懵懂少年，他知道自己该怎么做。他说："那一天，有人告诉我，只有共产党才能救中国。哥，你要是愿意，我们可以一起加入共产党。"

"陈中超，我警告你，有些话必须烂在心里，再敢胡说，军法处置！"陈天鹏又开始转圈子，气呼呼地问道："你说，警卫连都有谁是共产党？祁子午是不是，嗯？"

"哥，参谋长说可以做我的入党介绍人，可惜他已经牺牲了。别的我不能说，我们有纪律。"

陈天鹏大张着嘴巴，半天说不出话来。

黄埔军校是国共合作的"结晶"，刚刚登上政治舞台的中国共产党，积极支持与帮助孙中山先生创办黄埔军校。

那一年，一个怀揣理想，充满追求的青年背着行囊来到广州，这个青年就是陈天鹏。经过文化考试，他以优异的成绩被录取了。入校的第一天，他就成为中国社会主义青年团的争取对象，他加入了共青团。不久又加入了中国共产党。然而，国共合作风雨飘摇，两党斗争日趋激烈。1927 年，国民党右派发动 4.12 政变，以暴力手段"清党"。至此，国共合作全面破裂，各种被诬为共产党人，并被迫害致死的黄埔师生有数百人之多。为了保留革命的火种，党组织指示陈天鹏公开宣布脱党，秘密保留共产党党籍。

转眼过去了十多年，革命形势发生了翻天覆地的变化，陈天鹏由一名学员变成了国军少将。十多年了，他对政治缄口不言，不涉党争。然而，他的内心十分煎熬，他渴望党组织的召唤。但是，在党组织没有唤醒自己之前,他绝对不能暴露自己的身份。

黑云聚散,月亮露出了半边苦脸。清冷的月光,把兄弟俩的身影长长地拉在地面上。

004

一条道路从田垄中央穿过,被抓来的民夫挑着大担小担,走在铺满积雪的石板道上,一步一滑。这次扫荡,小林中队横贯万安、仁风、杨桥等乡,带着数不清的战利品满载而归。然而,强盗们做梦都没有想到,大路两边的山排上,无数的枪口已经对准他们。

突突突!湘中第二支队的机枪率先开火。

枪声一响,挑夫们撒开丫子就往林子里跑,大担小担的战利品扔了一地。

小林大尉惊慌地跳下马背,拔出指挥刀狂叫:"杀个鸡鸡!"日军士兵立即四散开去,趴在雪地上开枪还击。在数挺歪把子机枪火力的掩护下,掷弹兵迅速贴上前去,山排上立刻升起了无数的烟柱子。多多木小队开始冲锋,士兵在雪地上跑动,如同一片移动的小黑点。日军的意图很明显,只要冲过前面的开阔地,就可以改变被动挨打的局面。

就在这时,多多木小队的背后响起了密集的枪声,正在冲锋的日军遭到两面夹击,被压在雪地上无法抬头。

小林大尉调转望远镜,但见白雪茫茫,林子里隐藏着无数的火力点。小林大叫:"重机枪,射击!"九二式重机枪响了起来,子弹向抗日纵队阵地覆盖过去,打得泥土飞溅。一股巨大的推力将舒大狠狠地撞向坑道后壁,低头一看,胸口上被机枪子弹开了个碗口大的洞。"哥!"舒二扑向前去抱起舒大,重机枪子弹打了个回头,舒二的背上现出了几个血窟窿,兄弟俩拥抱着双双倒在地上,鲜血染红了雪地。

陈中超大喊:"不要抬头,敌人靠近了再打!"

多多木小队获得了喘息的机会,从雪地上跳起来,大喊:"突击!"

根据以往的经验，游击队并不擅长阵地战，一般都是打几下子就走。因此，日本兵的冲锋总是勇不可挡。但是，这一次他们遇到的火力格外猛烈，子弹在头上嗖嗖地飞，很多士兵中弹倒地。一名新兵被机枪子弹击穿了大腿，杀猪般地嚎叫起来，下了地狱一般。"八格牙路！"多多木抽出王八盒子，"呼"地一枪将这个鬼哭狼嚎的家伙送上西天。

　　在督战队的枪口下，伪军大队麻起胆子发动冲锋，一个胆小的家伙吓得腿肚子直打哆嗦，伪军大队长在他的屁股上踹了一脚："妈的，给我冲锋，不冲锋我毙了你！"话音未落，山排上突然飞来一群密密麻麻的手榴弹，炸得伪军血肉横飞，后面的伪军掉头就跑，把日军督战队冲了个稀里哗啦。督战队长满脸血污，挥刀乱劈乱砍，企图阻止潮水般的溃退。就在这时，德子的枪响了，一颗子弹穿过了他的眉心。

　　攻势受挫，几个老鬼子号叫着驱动士兵发动反击。老鬼子多是拎着脑袋吃饭的亡命之徒，不怕死。每当战斗失利，部队面临危险时刻，这些老鬼子就会变得非常疯狂。老鬼子的反击遭到了更为猛烈的还击，74军敌后纵队突然发难，暴雨般的子弹从侧翼横扫过来，冲在前面的老鬼子被打成了筛子。

　　日军潮水般地溃败下来，田垄中乱成了一锅粥。

　　杜铁鼎吼道："迫击炮，给老子往中间轰！"炮弹一发接一发地落下来，炸得日军四处乱窜。一名老鬼子的肚皮被弹片掀开了一个大口子，肠子哗啦啦流了一地。

　　游击队的火力如此猛烈，小林大尉目瞪口呆。这时候，他坚信山上的伏击者是一支中国正规军，这使他产生了一种不祥之感，担心再打下去根本支撑不到援军的到来，这个想法使他吓出了一身冷汗。兵败如山倒，鬼子大队乱哄哄地涌向排口，人马相互挤踏。小林大尉急令多多木断后，自己不顾一切地策马狂奔，他恨不得立即离开这片丧尸之地。德子眼疾手快，"呼"的一枪，小林应声落马。

二喇叭吼声如雷，一挺捷克式追着小鬼子的屁股打。山排出口人喊马嘶，二尺来宽的石板道上全是逃命的士兵。这个时候，日本人的武士道精神早已荡然无存，唯一能做的就是跑步比赛。

大排山的枪声一响，整个大东路便如开了锅似的沸腾起来。羊塘铺、保厘、廉桥、金兰寺等地的日本驻军闻风而动，四面驰援小林中队。

第041章

英雄赴难忽如归

001

战斗结束后，田垄里、大路上，四处都是倒毙的日军士兵。根据事前安排，尹如圭、杜铁鼎先行撤离，打扫战场的任务交给东乡抗日纵队。此战胜得非常漂亮，陈天鹏的神经一下子松弛下来。

突然传来一声枪响，是山排上的警戒哨开枪示警。小六子手里拽着一顶刚刚缴获的日本军帽，飞也似地跑向陈天鹏："报告司令，渡边中队来袭……一中队与渡边中队接火。"

枪声很快响成一片，渡边中队展开强攻，企图一举拿下西北山排。陈永华大声呼喝，指挥战士拼死还击。

杜铁鼎、尹如圭两支人马已经消失在道路尽头，唯有二喇叭不依不饶，带着一彪人马追到葫芦口外面去了。陈天鹏大吼："通信兵，传令二喇叭放弃追击，陈中超收拢部队迎击渡边中队！"

渡边中队仗恃强大的火力优势，很快就撕开了一中队的防线，陈永华退守环形阵地。陈中超赶到，恰逢渡边中队发动二次冲锋，陈中超指挥二中队、三中队从侧翼卷杀上去。日军最忌腹背受敌，攻势瞬间土崩瓦解，飞快地退了下去。

陈永华腿上中了一枪，满身血污。他拖着一条腿向陈中超报告："没有子弹了。"

陈中超检查其他人的枪膛，子弹都不多了。

渡边中队重新集结，准备发动新的一轮冲锋。陈中超判断形势："大排山距离渡边中队驻地有三十华里路程，小鬼子是两条腿跑步过来的，不会剩下太多的体力。陈永华听令：你率二中队、三中队死守环形阵地，子弹打光了就用手榴弹轰，用刺刀捅！"此战看起来是一场遭遇战，其实极为险恶，一旦阵地失守，整个纵队无法全身而退。

陈永华："报告大队长，人在阵地在。我们就是用牙咬、用嘴撕，也要把小鬼子撕下去！"

陈中超点了点头，转身把手一挥："一中队跟我来！"他要借着林子掩护，迂回敌军侧翼，打他一个措手不及。

哪知人算不如天算，就在同一时间，一支轻装前进的日军小队也在林子里穿插行进，目的是兜击一中队环形阵地。两支人马林子里骤然相遇，机枪、冲锋枪、步枪一齐爆响。经过一通猛烈的火力对射，战士们的子弹打光了，陈中超端起长枪大吼："挡我者死！"挥动刺刀杀入敌阵。一时间刀光剑影，吼声、惨叫声响成一片。

身边的战友一个一个地倒下，陈中超怒目圆睁，一把刺刀在敌阵之中左冲右突，刀锋所至，日本兵非死即伤。然而，这一次，他再也撤不下来了。

风萧萧兮易水寒，壮士一去兮不复还！

陈中超以一敌十，身体连中数十创。但他依然端着刺刀，威风凛凛，屹立不倒。

十几个鬼子将其团团围住，恨不得把这个支那人撕成碎片。但是，他们为这个支那人的气势所震撼，面对一个如此强悍的对手，谁也不敢轻易出手。一个新兵被后边的老兵推了一把，一个趔趄冲到前面，就在刺刀抵近胸口的瞬间，陈中超长枪一磕，新兵手中的三八大盖脱手飞出，未等他反应过来，刺刀已经刺进他的胸膛。

小鬼子大惊，包围圈呼地一声向后闪开数步。

鲜血从头顶流下来，糊住了英雄的眼睛。陈中超踉跄了几步，高大的身躯轰然倒下。

一轮血红的太阳冲出云层，俯视着硝烟弥漫的战场。

二喇叭火速回军，急袭渡边中队侧翼。日军转攻为守，歪把子机枪疯狂地吼叫着，组成一道密不透风的火力网。"杀！"陈天鹏冲过山排，指挥部队展开强势反击。一排机枪子弹横扫过来，将他重重地摞倒在地，大股的鲜血从司令的胸部涌了出来。

"司令！"二喇叭贴着地面翻滚过去，撕下贴身的褂子给司令包扎伤口。两名担架兵冲了上来，要将司令抬下去。

陈天鹏忽然清醒过来："不要管我……继续进攻，进攻！陈中超很危险，只有进攻才是最好的支援！"

二喇叭急得两眼冒火："司令，这里的战斗交给我！"

陈天鹏看了一眼身边的担架，气息微弱："二喇叭……战场指挥权交给你，但是，我现在不能下去，我就躺在这里看着你们进攻。日军立足未稳，此时正是进攻的时机。狭路相逢勇者胜，唯有置之死地而后生，方可击溃渡边中队！"

日军的机枪子弹泼水一般，战士们被压在坡上抬不起头。

小六子在凹凸不平的地面匍匐前进，日军的机枪子弹在他身边溅起一片雪花，小六子连中数弹。战士们眼睁睁地看着小六子躺倒在冰冷的雪地上，却又无法施以援手。忽然间小六子就地打了个滚，一下子滚到了机枪射击的死角，小六子艰难地从怀里摸出一颗沾血的手榴弹，奋力甩了出去，"轰！"日军的机枪阵地哑了。接着，他又甩出了第二颗、第三颗，几挺歪把子机枪全都哑火了。

"冲啊，杀！"二喇叭大吼，趴在雪地上的战士跳起身来，以排山倒海之势卷杀过去。白刃战的场面极其惨烈，数百人绞杀在一起，喊声震天。

就在这时，渡边中队背后响起了密集的枪声，湘中第二支队打斜刺里杀了过来，尹如圭状若猛虎，左右开弓弹无虚发。

渡边中队腹背受敌，仓皇溃逃。

尹如圭找到了陈中超的遗体，在他的口袋里发现了三件东西：一个银圆、一枚勋章和一张嘉奖表文。尹如圭泪如雨下："兄弟，我来晚了！"

002

凄厉的北风卷起漫天雪花，弥漫了整个天空。

老爷子忽然感到一阵心悸，他恐慌地走向扎堆的战士，扒开人群一看，地面上摆着两副担架：一副担架躺着小六子，另一副担架躺着陈中超。老爷子不敢相信自己的眼睛，呆呆地站了好久，泪水如同决堤的河水，哗啦啦地流了下来。

两条活生生的生命，转眼之间阴阳两隔。老爷子仰天长号："老天啊，我家中超，长沙大战那么大的阵仗都过来了，怎么就在这里没了？老天爷你不开眼啊，你怎么就不看着点我家中超啊！"哭了一会，又哭小六子："我的小六子啊，你怎么也走了，你还只有十三岁啊。"

陈中超，这是一个日本人闻风丧胆的名字。他从小就非常懂事，地里的活总是干得扎扎实实，从来不要爹爹操心，练武也是一样，特别能吃苦。入伍之后，经过一系列军事训练，中超在枪法、刺杀、格斗技能均达一流水准。祁子午特别看重他，将看家本领"少林擒拿格斗十八手"传授于他，并在暗中向他传播共产主义思想，引导他向党靠拢。

日军一共发动了四次长沙会战，前三次陈中超没赶上，第四次长沙会战，警卫排接管一连阵地，战况惨烈，无数的战友牺牲了，整个阵地只剩下陈中超一个人。面对汹涌而来的日军，陈中超一个人打退了日军的六次冲锋，打出了中国抗战史上最残酷，也是最经典的一场阵地保卫战。二十年后，这场战斗被写入伏龙芝军事学院的教科书，"孤胆英雄"的名字载入了历史史册。

陈中超、小六子的遗体放进棺木的一瞬间，营地上空爆发出一片撕心裂肺的哭声。

曾开山在陈中超坟前摆上一炉香、一碗酒、一碟菜，伏地泣拜："中超，你安心上路吧，后面的鬼子，二喇叭去杀！"言罢，又向小六子坟前说话："小六子，我的好徒儿，师父为你报仇！"

曾长生、陈子青、陈上德依次向前祭拜，泪洒当场。

陈中超下葬的时候，老妈子身患风寒，一直昏昏沉沉躺在床上。原以为她不知道外面发生的事，哪知道她突然爬起身来，深一脚浅一脚跑向墓地，趴在中超的坟头上放声恸哭："我的中超啊，你怎么就这么走了，也不告诉妈一声……"

长歌当哭，大山呜咽。

陈天鹏被抬上手术台的时候，完全成了个血人。

曹三妹的额头上渗出一层细细的汗珠："必须立即输血，要 O 型血。"喊出这句话时，曹三妹先自感到一种从未有过的无奈。在这样的环境下，谁也不知道谁的血型，去哪里找 O 型血？一个大夫眼睁睁地看着手术台上的病人走向生命的终点，这使她感到绝望。尤其是眼前的这个人，她还有好多的话要问他，但是，一切都来不及了。她失去了原有的冷静，握着止血钳的手不停地颤抖。

"脉动消失！"秋月发出一声惊叫，但她很快镇定下来："三姐，我是 O 型血，输我的血！"

"你确定？"曹三妹一把抓住秋月，如同惊涛骇浪之中抓住了最后一根救命稻草。

秋月："我确定，在南华女中读书的时候，我验过血型。"

曹三妹的神色瞬间复原："准备手术，马上输血！"

秋月的血一滴一滴流入陈天鹏的体内，陈天鹏的脉动回来了。曹三妹喊道："准备麻药。"她是一个非常高明的大夫，手术刀下挽救过数不清的生命。按照惯例，城里的有钱人家治病，全都是先花钱买麻药，然后做手术。

孙小兰回道："三姐，我们没有麻药。"

"哦！"曹三妹一愣，不由得倒吸了一口气："马上手术！"她将一块毛巾塞进陈天鹏嘴里，防止他咬断舌头。陈天鹏神志迷离，剧烈的疼痛使他产生一种本能的挣扎，但是，他的手和脚都被绑在手术台边的木桩上。

手术一直延续到天亮，缝上最后一针的时候，曹三妹双腿一软，瘫坐在地。秋月赶紧上前将她扶住："三姐姐，你回去躺一会，这里交给我。"

缓了一会，曹三妹站了起来："我没事，陈司令尚未脱离危险。"

"三姐，我们都去休息。这里有秋月姐守着。"为了让曹三妹得到休息，小兰强自把她拉走了。

走出门外，曹三妹又想起一件事来，连呼小六子，却没人回答。她返身回来，所有的人都看着她不说话，秋月哭泣道："三姐，小六子牺牲了。"伤员棚里，曹三妹定有几条"纪律"，其中的一条，就是不管遇到什么情况，当大夫的都不准哭。听到小六子牺牲的消息，曹三妹再也没法遵守这样的"纪律"，瞬间泪流满面。

手术很成功，陈天鹏捡回了一条命。

秋月的心情明显放松了下来，一边收拾器械一边问："三姐，那些草药对常见病和许多疑难杂症都有疗效，为什么对枪伤没有效？"

曹三妹道："中医温和、柔劲，效果慢，利于慢性病；西医直截对准病灶，利于急症。子弹击中人体后，会形成各种不同的创面，如果伤及五脏六腑，体内的弹丸就必须取出来，这样的手术必须使用大剂量的抗生素对抗感染。"

过了一会，曹三妹让秋月和小兰在一边看，自己亲手示范，给一位伤员换药，手上的动作干净利索。揭开纱布的时候，曹三妹说道："你们都看清楚了吗，这种类型的伤口，多是子弹贯穿身体造成的，如果没有抗生素，十有八九都会灌脓感染。"

孙小兰道："三姐这么讲我就好懂。我在卫校的时候听过西医课，老师是外国人，讲理论听不懂。"

曹三妹道："在我上山之前，你不是也做过几例手术吗？"

"那不算。"孙小兰的脸一下子涨得通红。她确实做过几例小手术，因为没有手术器械，她将菜刀放在开水里煮沸了消毒。当时，她觉得自己像一个屠夫。手术过后，伤员暴发大面积感染，几个人都没了。那一刻，她真有去死的想法，甚至因此和司令闹了一场。过了一会，孙小兰焦虑地问道："三姐，你不会再走吧？"

曹三妹道："先看看吧。"

孙小兰跺脚道："你别走，我不准你走！"

曹三妹笑道："傻妹子，我没说要走啊。"

秋月整理药架，发现一排排小药瓶子都空了。心里不免一惊，小声说道："三姐，西药快没有了。"

曹三妹一怔，眼光在药架子上停留了很久，忽然说道："剩下的西药重新归类，没有我的允许，任何人都不许动。"说罢，她转身走向陈天鹏的病床。在曹三妹的精心医治下，他再一次从死亡线上走了回来。看着曹三妹疲惫的面容，陈天鹏道："多亏你在，要不然我这条命就交代了。"曹三妹眉毛一挑，冷冷地回道："不要谢我，我这趟上山全是家父的意思。"

陈天鹏："老太医的腿脚不方便，身子骨还好吧。"

曹三妹："老啦，要不他就自己来啦。"

两只小鸟叽叽喳喳，站在窗外的大树上聊天，不一会，它们亮开嗓门唱了起来，清凉的嗓门特别婉转动听。

躺了一个多月，陈天鹏的伤势一天天地好起来，精气神也恢复过来了。战争造成了无数的生命提前陨落，也打造了许许多多坚不可摧的军人体质。上一次去邵阳，小城的石板小道，寻常巷陌，给他留下了非常深刻的印象。尽管那些临时搭建的木板房显得杂乱无章，甚至散发着火烧烟熏的味道，但他打心里喜欢简单的老街居民，喜欢质朴的小户人家。"真没想到，简陋的小城那么令人难以忘怀。等到赶走了日本人，我一定要带着父母去小城走一趟，去陪你家老太医家拉家常，或者买几间铺子，挨着你家医馆做点小生意，当一个小市民，过平平淡淡，且又悠闲自在的日子。"

曹三妹冷笑："你一个腰缠万贯的大将军，每一分钟都在拼了命地往上爬，哭着喊着要做大官，那些个小生意你怎么看得上！"

陈天鹏道："做大官？说真的，我可没有那么大的福气。从军十几年了，我在枪林弹雨之中摸爬滚打，立下了数不清的战功，可是，就凭我这样的背景，要做大官，恐怕也就是想想而已。不说你也知道，我得304团啊……唉！也许，到了某一天，我脱下军装去做一个农民，或者去做一个城市里的小市民，能够自由自在地过日子就很好。"

曹三妹啐道："一个总司令怎么可以说出这般话来？不就是为了西药吗，这就要去做小市民！"

"你说什么？"陈天鹏以为自己听错了，要不是秋月在一旁按着他，他差点就要从床上蹦起来："你的医馆里还有西药？"

"你想得美，医馆早就清空了。我是说，你应当带上足够的黄金去找你的长官。"说罢，曹三妹将听诊器往脖子上一挂，甩头走了。

第 042 章
西风吹得红尘醉

001

"杜长官到！"哨兵的话音未落，杜铁鼎已经掀帘而入，火烧火燎地嚷道："天鹏兄，你伤在哪里？"

陈天鹏笑道："一说曹操，曹操就到。"

杜铁鼎来到床前："那天，我还没走几里地，忽然听到你那边传来枪声，急令部队回援，却撞上了保厘方向来援的日军，双方就地摆下战场，打得天昏地暗。一颗子弹在我的胳膊上钻了个洞，我的运气好，不出半个月就愈合了。没想到你伤得这么狠……"敌后纵队的装备精良，堪比正规军，湘中第二支队的前身是一支训练有素的民团武装，家底殷厚。大排山战斗结束后，二者不先行撤离，把打扫战场的活留给抗日纵队。

曹三妹掀帘进来："说话小声点，这里是病房。"

看见三妹大夫，杜铁鼎就有点舌头打卷："哦，好，小声点……"

陈天鹏打圆场道："三妹大夫，这是杜司令。"

"什么司令都不行，病房里面需要安静。"曹三妹语气生硬，半点情面都不给："我是大夫，病房里由我说了算。你现在是重病号，必须多休息少说话。"说完将那杜铁鼎往边上一挤，招呼秋月上来换药。

杜铁鼎乖乖地让到一旁，心想这个曹三妹长得够标致的，就是说话太冲，一点都不近人情。

曹三妹似乎知道有人在后面说她坏话,打算把他赶出去:"唉,这位叫什么鼎的司令官怎么还没走,你打算一直待在病房里吗?"

"嘿嘿嘿……"杜铁鼎一个劲地冲着曹三妹傻笑,脚下就是不动,两个大男人一个站着,一个躺着,光是挤眉弄眼地使眼色,不说话。就这样站了一会,杜铁鼎实在憋不住了,小声说道:"三妹大夫,我有很重要的情况要向你们的陈司令报告,我用最小的声音,好不好?"

"不好,等他伤好了再报告。"曹三妹张口就将他顶了回去。

杜铁鼎张口结舌。正在挖空心思地想法子,棚屋外传来杜雷的声音:"报告司令,这些箱子都往哪里放?"

杜铁鼎顿时有了主意,走出门外呵斥道:"你是木豆脑壳吧,声音这么大,里面都是伤员,他们正在休息你不知道?还有,这些箱子全都给我扔掉。"

杜雷一头雾水,结结巴巴地道:"箱子里都……都是药品,这不都……都是陈司令急需的吗?"忽见杜司令在给他使眼色,杜雷恍然大悟,双腿一并,大声道:"报告司令,这些西药太沉,我们抬了几百里山路,肩膀都磨脱皮了。早知道这些东西没什么用,干脆点火烧掉算了。"

杜铁鼎骂道:"混账东西,快点烧掉,别这么啰啰嗦嗦的!"

杜雷的声音更大了:"是!小的们,把这些箱子抬下去烧掉!"

曹三妹竖着耳朵听他们对话,原本是要呵斥几句的,但听箱子里都是西药,立刻跑出来喊道:"站住,不能烧!"

杜铁鼎满脸无辜:"三妹大夫啊,你可千万别生气,刚才那个声音大的不是我,那是我的副官,待会儿就关他禁闭!"说罢把手一挥,喝道:"还不快点滚蛋。"

曹三妹上前拉住杜雷的衣服:"嗨,不准滚蛋。杜司令,让他们把箱子抬回来。"因为太激动，曹三妹连耳根子都红了。

杜铁鼎没有回话，一双眼睛直勾勾地看着曹三妹，暗自叹道：唇红齿白，秀色可餐，真是一个标准的美人。

"杜铁鼎司令，你听见了没有，叫你的副官把箱子抬回来！"曹三妹生怕箱子被那些兵抬走，急得声音都变调了。

"什么，原来三妹大夫知道本司令姓名啊？"杜铁鼎乐不可支，开心地笑了起来："是，本司令听从三妹大夫调遣。"说罢，放开嗓门喊道："杜雷，把箱子抬回来！"

士兵们又把箱子抬了回来，每个人的脸上都挂着一副滑稽的表情。

曹三妹："放下箱子，好，你们可以走了。"

这一回，杜铁鼎为难了："三妹大夫，箱子里面有药品，还有炸弹。你知道吗，炸弹可不是闹着玩的，万一爆炸了，轰！整个营地都会炸成平地。"

曹三妹傻眼了："那怎么办？"

杜铁鼎摊了摊手："好办啊，只要有我在，什么都好办。告诉你吧，那些炸弹都是新式武器，陈司令也没见过。不过没关系，我带了教官，一定要教会山上的兄弟使用。"

曹三妹："那就好，让你的教官赶紧教，现在就教。"

杜铁鼎："哦，哪有那么快，这可不是小孩子过家家，得一步一步来。再说啦，这些个事我总得和你们的陈司令商量一下吧，看他想不想要，想要的话就出个价。"

曹三妹紧急表态："要，当然要，价钱你去找他说，让他出钱。"

杜铁鼎又道："可是，三妹大夫，那个……里面不准说话，我还是不进去了。"

曹三妹："可以说话，你进去说。"

002

陈天鹏笑了："铁鼎兄，你那么捉弄人家，到时候你别后悔啊。"

杜铁鼎一脸坏笑："怎么会呢，箱子里的东西，可都是人家喜欢的。"

陈天鹏："你可是我的救星啊。"

"哪里，这是兄弟分内之事。"杜铁鼎挨着床边坐下来，脸上恢复了认真的表情："大排山伏击战消灭了日伪军一百多人，此战影响极大，逼得日军从雪峰山方向抽回一个战斗中队。王耀武长官得悉大排山大捷，发来亲笔贺电，勉励我等再接再厉，坚决切断衡邵路运输线，扰乱日军后方。"

说到此次，杜铁鼎从怀里掏出一个四方盒子："你看，我差点就忘了一件大事！"他揭开盖子，从中拿出一枚棱角分明、造型古朴的勋章，又从勋章下面拿出一道文表：

"嘉奖令：兹有少将司令官陈天鹏身先士卒，亲率东乡抗日纵队抵御外侮，英勇作战，功勋卓著，特授忠勇勋章一枚。"

杜铁鼎将表文读了一遍，复将表文、勋章放入四方盒子，双手奉于榻前："恭喜，恭喜！这是军政部颁发给你的忠勇勋章和嘉奖令。"

陈天鹏接过四方盒子，一时五味杂陈，半天说不出话来。半年前，304团被日军击溃，从那一天起，这支英雄团就失去了最宝贵的、代表着军人荣誉与生命的番号。虽说自己得以平反昭雪，但在他的心里一直压着一座沉重的大山，难以释怀。

为了打破沉闷的气氛，杜铁鼎变戏法似的掏出两盒香烟来："这是美国香烟，来一支如何？"

"病房不许抽烟！"不想曹三妹刚好走来，立时就把香烟没收了。

杜铁鼎的手臂尚且伸在空中，手里已经空空如也。香烟就这么没了，杜铁鼎没法讲理，只是眨巴着眼睛求援："你看看，这可是你家的女战士，这不是打劫吗？"

曹三妹："告状也没用，香烟先放我这里，我替你保管。"

眼看着曹三妹走远了，杜铁鼎这才复活过来，气哼哼地发表高见："霸道，简直是霸道！老陈，要不是本人饱读兵书，医疗棚的这扇门调一个连的兵力也没法突破。"

陈天鹏笑了："铁鼎兄，人家可是神医，你要是有意思就得下大本钱，最少也得上一个团！"

杜铁鼎浑身燥热起来，不知不觉解开了外套领口："你可别把我看扁了，这么好看的女大夫，就是上两个团也划算呀。我就奇怪了，为什么好看的女人净往你这里跑？"

陈天鹏一笑，忽然瞟见杜铁鼎敞开的领口下面闪过一缕金光，原来是在领章上加了一颗金星。陈天鹏惊道："哎哟，几天不见，一转身就做将军了！"

杜铁鼎立马就神气起来："哈哈，天鹏兄走在前面，兄弟我也不敢落得太远啊。"欲待大笑，又赶紧捂住嘴巴。回头看了一眼，这才说道："我这个将军级的运输员怎么样，给你带来的都是紧俏货。"

陈天鹏："如此大礼，要我怎么谢你！"

"别谢我，得感谢军长，都是军长打牙缝里挤出来的。"杜铁鼎拍了拍胸脯，本想秀一段豪言壮语，又担心曹三妹过来赶人，便压着嗓门说道："施军长原也是书香门第，最爱书画，见着《寒食贴》时，一双眼睛都瞪直了，一个劲地大呼：国宝，国宝！"

看着一箱箱的西药，秋月、小兰等人连忙过来清理分类，一瓶一瓶地码到木架子上。曹三妹兴奋得脸色通红，泡了一杯热茶，亲自给杜铁鼎端过去："杜长官辛苦了。"

杜铁鼎受宠若惊："不辛苦。能够喝到三妹大夫的一杯茶，我一定会把更好的东西送过来。"

"是吗？"曹三妹马上就认真了："杜长官，你得说话算数。"

"那当然！"杜铁鼎心花怒放："我这就回去报告军长，就说三妹大夫要开一家全中国最大的医院，需要一列火车替她拉西药！"

"贫嘴。"三妹把脸一板，扭头走了。

美人的脸说变就变啊，杜铁鼎无奈地摊了摊手，重新回到原先的话题："施军长说，《寒食贴》行云流水，排律成诗，是老祖宗留下来的文化瑰宝。还说那幅卷轴暂且由他代为保管，待到驱除倭寇，天下太平再还给你。"

陈天鹏略微一顿，嘴巴连张了几下，最后却只说了一句话："谢谢施军长！"

杜铁鼎心里着急，干脆替他把话说了出来："天鹏兄，你那么吞吞吐吐地干吗，我知道你心里一直担着304团的事，施军长说，此事尚需等待时机，不可急就。"未等陈天鹏回话，杜铁鼎又道："这一路上山，另有一事与你相商。"

陈天鹏问道："何事？"

杜铁鼎斟词酌句，缓缓言道："眼下的形势，日军在雪峰山下囤积重兵，意在击破湘西防线，直捣重庆。重庆方面气氛异常紧张，严令第三，第四方面军和第六战区各部向湘西地区收缩靠拢，不惜一切代价狙击来犯之敌，雪峰山大战一触即发。这批药品送达给你部之后，我部须在三日之内回归建制。你也知道，邵阳一战171团损失殆尽，人员武器至今未能补充到位。你手头上的这支队伍，装备虽然简陋，军事素养却是非常过硬，战斗力不在正规军之下。本人思索良久，希望能够从你部挑选一批最精锐的战斗人员，组建特别小分队跟随我部参加战斗。此举有三大好处：一、可以补充我部兵源，增强我部战斗力；二、如果立功受奖，你我两家皆可受益；三、可为恢复 304 团番号打下伏笔。"

陈天鹏两眼放光："此事施军长可曾知晓？"

杜铁鼎："施军长亦有此意。"

陈天鹏："好，一切都按你说的办！"

两个月后，陈天鹏拄着拐杖走出医疗室，司令康复了，战士们欣喜地围了上来。

司令躺在床上的日子，三妹大夫把在门口，未经允许，任何人不得入内。战士们不争也不吵，他们默默地守在门外，日复一日。一旦有人被抬出来，门外就会掀起一阵小小的波动，他们一定要揭开蒙在死者脸上的布单，看一眼离去的战友，哭一程送一程。

每一场战斗都洒满了烈士的鲜血，每一寸土地都埋葬着英雄的生命。

曾长生、陈子青、曾开山、陈上德等人陪同陈天鹏来到烈士墓前，曾开山痛哭流涕，他摘下鲜艳的腊梅花，亲手编制了两个火红的花圈，一个放在陈中超坟前，一个放在小六子坟前。

耳驴岭上增添了几十座凸起的坟茔，机智勇敢，精灵一般的小六子牺牲了，能征善战，名震第四战区的孤胆英雄陈中超牺牲了，烈士的英魂永远留在大山之中。

看着新培的黄土，陈天鹏心如刀绞，泪流满面。陈中超那白净而坚韧的面孔，忠诚而又执着的个性，一点一滴浮现在眼前，伫立良久，陈天鹏挥笔留下一首七律：

狂风骤起壤泉间，酹酒三杯泪当先。

长哭英雄枪弹尽，更悲壮志远途艰。

当承遗愿驱倭寇，但慰忠魂除汉奸。

手足之情待来世，河山万里共回还。

第043章
夜明珠

001

春回大地，陈天鹏带领东乡抗日纵队杀了个回马枪，重返佘湖山。

极目远望，云海茫茫，陈天鹏感慨道："这么好的地方，怎么可以任那山田鬼子糟蹋。"

战士们一齐动手，一个新的营地诞生了。德子心思敏捷，在几幢大棚屋之间搭了一排小棚，隔成几个单独的小间供司令、大师兄和长生大师等人使用，他自己和二喇叭也占了一间。

与大棚相比，小间安静多了。陈天鹏往床上一倒，心道德子这事办得不错，正待好好地歇一会，德子忽然从门外偏过半个头来："报告司令，伯父叫你呢，乡里来了客人。"

陈天鹏觉得奇怪，这才返回佘湖山没有几天，哪来的客人？

土坯屋的墙面已经粉刷一新，老爷子重新住进了原来的土坯屋，有一种回家的感觉，心里很高兴。

屋门外站着五六个皮肤黝黑的庄稼汉子，走近一看，都是五里牌的乡亲。陈天鹏赶紧上前打招呼，关心地问道："怎么都在外面站着，进屋坐呀。"

一位乡亲说道："不关事，大管家在屋里呢。"

陈天鹏抬腿进屋，大管家正在和老爷子说悄悄话，大半年不见，两人聊得非常投机。见了天鹏，大管家连忙起身："见过司令。"

陈天鹏道："不客气，大管家请坐。"

老爷子道："天鹏，大管家奉四太公之命，给我们送粮来啦。"

在四太公府邸，大管家的地位很高，平日里出门多是前呼后拥，排场不亚于四太公。大管家的身边坐着一个十五六岁的妹子，眉清目秀，显得十分乖巧。大管家道："自打天鹏拉了队伍上山，四太公就没有一天不惦记的，只要我们这边打了胜仗，四太公就高兴得不行。前些天听说佘湖山又来了队伍，四太公说，准定是天鹏回来了，别的人没有上佘湖山的胆。这不，四太公立即让我打开地窖，把藏在里面的粮食送上山来，说是先给自家的队伍打个底。"

陈天鹏很感动："感谢，感谢。四太公他老人家还好吧？"

大管家摇摇手，哀声道："好不了啦。几个月前，山田龟生在佘湖山吃了亏，先是跑到樟树坳杀人，后来又找五里牌撒气，一把火将四太公府邸烧成平地，四太公当时就瘫了。数日之后，四太公将家人和仆从尽数遣散，身边只留下我和一个七十多岁的老仆，三个人现在挤在一间废弃的杂屋里熬日子。"

不想四太公豪强一生，结局落得如此凄惨。陈天鹏脱口骂道："天杀的山田龟生！"

大管家又道："山田老鬼子知道四太公成了废人，也就不再管他。前些日子，他还捂着鼻子钻进杂屋里看四太公，说要四太公给你带几句话。"

陈天鹏道："给我带话？"

大管家道："他说只要你愿意投降皇军，过去的事情就一笔勾销，并且可以拨给你200支快枪、1000块银圆，让你担任佘田桥保安大队的大队长。"

陈天鹏骂道："这个畜生，简直是在做他娘的春秋大梦！你回去告诉四太公，雪峰山一战，日本人二十万大军一败涂地，山田老鬼子的日子长不了啦！"

若是论资排辈,大管家是叔父。但是他丝毫不敢托大,口口声声称呼陈司令,话语之间极为谦卑。过了一会,大管家打开一个布包:"这里还有300块银圆,是四太公送给陈司令的。"

陈天鹏急忙推却:"这个不能收,四太公现在自顾不暇,这些银圆他老人家自己留着。"

大管家低下头去,轻轻地擦了一下眼角:"司令不必见外,这300银圆确是四太公压箱底的钱,一直放在地窖里。此次送粮上山,四太公特意让我把银圆一并带上山来,做你的新婚贺礼。"

陈天鹏有点摸不着头脑:"做我的新婚贺礼?"

大管家:"四太公说,陈司令已经三十好几了,迟早是要成亲的。四太公自忖来日无多,等不到陈司令大喜的日子,要我把贺礼提前送了。其实,这些银圆放在地窖里也不安全,这个世道,除了日本人,土匪强人都对四太公虎视眈眈,这些银圆只有放在你这里才是最稳妥的。"

陈天鹏:"唉,真是苦了四太公啦。大管家,银圆我不能收,但我可以暂时替四太公保管,等到四太公需要用钱的时候再来拿。另外,也请四太公安心养病,待我来日下山,定要好好收拾山田老鬼子!"

老爷子走出门外,一个劲地招呼站在门外的乡亲留下来吃饭。无奈天色已晚,众人不敢久留。大管家说:"我留下来吧,他们都是急着要下山的。"说罢拿出一把铜钱赏了大家,打发一众乡亲下山去了。反身回屋,大管家指着坐在一旁的妹子说:"这是四太公的外孙女儿,叫作水妹子,四太公让她上山照顾你们二老。"

老爷子听了,慌忙推道:"不用不用,谢谢四太公了,我们两口子的身子骨还算硬朗,家务事也都可以自己来。再说这里深山老林,什么都没有,小妹子家的怎么可以待在山里。"

大管家道:"她要是能够待在山上,那才是她的福气。待在家里说不定哪天被日本人盯上了,还不知道要生出多大的祸来。四太公的家业败了,今个让我把她带上山来,也算是去了他老人家的一块心病。"

水妹子生怕老爷子把她退了回去,急忙站起身来:"大伯,我什么都能干，我不怕吃苦。"说话的时候急得满脸通红。

大管家又道："别看她人小，干起活来手脚挺麻利地。四太公还说，天鹏也未成亲，要是看着他家孙女儿顺眼，就把她收到屋里去，做妾也成。"

陈天鹏一听，连连摆手："那哪成。现在是民国，婚姻法规定一夫一妻，我是革命者，怎么可以纳妾……感谢四太公厚爱，孙儿的婚姻早有定数，就不劳他老人家操心了。"陈天鹏心里只有秋月，就算是王母娘娘给他送来个七仙女，他也是无动于衷的。

大管家欲待再言，陈天鹏担心他会撩起旧事，搞得老爷子那边再起风波，急忙找了个借口起身走了，任那大管家自个去与老爷子呱家常。

第二天，大管家留下水妹子，一个人下山去了。

老伴问道："水妹子是怎么回事？"

老爷子让水妹子先到里屋歇着，然后一脸神秘地回老伴的话："四太公要把水妹子许配给我家的天鹏，这个意思由来已久。上次我们去云霖寺抽签问卦，下山之后，四太公把我请到他家府邸，说是要为外孙女儿提亲。那时候，天鹏一直都在应付山田老鬼子，情况特别紧张，四太公也就没赶着再说这事，没想到四太公这么当真，今个居然就把人给送上山来了。"

未等老爷子说完，老伴就吵了起来："你古扎冒良心个老子古，就是你在中间横着，要不然天鹏和秋月早就成亲了。告诉你，我儿子是总司令，他喜欢秋月，你不可以乱做主张。"

老爷子道："你急什么，我又没有答应哪个。不过有一点，陈家媳妇的来路一定要清白，不可败了家风，这是祖宗的规矩。"

老妈子："我不跟你讲规矩，我只讲天鹏和秋月的事。"

老两口为这事顶牛很久了，老爷子一时也扳不弯她，只好说道："我看，要不先把水妹子安顿到医务室去帮忙，那里反正缺人。"

老妈子："那怎么行，秋月在那里边……"

水妹子突然打里屋跑出来，扑通一声跪了下来："伯母，我求你别赶我走，让我干什么都行，我不会白吃饭的。"

老妈子一惊，慌忙把水妹子扶起来："妹子，伯母不是要赶走你，只是担心……唉，你来得太突然了，家里父母都知道吗？"

水妹子哭了起来："伯母，水妹子从小孤身一人，没有父母，一直跟着外公过。前一阵，外公的府邸被日本人烧了，外公也瘫了，他担心死后没有人管我，要大管家带我上山来找陈司令。伯母，你就让我留在山上吧，我没有地方去。"

老妈子心善，看见水妹子哭，自己就跟着流泪。她拉着水妹子的手说："太可怜了……你也别急，让伯母想想……"

第二天，母亲去找天鹏，让他给水妹子安顿一个去处。大鹏也没细想，张口就把水妹子安顿到医务室去了。

002

雪峰山脉沟壑纵横，山势雄奇，峰顶积雪长年不化，一条丝线般的公路盘旋在山脊之上。公路一侧高山绝壁，一侧深渊峡谷，邵水奔腾咆哮，将雪峰山脉拦腰劈开，形成长达数十里的烟溪大峡谷，涛声轰鸣，震耳欲聋。

1945年4月，日军困兽犹斗，企图越过雪峰山天险，打穿湘西防线。

雪峰山战役是日军在华最后一战，也是日军最疯狂的一战。冈村宁茨调兵遣将，以116师团、47师团担任主攻，64师团、68师团和34师团担负侧翼掩护，在长达数百公里的战线上同时发起攻击，兵力覆盖邵阳全境。第四战区司令官王耀武指挥73军、74军、100军等部，利用高山深谷逐次抵抗，采取诱敌深入，关门打狗的战法，在雪峰山下与日军展开殊死厮杀。

大东路的夏天，莺飞草长，彩蝶纷飞。

一杆抬椅转过小山嘴，优哉游哉地上了佘湖山。杜铁鼎一身戎装，端坐于抬椅之上。

陈天鹏迎上前去，大笑道："铁鼎兄可真是鸟枪换炮啊，如今即便是坐在抬椅上，也不失那坐如钟、站如松的风骨，真真是羡煞了山里的兄弟。"

"见笑，雪峰山一战，双方数十万大军绞杀在一起，睡觉的时候都在打仗。幸好特别小分队个个武艺高强，老杜能够捡得一条性命回来，二喇叭可算是立了头功。奈何趴在山沟沟里时间太长，湿寒过重，搞得两腿脚关节疼痛难行，只好坐了抬椅上山。"正在说话，又有一队人马上了小山嘴，为首一人身着国军军服，撩开大步奔向陈天鹏，正是二喇叭。

二喇叭咔嚓一个立正："报告司令，特别小分队队长曾开山归队！"

"二喇叭！"陈天鹏大叫一声："你这黑厮总算是回来了，换了一身军服，人就变样了。跟着杜司令出去打大仗，这回你算是过瘾了吧，没受伤吧？"

二喇叭："报告司令，没有受伤！"

杜铁鼎："这可是一员猛将啊，机关枪一打一个准，手榴弹都扔到小鬼子的枪眼里去了。白马山一战，要不是二喇叭拼死冲杀，我他妈的差点就报销了。"

两个月前，陈天鹏下令选拔一批身负武功的战士组建特别小分队，起先打算是让德子带队，哪知二喇叭死活不肯，最后只好让他做了小分队的队长。其实，二喇叭一下山，陈天鹏就特别担心，生怕他回不来。

小分队一共90余人，临时编入74军敌后纵队，听候杜铁鼎指挥。

大山连绵，交通闭塞。日军在长达数百公里的战线发动进攻，然而，失去了机械化的优势，冒险突进的日军如同无头的苍蝇，处处挨打。

74军敌后纵队驻防白马山，司令部设在山下的一个苗家寨子里。

白马山地方偏僻，山势险峻，只有羊肠小道与外界相通。

夜深人静，大雨滂沱。一支日军小队悄悄地打林子里钻出来，忽地一下包围了纵队司令部，司令部警卫排与之激烈交火。驻扎在寨口的连队火速增援，从后面包围了日军小队。哪知日军关根支队源源而来，他们抢占制高点，筑起一道反包围圈。枪声就是命令，纵队各部纷纷赶来投入战斗。得知杜铁鼎司令部被关根支队包围，施忠诚急令74军各部狙击增援白马山之敌，不惜一切代价消灭关根支队。双方部队越打越多，陆续加入战团，74军各师团与日寇中队、大队、支队相互纠缠，打成一团，双方都杀红了眼，一日之间，重重叠叠的包围圈竟然达到9层之多。

这是一段尘封的历史，也是世界军事史上最经典、最离奇的"包围圈大战"。

敌我阵地犬牙交错，重武器完全失去了作用，双方只能采取最原始的战斗方式，到处都是近距离的枪击和贴身白刃战。

"冲！"特别小分队一连冲破数道包围圈，奋死往包围圈中央冲杀。机枪子弹打光了，二喇叭就扔手榴弹，炸得敌人晕头转向。未等小鬼子反应过来，二喇叭的刺刀已经到了眼前。一些久战沙场的老鬼子，原本也是有两下子的，但在一群真正的武林高手面前，要么被冲锋枪射死，要么被刺刀捅死，藏在掩体里的小鬼子也逃不了被手榴弹炸死的命运。经过三天三夜浴血奋战，特别小分队协同74军奋死进攻，一层一层撕开日寇包围圈，把杜铁鼎救了出来。

关根支队被彻底击溃，残部逃进附近的山林。包围战变成了追击战，二喇叭率领特别小分队一个一个山头，一道一道山谷地追杀逃散的日军。追到数十里外的一个寨子，他们发现大股鬼子。这伙鬼子败逃到此，正在寨子里找东西吃，见什么吃什么。忽见一个黑脸大汉杀了进来，小鬼子以为是天神下凡，吓得乱成一团。估计饿的时间太长了，这些强盗基本上失去了战斗力。

丢下了满地尸体之后，剩下的小鬼子逃出寨子，匆匆占领了一处高地负隅顽抗，敌后纵队将其四面包围，一时间却攻不上去。二喇叭大为光火，连扔数枚手雷，炸得日军掩体里的小鬼子鬼哭狼嚎，机枪也哑巴了。杜铁鼎连呼："炸得好！"叫人抬了一箱手雷给二喇叭送过去，并下令所有的枪炮一齐开火，掩护二喇叭扔手雷。

战后打扫战场，此战击毙小鬼子250人，俘虏30余人，缴获轻重装备200多件。在清理敌军尸体时，战士们发现了关根久太郎大佐的尸体。

二喇叭唾沫四溅，把这一段故事讲得特别精彩。

杜铁鼎笑道："这一回，你的特别小分队可是立了大功了，佘湖山这地方山清水秀，偏生民风彪悍，英雄辈出啊。天鹏兄，你再看看我身后，这番上山可得好好地庆祝一番。"话音未落，只见杜雷领着一群士兵，抬着十几个箩筐的酒菜走上山来。

陈天鹏兴奋地道："好呀，喝了坛子里的酒，就是收拾山田老鬼子的时候了！"说罢，也让德子把自家最后的一坛虎骨酒搬了出来，打算一醉方休。

两支人马在山上会师，营地里排开长桌大宴，推杯换盏。

杜铁鼎举起海碗："天鹏兄，你打游击可是打出花样来了，虎骨酒、野猪肉，过的是神仙日子，每一次都是这样，弄得我来了就不想走。"

陈天鹏将酒碗举过头顶："这一碗酒，我代表抗日纵队全体将士敬在雪峰山大战牺牲的兄弟和战友！"说罢，将酒洒向地面。

杜铁鼎亦将酒碗举过头顶："此酒为敬，所有的抗日烈士永垂不朽！"

曹三妹本来不会喝酒，只因秋月和小兰左右相劝，这才闭着眼睛喝了一口。哪知道一口酒喝得过猛，睁开眼睛时，但觉眼冒金花，蓝光闪动，只见秋月的脖子上戴着一条特别亮眼的项链，熠熠闪光。曹三妹靠近前去看了又看，视线久久不肯移开。秋月一笑，把项链摘下来放到曹三妹的手掌心里："三姐，这条项链的中间是一颗夜光石，你喜欢就送给你了。"

"嗯……"曹三妹攥着那颗夜光石，似乎特别喜爱，又像是触动了一番心事，忽然如同中了魔怔一般发起呆来。孙小兰拽着曹三妹的手臂，使劲地晃："三姐，你想什么啊？"曹三妹回过神来，回手把项链还给秋月，一仰头把碗里的酒干了。

孙小兰叫道："三姐，你慢点喝，别喝醉了。"

开了酒戒就没有人劝得住，曹三妹一连干了好几碗。

宴席散去，曹三妹仍然坐着不动。陈天鹏猜想她是喜欢那条项链，只是不好意思开口。不由哈哈一笑，上前说道："三妹大夫好眼力，这颗夜光石非同一般珠宝。每当黑夜降临，它会发出荧光，而且带有三层彩色，表层是绿色，中间是蓝色，最里面的一层是白光。"夜光石又称夜明珠，这么大颗的夜明珠实属罕见，只有达官贵人才有可能收藏得起。

曹三妹抬起头来："这么珍贵的东西，自然是无价之宝。敢问陈司令，这条项链从何而来，是你送给秋月的吗？"

陈天鹏："我哪有这么贵重的东西，这条项链原本是贾叔送给秋月的。"

曹三妹："贾叔？"

陈天鹏："就是黑云寨的老贾，他是秋月的干爹。"

"你说什么，老贾是秋月的干爹？"曹三妹脸色骤变。

杜铁鼎一直都在注视着三妹大夫，眼看天已经擦黑，便也凑上前来蹭热闹："嘿嘿，山上都流行讲黑话呀。"

"铁鼎兄，"陈天鹏道："我仔细揣摩你带上来的那份公告，一个俘虏一百法币，要发点小财倒也容易。不过，抓几个俘虏又有何用，得让狗日的山田龟生把吃进去的吐出来！"

杜铁鼎打了个哈哈："天鹏兄，看你苦大仇深的样子，山田老鬼子一定在你手上捞过不少便宜。"

陈天鹏道："上山之前,山田龟生一直盯着我敲竹杠。"

二喇叭酒醉饭饱,上前接嘴道："把山田老鬼子的大本营一锅端掉,那才痛快!"

杜铁鼎故作吃惊："端掉山田老鬼子的大本营?哈哈,二喇叭的胃口就是大。好,什么时候去端山田的大本营,我送你二十箱手榴弹。"

陈天鹏笑道："那哪行,二十箱手榴弹就把兄弟打发了?你可得一起干!"

杜铁鼎大手一挥："好说,抗日纵队猛将如云,我来了也就是帮个人场,一切都听陈司令的!"

一阵夜风吹来,曹三妹喉头一紧,哗啦一声吐出一大堆来。秋月赶紧将她扶住,曹三妹胳膊一甩,高声喊道："山田老鬼子算什么,要干就干一场更大的,干掉黑云寨!"

陈天鹏惊道："三妹大夫,你怎么知道黑云寨?"

曹三妹的目光刀子般地射向陈天鹏："告诉你,我还知道坡子村!陈司令,你说实话,夜光石项链到底是哪里来的?"

陈天鹏更为吃惊："你还知道坡子村?那我问你,贾叔你认识吗?"

"贾叔?"曹三妹的舌头已经僵硬,声音却是十分尖利:"你说的是老贾是吧,那不就是黑云寨的师爷吗!"说罢哈哈大笑。三妹大夫平时沉默少语,为人庄重,如今这般狂放失态,弄得众人面面相觑。

陈天鹏:"对呀,就是那个师爷,他在世的时候,一直都在寻找一个人。"

"你说什么,他死了吗……我早该猜到了的!"曹三妹猛地一下站起身来,哪知脚下一软,人已瘫倒在地。

众人急忙将曹三妹抬进屋里去了。

杜铁鼎听了半天也没明白:"你们在打哑谜吗,是不是有什么故事?"

陈天鹏道:"一言难尽啊。"

入夜，陈天鹏瞪着眼睛躺在床上，坡子村、黑云谷的情况一桩桩一件件地在脑海里闪过，一夜未眠。杜铁鼎也睡不着，干脆点亮油酊，坐起来聊天。二人细细梳理这些年的经历，从大大小小的战斗到黄埔军校，一直聊到天色透亮。

"嘎吱"一声，秋月推门进来："三姐醒了，她要见你。"秋月守了曹三妹一个通宵，也是一个晚上没睡。

"她醒了？"陈天鹏翻身起床："铁鼎兄，你睡觉，我先过去看看。"

杜铁鼎道："好勒，我正好补一补瞌睡。"

曹三妹呆呆地坐在床边，双眼望着窗外。

陈天鹏招呼道："三妹大夫，你昨天喝醉了。"

"醉不醉我自己知道，用不着你操心！"曹三妹的脸色铁青："我问你，你必须说实话，否则要遭天打雷劈！"

大清早的被人下咒，陈天鹏也是哭笑不得。门边有一张白木椅，陈天鹏上前坐下："三妹大夫，我这条命是你救的，不管你怎么咒我、骂我，我都赚了。其实你用不着下咒，我身为堂堂正正的国军少将，不是杀人越货的匪徒，有什么话你尽管问，在下知无不言，一定据实相告。"

曹三妹："少废话，老贾的孙子呢，就是那个小孩，他在哪里？"

"老贾的孙子？"陈天鹏心头一震，忽然喉头哽咽，一时间竟然说不出话来。

曹三妹敏锐地注意到陈天鹏的表情变化，追着问道："你为什么不说话，你是不是做了什么见不得人的事？"

陈天鹏低下头去，悄悄拭去眼角上溢出的泪水，然后伸手指着自己的胸脯："受人之托，忠人之事。三妹大夫，我不知道你为什么会问起老贾的孙子，恕我直言，这件事我只能和他的亲人讲。"

曹三妹霍地一声站了起来。

秋月牵住曹三妹的手："好三姐，不急嘛，我们慢慢说。"

曹三妹的情绪平复下来，一字一顿地道："本人曹飞雪，小名曹三妹。我与老贾的最后一面，是在七年前。老贾身边带着一个小男孩，今年应当十三岁了，那个小男孩就是我的亲生儿子！"

一石激起千层浪，在场的人无不目瞪口呆。陈天鹏使劲地擦自己的眼睛，盯着她问："你叫曹飞雪？"

十多年前，曹家医馆的老管家前往上海购药，飞雪与两个姐姐跟着一起出门，她们要去上海的小姨家里玩。未想淞沪抗战突然爆发，吓得三姐妹不敢出门。日军不断增兵，飞机、军舰、坦克、大炮联合进攻，十九路军寡不敌众，败走闽北。日军突入城内，大肆烧杀抢掠。老管家带着三姐妹四处逃命，两位姐姐不幸死于日军的乱枪之下，唯有飞雪在老管家的保护下逃出城外。两人一路乞讨，辗转南下。过了长沙，眼看邵阳在望，不料却在半道上杀出一彪土匪强盗。那时，半天云刚好拿下黑云寨，正愁缺少一位压寨夫人。飞雪豆蔻年华，貌美如花，半天云一见之下爱得欲仙欲死，但那老管家死死地护着飞雪，以命相搏。半天云嫌他碍手碍脚，一枪结果了老管家的性命，将飞雪强行掳上山去。飞雪哭得死去活来，多次寻机逃跑，但她几次逃跑都被抓了回来。一年之后，飞雪生下了一个儿子。因为憎恨半天云，飞雪对自己的儿子不管不顾，没有喂过儿子一滴奶水。一条小生命全靠师爷老贾熬粥喂食，这才慢慢长大。

第一次长沙会战，半天云趁乱出击，打死了七八个落单的日本兵，意外的是，小鬼子的兜里多少都有一些值钱的宝贝。尝到了甜头，半天云一次又一次下山偷袭日军，截杀掉队的散兵，收获颇丰。每次伏击归来，半天云都会挑出一件最名贵的首饰送给压寨夫人。最后一次，他送给飞雪的是一条夜光石项链。可是，飞雪思念自己的父母，她不愿待在土匪巢穴，对半天云送给她的一切珍宝视如草芥。半天云一转身，她就扯下夜光石项链摔在地上。

长沙会战再度爆发，半天云率领黑云寨喽啰倾巢而出。哪知事不过三，此战，半天云反被日军诱入圈套，数百名兄弟战死沙场。

得知半天云死讯，飞雪装模作样地哭了几声，心里反而暗自庆幸。趁着祭祀半天云的机会，飞雪欲在酒中下毒，要将一帮看守自己的小喽啰一网打尽，但她的举动没有逃过老贾的眼睛。不过，老贾并没有当场拆穿她。这个妹子被半天云掳掠上山，整整七年与世隔绝，老贾知道她内心的怨和恨，他同情这个女子。飞雪躲过一劫，孤身一人逃离黑云寨。

回到家里才知道，因为三姐妹的变故，母亲已经撒手人寰，家里只剩下一个年迈的父亲孤独度日，偌大的家业凋零破碎。

时间一年一年过去，她也曾不止一次地想去黑云寨走一趟，想要找回自己的儿子。但她只要想起半天云就会浑身发抖，她再也不敢踏入黑云寨半步。

那日，她看见二喇叭摊开大包的金银首饰，此举令她非常吃惊。她觉得那些首饰非常眼熟，分拣开来一件一件地看。当初，半天云也是这样，把一大堆的金银首饰摊开来，任她从中挑选。半天云是她不共戴天的仇人，即便搬来一座金山，她也不会动心。

女儿的举动引起了父亲的注意，曹老太医再三盘问，方知三妹怀疑这批金银首饰来自黑云寨。当他得知女儿在外尚有一子，自己尚有一个外孙在世，曹老太医兴奋得发抖。为了探知外孙下落，曹老太医重金买通城门，又让三妹驾驶骡车保护陈天鹏等人出城，并以拯救伤员之名前往抗日纵队，伺机寻找曹家后人。

听到这里，陈天鹏恍然释怀。他深深地吸了一口气，看着秋月说道："还是你来说吧。"秋月嗯了一声，便将她们在逃亡途中如何认识贾叔和小六子，贾叔又如何带了大家去坡子山、黑云寨，如何把自己认作闺女，一直讲到贾叔在佘湖山跟踪日谍不幸遇难。顿了片刻，秋月又把小六子在大排山英勇牺牲的过程述说一遍。

"小六子就是我的儿子……我的天啊！"飞雪瘫倒在地。

第044章

飞雪小姐

001

母子二人近在咫尺而浑然不觉，直到有一天，做母亲的忽然发现整天在眼前晃晃悠悠，碍手碍脚的人儿正是自己的血脉骨肉，却已人去楼空，再也回不来了。

曹飞雪挥泪如雨，泣不成声。秋月也陪着她一起流泪，她无法安慰一个失去儿子的母亲。待得飞雪平静下来，陈天鹏说道："贾叔带着小六子在坡子村一住数年，那地方非常偏僻，爷孙两相依为命，日子过得很清苦，有时候连红薯都吃不上。就因为担心你回去找儿子，他们哪都没去，住在那里一直没有动窝。去年，日军攻陷长沙，爷孙二人下山去拣洋落，这才碰上我们。离开坡子村的前一天，小六子在潘镇受了枪伤，贾叔急得六神无主，哭泣不已。后来，我们在黑云寨遭遇豺狗袭击，贾叔受了重伤，他担心自己的生命忽然离去，便以一条夜光石项链为信物，嘱咐我们日后看护小六子，为他寻找亲生母亲。"说到这里，陈天鹏掏出一副锦囊，伸手递给飞雪："现在，总算找到了项链的主人。"当时，曹老太医坚决不收酬金，曹三妹却要摊开一堆首饰翻看，陈天鹏就闪过这样的念头：她会不会是贾叔要找的人？曹三妹来到营地后，陈天鹏的猜测又近了一步，为了试探曹三妹的反应，他特意让秋月把夜光石项链戴出来。

曹飞雪看也没看，随手把锦囊推向一旁。儿子已经离开人世，永远回不来了。此时此刻，在她心里交织着无尽的悲伤和后悔，一句话也说不出来。

片刻，陈天鹏又拿出一个绣花荷包放在桌上："这个荷包亦为贾叔所赠，如今一并交还给你，物归原主。"

曹飞雪抖动荷包，从中拿出一把纯金钥匙来。一见之下神色大变，猛地一下站起身来："这是半天云的东西！那一年，他拿出这把钥匙送给我，说是专门为我配置的，名为'香闺蜜匙'。我为半天云所掳，遭受了七年的囚禁和蹂躏，这把钥匙镌刻着我七年的血和泪。"

陈天鹏甚为惊愕，连忙安慰她道："半天云已经死了，所有的苦难都已成为过去。恶有恶报，善有善报，忘记他吧，一切都会重新开始。"

"天杀的半天云，终归不得好死！"曹飞雪恨得咬牙切齿，久久不能平静。过了多时，曹飞雪拭干眼泪："陈长官，你可知道这把钥匙的作用？"

陈天鹏茫然地看着她，摇了摇头。

曹飞雪："这把钥匙，可以打开黑云寨藏宝洞窟。"

陈天鹏："黑云寨当真有藏宝啊？所幸钥匙失而复得，恭喜！"

曹飞雪狠狠地盯着那把纯金钥匙，良久，她将钥匙推了回去："陈司令乃是人中龙凤，势必走马天下，这把钥匙当可助你一臂之力。"

陈天鹏慌忙摆手："飞雪有所不知，长沙会战之后，304团溃散。我虽然做了抗日纵队的司令，也是浪得虚名。时至今日，天鹏蜗居大山之中，也是身不由己，若非仗着杜将军与我有同窗之谊，诸事为我着想，恐怕也没有人来关心我这个落魄司令。到了这步田地，陈天鹏何德何能敢拿这把钥匙？"贾叔生前曾经数次言及洞窟藏宝，陈天鹏或是狐疑重重，或是一笑置之。在他内心深处，宝藏传说就如天上的浮云，飘飘缈缈难以落地。

原以为只要道出钥匙的秘密，陈天鹏定会带上人马去把那藏宝洞窟翻一个底朝天，哪知道他不为所动，这使飞雪感到意外。过了一会，曹飞雪又道："陈长官，如果我告诉你，黑云寨的洞窟藏宝可以助你拿回一个304团，或者一个304师、304军，你要不要去走一趟？"

此话一出，陈天鹏心头顿时翻江倒海。果真如此的话，一年来的压抑和屈辱必将烟消云散，从此以后扬眉吐气，再也不会受那失去番号之辱。转念又想，陆军部取消304团的番号已是既成事实，若想恢复番号，操之过急只恐竹篮打水一场空。思索良久，缓缓言道："谋事在人，成事在天。飞雪的好意，在下心领了。我有几句肺腑之言，不知当不当讲。"

曹飞雪："请讲。"

陈天鹏："飞雪医术高明、年轻貌美，杜长官慧眼识珠，对你心存爱慕。你们二人若是能够成就一段姻缘，再去取出宝藏，岂不是两全其美？"

曹飞雪的脸上泛起一抹红晕，语气也急促起来："陈长官，此事与姻缘无关！"

陈天鹏坚持道："我觉得你们挺般配的，现在都还年轻，日后再添几个孩子也不是问题。"

听得此言，曹飞雪忽然一下又伤心起来："小六子走了，飞雪没有对他尽过一天做母亲的责任，于今想来，心里也是后悔莫及。飞雪感谢陈长官，感谢秋月，感谢你们将他视为亲人，让他度过了生命中最快乐的时光。"说到这里，曹飞雪的眼泪又掉了下来。

陈天鹏的眼眶也湿了："贾叔、小六子都是我们的亲人。我没有保护好他们，我这个司令，真的没用啊。"

"不怪你。"曹飞雪擦干脸上的眼泪，重新回到原来的话题："洞窟之中设有机关，开启洞窟之门须得胆大心细。唉，还是算了，陈长官若是实在不感兴趣，飞雪便将钥匙扔下山谷，从此断了这桩念想！"

眼看飞雪的态度如此决绝，陈天鹏只好站起身来："这样吧，陈天鹏权且代为保管这把钥匙，飞雪日后可以随时来取。"

002

第二天一早，杜雷急匆匆地找到陈长官："我家司令昨天晚上闹肚子，一直到现在都没有消停。"他说杜司令不准说，是他私下里跑出来说的。陈天鹏一听，抬腿就往老杜那边走，推门一看，老杜正好坐在床上，脸上罩了一层酱黑色的云雾，眼睛也扣了一圈。陈天鹏一惊："你这是唱的哪一曲，昨天还好好的，怎么就闹肚子了？"

"呵呵，"杜铁鼎最怕别人说他有病，抖起精神说道："这有什么大不了的，就是昨天的酒太爽口了，喝得有点过量。"

陈天鹏："不对呀，我们一起喝的酒，我怎么就没事？"

杜铁鼎："实话和你说吧，我的肠胃有点小毛病，平时也没事，抗一抗就过去了，今个不知怎的就闹了一个晚上，兴许是水土不服。"

陈天鹏："水土不服？以前怎么没有，让飞雪给你看看。"

杜铁鼎："不用不用，她那张嘴可厉害了，我还是离她远一点。"嘴上这么说，心里却是暗自高兴。

陈天鹏："你这不是扯淡吗，一个大男人别这么叽叽歪歪的行不行，有病就得找大夫，我去叫她。"

杜铁鼎："别呀，这点事我还死不了。"这趟上山，他原是盘桓一两天就要走的，不想肚子偏偏跑出来闹事，心想多待几天也好，正好和那三妹大夫套个近乎。正在胡思乱想，腹部又传来一阵咕咕咕的响声，赶紧捂住肚子往茅房跑。好不容易解决问题，出来一看，陈天鹏尚且候在原地。杜铁鼎再也不好意思逞强："还是我去看她吧。"说罢，自个儿迈着方步往医务室走去。

曹飞雪一回头，身后冷不丁地站着一个人，把她结结实实吓了一跳："嗨，杜长官，你干嘛！"

曹飞雪这么一咋呼，杜铁鼎也是一顿慌乱，差点就把拉肚子的事忘掉，结结巴巴地道："飞……飞雪大夫，我也没什么事，只是随便走走……随便走走，顺便过来看看你。"

曹飞雪的脸一下子就拉长了："我说杜长官，你可真的是游手好闲，一大早地说来看我，我天天都在这里，你没看过呀，这不是成心吓人嘛。"

听她这么说话，杜铁鼎反而笑了："算你说对了，我就是闲来无事嘛。要不，我们一起去散散步，看看风景，如何？"

曹飞雪啐道："说什么呀，我这里正忙着呢，要看风景你自己去，别在这里碍事。"

杜铁鼎心道再怎么着我也是个少将司令官，我就不信没办法治你。当下把手一叉，换了一副严肃的表情："飞雪大夫，实话告诉你吧，我确实是来看你的。我的肠胃受了风寒，拉肚子。"其实，他仗着一副战场上滚打出来的身子骨，压根就没把这个当回事。

曹飞雪觉得这句话不像是开玩笑，走上前来细看，只见他的脸上浮着一层黄疸，双眼围着明显的黑圈。曹飞雪把门帘一掀："你进来躺下，我给你检查一下。"

杜铁鼎想说拿点药就行了，用不着这么麻烦，但那曹飞雪就是一种命令式的口气，杜铁鼎心里有一百个不愿意，两条腿却是魔怔般地跟着曹飞雪走，乖乖地躺在一张光溜溜的板床上。

曹飞雪拿过一只听诊器："解开上衣，深呼吸。"

杜铁鼎闭上眼睛，他感到有一双柔软的手在按压他的腹部，又有一个冰冰凉凉的东西在他身上四处游走，搞得他很不自在。好在两边都有帘子挡住，总算是没让躺在床上的伤兵看见自己的熊样。这时候，他又闻到了一股若有若无的花香，感到四肢百骸都舒服透了。他一晚未睡，身体有点疲惫，不大一会，居然躺在硬板床上睡着了。

一觉醒来，杜铁鼎发现自己回到了原来的小房间，他坐起身来："我不是在医务室吗，怎么又回来了？"哪知费劲过猛，突然一阵眩晕，顿有一种天旋地转的感觉。

杜雷上前给他捶背："司令，你在检查身体的时候睡着了，那个女大夫说你不能住大病房，我把你背回来的。她说你腹泻的毛病很麻烦，要长期吃药。"

杜铁鼎："扯淡！我就说了不该去找她，那个女人特别八卦，捡到芝麻当西瓜。"

杜雷："她还说你要卧床休息，不可以出门乱走。"

杜铁鼎哪里肯信："别听她瞎扯，走，我们去林子里散步。"

哪知刚一出门，飞雪大夫就来了："咦，你怎么出来了，赶快回去躺着。"

杜铁鼎："呵呵，我是一个军人，随时都要上战场，怎么可以躺着？"

飞雪大夫："还上战场？你走几步试试，脚下是不是软绵绵的！"

"什么软绵绵……"杜铁鼎猛地向前跨出一步，忽然脚下一软，差点摔了一跤。

"是不是腿脚酥软，还有点头晕？"飞雪大夫将三袋药粉交给杜雷，吩咐他道："一天三次，必须按时服用。"说完，转身就走。

杜铁鼎叫道："我说飞雪大夫，我也就是有点腿软，这不是常有的事嘛，你让我吃这些药粉子干吗？"

飞雪大夫："哟，讲条件是吧？告诉你，这种药粉很难吃，还有毒，就是专门给你吃的！"

杜铁鼎心里慌慌，嘴上反而笑了起来："嘿嘿，吓唬谁呀？"

飞雪大夫："你腹泻的毛病应当有些日子了，最近越闹越勤，时常伴有腹部疼痛。给你做检查的时候，秋月、小兰都在，我们发现你不是单纯的腹泻，还有一点别的毛病。"

杜铁鼎听得不耐烦了："你这不是吊我的胃口吗，到底有什么毛病，说！"

飞雪："现在还不清楚。不过，你要真想治病，就得乖乖吃药。"

晚餐的气氛有点压抑，桌上没有酒也没有肉，只有几道小菜。杜铁鼎道："天鹏兄，你这也太小气了吧？"

陈天鹏笑道："你的菜谱可是飞雪大夫钦定的，我这不是也陪着你吃素吗。别急嘛，等你肚子好了，我们到镇里去吃大餐。你不知道吧，飞雪的父亲是大清朝的御医，飞雪继承父亲的衣钵，是全邵阳最好的大夫。她让你吃药，你就不能叫苦，她让你打针，你就不能喊痛。夏季来啦，山里凉快，你可以在这里慢慢养病，还可以和飞雪大夫那个……花前月下联络感情，这个机会可是千载难逢嘛。"

"哈哈……"杜铁鼎开心地笑了起来。其实，身体上的毛病他很清楚，只因忙于带兵打仗，多是找点止泻的药吃了就算完事。不过，细想飞雪说过的话，觉得很多地方也都对得上号，他不得不服："这个女人确实有两把刷子，我的毛病她都看出来了。"

陈天鹏笑道："杜司令生了病，飞雪表面上不说，其实心里着急，生怕出了什么纰漏，还把秋月、小兰叫来会诊，那可是一群女神医在给你看病哦。"

"没那么严重，女大夫就爱小题大做。"吃过药，杜铁鼎感觉好多了。眼看四下里没人，他又问道："你说那个飞雪大夫，人长得像牡丹花一样漂亮，就是身上带刺，能看不能碰，近不了身啊。"

陈天鹏笑道："当然啦，唯有牡丹真国色，花开时节动京城。那牡丹花乃是花中之王，色泽艳丽，玉笑珠香，如果没有一身的毒刺保护自己，那还不是早就被人采走了？你若是真心喜欢人家，就不妨安下心来住一阵，待到花开时节，连人带花一块拿下。"

杜铁鼎："行吗,你可别吊我的胃口。"

陈天鹏："怎么不行?不过,你可得下点真工夫。"

杜铁鼎："天鹏兄,我的魂都被她勾走了,你还看不出来吗?我听你的,既然来了,那是非得把她拿下不可的!"

陈天鹏："此话当真?"

杜铁鼎："绝对当真,你看我像是开玩笑的样子吗?"

陈天鹏："不过,我好像听说,你在家里还有一位?"

杜铁鼎："嗨,这你也知道,可不许乱讲。那是童养媳,包办婚姻害死人呀,那个不算,我没和她圆房就出来了。"

"是吗?"陈天鹏松了一口气,却又有点为难:"不过,飞雪的性情孤僻,要想成就好事,你还得有点耐心。"

杜铁鼎急忙表态:"我的亲哥,我就住在山上耐心地等,直到她愿意嫁给我为止,只要你别怪我赖在这里白吃白喝就行!"

003

转眼过去了一个多月,实可谓有追求就有寄托,这些日子杜铁鼎一日三餐,吃药睡觉,乖乖地窝在小棚屋里,再也没像以前那般有一搭没一搭,无头苍蝇似的在营地里瞎转。

飞雪、秋月二人推门进来,要给杜司令再做一次腹部检查。杜铁鼎也不多话,非常配合。检查过后,飞雪与秋月相视而笑。这一段时间,几个女人当真把一个威风八面的少将司令治得服服帖帖。

飞雪："你现在有什么感觉?"

杜铁鼎："没有什么感觉,感觉很好。"时有时无的腹痛消失了,杜铁鼎感到浑身充满力量,似乎又回到了原有的状态。

秋月笑道:"恭喜杜司令,你可以下山了。"

杜铁鼎以为自己听错了:"是吗?"

飞雪点了点头："是的，你可以下山了。你这样的病例，西医没法用药，我们采用了中西结合的办法，效果很不错。"

"这么说，我自由了？"杜铁鼎愣了一会，忽然说出一句酸不溜秋的话来。

飞雪说道："你得好好感谢秋月，秋月使用干爹留下的祖传秘方，拔除了你身上引发腹泻的病灶。"

秋月说道："幸亏三姐加了几味引药，要不我也不敢乱用。"

杜铁鼎笑道："我就说嘛，一点小毛病死不了。"

飞雪说道："小毛病，你说得轻松！"

"哦……哈哈，大毛病，你说大毛病就大毛病。"杜铁鼎笑嘻嘻地改口："谢谢二位神医，老杜这厢有礼了！"看着飞雪与秋月远去的背影，杜铁鼎在门口站了好久。

明天就要下山了，杜铁鼎觉得心里空荡荡的，想着下山之前该和飞雪说几句话，不知不觉地走进了医务室。飞雪正在指挥几名男兵替重伤员翻身，伤员身上光溜溜的，什么都没盖。杜铁鼎触景生情，忽然想起一件事来："我说，那天我在医务室检查，怎么一下子就睡着了？"

曹飞雪："你是特意来问这个的吗？"

杜铁鼎："也不是，我就觉得有点怪，要在平时，我的瞌睡也没那么重。"

"没有什么可奇怪的。"飞雪淡淡地回道："其实，那次你给山上送药，我发现你面色蜡黄，曾经想要提醒你，可你偏生油腔滑调，也就没理你。这一回你突然腹泻，我就想你可能还有其他毛病。你躺下的时候，应当闻到了一股淡淡的花香，那是催眠的。你入睡之后，我们给你做了一个全身检查，检查的结果很不好，你的下腹部位有一个硬块。"

杜铁鼎一听，整张脸立刻涨成了猪肝色："你们那天……"他想象着自己被几个女人扒得精光的样子，心里有点愤愤然了。不过，他的愤怒对曹飞雪根本就不起作用。曹飞雪接着道："那个硬块就是你经常性腹泻的病根，算你命大，老贾留下的医书有专治硬块的秘方。秋月根据你的脉象，每日里酌情添减方剂的用量。用药过后，你下腹的硬块消失了。"

秋月不是医家出身，但她凭着干爹的《药理自评》和《方剂密谱》，与飞雪、小兰日夜研究，居然治好了杜司令的怪病，连她自己都不敢相信。

杜铁鼎反而有气不打一处来："一个硬块又怎样，拿着鸡毛当令箭……"

曹飞雪瞪着他道："你说什么，给你治病还不领情是吧？那个硬块在你的肠道里慢慢长大，如果放任不管，用不了几个月就会撑破你的肠子。"

杜铁鼎傻眼了："它会长大？"

曹飞雪："你的脉象散乱不收，说明在你体内的硬块生长速度很快，并且造成你经常性腹泻。"

杜铁鼎："别说这么深奥，简单点。"

曹飞雪："简单点是吧，我告诉你，在你肠道里的硬块一直都在吞噬你体内的营养，导致你的脉象散乱、畏冷畏寒。只有去掉硬块，生命之火方可归流入海，奔涌向前。"

杜铁鼎倒吸了一口凉气："我也就这点小毛病，你整出这么一套的理论来了。"

曹飞雪："我再说一遍，你不是小毛病。硬块虽然消失了，但你还要继续服药，不许喝酒。"

杜铁鼎："不喝酒哪行，我也就是那点爱好，走到哪里都惦记着那一口子。"

曹飞雪："不要命你就喝。好啦，带上药粉下山。"

004

杜铁鼎："要我下山可以，我有一个条件。"

曹飞雪："你还有条件？"

杜铁鼎："呵呵，我的条件很简单，你得跟我一起下山，做我的夫人！"

曹飞雪："你胡说什么，我警告你啊，你要是再敢这么油嘴滑舌，我把你的药粉扔到水沟里！"

杜铁鼎："飞雪大夫，你救了我，我得知恩图报。你就好人做到底，嫁给我吧，我杜铁鼎对天发誓，一辈子疼你爱你，把你捧在手心里。"杜铁鼎搜索枯肠，恨不得把那些缠绵悱恻的妙语佳句全部搬出来。

曹飞雪眼睛一瞪，拂袖而去。

你说这杜铁鼎原是一员战场上的悍将，走上情场也是不达到目的誓不罢休。第二天，曹飞雪接到一张纸条，打开一看，上面写着十二个龙飞凤舞的大字：曹飞雪，我要娶你为妻！

曹飞雪劈手就把纸条撕成两半，气呼呼地扔到陈天鹏的桌子上。

陈天鹏一本正经地把纸条并拢来，看了之后笑道："好事呀！杜将军为人坦率，一表人才，且是黄埔军校的高才生。恭喜！你要是嫁了一个这么优秀的男人，那可是福星高照啊。"

曹飞雪急红了脸："黄埔军校的高才生又怎么啦，天下的女人难道都要嫁给黄埔生吗？"自打黑云寨逃回家中，倾慕她的美貌，为她心动的男子几乎踏破门槛，但若提起婚姻二字，就会触及她那根最敏感的神经，使她想起被半天云囚禁和蹂躏的日子。

陈天鹏劝道："我也不是恭维杜将军，邵阳保卫战，他率军血战三天三夜，直到最后一刻杀出重围，他是真正的英雄。自古英雄爱美人，他对你的爱慕发自于内心，没有半点虚假成分。"

曹飞雪："他做他的英雄，我当我的大夫。我不想妨碍他，更不想嫁给他！"

陈天鹏："那又何必？这个兵荒马乱的世界，遍地战火。嫁一个将军就等于找一个靠山，不好吗？"

"不需要！我只希望那个油嘴滑舌的人不要再来打扰我！"回到医务室后，曹飞雪依然坐着生闷气。孙小兰受了秋月的暗示，拉着她的手道："三姐姐，杜长官能文能武，是战斗英雄，这么优秀的长官，你就嫁了吧，要不然就被别人抢去了哦。"

曹飞雪啐道："要嫁你嫁，别赖上我。"

孙小兰做了个鬼脸："可惜，人家喜欢的不是我。"说罢，笑嘻嘻地跑了。

下午，曹飞雪又接到了第二张纸条：我打过很多仗，喝过很多酒，见过很多漂亮女人。但是，我爱的人只有一个，那就是你。

曹飞雪又去找陈天鹏，火气比先前更大："你看看你的好兄弟，尽写这些无聊的东西！就这德行，他还怎么领兵打仗！"自打从那土匪窝子脱身归来，曹飞雪就很少与人说话，而且容易生气，一生气就吵架，甚至歇斯底里。

"这你就不知道了，这样的人打仗更厉害。"曹飞雪的态度，陈天鹏一点都不意外，他慢慢地开导她："飞雪，你究竟要找一个什么样的人？"

曹飞雪捂住耳朵，尖叫道："我不嫁！"

夕阳西下，陈天鹏走进隔壁单间，万般无奈地道："我说杜兄，心急吃不了热豆腐，我看，飞雪那事还得从长计议。"

"嗨，你看你看，明天我们就要下山，我能不急吗？"杜铁鼎从床上弹了起来，将一封来电递给陈天鹏。

雪峰山大捷，拟在芷江召开庆功大会，请杜铁鼎将军并转陈天鹏将军克日启程，一同前往芷江，同庆。

陈天鹏大喜："好事啊！"

杜铁鼎反而急得跳脚："那个邵阳妹子，我还没制伏她呢。你说说看，有没有快刀斩乱麻的法子？"

"那有什么法子，又不是土匪抢亲。"陈天鹏欲待缓和一下杜铁鼎急躁的心情，笑道："铁鼎兄，爱情原本是一杯酒，五味杂陈方可回味悠长。我看你与飞雪的事也不争这一时一刻，说不准你下次上山，她就跟了你啦。"

杜铁鼎嚷道："我的亲哥，你倒是有一个天姿国色的秋月妹子候着，时间一到，只管把美人抱上床去。你看看我，三十好几了还要再等下次，到时候只怕是黄花菜都凉了。你说，兄弟我要是把她办了，她是不是就跟我了？"

陈天鹏吃了一惊，赶紧递给他一支骆驼牌香烟："飞雪那脾气，来硬的恐怕不行哦。冷静，先抽一支烟清清心火。"这烟原本是杜铁鼎送的，他一直都舍不得抽。点燃了香烟，陈天鹏又道："飞雪曾经身陷匪窟，受过很大的刺激，是以至今不肯谈婚论嫁。不过，这件事我跟秋月和小兰都交代过，她们都在暗地里为你使劲，你就放心吧。"

一支烟抽完，杜铁鼎觉得头脑清醒了许多，说要一个人待一会。哪知陈天鹏前脚刚走，杜铁鼎便把杜雷叫来："你去把那个臭娘们给我绑来，我就不信了，老子就治不服她！"

"是！"杜雷回道："司令早该办了她，不就是个女人么！"不一会的工夫，杜雷带了几个士兵，果真把曹飞雪架了过来。

杜铁鼎原想是要给她来个下马威，使出蛮法唬住这个女大夫。哪知曹飞雪软硬不吃，张口就骂："土匪、军阀！你要干什么，我正在准备手术，你知道吗！"紧接着就给了他一顿梅花拳，老杜躲闪不迭，又被飞雪一脚踩在他的脚趾头上，痛得他丝丝呵呵地直吸冷气，还要强作笑脸："飞、飞雪……哦不是……这个，那个，你别生气……"正没使劲之处，却好看见杜雷站在门边偷笑。这小子居然敢看长官的笑话，杜铁鼎有气不打一处来，立马就找回了场子："混账，你瞎啦，没看到飞雪大夫正在准备手术吗？"一脚踹在杜雷的屁股上："叫你去请人家，好好地请，你怎么就把人家架来了？混账东西，这是老子心爱的女人，你看不出来吗？"说最后这个词，他确实也动了真情。骂了杜雷，杜铁鼎又去拍打飞雪衣服上的尘土："飞雪，我这就送你回去，这几个不懂事的家伙，我待会再跟他算账，替你出气！"

"不用你送，我自己会走！"曹飞雪一甩衣袖，气呼呼地走了。

005

情场一败涂地，杜铁鼎如同一只斗败的公鸡，垂头丧气。

陈天鹏唤来德子，让他弄了一堆缴获的日军罐头给杜雷带下山去，又觉得没什么分量，抱歉道："铁鼎兄，山上也就这样，拿不出什么像样的东西。"

杜铁鼎听罢一笑："天鹏兄，山上的好东西多的是，就怕你不肯给。"

陈天鹏暗道糟糕，这位黄埔同窗不到黄河心不死，非要把曹飞雪生扛下山不可。赶紧劝道："铁鼎兄切莫慌张，那曹飞雪对你我二人皆是有恩的，万事皆可商量，唯独此事不可勉强。"

杜铁鼎苦笑道："曹飞雪那小妮子，杜某哪里还敢动她？一切皆有天意，来日如若还有一丝缘分，定叫那八抬大轿前来迎亲。"

陈天鹏道："如此甚好，铁鼎兄胸怀大度，必是有福之人。"

"过奖。"杜铁鼎顿住话头，突然话锋一转："抗日纵队号令严明，训练有素，战士皆有一身武功，单兵素质在正规军之上。杜某寻思，若是能有一位高手前往我家纵队传授武艺，杜某定可打造一个新的171团。"

陈天鹏道："171团战功赫赫，铁鼎兄何必如此谦虚。"

杜铁鼎连连摇手："说来惭愧，如今的敌后纵队，只不过是背着一个漂亮的躯壳，早已不是昔日的171团。"在山上的日子，无论是刮风下雨还是烈日暴晒，训练场上都会飞出旋律优美的《游击队歌》，这支庄稼汉子组成的队伍士气特别高昂，给他留下了深刻的印象。

陈天鹏不明其意："敌后纵队已经换装了全新美械，可谓脱胎换骨，怎说是背着一个漂亮的躯壳？"

"老兄，你是只知其一，不知其二啊。"杜铁鼎叹道："此次雪峰山会战，我部奉命穿插支援，在大山之中多次与敌激战，许多新兵尚未反应过来，就已经命丧黄泉。如果不是特别小分队上前助阵，这仗打成什么样还真的不好说。战后，虽有新兵补员，但想再造一支能征善战的铁军，难于上青天啊。"

陈天鹏："铁鼎兄，如有用得着兄弟的地方，你尽管直说。"

杜铁鼎："此言当真？"

陈天鹏："君子一言，驷马难追！"

杜铁鼎："我观长生大师功力深厚，传授武功很有一套。若得此人前往我部担当武术教官，大事成矣。"

陈天鹏："原来是相中了长生大师，这可是我的镇山之宝啊。"

杜铁鼎："嗨，君子一言，驷马难追，你可不许耍赖哦。"

陈天鹏苦笑："长生大师乃是武林界的泰山北斗，身份极高。去与不去，须得大师自个点头，我这个司令还真的不便下令。"

杜铁鼎是何等精明的人物，当下言道："天鹏兄，你也不必为难。你只要把长生大师借给我一年，就一年，待其到我那边带出一拨武林英雄，杜某一定吹喇叭抬轿子将长生大师送回来，少一根毫毛你唯我是问。"

曾长生早年跟随家师杜心五闯荡天下，纵横江湖数十年，可谓铁骨铮铮、义薄云天，虽已花甲之年，功力反而更为深厚，豪气不减当年。眼看杜司令诚心来请，心下只是左右为难，待得请示了陈天鹏之后，方才应了杜司令之请。

得了长生大师，杜铁鼎总算有所收获。天色大亮，杜铁鼎与陈天鹏匆匆启程前去参加芷江庆功大会，曾长生随同二人一道下山。陈子青、曾开山、陈上德、陈永华、曾德光等人前往送行。

过了小山嘴，林子里忽然转出一拨人来，却是营地附近的乡亲前来送行。杜铁鼎心里甚是羡慕，心想抗日纵队与乡亲们的关系处得这么融洽。陈天鹏停下脚步，拿出一对玉镯送给杜铁鼎："这是吃公路的战利品，上面绣有一对鸳鸯，乃是玉器当中的上品。今日送给铁鼎与飞雪，权作来日大喜的贺礼。"

杜铁鼎接过玉镯，手上沉甸甸的，心里却是一团酸水："这又何苦？多情自古空余恨，无情苦寻徒悲伤。我这一走，鬼晓得要到哪年哪月才能上山。"

陈天鹏大笑："那可不一定，有道是：山重水复疑无路，柳暗花明又一村。我观今日出门天象，晴空丽日，祥云万朵，铁鼎兄必定鸿运当头，喜事连连。"一言未了，送行的乡亲忽然两边分开，人群当中走出三位美人来。却是秋月、小兰一左一右，将一身盛装的曹飞雪拥在中间，款款而来。

杜铁鼎定定地站着，目不转睛地看着曹飞雪，便如做梦一般。

秋月笑道："杜司令，人可是给你送来啦，能不能带得走，还要看你自己哦。"

杜铁鼎幡然惊醒，突然抱起陈天鹏来一连转了几个圈："我的哥！"

陈天鹏叫道："嗨，你抱我干嘛，人家在那边！"

杜铁鼎把手一放，拔腿就向曹飞雪跑去，孙小兰疾步向前张开双手拦住："不准抱！"

"不准抱，不准抱……我不抱。"杜铁鼎紧急刹车。

秋月道："要想抱得美人归，须得牵着我家三姐的手发个誓。"

杜铁鼎乖乖照办，小心翼翼地牵过曹飞雪的手："我杜铁鼎对天发誓，今生今世只爱飞雪一人！"

曹飞雪紧紧地抿着嘴唇，眼眶里溢满泪水。这些日子，秋月和小兰瞅着空子就给她耳边吹风，把一个杜司令说得千般万般的好。其实，那日杜雷把她架走，虽说令她火冒三丈，但也使她想起在黑云寨的日子，半天云视她为玩物，将她的人格与尊严剥落得一丝不挂。相比之下，杜铁鼎表面粗鲁，内心却是对她百般呵护，二者实有天壤之别。

有情人终成眷属，杜铁鼎红光满面，如沐春风。

第045章

女儿劫

001

水妹子话少，总是一副怯生生的样子。秋月心疼这个小妹子，手把手地教她识别草药，然后分类、切片、晒干，熬制汤药，只要有空就和她聊几句，渐渐地两人就聊开了。

水妹子出生的时候，母亲难产。接生婆使尽浑身解数救了孩子一命，母亲产后大出血，一命归西。水妹子十岁那年，父亲暴病身亡。父母双亡，小小的水妹子成了人见人怕的扫把星。叔叔担心水妹子的噩运殃及自己，先是在水妹子堂屋泼洒狗血，然后索性将她赶出家门。水妹子无家可归，流落到外公家里。外公请来八字先生给她算命，八字先生说水妹子身上有股戾气，一般人镇不住。必须嫁给一个大官，方可镇得住这股戾气，并给整个家族带来好运。这些年来，四太公挖空心思为她物色有钱有势的官员，哪知一直未能如愿。去年秋末，陈天鹏突然归来，这使得四太公暗自高兴，他想，这个族孙在外面当团长，这么大的官压制水妹子的戾气绰绰有余。正好老爷子去找四太公办事，要让天鹏去做"帮办"，两人一拍即合，私下里达成一个附加协议：将水妹子许配给天鹏。四太公也知道天鹏身边有一个秋月，寻思着挨到年底，再找个日子让天鹏把两个人都娶了。哪知风云变幻，陈天鹏带领一干五里牌弟子上了佘湖山。时至今日，四太公家道败落，自忖不久于人世，外孙女的婚事已经不能再推，故而走出一招狠棋，让大管家把她送上山来。

水妹子是奔着天鹏来的，秋月惊得说不出话来。因为老爷子的阻挠，她与天庆鹏的婚事搁置已久，日复一日，此事成了她的一块心病。走出医务室，秋月不知不觉地往陈天鹏的小房间走去，推门一看，里面没人，她这才想起陈天鹏参加芷江庆功大会去了。

发了一会呆，秋月独自一人往林子里走去，漫无目的地转了一圈，忽然感到一种从未有过的疲惫，浑身软绵绵的，这才深一脚浅一脚地往自个的宿舍走去。

房门嘎吱一声，卷巴佬推门进来，唤了一声，把一份饭菜摆在桌上："秋月……你起……起来吃饭，一会又凉啦。"秋月嗯了一声，又无力地闭上眼睛，神态昏昏沉沉。

卷巴佬觉得不对，仔细一看，秋月的脸色惨白，把他吓了一跳："秋……月，你的脸色好……好白，你生……生病了吗？"

"你别在外面说。"秋月突然清醒过来，挣扎着说道："我只是受了一点风寒，没什么事。"

卷巴佬喃喃地道："秋月……我去给……给你拿药。"

秋月："药架子上有草药，你取麻黄、桂枝、杏仁和甘草，每味半钱熬制汤药，熬好了给我送过来，不要声张。"

一连喝了几天草药，又发了一身汗，秋月感到好多了。这天下午，秋月换了一身干净的衣服，朝营地外边走去，山风吹过，松涛阵阵，遥看西天云彩，沐浴夕阳晚照，她忽然感到一阵阵发慌，心头涌上一种无名的惆怅。

陈子青远远地看着秋月的背影，长声叹道："鸟雀尚且成双成对，婉转相思，何况人啊。"

德子以为大师兄又在为自己的瘸腿伤感，为了逗他开心，故意问道："林子里百鸟争鸣，大师兄莫非是听得懂鸟语？"

陈子青道："踽踽独行，如同一只落单的孤雁。秋月和天鹏的婚事遇到坎了，你看不出来吗？”

德子恍然大悟："你说的是那事啊，人家老爷子不点头，我看出来又有什么用。你不知道吗，老爷子家里又来了个水妹子，那可是四太公送给天鹏哥做媳妇的。"其实，他们都在默默地关注着秋月，就是不知道该怎么帮她。

"别胡说！"陈子青道："天鹏孝顺，不愿意驳了老爷子的面子，这才把好好的一桩婚事搁在那里。贾叔不在了，秋月的事，我们替她合计。"

德子道："我们怎么合计？"

陈子青道："你去把二喇叭找来，三个臭皮匠顶个诸葛亮，找不出办法来，我就不信了。"

上午的太阳暖暖的，树梢上的喜鹊叽叽喳喳地叫个不停。二喇叭、德子拎着一些新鲜的山果和日本罐头去看老爷子。

来到土坯屋门前，两个人伯父伯母的一通乱喊，不知道的还以为来了两个讨巧卖乖的伢子。伯母走出门来，见了两人好高兴："哎呀，是你们两个吵宝王啊。"拉着两人的手就不肯放："快进屋坐。以前，我家中超就爱跟你们一起闹……"想起自家的中超，伯母的眼泪就下来了。自打中超没了之后，老两口每天都跟丢了魂似的，一点风吹草动都会使他们心里发慌。

二喇叭赶紧安慰伯母："伯母，您别伤心，我们都是您的侄子，以后，不管什么事都有我们替你做。"二喇叭遇难那阵，两次都是中超把他救了，后来又在老爷子家里住了好些日子，这一家子都是自己的亲人。

看见老爷子捧着个水烟壶坐在床边不动，二人赶紧过去问好。德子道："伯父，我们看你老人家来了。这些山果很甜，是山里采的，还有这些罐头是我们打伏击的战利品，今个特意送给您老尝尝。"其实，这些罐头屋里都有，但那几个山果很新鲜，一般人还真的吃不到。

老爷子捧着个水烟壶咕嘟咕嘟地吸烟，也不搭理他们。

二喇叭笑嘻嘻地蹭过去套近乎："伯父，家里要是缺什么，您老说一声就是。"

　　老爷子放下手中的水烟壶："你们两个小子，不会是有别的什么事吧？"

　　伯父的心情比平时好，德子大着胆子说道："伯父，天鹏哥已经三十好几了，年龄不小啦，我们替天鹏哥在下面的村子里相了一个妹子，长相也还过得去，要不要带过来给您老看一眼？"

　　伯母在一旁听得明白，抢过话头问道："你说什么，你们给天鹏相了个妹子？"

　　二喇叭大咧咧地道："是啊，那妹子蛮好看的。"

　　伯母一下子就生气了："你们两个没良心的，谁叫你们去给天鹏相妹子的？"顺手就打门后操起一根棍子来，德了一看路数不对，撒丫子跑了。二喇叭偏生就是一块榆木疙瘩，他也不跑，双手抱着脑袋蹲下受打，一连串地说："伯母，我是你的亲侄子，你打吧，我不跑，我的皮厚，你打几下没关系。"

　　伯母手里的棍子没有落下来，却先自哭了起来："我怎么舍得打你呀，这根棍子原是打过中超的，我的中超啊，你上哪去了啊，走了也不跟妈打个招呼，不管你这苦命的妈了……"

　　二喇叭慌了："伯母，你可千万别哭坏了身子，这个妹子您要是不中意，我就去把她给退了。"

　　伯母擦了一把眼泪："前一阵，大管家送来了一个水妹子，正乱着呢，你们又来胡闹，让我家秋月怎么办？"

　　德子听得清楚，又打外面进来说话："秋月姐那边，伯父不是说她克……那个什么嘛。再说秋月姐认了母亲，做了伯母的闺女，她心里正欢喜着呢。"德子这么一搅和，二喇叭又跟着起哄："是呀，要不你们还是先看看山下边的那个妹子，兴许就看上了呢。"

　　二喇叭蠢得没办法，气得伯母边哭边骂："我的哈侄子呀，你整天跟着天鹏哥在一起，何个就看不出他的心思？他心里只有秋月，你连不晓得？真的是扎猪脑壳，秋月叫我母亲没错，做媳妇也得叫母亲呀，你连古滴子都不晓得，饭都白呷过里。秋月是一个人逃出来的，是扎无家可归的妹子，你们这样乱搞三七，还让不让人活？”

德子看了一眼伯父，很委屈地说道："我们也是为天鹏哥着急啊，他都三十好几了，要是再不娶亲，年龄就过了。上一次，天鹏哥受了重伤……幸亏是他命大，这才没事。现今两军开战，子弹不长眼，万一哪天再有个什么三长两短……"

老爷子喝道："闭嘴，再胡说我敲你脑壳！"

002

为了天鹏的婚事，二老曾经到云霖寺求签，只因长老未将签词解透，二老回家之后仍然为儿子的婚事怄气。其实，天鹏喜欢秋月已是公开的秘密。拖的时间长了，老爷子也彷徨无计，又担心把天鹏的婚事拖黄了，有时候急得整晚都睡不着觉。大管家把水妹子送上山来之后，告诉老爷子说，四太公早就给天鹏和水妹子合过八字，二人是"天作之合"，是"龙配凤"的八字。到了这一步，老爷子那可是王八吃秤砣————铁了心地要把水妹子这个儿媳娶进来，老妈子的反对彻底无效！

二喇叭不怕打，就怕骂。他就那么一直傻傻地蹲着，直到伯母拭去眼泪，他才站起来说话："山下边那个妹子是大师兄看好的，伯母要是不愿意就算了，让大师兄去回了她。"其实，这句话是大师兄事先给他预备好的台词，如果搞不定，就把大师兄抬出来。

此举纯属火上添油，老爷子接过棍子，打算先给他几棍子再说，让这小子知道马王爷有几只眼。但见二喇叭一身腱子肉，心道这家伙比牯牛还壮，拿棍子打他还不如给他挠痒痒，索性把那棍子一扔："果然是子青的歪主意，凭你们两个木豆脑壳，哪里想得出这些花样！"

关键时刻，德子又出来打圆场："也不怪大师兄，这是我师父下山前时吩咐的。司令受伤那阵，师父就说要赶紧给司令找一个婆娘。"他担心大师兄到时候扛不住，赶紧把师父抬了出来。师父不在山上，老爷子想找麻烦也找不上，再说师父和老爷子是同龄人，再怎么着，老爷子也不好意思开骂。

老爷子斥道："长生大师也糊涂，一个总司令会娶不上婆娘吗？"

德子又拍马屁："伯父，天鹏哥也是这个意思。"

"什么？"老爷子便如被马蜂在屁股上蜇了一口似的跳了起来："这个混账东西，婚姻大事，须有父母之命，媒妁之言，他不懂吗，我还没死！"

老妈子不依了，冲着老头子喊道："你这老头子又来发疯！男大当婚，女大当嫁。我儿子三十好几了，找个婆娘怎么啦？这个妹子你不同意，那个妹子你又不让他娶，你要让老陈家绝后吗？"

老爷子被顶得哑口无言，赶紧将水烟壶塞进嘴里，吧嗒吧嗒一阵猛吸，待得点火的纸媒燃尽了，他忽然开口说道："老太婆，那不是还有一个吗？再说，你把人家拣到家里来了，就得负责任，去吧，娶了她吧。"

老妈子："娶谁？"

老爷子："娶谁，他不是喜欢秋月吗！"

老太婆反唇相讥："你说秋月是吗？哎哟，不是说人家二婚的，克夫……"说到这里，老太婆忽然间悟出了什么，赶紧吩咐两个侄子："你们都听见了吧，这可是你伯父说的，让你哥娶秋月，赶紧去把那个乡里妹子回掉。"

二喇叭没有转过筋来，继续装模作样："送出去的彩礼怎么办，可能要不回来了。"

老爷子的脸色已经舒展开来："要不回来就不要了，你们去把子青叫来，我再和他好好地商量一下。"

德子一阵狂喜，拉着二喇叭一溜烟地跑啦。

话说陈天鹏与杜铁鼎一路下山，直奔庆功大会而去。哪知途中又接上峰来电：

革命尚未成功，同志仍须努力。庆功大会暂时取消，各部将领原地待命。

陈天鹏呆呆地看着电文，大失所望。杜铁鼎却不以为然，好说歹说地把陈天鹏拉到敌后纵队营地，好吃好喝地一连招待了好几天，直到杜铁鼎要去邵阳面见岳父，陈天鹏这才动身回山。

有道是来得早不如来得巧，陈天鹏离开营地数日，一回山就莫名其妙地当了新郎。原来，老爷子都想通了，正在大张旗鼓地为他张罗婚礼。陈天鹏心下大喜，急匆匆地要去见秋月。大师兄劝道："大喜之前不可随便见面，到时候还得披红挂彩、戴红盖头，入了洞房之后才可以揭开。"

大东路的婚俗沿袭了最古老的规矩，求亲、订婚、出嫁、接亲、结婚、洞房回房，一系列的套路令人眼花缭乱。其中最关键的就是"父母之命，媒妁之言。"老爷子最古板，整个婚礼仪式都得按部就班、循序渐进。陈天鹏欣逢大喜，索性闭着眼睛任凭众人摆弄，省得浪费口水。不一会的工夫，他就被人全副武装起来：一身大红长袍，胸前扎了一朵大红花，头戴一顶黑色官帽，两边的"凤求凰"一摇一晃，便如两个黑色的元宝。他哪里知道，这些行头都是大管家带上山的。

一拜天地，二拜父母，夫妻对拜。司仪的话音未落，新郎已经喜滋滋地把一支金簪插到新娘的发髻上。

曲终席散，新郎酩酊大醉，摇摇晃晃地牵着新娘入洞房。新娘不顾一切地扑进男人的怀里，忍不住啜泣起来，她边哭边笑，边笑边哭，从此之后，这个男人将成为她生命的全部。一对历尽周折的苦命鸳鸯，虽在恋爱途中百折千回，始终风雨相随，终成眷属。新郎来不及揭开新娘的红盖头，两个滚烫的肉体已经钻进了被窝。

也不知道睡了多久，新郎在梦里翻了个身，哗啦啦地吐了一堆，顿感口干舌燥，头痛欲裂。一连声地喊："水！水！"新娘急忙点起红烛，舀了一碗冷水过来。新郎一饮而尽，醉眼蒙眬，却发现红烛下的新娘子有点像四太公的外孙女水妹子。扳过脸来细看，新郎便如被马蜂蜇了似的，一个滚子跌下床去："怎么是你？"

水妹子坐起身来，怯生生地说道："天鹏哥，我知道我不配做你的正房，我可以给你做妾，做丫鬟也行，我愿意一辈子侍候你。"

陈天鹏的脑袋嗡地一声，酒一下子全醒了。厉声喝道："真个是水妹子！是谁叫你进来的，秋月呢，她在哪里？"

水妹子扑通一下跪倒在地，哇地一声哭了起来："是那个……他……叫我进来的，我……我不知道秋月姐……"

陈天鹏："你说什么，是谁叫你进来的？"

水妹子："是……大师兄。"

陈天鹏反手一巴掌，结结实实地扇在她的脸上，怒吼："再敢胡说，我一枪毙了你！"水妹子的脸上浮起了五个通红的手指印。

洞房花烛夜，新娘子被调包了。

"滚，你给我滚！"陈天鹏穿上衣服，一拉房门冲了出去。

草坪上，一个高大的身影如同一尊黑色的雕像，背对着新房，那尊雕像正是大师兄。宴席早已散去，灯光下，只有几个稀稀拉拉的人影在收拾场地。

大师兄转过身来，手里的拐杖支撑着半边身子："天鹏，水妹子是我安排的。"

陈天鹏："你说什么？"

陈子青："不怪她，是我安排的。"

陈天鹏一个箭步冲上去，一拳头砸在大师兄的脸上。

大师兄晃了一下，嘴角上流下了一线黑色的血水："打得好。你进了洞房之后，我就一直站在这里，等着你出来打我、骂我、枪毙我。事情已经做下了，我就得承担责任。枪毙我吧，陈子青不冤枉。"

陈天鹏狠狠地拽住陈子青的衣领，怒吼道："你告诉我，这是为什么，为什么？秋月在哪里，你们把她弄到哪里去了？"

大师兄摇了摇头："天鹏，子青对不住你。秋月在哪里，我不能告诉你。"

陈天鹏拔出手枪指住大师兄的脑袋："我再问你一次，秋月在哪里？"

德子被外面的动静惊醒了，跑出来一看，顿时大惊失色："天鹏哥，出什么事了？"

陈子青吼道："不关你的事，我一人做事一人当，要打要罚由我来扛！"

一股凉意从背后升向头顶，瞬间掠过全身。陈天鹏的枪口抖了一下，拇指已经扳开保险。

"住手！"忽然传来老爷子的一声断喝："此事不怪子青，是我逼他干的！"

陈天鹏慢慢转过头去，只见老爷子远远地站在灯光下，瞪着自己喝道："我知道你喜欢另外一个女人，但是，她的身体不干净。你是陈家的人，娶媳妇必须遵守祖训，那个女人不能做陈家的媳妇！你若是执意败坏门风，用不着拿枪去对准别人，一枪打死你爹就是了！"母亲冲出门口，发出声嘶力竭的哭喊："天鹏……不怪子青……是你爹和大管家……合计的。"陈天鹏明白了，难怪在婚宴上，大管家拼了命地给自己灌酒。

在大管家的掇弄下，山上的兄弟都特别兴奋，一个个地敞开了肚皮痛饮，席间醉倒了一大半，唯有陈子青滴酒未沾。

陈天鹏怒火愈盛，大吼道："什么祖宗规矩，什么败坏门风，全都是封建余毒，骗人的鬼话！大清朝早就没了，现在是民国，政府提倡恋爱自由、婚姻自主，你们竟敢串通一气，偷梁换柱祸害我的新婚妻子，天理何在！"

"作孽啊，我就说啦，你们这么做，天鹏是不肯的。"母亲哭着去拉天鹏的手。

"都别过来！"陈天鹏急怒攻心，枪口重新顶住陈子青的脑门："我告诉你，李秋月是我的女人，我数到三，你如果不把她交出来，我就一枪毙了你！一……二……"

"不要！"水妹子哭嚷着冲上来，一把抓住天鹏的手臂："天鹏哥，我知道秋月姐在哪里，她在老王庄，我带你去找她。"

事情闹到这一步，父亲自知再也无法挽回，不由仰天长叹："罢！罢！谋事在人，成事在天。这个不孝之子既然如此固执，也只有随你去了。完了，老陈家完了，一切都完了！"

第 046 章

魂归大东路

001

一阵剧烈地咳嗽过后,秋月的脸色挣得通红。她神志迷离地躺在一张黑色的架子床上,眼睛直勾勾地看着房顶的横梁。桌上的饭冷了又热,热了又冷,已经三天了,她没有吃一口饭,没喝一滴水。卷巴佬站在床边,两条腿直打哆嗦:"秋……月,叔求……求你了,你吃……吃东西呀。"一边说,一边拿了个汤匙要给秋月喂饭,秋月把头偏向一边,只是不停地咳嗽。卷巴佬心里发慌,寻思着出去找点草药回来,又不敢把秋月一人留在屋里。正在两难,秋月忽然喊道:"你好……狠啊!"哇地吐出一大口血来,把一件镶花旗袍吐得一塌糊涂。卷巴佬赶紧上去擦拭,哪知手忙脚乱,那团殷红的血渍反而越擦越宽,怎么擦都擦不干净。卷巴佬束手无策,呜呜呀呀地哭了起来。

那天,老爷子把秋月叫了过去。

秋月大病初愈,走路摇摇晃晃,是卷巴佬扶着她去的。进屋一看,老爷子边上坐着大管家和大师兄。老爷子说道:"秋月,我知道你心里有我家天鹏。可是,我给你们合过八字,你和天鹏命里犯冲,不能做夫妻。这是天不作合,逆天而行会遭天谴,会给整个陈氏家族带来厄运。如今,我家中超已经没了,就只剩下天鹏一个儿子,老陈家没别的办法,请你体谅我的难处。再过几天,我家天鹏就要大婚,要娶水妹子为妻。天鹏重情义,他没法对你开口,这些话只能由当爹的来说。以后,我希望你们仍然能够像从前一样亲如兄妹，但是得讲家规，千万不可逾礼，以免招来闲话。"

秋月如遭五雷轰顶，一句话也说不出来。老爷子只道是秋月不肯答应，心里焦急起来："秋月，你也说过要做我家的闺女，再怎么我也算是你的父亲。今天父亲腆着这张老脸求你啦，你就给我们老陈家留一条活路吧，父亲给你跪下了。"

大师兄神色张皇，如同一个被拿住了的小偷，低着头一言不发。

老爷子真的跪下了，大管家急忙将老爷子搀了起来。秋月感到天旋地转，眼前一片昏黑。大管家说，为了让秋月避开喧嚣的婚礼现场，免受刺激，让秋月去大王庄住几天。下山的时候，卷巴佬一直跟着秋月，死活都不肯离开。大管家索性就让卷巴佬随同秋月一道下山，还说让卷巴佬在一旁多多开导秋月，去大王庄住一阵子再回来。

失去了生命中的爱人，秋月的内心世界坍塌了。她就这样躺在床上，不吃也不喝，一个孤独的灵魂在黑夜里遨游，找不到回家的路。

"秋月……"夜深人静，外面突然传来一连声地呼喊，一阵急促的脚步声由远而近。卷巴佬正要上前开门，房门嘎吱一声，陈天鹏已经撞门而入。

见了司令，卷巴佬的情绪瞬间失控，嘶哑着声音哭了起来："司……司令，你可来……来了呀，秋月好多天不吃东……东西，快不……不行了！"

秋月神情呆滞，眼光迷离。忽然间，她看见了一张熟悉的脸："天鹏，是你……吗？"

陈天鹏撩开她散乱的头发，握紧她的手。一股寒意打她的手板心里传了过来，他不由自主地打了个冷颤。"秋月！"他俯下身去，贴着耳朵说道："今天是我们的新婚之夜，我一直在新房等你，你知道吗？"

"是真……的吗，我以为你……不要我了……"

"你是上天赐给我的女人，今生今世，没有人可以把你从我的身边抢走！"

"可是……我们八字相冲，不可以做夫妻……"

"那都是封建迷信！我现在就接你回去，我要让所有的人知道，李秋月是我的女人，我们要做夫妻！"

一股泪水打眼眶里涌了出来，她的声音有点发颤："天鹏，我们还是做兄妹……好一些，我答应了……的，做闺女。要不，父亲会不高兴的。"这个女子生逢乱世，为了逃离命运的阴霾，她挣扎过，抗拒过，经历过无数的痛苦和磨难，可是，在丑陋和世俗面前，她像一粒风中的尘埃，微不足道。

"谁不高兴都没有关系，我们自己高兴就行。从今天起，你就是我的妻子，任何人都别想分开我们！"陈天鹏抬起头来看向窗外，坚定的眼神犹如一把倚天长剑，他要撕破沉沉夜幕，带着心爱的人走向黎明。

"其实，能做兄妹也是秋月的福气……"秋月剧烈地咳了起来，过了好一阵才停了下来，喘息着说道："另外，秋月有一事相求……"

"你有何事？"

"我的父亲，他是……革命党，他的名字叫作李国重……我好想他……啊。"

"李国重？"

"我从来没有见过父亲的面……以后，你若是见了父亲，一定要记得告诉他……他的女儿从学会走路的那一天，就一直找他……女儿不为别的，只想跟别家的孩子一样……叫一声父亲。"

陈天鹏惊呆了。这一刻，他的脑海中浮现出一个非常英俊的面孔：第73军231团第三营中校营长李国重。第一次长沙会战，李国重身负三伤，犹与突入阵地之敌反复肉搏，最后失血过多，伤重阵亡。是役之后，李国重被追授上校军衔。"秋月，你的老家究竟在哪里，家里还有什么人？"在此之前，秋月从来没有提起过她父亲的名字。

"我的老家就在邵阳······东乡，一个叫作双泉铺的地方······母亲走了，奶奶已经不在人世，秋月没有亲人。"

泪水打湿了陈天鹏的面孔，他感到自己的心在滴血："秋月，你是英雄之后！你的父亲李国重是一位了不起的英雄，他是国民革命军的上校营长，可惜的是，他在第一次长沙会战的时候牺牲了。"

"什么······我的父亲，他不在了吗？"秋月泪流满面，声嘶力竭地喊道："父亲······女儿好想你啊！"

002

"叭，嘎咕！"门外传来一声枪响，德子呼地一下闯进门来："不好了，村口来了日本兵！"

陈天鹏噗地一口吹灭了桌上的火烛，抱起秋月就往外走。

原来，陈天鹏冲冠一怒，便要单枪匹马冲下山去寻找秋月。夜色沉沉，德子急忙唤了十几个没有醉酒的战士，护着陈天鹏一起下山。哪知这大半夜的一番折腾，却惊醒了大王村里的大户人家王大麻子，这个人就是佘田桥商会会长王大拐子的父亲。自打儿子被陈中超击毙之后，他就把游击队恨入骨髓。他从梦里惊醒过来，心想这么大的动静，一定是游击队进村了，急急忙忙带了一个家丁奔向羊塘铺告密去了。

山田龟生披衣起床，问道："游击队的来了多少人？"

王大麻子战战兢兢地回道："不知道呀，就听到一个人在村口大喊，好像是在找人。"

天还没亮就被吵醒，山田非常不爽，心想这个老家伙也是小题大做，村口来了一个人就把他吓成这样。但他还是安慰了王大麻子几句："害怕的不要，皇军保护你大大的。"说罢，下令多多木小队去大王庄抓人。

天色已经大亮，枪声很快就在村口响成一片。德子冲出门外，与两名小鬼子打了个照面，德子眼疾手快："叭！叭！"两枪，将两个小鬼子撂倒在地。随后闪身到一堵矮墙后面，正在蒙头冲锋的小鬼子被他打得不敢露头。德子边打边喊："我在前门掩护，你们从后门走。"卷巴佬急忙拉开后门，探头向外看去："快走，后……后面没有人。"秋月也不知道是从哪里来的力量，突然一挣，自个从陈天鹏怀里跳了下来："我自己走！"陈天鹏来不及细想，拉着她的手从后门冲了出去。王村后面就是宽阔的蒸水河，三个人绕着河堤往前奔跑，只要钻进前面的树林子就没事了。哪知几个小鬼子打另一条小道包抄过来，看见前面有女人，小鬼子兴奋地叫了起来："花姑娘大大的！"

"你们快……快走！"卷巴推了陈天鹏一把，自己转过身去沿着光秃秃的河堤往回跑，边跑边喊："小……小鬼子，我是游……游击队……"

"杀个鸡鸡！"多多木指挥刀一指，一阵乱枪打来，卷巴佬连中数弹，倒在田垄上。秋月回过身去，竭尽全身力气拉扯卷巴佬，要他站起来跑。但是，卷巴站不起来了。他张开嘴巴，一双黑色的眼睛直瞪瞪地看向天空。

这时，歪把子机枪子弹沿着河堤横过来，陈天鹏回身将秋月按倒在河堤上。河水湍急，河堤距离河面有十多米高。陈天鹏是蒸水河边长大的，水性不成问题，可是秋月不会水，她下不了河。小鬼子号叫着冲了过来，枪子儿在头顶上啾啾地飞。陈天鹏拉起秋月，继续要往山林里跑，但已经来不及了。

"你先走，到河对岸等我！"秋月突然发力，猛地一下将陈天鹏推下河堤，陈天鹏猝不及防，轰然一声落到河里。看见有人跳河，几个小鬼子朝着河面上打了一阵乱枪。

秋月站起身来，挥舞着双手大喊："小鬼子，朝这里打！"一颗子弹穿过她的胸脯，鲜血染红了衣襟，像一朵绽放的花朵。话音戛然而止，秋月按着鲜血喷涌的胸口，倒在河堤上。

"花姑娘的！"小鬼子围了上来，叽里呱啦地乱叫。几个小鬼子狂笑着把秋月按倒住，伸手在秋月身上乱摸乱扣。"畜生！"秋月无力地骂道，她已经失去抵抗的能力。另一个小鬼子扯掉她的裤子，如同一条发情的公狗，不顾一切地趴到她的身上。秋月双手乱抓，手指触到一个冰冷的铁球，她扣住铁球一拉，"轰"的一声巨响，一股烟雾冲天而起。

村里的战斗越发激烈，德子带领数名战士退到一间空置的民房，德子的枪法又准又快，小鬼子的几波强攻都被打了回去。

"哒哒哒哒……"一阵激烈的枪声传来，小道上突然冲出来另外一彪人马，二喇叭吼声如雷，抱着捷克式猛冲猛打。原来，陈天鹏气冲冲地下山之后，二喇叭一直大醉不醒，陈子青命人在二喇叭头上浇了一桶冷水，这才把他弄了起来。听说司令去了大王庄，二喇叭立即招呼人马杀下山去。

游击队来了援兵，多多木小队担心中了埋伏，仓皇逃走。

003

山风呼啸，电闪雷鸣，一个美丽的灵魂在祈祷声中飞向雪峰山下。

美丽的人生刚刚开始，却已匆匆谢幕。李秋月，这是一个历尽苦难而又十分聪慧的女人，她自幼遭人嫌弃，失去了所有的亲人，甚至沦落妓院，委身于人。她像一棵顽强的小草，一次一次地遭遇踩踏，但她一次一次地昂起头来，顽强地走向生命之路。

雨水和泪水交织在一起，陈天鹏对天怒吼，哀其不幸。

大管家抖出了"调包计"，自以为此举既维护了陈家，也保全了秋月，两全其美。老爷子也是喜出望外，两人商量再三，又把"二当家"的陈子青叫来。老爷子见面就给了陈子青一个下马威："好你个陈子青，你翅膀硬了是不，竟敢瞒着我操弄天鹏的婚事！我告诉你，那个女人的身子不干净，她不能做陈家的媳妇！如果你不听话，非要败坏陈家的名声,那就替我收尸吧!"说罢拿起斧头,扬手砍向自己的脑壳。

陈子青大惊,拐杖疾速飞出,格住老爷子的斧头:"伯父何苦如此,诸事尚早,万事皆可商量。"

老爷子自戕不成,瘫坐在白木椅上大放悲声:"秋月与天鹏八字相克,他们若是成亲,会给老陈家带来灾祸的啊!"

陈子青道:"伯父,我说一句良心话,八字这种东西,信则有不信则无,何必太过当真?再说秋月妹子为人真诚,心地善良,每天都在医务室忙里忙外,为了采药掉下悬崖,差一点连命都没了。不是我说偏话,这样的妹子真的是打着灯笼也找不到。"

老爷子听罢,气得声音都变了:"陈子青,你说的是另外一回事,伯父也没说秋月妹子不好。我告诉你,婚姻大事上承宗庙,下传子孙。我们五里牌陈家,哪一个娶亲成婚,先前不是合了生辰八字的?就说你吧,起先要娶的是自家的表妹,后来因为八字不合退了亲事,搞得那边哭哭啼啼,两家姻亲也断了来往。你解释给我听,好好的表妹你为什么不娶?"

数年以前,陈子青和表妹青梅竹马,两情相悦。哪知成亲之前,村里来了一个自称赛半仙的算命先生,说他与表妹的八字相冲。陈子青倒也没把算命先生的话当一回事,却因拗不过父亲,只得眼睁睁地把表妹的婚约退了,这才娶了后来的妻子。这是他心里的痛,直到现在,子青仍然在赌气,与妻子同房不同床,成婚多年也未添下一儿半女。那年头,八字先生一句话可以成就一桩好事,也可以毁掉了一桩姻缘。

眼看陈子青哑口无言,老爷子进一步敲打他:"你爹那么做,还不是为了子孙后人?天鹏的婚事也一样,如果忤逆了老祖宗,那是要遭天谴的!"

婚姻不幸,陈子青自始至终都难以启齿。未想伯父就如当年的父亲一样,墨守成规,冥顽不化。陈子青自知无法改变他的想法,叹了口气:"既然伯父不愿意,子青不再掺和这事就是啦。"

老爷子不依了："晚啦！已经把事情弄到这步田地，你不掺和也不行了。"

陈子青："伯父的意思，欲待何为？"

老爷子："天鹏必须马上成婚，但是，不能娶秋月。"

陈子青原本是想帮一把他的童年发小，未想一不小心惹翻了伯父，反而搞得自己进退两难："伯父，您怎么说都行，反正是您老娶儿媳妇，既然轮不到我们这些后辈出来说话，侄儿告辞了。"

老爷子喝道："站住。我就告诉你吧，大管家已经把一切张罗妥当，让水妹子嫁给天鹏，水妹子是四太公的外孙女，他们是龙配凤的八字。"

说秋月八字不合，不能进门也就罢了，怎么突然要让水妹子嫁给天鹏，陈子青吃了一惊："伯父，这个……天鹏知道吗？"

老爷子："婚姻大事当由父母做主，不必告诉他。等他和水妹子圆房之后，生米做成了熟饭，也就不会说什么了。"说到这里，老爷子提高了声调："大侄子，该说的，伯父都说了。天鹏的婚事，诸多地方还需你来出面，就算是给伯父一点面子，或者是给伯父留一条生路吧，不然的话，伯父也只有死路一条了！"

为了儿子的婚事，伯父居然以死相逼。活了三十多岁，陈子青第一次碰到这种事。他在自个脑袋上拍了一掌，恨不得马上离开这个是非之地："伯父，你就饶了我这个一条腿的侄儿吧，子青这就走。"

陈子青要走，大管家赶紧拉住他，轻声劝道："子青，你也知道，水妹子就是四太公的命根子。如今，四太公已经神志不清，每天都在床上说胡话，其实，他就是放不下水妹子，这才吊着一口气不愿走。我也没有办法，只能上山与你合计，如果能够撮合了天鹏和水妹子的婚事，四太公他老人家就可以闭眼了。"

四太公病重，陈子青心里非常难过。晚年的四太公非常看重自己，逢人就夸："子青是我的好孙儿……"每年的赏赐也不在少数。只因此事非同小可，子青心里搅成了一团麻："这么做，怎么对得起秋月啊。"

大管家道："其实也没什么，那边让秋月离开营地三天五天，便可错开了天鹏大婚的日子。等到这边把喜事办了，便可接了秋月回来，大不了再让秋月做个偏房。照那八字先生的意思，只要有水妹子的八字压着，偏房的八字就冲不了陈氏家族的风水。到时候，天鹏妻妾两全，顶多也就是闹几天别扭罢了，最后还不是高高兴兴的。"

事情到了这一步，陈子青已是骑虎难下。堂堂大师兄，可谓一身武艺，浑身是胆，没有什么不敢做的。但他万万不敢看着伯父砍头，一旦背了个逼死伯父的恶名，那是跳进黄河也洗不清的。

老爷子见他犹豫不决，斩钉截铁地道："没有什么可想的！你要逼死伯父很容易，只要一句话。我死了也是一了百了，以免玷污了祖宗的名头！"此话的杀伤力之大，使得陈子青不敢说"不"。至此，老爷子的调包计布局到位，不想事情的发展出乎意料。待得秋月牺牲的噩耗传来，老爷子一下子就惊呆了。他呆呆地站了一天一夜，突然间拖了一根棍子将大管家轰下山去。

004

转眼之间，心爱的人儿已经阴阳两隔，永远离开了这个世界。

陈天鹏沿着小道缓缓而行，一步一步登上山顶，山顶有一处宽阔的平台，唤作望天台。站在高山之巅俯瞰山川大地，蒸水浩浩荡荡，如同一条伏地疾走的巨龙，所过之处惊涛拍岸，卷起千层浪花。这是大东路的母亲河，千百年来，她见证了人类历史数之不尽的荣辱兴衰，承载着历史的硝烟滚滚东流。

耶姜山脉与雪峰山脉遥遥相对，极目远眺，两大山系横亘大地，连绵起伏，气势磅礴无比。这是一块英雄的土地，雪峰山战役震惊中外，中华儿女前赴后继，奋勇杀敌，挫败了日军最后的疯狂，英雄的鲜血洒在蒸水河边，英雄的生命埋葬在雪峰山下，英雄的忠魂在这片美丽的土地绽放出最灿烂的花朵，成为这片土地不畏强暴，反抗倭寇的历史见证。

二喇叭、小德子、陈子青等人尾随而来。这是一群质朴无华的乡里汉子，自从举起抗倭的大旗，他们的心里就认准了前面的路，决心跟着陈天鹏一条道走到黑，纵使付出生命的代价也无怨无悔。

秋月之死，无异于一场十级地震。陈子青在黑夜里撕扯自己的头发，捶打自己的残腿。他自责、痛苦，暗地里流泪，悔不该自作聪明弄巧成拙，他一遍一遍地骂自己成事不足败事有余。

"天鹏，我对不起你……"陈子青一步一瘸，突然扔掉拐杖，一头撞向身旁的大树。

二喇叭眼疾手快，猛地一把将他推向一旁："大师兄！"

陈天鹏蓦然惊觉："你混蛋！"山风怒吼，山势涌动。在与天相连的地方，漫天浮云裹挟着七色云彩，构成一幅无比壮丽的山水画。陈天鹏扶起生死与共的弟兄，他的眼眶红了。

陈子青涕泪长流："我们还做兄弟吗？"

泪水顺着陈天鹏的面颊往下流："我们同宗同族，血脉相连，本来就是兄弟！"

两位哥哥和好如初，德子背过身去，悄悄擦掉自己的眼泪，转过身来又换了一副笑脸："山顶上的空气就是好啊，有位风水先生说过，五里牌背靠佘湖山，面朝蒸水河，呈龙飞凤舞之势。这样的风水宝地合当挖金挖银，朝朝代代出贵人！"

山风强劲，带着大山特有的雄壮。

陈天鹏甩干脸上的泪水，纵声长笑："说得对，五里牌就是一块风水宝地！长沙保卫战，五里牌给我送来了陈中超；上山打游击，五里牌又走出来一班子生死相随的亲兄弟。感谢苍天，感谢大地，正因为有了你们，我陈天鹏才有东山再起，从头再来的机会！"

二喇叭扯着嗓门喊道："五里牌的风水好，天鹏哥就是我们的贵人！"

陈天鹏再也没有走进那间"新房"。

一夜之间，母亲脸上的皱纹多了起来，神态憔悴不安。她蹒跚着走到营地，牵着儿子的手回家："儿子，你爹已经老糊涂了，光是想着陈家的名声……"母亲担心儿子放不下，会和老爷子顶牛，一个劲地叨叨："那个老糊涂蛋，你恨他也没用，他是受了大管家的蛊惑，原想是让水妹子和你大婚之后，再把那秋月收来给你做妾，哪知道秋月的命苦，偏偏就……唉，天杀的小鬼子啊……"说着说着，母亲又忍不住掉下泪来。

秋月出事之后，老爷子自知铸成大错，连日以来长吁短叹，悄悄地抹泪。大东路沦陷之前，老两口省吃俭用一生操劳，也在河边置下了几亩上好的田地，跟随儿子举义上山之后，俩老就一直住在土坯屋里，只要能够跟着儿子在一起，吃再大的苦，受再大的累他也心甘情愿。哪知道短短几个月，先是去了老贾，接着又没了中超和小六子，这会，自己又误了秋月，一个好好的大家庭，人口一下子就少了一大半。打击接踵而来，老爷子在一夜之间变得老态龙钟，顶上的头发全白了。

看着父亲苍老的容颜，陈天鹏又疼又恨："爹，你从小到大都教我，做人要实诚，不能没良心。今天，我不能昧着良心说我不恨你。没错，秋月是我在回家的路上'拣来'的，开始以为她是一个哑巴，后来才知道她是一个非常聪慧且又心地善良的女子。长沙溃败，是中超把我从死人堆里救了出来；在坡子村，为我续命的是贾叔；大排山之战，日本人的机枪子弹打穿了我的肺腑，就在生命即将走向尽头之时，救我的人是秋月。现在，我身上仍然流淌着秋月的血。"

母亲泪流满面："天鹏，妈也有错，当时没敢把真相告诉你……爹妈都老了，你原谅我们两个老糊涂吧……"

陈天鹏继续说："那天晚上，我们在大王村遭遇日军袭击，为了掩护我们，卷巴佬牺牲了。在最危急的时候，秋月用自己的身体挡住日本人的子弹，奋不顾身地把我推下河堤逃生。你说，这样的女人会克我吗？"在战斗的岁月，他深深地爱上了这个女人。然而，就在婚姻殿堂的门口，心爱的女人走向了生命的尽头，她被所谓的"生辰八字"克死了。说到此处，陈天鹏泪流满面："你根本不知道，秋月的一生，经历过多少磨难和痛苦，她能够活到今天是多么不容易！"

　　老爷子痛悔不已，老泪横流："天鹏，你从小就与众不同，你比爹爹强一万倍。现在想来，那移花接木之事确实是爹爹做错了。从今以后，你的事尽管自个把握，爹爹老啦，不中用了，再也不敢胡乱为你做主。"

第 047 章

大顺皇帝

001

历经千辛万苦，终是抱得美人归，杜铁鼎心上的那份喜悦简直没法形容。一路上小心呵护，唯恐半点不周之处，真个是含在嘴里怕她化了，捧在手里怕风吹走了。到了自家营地，杜铁鼎立马吆喝着士兵杀猪宰羊，张罗新房。哪知时过多日，飞雪只是待在屋里，不言不语闷闷不乐。杜铁鼎细问其故，飞雪言道："三妹出门在外，心里思念父亲。"一语惊醒梦中人，杜铁鼎暗道是自己疏忽了，女儿家的成亲嫁人，哪有不去禀报家父之理？第二天，杜铁鼎与飞雪扮作进城赶集的村民，在数名卫兵的暗中保护下，赶着一辆大车前往邵阳去见老丈人。

好不容易进了城门，突然碰上一队搜查良民证的日本宪兵，杜铁鼎哪来的良民证？眼看情势不对，卫兵先发制人，将几名宪兵射杀在大街上。枪声一响，街上的警笛顿时响成一片，日军迅速封锁了所有的路口。为了掩护司令脱险，几名卫兵边打边退，将日军引到一家废弃的茶楼上，据死抵抗。最后弹尽粮绝，全部壮烈牺牲。

枪战乍起，天下大乱，飞雪熟悉路径，带着铁鼎一路奔逃，转进了自家后院的一条小巷。说来也巧，院子后墙上居然搭着一架长梯，二人也不多想，赶紧爬上梯子，翻墙进入医馆。为了安全起见，飞雪又将杜铁鼎藏到地下室里。

出门数月，女儿忽然带了乘龙快婿回家。

曹老太医掌灯细看，但见杜铁鼎孔武雄健，堂堂仪表，举手投足有大将之风，不免大喜过望。杜铁鼎得了老丈人首肯，自然也是满心欢喜，二人挑灯夜话，相谈甚欢。

　　挨了多日，外面风声稍缓，杜铁鼎心里牵挂部队，打算辞过老丈人，带了飞雪一道出城。无奈日军连日以来搜索反日分子，大街小巷盘查甚严，一时之间难以出去。曹老太医也不让三妹坐诊，只叫他们小两口待在后院卿卿我我，你侬我侬消磨时间。实在无聊，杜铁鼎也在后院搭把手，把一些草药切碎、晒干，收纳到药柜中的小箱子里。

　　又挨了一些日子，飞雪匆匆告知杜铁鼎道："父亲已经花钱买通城门，你可在深夜时分绕过岗哨，从城墙东南方向坠绳而下。"

　　杜铁鼎惊道："那你怎么办？"

　　飞雪说道："城墙太高，飞雪下不去。"说罢，从腰间解下一只荷包来："这是一把纯金钥匙，陈长官手里也有一把，两把钥匙一模一样。"

　　"两把钥匙？"杜铁鼎一头雾水，不知飞雪是何用意。

　　飞雪又道："父亲的意思，你拿上这把钥匙，择一个好日子去黑云谷走一趟。"

　　杜铁鼎如闻天书，觉得不可思议："本人征战沙场十几年，经常听到各种藏宝故事，也曾信以为真，但到最后总是瞎子点灯白费蜡，忙忙碌碌一场空，从来没有真正地掘出什么宝藏。"

　　飞雪把钥匙轻轻放在杜铁鼎的手心："这一回是真的。父亲说，此事若想成功，须得陈长官一起同行。"

　　杜铁鼎更为迷惘："陈天鹏与我黄埔同窗，此人不羡身外之财，对江湖传闻多半不屑一顾。子虚乌有之事不说还好，一说之下定将老杜当作笑谈，如之奈何？"

　　"江湖传闻自不可信，洞窟藏宝绝非子虚乌有。"老丈人推门而入："陈长官不羡身外之财，那是因为手里尚有余财，犯不着以身冒险；或者仅凭一己之力不可为之，是以心存犹豫。我观你与陈长官，一个是面带横财，一个大富大贵，你们二人合力前往，当可揭开洞窟之谜。"言罢回身招手，一位精瘦的汉子应声走进屋里。汉子面相黝黑，看上去约莫四十多来岁。

杜铁鼎看着手中的钥匙，有点不敢置信。

原本是一门心思要与美人拜堂成亲，却在途中弄出一个藏宝故事来。更为令人惊讶的是，老丈人本是一介太医，却对洞窟藏宝了然于胸。

曹老太医接着道："这是我的远房侄子，名字唤作曹青。此人一年四季都在山里行走，熟知人文地理，此去黑云谷，他可助你一臂之力。"

杜铁鼎的野性终被激发出来："既然是岳父如此吩咐，杜铁鼎便是赴汤蹈火也要去走一趟。"天下熙熙皆为利来，天下攘攘皆为利往，多少人为求一夜暴富，宁可抛家舍业亦要奋死一搏。如今飞来宝藏钥匙，端的是天上掉馅饼，岂有不取之理？

临别之时，杜铁鼎与飞雪执手言道："待我取了宝藏，再来接你。"

飞雪也是依依不舍："承蒙将军垂爱，飞雪今生今世绝不嫁给他人。你可放心前去，我在家里等候将军归来。"

是夜，杜铁鼎与曹青二人坠城而出。

002

听说秋月牺牲了，杜铁鼎又惊又痛："此仇不报，誓不为人！"

陈天鹏瞪着两只血红的眼珠子叫道："你来得正好！老规矩，我打主攻，你和尹如圭分头打援。这一趟杀下山去，定要将那山田老鬼子的营地连根拔掉。"秋月牺牲了，佘湖山营地一直酝酿着复仇的怒火，情绪日甚一日。

两个黄埔军校的高才生，诸多想法往往不谋而合。然而，毕竟是在战场上滚打了十几年，惊怒过后，杜铁鼎在地上堆了一个沙盘："羊塘铺兵营高墙电网，炮楼环伺，此处不能硬拼。"

陈天鹏："杜兄有何妙计？"

杜铁鼎："羊塘铺兵营是一个炮楼群，若要拔除这个据点，须有重武器。"

陈天鹏："杜兄，我这点家底你还不清楚，若有重武器，他娘的早就把山田龟生炸成粑粑了。"

杜铁鼎："陈兄，你把黑云寨忘了？我看，是时候往黑云寨走一趟了，如果能把寨子里的轻重武器全部弄出来，羊塘铺破矣。"

陈天鹏有点诧异："你可真是千里眼啊，这也知道。"

杜铁鼎："我可没有打听，都是你的飞雪大夫告诉我的哦。"

陈天鹏："说的也是，黑云寨确实应当去走一趟，只是山高路陡，一路上全是日军据点。如果在大山里绕道，一个来回少说也得大半个月，远水救不了近渴啊。"在这当口，陈天鹏一门心思只想报仇雪恨，根本没有去黑云寨的打算。

杜铁鼎道："秋月为人善良，说她救了老杜一命也不为过，为秋月报仇，老杜义不容辞。但是，作为一个战场指挥员，我们必须保持清醒的头脑，不可盲动。羊塘铺据点居高临下，视野开阔，守军若以轻重机枪把住四向，我们仰面强攻得牺牲多少兄弟？"

陈天鹏冷静下来："依你之见该当如何？"

杜铁鼎："先走黑云寨，只要把重武器弄到手就不会吃亏。"

陈天鹏："妈的，那就让山田老鬼子多活几天吧。"

杜铁鼎："多活几天又怎样，山田这个王八龟孙子反正窝在据点里，再过十天半个月，我们一样是把他关起门来打，他无处可逃。再说，到了黑云寨，我们还可以顺带着探一探传说中的洞窟藏宝。"

陈天鹏："杜兄，就这当口还探什么宝，你也太过异想天开了吧？"

杜铁鼎打了个手势，指着曹青说道："此人乃是我那老丈人的堂侄，名字唤作曹青。"随即便将自己在邵阳城里的变故说了一遍，又拿出一只绣花荷包来："我这里也有一把纯金钥匙。"

陈天鹏略显吃惊，立刻把自己代为保存的钥匙取出来，两把钥匙果然一模一样。两把钥匙的手柄上分别吊着一颗纽扣般的红宝石，一个是椭圆形，一个是长方形。红宝石色泽纯正，在阳光下折射出一道红白相间的光芒，熠熠生辉。陈天鹏环视四周，但见陈上德、曾开山等人早已摩拳擦掌，跃跃欲试，唯有陈子青拄着拐杖肃立一旁。见此情景，陈天鹏反而沉下心来，想起自己与中超、贾叔、秋月等人同往黑云寨的情景，转眼之间，这些同生共死的亲人皆已阴阳两隔，单单剩下自己一人。一种强烈的思念之情袭上心来，此时此刻，纵有再多的宝藏也难以填补内心的悲痛，陈天鹏仰天叹息："杜兄，两把钥匙皆已在此，你可一并拿去。"

杜铁鼎没有去接钥匙，只是推心置腹道："天鹏兄，你我情同手足，何必区分彼此？如今藏宝传说不胫而走，届时寻宝之人趋之若鹜，你我兄弟与其坐看他人功成，何不先走一步？"

陈天鹏心里装着秋月，心思尽在往事之中："去年，我与父母前往云霖寺拜谒大洛菩萨，寺中长老不与父母解签，偏生赠我四句偈语：菩提本无根，无道坐神台；来时赤条条，去时手空空。陈某再三思之，未能参悟得透。却又觉得四句偈语暗有所指，因而步步谨慎，不敢妄取身外之财。"

杜铁鼎笑道："有道是当局者迷，旁观者清。在我看来，四句偈语浅显易解，好懂得很：人的一生，原本两手空空，生不带来死不带去；若得神灵眷顾，自会鸿运当头，财源滚滚！"

四句偈语曾经使得陈天鹏千般纠结，茶饭不思，却在杜铁鼎一番简单粗暴的拆解之下化于无形。陈天鹏惊愕不已，片刻过后拊掌大笑："铁鼎兄的解法果然是穿云裂石，独具一格。但如今战火纷飞，我等居无定所，洞窟藏宝就算是真有其事，到手之后又安得藏身之处？须知螳螂捕蝉，黄雀在后。当年孙殿英率领数万大军掘开大清皇陵，那个横财发得是够大的了，哪知孙殿英一个草头将军，本来只有丁点大的命，纵然是到手的横财也守不住，最终穷途末路，成为过街的老鼠。"

"孙殿英不过是鸡鸣狗盗之徒，岂可与你我相提并论！"为了解开陈天鹏的心结，杜铁鼎道："我们虽然是为财宝，却也为了抗战大计，绝非个人贪得无厌。掐指算来，日寇侵华已经十四个年头，奈何敌强我弱，中华儿女浴血奋战，以血肉之躯抵抗日寇的飞机大炮。这一切之根本，皆是因为国家财力不足而导致军事无能。洞窟藏宝如若真有其事，我们取来购置军火、扩充人马，为千千万万死去的战友和同胞报仇雪恨，有何不可？"

陈天鹏果然为之所动："杜兄志存高远，在下自愧不如。只是洞窟内部复杂，但若进入生死难料，到时犹恐悔之不及。"

杜铁鼎抬手指向曹青："这是黑云谷的村民，对黑云寨地形了如指掌。得有此人相助，我等何难之有？"

曹青上前行礼："奉曹老太医之命，曹青愿意鼎力相助。"

原来，这一切皆是曹老太医的安排，陈天鹏再无疑虑，点头道："若得曹兄相助，终是有了三分胜算。"

杜铁鼎拊掌大笑："天鹏兄终于开窍了。"

陈天鹏："铁鼎兄认定了的事，陈天鹏舍了性命也是要上的，奈何此去凶险莫测，诸事尚需考虑周全。动身之前，我有三条提议：第一，此次行动，两支人马合二为一，统一号令，不得自行其是；第二、一律扮成百姓，不可携带武器，不可惊动地方；第三，斩获一律归公，不可哄抢，违者格杀勿论。"

杜铁鼎："举双手同意，你做总指挥。我带了一个警卫排，一切行动听命于你。"

陈天鹏留下陈子青、曾开山看守营地，着令陈上德、杜雷带领特勤分队、敌后纵队警卫排一并下山。

湘西大山悬崖高耸，沟壑纵横，是苗、瑶、侗、畲和土家族等30多个民族的聚居地。湘西地方民风彪悍，千百年来，征服与反抗在这里轮番上演，从未停歇。在湘西人眼中，万物皆有灵。花草木石、飞禽走兽、英雄祖先皆可成精，山有山精、水有水怪、洞有洞神，形形色色的神鬼灵怪无所不在。

大山林木遮天，白天不见太阳，晚上不见月亮。数天之后，大队人马来到一片谷地，天色很快黯淡下来，陈天鹏下令就地扎营过夜。

曹青看了一眼四周的地形，说道："此处距离黑云谷已经不远，前边有一个小寨子，我们可以前去看看。"

因为去过黑云寨，陈天鹏对黑云谷并不陌生，但对眼前这个地方，他却没有半分印象，心里感到疑惑："前方就是黑云谷？"

曹青道："黑云谷方圆百里，谷内地形复杂，散落着许多大大小小的村寨，须得走到跟前才看得见。"

陈天鹏道："曹兄果然熟知地理，但你口音驳杂，并不像是本地人。"

曹青道："在下从小出门在外，所以口音不纯。"

天色将要断黑，曹青顺着一条小路往前走，陈天鹏、杜铁鼎、德子、杜雷等人紧跟其后。不一会，林子里果然现出数幢干栏式的木板吊脚楼来。令人惊讶的是，这些吊脚楼大都建造在陡峭的斜坡上，不忌地形，底部多以长短不一的木柱支撑，有的两层，有的三层，楼上住人，楼下堆放杂物，或者圈养牲畜。众人也不多言，顺着木梯鱼贯而上。

大山深处的村民极少与外界接触，见了客人就特别热情，家里的好酒好肉全都拿了出来。但当得知众人要去黑云谷时，村民的神色立时就变了。原来，这些年黑云寨土匪横行，当地人倾尽家财纳粮纳费，稍不留意便会引来杀身之祸。

为了消除老乡心里的恐惧，曹青解释道："我等只是路过此地，听说黑云谷景色奇异，就想过去看看。原来也知道那边不太平，好在现在匪患已除，所以并无担心。"说罢，拿出事先准备的盐巴，分别送给各家各户。村民得了盐巴，这才欢喜起来。因见来人不像杀人越货的土匪，这才放胆说话："我们这一带都是李姓族人，原也不会惧怕外来的客商，只因这些年匪祸猖獗，所以心存顾忌。再说，黑云谷地形凶险，多有毒虫猛兽出没，你等若是没有紧要的事，不去看那风景也是无妨。"

土匪为祸太深，村民尚且心有余悸。杜铁鼎有心要给他们打气壮胆，亮开嗓门说道："不必惧怕，黑云寨早就没人了，便是落下零星的匪徒，报官便是。"

一位老者连连摇头："客官，你是不知道，官府多次派兵围剿黑云寨，皆是铩羽而归。黑云寨的土匪极为凶悍，那是万万惹不得的。"

陈天鹏招呼老者坐下："大家放心，我们不会招惹他们。不过，在下尚有一事不明，此处湘西地界，当是苗、侗和土家族的聚居之地，为何你们却是汉姓？"

老者先是一怔，继而精神一振，脸上现出一股豪迈之气："我们这里曾经出过一位千古大英雄，我等李姓族人都是英雄的后裔。"

杜铁鼎看那老者的表情认真，反而觉得好笑："敢问大爷，你所说的千古大英雄，是一个什么样的人物？"

"我说出来，恐怕吓死你。他就是三百年前的大顺皇帝李自成！"老者说罢，弓步上前，双手划狐，摆出一副刀马旦的架势来。

提起李自成的名号，杜铁鼎顿时就来了兴趣："据我所知，李自成乃是陕西米脂人，原是党项后裔。我们这里是湘西地界，两地相隔千山万水，这位大英雄是怎么到这里来的？"

老者见那杜铁鼎气宇轩昂，又看陈天鹏温文尔雅，心下里思量，这些人都是有来头的人物，绝非三教九流之辈。于是，老者重新坐定，细细说起"大英雄"的来历。

崇祯十七年，大英雄李自成在西安登基称帝，国号"大顺"。之后挥动大军攻入北京，逼得崇祯皇帝煤山上吊。

杀入王城的农民军四处抄家，掘地三尺搜罗金银财宝。边关守将吴三桂的父亲贵为前朝元老，被李自成斩首示众。农民军声势滔天，吴三桂吓破了胆，慌乱之中引清兵入关，合力击溃农民军。大顺军带着无数的金银财宝退出京城，拉货的驴车连绵数十里。清兵一路追击，大顺军败走西安，辗转武关南逃，至九宫山，着一校尉乔装大顺皇帝，设疑代毙，掩人耳目。大顺皇帝金蝉脱壳，继续南奔。及至湘西地界，发现黑云谷地势险要，有一夫当关万夫莫开之势，大顺皇帝指挥大军就地囤居，据险而守。

未想李自成英雄一世，九宫山身死却是欲盖弥彰。时至今日，李自成死在何处，给后人留下了一个百年未解之谜。

老者打开了话盒子就收不住："为了共拒外敌，大顺皇帝与南明王朝化干戈为玉帛，以曹万千之名接受南明皇帝封赐。又因那大顺皇帝与南明皇帝有杀父之仇，故而化名受封，曹万千便是日后名震天下的'曹国公'。此后数年，大顺军数十万部众藏匿黑云谷，出则为兵，入则为民。或赐李姓，或赐曹姓，皆为追随大顺皇帝的死士。如今，黑云谷方圆数十里皆为李氏和曹氏所居。"

曹青听罢，上前佐证老者的说法："确实如此。如今，黑云谷有寺庙数十座，所供之人皆为曹国公。曹国公者，大顺皇帝也。我家先祖亦是大顺皇帝手下将士，所属曹姓乃是大顺皇帝所赐。"

老者一听，连忙起身见礼。

曹青又道："大顺军在黑云谷开荒种地、炼铁造纸、辟市贸易，伺机东山再起。顺治三年，清兵闻风而来，数十万大军四面围攻。大顺军坚守数年，最终弹尽粮绝，黑云谷被攻破。谷破之时，大顺皇帝广散钱财，削发为僧，做了隐身出家之人。"

杜铁鼎惊讶不已："怪哉！我等一路行来，所过寺庙内置神像高大威猛,面目形象却不尽相同,怎说那些神像都是大顺皇帝?"

老者说道:"客官有所不知,因为避讳官府,铸造寺庙神像时,故意使其五官不像大顺皇帝。"

杜铁鼎:"原来如此。"

老者又道:"黑云谷内有数不清的岩洞,那些岩洞都是大顺皇帝的藏宝之地,我们的祖先都是护宝之人。以前,寨子里即使是有外来户,也是改了姓氏的。及至清末民初,匪祸横行,先是马大飞带了一伙强人占了黑云寨,后来又有半天云为祸一方,大肆杀戮李氏和曹氏族人。于今,寨里的人死的死,逃的逃,人口十亭去了九亭。"

这些说道,直把众人听得目瞪口呆。

第 048 章

惊魂黑云谷

001

众人手脚并用沿着一面斜坡往上爬。

坡面多是流沙乱石，坡下是深不见底的峡谷，谷底是一条湍急河流，水声轰鸣。坡面陡峭，一不小心就被流沙带着滑向深谷。曹青如同一只灵敏的猴子，在松软的流沙坡面爬得飞快，众人紧随其后一鼓作气向上爬上。过了一会，陈天鹏、杜铁鼎、德子等人都上来了。众人这才回头看向坡面，许多黑点尚在向上爬行，有几个脚下打滑的，转眼就掉到深谷里去了。

众人惊魂未定，深谷里忽然传来一阵奇怪的嗡嗡声，坡面上的碎石流沙纷纷向下滚落，众人惊惶四顾，只见谷底缓缓升起一团黑色的雾霾，便如童话中的幻景，雾霾时张时合，忽快忽慢，形状变化不定。曹青大惊失色，大叫："瘴气，快跑！"话音未落，人已跑出数丈开外。

只有山里人才知道瘴气的厉害，一旦被它挨上，那就是个死。众人情知不妙，起身跟着曹青猛跑。那团瘴气闻风而动，便如长了眼睛似地追了上来。为了逃出生天，所有的人都拼了老命地奔跑，哪知不管他们是跑直线还是跑弯道，瘴气一直追在后面，怎么跑都甩不掉。跑到最后，众人精疲力竭，再也无法移动脚步，一个个躺在地上等死。便在此时，迎面突然刮来一股妖风，顶着瘴气扑了过去，瘴气被大风一扑，便如一匹勒住笼头的野马，一个急转弯窜往一边去了。

"老天保佑，瘴气往林子里去了。"曹青大汗淋漓，全身尽皆湿透。

"妈的，这么着都没把老命交出去，老子就是命大。"歇了半晌，杜铁鼎方才缓过气来："那瘴气明明都追上来了，却又拐弯走了，这不是成心戏耍老子吗。"杜铁鼎长年累月在枪林弹雨里走，从来都没有他怕过的事，却被这股瘴气结结实实地吓了一跳。数月之前，171团坚守邵阳，日军惨无人道地对守军施放毒气，无数的士兵死在毒气之下，尸积如山。中毒的士兵有的双手掐住自己的脖子，有的伸手扣入喉咙，有的把自己的皮肤抓得稀烂，其状惨不忍睹。此时遇到瘴气，杜铁鼎自是心惊肉跳。

陈天鹏坐起身来，惊奇地发现，为了躲避那道瘴气，众人全都躺在一个光秃的小山包下。他觉得小山包有点眼熟，仔细一看，正是黑云寨众兄弟的大坟包，边上另有一座小坟包，便是掩埋马大飞尸骨的地方。陈天鹏大惊："这股瘴气来得凶猛，走得却也奇怪，莫非是黑云寨兄弟在九泉之下保佑我们？"

曹青上前数步，对着小坟包倒地就拜。

杜铁鼎莫名其妙："你这是干什么？"

曹青起身说道："小坟包里埋的是我的哥哥马大飞。"

"你说什么？"陈天鹏一震，眼神利剑般地盯向曹青："你究竟是姓曹，还是姓马？"

曹青抬头看天，说话的声音如同天外飘来的回音："我姓曹，此姓乃是大顺皇帝所赐。三岁那年，曹青父母双亡，家中只留下我和哥哥相依为命。哥哥大我十岁，带着我沿街乞讨，吃百家饭，纳百家衣，总算是老天有眼，没让我们兄弟二人饿死街头。多年以后，一位手刃仇家的汉子带着我们兄弟二人上了黑云寨。从此，哥哥改名马大飞，弟弟改名马小飞。哥哥有一身好力气，特别讲义气。做了寨主之后，他经常带着一帮喽啰打家劫舍、绑票过往的商旅。因为长年累月居住在洞窟之中，马大飞发现了洞窟秘密。为了掩盖真相，马大飞故意虚张声势，指使山寨喽啰四处掘坟盗墓，暗地里却把洞窟里的宝贝一件一件地拿出来与外界交易，只说是盗墓所得。从此之后，凡是打家劫舍得来的财宝，马大飞尽皆分给手下的兄弟，自己不留一分一毫。哪知道中途杀出一个程咬金来，半天云领着一群败兵路过此地，马大飞与之展开激战。半天云手下的人都是淞沪战场下来的，马大飞不是对手，最后战败投降。半天云夺了寨子，坐了黑云寨的头把交椅。"

听到此处，众人一阵唏嘘。

曹青接着说："投降之后，马大飞坐了第二把交椅。原以为只要小心一点，同样可以像以前那样自由自在地过日子，哪知半天云窥破了洞窟秘密，拿到钥匙之后，便以莫须有的罪名毙杀马大飞，将其暴尸于野。出事之时，恰好我在山下踩点，这才侥幸逃得一条性命。去年秋天，曹青再度潜行上山，打算悄悄地为大哥收尸埋骨。山林里忽然走出来一行人，曹青以为是半天云的喽啰，急忙逃离此地。直到飞雪与杜长官潜回邵阳，说起陈长官与老贾前往黑云谷之事，曹青方才知晓那日撞见的乃是陈长官等人。"说到此处，曹青双手合十，向陈天鹏深鞠一躬："陈长官，谢谢你为家兄收尸埋骨！"

回想那日情景，陈中超突然呼喝有人，原以为是他过于紧张，错把绑在树干上的骷髅当活人。直到此时，方才知是马小飞在林子穿过，陈中超的视觉并未出错。陈天鹏叹道："人生在世祸福难料，冥冥之中自有天数。"

曹青的身份变幻不定，一会曹国公的后裔，一会是黑云寨的土匪，杜铁鼎感到脊背一阵阵发凉："你的城府很深啊，原来只道你是一介山野村夫，现今却不知你究竟是姓曹还是姓马！"说到此处，突然贴上前去，使出一招分筋错骨手拿住曹青："说吧，此番前来，是否还有其他目的？"

曹青的手臂瞬间脱臼，痛得直冒冷汗。但他未做任何抵抗，只是长长地吁了一口气："实话相告,在下并非曹老太爷侄子。不过,曹家父女亦与在下一样,皆是曹国公卫士的后裔。今日之事,曹青受了曹老太医之托,心甘情愿跟随二位长官进山,不为别的,只为保护二位长官平安归去。"

杜铁鼎冷笑："杜某手握千军万马,用得着你来保护?"

曹青言道："曹青原本就是当死之人,这条小命何足道哉?杜长官大事未成,现在杀了曹青为时尚早。"

杜铁鼎更为恼怒,手上加劲,欲待彻底废去曹青的一条胳膊。

陈天鹏止道："杜兄且慢,待我先来问他。"

杜铁鼎："这条胳膊权且给你留下,敢说一句假话,就把你两条胳膊全部卸下。"

陈天鹏问道："你凭什么保护我等平安?"

曹青回道："日军进攻邵阳之时,曹青参加了战地救护队,目睹国军将士奋勇杀敌,甚为感动。当时,本人不幸为毒气所伤,陷入昏厥被人送至曹氏医馆,只因中毒过深,曹老太医也是无能为力,断言在下最多还有一年阳寿。曹青万念俱灰,心想苟活于世不如早死,省得拖累他人。哪知就在寻死上吊之时,偏偏又被曹氏父女救下,终是留得半条性命。自此以后,曹青便在曹氏医馆住下,煎服汤药苟延残喘。忽有一日,得知飞雪也是黑云寨里逃得性命之人,言及往事,二人对那半天云皆是恨之入骨。直到半个月前,杜长官潜入邵阳,街上枪声大作,此后又听得后巷脚步急促,显然是奔着医馆而来。曹青不敢造次,便在后巷院墙之上架了一道长梯,自己悄悄藏在楼上窥视动静。却是飞雪与杜长官蹬梯越墙,待得你们进入医馆,曹青赶紧下楼撤去长梯,未给追兵留下任何线索。"

"哦?"杜铁鼎细想那日遁入巷道的情景,当时已经无路可走,却在医馆后院的外墙斜靠着一架长梯,二人蹬梯而上,鬼使神差一般摆脱追兵。原来以为只是巧合,未想梯子却是曹青所置。

曹青又道："风声过后，飞雪拿出一个荷包，言说杜长官有进山寻宝之意。时至今日，知晓洞窟藏宝的人皆已作古，曹青愚昧，却是藏宝的半个知情人。洞窟凶险，外人莫知，曹青愿尽绵薄之力相助二位长官，权当报那曹氏父女的救命之恩。"

此时，杜雷率领大队人马陆续抵达，恰好听得曹青所说的最后几句，忍不住张口反问："陈长官早就去过黑云寨，怎说只有你是半个知情人？"

曹青道："洞窟四通八达，若是不明路径，进得去，出不来。"

陈天鹏点头道："此话不假，洞窟之中极其复杂，此人在黑云寨数十年，自当知晓其中奥妙。"

德子走上前去，托住曹青的胳膊一拉一送，喀嚓一声，关节便已回复原位。

002

进了暗室，陈天鹏将钥匙插入槽孔，转了半转就拧不动了，又不敢太过发力，额头上不知不觉地渗出一层汗珠。曹青道："此处须得两把钥匙均匀用力方可拧动，劲道和力度务必恰到好处，否则万万不敢打开。"

陈天鹏让开身位："你来。"

曹青也不客气，先将两把钥匙拔了出来，握在手里轻轻摩挲。这两把钥匙原是马大飞的命根子，除了他本人，能够碰到钥匙的人只有马小飞，他太熟悉这两把钥匙了。片刻过后，曹青屏声敛气，咔嚓一声将两把钥匙插入槽孔，双手转动，左三圈右三圈。便在此时，槽孔一旁现出两个小孔，曹青急忙将两颗红宝石吊坠嵌入其中，再将钥匙向前猛推，直至没柄。只听"嘎吱嘎吱"一阵闷响，一扇石门缓缓打开。

杜铁鼎暗自咋舌："这个曹青果然有点名堂。"

陈天鹏来不及多想，挥手下令："警卫排负责搬运大厅物资，特勤队跟我们进洞。"

洞道黑咕隆咚，火把只能照亮周围几米的距离。走了一程，洞道化成一条狭长的熔岩裂缝，曹青也不打话，侧身往那裂缝当中挤进去，众人有样学样，也都扒着裂缝向前挤。过了裂缝，洞道豁然开阔，现出一片空旷的洞厅。

曹青顺着洞道一侧的天然石阶拾级而上，爬上一个断层平台。歇息片刻，曹青拿起一块石头在石壁上"咚咚咚"地敲打起来，众人不知何故，抬头看时，只见曹青奋力一推，上边出现了一个黑漆漆的门洞。德子举着火把紧随曹青进入门洞，洞内顿时亮堂起来。杜铁鼎、陈天鹏随之而入，眼前却是空空如也。德子将火把举过头顶，只见石壁上方刻有一条粗糙的飞龙，飞龙一旁有"天子李"三个大字，字体飞舞张扬，刻在石壁之上。陈天鹏暗自吃惊：龙与天子都是帝王的专利，在封建王朝，只有皇室成员可以使用龙的图腾，只有皇帝可以称为天子。

曹青也不说话，纳头便拜。礼毕，起身言道："此处有两个箱子，当是二位长官寻找的东西。"

原来，叠放在那图腾之下的岩石竟然都是箱子，因为覆盖着一层厚厚的尘土，肉眼根本看不出来。德子将箱盖揭开，但见满箱的金锭和银锭，德子打开另一只箱子，全部都是珠宝首饰。

杜铁鼎大喜："天鹏兄，宝藏找到了！"

陈天鹏盯着地上的箱子，却是不为所动："这就是传说中的闯王宝藏？"

曹青欲待回话，忽然口角流涎瘫倒在地，全身瑟瑟发抖。原来，他身上余毒未净，每隔几天便要发作一次。过了一会，曹青渐渐回过气来："回陈长官，箱里的金银首饰，皆是半天云伏击日军、劫掠商贾所得，并非闯王宝藏。"

杜铁鼎吃惊不小："这半天云确实厉害，几年时间就弄了这么多的宝贝。"

正在这时，下面传来一阵嘈杂的脚步声，原来是杜雷搬走了洞中的军火，带了部分人手赶来。杜铁鼎挥手道："你们来得正好，把这几个箱子搬出去！"

毒发过后，曹青面色铁青，陈天鹏问道："怎么样，你还行吗？"

曹青："没什么，已经习惯了。曹青中毒太深，早晚是个死，今日便是拼了性命也没有什么后悔的，闯王宝藏尚在洞窟深处，只是途中凶险，二位长官须得格外小心。"

杜铁鼎道："我们都是当兵打仗的人，什么样的凶险没见过？往前走吧，没什么可怕的。"

前方的洞厅变得越发宽敞，走了一程，脚下现出一道深坑，黑漆漆地看不见底，只有淙淙水声隐隐传来。曹青沿着深坑边缘走动，不一会又停了下来，低头搜索，在深坑边发现一条长长的软梯。曹青转身看向众人，似乎有点犹豫，最终把心一横，抓着软梯下行。

陈天鹏、杜铁鼎随之而下。

软梯搭在石壁之上，踏板又湿又滑，长满青苔。众人攀着软梯，挨次下行，一步三惊。忽然传来一声裂帛般的声响，众人尚未反应过来，软梯已经拦腰断裂。原来，那软梯时日已久，且在山洞之中饱受湿气侵蚀，哪里还承受得了千百斤的重量？幸好曹青、陈天鹏看准一块突出的石台中途着地，杜铁鼎距离石台尚有数尺，赶紧向下一跳，又被陈天鹏一把拽住，这才站稳脚跟。几个尚在软梯上的士兵却没有这般运气，只听得一连串的惊叫，全都噼里啪啦地摔了下来。曹青举起火把照看，但见摔在石台上的一名士兵七窍流血，当场就断了气。另有两名士兵直接掉到深坑下面去了，一阵瘆人的惨叫传来，惊得众人汗毛直竖。过了片刻，又有一道黑影壁虎般地粘住石壁滑落下来，却是德子仗着一身轻功，舍了软梯攀岩而下。

见了德子，众人稍感心安。杜铁鼎道："妈的，这软梯怎么早不断晚不断，单等着我们下来就断了？"

曹青心里也是发毛："可能是软梯上的人太多,这软梯承受不起,一下子就断了。"

陈天鹏往四下里看了一遍,原来,他们落脚的石台处于深坑的中部,深坑石壁刀削斧砍,上不见天下不见地。德子朝深坑扔了一块石头,过了好久才听到石头落水的声音。

陈天鹏问德子道："你的轻功厉害,还上得去吗?"

德子连连摇头："石壁太滑,再难上去。"软梯断裂之后,他赶紧攀住坑壁缝隙,壁虎般地贴着坑壁下行,途中也是险些失手,若要徒手上去,实比登天还难。

"那怎么办?"众人面面相觑。

抬头看去,深坑上方的士兵拿着火把两头乱跑,摇曳的火光晃来晃去,星星点点。眼见软梯断裂,杜雷吓得六神无主,站在上面一个劲地呼喊。

"有一条险路……"过了好一阵子,曹青忽然清醒过来。

"有路吗,你怎么不早说呢。"杜铁鼎松了一口气,抬起头来向上面喊了一嗓子,让杜雷带人出去,到洞外等候。

说是有路,其实没有路。曹青举着火把走在前面,众人屏住呼吸,扣住石壁上凸起的石块贴着墙面往前走,有的地方只能落下半只脚。半个时辰后,众人爬上一个横切的岔洞,这才松了一口气。岔洞是一个很大的溶洞,石柱、石塔、石幔、高山流水、荷塘剑池比比皆是,造型千奇百怪。

德子看得入迷,咋舌道："我敢打赌,这里是神仙住的地方。"

杜铁鼎笑道："神仙都在天上,只有妖怪才住山洞。"

陈天鹏笑道："杜兄,你该不是在给自己下咒吧,我们现在都在洞里,难不成都是妖怪?"

杜铁鼎大笑："我可是奉了老丈人之命,肩上担着天大的责任。老丈人再三叮嘱，说你我兄弟命中相生，二人同行可以斩妖除魔，魑魅鬼怪都得让道。"

陈天鹏亦笑："是吗？"

火把哗哩哗哩地跳了几下，很快就要燃尽。众人心里焦急，加快脚步往前赶，曹青脚下一绊，一个趔趄摔倒在地，最后一支火把彻底熄灭，眼前顿时一片漆黑。洞内陷入死一般的沉寂，时间便如凝固了一般，只剩下粗犷的呼吸声。

"上面有光！"德子突然发出一声惊叫。陈天鹏抬头一看，前方有一个白色的光点，似乎很遥远。光是生命的曙光，众人一齐往那透光的地方奔去。原来那道光线是从一个天窗般的裂口射进来的，众人不顾一切地冲向裂口，扒开一堆乱石破洞而出。众人做梦都没想到，在洞窟里转了半天，最终从半山腰上破洞而出，重见天日。

出了天窗，但见高山环伺，岩石缝隙之中生长着无数的灌木和藤蔓。天窗边上有一棵粗壮的枞树，半边根茎裸露在外，倾斜的树身指向空中。杜铁鼎向前走出数步，忽然惊叫一声倒退回来，全身贴紧山体不敢动弹。原来脚下只有数丈见方的空地，再往前走便是刀切一般的悬崖。

悬崖下方是一个巨大的谷地，谷地中央有一个蔚蓝色的湖泊，碧水荡漾，水鸟成群。

众人惊得说不出话，唯有曹青表情淡定，说道："山谷对面有座寺庙，便是大顺皇帝隐居的地方。"众人抬头望去，只见山峰耸峙，云雾缭绕，山峰之间隐隐约约现出一排灰白色的建筑。

陈天鹏吸了一口冷气："果真是天外有天！大顺皇帝把寺庙建在悬崖峭壁之上，寻常人等又如何上得去？"

曹青道："听我哥说，对面有一条栈道可以上去，但须等到天湖水位回落，方可沿着被湖水淹没的路径走向对面。"

德子道："下面的湖泊唤作天湖啊！"

杜铁鼎道："在下耳浊，你说要等天湖之水回落，莫非这天湖还连着大海，每天都有潮涨潮落？"

曹青道："曹青愚蠢，并不知道天湖的玄机。天湖水起水落，皆是兄长马大飞说的。因为担心前面涉险，曹青虽然数次来到此处，兄长皆是独自一人驾船越过天湖，将我留在这边等候。"顺着曹青的手势看去，在湖水与陆地交接的地方，果然漂浮着一条玩具般小船。

杜铁鼎恐高，心里一阵阵发慌，索性挨着洞口坐下来。听了曹青所言，他又问道："马大飞能够驾船过去，为何我们却要等那天湖之水回落？"

曹青回道："兄长说，只有他才有驾驭那条小船的能力。"

杜铁鼎道："扯淡！"

德子站在倾斜的大树下面，贴住树身试了试力道，然后解开腰上的钩索，将那树干牢牢钩住，这才说道："我先卜去，在卜面接应大家。"说罢握紧绳索，双脚蹬踏断壁斜面，一步一步滑到悬崖之下。陈天鹏、杜铁鼎、曹青三人依样画瓢，依次下滑。去掉了心里的鬼，那才是真正的天不怕地不怕。杜铁鼎双脚踏上实地，顿时仰天长笑："著鞭跨马涉远道，我辈岂是蓬蒿人！"

陈天鹏被他逗笑了："铁鼎兄果然是豪情壮志，刚才尚且如履薄冰，转眼已是潇潇洒洒，成了诗仙。"

德子往湖边走了一圈，回来说道："小船破损得厉害，载不了人。"

陈天鹏道："有船就好，先过去看看。"

所谓的小船，其实就是一个大木桶，虽说可以挤得三五个人进去，但其四面都是缝隙，根本不能负重。

陈天鹏抓过船桨轻轻地敲打木桶，谓德子道："还挺结实的，你去想办法，尽快把它修好。"

杜铁鼎一听，顿时就急了："还修船啊，那得修到哪年哪月？"

德子面露难色，小船破成这样，就差没散架了，就凭两只手板怎么修理。陈天鹏一笑，不慌不忙地打腰间拔出一把黑铁短刀："老曾叔说过，这把短刀不是平凡之物，关键时候可以救命。你去试试，砍些小树过来绑定木桶四周，增加它的浮力。"

杜铁鼎大失所望："这么短的刀能砍树吗，那不是小孩子过家家吗，我看，还是等着天湖之水落潮吧。"

"你可别小看这把短刀，它的作用大着呢。"陈天鹏笑道："再说，谁知道天湖之水什么时候落潮？一天还是两天，十天还是半个月？大顺军中多有能工巧匠，他们在高山深谷之中建垒筑巢，借天湖之水淹杀清兵，可见天湖潮涨潮落并无定数。我等不比马大飞，倘若在此等上几天几夜，岂不是误了大事？"

杜铁鼎只是摇头叹气："天老爷，我们全靠那把短刀了。"

意想不到的是，半个时辰不到，德子与曹青已经把十几根胳膊粗细的树干拖了过来，德子挥动短刀削去枝叶，剥下树皮织成绳索，再将树干绑在木桶四周。

杜铁鼎拿过短刀细看，大惊道："这把短刀如此锋利，果真是救命之物！"

003

众人弃船上岸，穿过一片齐腰深的杂草，疾步往山脚下奔去。不一会，林子里露出一排排黑白相间的房屋来。走近前去，所有的房屋都是一个模子，如同摆放在罗盘里的积木，像是古人的兵营，整齐划一，壁垒森严。只因年代久远，地面杂草丛生，有一种阴森森的感觉。

德子拨开蒿草，走进房屋一看，里面空荡荡，什么物件都没有。

众人不敢耽搁，沿着一条暗红色的石板小道向前走，来到一处水塘前，但见水塘呈椭圆形，两边各有一口水井，水井颜色一黑一白，中间曲线交合缠绕，便如九宫八卦图中的鱼形太极。水塘边上有一座小巧别致的祠堂，大门紧闭，空无一人。

杜铁鼎自言自语道："大顺军经营此地多年，真是煞费苦心啊。"

驻足片刻，几人穿过古老的营盘，直奔寺庙方向。沿途的房舍和脚下的道路都是红色的石头堆砌而成，弄堂与小巷之间千门万户，屋前屋后走廊环伺、肥梁胖柱，红色的巷道和路边的门槛、石磨、石碾、石桌、石凳，有条不紊而又千篇一律。马头墙上爬满各种藤蔓植物，挂帘般地瀑落下来，如同一幅优美的风景画。

　　众人疾步前行，哪知七拐八弯，道路似乎永无尽头，大山明明近在眼前，就是无法到达。转了一圈，众人来到一座祠堂门前，但见祠堂大门紧闭，前方有一个椭圆形的水塘，两口水井一左一右，阴阳对称，仔细一看，居然又回到了原来的地方，众皆面面相觑。德子喊道："此处有字。"众人急往观之，祠堂历经风吹雨打，外墙剥落，墙上的字迹隐隐约约。德子扯起衣袖擦去尘垢，墙上现出两个古朴倔劲的楷体大字："蜀相"。往下细看，却是一首七言律诗：

> 丞相祠堂何处寻，锦官城外柏森森。
> 映阶碧草自春色，隔叶黄鹂空好音。
> 三顾频烦天下计，两朝开济老臣心。
> 出师未捷身先死，长使英雄泪满襟。

　　陈天鹏道："将一首《蜀相》书在墙上，莫非此处正是孔明祠堂？"
　　杜铁鼎道："李自成是明朝末年的草莽英雄，与诸葛孔明相隔一千四百年，应当掰扯不上。"

　　陈天鹏举目四顾，周边的屋舍层层叠叠，道路纵横，一条条暗红色的石板道经过祠堂门前向四面八方辐射开去。无论往哪边走，道路或者戛然而止，或者隐没在杂草丛之中，不知通向何方。一个古代兵营竟然如此布局，便如迷宫般一般。陈天鹏搜索枯肠，忽然想起北伐时期的一件事来，说道："那年北伐，所有的学员都被编入教导团。攻打无锡时，我们途经一片乱石阵，有人戏说那是诸葛孔明的八卦阵。"

"八卦阵？"杜铁鼎正在紧张，听了此话不免一惊："这般说来，此处真与诸葛孔明有关？那时候你在三连，我在九连，教导团在东路军打头阵，专门对付五省联帅孙传芳，那家伙号称拥兵五十万，每人都有两杆枪，一杆长枪，一杆烟枪，打仗之前须得先抽一通鸦片，否则就迈不动步子。其实那些兵根本就打不了仗，我们一个冲锋就把他们打得稀里哗啦。"

陈天鹏亦在梳理脑海中的记忆，努力寻找头绪："诸葛孔明已经作古，千百年来，朝代更替、战火纷飞，无数的名楼古刹和园林楼台，或者焚于战火，或者毁于天灾，唯独此处群山环伺，房舍建筑完好如初。如果没有猜错，此处当是大顺军学那诸葛丞相，照样画瓢留下来的九宫八卦阵。"

"对啊！"曹青似乎也想起了什么："我大哥也曾说过，黑云谷有一处九宫八卦阵，当年，此阵曾经困住数千清兵，大顺皇帝亦因九宫八卦阵得以全身而退，大哥说的莫非就是这个地方？"

听到此话，杜铁鼎越发心惊："不妙啊，若是真的入了九宫八卦阵，要走出去就难了。所谓九宫八卦阵，原是那诸葛丞相用于对付曹魏骑兵的迷魂阵。此阵一开，任你千军万马左冲右突，阵虽破而形不散，你总是冲不出去。"

德子平时钻山入林，从来不需寻找路径，更不会担心什么阵势。心道两位司令的兵书读得太多，这个阵那个阵的，自个把自个绕晕了。不由得哈哈笑道："这有何难，待我先往前面探路，你们只在原地等我就是。"说罢，便如射箭一般地跑到前面去了。

众人面面相觑，只好待在原地等候德子回来。

哪知德子转来转去，明明白白看见前方有路，却又被那平地冒出来的房屋或者竹林石堆什么的挡住去路，绕来绕去又回到了原地，一脸茫然地看着众人。

杜铁鼎苦笑道："死诸葛吓退活仲达，用的便是八卦石头阵。那司马懿是何等人物，他也破不了诸葛亮的阵，我等凡夫俗子只怕是走不出去了。"

曹青忽然问道："陈长官，你们那时候是怎么走出乱石阵的？"

"是啊！"陈天鹏大叫一声，把其他人都吓了一跳："那片乱石方圆数公里，大阵包小阵，中间的道路纵横交错，似通非通，便如迷宫一般。我们在阵中折腾了大半天，就是走不出去。孙传芳部得知我们被困，下令炮击。一阵炮弹飞来，炸得我们四处乱跑。战士们以为敌人已经发动地面进攻，纷纷爬上石堆抢占高地。上了石堆，一下子就看清了出进的道路。"说到此处，陈天鹏顿感云开雾散："德子，你只管望着寺庙方向行走，如有建筑或者乱石拦路，便从顶上越过，不必绕道，只走直线，直到走出去为止！"

此法果然奏效，德子一身轻功，不到一顿饭的工夫便去而复返。要出去很简单，只需穿越几道堵路的竹林和石头墙体，便可破茧而出。

第 049 章
闯王宝藏

001

太阳西沉，夕阳余晖将天边的云彩描成一幅五彩斑斓的画。

出了九宫八卦阵，众人士气大振，顺着一条石板大道直奔山脚。转了十几个之字形的弯，道路突然变成一条垂直向上的石梯，路边立有一块残碑，隐隐约约现出一行大字："365级天阶"。

陈天鹏倒吸一口凉气，目光落到德子身上。

天阶异常险峻，德子四肢并用向上攀登，整个身体都贴在天阶上，如同一只硕大的壁虎。此处有进无退，众人跟在德子后面，一步一步往上爬。这样的攀爬没有任何安全保护，一着不慎就有可能坠落万丈深渊，摔得粉身碎骨。便是德子这样的轻功高手，也是步步小心，不敢出现一丝一毫的差池。

"死亡天阶，真正的九死一生！"终于爬上了最后一级天阶，杜铁鼎瘫倒在地。

"前面没有路了。"曹青绕着山顶走了一圈，绝望地喊道。

死亡天阶戛然而止，此外再无去路，众人瞬间精神崩溃。

孤峰兀立，直指蓝天。俯瞰山下，一道暗红色的天阶似如一条长蛇，紧紧地附着在峭壁之上。向上攀登之时，人人咬紧牙关拼死向上，每爬一步都是精神和意志的决斗，每上一个台阶都是生与死的较量。哪知上达峰顶，却是一个孤独的山峰。

杜铁鼎大汗淋漓，不敢想象刚才是怎么爬上来的。自忖已经走到生命的尽头，心里涌出千般绝望。又想此番出行，陈天鹏等人皆为自己所累，不免心生愧疚，搜索枯肠，想在生命的最后一刻讲几句体己的话，哪知一开口却说出一番堪称悲壮的话来："生死有命，富贵在天。我等四人能够经历这般惊心动魄的人生旅程，死亦无憾！"

　　陈天鹏全身酸软，只管躺在岩石上喘气，但他头脑很清醒："天无绝人之路，还没到要死的时候，不要乱讲话。"

　　杜铁鼎再也装不下去："此处上天无路，入地无门，如之奈何？"

　　又歇了一会，众人渐渐恢复了体力。陈天鹏举目四顾，但见远处的山峰重重叠叠，高低错落，唯独所处的山头一峰兀立。陈天鹏感到奇怪，谓道："此处山势险峻，大顺军为何要在孤峰之上凿出一条无头天梯，不合常理啊。应当会有其他路径，大家不妨再找一找。"

　　德子应声而起，沿着峰顶仔细搜寻，穿过一片茂密的蒿草，眼前忽然一亮，大喊道："下边有条索道！"

　　众人赶过去一看，山峰背面果然有一条凌空飞架的索道。原来，峰顶多是一人多高的杂草，道路皆被重重覆盖，曹青一心寻找上山路径，却因视线受阻未能看见山腰上的索道。索道通向对面山体，两边有铁链扶手，足下是四条平行铁链，隔空铺板，如同一张镂空的渔网。众人绝处逢生，顿时精神大振，杜铁鼎立马就恢复了张扬的本性，诗朗诵曰：

　　"天将降大任于斯人也，必先苦其心志，劳其筋骨，饿其体肤……"

　　诵罢，哈哈大笑："我的乖乖，到了孤峰之上才知道大顺皇帝何等英雄，如此索道，对面只要伏上一排弓弩手，千军万马休想过去。我敢打赌，当年的清兵即便攻到眼前也是望洋兴叹，若想捉拿大顺皇帝，真他妈的难于登天！"说罢蹚开蒿草，来到索道跟前。哪知低头一看，索道之下是万丈深渊，吓得他倒退了一步。攀登死亡天阶，老杜便如在阎王殿里走了一遭，此时再过索道，早已手脚酥软，再也不敢移步。

陈天鹏也是暗自心惊。转念又想，生死攸关之际如若泄气，将会死无葬身之地。深吸一口气，大吼道："死亡天阶挡不住我们，区区一条索道岂可奈何于我！都打起精神来，这条索道，大顺皇帝能走，我们也能走！"说罢抓住两侧扶手，大步踏上网筛般的悬空索道。

曹青随即跟了上去。曹青不愧是土匪窝里练出来的滚刀肉，上刀山下火海都有一股不要命的劲头，对他而言，悬空索道只是小菜一碟。

二人头也不回地向前走去，立刻激起杜铁鼎的血气之勇，只听他大叫："向前者生，后退者死！"咬牙迈步上了索道。山风劲吹，悬空索道左右晃荡。真是七魄悠悠，三魄荡荡，杜铁鼎步步趔趄，有一种灵魂出窍的感觉。幸而德子紧随其后，一手握住铁索，一手托住他的背心，助其缓缓前行。

众人一步一步走向对面。

头顶上忽然传来一阵雷鸣般的声响，无数的碎石哗哗啦啦地从山崖上滚落下来。德子大惊："山崩了，大家赶紧过去！"

陈天鹏一个虎跃跳上地面，转而扳住桥头立柱，伸手将曹青拉了上来。杜铁鼎欲待加速，索道大幅度晃动起来。杜铁鼎唬得面无人色，双手死死地拽住铁链扶手不敢动弹。便在此时，一块巨石在山壁上一蹭，随之高高弹起，呼的一声砸向索道中央。铁索早已锈迹斑斑，哪里还经得起巨石的万钧之力？悬空索道瞬间被巨石砸成两段，如同两只巨大的秋千，飞快地荡向两边。杜铁鼎感到脚下一震，身体呼的一声弹了起来，如同一只飞向空中的大鸟。

"完了！"杜铁鼎大声惨叫。电石火光之间，德子手臂暴长，一把扣住杜铁鼎的腰带，硬生生地将他腾空飞起的身体拽了回来。半截索道荡向山体，德子一手握紧铁链，双足在岩壁上轻轻一蹬，定住身形。杜铁鼎魂飞魄散，双手抱住德子，便如抓到一根救命的稻草。

德子任其箍紧自己的腰身，自个腾出手来调整身位，猿猴一般地爬上索道桥头。索道断裂之时，德子一系列的空中动作便如杂耍一般，只把地面上的二人看得目瞪口呆。陈天鹏原也知道德子的轻功出众，直到今日，方才知道他的身手竟然如此了得，怪道是号称大东路第一猛男曾开山也得让他三分。

回到地面，杜铁鼎半晌方才说出话来："一阵风把我的灵魂吹到空中，我亲眼看见德子兄弟顶着狂风把我的肉身拽了回去。德子兄弟救了老杜一命，你是天上的星宿下凡，可以让人重生啊！"

德子反而有点不好意思："哪里，若论武功，我家师兄二喇叭才是高手，我的工夫远不及他。"

陈天鹏笑了："铁鼎兄，德子兄弟不光是武功好，还有一手百步穿杨的本领，他那支枪，以一当十。"

杜铁鼎长长地出了一口气："抗日纵队藏龙卧虎，都是高人啊。天鹏兄，你把德子兄弟让给我吧，我给你一个排的美式装备。"

陈天鹏吓了一跳："那哪成！又想挖墙脚，前日里你已经把长生大师借走了，你也该知足了。"

杜铁鼎不死心，索性摊开了道："德子我也要，你开个价吧。"

陈天鹏急了："嗨！铁鼎兄，你怎么尽盯着我这块？别的都好说，唯独德子不能让。"

杜铁鼎大张着嘴巴，露出失望的表情。

陈天鹏："这样吧，待我弄死了山田龟生老鬼子，抗日纵队除了德子和二喇叭，其他的人你尽管挑！"

杜铁鼎反而笑了："算了算了，你当我不知道？小德子和二喇叭，一个马前张保，一个马后王横，你哪个都舍不得。行啦，君子不夺人所爱，我也不和你抢人啦。"说罢站起身来，伸展了一下胳膊腿，感觉四肢完好，心下大喜。

002

转过山口，前方露出庙宇一角。山顶庙宇依山而筑，一幢幢屋舍高低错落，靠着崖壁排列开去。

众人来到庙宇正门，但见门楼上方挂有一匾，上书"灵山庙"三个鎏金大字，两旁门柱书有一联：

赫赫恩波光六合，照照灵应普千秋。

大门右边竖着一口锈迹斑斑的铁钟，德子兴起，在铁钟上击了一掌，铁钟嗡然作响，声音在山谷中来回震荡。再击一掌，铁钟表层的锈片就像雨点一般，哗啦啦落了一地。铁锈落尽，但见两条苍龙盘绕在铁钟之上，张牙舞爪腾云驾雾，苍龙一旁现出八个大字：

风调雨顺，国泰民安。

陈天鹏道："这口铁钟当是大顺皇帝留下来的，是三百年前的历史见证。"

天色黑了下来，曹青奋力推开庙宇大门，大殿里面黑漆漆的。曹青找来一盏油灯，掏出火柴点亮灯芯。但见大殿中央佛祖高坐，宝相庄严，正是释迦牟尼的大雄宝殿。佛祖下首有一位身着袈裟，手握佛珠，盘腿坐在蒲团之上的木雕罗汉，形容枯槁，状若大漠之中的木乃伊。

众人惊讶不已，先自绕着佛台转了一圈，又沿着一条内置甬道往后走。后面是一个极其宏伟的大殿，殿内空无一人，却是灯火通明，金碧辉煌。原来，大殿四向各有一口大缸，里面盛满凝固的松油，大缸内置长明琉璃盏，一年四季灯火不熄。大殿中央有座神台，台上分立着两具神像，一男一女。男子头戴皇冠，身着龙袍，背着一把龙泉宝剑。女子将一柄青釭宝剑跨在腰上，单手按住剑柄，英姿飒爽，巾帼不让须眉。

神台上方悬着一块巨匾，上书"翻江倒海"四个大字。巨匾下方书有一联：

捣碎乾坤惊日月，踏翻宇宙走雷霆。

众人走近神台，但见神像威风凛凛，凌厉的目光扫视大殿，似有一股睥睨天下的气势。陈天鹏心道，台上的神像八成就是大顺皇帝。敬仰之情不免油然而生，谓道："想那党项族人，原是匈奴的一支，因逢隋唐乱世，部族首领李克用为了捍卫大唐王朝立下大功，封晋王，赐国姓。自此以后迅猛发迹，先有李存瑁建立后唐，后有李源嗣称王称帝。北宋年间，又有李元昊做了西夏的开国皇帝，可谓英雄辈出。到了明末，又出了李自成这么一个顶天立地的人物。"

杜铁鼎听了，却是半信半疑。近看神像身上的两把宝剑，但觉一股寒气直逼面门，周身冷飕飕的，大惊道："如今宝刹人烟灭绝，宝剑虽已年代久远，却是隐含风雷之声，且待我取来一看，便可知晓神台之上究竟是何人物。"说罢纵身跃上神台，正待摘取下那柄青釭宝剑，空中忽然伸出一柄拂尘，将其身体倒卷回来。杜铁鼎回身一看，手执尘拂之人枯瘦如柴，正是先前坐在蒲团之上的木雕罗汉。

众人尽皆失色。原以为木雕罗汉就是一尊干枯的木雕，未想竟是活人。

陈天鹏急忙上前施礼："大师在上，小生有礼了。"

"阿弥陀佛。"木雕罗汉面无表情，口中发出的声音又尖又细："已经多年未有来客，今日听得山门巨响，原以为又是魑魅魍魉显形作祟，却是来了四位不速之客。"

陈天鹏："我等误闯宝刹，恳请大师见谅。"

木雕罗汉："各位施主，你等贸然上山，冲撞了神灵，是以山崩地裂，巨石滚落砸断悬空索道，你们回不去了。"

杜铁鼎自知铸成大错，不由仰天长叹："天鹏兄，都是我的错。想不到你我枪林弹雨戎马一生，没有死在小鬼子手里，却把一副臭皮囊葬在佛门宝地。也罢，总算是修成正果了。"

木雕罗汉凝神静听，忽而说道："阿弥陀佛，各位施主既是纵横沙场的勇士，那又何须惊慌。"言罢，便在神台一旁的蒲团之上坐下，双手合十，口中念念有词。

众人跑了一天，早已十分疲惫。见那木雕罗汉慈眉善目，便也学他的样子席地而坐。木雕罗汉忽然睁开眼睛："你等可曾知道曹国公？"

陈天鹏毕恭毕敬地回道："在下愚钝，如果没有猜错，曹国公就是当年的大英雄大顺皇帝。我等今次进山，便是冲着大顺皇帝的威名而来，不敢稍有不敬。只因执念太深，一路前行至此，还望大师慈悲为怀，为我等凡夫俗子指明下山之路。"

木雕罗汉伸出枯枝般的五指，信口念出一段词来：

莲花生万朵，祥云护千秋；

先走黑云寨，再上佘湖山；

前尘孽缘多，后世得还报；

八年斗倭寇，数度夺命还；

菩提本无根，无道坐神台；

来时赤条条，去时手空空。

003

陈天鹏大惊失色："大师能够料知前生后事，请受在下一拜。"

木雕罗汉袖袍一抖，一支尘拂直挺挺地伸过来托住陈天鹏的双臂：

"尔本英雄,不必多礼。既然冒死上山,所为何事,但说无妨。"揭开尘封的历史,清兵一路追杀大顺皇帝,数十万将士喋血湘西。然而,将士的后裔一直与那北方鞑子缠斗不止,世世代代结下不解之仇。

显而易见,木雕罗汉穷其一生守护神庙,与大顺皇帝有着深厚的因缘。事已至此,陈天鹏再无分毫隐晦,遂将来意一五一十据实相告:"不敢相瞒,如今倭寇侵华,泱泱中华国土沦丧。倭寇烧杀抢掠、淫人妻女,无恶不作。我等华夏同胞奋起抗战,奈何装备简陋,每战以短击长,无数的华夏子弟战死疆场,烈士的鲜血染红了大地!在下身为带兵之人却保护不了自己的家园,心里深感愧疚。为此,我等进山寻宝,以期扩充军力击杀倭寇。奈何辗转多日,进入谷地之后迷失方向,如今进退两难。但若能够寻得下山之路,来日定当重整旗鼓与那倭寇决一死战,为千千万万死去的同胞报仇雪恨!"

木雕罗汉低头倾听。俄而抬起头来:"当年,大顺皇帝困守黑云谷,清兵虽然也曾攻入谷中,却在八卦阵前损兵折将,终是无法拿下灵山庙。"说到此处,木雕罗汉将那拂尘一挥,只听得一阵吱吱声响,神像正面缓缓升起一张长方形的案台,案台中央是一个金光闪闪的香炉,两端摆放着各种各样的经卷、明器。

木雕罗汉双手合十:"阿弥陀佛,此乃大顺皇帝神像,尔等还不跪下!"

众人大惊,连忙跪地参拜。

木雕罗汉口中念念有词,几根手指把一串佛珠拨弄得飞快。三拜过后,曹青见那案台之上落着些许积尘,伸手上前擦拭。

"凡夫俗子,不得玷污了祭祀圣品。"木雕罗汉尘拂一挥,案台之上立时干干净净。

尘埃扫尽,案台两端现出几行清晰的楷书大字:

前面水后面山，星落凡尘转九弯。

左青龙右白虎，拜过神台走三山。

木雕罗汉言道："这副词联内藏玄机，老衲穷极一生未能参悟得透。尔等若是能够破解此联隐喻，便可获知宝藏下落。"

杜铁鼎如坠五里云雾，不由问道："敢问大师，经卷明器皆已摆在案台之上，为何还要破解其中隐喻？"

木雕罗汉道："阿弥陀佛。看得到的不一定得到，看不到的不一定得不到。案几之上区区祭品，岂可与藏宝相比？"言罢只将拂尘一挥，偌大的案台沉入地面，大殿之中复原如初。

众人面面相觑。陈天鹏已有三分明白，拱手言道："谢过大师，我等今日多有不敬，不敢再做叨扰，唯望大师指点一条明路，以便我等从速离去。"

木雕罗汉淡淡地道："悬空吊桥是进出山门的唯一通道，可惜已被乱石砸断，如之奈何？"

曹青上前一步，向木雕罗汉深鞠一躬："大师明鉴，几位长官身负重任，尚须下山抗拒倭寇。小生曹青，祖辈世居黑风谷，乃是大顺皇帝的守灵卫士。小生今日得以面见大师，实乃三生有幸。曹青愿意留在灵山庙与大师为伴，共同为皇上守灵。"

木雕罗汉目放金光，五根枯枝般的手指搭在曹青手腕之上。须臾，缓缓言道："施主体内剧毒淤积，幸有汤药强行压制。纵是如此，最多还有一个月的阳寿，彼时余毒发作，便是神仙再世也无力回天。"

曹青神情黯然："正是。大师如不嫌弃，弟子愿将余下的时光留在灵山庙，绝无怨言。"

木雕罗汉双手合十："阿弥陀佛，施主有此善心，也是难能可贵，奈何此处并非施主驻足之地，你们跟我来吧。"说罢，引了众人前往后殿，一连过了几道大门，木雕罗汉尘拂指向一处空旷的地面："此处有条暗道通达外界，不过，途中多有机关陷阱，不知四位施主是否愿意冒险？"

众皆言道："我等不怕。"

木雕罗汉道："既然如此，老衲不妨再送你们一程。不过，我且有言在先：下得了暗道，是各位施主的缘分，能不能走出去，也是各位施主的缘分。请各位施主切记，暗道之中生死未卜，不得贪图小利，否则断无脱身之理。"

陈天鹏道："愿听大师所言。"

"稍歇。"木雕罗汉话音未落，人已飘然离去。众人正在猜疑，木雕罗汉去而复还，手上握了两把宝剑。木雕罗汉将宝剑分置于陈天鹏、杜铁鼎："施主进山一趟也不容易，此乃龙泉、青釭，可以持之护身。"说罢，手上拂尘一扫，一道暗门徐徐打开。

木雕罗汉点起两支火把，分别交给德子和曹青。暗道内逐有一人多高，四向砖砌斗拱，路面宽敞，可以跑马。转过一处急弯，前方出现了一个偌大的厅堂。众人眼前一亮，但见厅堂尽头点着一排灯火，一尊与真人一般大小的八臂金像盘腿趺坐在莲台之上，八只手掌各自握有一叠书稿，整个厅堂金光闪烁。莲台一旁堆积着各种器物，最打眼的是一对巴掌大小的纯金麒麟和两尊一人多高的素描青花瓷瓶。

暗道墙边摆放着一排一排的笼箱，杜铁鼎走上前去，随手掀开一只笼箱的盖子，但见箱里置放着数面闯王令牌、"奉天玉诏"和一枚石雕龟形的敕印。敕与诏，都是帝王任官封爵和告诫臣僚的文书。杜铁鼎正待细看，木雕罗汉尖声唤道："各位施主，还不快走。"话音未落，人已飘然前去。

众人慌忙追赶木雕罗汉。

杜铁鼎心有万般不舍，但也不敢耽搁，匆匆往前赶去。忽然感到被人推了一把，身子不由自主地向前踉跄了几步。杜铁鼎没看清楚是什么事物推了自己，大叫："怪事！"德子回身接应，火把晃动，但见墙根之下全都是成堆的白骨。忽然哗啦一声爆响，白骨堆里闪出一道黑影，一纵即逝。杜铁鼎大惊，一把青釭剑舞得呼呼作响："来吧！老子杀敌无数，还怕你个孤魂野鬼不成！"一扬手，宝剑激射而出，追着影子消失在黑暗之中。

陈天鹏担心老杜贪恋箱子里的宝贝，回过头来催促他，只见骷髅堆里各种长刀短剑、珠宝玉器比比皆是。他也不敢逗留，拽着杜铁鼎就走："暗道之中危机四伏，快走。"

004

下坡、转弯，再下坡、再转弯，众人不顾一切地向前奔走。木雕罗汉骤然停步，回头看向身后，露出一道惊异的神色。暗道尽头传来一串沉闷的脚步声，陈天鹏扫视众人，木雕罗汉、杜铁鼎、德子、曹青都在，一个不少。

德子将手上的火炬画了个圆，剑指后方。木雕罗汉喊道："不可，走！"拂尘一挥，带领众人疾步奔走，哪知身后的脚步也急促起来，似如阴魂一般紧赶慢赶，吧嗒吧嗒的脚步声搞得众人寒毛直竖。木雕罗汉再度停下，口宣佛号："阿弥陀佛。"脚步闻声而止，就好像是被咒语定住了一般。这一刻安静得出奇，众人的神经也绷得铁紧，生怕一个不留神，后面的恶鬼便会破了木雕罗汉的法咒，扑将过来。

木雕罗汉手掌心里滚动着佛珠，步踏罡斗，口中念念有词。片刻之后，木雕罗汉神色更为不安，突然低喝一声，领着众人继续狂奔。

然而，不管众人如何加速奔走，那道脚步就是跟在身后，怎么甩都甩不掉。暗道中的鬼魅看不见摸不着，连木雕罗汉也镇不住，众人心里凉飕飕的，生出一种死到临头的感觉。陈天鹏思忖：与其束手待毙，不如奋死一搏。突然一声大吼，龙泉宝剑回身剑指鬼魅。

众人一齐回头，但见暗道尽头赫然站着一个身材高大的野人，一头乱发披在肩上，上身赤裸，下身裹着一张破布。野人被龙泉宝剑的罡气所镇，面部表情十分狰狞。

"阿弥陀佛。"木雕罗汉回过身来，双手合十："施主为何紧追不舍？"

"嗯呜……"野人伸手指向众人。

木雕罗汉的目光转向德子："施主背的是什么？"

也不知在什么时候，德子背上多出了一个包袱。杜铁鼎走上前去，将德子背上的包袱扯下来投掷于地："真是瞎猫撞上死耗子，这东西竟然是野人的。一人做事一人当，东西是我拿的，要杀要剐冲我来！"原来，杜铁鼎在路上绊了一跤，却好德子赶来，便将这只包袱给德子背了。野人呆呆地站着不动，一双眼睛仍然直勾勾地看着众人。

杜铁鼎吼道："东西还给你了，别再跟在老子后面吓人！"心里却想，只要出了暗道，老子立马就把大军开来，把你个野人碎尸万段！

陈天鹏伸出龙泉宝剑挑开包袱，却是一对黄金麒麟。原来，这个人不人鬼不鬼的家伙，就是为了这么一件宝贝紧追不舍。陈天鹏反而松了一口气，长剑递出，挑起包袱送还野人："物归原主，你拿去吧！"

野人没有伸手去接包袱，只是喉咙里面嘎嘎作响。众人正在疑惑，野人突然将那包袱拍落，径直冲向曹青。

"小、小、小……飞！"

"什么……都别过来！"曹青撕扯着野人看了又看，突然放声大哭："哥……你还在啊……"

所有的人都懵了，马大飞没有死。

陈天鹏收回宝剑："马大飞？"真是天下之大，无奇不有。他想象不出来，马大飞被锁在洞窟之中这些年，是怎么活下来的。

木雕罗汉言道："阿弥陀佛，佛祖保佑。你既然如此执着，就和几位官人一起走吧。"

马大飞双膝跪下，向木雕罗汉磕了三个响头。

众人不敢耽搁，转身爬上一口直立的天井，又顺着倾斜的石道向上爬行，终于到了暗道尽头。马大飞走上前去，双手顶开头上的实木顶盖，一缕阳光照射下来，外面已是丽日蓝天。

他们走出来的地方绿草如茵，百鸟争鸣，居然是黑云谷的腹地。

马大飞多年未与外人说话，语言功能退化，每说一句话，大家都要听上好几遍。不过，他说话的意思，大家还是能够听得明白。马大飞不愿跟他们走，他说："我就守在这里。"兄弟重逢，曹青执意留下来陪伴自己的哥哥。

那一年，半天云发现了洞窟的秘密，逼着马大飞带路寻宝。马大飞不甘为其裹挟，匆匆逃进洞窟深处，半天云恼羞成怒，反锁洞窟暗门，将其永远幽闭于内。为了掩人耳目，半天云抓了一个无辜山民冒名顶替马大飞，将其毙杀于山林之中，伪造处死马大飞的现场，目的是断了他人寻找马大飞的念头。

半天云虽说得到了两把钥匙，但他会锁不会开，自此之后，半天云进不了洞窟，马大飞也无法从中走出来。有幸的是，马大飞熟悉洞窟地形，舍了性命登上灵山庙。这些年来，马大飞便在庙里与木雕罗汉相守度日。清兵攻破黑云谷的第二年，大顺皇帝病故，数千将士在暗道之中自毙殉葬，追随大顺皇帝于九泉之下。木雕罗汉先祖奉旨守灵，世代相传，已历三百余年。奈何门前冷落，后继无人，如今，偌大的灵山庙只剩下了木雕罗汉一个人。

马大飞说："大飞在灵山庙一住十年，对此中洞窟岔道、暗道机关了如指掌。你等跨越悬空索道之时，便是我在山顶发动机关，放下巨石将索道砸断。未想你等四人毫发无损，木雕大师惊叹来了有缘之人，吩咐大飞进入暗道清除机关陷阱，以便你等顺利逃生。"

德子甚是不解："既然于此，你却为何紧追不舍？"

马大飞道："我看见了小飞，因而追赶。"说罢，他将手中包袱放置于地："此中两件物品，原是这位长官的。"杜铁鼎打开包袱一看，顿时惊喜莫名，大呼道："宝物失而复得，天意也！"原来，包袱里除了一对金麒麟，还有自己飞掷出去的那柄青釭剑。

马大飞缓缓吟道："前面水后面山，星落凡尘转九弯。左青龙右白虎，拜过神台走三山。黑云谷是大顺皇帝的藏宝地，若要勘破大顺皇帝的全部宝藏，需得解开此中的玄机。二位长官如若再度进山，马大飞愿助一臂之力。"

陈天鹏叹曰："闯王宝藏，唯有此人尽知也。"

第 050 章

铁血征战添新魂

001

众人昼伏夜行，悄无声息地从林子里走出来，有挑担子的，有抬箱子的，人人满载而归。大山嘴上飞起一群棕黄色的麻雀，它们绕着山林转了个圈，呼啦啦地又飞了回来，好像是在和老熟人打招呼，热闹非凡。

大队人马迎下山来，二喇叭大喊："天鹏哥，你们可回来了。这几天我净做噩梦，还以为你们出大事了呢。"

德子赶紧呛他："别胡说，就你个乌鸦嘴，我们都好着呢。"

各种轻重武器堆积如山，营地沸腾了。

去了一趟黑云寨，虽说是九死一生，回报却是非常丰厚。杜铁鼎也不要别的，单单把那几箱金银珠宝划拉成两等份，两家子平分了。

杜铁鼎心里惦记飞雪，回到大东路的第一天便派人乔装打扮，潜入邵阳接了飞雪返回自家营地。一个月之后，日本宣布无条件投降，杜铁鼎带领本部人马重上黑云谷，哪知马氏兄弟早已人间消失，插在石门锁孔中的钥匙也不翼而飞，再也无法开启洞窟之门。杜铁鼎心有不甘，又到后山搜寻，但见山重水复，掘地三尺亦未找到曾经的暗道出口。是年内战爆发，杜铁鼎部被调往北方战场。都说是有钱能使鬼推磨，凭着在黑云谷斩获的金银珠宝，杜铁鼎逐级打点，官职一路飙升，从旅长、师长、军长一直升到集团军总司令，最后跟着老蒋败走台湾，做了"国防部"的次长。这是后话。

老曾叔的一生，最爱兵器。听闻陈天鹏归来，老曾叔扔下手头上的活计赶上山来。取过青釭剑一看，但见杀气凌厉，剑柄上嵌着"青釭"二字，顿时爱不释手："青釭杀人不沾血，沾血不是青釭剑。此剑原是魏武帝曹操的镇宅之宝，只因背剑官夏侯恩在长坂坡被赵云一枪刺死，青釭剑转为赵云所有。掐指算来，此剑问世已有一千八百年，斗转星移朝代更迭，这柄宝剑一直为各路英雄好汉争相追逐，不想今日却为杜长官所得，此乃飞黄腾达之象，恭喜！恭喜！"

杜铁鼎大喜。

老曾叔又取龙泉宝剑，拔剑瞬间，剑气逼人寒光四射，剑身纹饰云雾缥缈，似如苍龙附着其上。凝神视之，如同登临高山而俯瞰深渊，耳边隐隐有那风雷之声。老曾叔惊道："此剑色泽厚重，冠绝古今，当为战国欧冶子所铸。是年欧冶子在茨山建造七星熔炉，引龙泉之水淬火浇铸，故而得名七星龙泉宝剑。传说此剑可以七步之外取人性命，持剑之人万万小心，不可轻易出手。"言罢，仗剑起舞，不经意间走出一路五雷剑来，众皆凝神围观，一时鸦雀无声。一十三路剑道走罢，老曾叔收势回位，脸不变色心不跳。

杜铁鼎叹道："天鹏兄果然是身带横财，此剑非但价值连城，且能逢凶化吉，遇难呈祥。"

陈天鹏笑道："杜兄若是偏爱这柄龙泉宝剑，天鹏愿意打包相送。"

杜铁鼎正色道："龙泉、青釭皆是木雕大师相与，原道是要给我等防身，现在想来，乃是木雕法师有意相赠。我持青釭，你拿龙泉，一切皆有天数，铁鼎岂敢夺人所爱？"

陈天鹏深以为然。

下山之前，杜铁鼎托起一对金麒麟，唤过德子道："这对金麒麟，体态小巧，做工精湛，也算是一件圣灵之物。杜某借花献佛，将这对金麒麟赠送与你，权当回报兄弟在那悬空索道生死相救之情。日后，兄弟但有用得着老杜的地方，定将鼎力而为。"德子再三推辞，杜铁鼎只是不允，德子只好把一对金麒麟收了。

却说那一对金麒麟首似龙、形如马，背上毛纹戟张，威风凛凛怒号百兽。二喇叭心里好生羡慕，忍不住嚷嚷道："司令哥哥就是偏心嘛，好事都让了小德子。要不是把我留着守山，杜长官就把这一对好看的金麒麟就送给我了。"

陈天鹏笑道："二喇叭就爱争风吃醋，箱子里大把好东西，待会让你去挑。"

杜铁鼎亦是放声大笑，拉着二喇叭走向自家分得的宝箱："我的好兄弟，本司令早就为你准备好了，你尽管挑，只要你喜欢，本司令全部送给你！"

这一来，二喇叭反而不好意思，推道："也不是嘛，那小德子也就是一个光棍，弄一对那么好看的金麒麟干吗。我要是去了黑云谷，非把那些大号的金牛金马金菩萨都给弄了回来。"

陈天鹏忍不住又笑："约喝，要弄大号的呀，看你这架势，莫非是对上媳妇了？"

二喇叭的黑脸一下子变成了紫红色："没……没有的事。"

"还说没有？"德子立马戳穿他的谎言："人家对上小兰大夫了。"二喇叭最怕德子揭他老底，急忙去捂他的嘴。

陈天鹏道："别闹啦，我都知道。告诉你吧，赶明日拿下了羊塘铺，山田老鬼子那边有大把的宝贝，大中小号都有，随便拿一个够你花一辈子。"

二喇叭瞪圆了眼睛："他娘的山田老鬼子，居然抢了这么多宝贝，我非弄死他不可！"

德子哈哈大笑，把一对金麒麟托在手掌上："好好好，你不要钻牛角尖了。我知道你就是眼馋这两只金麒麟。这样吧，我们一人一个，这总成了吧？"他这是故意撩拨二喇叭，让他来求自己。

二喇叭大喜，正要伸手去接金麒麟，却见德子眯缝着眼睛，一副很得意的样子。二喇叭赶紧把手缩了回来："你别想诈我，金麒麟是成对的，分开就不喜庆了，给我一个也没用。"

德子叫了起来："嗨哟，你的胃口还不小啊，给你一个还不够，还得要一对？"

二喇叭吃准了德子的脾气，装出一副无所谓的样子："嗯，要么别给，要么就给一对。"

德子气得嗷嗷叫："哎哟，我的二哥哥呀，你这脸皮可真厚啊。"

二喇叭反而笑了起来："谁脸皮厚？舍不得就算了，小气鬼。赶明儿个下山，我找山田老鬼子去要，到时候你别眼馋。"

德子吃了一惊，急忙说道："行，看在兄弟的面子上，这一对金麒麟都给你啦。"他知道二喇叭的性格，向来是怎么说就怎么做，倔起来的时候定会去与山田老鬼子死扛。

二喇叭大喜："当真给我？"

德子退了一步："君子一言驷马难追，说过的话就是泼出的水，我说给你就一定给你。不过，把这么好的一对金麒麟，要送人也得选个好日子吧。"

二喇叭："选什么日子，要送就干脆点。"

德子想了一会，笑道："须得你和我家小兰兰成婚的日子，方可将两只金麒麟作为贺礼一并相送。"

二喇叭听得有点别扭，纠正道："是我家小兰兰。"

德子："对呀，是我家小兰兰。"

二喇叭跳脚道："不是你家，是我家！"

众人围坐在木板桌前，陈天鹏清了一下嗓子，霸气十足地道："黑云寨之行，我们收获大批武器弹药，包括歪把子轻机枪、九二式重机枪，还有六零式迫击炮，唯一的遗憾就是炮弹少了一点。不管怎样，这些重武器够那山田老鬼子喝一壶的了，我们报仇雪恨的时候到了！"

二喇叭叫道："杀下山去，为秋月报仇！"

陈子青道："仓库里尚有一些缴获的日军军服，我觉得这些东西应当可以派上用场。"

二喇叭："那有什么用场，要扮日本兵吗？"

陈子青："对了，如果能够扮成日军，我们可以偷袭羊塘铺，杀他个措手不及！"

陈天鹏拍案叫绝："妙啊！要是再有一个会日语的就好了。"

德子："有一个人会日语。"

陈天鹏："谁？"

德子："胖猪头翻译官！"

二喇叭道："扯淡吧你！那是鬼子的翻译官，又不是你家儿子。"

德子道："这你就不懂了吧。那天，中超和小六子去佘田桥锄奸，翻译官为了保命，先是指认王中师藏身的位子，后来又供出一个非常重要的线索，帮助我们拿下了日本奸细井下一郎。我觉得，这个人可以用。"

陈子青也觉得有戏："说得对，想办法争取他反正。"

德道子："胖猪头最爱去长水饭庄喝酒，顿顿赊账，饭庄老板恨死他了。"

陈天鹏道："那家伙贪财，而且善于见风使舵。你下山去走一趟，想办法把他摁住。"

二喇叭道："这个好办，我带人下山摁住这个狗东西，不服我就弄死他。"

陈天鹏道:"谁说要弄死他,那家伙留着有用。还是德子去吧,多带几根金条,尽量把他争取过来才。"

二喇叭嚷道:"不就一个汉奸吗,带那金条给他?"

陈子青道:"你急什么,土包子。钓麻拐也要个絮坨子,当了大队长还这么沉不住气。"

一艘小船在河面上撒网,水波荡漾,江心沙洲落下成群的白鹭,宛如一片飞舞的雪花。每逢赶集,镇上的大街小巷熙熙攘攘,仅有的几家酒肆和饭庄生意特别火爆。

长水饭庄位于小巷的尽头,饭庄老板是一个四十出头的中年人。德子身着长衫,戴一副墨镜,派头有点吓人。老板赶紧迎上前来:"这位客官,里面请。"这年头什么人都有,身份五花八门,你分辨不出来也得罪不起,一言不慎,砸了你的店事小,一个不小心就连小命也得搭上。

德子斜了老板一眼,一根手指在桌沿上敲了几下:"你是店老板?"

店老板:"小的正是。"

"皇军有公事,要借用一下这块地方。"德子话音未落,曾德光等人一拥而入,迅速把住饭庄的前后门。

店老板哪里见过这等阵势,慌忙招呼小二看茶。

"不用啦,你站着柜台里面就行,别的都由我们自己来。"曾德光立马就把几个跑堂的换了。

一切安排妥当,德子说道:"待会翻译官过来,你让他上二楼,就说皇军在楼上等他。"店老板连声应是。

不一会,外面传来了胖猪头骂骂咧咧的声音:"皇军吃你几条鱼,那是给你面子,别他妈的不识相。"店老板赶紧起身,点头哈腰地道:"太君来了啊,楼上请。"

胖猪头腰里别着一把三角形的王八盒子，鼻梁上架一副金丝眼镜，梳了个油光光的大分头。那个年头，这是最时髦的西洋头。几个跑堂的怎么都是生面孔？胖猪头忽然觉得哪里不对，转身要走，饭庄的大门已经被人堵住。胖猪头强作镇定，抱拳问道："各位，你们是哪一条道上的好汉？"

没有人搭理他，胖猪头装腔作势地笑道："我先走一步，不打扰大家啦。"

"站住！"曾德光双手抱在胸前，冷冷地看着他，刚才被他骂得狗血淋头的鱼贩子就站在他身后。胖猪头大悟："哦，原来是这么回事，好说，好说，我们这就去找皇军结账，不就是几条鱼吗。小事一桩，全都包在兄弟身上。"

"哈哈，你这会想结账了？"曾德光冷笑。

胖猪头心里发慌，伸手要去拔枪，阁楼上忽然传来一声长笑："翻译官先生，别来无恙？"

抬头一看，楼上的汉子又高又瘦，手里拿着一把二十响的盒子枪。胖猪头吓得腿都软了，一口牙齿上下打架，咯咯咯地响："好……好汉，在……在下可没做过什么对……对不起你们的事。"

德子面带微笑："见面就是朋友，翻译官先生，何不上来一叙？"看到这般场景，胖猪头自知插翅难逃，只好硬着头皮上楼。

进了包厢，胖猪头开始赌咒发誓："长官，我绝对没有干过伤天害理的事，老天在上，如有半句谎话，天打五雷轰！"

曾德光在下面咳了一声。

胖猪头吓了一跳，慌忙辩解道："不好意思，小的还欠楼下那位兄弟几个鱼钱，我就给钱，现在就给。"伸手在口袋里一阵乱掏，摸出几张皱巴巴的日币来。

德子收了盒子枪，示意他坐下："不必紧张，我今天是来交朋友的。那几条鱼就当是我请客，送给你啦。"

"不敢不敢，我给钱……"

"我说啦，那几条鱼是小意思，这件事情以后不准再提。"

"……"

德子："好啦，我们言归正传。翻译官先生，根据你提供的情报，我们挖出了一个潜伏的日本间谍，你立了大功！"德子的态度既温和又客气，话里话外都把胖猪头当成"自己人"。

这是一个天大的秘密，德子一张口就说了出来，胖猪头吓得要死。他想这话要是传到山田龟生的耳里，自己一定会死得很难看。胖猪头连忙摇头，极力推卸这份功劳："哪里…… 哪里，全都是好汉的神威，在下岂敢争功？"

"有仇必报，有功必赏是我们的原则。你也不必担心，我们会保护你的，没有人敢动你一根汗毛。"德子说罢，揭开盖在托盘上的红绸布："这是对你的奖赏。"

托盘里摆着五根金灿灿的金条，胖猪头以为自己眼花了，连声道："不不不，小的替长官做事，那是应当的，绝对不敢收这个。"

德子道："你的老朋友说啦，不但要记你一功，还须给以重赏。你放心，这是他亲自下令颁发给你的。"

胖猪头："我的老朋友？"

德子："你忘记了吗，你的老朋友陈会长，他现在是东乡抗日纵队的总司令。"

胖猪头的额头上冒出豆粒大的汗珠："陈会长？哦不…… 总司令！对对对，老朋友，老朋友…… 好久不见，总司令还记得我……"

"当然记得，我们是不会忘记老朋友的。"眼看着把胖猪头敲打得差不多了，德子这才切入正题："好啦，一家人不说两家话，另外尚有一件小事。"

胖猪头："长官有何吩咐,在下一定尽力而为。"

德子笑道："不急,你先收了金条,我们慢慢聊。"

看着黄澄澄的金条,胖猪头早已垂涎欲滴,听得有事要办,赶紧将金条收了。得知游击队要攻打羊塘铺据点,胖猪头的态度倒是意外地干脆："好,你们快点打,我早就想反正了。"这一段时间,东乡抗日纵队接到上峰命令,全面出击破坏公路、炸毁桥梁、攻打炮楼,不惜代价伏击和烧毁日军粮草辎重,扰乱日军后方。大东路的日本驻军遭受沉重打击,士气异常低落,各地据点陆续向大城市收缩。胖猪头深感日本人的末日即将来临,正在盘算着为自己找一条后路。

根据德子的意思,翻译官画了一张羊塘铺据点地形图。画好之后,他又补充说："羊塘铺原先驻扎着一个鬼子大队,现在只剩下了大队本部和一个中队的作战部队,只有300多人。"另外,胖猪头翻译官还交代了一个新情况:据点一共四个炮楼,西炮楼位于据点入口,由伪军负责守备,其余的炮楼由日军把守。

003

天色尚未擦黑,德子身着日军中尉军服,带着一队日本兵大摇大摆地朝据点走去。站岗的伪军赶紧放下吊桥,敬了个礼就让到一边去了。西炮楼安插了两个值班的日本兵,忽见一名日军中尉走进来,两个日本兵连忙敬礼。

德子"嗯"了一声,把头一摆,翻译官上前叽里呱啦地说了一通话,两个日本兵就站到一边去了。西炮楼与伪军的营房连在一起,营房里摆着高低床、桌子、凳子、椅子,还有各种生活用品。营房中间围着一大圈人,伪军们正在吆三喝四,闹哄哄地赌钱。德子穿过炮楼,走进营房大喝道:"八格牙路,不许赌博!"屋子里的伪军全都站了起来,茫然不知所措。门外的"皇军"一拥而入，趁势控制了上下楼梯和门口通道。翻译官喊道："皇军训话，全体集合。"正在聚赌的伪军赶紧散了场子，躺在床上的也都爬起身来，歪歪扭扭地排队。又有十几个伪军打炮楼二层、三层下来，站满了整个屋子。

"立正、稍息，蹲下！"几十名伪军齐刷刷地蹲了下去。在"皇军"面前，这些伪军一向逆来顺受，从来不敢多嘴。德子咳了一声，大喝道："我们是东乡抗日纵队，我宣布：你们被俘了。投降者免死，顽抗者格杀勿论！"

两名日本兵似乎听得懂中国话，哇哇大叫着跳起身来，立刻就被身后的刺刀捅了个对穿。伪军大队长最能察颜观色，赶紧举起双手："投降，我们投降。"为了保住性命，他主动表忠心："报告长官，兄弟我早就不想干了，待在这里也就是混口饭吃。长官，那边副炮楼还有十几个兄弟，我把他们叫来一起降了，你看好吗？"

原来西炮楼后面还有一个副炮楼，两座炮楼一大一小，通过中间的营房连成一体。日军从占领大东路的第一天起，就不断地修碉堡、修炮楼，因为兵力不够，山田龟生将西炮楼全部交给伪军防守，日军则集中兵力防守东、南、北方向的三座主炮楼。

听得副炮楼还有伪军，德子吃了一惊，厉声喝道："命令他们立即投降！"伪军大队长连忙过去喊话，副炮楼的伪军果然未做抵抗，全都下来做了俘虏。伪军大队长觉得自己立了功，一个劲地讨好德子："日本人快完蛋了，我和兄弟们早都商量好了，就等着你们来呢。"

曾德光清点战利品，一共有七十多支步枪，两挺歪把子机枪，一挺九二式重机枪。炮楼地下室是一个小仓库，里面堆放着成箱的手榴弹和罐头食品。

德子瞪着伪军大队长："你们当了多长时间的汉奸、有没有血债，我们都在小本本上记着。现在给你们一个立功赎罪的机会，立即把仓库里的物资搬到吊桥外面的大车上去。"

伪军们如获大赦，飞快地跑到地下室搬箱子去了。

鬼子巡逻队发现西炮楼的情况不对，吆喝着朝这边跑来。德子也不打话，操起机枪扫了一梭子。枪声一响，埋伏在外面的二喇叭立刻带领突击队冲了进来，突击队都是清一色的汤姆逊冲锋枪，一顿疾风暴雨般的枪弹扫射过去，把日军巡逻队一个不剩地送回老家。

据点上空响起了凄厉的警报声，几盏探照灯把兵营中央照得通亮。二喇叭大喊："打掉鬼子的探照灯！"

德子冲上炮楼顶层，将几盏探照灯一一击灭。突击队迅速越过据点中央的开阔地，轻机枪、冲锋枪一齐开火，打得东炮楼火星四溅。一阵慌乱过后，小鬼子放了一颗白色的照明弹，据点上空如同白昼。小鬼子重机枪疯狂地嚎叫起来，密集的火力织成了一张不透风的网，突击队被压在马坊背面无法动弹。

德子急令西炮楼的轻重武器一齐开火，与东、南、北三个炮楼展开对射。哪知刚刚缴获的重机枪有故障，是打不响的。火力不占优势，德子索性将歪把子扔给曾德光，自己拿着九七式瞄准对面的火光射击，这一招果然奏效，日军的火力一下子就弱了下去。

一个小鬼子抱着一挺歪把子站在炮楼顶上拼命扫射，夹杂着歇斯底里的骂声，那家伙块头特别大。二喇叭靠着马坊墙根一个驴打滚，抬起捷克式狠狠地给了他一梭子，打得那家伙一头栽了下来。二喇叭骂道："我操，小鬼子也有这么大的块头。"小鬼子多是五短身材，打起仗来特别鸡贼。可能是在炮楼里太压抑，大块头需要释放心里的闷气，所以跑到炮楼顶上与二喇叭对射，哪知道一个回合就被撂了下来。

日军的重机枪叫得更加疯狂，密集的子弹把突击队的进攻线路封得水泄不通。二喇叭看向围墙外面，希望能够得到迫击炮的支援。陈天鹏站在据点对面的小山包上，他密切注视着战事的进展，但他不想过早地暴露火力，他希望二喇叭见机行事，按第二套计划将敌人引出来打。

据点营房里忽然涌出一股小鬼子，北炮楼与南炮楼的小鬼子也包抄过来，企图一举消灭马坊里的突击队。

"来得好！"二喇叭从怀里摸出一个扁口酒瓶，一仰头，咕嘟咕嘟干了个底朝天，这是他瞒天过海藏在身上的宝贝。喝完酒，二喇叭将瓶子一扔，大吼一声："给我打！"二十几支冲锋枪、轻机枪一齐开火。冲锋枪的近战火力特别强悍，打得小鬼子连滚带爬地往回跑。德子急令阻拦射击，从营房里冲出来的小鬼子被拦腰截做两段，后面一段小鬼子慌不择路，窜进了据点中央的小办公楼里。

004

山田龟生是日本陆军大学的高才生，军事素养和阴险狡诈，样样堪称一流。伪军没有什么战斗力，这一点他非常清楚。但他偏偏把西炮楼的守备任务交给伪军，意在借此设局，将进攻之敌引入据点之内，由东、南、北三座炮楼完成对西炮楼的封锁，再以营房里的小股鬼子展开包抄，一举消灭突入据点之敌。但他失算了，他没想到突击队的火力如此强悍，出了炮楼的日军就如同卸掉了铠甲的恶狼，在密集的子弹下根本没有还手之力。更为震惊的是，炮楼上的重机枪手接二连三地中弹毙命，山田龟生这才发现，对方拥有高水平的狙击手。

窜进小办公楼的鬼子和突击队隔窗对射。二喇叭越打越兴奋，大喊："手雷！"几十颗手雷同时飞了过去，将一栋办公楼炸得烟尘滚滚。

大东路枪声骤起，金兰方向的日军中队倾巢而出，紧急增援羊塘铺。哪知白水桥已被抗日纵队提前拆毁，日军架起山炮隔河轰击，大批步兵涉水渡河。三大队拼死阻击，双方伤亡惨重。正在激烈拼杀，曾文丹率领东江纵队从侧翼压了上来，夜色深沉，援敌两面受敌，被顶在原地无法动弹。

据点里打成了拉锯战，突击队急切间无法得手，陈天鹏传令二喇叭放弃攻击，执行2号作战方案。但是，日军重机枪已经封锁吊桥，数名传令兵都牺牲在吊桥上。

就在这时，杜铁鼎部派人过来传信："日军保厘中队大举来援，敌后纵队已经与敌交火，抗日纵队务必尽快解决战斗。"

尹如圭部也传来消息："湘中第二支队正在截击渡边中队，双方发生激战。"

诱敌出门的计划落空了，陈天鹏急令重机枪封锁日军炮楼射孔，并以迫击炮猛轰日军炮楼："一颗炮弹都不留，给我狠狠地炸！掩护突击队撤出战斗。"炮弹嘶叫着落到炮楼顶部，山田龟生吓得三魂出窍。他一次又一次地向上峰请求增援，信誓旦旦地保证，攻打据点的是一支中国正规军。

二喇叭一脚踹开小办公楼的大门，捷克式"哒哒哒哒"一阵猛扫，将几个负隅顽抗的小鬼子尽数送上西天。

借着爆炸的火光，二喇叭看见墙壁上悬挂着一幅很大的地图。"妈的，这么大的图，给老子弄下来。"他想，山田老鬼子有很多宝贝，那些宝贝说不定就在办公室里。他指挥众人翻箱倒柜，翻出来一大堆的把戏，二喇叭好不高兴，顺手在墙上砸了一拳。哪知这一拳恰好砸中了机关，随着一阵嘎吱嘎吱的声响，墙上赫然现出了一扇漆黑的小门。"呼呼！"门后射出数枪，二喇叭身体一晃，捷克式立即怒吼起来，打得里面一片狼藉，进去一看，一个矮矬锉的老鬼子被打成了筛子。

传令兵突了进来。二喇叭把手一挥："撤！"战士们猫着腰撤出小办公室，二喇叭断后，他一个跟跄撞翻了一把椅子，高大的躯体连人带椅倒向地面。华子回过身来，只见二喇叭四仰八叉倒在地上，一张椅子被砸成了碎片。华子大惊："二哥哥，你怎么啦？"伸手一摸，二喇叭胸口上的血正在大股大股地向外窜。华子欲待为其压住冒血的胸口，但那鲜血忽然就像喷泉一样激射而出，怎么堵都堵不住，华子惊惶失措，大声哭喊起来。

"你哭……哭什么，怂……包。"二喇叭本想骂他几句，但他没有骂出声来，他已经没有力气了。

德子正在掩护突击队回撤，忽然听到一声哭喊，德子心里猛地一沉，急忙冲出炮楼，一连串的翻滚之后窜进了小办公楼。

二喇叭艰难地咽了一口唾沫："我……回不去了，这……这个包……包，你带给司……令。"

"你别胡说，我背你回去！"德子喊道。

二喇叭全身发抖，一只手紧紧拽着德子的衣袖："我……好冷，小德子，你……答应我，一定要照……照顾好小兰……兰，还有那个……金……麒麟，你可不许……耍赖……"话未说完，突然把头一歪，如同睡着了的孩子。德子的眼泪夺眶而出："我不耍赖，君子一言驷马难追，两只金麒麟都归你！"他将二喇叭驮在背上，不顾一切地往回跑。

一排枪子弹追了过来，子弹击穿了德子的膝盖，一股巨大的推力将他和二喇叭掼出数米开外。

战士们将二喇叭的遗体抬回到营地的时候，他的身体已经冰凉了，士兵们里三层外三层地围上来，哭声震天。

"二喇叭，你怎么啦？我已经怀了你的孩子，你不能丢下我们不管啊！"孙小兰扑上去抱着二喇叭的身体，声嘶力竭地哭号，任谁也拉她不开。

德子躺在手术台上，听到外面的哭声就知道二喇叭没啦。他失声痛哭："二喇叭，你不能死……呀，你不是说小兰的屁股大，娶了她可以生一窝小喇叭崽子吗，你就是怂包，说话不算数……"

华子将包袱交给司令："这是二哥哥带回来的，他说都是山田的宝贝。"陈天鹏打开包袱，除了一张折叠的军用地图尚且完整，所谓的宝贝全都碎成了渣渣。

壮志未酬身先死，长使英雄泪满襟。

生性豪迈、勇猛善战的二喇叭，尚未来得及要了山田龟生的狗命，反而先自倒在强盗的枪口下。

一个顶天立地的英雄倒下了。

乌云遮天，狂风卷地，陈天鹏冲进暴风骤雨之中，发出悲痛欲绝的嘶吼："二喇叭，你给我回来！人没了，要那些宝贝有什么用！"这个世界，只有在枪林弹雨中一起出生入死，随时都可以把自己的生命交给战友的人，才能够体会到失去战友的悲痛！

佘湖山上又添了一具新坟。二喇叭豁达爽朗的笑声，快意恩仇的个性，伴随着他那铁塔一般的身躯，永远留给了这片黑色的土地。他再也不能回家，再也不能看望年迈的父亲，再也不能品尝美酒佳酿，再也不能迎娶心中的新娘。

005

1945 年 8 月 15 日，日本天皇发表《终战诏书》，向全世界宣布无条件投降。

山田龟生如同一头垂死的野兽，绝望地拔出战刀，准备剖腹。

多多木闯进办公室："报告太君，东乡抗日纵队派人前来受降。"

"呛啷"一声，战刀掉落在地。山田龟生木偶般地站着，过了好大一会方才清醒过来，自言自语地道："来了，终于来了。这个对手太厉害了。"他忽然发出一阵狂笑："看样子，我还得去会一会我的老朋友。"

山田龟生穿戴整齐，领着一班下属军官走出据点大门。

大门之外排列着一支着装零乱，全副武装的人马，队列前面站着他的"老朋友"陈天鹏。看着"老朋友"凌厉的目光，山田龟生打了个寒战，弯下腰去行了个九十度的鞠躬礼："日本军驻大东路最高指挥官山田龟生中佐，向陈天鹏将军阁下致敬！"

陈天鹏不动如山，一字一顿地道："日本军山田龟生中佐，我代表东乡抗日纵队，限你在 24 小时之内交出全部武器和贵重物品，放下武器投降！"

山田龟生脸色苍白，仿佛就在一瞬间被人抽干了全身的血液，一下子变成了一具僵尸。这个双手沾满中国人民鲜血的日本强盗，他最担心的是，投降之后，他就会像一头猪一样被吊死在大街上，死得毫无尊严。为了掩饰内心的恐慌，他昂起头来，摆出一副死猪不怕开水烫的姿态："尊敬的陈天鹏将军阁下：根据日军驻华最高司令长官冈村宁茨签发的命令，日军必须履行中华民国军委会规定的六项原则，只能向正规军投降，请原谅。"

陈天鹏怒火中烧，声色俱厉地向他下达最后通牒："山田龟生，根据战场受降原则，拒降者格杀勿论！ 24 小时之内，山田大队如不投降，我们将扫平羊塘铺兵营！"

陈天鹏一声令下，抗日纵队将羊塘铺据点团团围住，切断了日本军营的一切供给。山田大队内无粮草，外无援兵，绝望情绪迅速增长。当天晚上，多多木和山田龟生发生激烈争吵，第二天，多多木率领羊塘铺日军 300 余人放下武器，向东乡抗日纵队缴械投降。

俘虏当中没有山田龟生。多多木交代，山田中佐已于深夜时分带着50余人逃离据点。

趁着夜色，山田龟生悄悄渡过蒸水河，往衡阳方向逃去。就在即将进入衡阳地界的时候，山坡上突然射来一排子弹，他们被东江纵队发现了。前有强敌，后有追兵，山田龟生忙忙似丧家之狗，急急似漏网之鱼，带着一群残兵败将逃进深山老林。

大东路的8月，天气炎热，丝丝凉风极易催人入睡。

几十个强盗盲目地转了两天两夜，疲惫不堪地倒在山林之中，如同死猪一般沉沉睡去。拂晓时分，酣睡中的哨兵被一条粗壮的胳膊勒住了脖子，还没来得及叫喊，哨兵的脖子咔嚓一声就被扭断了。逃亡者们惊醒过来，但已无处可逃，四面八方都站满了荷枪实弹的游击队战士。

自知插翅难逃，山田龟生乖乖地举起双手。抱着一丝求生的念想，他向"老朋友"鞠了一躬："尊敬的陈天鹏司令官，你已经取得了最后的胜利，恭喜！根据日内瓦国际公约，山田龟生正式宣布投降，并且请求享受战俘待遇。"

看着这个面孔丑陋、罪恶昭彰的侵略者，陈天鹏想起了陈中超、二喇叭，想起了秋月、贾叔、小六子、大猛子，想起了一个个英勇牺牲、血洒战场的兄弟和战友，想起了手无寸铁，惨遭杀戮的父老乡亲，一股怒火在他的胸膛里燃烧："山田龟生，我告诉你，拒降者格杀勿论！"

仇恨如同火山一般爆发出来，战士们一拥而上，拳头和枪托雨点般地落下去。顷刻之间，山田老鬼子变成了一摊肉泥。

后　记

　　提起烽火连天岁月，年逾八十的叔父告诉我：当年，他们村里有一支飞虎队，个个都是英雄好汉。叔父的话令我热血沸腾。

　　1945 年，中日两军数十万人马在莽莽苍苍、林木遮天的雪峰山下展开激战，中国军赢得了一场痛快淋漓的胜利。大东路地处雪峰山脉外延，是长邵公路和衡邵公路的咽喉要道，是两军攻防决战的跳板。邵阳沦陷期间，各种各样的抗日武装如同雨后春笋，遍地开花，将日军的后方闹得天翻地覆。

　　东乡抗日纵队是一支极具传奇色彩的抗日队伍。

　　长衡战役后，日军攻占邵阳。1945 年 4 月，日军在雪峰山下集结重兵，企图攻取芷江。

　　国民革命军退役少将陈天鹏与潜伏敌后的共产党员陈中超带领一支平民游击队进入耶姜山脉。这是一群铁骨铮铮的乡里汉子，为了牵制敌人，配合雪峰山战役，他们转战于崇山峻岭之间，炸毁桥梁、拔除据点，伏击日军粮草辎重。他们在战斗中成长，鼎盛时期，这支队伍曾经壮大到 1000 多人。

　　1945 年 4 月底，东乡抗日纵队挑选一批武功高强的战士，以 74 军 171 团（敌后纵队）特别小分队的名义直接参加雪峰山会战，在抗战史上写下浓墨重彩的一笔。

　　这支小分队穿插于隆回、洞口、武冈、新宁、城步等地，大小战斗 20 余次。回到大东路的时候，90 人的队伍只剩下 30 余人。

大山连绵，失去了机械化的优势，冒险突进的日军如同无头的苍蝇，被打得丢盔弃甲，一败涂地。战斗小分队奋勇追击，许多战士在这场战斗中献出了宝贵的生命。值得一提的是，这支小分队涉及一个历史谜案。1945 年 5 月，雪峰山会战接近尾声，日军关根支队狼狈逃窜，战斗小分队穷追不舍，追至武冈境内，一举击毙支队长关根久太郎。为了稳定军心，日军封锁消息，直到逃回大本营之后才公开支队长关根久太郎阵亡的消息。关根久太郎死在哪一天已经无法考证，但是，关根久太郎成为日本投降前最后一名被毙杀的日军高级将领，是一个不争的事实。

岁月如梭，在战火纷飞的年代，陈天鹏爱上了一位叫作李秋月的女子。李秋月是一位孤儿，一生漂泊在外。战斗岁月使他们走到一起，他们一见钟情，演绎了一个时代既浪漫又淳朴的爱情故事。然而，延续了几千年的封建习俗积重难返，他们的爱情受到家族势力的激烈反对。尽管如此，他们心心相印，不离不弃，历经重重挫折之后牵手走向洞房。新婚之夜，新娘忽然不知去向，陈天鹏撕心裂肺地呼喊新娘的名字，但是，当他找到新娘的时候，心爱的人儿已经香消玉殒，正值青春年华的红粉佳人谱写了一曲悲壮的爱情挽歌，令人潸然泪下。

如何拨开历史的尘埃，贴近历史事实，还原历史真相？本人走访当地的抗战老人，在田间地头，在茶余饭后，在村委会，在养老院……与他们一起回忆烽火连天的岁月，听他们讲述抗日英雄的故事。

长篇小说《大东路》初稿成型之后，得到了知名作家、文艺评论人易江波先生的大力支持。易江波先生放下手头的工作，为这部小说导诊把脉，希望不要写成"抗日神剧"。在此同时，还得到了中国作家协会谢端初老师、刘向晴老师、刘畅觉老师的鼓励。在此，本人向各位老师表示衷心感谢，并致以崇高的敬意！

在狼烟滚滚的年代，大东路七壮士夜袭维持会，全部壮烈牺牲。

他们和狼牙山五壮士、四行仓库四百死士、八百儿女跳黄河的英烈一样，值得我们永远怀念。七十多年过去，他们的形象依然栩栩如生，他们的事迹依然荡气回肠，他们在中华民族的抗战史上留下了难忘的一页。

"以铜为鉴，可以正衣冠；以人为鉴，可以明得失；以史为鉴，可以知兴替。"读书可以提高一个人的素养和内涵，读史可以回眸过去的旧时光，怀念英雄的祖先，提振伟大的民族自豪感。

历史的大河滚滚东流，他们的壮举将永远铭记在人民心中。

岁月永逝，英灵永存，向革命英雄致敬！

曾恒 2022 年 01 月 20 日定稿于邵东